해협

나남

지은이_ 하하키기 호세이(帚木蓬生)

1947년 후쿠오카현 출생. 도쿄대 불문과 졸업 후 방송국에 2년간 근무했으나 진로를 변경, 다시 규슈대학에서 의학을 전공하고 정신과 의사가 되었다. 1979년 《하얀 여름날의 묘비명》으로 문단에 데뷔하여 1993년 《해협》(원제: 세 번 건넌 해협)으로 요시카와 에이지 문학신인상, 1995년 《폐쇄병동》으로 야마모토 슈고로 상, 1997년 《도망》으로 시바타 렌자부로 상을 수상하는 등, 일본 유수의 문학상을 휩쓸었다.

옮긴이_ 정혜자

일본어 번역가. 고려대 신문방송학과를 졸업하고 KBS 제1FM PD로 활동했고 현재 금호문화재단 부이사장으로 있다.

나남 문학번역선 12

해협

2012년 9월 20일 발행
2012년 9월 20일 1쇄

지은이 • 하하키기 호세이
옮긴이 • 정혜자
발행자 • 趙相浩
발행처 • (주) 나남
주소 • 413-756 경기도 파주시 교하읍
　　　 출판도시 518-4
전화 • (031) 955-4601(代)
FAX • (031) 955-4555
등록 • 제 1-71호(1979.5.12)
홈페이지 • http://www.nanam.net
전자우편 • post@nanam.net

ISBN 978-89-300-0912-6
ISBN 978-89-300-0909-6 (세트)
책값은 뒤표지에 있습니다.

나남문학번역선 12

해협

하하키기 호세이 지음
정혜자 옮김

나에게는 결코 잊을 수 없는 일이 있다.
산 자가 죽은자를 잊지 않는 한
역사는 왜곡되지 않는다.

나남
nanam

MITABI NO KAIKYO

by Hosei HAHAKIGI

Copyright ⓒ 1992 by Hosei HAHAKIGI
Original Japanese edition published by SHINCHOSHA Publishing Co., Ltd.
Korean translation rights arranged with SHINCHOSHA Publishing Co., Ltd.
through Shinwon Agency Co.
Korean translation copyrights ⓒ 2012 by NANAM Publishing House

이 책의 한국어판 저작권은 Shinwon AGENCY를 통해
SHINCHOSHA와 독점계약한 (주) 나남에 있습니다.
저작권법에 의하여 한국 내에서 보호받는 저작물이므로 무단 전재와 복제를 금합니다.

역자서문

"역사를 공부하기 위해 소설을 읽지는 않는다.
그러나 좋은 소설은 어떤 책보다 훌륭한 역사 교사다."

지난 5월 29일, 징용 배상 승소 기사에 눈이 멎었다.

전쟁 배상은 일본의 빚 …'新 국채보상운동' 벌여 꼭 받아내야
'日기업 강제징용 배상' 승소 이끈 최봉태 변호사

"12년 전 절에 머물며 첫 소장(訴狀)을 작성하던 기억이 생생합니다. 만시지탄이지만 태평양전쟁 피해자 보상과 동아시아의 평화공동체를 위한 소중한 계기가 마련된 만큼 실질적인 성과가 나오도록 한일 양국 정부와 국민의 관심이 높아졌으면 합니다."
　대법원에서 일제 강제 징용자에 대한 미쓰비시(三菱) 중공업과 신일본제철의 배상 책임을 인정한 판결이 나온 지 이틀이 지난 26일 최봉태 변호사(50, 대구 법무법인 삼일)는 "전쟁피해자에게 정의가 돌아가도록 해야 한다는 순리를 법원이 인정한 재판"이라면서도 "소송 당사자들(원고)이 이미 세상을 떠나 죄송한 마음"이라고 말했다(동아일보 2012년 5월 29일자).

징용 배상 대법원 판결이 내 책상 속에서 잠자는 하시근(河時根)을

깨워야겠다는 생각으로 이어졌다. 하하키기 호세이(帚木蓬生) 작 《해협》(원제: 세 번 건넌 해협 《三たびの海峽》, 新潮社, 1992년 4월)은 콩밭에서 추수 일을 하다가 징용에 끌려간 17세 소년 하시근의 이야기다. 순간 나남 조상호 대표에게 전화를 걸었다.

"오늘 동아일보 보셨나요. 제가 징용에 관련된 일본 소설을 번역했거든요. 징용이라는 테마가 이렇게 아름답고 감동적인 소설이 될 수 있는지 놀랐어요. 게다가 깊이도 현해탄만큼 깊고……"로 시작된 나의 두서없는 작품소개를 인내심 깊게 듣더니 조 대표는 자료와 원고를 이메일로 보내달라는 말로 전화를 끝냈다.

대 출판사 대표에게 작품을 소개할 용기를 준 것은 이 범상치 않은 작가가 아직 우리에게 제대로 소개되지 않았다는 안타까움과, 징용이라는 한국과 일본 사이에 청산되지 못한 역사의 부채가 아직 현재진행형으로 남아 있기 때문이다.

하하키기 호세이는 1947년 규슈 후쿠오카에서 태어나 규슈 국립대에서 정신과를 전공하고 개인 클리닉을 열고 있는 정신과 전문의다. 본명은 모리야마 나리아키라(森山成杉木, もりやま なりあきら). 하하키기 호세이라는 조금 낯설고 묘한 이름은 일본 고전 《겐지 이야기》에서 따온 필명이다. 그는 도쿄대학에서 불문학을 전공하고 TBS(東京放送) 방송국 PD로 2년간 일하다가 규슈국립대 의학부에 응시했다. 이 때 사용한 이름이 하하키기 호세이다. 시험장소가 하필 모교 고등학교여서 만일 본명으로 응시하면 시험 감독하러 온 고교 은사가 '도쿄에 나가서 취직도 하고 결혼도 한 자네가 왜 다시 대학에 응시했냐'고 할 것 같아 쓰기 시작했다고 한다.

작가는 정신과 개업의로 활동하면서 동시에 작품을 발표하기 시작했다. 1979년 발표한 《하얀 여름의 묘비명》으로 나오키상 최종 후보에 올랐다. 이 작품이 그의 데뷔작이다. 이후 인간의 심리와 사회 윤리를 예리하게 주시하면서 역사의식과 휴머니즘이 넘치는 작품을 꾸준히 발표했다.

그의 작품 세계는 크게 두 분야로 나뉜다. 첫 번째가 작가의 전문 영역인 정신의학 임상 경험과 전문 지식을 바탕으로 한 심리소설 계열이고, 두 번째가 성실하게 수집한 풍부한 자료를 바탕으로 역사의 격랑 속에서 치열하게 살아가는 보통 사람들의 삶과 좌절을 밀도 높게 그린 역사소설 계열이다. 《해협》은 두 번째 계열의 작품이다.

이 소설은 1993년 제 14회 요시카와에이지 문학신인상(吉川英治文學新人賞) 수상작이니 거의 20년 전 작품이다. 요시카와에이지 문학상은 일본 소설계의 거인 요시카와 에이지를 기려 1967년 코단샤(講談社) 후원으로 제정된 상이다. 당초에는 대중소설 대가에게 주는 공로상 같은 측면이 강했다. 요시카와 에이지는 평소 자신은 대중소설을 쓴다고 밝혔다. 여기서 대중소설이란 우리가 흔히 생각하는 '대중적 취향의 소설'이라는 개념과는 약간 달라서 작품을 팔고 작품을 써서 작가가 생계를 유지해가는, 말하자면 인기와 실력을 겸비한 작품을 말한다. 초기의 공로상 성격에서 구체적인 작품 위주로 시상의 방향을 바꾸면서 본상과 병행해서 제정된 상이 문학신인상이다. 신인상이라는 말이 붙지만 신인은 물론 중견이나 베테랑 작가가 여러 차례 수상했다. 작가는 이밖에도 주요 문학상을 다수 수상했고 해마다 작품을 발표하는 등 왕성하게 활동 중이다.

《해협》은 징용 문제를 가해자가 아닌 피해자의 입장에서 그렸다. 주인공 하시근이 일인칭 화자로 등장하는 이 소설은 현재와 회상이 씨줄과 날줄로 엮이면서 치밀한 구성과 소설적인 긴장을 처음부터 끝까지 팽팽하게 유지한다. 마지막 장에 장치해 놓은 의외의 반전도 감동적이다. 징용의 실상과 야만성을 다큐멘터리처럼 생생하고 흥미롭게 그린 이 작품은 일본의 군국주의에 대한 날카로운 비판과 통렬한 반성을 촉구한다. "그 당시는 일본이 광기에 휩싸였던 시대였다"고 술회하는 탄광주의 입을 통해 작가는 말한다. 바로 이웃한 한국과 일본이 불행하고 왜곡된 역사적 응어리를 풀기 위해서는 가해자인 일본의 진정한 반성과 역사에 대한 겸허한 통찰이 요구된다. 징용 문제에 대해 이미 오래 전에 양심적이고 통시적인 탁견을 제시한 작품이다.

작가의 장기인 추리소설 기법이 전체 스토리에 긴장감과 감동을 더한다. 정신과 의사답게 인간에 대한 깊은 이해와 존중이 바탕이 된 작가의 휴머니즘이 무겁고 암울한 테마에 부드럽고 서정적인 빛을 뿌린다. 긴박하고 처절한 상황에서도 비오는 날마다 해변 작은 동굴에서 나누는 주인공 하시근과 일본 여성의 사랑은 아름답고 충일한 서정으로 가득 차 있다.

우리는 역사를 공부하기 위해 소설을 읽지는 않는다. 그러나 좋은 소설은 어떤 책보다 훌륭한 역사 교사다. 《전쟁과 평화》를 통해 러시아를 침략하는 나폴레옹 전쟁에 대한 역사적인 통찰을 얻듯이, 《해협》은 일본의 한국 침략에 관한 어떤 사실적 기록보다 양국의 관계를 재정립하는 설득력 있는 키워드가 될 것이다.

하하키기 호세이를 처음 안 것은 3년 전 야스다 우타코(安田詩子)라는 시적인 이름을 지닌 일본인 친구 덕분이었다. 이렇게 좋은 작가가 왜 한국에 소개되지 않는지 우리는 만나면 안타까워했다. 소설에 나오는 탄광 관련 전문용어는 쉽지 않았다. 오류에 대해 질타와 지적을 기다린다. 《해협》이 하하키기 호세이를 한국 독자들에게 알리는 넓은 뱃길이 되기를 소망한다.

흔쾌하게 이 책을 세상에 나오게 해준 조상호 대표와 섬세하고 탁월한 솜씨로 나의 글을 바르게 다듬어준 편집자 이두루 선생에게 감사드린다.

2012년 8월 보길도에서
정혜자

등장인물

- **하시근**(가와모토) 17세에 규슈의 탄광으로 징발되어 지옥 같은 탄광 노동자 생활을 한다. 해방 후 귀국하여 사업에 성공한 뒤, 40여 년 만에 '어떤 목적'을 가지고 다시 한 번 대한해협을 건넌다.

- **서진철**(요시다) 하시근의 옛 동료로 우직하고 선량한 성품. 해방 후 하시근의 귀국을 도와주고 자신은 일본에 남는다. 훗날 하시근이 해협을 다시 건너는 계기를 제공한다.

- **야마모토 산지**(山本三次) 하시근을 비롯한 조선인을 징발해 다카쓰지탄광에 가두고 군림했던 장본인. 탄광이 폐쇄된 후 정치가로 변신, N시 시장 재선을 앞두고 하시근과 다시 만나게 된다.

- **강원범**(아오키) 다카쓰지탄광 노무감독 보조. 일본 측에 붙었던 조선인 노무감독들 중에서도 특히 악랄하게 조선인을 학대했다. 해방 후 야마모토 산지와 손을 잡고 탄광 역사를 은폐하려 한다.

- **사토 치즈**(佐藤千鶴) 하시근과 사랑에 빠져 해방 후 조선으로 함께 온 일본 여성. 총명하고 강인한 성품을 지녔다.

- **사토 도키로**(하시영) 하시근과 치즈의 아들. 어머니 손에 자라 말로만 듣던 아버지와 아버지의 나라를 알기 위해 탄광과 한·일의 역사에 관심을 갖게 된다.

다카쓰지 탄광 동료들

- **김동인** 하시근과 함께 징용된 조선인 중 최연장자. 온후하면서도 의로운 성품으로 탄광 조선인 노동자 사이에서 리더격 존재가 된다.

- **조종호** 하시근의 탄광 기숙사 룸메이트로 커다란 몸집에 신뢰감 가는 풍모의 인물. 해방을 보지 못하고 탄광에서 비극적 최후를 맞는다.

- **이효석** 하시근의 탄광 기숙사 룸메이트. 소심한 편으로 탈주에 실패한 뒤 정신이상을 일으킨다.

- **현태원** 하시근의 탄광 기숙사 룸메이트. 병약한 인물로 탄광의 환경을 견디지 못하고 결핵으로 죽는다.

- **최석송** 다카쓰지 탄광의 조선인 동료. 해방 후 탄광에 남아 죽은 조선인 동포들의 무덤을 만든다.

겨울 내내 검푸르게 잠겼던 바다가 생기를 띠기 시작했다. 부둣가의 잔교 교각 아래 잔물결이 남실거렸다. 부둣가 벤치에 앉아 남쪽 해협을 바라본 지 벌써 한 시간이 지났다.
　이렇게 의식적으로 바다 쪽으로 눈길을 보낸 것은 이번이 처음이다. 자갈치 시장 고깃배 옆에서 장사하던 무렵에도, 해운대의 고급 호텔에서 거래를 진행할 때도 나는 일부러 바다를 바라보지 않았다. 바다 바로 곁에 있으면서도 나의 내면은 바다를 향해 단 한 번의 곁눈질조차 하지 않았다.
　그것은 마치 38선 북쪽을 망원경으로 바라보는 것과 정반대의 심리일 것이다. 북에 남겨두고 온 육친을 그리워하고 망향의 정에 사로잡혀 쌍안경에서 눈을 뗄 수 없는 고통이 얼마나 아픈 것인지 이해한다. 그러나 북쪽 땅을 하염없이 바라볼 수 있는 것은 언젠가 남과 북이 화해할 날이 올 것이라고 믿기 때문이다.
　나는 대한해협 저편에 있는 헤어진 가족과 재회할 수 있다고 생각하지 않았다. 아니, 지난 40년이 넘는 세월 동안 재회해서는 안 된다고 스스로 다짐했다. 아내 강을순(姜乙順)이 병으로 쓰러지기 전 처음이자 마지막으로 부산에서 한려수도를 거쳐 여수까지 다녀온 적이 있다. 장마가 걷힌 후 쏟아지는 뜨거운 햇볕 아래 갑판에 걸터앉아 바닷바람에 땀을 식히면서도 나는 가까운 육지 쪽만 바라봤다. 우리가 탄 배 옆으로 부산-제주를 오가는 거대한 페리호가 지나갈 때 문득 아내가 그 배를 어떤 눈으로 바라볼까 싶어 숨을 죽이고 살펴봤다. 아내의 작은 눈은 '제주도'라는 글자를 흘낏 바라볼 뿐 깊이 주름이 새겨진 얼굴에는 아무런 감정도 나타나지 않았다.

아내가 열 살부터 열예닐곱 살까지 사춘기를 보냈고 지금도 형제 친척이 사는 제주도에 반세기 넘게 한 번도 돌아가지 않고 그립다는 말조차 입에 올리지 않는 이유를 나는 짐작할 수 있다. 왜 그런지 물어본 적은 없지만 그것은 내가 부산타워에 올라가지 않는 심정, 태종대 언덕에 서서 대한해협을 바라보고 싶지 않은 심정과 비슷할 것이다.

바다를 바라보면 싫든 좋든 해협 저 너머에 있는 섬을 떠올리게 된다. 바다를 바라보면 나는 대한해협 끝에 있는 일본을, 아내는 제주도를 생각할 것이었다. 회상은 언제나 고통을 수반했다. 때문에 우리는 부산에서 살면서도 바다 쪽이 안 보이도록 마음의 병풍을 세워놓은 채 살았던 것이다.

아내가 세상을 떠난 지금 나는 다시 대한해협을 건너려고 한다. 한 번 건너갔다가 돌아왔다, 세 번째 다시 건너는 해협이다.

40여 년 만에 해협을 건너는 계기가 된 편지는 서류더미 속에 있었다. 보낸 이는 오카가키(岡垣) 시에 사는 서진철(徐鎭徹) 씨로 지금은 일본어가 더 익숙할 텐데 한글로 편지를 보내왔다. 삐뚤빼뚤한 한글

글씨로 이렇게 썼다.

하시근(河時根) 회장께

　온가강1)의 물도 따뜻해지는 호시절 부산 동백섬의 동백꽃도 곧 꽃이 피기 시작하겠지요. 기체후 일향 만강 하시리라 믿습니다.
　최근 자재구매 관계로 N시에 갈 기회가 있었습니다. 옛날 탄광이 있던 도시 말입니다. 그곳에서 저는 그냥 지나쳐버릴 수 없는 소문을 들었습니다. 현재 N시는 시장 선거를 바로 앞두고 왁자지껄 시끄럽습니다. 4선 연임을 노리는 현직 시장이 시의 활성화 대책을 내놓았기 때문입니다. 시 남쪽에 위치한 폐석산2)과 주변의 폐광 흔적을 없애고 부지를 만들어 기업을 유치할 계획이라고 합니다.
　이 폐석산을 하 회장께서 설마 잊지는 않으셨겠지요. 8·15 해방 직후, 밀린 임금을 청구하러 나와 둘이 찾아갔던 폐석더미 말입니다. 탄광이 문을 닫은 후 갱도 입구는 폐쇄되었고 폐석더미는 방치되었습니다. 저는 그 후 한 번밖에 가본 적이 없습니다만 분명히 지금도 그 산기슭에 조선 노동자가 살던 기숙사와 갱도, 그 밖에 탄광 구조물의 흔적이 남아있습니다. 그리고 폐석더미에 묻힌 동포들의 무연고 묘지도 흩어져 있고요. 인연의 장소 또한 남아 있습니다.
　금년 74세인 야마모토 산지(山本三次) 현 시장은 지난해 하수도 처리시설과 폐광 피해복구사업으로 제 잇속을 채웠다는 소문이 자자해서 시민들의 비난을 받고 있습니다. 이대로는 4회 연임이 어렵다고 예상했는지 만회를 위해 폐석더미 철거안을 들고 나왔습니다.
　어쨌든 이 건은 하 회장께 알려드려야만 한다고 판단하여 이렇게 글을 띄웁니다. 관심이 있으시다면 기꺼이 상세한 정보를 수집해 보내드리

---

1) 온가가와(遠賀川): 기타큐슈를 가로지르는 강. 석탄이 주요 에너지원이던 1900~1960년대 석탄운송 뱃길.
2) 보타야마(ボタ山): 탄광에서 석탄을 캐낼 때 섞여 나오는 돌과 저질탄 등을 쌓은 큰 동산 규모의 폐석더미.

겠습니다. 관심이 없으시다면 이 부질없는 글은 쓰레기통에 버리시기 바랍니다.

저도 올 봄에 우리 나이로 70이 됩니다. 귀가 약간 안 들릴 뿐 허리와 다리는 아직 멀쩡합니다. 머지않아 다시 부산에 건너가 만나 뵙는 즐거움을 고대합니다. 부디 몸조심 하시고 사업 번성하기를 진심으로 기원합니다.

199X년 3·1절을 맞아
서진철 올림

서진철 씨와는 6, 7년 전 우연히 연락이 닿아 다시 옛 정을 되살린 이래 해마다 두세 차례 편지를 주고받았는데 연하인 나에게 항상 정중하기 그지없는 편지를 보내왔다. 자연히 나도 더욱더 존칭을 높여 답장을 쓰지 않을 수 없었다. 옛날처럼 내가 그를 '요시다 씨'라, 그가 나를 '너'라고 부르면 편할 텐데, 내가 사업에 성공했다는 사실을 알고 서진철 씨 편에서 상하관계를 역전시켰다.

평소 오간 편지에서는 가족이나 사업관련 소식, 최근에 믿기 시작한 종교에 대해 말했을 뿐 과거를 화제로 올린 적은 드물다. 이번처럼 폐석더미에 관해 쓴 것은 처음이었다. 그것은 아마 나에 대한 배려였을 것이다. 금기사항을 그쪽에서 깨뜨린 것으로 미루어 그가 얼마나 놀라고 당황했는지를 행간에서 읽을 수 있었다.

편지를 '3·1절'이라고 끝맺음한 것도 요시다 씨다웠다. '요시다'라는 일본 이름으로 일본에 내내 살면서도 아직 3·1운동 정신을 소중하게 여기고 있다는 뜻이다.

광복동 빌딩 8층 회장실에서 편지를 읽은 후 나는 창가에 서서 거리의 네온사인과 끊임없이 흘러가는 자동차 행렬의 불빛에 눈길을 던졌다. 근무를 마치고 돌아가는 사람의 물결이 거리에 넘쳐흐르고 빛의 소용돌이 속에서 젊은 남녀가 주고받는 정다운 웃음소리가 들려오는 것 같았다. 화려함과 활력이 거리에 넘쳐흘렀다. 이곳에 부지를 마련해 빌딩을 짓고 본점을 옮긴 것도 이런 활력 때문이었다.

나는 기억 저 밑바닥에 숨죽이고 있는 폐석더미를 눈앞의 현란한 빛의 홍수 속에 오버랩 시켰다. 8월 15일 조국이 해방되고 20일 만에 '요시다 상' 서진철 씨와 함께 조선인 광부가 살던 기숙사, 교와료(興和寮)를 찾아갔다. 조선인들은 거의 기숙사를 떠나 남은 것은 몇 명뿐이었다. 술 냄새를 풍기며 나를 맞은 최석송(崔石松)은 사람 머리통만 한 둥근 돌을 보여줬다. 표면에 얕게 조선인 이름과 생년월일이 새겨져 있었다. 조선에서 석공 조수로 일했던 최석송은 의아해하는 우리를 기숙사에서 1킬로미터쯤 떨어진 폐석산 기슭으로 안내했다. 야트막한 흙무더기가 불규칙하게 20개 정도 흩어져 있고 조선인 이름과 매장 날짜가 쓰인 나무막대기가 꽂혀 있었다. 최석송은 그 나무막대를 대신할 묘석을 만들고 있었던 것이다.

나는 그 후 묘비가 될 만한 돌을 찾아내 최석송의 거처로 날라다 줬다. 와카마쓰(若松)에서 부산으로 건너오는 밀항선을 마련할 때까지 비석이 될 만한 돌을 최석송에게 계속 찾아다 줬다. 최석송이 그 후 한국에 돌아왔는지 어쨌는지는 모른다.

초라하고 거친 무덤들이 폐석더미 아래 방치되었다면 지금쯤은 잡초에 뒤덮여 최석송이 새긴 비석도 함께 묻혀버렸을 것이다. 해방된 조국의 발전과는 대조적으로 폐석더미와 동포들의 무연고 묘지는 세상에서 잊히고, 버려졌다. 그 황량한 모습이 광복동의 반짝이는 네온사인과 겹쳐서 눈에 어른거렸다.

나는 서진철 씨가 언급한 '야마모토 산지'라는 인물도 기억하고 있었다. 그가 바로 우리를 강제로 연행해 대한해협을 건너고 탄광의 조선인 기숙사에 가둔 장본인이었다. 키는 작았지만 황소같이 널찍한 어깨와 날카로운 눈빛은 어떤 조그만 반항의 기미도 놓치지 않겠다는 듯 기숙생들의 일거수일투족을 감시했다. 군복과 비슷한 노무복에 각반과 지카다비[3] 차림으로 갱 안이나 기숙사를 활보했다. 말하자면 그는 우리 조선인 징용 광부들을 죽이고 살린, 절대 권력의 제왕이었다.

그가 N시의 시장이 된 것도 놀랍지 않다. 집요한 추진력과 약삭빠름으로 패전 후 혼란한 틈새를 간단하게 헤쳐 나왔을 것이다. 아니 오히려, 혼란이야말로 그런 부류의 인간에게는 절호의 기회였는지도 모른다. 그런 사실을 부당하다고는 생각하지 않는다.

내가 그냥 지나칠 수 없었던 것은 야마모토가 폐석더미와 그 일대에 널린 흔적을 없애려 한다는 점이었다. 나는 그의 의도를 희미하게나마 알 수 있었다. 토지를 정비해 택지를 만들어 기업을 유치한다는 것은 구실에 지나지 않았다. 목적은 따로 있으며, 그는 인생 최후의 계획으로 그것을 실천에 옮기려고 하는 것이다.

거기까지 생각이 미치자 나는 47년 만에 해협을 건널 결심이 섰다. 바다 쪽을 가로막고 섰던 심리적인 장벽이 사라진 것은 그 순간이었다. 그리하여 나는 야마모토가 그렇듯, 내가 그때 하고자 결정한 일을 인생 최후의 과업으로 삼기로 스스로 맹세했다.

---

3) 지카다비(地下足袋) : 일본 버선 모양의 노동자용 작업화.

내가 부산 시내에 있는 3개의 대형 유통업체를 세 아들에게 물려주고 회장직에서 물러난 것은 2년 전이었다.

그 직전 아내가 세상을 떠났고, 작년에는 나도 큰 수술을 받았다. 해협을 건너는 일은 내가 이 세상을 하직하기 전에 해야 할 과업으로 안성맞춤이었다. 나는 서진철 씨에게 부관(釜關) 페리호를 타고 대한해협을 건너가겠다는 요지의 편지를 보냈다. 물론 계획을 실행에 옮기기 위한 사전준비를 부탁하는 일도 잊지 않았다.

세 아들이나 비서들은 수술 후 내 건강을 염려해서 비행기로 가라고 권했지만 내게 해협을 건너는 방법으로 배 이외의 것은 생각할 수 없었다. 자식들에게 이유를 설명하자면 긴 이야기가 필요할 것이다. 자식들은 출항 터미널에서 배웅하겠다고 우겼지만 나는 그것도 사양했다. 어디까지나 혼자서 조용히 배에 오르고 싶었다. 아무도 지켜보지 않는 가운데 홀로 출항하는 것이야말로, 나의 세 번째 횡단에 어울리는 모습이었다.

반세기 전 처음으로 대한해협을 건넌 것은 나 자신의 의지가 아니었다. 열일곱 살이었지만 그때까지 바다를 본 적도 없었고 부산항이 우리나라 어디에 붙어있는지도 잘 몰랐다. 그것을 생각하면 가슴이 꽉 막혀온다. 나의 참담한 처지뿐 아니라 동포 전체의 통곡과, 타국에 유린당한 조국의 슬픔이 밀려드는 것이다.

할아버지와 아버지가 살던 땅은 경상북도 상주 근처로, 지금도 부모님의 묘소는 그곳에 있고 조카들이 살고 있다. 당시 마을 변두리에는 강이 흐르고 강 저편으로 완만한 산등성이가 보였다. 이웃 마을과는

10리나 떨어져 있었고 동구 밖을 나와 강을 따라 난 신작로를 내려가면 그 길이 읍내와 만났다. 길 양쪽에는 무성한 포플러가 여름날 뜨거운 햇볕을 가려주는 시원한 그늘을 만들었고 겨울에는 바람의 기세를 어느 정도 막아주기도 했다.

강에는 흙으로 상판 위를 덮은 다리가 하나 걸려 있었다. 다리 기둥이 거의 썩어서 사람 한 명만 지나가도 무섭게 흔들렸다. 홍수가 나면 언제든 떠내려갈 듯하면서도 버티고 있는 모습은 우리 마을의 위급한 운명을 상징하는 것처럼 보였다.

땔감을 구하러 산에 가는 길에 다리를 지나는 것은 항상 이른 아침이나 해질녘이었다. 마치 좀도둑처럼 등을 구부리고 흔들리는 다리 위를 달렸다. 도중에 산림 감시인에게 발각되면 땔감을 빼앗기고 면 지소에 잡혀가 벌금을 물어야 했다.

마을노인들은 옛날에는 이렇지 않았다고 산을 바라보며 탄식했다. 일본인이 들어오기 전에는 산나물이나 나무 순, 도토리를 자유롭게 채취할 수 있었고 마른 가지를 어느 정도 긁어모아도 이래라 저래라 하는 사람은 없었다. 그런데 조선총독부가 생긴 후 우리도 모르는 새 소유지를 신고하고 산림세를 납부하라는 법률이 하달되었다. 마을사람들 은 중에는 누구 하나 그런 법률을 인정하지 않았으며, 설령 인정한다 해도 일본어로 된 복잡한 신고서류를 어떻게 작성할지 몰랐다. 결과적으로 세금이 미납된 산림은 국가에 몰수당했고 그대로 일본인 지주 손에 떨어졌다. 잠시 어리둥절한 사이에 벌어진 일들이었다.

마을사람들은 예전처럼 산에 출입하려 했지만 지주가 고용한 일본인이나 타관 출신 조선인이 사냥개 노릇을 자처해 지키고 서서 입산자들을 쫓아냈다. 그들은 산에 들어가고 싶으면 입산허가증을 받아오라고 위협했다. 마을사람들에게 허가증을 살 돈이 있을 턱이 없었다.

겨울이 오기 전 감시의 눈을 피해 몰래 몇 번씩 산에 들어가는 일은 우리 같은 젊은이나 아이들 몫이었다. 달밤이면 어슴푸레한 달빛에 의지해 마른 가지나 낙엽을 긁어모아 오지만, 달이 없는 날은 해질녘에 강을 건넜다. 사람의 눈을 피해 다리가 없는 장소를 골라 허리까지 물이 차는 강물을 건너 맞은편 언덕에 도착해 경사가 가파른 덤불숲으로 기어 올라갔다. 저녁때보다 들킬 확률이 적은 시간은 해가 뜨기 전 잠시 동안이었다.

낮에 밭일을 한 데다 밤늦게까지 멍석이나 새끼를 꼬면, 새벽에 일어나기가 괴로웠다. 졸린 눈을 비비면서 다리 위를 달렸다. 서리가 내리거나 눈이 쌓이면 마른 가지는 눈에 띄지 않았다. 키 큰 나무의 아래쪽 가지나 관목을 손도끼로 베어 재빨리 나뭇짐을 만들고 언 손을 입김으로 녹이면서 캄캄한 길을 걸었다.

그 무렵 언제나 허리춤에 버들가지로 짠 바구니를 매달고 다녔다. 개똥을 발견하면 길가에 떨어진 물건이라도 줍는 양 바구니에 주워 담아 집에 가져왔다. 풀과 볏짚과 개똥으로 만든 퇴비가 가장 질이 좋다고 알고 있었으므로, 집 앞 텃밭에 심은 콩이나 배추, 고구마, 옥수수, 가지, 오이에 주고 정성 들여 키웠다. 작물이 잘되느냐 못되느냐가 다섯 식구가 굶느냐 마느냐를 결정했다. 날씨는 하늘의 뜻이지만 비료는 사람의 힘으로 되는 일이었다. 인분조차도 귀중한 비료였다.

경지의 대부분은 논이었다. 그러나 우리 입에 쌀밥이 들어가는 것은 추석과 설날과 그나마 병이 났을 때였다. 홍수나 한파로 흉년이라도 들면 가을에 수확한 쌀은 전부 공출당하고 수중에는 쌀 한 톨 남지 않았다. 볍씨조차 몰수당하고 파종 때는 고리채를 빌렸다. 그것에 또 이

자가 붙었는데, 보통 6할의 소작료와 1할의 지세를 떼고 나면 손에 쥐는 것은 3할에 지나지 않았다. 돈이 필요하니까 수중에 남은 얼마 안 되는 쌀을 내다팔지 않을 수 없었다. 주식이 보리밥이면 아직 형편이 좋은 편이고, 주로 좁쌀 밥과 피밥, 때로는 수수나 강냉이밥이 고작이었다.

가난은 해가 갈수록 심해졌다. 내가 열 살이 넘은 이후에도 마을에서 해마다 두세 식구가 사라졌다. 그들은 깊은 산골로 들어가 화전민이 되거나, 서울이나 대전, 대구로 나가 날품팔이로 살아가는 도시 빈민이 되거나, 최악의 경우 걸식하는 신세가 되었다.

나중에 부산에서 재회한 아내 강을순도 그렇게 야반도주해 우리 마을을 떠난 고향사람이었다. 고향을 떠난 후 딸들은 아버지 손에 이끌려 만주로 흘러들어갔지만 거기도 일자리가 있는 것은 아니었고, 그런 와중에 을순의 아버지가 사고로 세상을 떠났다. 살아갈 방도가 없었던 을순의 어머니는 을순과 여동생을 데리고 친정인 제주도로 돌아갔다.

그러나 그런 가난한 마을에 살았어도 나는 집 뒤 방죽에 피어있던 연보랏빛 아카시아 꽃이나 봄바람에 흔들리는 포플러, 신록이 아름다운 버드나무 가지를 그립게 회상한다. 마을에는 샘터가 있고 돌담을 둘러싼 마을우물에서는 감로와 같은 물이 항상 흘러넘쳤다. 어렸을 때 어머니는 나를 자주 우물가에 데리고 갔다. 언제나 대여섯 명의 여자들이 모여 바가지로 옹배기에다 물을 퍼서 빨래하고 방망이로 두들기거나 잿물로 표백하거나 보리쌀을 씻으면서 세상 돌아가는 이야기를 했다. 때로는 어린아이가 이해할 수 없는 외설스러운 말을 늘어놓고 한동안씩 깔깔대며 즐거워했다. 보리쌀을 씻은 물은 바가지에 소중하게 담아 집에 가져와 닭이나 소에게 먹였다.

우리 집 사립문을 들어서면 왼쪽에 부엌, 안방, 건넌방 세 칸이 나란히 있고 안뜰을 사이에 두고 사랑채가 있었다. 사랑채에는 항상 아버지가 계셨고 어머니와 우리 세 남매는 안방과 건넌방에서 지냈다. 식사는 조밥과 산나물과 국으로 거의 정해져 있었고 가끔 보리죽이나 보리밥이 상에 올랐다. 1년에 몇 번인가 어머니가 냄비에 마른 멸치를 넣고 두부찌개를 끓여주실 때는 냄새로 미리 알아차리고 저녁밥을 목을 빼고 기다렸다. 어릴 때는 쌀겨나 무청으로 쑨 죽이 너무 먹기 싫었다. 그래도 남기면 아버지께 야단맞기 때문에 눈을 꾹 감고 삼켰다. 자라면서는 차츰 싫고 좋은 것이 없어져서 입에 들어가는 모든 것이 감사할 따름이었다. 무청 죽조차도 두 그릇 세 그릇이라도 더 먹을 수 있다면 좋겠다고 생각했다.

시골에는 청포묵 장수가 자주 왔다. 녹두를 갈아 만든 것에 지나지 않았지만 나에게는 먼 나라의 진귀한 맛으로 느껴졌다. 머리에 이고 팔러 다니는 청포묵 장수를 보면 어머니께 사달라고 졸랐다. 쌀겨로 만든 전병의 고소한 맛도 잊을 수 없다. 겨에 쌀 부스러기를 섞어 반죽해서 짚불에 구웠을 뿐 별다른 맛은 없는 음식이지만 지금도 그 냄새를 맡고 한 입 깨무는 것만으로 50년 전 마을 풍경이나 살아가던 모습을 생생하게 떠올릴 수 있다.

병약하던 아버지는 큰 키를 감당하지 못하겠다는 듯 꾸부정하게 등이 굽었지만 미남자의 면모가 남아 있었다. 젊은 시절 함께 걸어가면 마주치는 어떤 여자라도 아버지를 다시 한 번 돌아보고 지나갔다고 어머니가 말씀하신 적이 있다. 사랑의 툇마루에 앉아 눈을 가늘게 뜨고 별로 말씀도 없이 비 내리는 참외밭을 지긋이 바라보던 아버지 모습이 아직 뇌리에 남아 있다. 그 무렵 아버지가 무슨 생각을 하고 계셨는지 지금도 전혀 알 수 없다. 형에게도 나에게도, 아버지는 훈계의 말씀을 하신 적이 없었다. 잠자코 진지를 드시고 묵묵히 들일을 하고 밤에도 열심히 일했다.

내가 산에서 땔감을 지고 돌아와도 그저 끝까지 지켜본다는 표정으로 나를 흘끗 한 번 바라볼 뿐이었다. 그것이 과묵한 아버지로서 최대의 인사였는지도 모른다. 형 근식이 잡아온 미꾸라지로 추어탕을 끓일 때면 아버지는 막걸리를 마시고 평소보다 말씀을 조금 많이 하셨다. '하늘이 무너져도 솟아날 구멍이 있고 범에게 물려가도 정신만 차리면 살아날 방법이 있다'고, 딱히 누구에게 말하는 것이 아니라 혼잣말처럼 중얼거렸다.

나는 드물게 아버지 입에서 흘러나오는 인생의 교훈을 신선한 기분으로 받아들였다. 이 교훈은 그 후 내가 살아가는 동안 여러 차례 떠올랐고 나를 지탱해주었다. 나중에 이 문구를 서예가에게 쓰게 해서 액자에 넣고 사무실에 걸어두었다.

인근 마을에 있는 보통학교에 통학하는 아이들은 마을에 3명밖에 없었다. 우리 같은 '상놈의 자식'들은 동네 서당에 얼굴을 내미는 것이 고작이었다. 그것도 3남매가 함께 가는 것은 무리여서 형이 2년, 누나 현숙이 1년 다니고 내 차례가 왔을 때 난 열 살이었다. 작은 몸으로 왕복 20리가 넘는 길을 매일 걸었다.

서당 훈장님은 양반 혈통을 이어받은 하얀 턱수염을 기른 분으로, 성함은 장일우(張一宇)라고 했다. 선생님은 천자문으로 한자를 외우게 할 뿐만 아니라 한글 읽기를 중시하고 산수도 가르쳐 주셨다. 대전에서 기숙학교를 다니는 장 선생님 아드님이 가끔 집에 돌아오면 재미있는 이야기를 해줬다. 나는 선생님이 낭독해주는 시와 오락시간에 부르는 민요가 아주 좋았다. 시는 어려워 선생님이 의미를 설명해주셔도 절반 정도밖에 이해할 수 없었지만 묘하게 마음이 끌렸다.

지금도 생각나는 것은 〈길가의 돌〉이라는 시다. 마을 길가에 사람 키만 한 커다란 돌이 나뒹굴고 있어 고향에 돌아올 때마다 나는 그 앞을 지나네, 그 돌은 어렸을 때부터 그곳에서 나를 바라보고 있는데, 마찬가지로 돌은 아버지나 할아버지의 어린 시절도 계속 지켜보았을 테지, 그 무렵 일본인이 없는 마을사람들의 생활은 좀더 멋졌을 거야, 지금처럼 비참한 생활은 내가 죽고 나서도 계속될까, 하고 돌에게 묻는 것으로 시는 끝났다.

선생님은 이 시의 작자가 누구라고 알려주지 않았지만 나는 금방 선생님이 지은 시라는 것을 알았다. 왜냐하면 서당 가까운 세 갈래 길에 정말 커다란 돌이 있었고 걷다 피곤해진 노인들이 앉아 쉬거나 아이들이 돌 던지기를 할 때 표적이 되었기 때문이다. 시를 배운 이후 돌이 친근하게 느껴졌고 살아 있는 생물처럼 나를 바라보는 것 같았다. 돌은 고향 마을 똑같은 자리에 지금도 있을 것이다.

선생님은 아이들이 공부를 지루해하면 뜰에 나가 동요를 함께 불렀다. 우리가 모르는 민요풍 동요가 대부분이었다. 손을 잡고 둥글게 원을 그리면서 땅 위에 그린 이 동그라미에서 저 동그라미로 뛰어다니면서 노래를 불렀다. 그리고 마지막에는 항상 선생님이 혼자서 아리랑을 불렀다. 구슬픈 가운데도 강한 의지가 느껴졌다. 마음을 모아 아리랑을 부르던 선생님의 옆얼굴을 나는 눈도 깜박이지 않고 응시했다.

배고픈 줄도 모르고 우리는 놀았다. 어린아이들 눈에도 뭔가 어지러운 세상에서 비켜나 초연하게 보이던 장일우 선생님은 중일전쟁이 시작된 후 반일운동에 가담했다가 체포되어 그대로 대전 형무소에서 돌아가셨다고 들었다. 그 서당을 다닌 1년이 나의 삶에서 유일하고 소중한 학교생활의 전부였다. 짧은 기간이었지만 그럭저럭 한자를 읽고 한글을 쓸 수 있는 것도 선생님과 아드님 덕분이다.

서당에 그만 다니게 되자 아버지와 형 밑에서 농사일을 배우는 나날이 계속됐다.

1941년 봄, 면에서 광산에 갈 사람을 모집하자 형 근식이 만주로 떠났다. 그 무렵 흉년이 계속돼 우리 집처럼 남자 일손이 셋이나 있어도 먹고 살기가 어려워, 형은 자주 토목공사판 날품팔이 일을 나가곤 했다. 하루 5, 60전[4] 벌면 잘 번 축에 들었는데, 만주에 가서 일하면 2원 50전을 벌 수 있다고 했다. 여름이 지나자 형에게서 처음으로 돈이 송금돼 왔다. 30원과 함께 짧은 편지가 들어 있었다. 2원 50전이라는 것은 거짓말이고 실제로는 1원 50전밖에 못 벌고 기숙사 방값과 옷값을 빼면 얼마 남는 돈이 없다고 했다.

광산 일은 상상할 수 없을 정도로 힘들고 농사일이나 토목공사판 일과는 하늘과 땅 차이라고 했다. 발밑에서 물이 솟아나고 캄캄한 가운데 천장에서 광석 덩어리가 떨어지면 무서워서 다리가 후들거리며, 집에 돌아가고 싶지만 계약기간이 지나지 않아 허락해주지 않는다고 쓰여 있었다.

서툰 편지를 내가 읽어드리자 아버지는 입을 꽉 다무셨고 어머니는 조용히 눈물을 훔치셨다. 아버지는 10원짜리 지폐 석 장을 조심스럽게 꺼내 종이에 싸서 작은 상자에 집어넣었다. 형은 그 해 연말에 다시 송금을 해왔다. 역시 30원과 편지가 들어 있었다.

---

[4] 경성상업회의소 자료에 따르면 쌀 1되가 32전, 도시노동자 일급이 5, 60전이므로 약 쌀 2되 값.

만주의 추위는 조선에 비할 바가 아닙니다. 온돌이 아니라 목조 가건물인데 드럼통 난로가 하나밖에 없습니다. 천장엔 비가 새고 마룻바닥에서는 틈새로 황소바람이 불어옵니다. 광부들은 서로 몸을 맞대고 자지만 이불 가장자리는 사람들이 내쉬는 숨으로 얼어붙습니다. 그래도 열심히 버티고 있으니까 염려하지 마십시오.

형은 이렇게 당차게 편지를 끝냈다. 아버지는 그때도 형의 돈에 손을 대지 않았다. 같은 해 연말 누나가 시내 술도가로 고용살이를 떠났다. 단순히 입 하나를 덜었을 뿐 급료는 없는 것이나 마찬가지였다. 얼마 안 있어 술을 사러오던 근처 마을 남자에게 시집갔다.

사건이 일어난 것은 1943년 가을 어느 화창한 날이었다. 날짜는 기억나지 않는다. 그날을 경계로 내 운명이 크게 바뀌었는데도 10월 초순이었는지 중순이었는지도 기억나지 않는 것은 이상할 정도지만 내가 날짜와는 상관없이 그날그날 살아가고 있었다는 증거이리라. 밭일 하나만 해도 스스로 일을 계획하고 순서를 정해서 하는 것이 아니었다. 괭이질이나 논두렁 만들기, 파종하기, 솎아내기, 밑거름 주기 등 모두 아버지의 지시에 따라 움직였다.

그날 아버지는 아침부터 기침이 심해져 나 혼자 짐수레를 밀고 밭에 나갔다. 강 상류에 있는 척박한 계단식 밭을 빌려 콩을 심었다. 집에서 10리 남짓 떨어진 곳이었다. 열매가 달린 콩대를 뽑아내 충분히 흙을 털고 서너 대씩 짚으로 감싸고 짐수레에 쌓아 올렸다. 한꺼번에 집까지 운반할 수 없기 때문에 하루에 여러 차례 왕복해야만 했다.

흘러내리는 땀을 닦으면서 허리를 펴자 노란색과 갈색으로 물들어 가는 주변의 잡목림과 투명할 정도로 파란 하늘이 눈에 들어왔다. 어디선가 까마귀가 울었다. 대기를 찢는 듯한 불길한 소리였다. 나는 갑자기 사람의 목소리를 들은 것 같은 느낌이 들어 마을 쪽으로 얼굴을 돌렸다. 손을 흔들면서 누군가 달려오고 있었다. 아니, 달리려고 하지만 언덕이기 때문에 발은 나아가지 못하고 몇 번이나 넘어질 듯 비틀거렸다. 어머니라는 것을 알고 나는 뛰어 내려갔다.

"시근아, 큰일 났다. 아버지가 끌려가셨다."

"끌려가시다니요? 어디로요."

"면사무소야. 면장과 순사가 와서 누워 있는 아버지를 끌고 갔어."

"아버지가 무슨 나쁜 짓이라도 했답니까?"

"징용이라는구나. 일본에 가서 일해야 한대. 도망치면 죄가 되고 논밭도 전부 빼앗긴대. 아이고! 우리는 이제 큰일났다."

어머니는 땅에 주저앉아 울음을 터뜨렸다.

"어머니, 염려마세요. 제가 해결하고 올게요."

나는 어머니를 그 자리에 남겨두고 뛰기 시작했다. 10리 가까운 길을 쉬지 않고 달렸다.

면사무소 마당에는 마을사람들이 모여서 서로 수군거리고 있었다. 나는 사람 사이를 헤치고 사무소에 들어가서 면서기 앞에 섰다.

"아버지 대신 제가 가겠습니다. 아버지는 몸이 약해서 무리하시면 돌아가실 겁니다. 아버지가 돌아가시면 어머니도 살지 못합니다."

나는 필사적으로 호소했다. 양복을 입은 서른 살 정도의 면서기가 놀란 눈으로 나를 바라보더니 이윽고 자리에서 일어나 안쪽 면장실로 들어갔다.

면사무소 의자에 근처 면에서 온 노인을 포함해서 15명 정도가 앉아 있었다. 뒤쪽에 아버지 얼굴이 보였다. 징용당한 사람 중에 아버지가 가장 나이가 많았다. 갑자기 뛰어들어 온 아들 때문에 당혹해하는 아버지의 수척한 얼굴은 영락없는 노인이었다.

나는 면장에게 불려 들어갔다.

"하시근, 몇 살인가?"

"열일곱 살입니다."

"열일곱이면 나이가 모자라는데."

"힘은 스무 살짜리에게도 지지 않습니다."

나는 무섭게 버티고 서서 사지에 힘을 줬다. 양반 혈통을 이어받았다는 면장은 얼굴을 찌푸리고 넝마 차림의 내 몸을 당혹스러운 기색으로 바라볼 뿐이었다. 면서기가 면장 귀에 대고 무엇인가 속삭였다. 면장이 고개를 끄덕이자 이번에는 면순사에게 귀엣말을 했다.

"좋아, 하시근은 여기 남아라. 하태준은 귀가해도 좋다!"

순사는 큰소리로 외쳤다. 아버지는 일어서서 내 쪽은 쳐다보지도 않고 면장에게 다가갔다.

"우리 집은 큰 아들이 만주에 징용 갔습니다. 그런데 이번에는 둘째 아들입니까? 왜 우리 집만 두 번씩이나 징용에 끌려가야 합니까?"

"그때와 이번은 사정이 다르다. 지금은 비상체제라 어떻게 해서라도 인원수를 채워야 돼."

사람만 좋을 뿐 무엇이든 군청에서 시키는 대로 하는 면장은 겁먹은 표정으로 아버지에게 변명했다.

"하태준, 꼴사납다! 훌륭한 아들을 둘씩이나 둬 다행인 줄 알아!"

순사에게 호통을 듣고 아버지는 어깨를 축 늘어뜨렸다. 넋이 나간 얼굴로 사무소를 나갈 때까지 나를 쳐다보지도 못했다.

순사는 그때까지 아버지가 앉았던 자리에 나를 끌고 가서 앉혔다. 곁눈질로 주변을 살펴보니 대체로 20세에서 35세 사이의 남자뿐으로 나보다 어린 사람은 하나도 없었다.

모두 평상복이거나 작업복 차림으로 개중에는 짚신도 신지 않고 진흙 묻은 다리를 양팔로 끌어안은 사람도 있었다. 준비할 틈도 없이 면사무소에 끌려온 것이 분명했다.

"지금부터 30분 후에 트럭이 도착한다. 그때까지 여기 꼼짝 말고 있어라."

순사는 면사무소 앞을 왔다갔다하면서 말을 계속했다.

"도중에 달아나면 도망병과 동일하게 취급하고, 남은 가족에게 책임을 묻겠다. 알겠나?"

항의하는 사람은 아무도 없었다. 면장은 벽에 걸린 시계에만 신경을 썼고 면서기는 바쁜 척하면서 서류를 뒤적거렸다.

갑자기 입구 쪽이 소란스러워지고 머리를 풀어헤친 젊은 여자가 뛰어들어 왔다. 막으려는 면서기를 뿌리치고 면장에게 덤벼들었다.

"당신이 그러고도 인간이야? 부부가 된 지 한 달도 안 된 사람을 잘도 일본에 팔아먹는구나, 우리 부부 사이가 샘이 나서 그래? 어차피 당신 물건은 쓰지도 못하잖아. 쓸모없는 당신이나 일본에 가면 되잖아. 당신 여편네도 좋아할 텐데."

갓 혼례를 올린 최경엽(崔景葉)이 얼굴이 새빨개져서 면장에게 소리쳤다. 순사가 두 사람을 떼어 놓자 최경엽은 순사의 팔에 매달렸다.

"저 사람 좀 돌려줘요. 난 어떻게 살라고요."

커다란 눈물방울이 최경엽의 얼굴을 적셨다. 순사는 더 이상 참을 수 없다는 듯 최경엽을 뿌리쳐 떼어놨다.

"못 봐주겠군, 이거. 1년만 지나면 돌아온다. 그동안 송금은 착실하게 할 거니까 넌 고생 않고 좋잖아!"

"돈 같은 거 필요 없어. 저 사람만 있으면 구더기라도 먹고 살 수 있어."

최경엽이 남편의 모습을 발견하고 다가가려 했지만 순사에게 제지당했다. 면서기가 남편 안선호(安先浩)에게 눈짓 했다. 안선호는 아내를 진정시켜 입구까지 데리고 가 마을사람에게 부탁했다. 최경엽의 울음소리는 그 후에도 한동안 이어졌고 안선호는 바닥을 내려다보며 손으로 눈물을 훔쳤다.

트럭이 도착한 것은 정오 조금 못 되어서였다. 다시 한 번 우리 이름과 서류를 대조했다.

"하시근, 생년월일을 1년 앞당겼다. 앞으로 이대로 해라."

사무소를 막 나서는데 면서기가 나에게 다시 한 번 다짐을 받았다.

트럭에는 이미 20여 명이 타고 있었고 짐칸에 비치된 의자에 순사 두 명이 위압적인 표정으로 앉아 있었다. 올라탈 차례가 되었을 때 부모님 얼굴을 발견했다. 어머니가 금방 내 곁에 다가왔다. 아버지는 그 뒤에 서 있었다. 다른 사람보다 목 하나가 더 큰 아버지의 모습이 말라 죽은 나무처럼 보였다.

"시근아, 무사히 꼭 돌아와야 한다."

나는 고개를 끄덕였다.

어머니는 방울방울 눈물을 흘렸다. 나는 손을 잡고 위로해 드렸다. 아버지가 무명베 자루를 내밀었다. 의아해하는 나에게 아버지는 괜찮으니까 가져가라는 손짓을 하셨다.

트럭에 시동을 걸었다. 여기저기서 울음소리가 커졌다. 우리들은 짐칸에서 일어서지도 못하고 엎드린 채 손을 흔들었다. 어머니 얼굴이 구겨진 종이처럼 일그러졌고 그 뒤에 아버지가 허리를 곧추세운 채 꼼짝 않고 내 쪽을 바라보셨다.

그때 사람들 틈에서 튕겨져 나온 흰 옷의 여자가 트럭 뒤를 쫓아오기 시작했다. 최경엽이었다. 안선호가 벌떡 일어서서 손을 흔들었다. 트럭이 마을 어귀 모퉁이를 돌 때까지 내내 최경엽의 하얀 그림자가 트럭 뒤를 쫓아왔다.

안선호는 두 번 다시 최경엽을 보지 못했다. 안선호가 탄광에서 낙반사고로 생명을 잃은 것은 탄광 조선인 기숙사에 들어온 지 한 달도 채 못 되어서였다. 우리 중 최초의 희생자였다. 전쟁이 끝나고 고향에 돌아왔을 때 최경엽은 이미 이웃마을 친정에 돌아가 있었다. 그리고 나도, 아버지의 얼굴을 두 번 다시 보지 못했다.

아버지와 나눈 마지막 대화가 무엇이었는지 가끔 생각해볼 때가 있다. 트럭에 올라탔을 때도, 면사무소 대기소에서도 우리 사이에 대화는 없었다. 마지막 날 콩밭에 갈 때 집에 남아 있던 아버지가 내게 뭔가 말을 걸었던 기억은 없다. 아침밥을 먹을 때 어머니와는 무슨 말인가 나눈 것 같지만 아버지는 잠자코 식사하면서 여느 때처럼 입을 열지 않았다. 결국 내가 기억하는 것은 느닷없이 무명베 자루를 내밀던 아버지의 저 어두운 눈빛뿐이었다.

그때 아버지가 강제 연행당하고 내가 남은 경우를 생각해 봤다. 폐병에 시달리던 아버지의 몸은 농사일도 견디지 못했기 때문에 탄광 노동은 분명히 반년도 버티지 못했을 것이다. 나는 특별히 효도한 것은 없지만 아버지를 타향에서 객사시키지 않은 것을 지금까지도 작은 위안으로 삼는다.

　트럭은 마을을 나와 강을 따라 달렸다. 나는 고향 산천을 머릿속에 깊이 새겨두려고 눈을 화등잔만 하게 떴다. 전날 밤 비가 내려서 강물빛은 흐렸다. 땔감을 마련하려고 수백 번 발을 들여놓았던 산이 아득하게 보였다. 단풍에 물든 산색은 아름다웠다. 서리를 밟고 마른 나뭇가지를 찾는 일은 어렵고 힘들었지만 막상 그곳을 떠나려고 하니 가슴이 막히고 아파왔다.

　마을도 산도 보이지 않자 한꺼번에 눈물이 쏟아졌다. 나는 입술을 깨물고 흐르는 눈물을 불어오는 바람에 내맡겼다. 우리는 점심밥도 못 먹고 트럭 위에서 계속 흔들렸다. 누군가가 소변이 마렵다고 하자 순사는 마지못해 운전수에게 차를 세우라고 했다. 두 사람씩 묶어 조밭에서 용변을 보게 했다. 한 사람이 볼일을 끝내면 다른 한 사람이 트럭에서 내렸다. 한꺼번에 도망친다면 불가능할 것도 없겠지만 우선 순사의 권총이 두려웠고 도망병이 되면 남은 가족에게 해가 미친다는 협박이 우리를 꼼짝 못하게 만들었다.

　군청에는 해가 져서야 도착했다. 군청 앞뜰에 우리같이 초라한 행색의 남자들이 1백여 명 모여 있었다. 일본인 군청 직원 5, 6명이 우리를 멀찍이 둘러싸 감시했고, 그중 한 사람이 임시로 만든 단 위에 올라갔다. 서툰 우리말이었지만 의미는 대강 알아들을 수 있었다.

　"너희들은 여기서 일본으로 건너가 조선소에서 일한다. 알았나! 천황폐하의 신하로서 훌륭한 군함을 만드는 것이다. 내지5)에서 기술을 익히는 것이 자신을 연마하고 또 천황폐하를 떠받드는 일이 된다. 목

---

5) 내지(內地): 식민통치 시기 일본이 본토를 일컫던 말.

숨 걸고 일하고 오라!"

'천황폐하'라는 대목에서 군수는 스스로 차렷 자세를 취했고 주변의 일본인들도 허겁지겁 그 짓을 따라 했다. 우리들만 아무 반응을 보이지 않았다.

일본에 가고, 거기서 배 만드는 일을 한다고 나는 막연하게 짐작했다. 불안은 다소 진정되었다. 적어도 새삼스럽게 눈물은 쏟지 않았다.

훈시를 들은 후 아까처럼 3대의 트럭에 나누어 올라탔다. 점촌역에 도착했을 때 이미 어둑어둑해졌다. 여관의 연회장에 올라가 저녁을 먹었다. 보리밥과 콩나물국뿐인 간단한 식사였지만 모두 게걸스럽게 먹었다. 몇 번이라도 가져다 먹을 수 있었기 때문에 의외로 앞날이 편할지도 모르겠다고 생각했다. 연회장은 다다미방으로, 천장이나 난간의 조각이 내 눈에는 신기하게 비쳤다. 우리를 다다미방에 집어넣기 위해서일까, 다다미 위에 이미 멍석 같은 덮개가 깔려 있었다.

"이봐! 모두 똑똑히 들어!"

뒹굴고 있거나 책상다리를 하고 있는 방에 순사 두 사람과 양복 차림의 일본인 세 명, 틀림없이 조선인으로 보이는 남자 두 사람이 기세당당하게 들어왔다. 우리는 엉금엉금 앉음새를 고쳤다.

"지금부터 우선 너희들에게 여기 계신 세 분의 선생님이 주의 말씀을 하신다. 성함은 잊어버리더라도 얼굴만은 잊지 않도록!"

순사가 경례하자 세 사람 중 가장 키가 작은 30세가량의 남자가 앞으로 나왔다.

"나는 야마모토 산지다. 너희가 일본에서 제대로 임무를 수행할 수 있도록 관리하고, 너희를 다시 이곳에 데려다 놓는 것이 내 역할이다."

일본인이라고는 생각할 수 없게 유창한 우리말로 연설했다. 검은 수

염이 양쪽 귀밑부터 턱 아래까지 빙 둘러 났고 퉁방울눈이 번들번들 움직였다. 황소 같은 강인함과 매 같은 민첩함이 하나로 합쳐진 인상이 그때까지 고향마을에서는 만난 적이 없는 부류의 남자였다.

"너희들 중에서 우리가 대장과 부대장을 선발했다. 우리 의견을 먼저 듣고 너희들을 관리하고 보살펴주는 역할이다."

야마모토가 소개한 조선인 두 사람은 한마디씩 했다. 대장은 일본이름이 야마시타(山下) 본명 박정희(朴正喜), 부대장은 무네(宗) 본명은 종극로(宗克魯)라고 이름을 밝혔지만, 이 두 사람은 단지 일본어를 지껄일 줄 알 뿐 달리 아무것도 아니라는 사실이 일본에 도착하기도 전에 드러났다.

그날은 큰 방에서 한데 뒤섞여 밤을 지내나보다 하던 참에 한 시간 후 집합하라는 명령을 받고 역 구내까지 걸어갔다. 사람들이 오르내리는 플랫폼과는 불과 백 미터 떨어져 있었고 화물을 쌓아두고 싣는 하역장에서 점호를 받았다. 그때 3명이 자취를 감췄다. 여관에 있는 동안 도망쳤는지 역까지 오는 동안 달아난 것인지 우리는 수군수군 소문을 주고받았다. 순사와 일본인 3명이 이마를 맞대고 무엇인가 의논했다. 나는 도망치면 남은 가족이 해를 입는다고 굳게 믿었기 때문에 막무가내로 도망쳐버린 사람들을 오히려 측은하게 여겼다.

역에서 30명씩 화물칸에 짐짝처럼 처넣어졌다. 바닥에는 아무것도 깔려 있지 않았고 옷은 입은 채로 누울 수밖에 없었다. 어찌할 바를 몰라 허둥대는 동안 나는 철문 가까운 곳에 밀려와 겨우 엉덩이를 바닥에 붙이고 앉았다. 도중에 변소에 가고 싶으면 어떻게 할까 염려되었던 것은 문이 잠겨 있었기 때문이다. 화물칸 안은 캄캄했고 잠시 후 기차가 움직이기 시작했다. 누우면 기차 바퀴가 회전하는 소리가 바닥을 사이에 두고 직접 귀에 울려왔다. 선로의 이음매에서 나는 소리가 고향에서 멀어져 가는 불안과 적막함을 더욱 세차게 불러일으켰다.

　누구도 입을 열지 않았다. 어둠에 익숙해지자 옆 벽면 틈새로 새어 들어오는 빛으로 내부가 희미하게 분간되었다. 모두 가운데로 발을 뻗고 머리를 바깥쪽으로 한 채 누워 있었다. 한 시간쯤 지나서일까. 한 사람이 일어나서 내 쪽으로 다가왔다.
　"실례," 하더니 뒤집혀 있던 양동이를 바로 놓고 소변을 보기 시작했다. 나는 몸을 반대로 돌리고 보지 않으려고 했다. 다른 사람은 양동이가 놓인 구석을 피했는데 요령 없는 내가 그 곁에 밀려왔다는 것을 그제야 알았다. 내가 소변볼 때는 편리하겠지만 그렇다고 좔좔 소리를 내면서 양동이에 일을 볼 수 있을지도 자신이 없었다.
　일을 마친 남자는 잠자코 제자리로 돌아갔다. 그 후 몇 분 간격으로 누군가가 와서 볼일을 보고 돌아갔다. 두세 사람부터는 실례한다는 말도 없이 다들 자연스레 양동이에 소변을 봤다. 눈을 감고 귀를 막고 있는 사이, 피로와 졸음이 밀려왔다. 아버지가 주신 무명베 자루가 베개로 안성맞춤이었다.
　잠시 졸다가 눈을 뜬 것은 열차가 급정거를 했기 때문이다. 금속성 소리가 나고 차체가 심하게 흔들렸다. 무슨 일이 일어났는지도 모른 채 머리를 조금 쳐들었다. 열차는 철커덩거리며 불규칙하게 움직이다가 멈췄다. 그 순간 등에서 허리까지 써늘한 느낌을 받았다. 희미한 어둠 속에서 옆으로 눈을 돌리자 양동이가 뒤집어지고 그 속의 액체가 바닥을 흐르고 있었다. 내 몸이 방조제 역할을 해서 넓게 퍼져가는 것을 막았고, 남은 액체는 철문 틈새로 화물차 밖으로 흘러갔다.

나는 무명베 자루를 움켜쥐고 일어섰다. 다행히 자루는 젖지 않았다. 그러나 저고리와 바지는 거의 절반이 푹 젖었다. 소리 내어 마구 울부짖고 싶은 심정이었다.

"운수 사나운 꼴을 당했구나. 이것으로 옷을 닦으렴."

옆에 자고 있던 남자가 수건을 꺼내주었다. 받기를 망설이자 남자는 재촉했다.

"괜찮으니까 닦아. 네가 없었으면 내가 젖을 뻔했잖니."

나는 수건을 받아들고 저고리와 바지의 젖은 곳을 눌러 닦았다. 이웃 남자는 내게 돌려받은 수건으로 바닥을 닦기 시작했다. 수건은 이미 흥건하게 젖었다. 그는 아무렇지도 않은 손놀림으로 양동이에 쥐어짜고 다시 바닥을 닦았다. 몇 번을 그렇게 되풀이하자 바닥은 젖은 곳이 눈에 띄지 않았다.

"여기 마른 곳으로 바꿔 눕자. 양동이는 내가 발로 누르고 있을 테니 이제 염려 안 해도 돼."

그렇게 말하고 나와 자리를 바꿔 그 자신이 방금 오줌에 젖었던 곳으로 옮겨갔다. 몸을 철문과 나란히 하고 발끝으로 양동이를 벽 쪽으로 눌렀다.

잠시 후 기차는 다시 천천히 움직이기 시작했다.

"너처럼 어린 아이까지 끌고 오다니, 무자비한 놈들 같으니라구."

그는 천장을 바라본 채 말했다.

나는 터져 나오는 울음을 아무래도 주체할 수가 없었다. 고향에서 아무리 가난한 생활을 했다고 해도 오줌 범벅이 된 잠자리에 자는 그런 지경까지 이른 적은 없었다. 그는 그 이상 아무 말도 하지 않았지만 내가 흐느끼고 있는 것을 알았을 것이다.

그가 바로 김동인(金東仁) 씨였다. 지금도 나는 그를 생각하면 가슴이 뜨거워진다. 연령은 우리 아버지와 큰 차이가 없는 45세로, 끌려온 사람 중 가장 연장자였다. 지독한 가난 때문에 장가도 못 들고 연로한 어머니와 형님 내외 밑에서 겨우 살아가던 참에 징용을 당했다고 했다. 글을 전혀 몰라, 일본에 도착한 후 몇 번인가 내가 그분 어머니께 편지를 대필해준 적이 있었다.

김동인 씨는 끝내 살아서 조국 땅을 밟지 못했다. 너무나도 선량한 사람이었다. 이에 관해서는 나중에 자세하게 설명할 기회가 분명 있을 것이다.

화물차는 그대로 계속 달렸다. 밤중에 한 시간이나 두 시간 정차해서 다른 기관차에 다시 연결되는 것 같았다. 기차가 멈춰 선 동안 더 이상 나도 오줌을 참을 수 없어 일어서서 양동이에 일을 봤다. 벌써 양동이는 3분의 2가량 차 있었고 크게 흔들리기라도 하면 넘치지 않을까 걱정스러웠다. 잠자면서도 김동인 씨의 발은 양동이를 단단히 벽 쪽으로 누르고 있었다.

벽 틈새로 들어오는 빛이 점점 밝아지면서 기차는 다시 섰다. 철문이 1미터가량 열렸다. 야마모토가 얼굴을 내밀고 양동이 내용물을 비우라고 명령했다. 김동인 씨가 양동이를 들고 가서 화물차 아래 쏟아부었다. 누군가가 대변을 보고 싶다고 외쳤고 야마모토는 한 번에 세 사람씩 밖으로 나와도 좋다고 허락했다. 나는 마렵진 않았지만 양동이에 다시 볼일을 보고 싶지 않아서 아무 조에 끼어 화물차에서 내렸다. 철로 사이에서 구부리고 방광을 비웠다. 눈앞에 누군가가 배설한 설사에서 따뜻한 김이 모락모락 올라왔다. 야마모토는 우리가 들개처럼 일을 보는 모습을 히죽거리며 바라보고 있었다.

부산역에 도착한 것이 오전 10시경이다. 2열종대로 열을 지어 부둣가로 걸어갔다. 자동차와 인력거가 오가는 넓은 도로에서 눈을 뗄 수 없었다. 통행인들의 단정한 옷차림에 비하자니 나의 지린내 나는 몸뚱이가 한심했다.

부두에는 두 개의 굴뚝을 가진 커다란 기선이 바싹 대어져 있었다. 바다를 본 것도 기선을 본 것도 처음이었다.

"이제부터 저 배를 타고 일본으로 건너간다. 승선은 오후부터니 그때까지 여기서 꼼짝 마라."

창고 안에 우리를 모아놓고 야마모토가 말했다. 일본이 가까워지니 태도가 더욱 거칠어졌다. 대장이나 부대장은 진짜 몸종처럼 그의 시중을 들기에 바빴다.

점심은 보리가 든 쌀밥이 나왔다. 쌀을 입에 넣는 것은 거의 반년 만이었으므로 나는 몇 번이나 씹어보았다. 도대체 배가 차지 않았으나 밥을 먹고 나자 왠지 한결 마음이 놓였고 주위를 볼 여유도 생겼다.

창고의 절반은 보리인지 밀가루인지가 든 포대가 천장까지 쌓여 있었다. 1미터 폭으로 열린 창고 철문 사이로 바다가 보였다. 거의 아무것도 없는 바다였다. 여기까지 온 것도 땅 끝에 온 기분인데 다시 바다를 건너다니…. 두 번 다시 돌아올 수 없을 것 같은 불안을 떨쳐버리려고 안간힘을 썼다.

2

　부산항이 컨테이너선의 기지가 된 이후 구식 잔교는 헐리거나 부서졌다. 40여 년 전 우리가 잠시 머물렀던 창고는 흔적도 없이 사라졌다. 콘크리트 바닥에 앉아 열린 문 틈새의 바다를 두려운 마음으로 바라보던 기억만이 공허하게 떠돌았다.

　페리선 터미널 2층 대합실은 사람들로 넘쳐났다. 6각형인지 8각형인지로 된 홀 중앙에 선물가게가 있고 창가는 전부 소파였지만 빈자리는 하나도 없었다. 더 서 있을 수가 없던 나는 수학여행을 인솔하고 온 교사의 양보로 자리에 앉았다. 대구에 있는 여자상업학교의 학생 150명을 인솔해 규슈 여행을 간다고 했다. 백제의 귀족들이 건설한 다자이후(太宰府)의 미즈키(水城)와 임진왜란 때 도요토미 히데요시에게 끌려온 도공들이 시작한 가라쓰(唐津)의 도자기 가마를 방문할 예정이라고 했다.

　구김살 없는 미소를 지으며 소리 높여 재잘거리는 여학생들에게서 여행에 대한 알 수 없는 불안이나 감상(感傷) 같은 것은 찾아볼 수 없었다. 해협 하나를 건너는 것에 대해 누가 겁을 내겠는가, 이 바다를 자신의 의지로 건널 수 있기만 하다면. 그 옛날 우리처럼 목적지도 확실하게 듣지 못하고 언제 돌아올지도 알지 못한 채 배에 내던져진 한 무리의 사람들이 있었다는 것을 저 여학생들은 모를 것이다. 나는 출국 증명서에 64세라고 기입했다. 글씨를 공들여 썼다.

그 당시에는 출국증명서 같은 것은 필요 없었다. 겨우 열일곱 살이었던 나는 창고에서 하룻밤을 지새우고 새벽 모두가 줄을 지어 덩치만 무작스럽게 큰 배에 승선했다. 오후 출항 예정이었던 배가 왜 다음 날로 연기되었는지 아무도 알려주지 않았다.

나는 오줌에 절은 바지와 저고리를 입고 아버지가 건네준 무명베 자루를 옆구리에 끼고 낡아빠진 짚신을 신고 있었다. 갑판의 바닷바람은 찼다. 바람을 막아줄 장소로 한시라도 빨리 피하고 싶었다.

"꾸물거리지 마라!"

일본인에게 쫓겨 가파른 계단을 내려갔다. 가는 곳마다 감시인이 서 있었고 손에 든 대나무 채찍으로 우리를 성급하게 밀어붙였다. 제일 아래 선실까지 더듬어 갔을 때 나는 한순간 새의 무덤에 온 줄 알았다. 무수한 학(鶴)의 무리가 꽉 들어차 있었다.

그러나 자세히 살펴보니 그것은 사람의 무리였다. 흰 저고리를 입은 남자들은 무릎을 감싼 채 웅크리고 앉아 떨어뜨린 고개를 다리 사이에 묻었다. 게다가 모두 한 쪽 발목이 끈으로 염주처럼 꿰어진 채 묶여 있었다.

"서 있지 말고 안쪽으로 들어가!"

또 다시 일본인이 고함을 질렀다. 일본어 억양이 섞인 우리말이 처절한 분위기를 더했다. 우리는 슬슬 계단을 내려와 학의 묘지 옆 빈 공간에 웅크리고 주저앉았다.

"쓸데없는 잡담은 하지 마라!"

전원이 모두 자리 잡는 것을 지켜본 감시인은 내뱉듯 한마디 던지고 단숨에 계단을 올라갔다. 감시인이 없어도 누구 한 사람 입을 열지 않았다. 새로 온 우리 신참에게 말을 걸기는커녕 눈길을 줄 기력조차 없는 먼저 온 사람들의 모습에서, 우리가 처한 입장을 깨닫기 시작했다.

"저 사람들은 물만 먹고 하루 종일 창고에 갇혀 있었대. 기운이 빠지면 도망도 못 치는 것 같아."

김동인 씨가 낮은 소리로 말했다.

"족쇄를 채워서 어디로 데려간다던가?"

누군가가 김동인 씨에게 물었다.

"탄광이라는 것 같아. 땅 속에 굴을 파고 석탄을 캐는 두더지 같은 일이야. 어디서 들은 적이 있어. 굴이 무너지면 생매장당하는 일도 있고 구조된다 해도 허리는 납작하게 찌부러진대."

김동인 씨의 대답에 근처에 있던 사람들은 모두 입을 다물었다.

"우리는 조선소라 다행이군."

누군가가 말했다. 인간이란 자기보다 불행한 사람을 만나면 자신은 행복하리라 믿고 안심해버리는 존재인 걸까.

한 시간 정도 지나서 야마모토가 인솔대장 박정희와 부대장 종극로를 데리고 내려왔다.

"아침밥이다. 한 사람 앞에 두 개씩밖에 없으니까 더 집으면 굶는 사람이 나온다. 공평하게 나눠라. 알겠나, 식사가 끝나면 출항한다."

양푼 다라이6) 속에는 보리를 섞은 주먹밥이 산처럼 쌓여 있었다. 우리보다 더 배가 고팠던 먼저 온 사람들은 주먹밥에 얼른 손을 내밀어 두 개씩을 확보한 다음 게걸스럽게 먹기 시작했다. 커다란 주전자가 몇 개 들어와, 뚜껑에 보리차를 따라 마셨다.

한 개를 다 먹었을 무렵 배가 움직이기 시작했다. 나는 부모님을 두고 떠나는 조국의 모습도 보지 못하고 컴컴한 선실 맨 아래 칸에서 우물우물 주먹밥만 계속 씹었다.

대부분의 승객은 갑판에 나와 있었다. 부관 페리호는 정각 5시에 기적을 울리고 천천히 출발했다. 선체와 해안 암벽 사이의 바다 표면이 소용돌이를 그리며 일렁였다. 스피커에서 '호타루노히카리'7)가 흘러나왔다. 터미널 3층에 있는 가야회관 손님이 손을 흔들었다. 미련을 끊으려는 듯, 기적 소리가 또 한 번 울렸다. 선미를 바깥으로 향한 채 해안을 떠난 페리호는 90도로 선회해서 똑바로 외해를 향해 나아갔다.

나는 반대편 갑판으로 옮겨가 멀어져가는 부산을 바라봤다. 시가지를 감싸고 있는 산 거의 중턱까지 주택과 아파트가 들어섰다. 오른쪽 높은 언덕에 코모도 호텔이 제단(祭壇) 같은 적갈색 외벽을 드러내고 왼쪽에는 촛대를 닮은 부산타워가 하얗게 솟아 있었다.

수면은 조용했다. 대한해협은 계절에 따라 바다 모습이 달라진다. 봄부터 여름에 걸쳐 바다는 잔잔하지만 가을부터 겨울까지는 파도가

---

6) 다라이(盥) : 넓적하고 큰 일본식 양은 함지박.
7) 호타루노히카리(螢の光) : 1881년부터 올드 랭 싸인 멜로디에 가사를 붙여 소학교 졸업식 노래로 불리는 창가 중 최고 애창곡.

거칠다.

그때 바다에는 강한 바람이 휘몰아쳤다. 배 밑에 있던 우리들은 몸이 뒹굴러가지 않도록 팔다리로 단단히 버텼다. 그러나 뱃속부터 치밀어 오르는 구토는 어떻게 해도 사라지지 않았다. 토하고 싶으면 계단 위에 있는 화장실에서 하란 소리는 들었지만 거기까지 올라갈 여유조차 없었다. 선실 구석에 놓인 양동이를 서로 빼앗아 토했다. 토사물은 위액과 혼합된 보리밥으로, 먹은 것이 다 나오고 나서도 한없이 토할 것 같았다. 나는 토사물 양동이를 껴안고 계속 토했다. 앞으로 몇 시간이나 배에 타고 있어야 할지 모르지만 출항한 지 한 시간도 안 되어 이런 꼴이면, 위가 뒤집어질 때까지 토해야 할 판이었다. 나는 죽을지도 모른다고 느꼈다.

"아까운 것을 결국 토하게 되는군."

옆자리의 김동인 씨도 드디어 토했다. 애써 뱃속에 넣었던 것을 어이없이 바깥으로 내놓는 것을 애석해했다. 그 침착하고 여유 있는 태도가 우리를 진정시켰다.

배 밑은 쉰 토사물에서 뿜어져 나오는 악취가 진동했고 우리는 토사물 속에서 괴로워하며 뒹굴었다.

"이봐! 대장, 헌 신문지와 걸레 좀 갖다 달라고. 이제 대강 다 토한 것 같으니까, 이 더러운 걸 치우지 않으면 누워 잘 수가 없잖은가."

김동인 씨가 계단 아래서 감시중인 박정희에게 말했다. 주위 사람들도 고개를 끄덕이면서 그에게 원망의 눈길을 보냈다. 대장 박정희는 자신의 양복을 더럽힐 만큼 토하지는 않았지만 부대장 종극로는 얼굴이 창백해져 아직도 계속 토하고 있었다. 모두에게 떠밀리듯 대장 혼자 계단을 올라갔다.

위에 있던 일본인 감시인과 간단하게 말을 주고받더니 10분 후 야마모토가 철지난 신문 다발을 감시인에게 들려 계단을 내려왔다.

"이걸로 대강 닦아라. 걸레와 양동이도 있다. 염려 마라, 이제껏 뱃멀미로 죽은 사람은 없어."

그는 큰 소리로 떠들어댔다.

헌 신문 다발을 풀어 우리는 토사물을 치웠다. 내가 신문을 본 것은 그때가 처음이었다. 작은 글자들이 빽빽이 인쇄되어 있고 몇 컷의 사진도 실려 있었다. 서당에서 1년간 배운 실력으로 간단한 한자는 읽을 수 있었지만 일본어로 쓰인 것은 전혀 이해할 수 없었다. 시내 전차 사진도 있었다. 잠깐 봤을 뿐이지만, 부산보다 더 큰 도시인 것 같았다. 나는 다 본 신문지를 찢어서 바닥을 닦았다.

남은 신문지는 발목이 묶인 먼저 온 사람들에게 나눠줬다. 그들은 움직일 수 있는 범위에서 천천히 토한 것을 닦았지만 몇 사람은 흰 저고리를 더럽힌 채 완전히 기력을 잃은 모습이었다. 통솔자 같아 보이는 사람은 내려와 보지도 않고, 그들은 가축처럼 방치되어 있었다.

그에 비하면 야마모토는 믿음직했다. 계단 위에서 소리를 쳐서 대장 이하 4, 5명을 불러내 물이 든 양동이를 운반시켰다.

"저 일본놈은 수완이 보통이 아니군."

누군가가 감탄한 듯이 말했다.

"아니, 저쪽은 저쪽대로 꼼꼼하게 계산한 거지. 이대로 우리가 배에서 내리면 어떻게 되겠나? 토사물 처리는 선주놈 일이 되겠지. 그걸 우리가 해준 셈이니까 저들로서는 강 건너가려는데 나루터에 배가 있던 격 아니겠어."

　김동인 씨는 아무렇지도 않게 이야기했다. 그는 양동이에 걸레를 짜서 주변 바닥을 닦기 시작했다. 나는 도와주려고 했지만 몸이 전혀 말을 듣지 않았다. 다리에 힘이 빠져 어린애처럼 네 발로 기는 것이 고작이었다. 그는 그대로 쉬라고 나를 말렸다. 나는 몸을 애벌레처럼 구부리고 누웠다.

　"하시근이라고 했지? 너는 아직 어려서 잘 모르겠지만 저놈들이 친절하게 굴어도 마음을 허락해서는 안 돼. 저놈들은 우리를 강제로 끌고 온 놈들이야. 말하자면 유괴범들이지. 유괴범들이 인정을 내비친들 그것은 악귀 같은 얼굴을 감추기 위한 가면이야."

　그는 선실 가운데 발목이 묶인 사람들을 턱으로 가리켰다.

　"봤지? 우리도 정말은 저들과 똑같아. 보기에는 조금 다른 것 같지만 뿌리는 하나야."

　그의 이런 예언이 틀리지 않았음은 나중에 판명되었다.

　"시근아, 배 안에서 내가 했던 말, 맞았지. 아니 어쩌면 족쇄를 차고 있던 그 사람들이 우리보다 더 나은지도 몰라…."

　고문으로 핏기를 잃고 창백한 얼굴로 혼잣말처럼 중얼거리던 김동인 씨를 나는 잊을 수가 없다.

　그러한 결말이 될 줄 아직 꿈에도 몰랐던 나는 멍한 상태로 그저 배 밑바닥에 찰싹 달라붙었다. 여전히 배는 요동쳤고 자칫 방심하면 옆사람이 내 위를 덮치거나 부딪쳐왔다.

　배가 큰 파도에 부딪힌 것일까, 때때로 폭발음 같은 충격이 선실을 뒤흔들었다. 천장을 보고 누워도 옆으로 누워도 가슴이 답답하고 배가 흔들릴 때마다 고통은 더해갔다. 숨이 가쁘고 손발이 저려오고 온몸은 납덩이를 얹은 듯 천근만근 무거웠다.

"숨이 차면 엎드려서 숨을 들이마셔 봐. 조금만 참아라. 나이 먹은 나도 버티고 있으니까 젊은 넌 더 잘 견딜 수 있어."

몸을 새우처럼 구부리고 꼼짝 않던 김동인 씨가 나를 격려했다.

실제로 배를 탄 것은 아홉 시간, 열 시간 정도였지만 나에게는 일주일이나 열흘로 느껴졌다. 머릿속이 몽롱하고 시간감각도 없어졌을 무렵 흔들림이 점차 덜해지고 증기 터빈 소리도 작아졌다.

"도착했나 봐."

누군가가 말하자 사람들이 술렁거렸다. 이제 괴로움은 끝났다. 얼른 신선한 공기를 마시고 싶었다. 우리는 누운 채 계단 위 철문이 열리기를 꼼짝 않고 기다렸다. 실제로 감시인들이 내려온 것은 한 시간이나 지나서였다.

나는 일어서려고 했으나 비틀거렸다. 마치 70 노인처럼 무릎이 후들거리고 허리가 펴지지 않았다. 계단까지 기다시피 걸었다. 가파른 난간을 잡고 떨리는 다리를 올려놓고 그 뒤에 처진 몸을 끌어당겼다. 배 밑바닥에서 갑판까지 가는 데 젖 먹던 힘까지 다 쏟아야 했다. 부두에 내릴 때 조선인 한 사람이 하마터면 바다에 빠질 뻔했다. 감시인이 고함을 쳤다. 남자의 동공은 멍하니 열려 있었고 죽검으로 허리를 때려도 아무런 반응이 없었다.

부두에는 해질녘 어스름이 찾아왔다. 알전구가 달린 전신주가 도로를 비췄다. 아직 몸은 계속 흔들렸다.

3

"연락선도 해마다 화려해지는군요."

일등선실을 같이 쓰게 된 사내가 말했다. 은행원의 풍모였는데, 한국말이 어색했다. 나는 대답했다.

"이럭저럭 반세기 만입니다, 연락선을 탄 것이…."

사내는 내 얼굴을 찬찬히 바라보았다. 나는 말을 이었다.

"태평양 전쟁 중에 강제로 연락선을 타고 일본에 건너갔다가 해방 후 가까스로 돌아왔지요. 그때는 부관 연락선이 아니고 나뭇잎 같은 작은 배였소."

30대 중반인 사내는 고개를 끄덕였다. 대강 사정을 알겠다는 얼굴이었다.

"이번엔 무슨 일로 가십니까?"

"옛날 살던 곳이 어떻게 되었나, 죽기 전에 찾아가보려는 거요."

"사시던 곳이 어딥니까?"

"음…."

나는 말끝을 흐렸다. 사내는 별로 개의치 않았다.

"저는 마쓰에(松江)에 살고 있습니다. 음식점을 하는데 재료 구매차 자주 부산에 오지요."

"부모님은?"

"두 분 모두 건강하십니다. 부동산을 하셨는데 지금은 형에게 물려주고 은퇴해서 편안하게 지내고 계시죠."

사내는 더 이야기를 나누고 싶은 눈치였으나 나는 그런 일상적인 이야기에 흥미가 없었다. 그가 재일교포 2세라는 것은 묻지 않아도 알 수 있었다. 그의 부모가 어떻게 일본에 건너가게 되었을지, 해방 후 일본에 남아 얼마나 고생스럽게 자녀를 키웠을지, 본인들 역시 이유 없는 차별을 어렵게 이겨냈을지, 나는 알 수 있었다. 그러나 내 마음의 한 부분은 그와 같은 어려움을 한사코 인정하지 않으려 했다. 일본에 남은 동포 이상으로, 조국에 돌아온 사람도 쓰라린 고통을 겪어야만 했기 때문이었다.

선내의 바에 가지 않겠느냐는 사내의 권유를 물리치고 옷을 갈아입고 침대에 누웠다. 창밖은 칠흑처럼 어두웠고 엔진과 환기통 선풍기 돌아가는 소리만 들렸다. 배는 거의 흔들리지 않았다.

불현듯 일본에서 먹던 주먹밥의 추억이 떠올랐다. 희미하게 코끝에 스며드는 약간 탄내 섞인 밥 냄새가 기분 좋았고 다시마의 짭짤한 맛이 식욕을 자극했다. 하얀 쌀밥과 실처럼 가늘게 썬 검은 다시마가 지금도 눈앞에 어른거렸다.

그들은 배에서 내린 우리를 큰 건물 안으로 몰아넣었다. 돌로 된 천장이 높은 방이었는데 콘크리트로 된 맨바닥에 주저앉아 배급된 주먹밥 3개와 다시마를 먹었다. 진짜 하얀 쌀밥으로 만든 주먹밥이었다.

"이봐, 잘 씹어 먹어라! 급하게 먹으면 뱃멀미 난 위장에 안 좋아. 토하면 손해 아닌가."

야마모토가 싱글거리면서 주의를 줬다.

그런 말을 듣지 않아도 우리는 한 입 한 입 입맛을 다시면서 씹었다. 부모님이나 형님, 누나는 이런 순 쌀밥을 먹어본 적이 있을까. 벼농사를 지으면서도 입에 들어가는 것은 늘 보리나 조, 수수, 무였으니 말이다.

"지금부터 목숨 바쳐 열심히 일하는 사람은 앞으로도 흰 쌀밥을 먹을 수 있다. 너희 마음먹기에 달렸지."

그가 덧붙였다.

주먹밥에 든 노란 조각이 계란부침인 줄 알았는데 입에 넣어보니 무였다. 그 시큼한 맛과 이상한 냄새는 입에 맞지 않았지만 짭조름한 다시마는 맛있었다. 그때 반차[8]라는 것을 처음 마셔봤다. 배 안에서 체내의 수분을 전부 토해버렸기 때문에 반차는 뱃속 전체에 골고루 스며들었다. 이번에는 한 사람씩 찻잔을 나눠주고 몸뻬[9]를 입은 10여 명의 일본 여자들이 돌아가며 반차를 따라줬다. 여자들은 우리말을 이해하지 못했고 우리가 찻잔을 머리 위로 올리면 커다란 주전자를 들고 와 차를 따랐다. 생글생글 애교스러운 모습이었다.

쌀밥만으로 된 주먹밥과 입에 맞지 않는 다꾸앙, 짭짤한 다시마, 일본 여성이 따라주는 반차. 이것이 내가 일본에서 먹은 최초의 밥상이

---

8) 반차(番茶): 질이 낮은 엽차.
9) 농촌이나 산촌의 여성들이 입는 헐렁한 아랫도리 작업복·방한복.

었다.

"이거, 챙겨둬라."

식사가 거의 끝나갈 무렵 김동인 씨가 주먹밥 한 개를 내 무명베 자루에 슬쩍 집어넣었다. 대체 어떻게 챙긴 건지 한마디 설명도 없이, 젊은 사람은 배가 빨리 고파지니 이따가 먹으라는 것이었다.

식사가 끝나자 야마모토가 명부에 적힌 대로 번호와 일본 이름을 불러 줄을 세웠다. 족쇄를 차고 한 줄로 묶였던 흰 옷의 조선인들은 어디로 끌려갔는지 사라지고 없었다.

"각자 자기 번호를 잘 기억해둬라. 너희 창씨개명한 일본 이름은 비슷한 게 많아서 우리한텐 분간이 잘 안 되니까."

5376. 이것이 내 번호였다. '오천 삼백 칠십 육'. 아니 당시는 우리말로 읽지 않고 '고센 산뱌쿠 나나주 로쿠'라는 일본말로 외우지 않으면 안 되었다. 우리는 나눠준 나무번호표를 목에 걸었다.

"너희들의 행선지는 다카쓰지(高辻) 탄광이다. 오늘 중으로 그곳에 도착한다."

야마모토는 유창한 우리말로 말했다. 아닌 밤중에 홍두깨 같은 놀라운 내용에 몇 사람이 야마모토 주변에 모여들었다. 그 선두에 선 사람이 김동인 씨였다.

"우리는 처음 듣는 소리요. 고향을 떠날 때 면장이나 순사가 조선소의 공원이 된다고 말했소."

김동인 씨가 당당하게 말을 쏟아냈다. 야먀모토는 한순간 멈칫하다가 얼굴이 시뻘개져서 그를 노려봤다.

"계획이 변경됐다! 너희는 징용당해 온 거니까 국가 방침에 따라 일할 장소가 바뀔 수 있다."

"처음부터 속일 작정이었던 것 아닌가?"

김동인 씨는 물러서지 않았다.

"뭐가 어째?"

야먀모토는 김동인 씨의 멱살을 잡았다.

"나를 화나게 하지 마라! 네 목뼈 부러뜨리는 것쯤 일도 아니야. 하지만 그래서는 천자님께 드릴 말씀이 없지, 너희 한 사람 한 사람은 나와 똑같이 천자님의 자식10) 이니까."

나는 그때 '천자님'이 무엇을 의미하는지 몰랐다. 그것이 일본의 천황을 가리키는 말임을 안 것은 탄광에 들어가고 나서였다.

"네 이름은?"

"김동인."

"아니 일본이름이 무엇이냐고?"

"가네모토 사부로"

"기억해 두겠다. 앞으로 수시로 따끔한 맛을 보여줄 테니까."

야마모토는 김동인 씨의 목을 풀어주고 다시 우리를 향해 섰다.

"지금 말한 대로, 예정이 변경되었다. 불만 있는 자는 앞으로 나와."

1백 명 가까운 우리 동포들은 땅바닥만 내려다봤다. 나는 고개를 숙인 채 눈만 치켜뜨고 김동인 씨를 살폈다. 자칫하면 그가 내 쪽을 볼까봐 겁이 났기 때문이다. 그러나 그는 그저 야마모토를 초연하게 바라보고 서 있었다. 거들어주지 않는 동포들에게 실망했던 것일까.

몇 해 전 일본 천황이 병상에 누웠다는 소식이 〈부산일보〉에 났고 거국적으로 극진한 치료를 받고 있다는 내용이 낱낱이 보도되었다. 그

---

10) 천자의 적자(天子の赤子) : 天皇階下라 부르기 송구해 보통 회화에서는 천자님이라 부르고, 국민은 천황의 자식들이라는 뜻으로 천황 신격화에 이용되던 말.

후 천황의 서거와 호들갑스러운 장례식도 텔레비전과 신문에서 상세하게 다뤘다.

다카쓰지 탄광에서는 '천자의 백성'이라는 말을 수없이 되풀이했다. 갱내의 목재, 못, 석탄 한 덩이까지 모든 것이 천황의 소유물이고, 천황의 자식이고 백성인 우리는 그것을 임시로 관리할 뿐이라고, 어떤 작은 도구라도 천황의 물건을 다룬다는 생각으로 쓰라고 주입시켰다.

일. 우리는 황국신민(皇國臣民)이다. 충성으로서 군국(君國)에 보답하련다.
이. 우리 황국신민은 신애협력(信愛協力)하여 단결을 굳게 하련다.
삼. 우리 황국신민은 인고단련(忍苦鍛鍊)하여 힘을 길러 황도를 선양하련다.

나는 지금까지도 〈황국신민 서사〉11)를 암송할 수 있다. 조선인 기숙사에서 강제로 매일 낭독했기 때문이다.

도대체 '천자의 백성'이란 무엇이었나. 우리는 그 위선적인 말에 의해 고향에서 징발되어, 똥오줌이 범벅된 열차와 배에 실려 타국에 강제로 끌려와 지옥 같은 땅 밑까지 들어왔다. 나는 다행히 명이 길어 고국에 돌아왔지만 김동인 씨는 불귀의 객이 되고 말았다. 김동인 씨만이 아니라 시모노세키 구내에서 주먹밥을 먹은 1백여 명 가운데 최소한 15명은 탄광에서 죽었다. 남은 사람 중 몇 할이나 무사히 고향에 돌아왔을까. 아마 반도 되지 않을 것이다. 일부는 본의 아니게 일본에 남았고 가까스로 해협을 건너온 동포도 이미 자기가 살던 마을에서 살

---

11) 황국신민서사(皇國臣民誓詞) : 식민지 통치를 강화하기 위해 매일 강제로 낭독했던 천황에 대한 충성의 서약문.

수 없어 나처럼 고향을 버리고 객지에서 맨주먹으로 고생스러운 생활을 시작해야 했다.

그 고난의 발단이 어디였는가, 나는 모든 것이 '천자의 백성'에서 유래했다고 단언한다. 그때 야마모토에게 당당하게 반론을 편 김동인 씨처럼, 나도 '천황과 일본인은 나를 속였다'고 소리치고 싶다.

페리호는 아침 일찍 시모노세키에 도착했다. 잠이 깨었을 때 배는 조용히 닻을 내린 상태에서 새벽이 오는 것을 기다리고 있었다.

"안녕히 주무셨습니까?"

입구 쪽 침대를 사용하는 동숙자가 예의바른 우리말로 물었다. 내가 일어나지 않고 침대 안에 꼼짝 않고 누워 있었기 때문이다. 내게 양해를 구하고 세면을 먼저 시작한 사내에게 나는 대답했다.

"요즘은 배가 흔들리지 않는군요. 옛날 일본으로 건너올 때와는 하늘과 땅 차이요."

"4월이라도 악천후일 때는 흔들립니다. 저는 바람이 센 날은 출항을 연기하고 다음 날까지 기다렸다가 타지요."

우리는 옷을 갈아입고 함께 식당으로 갔다. 식권을 사고 멀리 시모노세키 항이 바라보이는 창가 테이블에 앉았다. 젓가락만으로 하는 일본식 식사는 오랜만이다.

"일식은 담백합니다. 반찬 가지 수가 적은 것부터 그렇죠. 일본 된장국, 이거 얼마나 담백합니까."

내 반응에 신경 쓰면서 사내는 말했다.

"거기에 비하면 한국 아침식사는 10여 종류의 김치가 한꺼번에 나오고 된장국에도 새우를 넣거나 날달걀을 풀거나 하는 것이 아주 박력이 넘치지 않습니까."

나는 웃음으로 그의 주장에 동조하면서 흰밥을 입에 넣었다. 일본의 밥은 한국의 어떤 쌀보다 하얗고 맛있다는 생각이 들었다.

바다 수 킬로미터 저쪽에 시모노세키 항이 보였다. 항구 전체가 침착한 무채색으로 둘러싸인 시모노세키 항은 갖가지 색이 뒤섞인 부산항과는 어딘가 달랐다. 내 기분을 읽은 것일까, 사내가 시모노세키 항의 변모에 대해 설명했다.

"시모노세키도 변했습니다. 옛날 부두 주변에 넓은 도로가 생기고 외국으로 착각할 만큼 독특한 공원도 생겼어요."

선내방송이 검역이 끝났음을 알려주고 배의 엔진소리가 높아졌다. 배가 움직이기 시작했다. 해안 근처에 있는 하얀 건물이 점차 가까이 다가오고 건물 유리 벽면이 햇볕을 반사했다.

"오늘도 맑을 거라는군요."

사내는 황홀한 표정으로 창밖을 바라보면서 말했다.

태평양 전쟁이 끝난 직후에는 시모노세키 항뿐만이 아니라 기타큐슈(北九州)의 어느 항구에나 살기가 넘쳤다. 외지에서 배가 쉴 새 없이 들어오고 조선으로 돌아가려는 동포를 가득 태운 기선이 출항하고…. 게다가 그 몇 배나 많은 소형선들이 밀항자들을 가득 싣고 오갔다. 항구라는 항구에는 죄다 고국으로 돌아가려는 조선인들이 끊임없이 몰려들었고, 그들은 출항 기회를 기다리며 항구 근처에 아예 판잣집을 짓고 살았다.

우리가 그 고장 유력인사에게 소개받은 일본인 소유 밀항선은 놀랄 만큼 작았다. 바다를 잘 모르는 나조차도 선체가 10미터도 못 되는 이런 배로 대한해협을 건넌다는 것은 목숨을 거는 일이라는 것을 알 수 있었다. 어쨌든 그 때문에 뱃삯이 저렴했고, 덕분에 뱃삯을 내고도 얼마간 수중에 돈이 남았다. 우리는 승선하기 전에 계약금으로 운임의 절반을 선주에게 건넸다.
"들어보게. 나머지 반을 받기 위해서 나도 살아남아야 한다구, 그러니까 위험한 짓이라면 나도 하지 않지. 배가 작다고 해서 너무 겁먹지 말고 안심해."
도사공의 말에 우리는 다소간 안도했었다. 그러나 막상 올라타고 30분도 안 돼, 작은 배는 파도에 멋대로 휘둘리기 시작했다. 심지어 아직 미군이 부설한 기뢰가 떠다닌다는 소문이 있어 작은 섬 사이를 우회하는 바람에, 언제 부산에 도착할지 가늠할 수 없는 상황이었다.

사내는 선실로 돌아가고 나는 혼자 3층 갑판에 섰다. 여고생들이 미국인 젊은이를 둘러싸고 영어로 이야기를 나누고 있었다. 아직 볼이 빨간 미국 젊은이는 성실하게 답변했다. 그러는 중에 여학생들은 저마다 젊은이의 양옆에 서서 사진을 찍기 시작했다. 영어와 우리말이 뒤섞인 가운데 웃음소리가 터져 나왔다.
우현에서 바라본 육지에는 공장이 나란히 서 있고 석유 탱크와 3개의 원통형으로 된 정유 굴뚝이 숲을 이뤘다. 비스듬히 올라간 거대한 정유 파이프 끝은 6층 건물 높이의 건물 지붕에 연결되어 있었고 벽에 '防府油化'라는 한자가 보였다.

그 당시 나는 배가 도착한 항구가 일본 어디께 붙어 있는지도 몰랐다. 더구나 주변의 풍경을 바라볼 여유가 내게는 없었다. 시모노세키항의 대기소에서 주먹밥을 먹고 행선지를 전해들은 뒤 우리는 죄수처럼 한 줄로 열을 지어 걸었다. 기다란 복도를 지나 다시 배를 탔다. 이번에는 우리를 배 밑바닥에 몰아넣지 않았다. 갑판에 머물면서 바닷바람을 쐴 수 있어 좋았다. 벌써 옅은 어둠이 깔리고 물결치는 파도는 섬뜩하게 빛났다. 출항하고 얼마 안 돼 반대쪽에서 웅성거리는 소리가 났다.

"누가 바다에 뛰어들었다!"

몇 사람이 선미를 향해 달려가 바다를 내려다봤다.

"조류가 빠르고 어둡기 때문에 제 아무리 수영을 잘해도 해안까지 헤엄쳐 가는 건 불가능해."

누군가가 의기양양하게 말했다. 배는 속력도 늦추지 않고 진로도 바꾸지 않은 채 그대로 나아갔고 사고현장은 무정하게 멀어져 갔다.

"도망치려면 육지에서 달아나야지."

그런 중얼거림도 들렸다.

모지항(門司港)에서 내린 우리는 다시 줄지어 섰다. 대장 박정희는 명부를 보고 이름을 부르고 야마모토는 돌아다니면서 우리를 하나씩 노려보며 점검했다. 도망자는 한 사람이 아니라 두 사람이었다. 인원 점검이 끝나자 야마모토가 말했다.

"잘 들어! 도중에 배에서 바다로 뛰어내린 바보 녀석이 있었다. 내일 아침 시체가 되어 떠오르거나 경찰에 잡혀 감옥에 가거나 둘 중 하나야. 자기 몸과 가족이 소중한 놈은 섣부른 짓을 하지 않을 거라 믿는다. 앞으로 두 시간 기차를 타면 목적지에 도착한다."

모지항에서 다시 화물칸에 올라탔다. 한 칸에 40명씩 끼워 탔다. 바깥에서 자물쇠가 채워진 화물칸 안에는 작은 알전등 한 개가 천장에 달려 있을 뿐이었다.

"문 좀 열어줘. 숨 막혀."

기차가 출발하고 얼마 안 있어 내 옆에 누워 있던 남자가 몸부림치기 시작했다. 남자는 온몸으로 철문을 밀었으나 문은 꿈쩍도 안 했다. 목덜미를 쥐어뜯으면서 이번에는 머리를 철문에 박았다.

"죽을 거 같아. 당신들은 괴롭지도 않아?"

그는 눈을 흘기면서 우리에게 물었다. 얼굴이 새빨개졌다.

"이제 한두 시간만 참아. 움직이면 그만큼 숨쉬기만 힘들어지니까."

누군가가 달래주자 그는 훌쩍훌쩍 울기 시작했고 화물차 구석에 웅크리고 누웠다. 그러나 30분쯤 지나자 나도 숨쉬기가 괴로웠다. 가슴이 답답한 것은 기분 탓만은 아니었다. 토할 것 같았고 머리가 깨질 듯 아파왔다. 끊임없이 하품이 나왔고 그때마다 의식이 몽롱해졌다. 모두가 불안하게 웅성거리는 것과 반대로 아까 그 남자는 숨소리도 내지 않고 죽은 듯이 눈을 감고 있었다. 두 군데 정도 정차한 후 겨우 종점에 도착했다.

화물차 철문이 열리자마자 우리는 구르듯 빠져나와 차가운 밤공기를 마셨다. 울고 있던 남자는 혼자 일어서지 못해 동료들의 부축을 받고 내려와 플랫폼에 길게 큰 대자로 누웠다. 그리곤 숨을 거칠게 몰아쉬더니 정신을 잃었다.

"이제부터 4, 50분 걷는다. 어두워서 길을 잃을지도 모르니 포승줄로 허리를 묶겠다."

야마모토의 명령으로 우리는 번호 순서대로 정렬했다. 역에서 기다리던 열 명 남짓의 일본인들이 솜씨 좋게 우리 허리를 삼베 밧줄로 묶고 열 명씩 염주처럼 엮었다. 실신했던 남자는 양동이 물세례를 두 번이나 받고 겨우 의식을 되찾았다. 그가 비틀대자 야마모토가 죽검으로 그의 어깨를 내리쳤다.

"정신력이 부족하다. 일어섯! 너 한 사람 때문에 출발이 늦어졌다."

가까스로 일어난 그를 우리 조의 밧줄에 잡아맸다. 5, 6미터마다 일본인 감시인이 붙었다. 길가에 집들이 띄엄띄엄 있고 창문에서 희미한 불빛이 새어 나왔다. 어린아이 소리도 들렸다. 웃음소리도 들렸다. 생선 굽는 냄새가 빈 뱃속을 속절없이 자극했다.

"저 산은 뭐지?"

대열 중간에 있던 동포가 왼쪽 앞을 손으로 가리켰다. 달빛 아래 두 개의 산이 마치 무덤처럼 나란히 있었다. 식칼로 자른 듯 삼각형 모양을 한 산은 자연의 산이라고는 할 수 없었다.

"저것이 폐석산이야. 땅 밑 석탄을 캐기 위해 파낸 돌 부스러기나 석탄 폐석 찌꺼기를 쌓아둔 것이 산처럼 보이는 거래."

박정희가 일본인 감시인에게 물어서 우리에게 전달했다.

한쪽 면은 비교적 경사가 완만하지만 반대쪽은 가파른 절벽이었다. 그 산을 바라보고 있는 동안 몸이 떨리기 시작했다. 저렇게 막대한 폐석을 파낸 땅 밑의 작업장이라면 지옥이나 다름없을 것이다.

모두 같은 생각을 하고 있었는지 누구도 아무 말도 하지 않았다. 길은 두 개의 산 쪽으로 이어졌다. 바람이 차가웠고 몸은 아무리 걸어도 녹지 않았다.

30분 정도 지나자 비탈길이 나왔다. 대열이 움직이지 않고 갑자기 멎었다. 돌아보니 기차에서 실신했던 남자가 길가에 털썩 주저앉았다. 감시인이 죽검으로 때렸다. 논에서 움직이지 않는 소를 때리는 것처럼 등과 엉덩이를 죽검으로 내려쳤다. 그는 꿈쩍도 하지 않았다. 다른 조는 우리를 남겨두고 비탈길을 올라갔다.

"내가 업겠습니다."

남자 바로 옆에 묶여있던 청년이 우리말로 말하고 몸을 구부려 업히라는 몸짓을 했다. 감시인은 벌레 씹은 얼굴을 했지만 나중에는 마지못해 허락했다.

남자는 업힌 것은 알았는지 동포의 목을 팔로 감싸 안았다. 우리 조는 제일 늦게 비탈길을 올라갔다.

높은 담장에 둘러싸인 건물이 조금 높직한 둔덕에 있었다. 순간 공사현장인가 했는데 문이 열리고 안에 들어가자 목조 연립주택이 여러 동 나란히 있어서 기숙사임을 알았다.

안마당에서 밧줄을 풀어주고 식당으로 데려갔다. 조 별로 테이블에 앉자 다시 흰 쌀로 만든 주먹밥을 나눠줬다. 중년의 일본 여성 4명이 큰 쟁반에 담은 공기그릇을 테이블에 늘어놓았다. 뜨거운 일본 된장국이었다. 아까부터 기진맥진해 있던 남자는 된장국만 마셨다.

"주먹밥이 지금은 배에 들어가지 않아도 나중에 배가 고프다. 넣어둬라."

옆의 동료가 작은 소리로 하는 말을 듣고 남자는 바지 주머니에 주먹밥을 챙겨 넣었다.

나는 쌀만으로 만든 주먹밥에도 된장국에도 마음이 움직이지 않았다. 극심한 피로와 감옥같이 폐쇄된 곳에서 앞으로 생활해야 한다는 공포가 식욕을 앗아 갔다.

"이 기숙사는 '교와료'라고 한다. 너희를 위해 새로 신축했다. 내일부터 훈련을 시작한다. 오늘 밤은 지금부터 방에 돌아가 편히 쉬어라. 내일 아침 기상시각은 특별히 늦춰서 6시다."

식사 중간에 야마모토가 전달했다. 그의 양옆에 일본인 3명이 수발을 들듯 서 있고, 박정희와 종극로가 그 옆에 붙어 있었다.

식당을 나온 우리는 일단 안마당에 대기했다. 한 반으로 나눠 5명씩 방으로 안내받았다. 복도의 마루는 새것이 아니었다. 옛날 재료나 폐자재를 사용해서 날림으로 만든 모양새였다. 방은 연립주택같이 기다란 복도에 나란히 붙어있고 복도 쪽에 창문이 있었다. 3평 정도의 방에 2단으로 된 옷장이 달려 있었다. 보푸라기가 일은 다다미 위에 이불 3채가 놓여 있을 뿐, 그 밖에 볼 만한 건 아무것도 없었다.

우리는 이불을 앞에 두고 돌아가며 자기소개를 했다. 화물차에서 쓰러지고 비탈길에서 주저앉았던 남자는 현태원(玄泰遠)이라고 했다. 충청도 출신으로 서른 살. 그를 업고 온 남자는 조종호(趙宗鎬)로 스물일곱 살, 내 고향 상주와 가까운 선산 출신이었다. 그 밖에 점촌 출신 이효석(李孝石)과 김시창(金時昌)으로 두 사람 다 스무 살을 갓 넘은 것 같았다. 현태원이 주머니에서 주먹밥을 꺼내 모두에게 나눠 주었지만 누구도 받지 않았다.

"내일이 되면 먹힐 겁니다. 그때까지 잘 간수하세요."

얼굴이 희고 사려 깊어 보이는 이효석이 다독거렸다.

이불은 현태원이 혼자 한 채를 쓰도록 했다. 제일 연장자인 데다 병약해서 아무도 이의를 제기하지 않았다. 나는 조종호와 함께 시커멓게 더러워진 이불 속으로 들어갔다. 이불에 스며있던 지독한 악취가 석탄 냄새라는 것을 안 것은, 실제로 우리가 갱내에 들어가고 나서였다.

5

"마중 나온 분이 없습니까?"

입국할 때나 세관을 통과할 때 이래저래 신경을 써주던 동숙자는 페리호 대합실에서 빠져나온 후 내게 물었다.

오카가키 시에 사는 서진철 씨는 시모노세키 항까지 마중 나오겠다고 했지만 나는 사양했다. 숙소의 예약과 시모노세키에서 N시까지 기차 타는 방법만 알려주면 된다고 회신에 써서 보냈다. 즉시 기타큐슈 지도와 함께 기차 시간표와 승차권 가격까지 쓰인 답장이 왔다. '정 모르겠으면 택시를 불러 숙소 주소를 보여주면 된다, 한국과 달리 일본 택시는 정직하기 때문'이라는 추신이 붙어 있었다.

문제는 일본어였다. 일본에 거주한 2년 동안 일상생활에 어려움이 없을 정도로는 익혔지만 귀국 후에는 일본말을 한 번도 입에 올리지 않았다. 한자와 가나는 읽을 줄 알았다. 부산에 오는 일본인 관광객의 대화도 알아들었다. 그러나 의식적으로 사용하지 않던 일본어가 얼마나 제대로 나와 줄지 불안했다.

그럼에도 불구하고 서진철 씨의 마중을 사양한 것은 나름의 이유가 있었다. 50년 전 까닭도 모른 채 강제로 끌려왔던 곳을 다른 사람의 안내를 받으며 거침없이 돌아다닌다는 것은 아무래도 거부감이 들었다. 어렵게 찾아 헤매는 것이 어울린다고 느꼈다. 같은 선실을 썼던 사내가 역까지 택시로 함께 가자고 해서 에스컬레이터로 내려왔다. 택시 기사에게 행선지를 말하는 그의 어조는 어느 모로 보나 일본인이었다.

"정말 괜찮으시겠습니까?"

시모노세키 역 구내에 들어와서도 사내는 거듭 물었다. 연장자에 대한 배려에 나는 진심으로 감사 인사를 했고 서둘러 개찰구로 걸어 나가는 사내를 배웅했다.

바쁘게 오가는 승객을 뒤로 하고 나는 자동발권기 위에 쓰인 운임표를 찬찬히 올려다봤다. 시모노세키, 모지, 고쿠라(小倉), 도바타(戶畑), 야하타(八幡), 구로자키(黑崎), 오리오(折尾), 와카마쓰(若松) 등 본 기억이 있는 지명이 눈에 들어왔다. 잊을 수 없었다. 서 씨가 복사해서 보내준 지도로 역 이름을 확인했다. 노선이 폐지된 가쓰기(香月)나 오쿠라(大藏) 같은 지명은 운임표에 적혀 있지 않았다. 세월이 흘렀음을 말해주는 것이다.

발매기에 천 엔을 넣고 승차권과 잔돈을 챙겨 개찰구에 가서 9시 30분 출발 열차를 확인했다.

아직 20분 정도 여유가 있었다. 나는 대합실 플라스틱 의자에 걸터앉았다. 건너편 밝은 분위기의 빵집에는 젊은 여성들이 드나들었다. 수십 가지나 되는 빵이나 케이크 중에서 마음에 드는 것을 골라 담고 계산대에서 순서를 기다리는 얼굴은 같은 또래의 한국 여성에 비해 어딘지 부드러웠다. 동그란 얼굴과 온화한 눈매를 지닌 일본 여성들은 결코 서로 언성을 높이지 않았다. 어딘지 모르게 우아함이 감도는 이 나라 여성들에게 나는 선망과 동시에 초조함을 느꼈다.

일본은 독일과 함께 제2차 세계대전으로 패망했으나 독일과는 달리 분단되지 않았다. 나의 조국 한국이 일본 대신 남북으로 갈라지는 운명을 짊어졌다고 믿는다. 36년의 일제 강점기와 반세기에 걸친 분단국가라는 현실을 더하면 우리나라는 80여 년에 걸쳐 일본에 짓밟혀왔다고 해도 과언이 아니다. 게다가 불행은 아직 끝나지 않았고, 내 생전에 조국 통일을 보지는 못할 것이다.

독일이 기회 있을 때마다 자신들의 과오를 뉘우치고 끊임없이 역사를 발굴하고 재조명하는 것과는 대조적으로 일본은 자신의 행위에 눈을 감고 타국을 유린했던 역사의 흔적을 망각으로 덮어버리려 했다. 한민족에게 '열등민족'이라는 낙인을 찍고 무력침략과 경제적 착취를 계획적이고 치밀하게 추진했으며, 조선통감부와 조선총독부를 근거지로 한민족의 저항에 폭력과 탄압을 계속 자행한 일본. 5천년 역사와 함께 고유 글자마저 폐하고 조상 대대로 내려오는 성과 이름까지 강제로 개명(改名)시켰던 일본.

그러한 과거의 일본을 사실 그대로 인식할 수 있는 일본인이 과연 몇 사람이나 있을까. 1895년 일본 정부가 조선의 궁궐에 군대와 폭도를 보내 조선 왕비를 참혹하게 살해한 역사적 사실이나, 조선 침략의 주역인 이토 히로부미를 하얼빈 역 플랫폼에서 사살한 안중근 의사가 한민족의 영웅으로 존경받고 있다는 사실을 알고 있는 일본인이 얼마나 될까.

'모든 원한은 강물에 흘려버린다'는 말이 있다. 그러나 적어도 이것은 피해를 입은 쪽에서 할 말이지 가해자가 입에 올려서는 안 된다.

탄광 폐석더미를 철거하려 한다는 야마모토 산지의 계획을 들었을 때 내 머릿속에는 평소 일본의 태도와 야마모토의 모습이 겹쳐졌다. 쌍방의 공통점은 역사에 대해 낯 뜨거울 만큼 뻔뻔스럽다는 것이다. 우리는 미래에서 배울 수는 없다. 과거 속에 우리가 배워야 할 모든 것이 들어 있다. 역사는 비판적으로 바라볼 때에 빛을 발하는 법이다. 자신에게 유리하게 왜곡한 역사는 잠깐 그럴듯해 보일 뿐 진정한 생명력을 얻지 못한다. 설사 그것이 아무리 당장 마음을 편하게 해주어도, 영영 지속될 수는 없다. 언젠가 되갚음을 받을 것이다.

나는 일본이 그 길을 택하지 않기 바랐다. 그러나 그들은 지금, 죽은 자 위에 구축된 역사를 말살하려고 한다. 나는 죽은 이들의 역사를 지켜 그들의 절규를 우리 세대에 전하고 싶었다. 나는 세 번째 해협을 건넌 동기를 시모노세키 역 밝은 구내에서 곰곰이 반추했다.

9시 20분에 개찰구를 통과해서 육교를 건너 2번 선으로 갔다. 정각에 도착한 열차는 혼잡하지 않아, 쉽게 창가 자리에 앉을 수 있었다. 오리오에 도착한 것은 10시 3분. 갈아탈 때까지 30분 여유가 있었다.

열차가 터널로 들어갔다. 긴 터널이었다. 언뜻 유리창에 비친 내 얼굴을 보고 그로부터 벌써 반세기가 지났음을 깨닫는다. 지금 모습의 어디에서 옛날의 그림자를 찾아야 할까. 머리는 백발이 되었고 눈은 빛을 잃었다. 입가는 처졌고 피부에는 크고 작은 노인 반점이 돋아나 있었다.

때와 석탄 먼지로 새까맣게 된 홑이불을 덮고 자던 때가 불과 몇 년 전처럼 느껴졌다. 옛날에 살던 땅에 발을 들여 놓는 순간 긴 세월이 응축되어버린 것일까.

"내가 갑자기 사라졌으니 부모님은 눈물을 흘리실 테지. 이웃마을 친척 집에 심부름 가는 도중에 순사에게 붙들려 왔거든. 넌 어쩌다 온 거냐? 부모님은 네가 여기 온 걸 제대로 알고 계시냐?"

둘이서 이불을 뒤집어 쓴 채 조종호가 물었다.

"알고 계세요."

"열일곱 해나 키운 자식을 빼앗겼으니 얼마나 쓰라리실까. 그렇게 보면 우리 부모님처럼 무슨 일이 생겼는지 모르시는 게 오히려 나을지도 몰라. 내일이라도 돌아올지 모른다는 희망을 갖고 계실 테니까."

그가 무엇인가를 생각하더니 울먹거렸고 불쑥 한마디를 덧붙였다.

"어떻게든 살아서 돌아가자."

나는 고개를 끄덕였다. 이런 곳에서 죽을 수는 없다.

다음 날 아침 우리는 성난 호령과 함께 들리는 기묘한 소리에 눈을 떴다. 박정희가 죽검으로 장지문 널빤지를 두드리면서 "기상!" 하고 돌아다니면서 소리를 질렀던 것이다.

"세수했으면 사무소에 가서 자기 번호표를 받아 식당에 모여라."

그는 우리가 자리에서 일어나자 확성기를 입에 대고 우리말로 고함쳤다. 우리는 이불을 개고 복도 중앙에 있는 세면장으로 갔지만 도저히 차례가 돌아올 것 같지 않아 세수는 포기했다.

사무실 앞에도 행렬이 길었다. 시모노세키 항에서 받은 나무번호표를 사무소 창구에 보이자 아래 세 자리 숫자만 똑같은 번호가 적힌 별도의 작은 번호표를 건네줬다.

"산뱌쿠 나나주 로쿠(396)"

"알았지? 자기 번호만 일본어로 기억해두면 일일이 번호표를 꺼내지 않아도 돼."

'산뱌쿠 나나주 로쿠', '산뱌쿠 나나주 로쿠' 하고 입속으로 외우면서 식당에 가서 배식구에서 번호표와 교환해 아침밥을 받았다. 네모진 쟁반에 흰 쌀밥과 된장국, 다꾸앙 그리고 대나무 젓가락이 놓여 있었다. 숟가락이 없는 것이 낯설게 느껴졌다. 자리가 정해 있지 않았으므로 손짓해 부르는 김동인 씨 옆에 가서 앉았다.

"잠은 잘 잤니?"

그가 물었다. 처음에는 잠이 안 왔지만 곧 곯아떨어졌고, 아직도 졸렸다.

"잘 자야 체력이 바닥나지 않는 거야. 음식 열심히 먹고 잘 자고 쓸데 없는 힘은 쓰지 말거라."

김동인 씨가 빠르게 말을 마쳤을 때, 야마모토의 목소리가 들렸다.

"쌀밥은 먹고 싶은 만큼 먹어도 된다."

그는 검도용 목검을 손에 든 채 의자 위에 올라가서 큰 소리로 말하고 있었다. 믿을 수 없는 이야기였다. 그릇에 담긴 쌀밥에도 내심 가슴이 뛰고 있었으니 말이다. 재빨리 밥 한 그릇을 해치운 7, 8명이 배식구 앞으로 다시 갔다. 그중에는 덩치가 큰 조종호도 있었다. 키는 나와 비슷한데 가슴은 두 배 정도 두터웠다. 저 정도 장부라면 보통사람 두 배쯤 먹을 만도 했다.

"여기까지 오는 동안 전부 16명이 도망쳤대. 바다로 뛰어든 사람도 포함해서. 나도 언젠가 도망칠 생각이다. 꼼꼼하게 계획을 세워야지. 그때 알려줄게."

김동인 씨가 내 귀에 대고 말했다.

"왜놈들에게 속아서는 안 돼. 이런 쌀밥도 틀림없이 오래 안 갈 걸."

내가 또 한 번 가서 가서 쌀밥을 담아오자 그는 내게 고개를 돌렸다.

"너도 마찬가지였을 텐데. 쌀밥은 1년에 한 번, 그것도 보리를 섞은 쌀밥을 조금 먹는 것이 고작이었지. 조선 쌀은 전부 일본이 걷어갔기 때문이다. 그러니 이 쌀밥도 고마워할 필요가 없는 거야."

그렇게 말하면서 그는 밥을 한 번으로 끝냈다. 나는 같은 방 식구 현태원을 눈으로 찾았다. 입구 가까운 자리에서 어깨를 움츠리고 밥을 먹고 있었다. 천천히 젓가락을 입으로 가져갔다. 누구와 이야기도 하지 않고 공기를 마시기라도 하는 것처럼 때때로 눈을 허공에 던지고 젓가락질을 멈춘 채 밥을 씹었다. 다음 호령이 떨어질 때까지 한 공기도 다 먹지 못할 것처럼 보였다.

아침 식사 후 안마당에 모였다. 국기게양대 옆에 있는 발판에 야마모토가 저승사자처럼 무서운 자세로 서 있었고 오른쪽에 일본인 두 명, 왼쪽에 박정희와 종극로 그리고 또 한 사람, 까까머리를 한 남자가 나란히 서 있었다.

"지금부터 먼저 너희를 지도 감독할 선생님을 소개하겠다. 노무감독 담당 히로타(廣田)와 다키가와(瀧川) 두 선생님이시다. 이쪽은 노무감독 보조인 아오키(靑木). 야마시타 박정희 대장과 무네 종극로 부대장은 이제부터 아오키 지도원의 보좌를 맡는다."

야마모토가 소개하자 다섯 남자는 의기양양하게 가슴을 폈다. 히로타는 30대로 키가 작고 코가 납작한 추남에다 걸을 때 다리를 약간씩 절었다. 다키가와는 20대 후반으로 안경을 썼고 사무원 풍의 차가운 인상을 풍겼다. 아오키라고 불린 남자는 얼굴 모습으로 봐서 조선인 같았는데 나중에 본명이 강원범(康元範)이라는 것을 알게 되었다. 경상도 출신으로 중학교를 나온 인텔리였다. 그는 얼굴색 하나 변하지 않고 우리 동포들을 노려봤다. 그 옆의 야마시타 박정희와 무네 종극로 두 사람은 아직 자신의 새로운 역할을 파악하지 못한 채로 위엄만은 지키려는 듯 안간힘을 썼다.

일어날 땐 어두웠던 하늘이 조금씩 푸른빛을 띠어갔다. 바람은 없고 일장기가 깃봉 꼭대기에 아무렇게나 매달려 있었다.

야마모토가 단상에서 내려와 눈짓을 하자 히로타가 경례한 후 앞으로 나갔다. 계단을 오를 때 그는 민첩한 동작으로 부자유스러운 다리를 감싸면서 단숨에 단상에 올라섰다.

손에 들었던 두루마리 같은 종이를 펴고 낭독하기 시작했다. 왜소한 체구에 걸맞지 않게 목소리는 크고 탁했다. 그러나 일본말이어서 우리는 내용을 분명히 알 수 없었다. 그러는 동안, 같은 문구를 그대로 따라 하라고 앞에서 전달받았다.

그 후 몇백 번 아니 몇천 번이나 되풀이해야 했으며 복창하지 않으면 죽검으로 얻어맞던 그 문구는, 몸에 난 흉터처럼 지금도 지워지지 않는다.

첫째, 우리는 황국신민이다. 충성으로서 군국에 보답하련다.
둘째, 우리 황국신민은 신애협력하여 단결을 굳게 하련다.
셋째, 우리 황국신민은 인고단련하여 힘을 길러 황도를 선양하련다.

"이 정도로 해두겠다."

우리에게 20회 복창시킨 후 히로타는 두루마리를 접고 단상에서 내려왔다.

복창이 끝나자 이번에는 다키가와의 지도로 점호를 시작했다. 제일 앞줄에 선 사람부터 한 명씩 번호를 외쳤다. 한 줄에 열 명, 감독 한 명이 두 줄씩 맡았고 소리가 작으면 따귀를 때리거나 죽검이 날아왔다.

이치, 니, 산, 시, 고, 로쿠, 시치, 하치, 규, 주 하고 일본어로 숫자를 외쳤다. 나는 처음에는 '산'을 외치는 자리에 있었다. 겨우 요령이 생겼을 무렵 뒤로 가서 '규'를 외쳤다. 노무감독들은 자기 줄을 빨리 끝내려고 서로 경쟁했다. 전신의 신경을 귀에 집중해 소리를 흉내 냈다. 무슨 뜻인지는 그 다음 문제였다.

"이 멍청이!"

노무조수인 아오키, 강원범이 이웃 열 안선호에게 우리말로 욕설을 퍼부었다. 소리의 흐름은 안선호에서 끊겼고 그때마다 강원범의 검은 채찍이 안선호의 등을 내리쳤다. 히로타와 다키가와는 죽검을 들었으나 강원범만은 고무줄로 만든 잘 휘는 채찍을 가지고 다녔다. 안선호는 비명을 질렀다. 앞에서 순서대로 이어지는 소리를 잘 들으려고 애썼지만 정작 자기 차례의 숫자는 입에서 나오지 않았고 벌어진 입을 뻐끔뻐끔 할 뿐이었다.

나는 면사무소를 떠나는 트럭을 하염없이 쫓아오던 그의 새색시를 생각했다. 눈물에 젖은 채 절규하며 손을 흔들던 아내에게 안선호는 멍한 시선을 보낼 뿐이었다. 그녀는 남편의 머리가 조금 둔하다는 것을 알고 있었을 것이다. 때문에 더욱, 떠난 남편이 어떻게 될지를 예감했던 것이 아닐까.

안선호는 강원범에게 매질을 당할 때마다 고양이처럼 등을 굽혔고 그것이 강원범의 화를 돋웠다.

"가슴을 펴! 소리를 키우란 말이다!"

다른 줄이 쉬는 동안에도 안선호의 줄은 복창을 계속했다. 안선호가 틀리자 강원범의 주먹이 그의 광대뼈를 치는 둔탁한 소리가 났다. 코피로 얼굴의 반이 피투성이가 되어도 안선호는 끝내 일본어 숫자를 외우지 못했다.

 기다리다 지친 야마모토가 강원범을 불러 뭔가 지시했다. 아무래도 나중에 남아서 특별훈련을 시키라는 것 같았다.

 우리는 악몽에서 깨어난 듯 땅바닥에서 일어섰다. 이번에는 '우향우', '좌향좌' 하는 호령이 떨어졌다. 문자 그대로 왼쪽 오른쪽이라는 일본말을 모르는 우리에게 아무런 설명도 없이 구령이 하달되었으니, 무슨 반응이 있을 턱이 없었다. 히로타는 갈팡질팡하던 맨 앞 열 동포의 귀를 붙잡은 채 머리를 오른쪽으로 틀었다. 우리는 그대로 따라 했다. 다음은 '좌향좌'였다. '우향우'와 다른 그 발음을 몇 번 되풀이하면서 겨우 구분하게 되었다.

 '우로 돌아'는 강원범이 앞에 나가 시범을 보였다. 오른발을 잡아당기고 오른쪽으로 회전해서 뒤로 향했다가, 다시 오른발을 끌어다 붙이는 동작은 군인처럼 정확했다.

 "일본 군인도 아오키처럼 못한다. 똑똑히 잘 봐! 조선인도 정신 차리면 아오키처럼 될 수 있다."

 야마모토는 말했다. 칭찬을 받은 강원범은 더욱 등을 꼿꼿이 펴고, 우리 앞에서 몇 번이고 빙빙 돌았다.

 "알았나? 이번에는 너희 차례다."

 구령에 따라 우리도 움직였다. 조금 동작이 굼뜨면 강원범의 검은 채찍이 사정없이 날아왔다. 야마모토와 일본인 감독 히로타와 다키가와 두 사람도 죽검을 들고 동작이 틀리는 사람이 나올 때마다 칼끝으로 가슴을 찔렀다. 우리는 이를 악물고 발을 끌어당겼다.

 '경례', '앞으로 일보 전진', '달리기 준비', '달리기 시작'을 훈련하면서는 다섯 줄씩 좁은 안마당을 뛰어다녔다. 농사일로 몸을 움직이는 일에는 어느 정도 단련이 되어 있었음에도 불구하고 두 시간쯤 하고 있자니 숨이 끊어질 것 같았다. 배로 땅바닥을 기면서 팔꿈치만으로 앞으로 나아가야 하는 '포복 전진'은 특히 힘들었다. 저고리 소매가 찢어지지 않도록 둥글게 말아 올렸기 때문에 팔꿈치 피부가 벗겨지고 피가 배어 나왔다.

다음 날도 그 다음 날도 우리는 황국신민 서사를 낭송하고 이치, 니, 산을 되풀이하며 포복 전진했다.

그 훈련은 도대체 무엇이었을까. 갱 안에서의 작업과는 전혀 무관한 동작들이었다. 안선호는 마침내 숫자를 암기했지만, 그것은 그저 감독관들이 우리에게 권위를 과시하기 위한 기합이었다. 우리는 꼬박 1주일 동안 3미터의 담장 안에 둘러싸인 기숙사에서 한 발자국도 못 나간 채 훈련을 받았다.

매일 목욕하고 하얀 쌀밥은 마음껏 먹고, 사흘째 되는 날 작업복을 지급받았다. 한 방씩 머리를 밀기 시작해 차차 모두가 까까머리가 되었다. 까까머리가 된 내 얼굴을 오랜만에 목욕탕의 깨진 거울에 비춰 봤다. 파르스름하게 비쭉 솟은 머리는 검붉은 얼굴 위에 부자연스럽게 억지로 갖다 붙인 것처럼 보였다.

우리 방에서는 도망 이야기는 전혀 입에 올리지 않았다. 3미터 판자로 된 담장 바깥에는 물이 가득 찬 도랑이 파여 있고 강한 전류가 흐른다고 했다. 담장 바깥을 본 것은 기숙사에 끌려오던 날 뿐이었고 어두워서 자세한 것은 알 수 없으니 소문을 믿을 수밖에 없었다.

엿새째 아침 점호에서 김동인 씨네 방 두 사람이 없어졌다는 사실이 밝혀졌다. 그날 우리는 아침밥과 점심을 거른 채 훈련을 받았다. 저녁 때까지 두 사람이 돌아오지 않을 경우 저녁밥도 주지 않겠다고 야마모토가 위협했다. 주린 배는 고통스러웠다. 도망치는 것은 자유지만 남은 사람이 피해를 입지 않았으면 좋겠다고 나는 내심 그들을 원망했다. 한편 반나절 넘게 행방을 못 찾았다면 담장 바깥에 전기가 흐르고 있다는 소문은 거짓말일지도 몰랐다.

"무사히 도망치면 좋을 텐데…. 이랬다가 붙잡히면 초주검이 될 거야."

앞으로 달리기를 할 때 조종호가 말했다.

나는 김동인 씨의 얼굴을 멀리서 살폈다. 평소와 같은 침착한 표정은 사라지고 괴로운 듯 깊은 생각에 잠겨 있었다. 나는 도망친 사람이 그가 아니라는 것에 안도의 한숨을 쉬었다. 도망은 서두르지 않는 것이 좋다. 꼼꼼하게 상황을 살펴보고 나서 해야 한다고 이야기해준 사람이 그였기 때문이다. 저녁 해가 기울 무렵에는 배가 고파 허리가 꺾일 지경이었다. 소리를 내는 것도 힘들었다.

저녁때가 되어서도 두 사람은 소식이 없었다. 그러나 저녁식사는 허락되었고 우리는 식당에서 주린 배를 채웠다. 모든 감독관이 식당에 모여 우리를 감시했다. 안절부절못하고 있음이 역력했고 우리가 잡담을 하면 불호령이 떨어졌다. 비명소리가 들려온 것은 목욕을 마치고 방에 돌아왔을 때였다. 나는 살금살금 복도에 나가 안마당을 살폈다. 양손이 뒤로 묶인 두 사람이 바닥에 똑바로 앉아 있었다. 앞쪽에 강원범이 섰고 그 뒤로 박정희와 종극로가 대기했다.

"너희 같은 놈들이 있기 때문에 성실하게 봉사하는 다른 동포들까지 의심받는 거 모르나?"

강원범은 우리에게 들리도록 큰 소리로 말했다. 강원범이 신호하자 박정희와 종극로는 각자 손에 든 목검으로 도망갔던 두 사람을 마구 내려쳤다. 둔탁한 소리와 함께 도망자의 몸뚱이에 목검세례가 쏟아졌다. 한 사람은 땅에 쓰러지는 순간 목검을 맞아, 머리통이 깨지고 피가 솟구쳤다. 얻어맞은 남자는 울면서 강원범에게 용서를 빌었다. 사무소 창을 통해 야마모토와 다른 일본인 노무감독이 그런 모습을 냉랭하게 지켜봤다. 나는 똑바로 바라다볼 수가 없어서 방에 돌아와 이불을 뒤집어썼다. 흑 흑 하는 소리는 그 후에도 한 시간 이상 계속되었던 것 같다.

"나는 도망가면 절대 붙잡히지 않을 테야. 붙잡히느니 죽는 게 낫지."

고문하는 것을 끝까지 지켜보고 돌아온 조종호가 혼잣말처럼 중얼거렸다.

"그 두 사람 어떻게 됐습니까?"

"기절했지. 한 사람은 귀가 반쯤 잘려 나가고 또 한 사람은 먹은 것을 전부 토했어. 지금 같은 방 사람들이 데려가 돌봐주고 있을 거야."

도망쳤던 두 사람은 다음 날 식당에 나타났다. 귀에 붕대를 감은 동포는 침착하게 쌀밥을 먹었지만 부어오른 입은 1센티미터 벌리는 게 고작이었다. 다른 한 사람은 눈두덩이 부어올라 두 눈이 안 보였고 오른손을 움직일 수 없는지 왼손으로 젓가락질을 했다.

그날부터 우리는 2교대로 나뉘어 갱 안에 투입되었다.

6

　열차가 역에 멈출 때마다 창밖으로 역 이름을 확인했다. 영어를 정식으로 배우지는 않았으나 영문 표기는 그럭저럭 대강 읽을 줄 알았다. 가로쓰기로 된 영문 표기와 한자, 히라가나를 비교하는 동안 일본어를 읽는 감각이 되살아났다. 그 옛날 필사적으로 배운 일본어는 일본에 대한 오랜 무관심에도 불구하고 뇌리 깊숙이 배어들어 있었던 것이다.
　기차는 서진철 씨의 메모대로 10시 3분 오리오 역에 도착했다. 기차 그물망 선반에 던져놓았던 가방을 들고 홈에 내렸다. 갈아탈 홈을 찾지 않으면 안 되었다. 나는 될 수 있는 대로 천천히 걸으면서 물어볼 만한 상대를 찾았다.
　"N시와 도 이키마스카?"
　나는 승차권을 보여주며 N시는 어떻게 가느냐고 일본말로 물었다. 50세쯤 되어 보이는 부인은 잠시 의아한 표정을 짓더니 승차권을 들여다봤다. 그리고 내 얼굴 모습이나 복장에서 일본인이 아니라고 생각했는지, 따라오라는 시늉을 했다. 계단을 내려가 지하도에서 다른 홈으로 오르는 계단을 상냥하게 손가락으로 가리켰다. 감사하다고 인사하자 부인은 손가락 세 개를 세우고 "3번 홈에서 타세요" 했다.

'~와 도 이키마스카'는 일본에 있을 때 자주 사용했던 말이다. 버스나 기차를 탈 때는 물론이고 한없이 걷다 지쳤을 때 길거리에서 유용하게 쓰곤 했다. 똑같은 상황에 처한 지금 머릿속 깊숙이 파묻혀 있던 언어가, 나도 모르게 입에서 나왔던 것이다. 3번 홈 벤치에 앉아 주변의 일본말에 귀를 기울였다. 띄엄띄엄 알아들 수 있는 단어가 나왔다. 가슴이 벅차올랐다. 예기치 않은 떨림에 당혹감이 일었다.

처음 갱 안에 내려가던 날부터 작업용어는 전부 일본어였다. 일본어를 한마디도 모르는 우리에게는 폭탄세례나 마찬가지였다. 한 번에 외울 수 있는 수준이 아니었으며, 보는 것 듣는 것이 하나같이 생소하고 얼떨떨했다. 기숙사에서 모두 함께 갱 입구까지 걸어가 현장사무소에 번호표를 맡기고 작업모와 건전지를 받았다. 작업 지시소에서부터는 인차(人車)를 타고 가파른 경사면을 내려갔다. 이제 죽었구나 싶었다. 그렇게 도착한 곳이 작업장이었다.

훈도시[12] 하나밖에 안 걸친 알몸의 사람들이 우글거렸다. 새까만 몸뚱이에 두 눈만 번들거리고 땀줄기가 흘러내려 등판에 여러 개의 세로무늬를 그리고 있었다. 탄차(炭車)가 요란한 소리를 내며 달려가고 나면, 석탄 먼지가 자욱하게 날렸다.

---

12) 훈도시(褌) : 좁은 천으로 음부만을 가린 일본 남성의 전통 속옷.

숨을 죽이고 얼어붙은 듯 서 있는 우리를 세워 놓고 갱내 노무감독이 도구이름을 가르쳤다. 자루가 짧은 삽, 쇠스랑, 곡괭이, 등짐 바구니, 석탄을 긁어 담는 목재 삽 등, 모두 엇비슷하게 실팍한 도구들이고 손에 쥐기만 해도 끔찍하게 무거웠다. 이름 따위는 귀에 들어오지도 않았다. 삽 쓰는 법, 곡괭이 쥐는 법 등 설명을 들은 후 한 사람씩 실제로 해봤다. 주춤거리거나 제대로 못하면 불호령이 날아왔다. 석탄 덩어리를 소판으로 등짐 바구니에 담아 움직이는 홈통에 쏟아 넣었다. 점심때 기숙사에 돌아왔으나 몸도 마음도 초주검이 될 만큼 피곤했다. 사발에 고봉으로 담긴 쌀밥도 목에 넘어가지 않았다.

갱도 안의 이곳저곳을 다니며 사흘 정도 견학과 실습을 거친 끝에 내가 배속된 곳은 굴진(掘進) 현장이었다. 굴진이란 석탄을 캐기 위해 새로운 갱도를 파는 작업이다. 우리는 탄층 사이에 섞여 있는 암석에 구멍을 뚫어 발파한 후 부서진 암석을 운반해내고 규격에 맞는 형태를 만들어 패널을 붙이는 일을 했다.

'시마'라는 일본인 반장을 포함한 일본인 3명과 나를 포함한 조선인 3명이 한 조를 이루었다. 우리 조 조선인 중에는 일본어 숫자를 외우지 못하던 안선호도 있었다. 시마 반장은 키는 작지만 근육질의 다부진 사나이로 보통 두세 사람이 함께 받쳐야 하는 착암기도 혼자서 가뿐하게 다뤘다. 안전수칙에 대해 까다로워 잔소리가 심했으며 틈만 나면 갱목(坑木)의 상태나 천장을 점검했다. 우리에게 주의를 줄 때는 물론 일본말이었지만, 손짓발짓까지 섞어가며 큰 소리로 되풀이했다.

가스나 누수는 조기에 발견할 것, 탄차가 다니는 찻길은 항상 깨끗하게 치울 것, 될 수 있으면 발파지점 가까이까지 궤도를 연장시킬 것, 화물을 실을 때는 가장 아래쪽 탄차부터 싣기 시작할 것 등 철저하게 우리를 가르쳤다.

발파할 구멍의 위치나 방향, 깊이를 결정하는 데 필요한 기준과 기술을 단단히 체득시켜준 사람이 시마 반장이었다. 반년 후 다른 반으로 옮겨갔을 때 거기서 금방 착암기를 다룰 수 있었던 것은 시마 반장 밑에서 제대로 훈련을 받았기 때문이다.

시마 반장은 우리에게 일본어를 가르치는 데도 열심이었다.

"당신들이 일본어를 배우고 싶지 않은 기분도 이해한다. 그러나 일본어를 알아서 손해날 건 없다. 젊은 사람 머리는 해면이 물을 빨아들이듯 무엇이라도 흡수하니, 젊을 때 힘껏 배워두라고, 일본어를 알고 모르고로 목숨이 갈리는 경우도 있으니까."

시마 반장은 그렇게 말하면서 교훈이 담긴 예화를 들려줬다.

"막장13)에서 석탄을 캐던 도중 메탄가스가 분출돼 갱도에 꽉 들어찬 적이 있다. 하지만 메탄가스는 공기보다 두 배는 가볍기 때문에 머리를 바닥에 대고 있으면 그동안 깨끗한 공기가 흘러들어와 목숨은 건질 수 있지. '엎드려!' 하고 내가 몇 번이나 소리쳤지만 내 말을 못 알아들은 조선인 갱부들은 비틀거리며 일어서서 계속 걸어갔고 몇 미터 못가서 쓰러졌다. 뒤쫓아 가려고 했지만 이미 너무 늦었지."

지금도 시마 반장이 자주 쓰던 일본어 몇 가지가 귓가에 남아 있다. '생지옥', '천국', '안전', '점검', '도망쳐', '웅크리고 앉아', '이제 그만', '서둘러', '쉬어', '엎드려'.

목쉰 음성으로 말하던 시마 반장의 짧막한 단어는 반짝이는 은빛 총알처럼 내 머리와 몸에 깊숙이 배어 있다.

---

13) 갱도 끝의 석탄 채굴현장을 막장, 막장에서 채탄하는 광부를 막장꾼이라 함. 탄광업무 중 노동 강도가 가장 높은 작업.

일을 시작한 지 1개월쯤 지났을 무렵, 우리 반은 빨리도 낙반사고를 당했다. 현장은 천장에 균열이 생기기 쉬운 장소다. 나는 다른 조선인 동료와 함께 기둥을 깎아 박아 넣느라 정신이 없었다. 둘로 쪼갠 통나무를 천장에 대고 그 대들보 양옆에 하중을 받치기 위한 지지대를 만드는 중이었다. 지주(支柱)의 하단을 깎고 있을 때 천장에서 우수수 돌부스러기가 떨어졌다.

"위험하다. 도망쳐!"

시마 반장의 목소리가 들려온 것과 동시에 꽝하는 소리와 함께 천장이 무너져 내렸다. 정신을 차렸을 때 내 바로 앞의 갱도는 반쯤 막히고 시마 반장이 암석 아래 비스듬히 깔려 있었다. 그의 의식은 또렷했고 자유로운 양팔을 움직여 돌무더기를 치우라는 손짓을 했다. 다른 현장에서 달려온 지원조가 토사를 긁어내기 시작했다. 시마 반장은 커다란 돌에 등을 짓눌렸고 오른 다리는 무릎부터 아래까지 납작하게 찌부러졌다.

시마 반장 옆에서 착암기를 잡고 있던 안선호는 토사 아래 완전히 깔렸고 신체의 반 정도를 파냈을 때는 이미 숨이 끊어진 뒤였다. 인간의 머리가 참외처럼 폭삭 으깨어진다는 사실을 이때 알았다. 무겁게 깔린 돌을 치우자 죽은 안선호의 몸이 얼마나 부풀어 있는지, 둥그스름하게 보였다.

시마 반장은 척추 골절로 입원했고 움직일 수 있는 것은 머리와 양팔뿐이었다고 들었다. 그 후 다시는 시마 반장을 만나지 못했다. 그러나 그 후에도 나는 시마 반장의 충고대로 일본어에 귀를 기울이고 공부하려는 노력을 게을리 하지 않았다.

안선호의 시신은 모포에 싸여 탄차로 운반되었다. 밤샘도 장례식도 없었다. 다음 날 아침 식당에서 야마모토가 갱내 안전에 대해 주의를 줄 때도 사망자가 나왔다는 소식조차 전해주지 않았다. 안선호의 새색시 최경엽이 미친 듯 울부짖던 모습이 눈앞에 떠올랐다. 그러나 한편 지금 돌아가는 상황을 봐서는 안선호의 죽음을 고향에 알리지 않을지도 모른다는 의구심이 일었다.

낙반사고 후 갱내에 내려가는 일이 갑자기 무서워졌다. 인차에 실려 번개 같은 속도로 갱 안에 들어갈 때마다 도망치고 싶은 기분에 휩싸였고, 마치 지옥에서 부르는 소리 같은 기계음에 숨이 막혀와 눈을 질끈 감고 갱 하부에 도착하기만을 기다렸다. 동료 한 사람이 즉사한 현장에서 여전히 일해야 한다니 끔찍했다. 낙반의 흔적은 구석구석에 남아 있었다. 갱도의 버팀목은 강화되었지만 천장의 상태에 끊임없이 신경이 쓰였고 작은 소리에도 몸이 떨리고 진땀이 났다.

몸은 너무나 피로했지만 밤잠을 이룰 수 없는 날이 계속되었다. 옆 사람의 코 고는 소리나 화장실 가는 소리에도 곧 눈이 떠졌다. 기숙사에서 같은 반 동료 다섯 명 전원이 얼굴을 맞댈 기회는 거의 없었다. 이불이 세 채밖에 없는 것은 그런 까닭이었다.

"기운이 없어 보이는구나."

식당에서 오랜만에 얼굴을 마주 친 김동인 씨에게 그런 말을 들었을 때 붙들고 울고 싶은 기분이었다.

"부탁이 있다. 고향의 부모님께 편지를 써주지 않겠나. 우리 식구는 모두 글을 읽지 못하지만 면의 높은 사람 집에 가서 부탁하면 읽어줄 거야."

조선에 편지를 쓸 수 있게 된 것은 1개월이 지나서였고, 봉투도 편지지도 사무소에서 팔았다. 단, 편지는 봉하지 않은 채 사무소의 노무감독에게 건네야 했다. 말썽의 소지가 있는 내용이 있으면 몰수된다는 소문이었다.

그날 김동인 씨와 기숙사 목욕탕에서 만나기로 했다. 2교대 근무였기 때문에 시간이 같은 근무조라면 갱에서 나오는 시간은 큰 차이가 없었고 한 사람이 목욕을 오래 하면서 기다리면 얼굴을 볼 수 있었다.

기숙사 생활에서 느긋하게 쉴 수 있는 곳은 목욕탕뿐이었다. 서로 등을 밀어주고 목까지 뜨거운 물에 담그고 우리말로 맘껏 이야기할 수 있었다.

김동인 씨는 온몸이 석탄먼지로 새까맣게 되어 돌아왔다. 나도 훗날 채탄 작업조로 옮겨가서 석탄 캐는 일의 혹독함을 물리도록 경험했다. 나이도 많은 그가 처음부터 채탄부가 된 것은 노상 무슨 일에나 반항적인 태도가 노무감독의 눈에 찍혔기 때문이다. 김동인 씨는 특히 야마모토의 미움을 받았다.

"열다섯 시간이나 땅굴 속에 들어가 노동을 시키면서 밥은 조금밖에 안 주잖아. 그러니 석탄을 캐는 내내 먹을 것만 생각하게 되지."

탕 속에 몸을 담그면서 김동인 씨가 말했다. 처음에는 충분하게 주던 쌀밥도 그의 예언대로, 날이 갈수록 양이 줄면서 보리가 섞였고 국건더기도 부실하기 짝이 없었다. 모두가 노상 굶주렸다.

"우리 몫의 급식을 누군가가 중간에서 떼어먹기 때문이지."

주변에 개의치 않고 김동인 씨의 유창한 언변이 이어졌고 나는 곁에서 건성으로 대답할 뿐이었다. 목욕을 마치고 그와 둘이서 노무사무소에 편지지와 봉투를 사러 갔다. 거기 있던 야마모토는 내가 글을 쓸 줄 아는 것에 놀라는 눈치였다. 김동인 씨 방에서 우리는 젖빛유리에 누런 갱지를 대고 편지를 쓰기 시작했다.

"건강하게 일 잘하고 있습니다, 2년의 약속기간이 끝나면 집에 돌아갑니다, 탄광에서 매달 송금해주는 돈은 염려 말고 쓰십시오, 이 세 가지를 쓰면 된다."

연필을 쥐고 있는 내 뒤에서 그가 말했다.

"송금 건은 쓰지 않는 편이 좋을 것 같소. 탄광 측은 달마다 제대로 송금하지 않을 것이고 바깥에 그런 사실이 폭로되면 안 되니까 그런 편지는 어디다가 버린다고 합디다."

곁에서 듣고 있던 조선인 동료가 충고했다.

우리의 하루 임금은 2원14)이라고 하지만, 실제로 현금을 손에 쥐어 본 적은 없고 기숙사비나 작업복 값을 제하고 나머지는 저축과 송금으로 충당한다는 이야기였다. 그러나 정말 조선에 송금되는 것인지 자신의 저축액이 얼마나 되는지는 일체 알 수 없었다.

"그러면 돈 얘기는 빼기로 하지. 편지가 닿는 게 우선이니. 건강하게 잘 있다고 전달만 되면 더 바랄 게 없지."

그는 시원스레 말했다.

불온한 사실을 쓰면 편지가 몰수당한다 하므로 내용은 자연히 무난하고 짤막해졌다. 편지를 다 쓰고 주소를 확인하자 그는 고향마을 주소지를 한자로 몰랐다. 나는 발음을 참고해서 한자를 쓰고 한자 옆에 조그맣게 한글을 붙였다. 그는 완성된 편지를 소중하게 받아들고 흐뭇한 표정으로 웃었다.

"이 편지를 받으면 부모님도 마음을 놓으시겠지."

그렇게 말하는 그의 얼굴은 40대 남자가 아니라 어린아이의 표정 그

---

14) 강점기 조선은행권 1원은 일본은행권 1엔과 등가였고 2원은 쌀 6되 값이다.

자체였다. 나도 편지지를 가지고 방으로 돌아왔다. 그날 작업 2조는 조종호와 나밖에 없었는데, 조종호가 크게 코를 골면서 잠에 곯아떨어진 후에도 나는 좀처럼 잠을 이루지 못했다.

집을 떠난 지 2개월이 채 지나지 않았지만 벌써 몇 년이나 떨어져 있었던 기분이다. 일본도 나날이 추워지고 있으므로 고향은 더욱 추울 것이다. 온돌에 땔 장작은 부족하지 않은지, 아버지의 병환은 악화되고 있지 않은지, 형은 마을에 돌아왔는지. 궁금한 게 많았다. 뛰어다니던 마을의 논밭과 산의 풍경이 차례로 머릿속을 스쳐지나갔다. 산골짜기 밭을 부모님이 괭이로 갈고 형과 누나와 함께 곁에서 흙장난을 치던 어린 시절 광경이 떠오르자 눈물이 쏟아져 이불자락이 축축해졌다.

나는 편지에 죽은 안선호 이야기나 기차와 배 안에서 겪은 고생에 대해 쓸까 생각했다. 기숙사에서는 항상 굶주리고 배고프다는 것, 일이 혹독하게 힘들다는 것을 다 쓰고 싶었다. 그러나 쓰고 싶은 이야기는 전부 부모님을 슬프게 하고 노무감독 패거리들을 자극하는 화제뿐이었다. 읽어서 슬퍼지는 편지나 도중에 파기될 편지를 써서 무엇 하나. 결국 건강하게 일 잘 하고 있습니다, 2년 만기가 되면 곧 돌아갑니다, 그때까지 몸 건강히 안녕히 계십시오, 라고 쓰는 도리밖에 없었다. 나는 김동인 씨에게 써준 편지와 꼭 닮은 문장을 되풀이해 읽고, 이 정도면 되었다고 생각했다. 편지는 내가 썼다는 필적과, 어쨌든 병나지 않고 살아있음을 전달하면 그것으로 충분했다. 언젠가 건강한 모습으로 아버지, 어머니를 뵐 수 있다면 그걸로 충분한 것이다.

그러나 목욕탕에서 바라보는 내 손발은 점점 야위어만 갔다. 작업 1조면 해가 중천에 떠있을 때 땅 밑에 들어가 일하고, 작업 2조라 해도 낮에 잠을 자느라 해를 보지 못하기 때문에 피부는 창백해졌다. 다만 아무리 씻어도 지워지지 않는 석탄 먼지가 그 창백함을 감춰줄 뿐이었다. 갈비뼈가 드러난 가슴이나 앞뒤로 달라붙은 배…. 고향을 떠날 때보다 몰골은 더욱 초라해졌다.

흰 쌀밥을 마음껏 먹을 수 있던 기간은 훈련기간 일주일뿐이었다. 밥에 쌀이 섞이는 비율이 적어지더니 얼마 지나자 콩깻묵이 반절이고 거기에 옥수수가루와 밀이 섞여 쌀은 1할도 될까 말까한 밥이 주식이 되었다. 양도 이전에는 사발에 고봉으로 담아줬다면 최근에는 손바닥 안에 쥐어지는 작은 공기에 가능한 살포시 퍼서 얹어놓은 듯했다.

아침은 일본 된장국과 다꾸앙 두 쪽이었다. 간신히 된장 냄새를 풍기는 국은 뜨거운 맹물과 거의 다름없이 싱거웠고 정체를 알 수 없는 푸성귀 건더기가 떠 있었다. 점심은 도시락 통에 역시 콩깻묵 밥을 푸실푸실하게 채우고 다꾸앙이 얹혀 나왔다. 들고 내려가는 동안 한 쪽으로 밥이 쏠려 도시락 통은 거의 반이 비었다. 저녁밥 반찬은 대충 담긴 톳 한 접시나 소금에 절인 정어리 반 토막이 나왔는데, 비료로 써도 좋을 만큼 썩은 냄새가 진동했다.

주린 배를 달래기 위해 수없이 물을 마셨다. 도저히 참을 수 없을 때에는 아버지가 손에 들려준 무명베 자루를 열고 볶은 쌀을 스무 알씩 씹었다. 무명베 자루 안에는 작게 접힌 10엔짜리 지폐가 두 장 숨겨져 있었다. 분명히 형이 송금한 돈을 아버지가 넣어두었다가 그대로 나에게 건네주셨음이 틀림없다. 그러나 그 돈도 기숙사 바깥을 나갈 수 없는 이상 쓸 방도가 없었다.

3개월이 지나서 드디어 외출허가가 나왔다. 탄광에 갇혀 시키는 일만 할 뿐 의욕을 잃어버린 기숙사생들의 사기를 북돋우려는 의도도 있었을 것이다. 3개월 동안 빠지지 않고 매일 근무한 사람들에게만 외출

특권이 주어졌다. 노무사무소 창문에 외출허가를 받은 사람의 번호가 붙어 있었는데 30명 정도밖에 되지 않았다.

우리 방에서 외출을 허락받은 사람은 나와 조종호와 이효석 세 사람이었다. 자기 번호가 붙어 있지 않은 것을 안 현태원은 노무보조인 박정희에게 까닭을 물어봤다. 열이 많이 나서 갱에 좀 늦게 들어간 것이 감점이유라는 설명을 듣고 현태원은 힘없이 축 늘어졌다. 현태원의 담당구역은 가혹하기 짝이 없는 석탄 채굴현장이었다. 곁에서 봐도 날로 여위고 쇠약해지는 것을 알 수 있었다. 밤중에 갱에서 돌아와 방문 앞에 서 있는 모습을 보고 유령인가 싶어 마른 침을 삼켰던 적도 있다.

김시창에게 외출허가가 나오지 않은 것은 다리 부상 때문에 이틀 일을 쉬었기 때문이다. 인차에 왼쪽 발이 끼어 엄지와 검지가 부러져서 의무실에서 치료받았다. 본래대로라면 2, 3주는 일을 쉬어야 하지만 의사는 일주일간 조심하면 된다고 했다. 그러나 노무조수 강원범은 그것도 무시하고 사흘째부터 갱 안으로 밀어 넣었던 것이다.

우리 세 사람이 외출하던 날, 현태원은 방에 누워 있었다. 외출허가가 나왔다고 해도 그 몸으로는 차라리 그렇게 쉬는 편이 나을지도 몰랐다. 우리를 배웅하는 현 씨의 눈에는 힘이 하나도 없었다. 김시창은 체념한 표정으로 발의 붕대를 바꿔 감았다. 더러워진 붕대 속에서 엄지발가락은 까맣게 변색되어 있었다. 실제 그 후 며칠 안 되어 썩은 엄지는 떨어져 나갔지만.

"현 씨, 우리는 지금부터 나가는데 뭐 사다드릴까."

조종호가 물어도 현태원은 이부자리에 누워 희미하게 고개를 저을 뿐이었다.

"김 씨는 뭐 원하는 거 없어?"

이번에는 김시창에게 물었다.

"됐어요. 나가는 사람들이나 양껏 즐기고 와서 이야기나 해 줘요."

그는 웃으면서 대답했다. 셋이서 나란히 안마당을 빠져나오는데, 식당 쪽에서 김동인 씨가 손짓했다. 그는 쉰 적이 없으나 어째선지 외출허가가 나오지 않았다.

"만일 기회가 있으면 지도를 사다주지 않을래? 지도가 없다면 이 근방 지형을 사람들에게 물어보고 나중에 가르쳐주면 돼."

문에서 감시하는 박정희와 종극로의 눈을 의식하면서 이렇게 귀엣말을 한 후 큰 소리로 "즐겁게 다녀와!" 하면서 내 어깨를 쳤다.

그날 눈은 내리지 않았지만 꼼짝 않고 있으면 심장까지 얼어붙을 만큼 추웠다. 그러나 지급받은 작업복 이외에 외출한다고 해도 특별한 겨울옷을 갖고 있을 리 없는 나는 고향에서 나올 때 몸에 걸쳤던 바지와 저고리를 입고, 인견으로 만든 검은 신발을 신었다. 스웨터를 입고 온 조종호나 양복을 입은 이효석에 비하면 아주 얇은 옷차림이었으므로 저고리 위에 작업복을 겹쳐 입었다.

노무사무소에서 번호표와 교환해 10원을 받았다. 3개월간 노예처럼 일한 끝에 겨우 손에 쥔 현금이었다. 약속한 송금이나 저축이 어떻게 되었는지는 그러나 여전히 알 수 없었다.

기숙사를 나와 비탈길을 내려가 갱 입구를 지난 지점에서 평소와는 반대인, 오른쪽으로 꺾었다. 처음 이곳에 끌려오던 밤 염주처럼 밧줄로 엮인 채 지나온 길이었다. 갓길에는 서리가 내렸고 신발 밑에서 사각사각 소리가 났다.

"아리랑 마을이라는 곳이 있다는데 가보고 싶네요."

아무 말 없이 10분 정도 걸었을 때 갑자기 이효석이 말했다. 우리 동포가 살고 있는 아리랑 마을에 대해서, 나는 이때 처음 들었다.

"어떻게 알았어?"

"같은 채굴반에서 일하는 대선배가 가르쳐 줬어. 그곳에 가면 우리 음식 하나라도 먹을 수 있을 거라고."

"장소는?"

"폐석산을 등지고 저 산 방향으로 걸어가면 된다는 것 같아. 어른 걸음으로 두 시간 좀 넘게 걸어가면 도착한다고 들었어."

이효석은 논 앞으로 검푸르게 보이는 산을 가리켰다.

시내와는 다른 방향이었다. 외출허가를 받은 많은 조선인 동료들은 시내 쪽으로 몰려간다고 했다. 색다른 음식을 먹을 수 있고 일용품을 살 수 있는 곳은 시내였다. 어떻게 할까, 나는 좀 망설여졌지만 조종호는 아리랑 마을에 찬성했다.

"빨리 가는 게 무엇보다 최고야. 빨리 도착할수록 오래 머무를 수 있으니까. 시간이 남으면 돌아오는 길에 시내에 들러도 돼."

조종호는 벌써 앞장서서 걷기 시작했다.

"아리랑 마을은 어느 쪽으로 가면 됩니까?"

나는 길에서 마을사람을 만날 때마다 물었다. 세 사람 중에서 내가 일본말을 능숙하게 하는 축이었다. 보통사람을 상대로 일본어를 사용한 것은 처음이었지만 어렵지 않게 통했다. 가는 길 양옆의 밭에는 보리가 심어져 있고 멀리서 보리밭을 밟는 허리가 굽은 노인의 모습이 보였다. 고향에 비하면 산이 멀리 보이고 밭 하나하나의 크기가 넓었다. 길가에 나무가 적은 것이 어딘가 단조로운 인상을 주었다.

산을 향해 자갈투성이의 길을 계속 걸었다. 산그늘에 다른 탄광의 폐석더미가 형태를 드러내기 시작했다. 강 가운데서 아이들 셋이 물고기를 잡고 있었다. 그물도 작살도 없이 강 언덕의 웅덩이나 구멍을 맨손으로 헤집고 있었음에도 커다란 붕어와 메기를 잔뜩 잡아 버드나무 가지에 꿰어 놓았다. 잘 들어보니 아이들의 말이 우리말이었다.

"아리랑 마을이 어딘지 아니?"

조종호의 굵고 탁한 음성에 아이들은 얼굴을 들고 끄덕였다. 그중 나이가 많은 어린이가 팔을 뻗어 저쪽, 이라고 대답했다.

아리랑 마을에서 태어나고 자란 아이들일 것이다. 내가 고향의 강가에서 물고기를 잡던 것처럼 그들이 다른 나라의 강에서 구김살 없이 놀고 있는 모습이 나에게는 기묘하게 여겨졌다.

"너희들 아버지 이름은?"

조종호가 묻자 형제인 듯한 두 아이가 같은 이름을 댔고 또 한 아이는 다른 이름을 댔다. 일단 아버지 이름을 물어 두면 다른 사람을 찾을 때 이상하게 생각하지 않는다고 판단했던 것이다. 참으로 머리 회전이 빠른 조종호다웠다.

산비탈에 매달리듯 자리한 작은 마을이 보였다. 지붕도 벽도 나무판자로 이어붙인 허술한 집으로, 일본인들의 초가집이나 기와집에 비하면 도대체 사람이 사는 거처라고 할 수 없었다. 어른 머리만 한 돌을 허리 높이까지 쌓아올려 담장을 대신했다. 돌담 옆에 물통과 평평한 널빤지를 걸쳐놓은 것이 부엌이었다. 지붕이 없어서 비라도 내리면 우산을 쓰고 음식을 만들어야 할 판이었다. 그런 집이 모두 스무 채 정도 있었다. 집을 따라서 약 1.5미터 폭의 길이 나 있었고 판자 조각으로 메운 계단도 있었다.

잡초가 우거진 산비탈의 일부를 개간해 채소밭으로 가꾸었다. 빨랫줄에 걸려 있는 하얀 저고리를 본 순간 가슴이 뜨거워졌다. 확실히 이곳에 조선 동포가 살고 있었다. 가난에 시달리는지는 몰라도 우리처럼 높은 담장에 갇혀 사는 것이 아니라, 대지에 발을 붙이고 자신의 힘으로 살아가고 있었다.

"어느 광산 분들이시우?"

석축 저편에서 당돌하게 얼굴을 내민 40쯤으로 보이는 아낙이 우리말로 물었다.

"다카쓰지 탄광에서 일하는 사람입니다. 휴일이어서 와봤습니다. 여기서 고향의 밥을 먹을 수 있을지도 모른다고 들어서요."

이효석이 재빨리 설명하자 상대방은 잠자코 우리를 뚫어지게 바라봤다.

"다카쓰지 탄광? 큰일 날 곳에서 왔구먼. 거기 더 있어봐야 재미없을 걸. 빨리 도망쳐 나오는 게 좋아. 그런 곳에 있다간 결국 죽음을 면치 못할 거유."

"아니 그 정도는…."

조종호가 당황해서 부정했다.

"그런가. 우리는 그렇게 소문을 듣고 있거든, 사람 거칠게 다루고 밥은 제대로 먹이지도 않는다고."

"그건 그렇지만."

조종호는 말이 막혀 우물거렸다.

"당신들이 아니라고 하니까 괜찮은 거겠지. 박 씨네 집에 가면 밥을 먹게 해줄 거유. 조금만 더 올라가면 간판이 걸려 있지."

그 아낙은 우리의 얼굴을 번갈아 바라보며 말했다.

우리는 인사하고 비탈길을 올라갔다. 한글 간판이 누추한 작은 집 벽에 걸려 있었다. 이효석이 입구에 드리운 휘장을 들어 올리며 말을 걸었다. 안쪽에서 "어서 오세요" 하는 음성이 들려왔다.

우리는 문턱을 넘었다. 컴컴한 토방에 다다미 한 장 크기의 커다란 탁자가 있고 거실과의 경계는 노란색 휘장으로 구분되었다. 우리가 어찌할 바를 몰라 허둥대고 있을 때 예순 살 정도의 할머니가 나왔다.

"할머니, 다카쓰지 탄광에서 왔습니다. 무얼 좀 먹을 수 있을까요?"

이효석이 물었다. 할머니는 고개를 끄덕이고 곧 안으로 사라졌다. 우리는 긴 의자에 앉아 사방을 둘러봤다. 메뉴판은 어디에도 보이지 않았다. 금이 간 유리창을 동그란 종이로 풀칠해 붙여놓았다.

10분쯤 지나 7, 8세로 보이는 여자아이가 김치 접시를 얹은 쟁반을 들고 나타났다.

"넌 이 집 아이니?"

조종호가 묻자 여자아이는 동그란 눈을 뜬 채 고개를 가로 저었다.

"학교는?"

이번에도 고개를 저었다.

"그렇구나. 가게에서 심부름 하는구나. 장하다."

조종호는 상냥하게 덧붙이고 김치 접시를 탁자에 옮겨놓았다. 김치 냄새에 군침을 삼키고 있으려니까 할머니가 밥이 든 밥통과 냄비를 가져왔다. 이어서 여자아이가 세 벌의 수저와 젓가락을 탁자 위에 늘어놓았다. 깍두기 배추김치 외에 빨갛게 무친 민물 게장과 건어물 무침, 여러 가지 야채와 생선을 넣은 된장국 등이 차려진 밥상은 간단하나마 조선의 정식 상차림이었다.

"당신들 징용당해 온 사람들이지?"

할머니는 허리를 펴면서 처음으로 물었다.

"그렇습니다."

이효석이 대답했다.

"3개월 만에 처음 외출입니다. 이런 식사를 할 수 있으리라고는 생각지도 못했습니다."

이효석은 울먹이는 목소리로 덧붙였다.

나는 더 기다리지 못하고 배추김치를 입에 넣었다. 잊었던 맛이 혀끝에서 되살아났다.

"고향이 어딘고?"

"세 사람 모두 경상도입니다."

"그래. 이 부락에도 경상도 출신이 몇 명 있지."

할머니는 우리가 정신없이 먹는 것을 흐뭇한 눈길로 바라봤다. 보리가 1할 정도 섞여 있을 뿐인 흰 쌀밥은 맛있었다. 이런 쌀이 어디서 나는 걸까.

"먹는 것을 보니 정말 얼마나 배를 곯았는지 알겠구먼. 한창 자랄 때니까 무리도 아니지. 몇 살인고?"

할머니는 제일 어린 내게 물었다.

"열여덟 살입니다."

"그래 … 부모님은 너를 열여덟 해나 키우고, 징용당하셨구먼. 형제는 있는가?"

"형이 하나 있습니다만 만주에 갔고, 제가 집을 나설 때까지는 돌아오지 않았습니다."

"그럼 양친 두 분만 남았겠네."

"가까운 마을에 시집간 누님이 삽니다."

"딸은 있으나 마나야. 집안은 아들이 대들보지, 자식을 둘이나 떼어 보냈으니 양친 심정이 어떨꼬. 쯧."

할머니가 찬찬히 나를 바라보자 얼굴을 들 수 없었다.
"이 마을사람들도 탄광에서 일합니까?"
조종호가 물었다.
"탄광 사람도 있고 제방공사나 넝마주이하는 사람도 있고, 여러 가지야. 대체로 낮에는 일 나가기 때문에 이 시간에 한가하게 돌아다니는 사람은 우리 같은 노인이나 아이들뿐이지. 점심때가 되면 몇 사람은 점심 먹으러 집에 돌아오기도 해. 그래 맛은 있는가?"
"네, 맛있습니다."
나는 얼른 대답했다. 실제로 김치도 된장국도 더할 나위 없는 맛이었다.
"때가 때인지라 이런 음식밖에 내놓지 못해 부끄럽네. 변명이라고 들어둬. 고추나 야채는 손수 농사지어 먹지만 쌀은 암시장밖에 구할 데가 없어. 된장 만드는 콩은 일본 사람 사는 곳에 가면 나눠받을 수 있지만."
조종호도 이효석도 민물고기와 야채가 든 냄비에 수저를 가져가서는 엄숙한 얼굴로 입에 떠 넣었다.
"쉬는 날에는 여기 오면 돼. 다음에는 또 다른 별식을 만들어 줄 테니까. 봄이 되면 미나리나 산달래, 산나물 새순을 무쳐줌세."
"… 저희는 2, 3개월에 한 번밖에 쉬는 날이 없습니다. 그것도 조금이라도 한눈을 팔면 몰수당하는 휴일이지요. 그래서 또 올 수 있을지 없을지 모르겠습니다."
이효석이 침울하게 말했다. 할머니도 무어라 대꾸할 말을 잊은 채 입을 다물었다.
"밥과 김치를 기숙사에 가져가고 싶은데 주실 수 있습니까? 외출허가를 받지 못하고 앓아누운 동포가 있거든요."

조종호가 문득 생각난 듯 말했다.

"그럼 주다마다. 돌아갈 때까지 준비해 놓겠네. 병이 나다니 가엾기 짝이 없구먼."

여자아이는 토방 구석에서 우리 모습을 지켜보고 있다가 집 밖에서 말소리가 들리자 산토끼처럼 뛰쳐나갔다. 여자아이와 함께 들어온 사람은 머리에 수건을 질끈 동여맨 햇볕에 새까맣게 그은 중년 남자였다. 우리를 보자 가볍게 눈인사를 건넸다.

"다카쓰지 탄광에서 온 사람들이야."

할머니는 남자에게 말했다. 여자아이의 아버지인 것 같았다. 우리는 각자 이름을 말하고 자기소개를 했다.

"난 박재수(朴在洙)요."

남자는 무뚝뚝하게 자기 이름을 대고 탁자 구석에 앉았다. 할머니는 그 앞에 술병과 김치를 내놨다.

"마시겠소? 할머니가 빚은 막걸리요."

그는 작은 술잔에 뽀얀 술을 따르고 먼저 조종호에게 권했다.

"아니요, 술은 안 됩니다. 기숙사에 돌아가면 어떤 변을 당할지 모르니까요."

"조금만 마시면 돌아갈 무렵에는 다 깰 거요."

그가 잔을 내밀자 조종호는 각오한 듯, 잔을 받아 고개를 옆으로 돌리면서 한 모금만 마셨다. 남은 술잔을 건네받은 이효석이 사양하지 않고 쭉 잔을 비우자 박재수는 흐뭇해했다. 그는 나를 위해 막걸리를 새로 따라주었지만 나는 사양했다. 고향 집에서도 어쩌다 술을 마시는 것은 아버지만의 특권이었다. 타향에 와서 그걸 깨뜨리고 싶지는 않았다. 그는 사양하는 나에게 억지로 술잔을 권하지는 않았다.

우리가 식사 후 보리차를 마시고 있을 때 새로 세 사람의 손님이 들어왔다. 그들은 막걸리를 마시면서 화투를 치기 시작했다. 세 사람 가운데 가장 젊은 남자는 놀음에 끼지 않고 내 바로 옆에 앉아 여러 가지를 물었다. 기숙사에 조선인은 몇 명 정도 되는가, 노무감독이 몇 명이고 그들의 이름은 무엇인가, 식사나 다른 대우는 좋은가, 갱내 사고는 자주 일어나는가. 빠르게 연달아 퍼붓는 질문에 내가 아는 한도에서 전부 대답했다. 그러나 하루 석탄 채굴량이나 탄광 전체의 광부 숫자 같은 질문에는 대답하지 못했다.

이야기하는 동안 김동인 씨가 부탁한 지도 건이 떠올라 이 부근 지도가 있다면 구할 수 있는지 물어봤다.

"지도 말이군. 친구가 갖고 있긴 한데 그렇게 쉽사리 남에게 내주지 않을 걸."

"그렇다면 이 부근의 지리를 대강 가르쳐 주시겠습니까?"

내가 절박해 보였는지, 청년은 할머니에게 헌 신문을 가져다 달라고 했다.

"이것이 온가강(遠賀川)이고, 하류는 아시야(芦屋)라는 도시야. N시의 남쪽에 있고 강은 여기서 두 갈래로 갈라지지."

청년은 연필로 하카다와 오리오, 와카마쓰, 시모노세키까지 포함된 넓은 지형을 그렸다.

"철도는 너무 복잡해서 좀 틀린 데가 있을지 모르네."

"상관없습니다."

나는 그 신문지를 찢어서 작업복 포켓에 잘 간수했다.

"이런 지도를 도대체 어디 쓸 건데?"

청년이 다시 물었다.

"기숙사의 동료가 부탁한 겁니다."

"도망칠 때 쓰려는 것이군."

화투를 치던 또 한 사람의 동포가 퉁명스럽게 말했다.

"다카쓰지 탄광이면 도망치는 편이 낫지. 탈출하거든 우리 있는 곳으로 찾아와. '히가시타노 하시가와'(東田橋川)라고 말하면 알아."

"도망치다 노무감독이나 순사에게 붙잡히지 않게 조심해야 한다."

박재수 씨가 화투에서 눈도 떼지 않고 덧붙였다.

"이 전쟁은 반드시 일본이 패배할 거야. 벌써 동남아에서도, 중국에서도 밀리기 시작했어. 그렇게 되면 우리 조선도 해방되는 거야. 그때까지 목숨을 잘 지키라고. 죽어봤자 개죽음이니까."

나는 옆에 앉은 청년이 눈을 빛내며 말하는 것을 보고 탄복했다. 적어도 그때까지 내 주변에서 일본의 패전을 공공연하게 단언하는 인물은 보지 못했다.

"남의 땅에 함부로 쳐들어와 제멋대로 온통 초토화시켜 놓더니, 끝내는 조선 사람까지 잡아다가 노예처럼 부려먹고 있잖나. 이게 나라에서 할 짓인가."

청년의 에두르지 않는 솔직한 어조에 나 이상으로 매료된 사람은 조종호였다. 자기와 나이 차이도 없는 섬세하고 가냘픈 몸매의 청년이 아주 멋지게 일본을 단죄하자 간담이 서늘해졌다. 청년도 조종호에게 흥미를 느꼈는지 우리가 작별인사를 할 때까지 두 사람의 이야기는 그칠 줄 몰랐다.

돌아오려는 참에 할머니가 종이꾸러미를 내밀었다.

"속에 약초도 들어 있어. 병들어 누워 있는 사람에게 먹이면 돼. 가루약이니까 국이나 밥에 뿌려서 먹을 수 있어."

"밥값은 얼맙니까?"

이효석이 물었다.

"오늘 외출할 때 얼마를 받았누?"

"한 사람당 10원을 나눠주더군요."

"그러면 한 사람에 3원씩만 받겠네. 섭섭하게 생각 말게. 암시장에서 쌀을 사려면 밑천은 있어야 하니까."

할머니는 미안한 듯이 말했다.

"무슨 그런 말씀을 하십니까. 덕분에 우리는 이제 살 것 같습니다. 다시 휴가를 얻으면 밥 먹으러 오겠습니다."

조종호는 우리가 돈을 내는 것을 말리고 자기 몫의 10원을 할머니에게 건넸다.

"당신들 도망친다면 뒷일은 언제라도 의논해 줄 테니까."

'히가시타노 하시가와'라고 이름을 밝힌 남자가 잠시 화투를 멈추고 우리 뒤에서 말을 걸어왔다.

우리는 만족스러운 기분으로 아리랑 마을을 떠났다. 오는 도중에 고기잡이를 하다 집으로 돌아오는 아이들을 만났다. 버드나무 가지에 꿰인 붕어와 메기를 조종호가 우리말로 세어본다. 전부 열아홉 마리나 되었다.

멀리 검푸르게 다카쓰지 광산의 폐석더미가 보였다. 이미 시내에 들렀다 갈 시간은 없었다. 다음 날부터 땅 밑에서의 고된 작업이 우리를 기다렸다. 탄광이 가까워질수록 모래주머니를 매단 듯 기분이 무겁고 침울해졌다.

폐석산 기슭에 걸린 레일과 벨트의 윤곽이 뚜렷해졌을 때 그때까지 잠자코 걷던 이효석이 갑자기 입을 열었다.

"나는 돌아가지 않겠습니다."

"도망칠 건가?"

조종호가 놀라서 우뚝 걸음을 멈췄다.

"네. 어차피 탄광에 있어도 2년 만기가 되기 전에 병들어 쓰러지거나 낙반사고로 돌무더기에 깔려죽거나 할 거 아닙니까. 도망치려면 지금밖에 없으니까요."

이효석의 얼굴은 창백했다. 두려움에 가득 찬 눈으로 조종호와 나를 번갈아 살폈다.

"나는 도망칠 용기가 없어."

조종호는 난처한 얼굴을 했다.

"시근이 넌 어떻게 할래?"

"돌아갈 거예요."

나는 지체 않고 대답했다. 기숙사에 두고 온 무명베 자루와 애써 일해서 모은 돈을 그냥 두고 도망치기는 아깝다는 생각이 들었다.

"아까 신문지에 그려 받은 지도 있지? 내게 줘."

이효석이 명령 투로 내게 말했다. 속으로 반발심이 생겼으나 지도라면 다시 손에 넣을 수 있다. 지금은 이효석에게 지도가 더 필요할 거라고 생각을 고쳐먹고 건네줬다.

"고맙다. 은혜는 갚을게."

"이 돈도 가져가라."

조종호는 남은 1원짜리를 내밀었다. 애원하는 듯한 이효석의 눈길에 나도 10원을 꺼내줬다.

"미안해."

이효석은 입술을 떨면서 인사하고 돈을 손에 움켜쥐었다. 동시에 시내 쪽을 향해 논두렁길을 달리기 시작했다. 어디에 그런 힘이 남아 있었을까 할 정도로 빠르게 달렸다. 그러나 2백 미터도 달리지 못하고 발걸음은 느려졌다. 한 번도 뒤돌아보지 않고 드넓은 논 사이로 멀어져 콩알처럼 작아진 모습이 어딘지 불안해 보였다.

갱 입구 아래 세 갈래 길까지 오자 시내에서 돌아오는 한 무리의 동료들을 만났다. 누구 한 사람 밝은 얼굴이 없었다. 식당에서 배불리 먹고 여자가 있는 업소에 가는 것이 정해진 코스인 모양이었다.

"돈을 내고 가게를 나오는데 내일부터 시작될 지옥이 떠오르더군. 다음 휴일까지 살아 있기나 할지, 그런 생각에 갑자기 찬비를 맞은 것처럼 기분이 썰렁해지는 거야."

누군가가 불쑥 한마디 했다.

방에는 현태원과 김시창이 기다리고 있었다.

"이효석은 함께 안 갔어요?"

김시창이 낌새를 챘는지 이렇게 물었다.

"도중에 놓쳤지 뭐가. 무사히 돌아오면 좋으련만."

조종호는 아리랑 마을의 할머니가 싸준 주먹밥과 김치를 바닥에 펼쳤다. 배추김치의 진한 냄새가 온 방안에 퍼졌다.

"한 개씩 먹어둬. 우리는 벌써 먹고 왔거든."

"김치를 파는 가게가 있었네."

현태원이 이불 속에서 고개만 내밀고 말했다.

"산기슭에 있어서 가기는 좀 불편한데 조선인 동포들이 정착해 사는 마을이 있어요. 다음 번 외출허가 받으면 안내해드릴게요. 흰 쌀밥에 된장국을 먹을 수 있습니다. 맹물 같은 일본 된장국이 아니고 재료를 듬뿍 넣고 한국식으로 끓인 제대로 된 된장국이오."

나도 현태원의 기운을 북돋아주려고 설명했다.

"가보고 싶다. 김치를 배불리 먹을 수 있다면 죽어도 한이 없겠어."

"현 씨, 마음 약한 소리 하면 안 되지. 다음 공휴일에는 꼭 갈 수 있다구."

조종호가 충고했다. 현태원은 윗몸을 일으키고 주먹밥과 김치를 손가락으로 집어서 입에 넣었다. 눈길이 공허했다.

그날 밤 식당은 야마모토 이하 히로타, 다키가와 노무감독과 노무보조 강원범, 박정희, 종극로까지 총출동해서 감시했고 공기는 팽팽하게 긴장되어 있었다. 외출한 조 가운데 돌아오지 않은 사람이 여러 명 된다는 소문이 떠돌았다. 도망을 결행한 사람은 이효석 한 사람만이 아니었다. 재빨리 저녁식사를 마치고 안마당을 가로질러갈 때 김동인 씨가 다가왔다.

"대강의 지도는 머릿속에 들어 있습니다. 잊어버리지 않도록 오늘 밤 종잇조각에 그려놓을게요."

변명하는 내 말을 들은 척도 않고 그는 귓속말을 건넸다.

"세 사람이 도망쳤다고 하더라. 이럴 때일수록 감시도 삼엄하다. 조금 더 사전준비를 철저하게 하지 않으면 안 되겠어."

말을 마친 그는 아무 일도 없다는 듯 다른 데로 걸어갔다.

다음 날 아침 작업 1조로 갱에 들어갈 예정이어서 나는 김시창과 같이 이불을 덮었다. 덩치가 큰 조종호와 이불을 함께 덮으면 둘 중 한 사람은 이불에서 밀려 나오기 일쑤였.

땀과 석탄먼지투성이인 홑이불은 차가웠고 좀처럼 잠이 오지 않았다. 겨우 어렴풋이 잠이 들었을 무렵 사람이 울부짖는 소리에 잠이 깼다. 처음에는 꿈인가 했다. 그러나 울부짖는 소리는 그 후에도 끊임없이 들려왔다. 김시창이 자리에서 일어나 복도에 나갔다.

"이효석이야. 안마당에서 얻어맞고 있어."

김시창의 말에 조종호와 현태원도 이부자리에서 나와 대문간 그늘에 몸을 숨겼다.

"살려 주세요 …."

어슴푸레한 어둠 속에서 등짝을 훤히 드러낸 이효석이 무릎을 꿇고 몸을 메뚜기처럼 구부린 채 애원하고 있었다. 가죽 벨트를 손에 쥔 강원범이 등을 한껏 뒤로 젖혔다가 그 반동으로 벨트를 힘껏 내려쳤다. '흐기익', 하고, 사람 소리 같지도 않은 비명을 지르며 이효석은 엎드렸다.

"이 돈은 뭐야! 10원 갖고 나갔을 놈이, 이건 어디서 훔친 거야!"

야마모토가 지폐를 펄럭거리면서 우리말로 으름장을 놓았다.

"받은 겁니다. 도중에 만난 조선인 동포로부터."

"누구야? 그놈이."

"모릅니다. 이름도 모르는 사람입니다."

"생면부지의 사람이 어째서 돈을 줬느냐고?"

야마모토가 눈짓을 하자 또 다시 벨트로 매질이 시작되었다. 둔탁한 소리가 벌거벗은 등 위에 사정없이 부서져 내렸다. 안마당을 주시하는 수많은 눈을 의식해서 노무감독도 노무보조도 한층 위압적으로 날뛰었다.

"그럼, 이 지도는 어떻게 된 거냐?"

야마모토가 찢어진 신문조각을 이효석의 눈앞에 내밀었다. 나는 숨을 삼켰다. 내 이름이 나오면 나도 똑같은 죄인이 되는 거였다.

"돈을 준 그 사람이 줬습니다."

이효석이 꺼질 듯한 목소리로 대답했고, 나는 안도의 숨을 삼켰다.

"도망치라고?"

"네."

"멍청한 놈. 도망칠 수 있다고 생각했나?"

야마모토는 작업화를 신은 발로 이효석의 머리를 걷어찼다.

"이걸 준 놈의 이름 불 때까지 제대로 족쳐라."

"살려주세요. 다시는 도망가지 않겠습니다. 일하겠습니다."

이효석은 윗몸을 부들부들 떨면서 절하는 시늉을 했다.

"도망가도 좋다. 어디 도망가 봐라."

강원범이 벨트로 등을 때렸다. 이효석은 네 발로 기어서 달아나려 했다. 벨트가 머리고 어깨고 용서 없이 내리찍혔다. 이효석은 조금이라도 피하려 했지만 애벌레처럼 움찔거릴 뿐이었다. 머리 바로 앞을 고무장화를 신은 히로타가 가로막더니 얼굴을 걷어찼다. 이효석은 더 이상 소리도 지르지 않았다. 피투성이가 된 몸을 똑바로 일으켜 세웠다. 눈을 크게 뜨고 야마모토를 향해 비틀비틀 걷기 시작했다. 두 손을 내밀고 무언가 애원하려고 했다. 그것이 반항적으로 보였던 것일까, 옆에 있던 박정희가 통나무를 치켜들더니 이효석의 머리통을 내리쳤다.

이효석은 정신을 잃었다.

"잘 봐둬라, 도망치려는 놈은 모두 이놈 꼴이 날 거다."

야마모토가 복도에서 얼굴을 내밀고 있는 우리를 둘러보며 나지막하게 내뱉었다.

"이놈은 이대로 버려 둬."

야마모토는 사무실 쪽으로 돌아갔다.

"알았지, 손대지 마라. 도와주려는 놈은 똑같이 죄를 묻겠다."

강원범이 말했고 박정희와 종극로가 뒤를 따랐다. 안마당에는 쓰러진 이효석만이 남았다.

누구도 뛰어나가는 자가 없었다. 나는 어슴푸레한 어둠 속에서 이효석이 아직 숨을 쉬고 있는지 어떤지 응시했다.

"갔다 올게."

조종호가 복도에 이어진 안마당에 내려섰다. 이효석에게 가까이 다가가 귓가에 대고 속삭였다.

"누구냐? 거기 있는 놈이."

그때 사무소에서 나온 히로타와 종극로가 물었다. 조종호는 두 사람을 무시하고 이효석을 보살폈다. 키가 작은 히로타가 조종호의 목덜미를 잡아 일으켜 세웠다. 이어서 뛰어오르듯 해서 조종호의 얼굴을 쳤다. 그는 비틀거리면서도 저항은 하지 않았다. 자신의 어깨에도 못 미치는 히로타를 노려볼 뿐이었다. 히로타는 대여섯 번 주먹을 휘두르더니 큰 소리로 고함쳤다.

"방으로 돌아갓!"

옆에서 종극로가 목검으로 내리칠 태세를 취했다. 입가를 틀어쥔 채 조종호는 아무 말 않고 그 자리를 떠났다. 박정희가 양동이에 물을 담아 식당에서 나왔다. 강원범의 지시로 쓰러진 이효석 위에 물을 퍼부었다.

"죽지는 않았지요?"

김시창이 조종호에게 물었다.

"이름을 부르니까 대답했어. 고향에 가고 싶다, 어머니 계신 곳에 가고 싶다, 가늘게 중얼거리더군."

조종호는 목소리를 낮췄다.

"그때 우리가 말렸으면 이런 일은 없었을 텐데."

조종호는 나를 보며 말했다.

나는 이효석이 마지막까지 우리 이름을 털어놓지 않은 것이 놀랍기만 했다. 그 정도의 고통을 받으면서도 인간은 의리를 지킬 수 있는 것일까.

"이런 추위에 물을 뒤집어썼으니 얼어 죽고 말 거예요."

김시창은 목소리를 죽이며 말을 이었다.

"우리가 전원 용서를 구하면 보살펴주게 해줄지도 몰라요."

"무슨 용서를 구할 건데?"

현태원이 등 뒤에서 냉철하게 말했다.

"다시는 도망치지 않겠다고 맹세하면 어떨까요?"

"흥, 그런 걸로 모두의 의견이 모아지겠어? 나라도 그런 맹세는 하고 싶지 않아. 기회만 있으면 오늘 밤이라도 도망치고 싶은 걸."

"겉으로만 약속하는 거지 그냥."

"그런 걸 서약서로 만들어서 가져간들 통할 인간들이 아니야. 저놈들은 짐승이거든."

조종호가 증오에 차서 말했다.

식당의 불은 꺼졌지만 사무소는 1, 2층 모두 전등이 켜 있었다. 아직 도망중인 동포를 색출하기 위해 야마모토 패거리들은 사방에 연락을 취하고 있었다.

이효석은 안마당 한가운데 누워 있었다. 밤기운이 급속하게 차가워져 갔다. 벌거벗은 채로는 얼어 죽을지도 모른다. 나는 이불을 가져다 덮어줘야만 한다고 생각했지만 결심이 서지 않았다. 그때였다. 안마당을 똑바로 가로질러 사무소 쪽으로 걸어가는 남자가 보였다. 그는 사무소 입구를 향해 큰 소리로 외치고 있었다. 김동인 씨였다.

"부탁입니다. 이효석을 살려 주십시오. 이대로 두면 죽습니다."
"뭐야!"

2층의 창문이 열리고 야마모토가 얼굴을 내밀었다.

"목숨을 구걸하는 건가. 염려마라. 도망치려 한 놈은 죽어도 싸다."
"한 사람이라도 소중한 일꾼입니다. 천황의 자식들 아닙니까?"

그는 굽히지 않고 외쳤다.

야마모토는 대답이 궁했는지 창문을 콱 닫았다.

"제발 부탁합니다."

그는 다시 입구 가까이 다가갔다. 금방이라도 사무소 안으로 들어갈 것 같은 태세였다.

이효석이 숨을 내쉬면서 일어선 것은 그 직후였다. 김동인 씨도 놀라서 뒤돌아보았다.

"어이, 모두들 고향에 돌아가자. 조국은 해방되었다. 어머니가 계신 곳으로 돌아갈 수 있다."

불안정하게 비틀대면서 이효석은 목소리를 높였다. 빠른 우리말이 캄캄한 어둠 속으로 울려 퍼졌다.

"모두, 이제 죽지 않아도 돼. 다 함께 돌아가는 거다. 나와라. 나를 따라라."

김동인 씨가 달려갔지만 그 손을 뿌리치고 대문을 두드렸다.

"문 열어라. 고향에 돌아간다. 열어라."

말이 끝나기도 전에 사무소에서 뛰어나온 강원범이 이효석의 오른팔을 붙잡았다. 이효석은 저항하지 않고 사무소 안으로 끌려들어갔다. 남아 있는 김동인 씨를 히로타와 박정희가 때려서 되돌려 보냈다. 노무사무소의 전등불은 밤새 꺼지지 않았다.

다음 날 식당에는 야마모토 이하 노무사무소 관계자 전원이 나와 있었다. 이효석의 모습은 보이지 않았다. 방에 남아 있던 이효석의 짐은 종극로가 치웠고 그 뒤로 이효석의 소식은 영영 끊겼다.

우리 가운데 누구도 이효석이 살아서 기숙사를 나갔다고 생각하지 않았다. 사무소 어딘가에서 살해당했거나 혹은 야밤에 어딘가의 정신병원으로 실려가 산송장 생활을 하거나, 둘 중 하나라고 생각했다.

7

　기차가 긴 철교를 지났다. 온가강의 수량은 변함없이 풍부했다. 강을 오르내리는 배는 보이지 않았고 대신 날렵하고 긴 보트 두 척이 소금쟁이처럼 누가 빨리 가나 겨루고 있었다. 강바닥이 드러난 둔치는 주차장이 되었고 차량들이 제방 위의 2차선을 쉬지 않고 왕래했다.

　제방의 경사면만이 옛날과 마찬가지로 유채꽃으로 뒤덮여 있었다. 이 제방도 조선인들이 축조했을까. 그 무렵 조선인들은 이곳저곳 토목현장에서 소나 말처럼 노동을 했다. 방공호 파기, 제방공사, 하천 준설공사, 공업폐수처리장 축조공사, 비행장 건설, 댐, 터널, 공장부지 정지작업 등 조선 노동자의 땀과 눈물이 배지 않은 곳이 없다고 해도 과언이 아니다.

　그러나 어떤 작업현장도 탄광의 갱 속처럼 가혹하지는 않았다. 노천 채굴장이나 댐 축조현장도 막장일과 비교하면 아이나 여자들 일 수준이었다고 단언할 수 있다.

　탄광은 산 자에게도 그렇지만 죽은 자에 대해서는 더욱 냉혹했다.

햇볕이 비치는 곳에서 죽은 조선인 동포는 적어도 가족 앞으로 사망통지서가 전달되며 장례도 치른다. 그러나 우리 같이 강제로 끌려와 갱안에서 일하는 사람들은 그렇지 못했다. 낙반사고로 목숨을 잃어도 고향에 연락이나 해주는지, 도대체 의심스러웠다. 더구나 위로금이 지불된 예는 거의 없었다. 이효석처럼 일부러 괴롭히면서 서서히 고통스럽게 죽었거나 도망친 곳에서 사고를 당한 경우, 그 소식은 영원히 어둠 속에 묻혀버렸다.

차창에 펼쳐지는 온가강의 완만한 흐름과 유채꽃을 바라보며 타국의 땅 속에서 목숨을 잃어간 조선인 동포들을 생각했다. 한반도와 일본 사이에 가로놓인 대한해협을 반세기 동안 계속 피해왔지만 객사한 동포들의 원통함을 잊은 적은 없었다.

생각해보면 대한해협을 건너 부산에 돌아온 이후의 내 삶은 덤으로 받은 것이나 마찬가지일지 모른다. 원래대로라면 내 육신은 지금 달리고 있는 철로 노선 밑 몇백 미터 지하에 매몰되어 있어야 맞는 것이다.

서진철 씨의 편지를 계기로 온가강을 다시 찾게 된 것은 결코 우연이라고 생각하지 않는다. 이 세상에 있을 날도 얼마 남지 않은 내가 다시 한 번 이 땅을 밟도록 하기 위해, 그 편지는 내 손안에 닿은 것이다.

'저 폐석더미를 하 회장께서 설마 잊지는 않으셨겠지요.'

이 구절은 서진철 씨의 말이라기보다는 저 세상으로 먼저 간 동료들의 비통한 절규로 내 귀에 울려왔다. 나는 뜨겁게 끓어오르는 가슴을 안고 핏발 선 눈으로 차창 밖을 바라봤다. 예전에 사방을 돌아보면 반드시 금방 시야에 걸리던 폐석더미는 이제 모두 사라졌다. 낮고 거무칙칙하게 쌓인 석탄더미도 없어졌다. 대신 중후한 지붕의 멋진 주택이 철로 연변까지 뻗어 있다. 멀리 야트막한 산들이 보이지만 산꼭대기까지 주택이 들어섰고, 겨우 남은 산등성이도 수직으로 도려내져 진흙이 붉은 속살을 드러냈다.

내가 일하던 다카쓰지 탄광이 어느 쪽인지 정확하게 생각나지 않았다. 이효석이나 조종호와 함께 찾아갔던 아리랑 마을에 이르러서는 더욱더 기억이 흐릿했다. 당시엔 기차를 탄 적이 없었고 가까운 시내에 외출조차 금지당했기 때문에 기억할 도리가 없다.

김동인 씨에게 부탁받아 아리랑 마을의 청년에게 그려 받은 지도는 도망치려는 이효석에게 주었고, 나중에 내 나름으로 기억을 되살려 다시 그렸다. 온가강의 흐름과 철도 노선의 위치를 대충 그린 것이었지만 김동인 씨는 기뻐했다.

"도망은 좀더 따뜻해진 다음이 어떨까?"

나의 엉성한 지도를 주머니에 접어 넣으면서 그는 웃었다.

2월이 끝날 무렵 계속 눈이 내렸다. 눈이 오는 날도 우리는 훈도시 한 장만 입고 갱에 내려갔다. 지열로 들끓는 작업장에서 작업복을 입고서는 일할 수가 없다. 배고픔에 목마름이 더해 앉아도 서도 괴로웠다. 땅 밑에서 기어나가 위 속을 차가운 물로 채우는 생각만이 어른거렸다. 그런 상태가 되면 머릿속은 텅 비어, 몽유병자처럼 갱 안을 헤매고 다녔다. 때문에 한 병씩 가져오는 커다란 물통은 생명줄이었다.

나는 어린애처럼 기어가는 자세로 곡괭이질을 하고 있었다. 이른바 삼척층(三尺層)[15]이라는 석탄층인데, 여기서 선 채로 석탄을 파내면

---

[15] 석탄층 깊이가 1m가 못되는 위 아래로 암석 모래 등이 있는 얕은 탄층.

돌 부스러기만 나오기 때문에 엎드려 얕은 탄층만을 도려내듯 긁어야 했다. 무리한 자세로 손으로 파내는 삼척층 채굴은 허리까지 물에 잠긴 채 진행하는 막장 작업과 함께 갱에서도 가장 괴로운 작업이었다. 몸을 움직일 수 있는 한계는 30분 정도다.

이효석의 도망사건 이후 같은 방을 썼다는 이유로 나는 중노동 현장에 배치되었다. 짝꿍 동료와 교대한 후 막장 버팀목 아래 두었던 물통을 들고 드디어 입에 대려던 참이었다.

"이봐, 나도 좀 마시자."

뒤에 노무감독 보조인 박정희가 서 있었다. 나는 잠자코 물통을 내밀었고 박정희는 난폭하게 쥐고 벌컥벌컥 마셨다. 끝없이 움직이는 박정희의 목울대를 원망스럽게 쳐다봤다. 돌려받은 물통은 텅 빈 것처럼 가벼웠다.

"가와모토, 너는 일은 잘하지만 그 눈초리는 맘에 안 들어. 우리에게 좀더 고분고분할 수 없나?"

약 올리듯 말하고 박정희는 다른 데로 갔다. 내 일본 이름은 '가와모토(河本)'였다. 그들 노무감독 패거리들은 갱내작업은 전혀 하지 않았다. 어영부영 꾀부리는 인부를 찾아내 때리거나 무언의 압력을 가하는 등 우릴 괴롭히는 것이 고작이었다. 점심 도시락을 비운 후 나는 한없는 갈증을 느꼈다. 박정희가 마시고 남긴 약간의 물은 오후 몇 시간 노동을 하기 위해서 남겨둘 작정이었지만, 갈증을 참지 못하고 결국 다 마셔버렸다.

물통이 텅 비어버리자 목은 더욱 옥죄어왔다. 동료에게 물을 달라고 할 수는 없었다. 그건 방금 박정희가 내게 한 것과 똑같은 짓이기 때문이었다. 갱에서 솟아나는 물을 마시는 것은 절대 엄금이었고 나도 이제까지 금기를 깬 적이 없었다. 실제로 갱내에는 음용수가 없었다.

몸을 구부리고 석탄을 긁어낸 후 동료와 교대한 동안 나는 오래된 갱도에 들어가 보았다. 발밑에 흐르고 있는 광산수는 작업모에 달린 전등으로 비추어 봐도 틀림없는 구정물이었다. 그러나 목마름을 참을 수 없었다. 입만 적시자 생각하고 한 모금 마셨다. 한 모금에서 멈춰야 했지만, 한 모금이나 두 모금이나 어차피 같지 않을까, 하는 유혹에 내몰려 결국 나는 배가 터지도록 물을 마셨다.

현장에 돌아와 곡괭이를 휘두른 지 불과 10분도 지나지 않았을 때였다. 금방 변의를 느꼈다. 도저히 참을 수 없어 일본인 반장에게 말하고 막장을 떠났다. 갱내 변소는 인차를 타고 2, 3백 미터 올라가지 않으면 안 된다. 그럴 여유가 없었다. 나는 방금 물을 떠 마신 곳까지 가서 폐쇄된 갱도 안에 쭈그리고 앉았다. 설사가 폭포수처럼 세차게 뿜어져 나왔다. 뱃속에 있던 모든 것이 없어질 때까지 끝없이.

갱도에 누구도 지나가지 않는 것을 확인하고 갱내에 흐르는 물에 엉덩이를 닦았다. 아무렇지도 않은 얼굴로 막장에 돌아와 채굴작업을 다시 시작했지만 뱃속의 상태는 아직 가라앉지 않았고 그 후에도 계속되는 변의를 참을 수 없었다. 야마모토의 탁한 목소리가 들려온 것은 그 후 한 시간쯤 지나 갱 입구에 돌아갈 시각이었다.

"저기 똥을 싼 놈이 누구야?"

야마모토가 일본어로 물었다. 나는 빠져나가기는 틀렸다는 것을 깨닫고 한 발 앞으로 나갔다.

"이 악물어!"

그는 소리쳤다. 나는 그의 몸통이 뒤로 휘는 모습을 신기하게 바라봤다. 그는 거의 몸통 전체를 뒤로 돌렸다가, 다음 순간 강력한 반동을 이용해 회전했고 조금 시차를 두고 내 얼굴에 따귀가 날아왔다. 널 빤지로 뺨을 내리친 것 같은 충격이었다. 눈에서 불꽃이 일었다.

"그렇게 갱내에서 용변을 보지 말라고 일렀는데 몰랐단 말인가?"

다시 따귀가 날아왔다. 비틀거리면서 정신을 바싹 차렸다. 쓰러져 있으면 삽이나 피켈로 맨몸을 쑤셔대는 것을 알고 있었기 때문이다.

"잘못했습니다."

나는 정신없이 용서를 빌었다.

"갱내는 신성한 장소다. 신전과 마찬가지지. 불결하게 관리하면 반드시 큰 사고가 난다. 사고가 나면 죽는 건 너희들이야!"

그는 목구멍 깊숙이 으르렁거리면서 따귀를 사정없이 계속 갈겼다. 얼굴에는 아무런 감각이 없었고 나는 필사적으로 쓰러지지 않으려고 정신을 집중했다.

"저지른 일은 알아서 처리해라. 깔끔하게 변소까지 갖다 버렷. 네 도시락 통은 어디 있나?"

나는 갱도의 선반에 놓여 있는 도시락 통을 가리켰다.

"거기에 네가 흘린 것을 담아 변소까지 운반해라. 알겠나? 석탄을 캐는 삽은 일체 사용해서는 안 된다. 시작!"

나는 오래된 동굴로 뛰어가 손으로 변을 퍼 담아 도시락 통을 채웠다. 작은 용기는 곧 가득 찼다. 뚜껑을 덮고 인차 쪽으로 달려갔다. 올라타고 갱내 변소에 들어가 도시락의 내용물을 쏟아 부었다.

현장에 돌아오자 기쿠지(菊池) 반장이 아무 말 없이 자기 도시락 통을 내밀었다.

"이것도 써라. 왕복 횟수가 적어질 테니."

"하지만, 더러워질 텐데요…."

"씻으면 된다."

그는 신문을 찢어서 도시락 통에 깔아줬다. 감사하다는 인사를 드렸다. 눈물이 나왔다. 그의 도시락에는 가능한 탄가루가 많이 섞인 오물을 담았다.

도시락 통 2개로 4회를 왕복하고 나서야 뒤처리가 끝났다. 마지막 내려올 때는 도시락 통을 정성을 다해 씻었다.

"기숙사에 돌아가서 다시 한 번 씻어드리겠습니다."

"아니, 괜찮아. 내가 집에 가서 씻을 테니 염려마라."

기쿠지 반장은 아무렇지도 않은 얼굴로 도시락 통을 보자기에 쌌다.

지상으로 올라가기 직전에 야마모토가 돌아와 내 번호를 물었다.

"376번이군. 다음 외출은 금지다."

이 한마디로 두 번째 외출은 취소되었다.

두 번째 휴일이 가까워질 무렵 조종호가 내게 의논할 것이 있다고 했다. 현태원과 김시창은 작업 2조여서 방에는 나와 그밖에 없었다. 얇고 뻣뻣한 이불을 펴고 자려고 할 때, 그의 낮은 음성이 어둠 속 깊은 곳에서 들려왔다.

"달아날 생각 없나?"

금방 대답이 나오지 않았고, 몸이 딱딱하게 굳어졌다. 도망치다 붙잡혀 끝내 미쳐서 죽은 이효석의 일이 머리에서 떠나지 않았다.

"나는 외출금지잖습니까."

"외출은 나도 틀렸어. 무단으로 하루 빼먹은 날이 있거든. 외출날 탈출은 기대하지 않는 게 좋아. 오히려 감시가 삼엄해지잖아. 시내 곳곳에 탄광관련 감시인들이 진을 치고 수상한 자는 모조리 통보하게 되어 있는 것 같아. 이효석 때 생각해 봐. … 그보다는 외출 전날이 경계가 느슨해지더라고. 그때를 노릴 생각이야."

차분하고 유연한 우리말이 귓가를 울렸다.

"조 형이 간다면 나도 따라가겠습니다."

나는 이미 승낙하고 있었다.

"네가 들어오면 전부 다섯 명이야. 담을 넘기 위한 밧줄 사다리는 담 밖에서 던져 받기로 했어. 그때까지 우리 각자 짐을 조금씩 날라다 두는 거야."

"짐이라고 해봐야 난 별 거 없어요. 집에서 가져온 무명베 자루와 기숙사에서 구입한 작업복과 구두 정돕니다."

"그래도 도망칠 때는 손에 아무것도 들지 않는 것이 좋잖겠어. 짐은 우리반 쓰무라 씨가 맡아주기로 했어."

"왜놈이요?"

"그래, 바깥에서 사다리를 던져준다는 사람도 그이야."

"괜찮을까요?"

나도 모르게 되물었다.

"믿을 만한 사람이야. 밀고 같은 건 절대로 하지 않아. 네 짐은 내가 맡았다가 갱 안에 갖고 내려간다. 거기서 쓰무라 씨에게 건넬 거야. 담을 넘으면 우선 그이 집에 들러서 짐을 찾는 거지. 어느 길로 가야 안전하게 아리랑 마을에 갈 수 있는지 그가 알려주기로 했어."

"도망친 후에는 어떻게 먹고 살죠?"

"아리랑 마을에서 들은 얘기 잊었어? 터널공사나 철도부설 등 일거리는 얼마든지 있다잖아. 그 밥집으로 도망가 숨으면 탄광 노무감독들이 수색하러 와도 절대 우릴 넘기지 않을 거야."

조종호의 말에는 자신감이 넘쳤다.

"함께 가겠습니다."

"좋아."

대답한 지 채 몇 분도 지나지 않아 조종호는 잠이 들었는지 가볍게 코를 골기 시작했다. 나는 잠이 오지 않았다. 3미터나 되는 담장 밖에는 항상 감시인이 지키고 있을 텐데 그것을 어떻게 빠져나가 줄사다리를 내릴 것인가. 시계도 없이 담 바깥과 안쪽 사람이 만나는 시각을 맞출 수 있을까. 담장 안에 다섯 명이나 숨어서 기다리는데 감시인 눈에 띄지 않을까. 쓰무라라는 일본인은 과연 신용할 만한 사람일까…. 의문은 점점 세차게 고개를 쳐들었고 더럽고 무거워진 홑이불은 좀처럼 따뜻해지지 않았다.

생각을 거듭한 끝에 나 자신이 조종호를 믿고 도박을 걸었다는 것을 깨닫고, 한번 해보자, 고 스스로를 납득시켰다.

다음 날부터 짐 빼는 일을 시작했다. 작업복 상하의, 속옷, 구두는 한 짝씩 신문지에 싸서 도시락과 함께 옆구리에 끼고 기숙사를 나갔다. 인차에 탈 때 조종호에게 건넸다.

모두 다섯 명이라고 하지만 나는 아직 나머지 세 사람이 누구인지 몰랐다. 조종호도 결행 당일까지 나에게는 비밀로 해둘 작정이었을 것이다.

2, 3일 지나서 조종호와 기숙사에서 함께 목욕하게 되었다. 내가 탕 안에 있을 때 아직 몸을 씻고 있는 조종호의 양쪽으로 우리 동포 두 사람이 다가갔다. 임수원(林守元)과 오진(吳進), 조종호 세 사람은 낮은 소리로 이야기를 주고받았다. 그러다 눈이 작은 오진이 내 쪽을 힐끗 쳐다봤다. 나는 그들이 내 얘기를 하고 있다는 것과, 함께 도망칠 동료가 그들임을 알아 차렸다. 나와는 기숙사 방도 작업반도 달라서

이야기를 나눠본 적은 없었다. 두 사람 다 나이는 조종호와 엇비슷해 보이고 어딘가 얌전하고 눈에 띄지 않는 사람들이었다.

임수원은 이윽고 몸을 씻고 주위 다른 무리에 섞여 목욕탕을 나갔다. 남은 조종호와 오진은 여전히 뭔가 진지한 얼굴로 이야기하고 있었다. 조종호는 달라붙은 귀신을 쫓기라도 하듯 더운 물을 머리부터 끼얹고 얼굴을 손으로 문지르더니 내게 시선을 던졌다. 나는 욕조에서 나와 둘의 이야기에 낄까 했으나 다른 사람 눈이 있어 그만뒀다.

도망치려는 나머지 한 사람이 윤재학(尹在學)임을 안 것은 그 후 좀 더 지나서였다. 식당에서 멀찍이 임수원을 보고 있으면 그 옆에 항상 윤재학이 있었고 아무렇지 않게 서로 이야기를 나누고 있었다. 별 생각 없이 봐서야 눈에 띄지 않지만 노무감독이 임수원이나 윤재학 어느 한 쪽을 주시하고 있다면 수상하게 느낄 게 분명했다. 나는 조종호에게 도박을 걸었으나, 같이 도망칠 사람들이 윤재학 무리라는 것을 알고는 낙담했다. 내 자신의 문제는 제쳐놓고서라도 사람을 잘못 골랐다고 느꼈다. 그 후 그 셋과의 접촉을 의식적으로 피하게 되었다.

나는 우리 짐을 맡아주는 일본인에 대해서 조종호에게 다시 물었다.

"쓰무라 씨 아내가 조선인이야. 석탄 골라내는 일 하던 여잔데, 거기서 만나서 결혼까지 했다나봐. 만난 적은 없지만 그와 같은 남자를 남편으로 만났으니 행운이지 뭐."

조종호는 태평하게 말했다.

"조선인 아내 때문에 우리 일을 남의 일처럼 생각하지 않아."

그렇다면 만일 계획이 실패하면 조선인 아내가 슬픈 처지에 빠지지 않을까, 하고 말하려다가 입을 다물었다. 계획의 실패를 입에 올리는 그 자체가 불길한 일이었다. 그러나 나의 의구심은 잦아들기는커녕 날이 갈수록 풍선처럼 부풀어 올랐다. 그날 조종호와 김시창이 작업 2조여서 나와 현태원은 재빨리 목욕을 마치고 이불을 덮고 누웠다.
"우리 기숙사에 반일조직과 통하는 사람이 있대."
기침을 하면서 현태원이 말했다.
"뭡니까? 그것이."
"스파이 같은 거야. 내가 들은 바로는 임수원이 그렇다는 것 같아."
가슴이 마구 방망이질 쳤다.
"임수원은 일본말을 잘하는 것 같은데 그런 내색은 조금도 보이지 않거든. 일본말을 모르는 척하고 정보를 수집하는 거야."
현태원은 그렇게 말하고 또 기침을 했다.
"기숙사에서 스파이를 해도 어떻게 외부와 연락을 취하죠?"
"여러 가지 방법이 있지. 담장 밖에서 암호문을 던져 넣을 수도 있고 갱에 들어갈 때 길가에 떨어뜨리는 방법도 있고. 요전에 식당에서 가까이 앉았을 때 일본은 반드시 전쟁에서 패한다고 말한 것도 임수원이었어. 그런 정보가 정확하게 들어오나 봐."
현태원은 거듭 잔기침을 하다가 입을 다물었다.
현태원은 잠이 들었어도 나는 캄캄한 어둠 속에서 눈을 뜨고 있었다. 조종호가 도망을 계획한 것은 임수원의 꼬드김에 넘어간 것은 아닐까. 나도 모르게 이를 악물고 있는 자신을 발견했다.
어디선가 사람의 비명소리가 들려온 것 같은 느낌이 들었다. 현태원의 잠든 숨소리에 마른기침이 섞여 있었다. 한 시간이나 두 시간쯤 지났을 때 이번에는 틀림없이 안마당에서 발걸음 소리가 났다. 그 소리는 똑바로 우리 방 쪽으로 다가왔고 복도 마루를 거칠게 구르며 멈췄다. 곧 방문이 쾅하고 열렸다.

"가와모토 일어나!"

강원범의 목소리가 울렸다. 강원범은 저벅저벅 방안으로 들어와 누워 있는 내 머리를 작업화로 걷어찼다.

이불이 들춰지고 나는 속옷과 바지만 입은 차림으로 일어섰다. 추웠으므로 작업복을 입으려고 하자 고함쳤다.

"입을 필요 없어. 어차피 벌거벗길 거니까."

강원범의 증오에 찬 목소리가 날아왔다.

옆 이불에서 잠이 깬 현태원이 숨을 죽이고 있는 것을 알았다.

"구두는 필요 없다."

나는 강원범에게 등을 떠밀려 안마당에 내려섰다. 맨발을 내딛자 암석 부스러기가 섞인 흙이 발바닥을 차갑게 찔렀다. 노무사무소 계단을 오를 때는 두려움으로 가슴이 얼어붙었다.

어스름한 전등이 켜진 마룻바닥에서 내가 본 것은 사지가 달린 시뻘건 물체였다. 잘 보니 그것은 머리통과 팔다리를 가진 인간의 발가벗겨진 몸뚱이었다. 피에 물든 얼굴은 감자처럼 부어올랐지만 체형으로 보아 그것이 조종호, 임수원, 오진이라는 것을 알았고, 조금 떨어진 곳에 뒹굴고 있는 또 한 사람은 윤재학 같았다.

판자를 덧댄 곳보다 한 단 높게 이어진 바닥에 야마모토가 걸터앉았고 그 옆에 창백한 얼굴을 한 다키가와가 있었다. 방 한쪽 어두운 구석에서 히로타, 박정희, 종극로 세 사람이 나를 노려봤다.

나는 다시 한 번 바닥에 뒹굴고 있는 조종호의 몸을 응시했다. 손도 발도 움직이지 않았고 가슴의 호흡조차도 없는 듯 보였다.

"가와모토, 너도 한패지?"

나를 겁주려고 일부러 충분히 뜸을 들이고 나서 야마모토가 입을 열었다. 대답하려 했지만 목소리가 안 나왔다. 히로타가 내 목덜미를 움켜쥐고 셔츠를 찢었다. 박정희가 걸어 나와 내 두 손을 등 뒤로 묶었다. 강원범이 끝이 네 갈래로 갈라진 대나무 몽둥이를 손에 들고 위협하기 위해 벽에 붙은 널빤지를 후려쳤다.

"너도 조선 동포의 낯짝을 더럽혔다."

강원범이 갈라진 대나무를 항아리 안에 담그며 히쭉 웃었다.

한기로 떨리기 시작한 내 몸은 대나무의 일격에 감각을 잃었고 대신 등판을 비스듬히 쪼개는 듯한 통증이 번개처럼 지나갔다. 소금물에 담갔다 꺼낸 푸른 대나무는 둔중한 소리를 냈다. 내가 기억하는 것은 네다섯 번째까지로 그 후부터 먼저와 같은 통증의 물결이 아니고 등을 벗겨내는 듯한 고통스러운 감각이 흠씬 들러붙었다. 희미해지는 의식 속에서 살점을 도려내는 소리와 강원범의 욕설만이 영원히 끝나지 않을 것처럼 이어졌다. 때리다가 지치면 강원범은 박정희나 종극로와 교대했다.

의식이 돌아왔을 때 나는 흠뻑 피에 젖은 채 바닥에 나뒹굴고 있었다. 눈을 뜨려 했지만 마음대로 되지 않았다. 이미 똑바로 앉는 것은 불가능했고 흔들리는 상체는 금방 통나무처럼 쓰러졌다. 조종호는 나를 알아본 것 같았다. 입술이 달싹거렸지만 목소리는 나오지 않았고 알아볼 수 없게 변한 얼굴만이 내 쪽을 향했다.

"죽여도 상관없다."

야마모토가 명령했다. 그러나 그때 이미 조종호의 커다란 덩치는 미동도 하지 않았고 반쯤 열린 눈은 빛을 잃었다.

조종호 다음은 임수원이었다. 박정희와 종극로가 꼼짝 않는 임수원의 발을 질질 끌어 옮겼다. 상체를 일으켜 기둥에 묶었다. 임수원은 자신의 머리조차 가눌 힘이 없었다. 물을 퍼붓자 어깨 근육이 꿈틀 움직였다. 강원범이 대나무를 가슴, 어깨, 배에 사정없이 내려쳐도 시퍼렇게 부어오른 얼굴을 떨어뜨린 채였다.

그때 허리에 밧줄이 묶인 한 남자가 계단으로 올라왔고, 매질이 겨우 멈췄다. 남자는 서른 대여섯 살, 틀림없는 일본인이었다. 그는 눈앞에 벌어진 광경을 바라보고 새파랗게 질렸다.

남자의 포승줄을 쥔 일본인 노무감독이 보자기에 싼 보따리를 야마모토에게 내밀었다. 히로타가 보따리를 풀자 속에서 옷 뭉치와 몇 켤레의 구두가 나왔다. 검정 천으로 만든 구두는 내 것이었다.

"이놈의 집에 역시 짐이 있었습니다."

몇 번인가 본 적이 있는 일본인 노무감독이 보고했다.

"쓰무라, 너는 일본 국민도 아니다."

조종호가 신뢰하던 일본인이 쓰무라라고 불린 이 남자임이 틀림없었다. 몸집이 큰 나이 먹은 남자일 거라고 상상했는데 실제는 150센티미터쯤 되는 아담한 몸집의 남자였다.

쓰무라는 고깃덩어리처럼 나뒹굴고 있는 조종호를 응시하더니 똑바로 얼굴을 들었다.

"너희들은 악귀야."

"네놈이 탈출 길잡이 노릇을 하지 않았으면 이런 일은 안 생겼을 것 아닌가."

야마모토의 반박에 쓰무라는 얼굴이 굳어졌다.

"일본인을 업신여기고 조선인들 편이 되겠다는 건가?"

야마모토가 비난조로 물었다.

"나는 일본인이든 조선인이든 부탁받으면 도와준다. 도리에 맞는다고 생각하면 말이지. 조선인들을 도망칠 수밖에 없게 만드는 당신들이 나쁘다. 급료도 제대로 줘야 하고, 한 달에 25일 일하면 5일은 제대로 쉬게 해줘야 하지 않나. 우리 일본인과 똑같이 대우하지 않으니까 도망치려는 것이다. 하루 세끼 밥만 해도, 당신들이 회사에서 기숙사생 몫으로 지급받은 것을 가로채고 있지 않은가. 조선인 배를 곯려서 당신들 주머니를 불리고 있지 않느냔 말이야."

쓰무라는 기세가 꺾이지 않고 반박했다.

"네놈 마누라 부추김에 넘어갔지?"

"아내와는 관계없다."

"조선 년이 그렇게 좋으냐?"

야마모토는 입술 끝을 추켜올렸다.

"그래, 인간 같지도 않은 것들하고 살 섞고 자는 너희들 마누라와는 천양지차다."

쓰무라라는 일본인이 주눅 들지 않고 날카롭게 밀어붙였다.

야마모토의 눈짓으로 강원범과 다키가와 노무감독이 새 대나무 몽둥이를 손에 들었다. 소금물에 담갔다 꺼내, 뒤로 손이 묶인 쓰무라의 등을 내리쳤다. 그는 이를 악물고 참았지만 매질을 당할 때마다 신음소리가 커졌다. 비명을 지르고 몸을 비틀었다. 흰 바지가 갈기갈기 찢어지고 점차 피로 물들었다.

기둥에 묶여 있던 임수원이 떨구었던 머리를 든 것은 그때였다. 찌부러져 거의 감긴 두 눈은 쓰무라가 몸부림치는 것을 알아차린 것 같았다. 이윽고 두 눈에서 눈물이 넘쳐흐르는 것을 나는 보았다. 강원범과 다키가와는 마치 떡메를 치듯 교대로 갈라진 대나무를 휘둘렀다. 그때마다 비명을 지르던 쓰무라도 이윽고 목소리조차 내지 못했다.

우리는 그렇게 새벽까지 매질을 당했다. 정신을 잃으면 물을 퍼붓고 다시 시퍼런 대나무 몽둥이의 먹잇감이 되었다. 앞이 보이지 않았고 아픔도 느껴지지 않았다. 먼 곳에서 대나무 내려치는 소리만 아득하게 들렸다.

퍽, 소리가 날 때마다 내 의식은 가벼워졌다. 종잇조각처럼 날아올라간 의식이 천장에 찰싹 달라붙어 거기서 바닥을 내려다봤다. 어슴푸레한 전등 아래서 육신이 통나무처럼 뒹굴었다. 박정희와 종극로가 통나무 하나를 끌고 가 상체를 벽에 기대 놓았다. 고개를 떨어뜨리고 있어 얼굴은 보이지 않았다. 강원범이 검은 고무채찍을 손에 들고 오른쪽에 서 있고 왼쪽에 히로타가 죽검을 들고 때릴 준비를 했다. 야마모토의 오른손이 올라가자 우선 어깨에 죽검 세례가 쏟아지고 이어서 검은 고무 채찍이 수평으로 가슴을 때렸다. 벽에 댄 널빤지까지 둔탁한 소리를 냈다.

이 정도까지 맞으면 사람은 틀림없이 죽는다고 생각했다. 생각한 대로 5분도 지나지 않아서 가늘고 긴 한 남자의 몸은 옆으로 쓰러졌다. 온몸에 가늘게 경련이 일었고 입에서 거품이 뿜어져 나왔다. 숨이 끊어지는 순간이라고 생각했다. 종잇조각이 나부끼듯 내 의식은 아래로 내려갔고 죽어가는 남자의 얼굴을 찬찬히 바라봤다. 풍선처럼 부풀어 올라 있는 그것은, 분명 내 얼굴이었다. 나는 놀라서 하염없이 울었다. 어머니나 아버지보다 먼저 죽는 것을, 부모님께 무어라고 사죄해야 하나. 가슴을 쥐어뜯으며 통곡했다. 죽고 싶지 않다고.

정신을 차렸을 때 나는 기숙사 내 방에 누워 있었다. 옆에 김시창과 김동인 씨가 보였다. 몸을 일으키려 했으나 극심한 통증 때문에 신음소리가 저절로 나왔다. 목덜미부터 손끝까지 모든 관절이 갈기갈기 찢기는 것 같았다.

"무리해선 안 돼. 이대로 가만히 있으면 반드시 회복될 거야."

김동인 씨가 내 얼굴을 들여다보며 말했다.

"조종호 아저씨는요?"

내 질문에 김동인 씨는 가만히 고개를 흔들었다.

"돌아온 사람은 너와 윤재학뿐이야. 그 녀석도 건너편 방에 누워 있어. … 그래도 잘 견뎌 주었다."

조종호와 임수원, 오진은 죽었다고 직감적으로 알았다.

"쓰무라라는 일본인은 어떻게 되었는지 모르세요?"

"잘 몰라. 아침에 박정희 놈이 불러서 사무소에 가봤더니 너와 윤재학이 사무실 입구에 던져져 있었다. 그 밖의 사람들은 몰라. 그러나 아무리 그놈들이라 해도 같은 일본인을 죽이지는 못할 거야."

"어째서 새어나갔을까?"

나는 혼잣말처럼 중얼거렸다.

"한 번 목욕탕에서 임수원과 오진이 비밀스럽게 얘기를 나눈다는 소문을 들은 적이 있어. 위험하니까 그만두라고 임수원에게 주의를 줬지만 오진에게는 통하지 않더군. 목욕탕에는 모두 조선사람들이지만 사무소 놈들과 통하는 사람이, 없다고는 할 수 없는 거야."

나는 분해서 다시 눈물을 흘렸다.

"울지 마라. 언젠가 원수 놈들에게 복수해야지. 그때까지 몸을 잘 돌봐야 해."

김동인 씨는 김시창에게 수저를 가져오게 했다. 김시창이 밥공기에 담긴 국을 내 입에 떠 넣었다. 희미하나마 된장국 맛이 났다.

"네 몫의 식사는 모두 교대로 받아다 줄 거야. 식당사람들에게 갱내에 내려갈 수 없는 중병환자가 두 명 있다고 얘기해 뒀다. 악귀 같은 노무감독 놈들도 지금은 일단 넘어가주고 있지. 그놈들 입장에서 일단 본때를 보여주는 목적은 이뤘으니 두 사람의 목숨은 아까운 거야. 아직 일할 수 있는 일꾼들이니까. 게다가 이 이상 무자비한 짓을 했다가는 우리가 무슨 일을 저지를지 모른다고 두려워하고 있어."

나는 사흘 동안 거의 잠만 잤다. 김동인 씨나 현태원 혹은 김시창이 교대로 보살펴줬다. 변소에 갈 때도 그들의 등에 업혀 갔다. 세 사람이 모두 갱에 내려갔을 때는 이웃 방의 동포가 대신 도움을 줬다. 드디어 혼자 걸을 수 있게 되었을 무렵, 아버지의 편지를 받았다. 누나의 필적이었다.

네 편지는 현숙이가 읽어줬다. 건강하게 있다니 무엇보다 기쁘구나. 사는 곳에 온돌은 제대로 있겠지. 배부르게 밥은 잘 먹고 있는지 모르겠구나. 우리는 네가 산에서 많이 해다 놓은 덕분에 장작은 부족하지 않다. 배 주리지 않고 일 열심히 하고 있다. 아버지 몸도 점점 좋아지는 것 같고. 네 형 근식이는 아직 소식이 없지만 현숙이는 자주 집에 들른다. 네가 무사히 근무를 마치고 돌아올 날을, 아버지도 어머니도 학수고대하고 있다.

내가 편지에 괴로운 이야기는 하나도 쓰지 않았던 것처럼, 아버지도 어려운 형편에 대해서는 하나도 쓰지 않으셨다. 얼마 모아두지도 않았던 장작이 넉넉하게 남아 있다는 것도, 지병이 좋아져간다는 것도 다 거짓말이다. 나는 서투른 한글로 쓰인 편지의 문면을 더듬어가면서 늙으신 부모님의 쓸쓸한 생활을 눈앞에 그려보았다. 내가 거의 죽었다

살아난 걸 알면 얼마나 슬퍼하실지. 결코 부모님이 알아선 안 된다.

"탈주 길잡이를 했던 쓰무라라는 일본인은 해고되었다더라."

어디서 정보를 얻었는지 김동인 씨가 알려줬다.

"조종호와 임수원, 오진 세 사람은 역시 죽은 것 같아. 시신은 몰래 빼내서 어딘가에 묻었겠지. … 언젠가 여기서 탈출하면 묻힌 곳을 찾아내 뼈라도 깨끗이 수습해서 고향의 양친에게 전해드리고 싶다."

그의 눈시울이 빨개졌다.

그러나 조종호 일행이 묻힌 장소는 끝내 알 수 없었다. 바깥으로 빼낸 게 아니라 오히려 갱내로 반입해서 안쪽 깊숙이 있는 폐광 동굴에 묻었을지도 몰랐다. 석탄을 다 파낸 갱도는 미로 같아서 찾아가는 사람도 없었다. 시체를 은닉하기에 안성맞춤인 장소일 것이다.

나는 일주일 후 다시 갱으로 내려갔다. 그날 눈이 얇게 깔려 있어 여느 때의 시커멓고 추한 폐석더미가 거룩하고 숭고하게 보였다. 아직 몸에 멍 자국이 남았고 관절 마디마디가 쑤시지만 목숨만은 건졌음을 실감했다.

갱내에서 만난 기쿠지 반장은 불빛으로 내 얼굴을 비추면서 찬찬히 들여다봤다.

"건강해져서 좋구나. 그러나 아직 무리해선 안 돼. 얼마 동안은 일하지 말고 빈둥거려도 된다. 감독이 올 때만 일하는 척하면 돼."

기쿠지 반장은 나를 후산[16]으로 옮겨줬다. 선산[17]이 캐낸 석탄을 갈퀴 달린 괭이로 긁어모아 석탄 통에 퍼 담는 일을 했는데, 30분 이상

---

16) 후산(後山) : 숙련 광부와 한 조가 되어 숙련 광부가 캔 석탄을 뒤에서 고르고 운반하는 광부.

17) 선산(先山) : 막장에서 석탄을 직접 캐는 숙련 광부.

몸을 움직이면 숨이 찼다.

"쓰무라는 가엾게 되었어. 광산에서 쫓겨나면 광산 직원주택에서도 나가야 되거든. 애들 셋을 데리고 다가와(田川) 쪽으로 갔다더군. 그런 사건이 있은 후라 큰 광산에서는 어디도 그 사람을 고용하지 않을 테지. 너구리 채굴18) 이라도 할 수밖에 없을 거야."

점심시간에 기쿠지 반장은 말했다.

"너는 노무감독에게 찍혔으니 이제 눈에 띄는 행동은 하지 않는 게 좋아. 전쟁은 앞으로 그다지 길지 않을 거다. 전쟁이 끝나면 고향에 돌아갈 수 있어. 그때까지 참는 거야. 사고당하지 않도록, 부상당하지 않도록 조심하라고. 나 있는 데서 일하는 한 낙반사고는 일어나지 않아. 지금은 어쨌든 참아야 해."

한 달이 지나자 몸은 거의 회복되었다. 나는 묵묵히 일했다. 기쿠지 반장의 말처럼 얌전히 만기가 되기를 기다릴 작정이었다.

여름의 갱 밑은 지옥같이 무더웠다. 우리는 작업모에 훈도시 한 장, 지카다비 작업화 차림으로 갱내에 들어가지만 지열과 환기 불량으로 막장은 펄펄 끓는 염천(炎天)이었다. 작업 1조면 오전 5시에 갱에 들어와 저녁 5시에 나가는 것이 보통이지만 담당자가 검사하여 생산이 밑돈다고 판단하면 3시간 넘게 노동을 연장시켰다. 지상에 올라가는 밤 8시경이 되면 머리는 몽롱하고 다리는 꼬여 걷기조차 힘들었다.

우리는 매월 급여명세표를 받기는 했다. 일당 2원으로, 거기서 기숙사비와 송금 분을 뺐다. 내부에서 교환권으로 구매한 물건 값도 철

---

18) 개인이 지표의 광맥을 따라 파들어 가는 소규모 채굴법. 채굴 흔적이 너구리굴 같아 붙여진 이름.

저하게 계산해서 급여에서 제했다. 외출허가를 못 받기 때문에 갱 입구 사무소에 있는 매장에서 물건을 사는 게 유일한 재미였다. 탄광 측은 우리가 사지 않을 수 없는 것을 알고 진열해놓은 일용품에는 하나같이 눈알이 튀어나올 정도로 비싼 값을 매겨 놓았다.

　기숙사에 사는 동포 중에는 내기 화투에 이 교환권을 거는 사람도 생겼다. 24시간 노동의 토요일, 지옥 같은 일과가 끝나면 일요일 저녁 이후는 자유시간이었다. 외출허가를 받지 못한 사람들이므로 피곤한 사람은 잠자고 건강한 사람은 4, 5명씩 모여 내기 화투를 했다. 나는 비는 시간이면 오로지 누워 있었다. 배가 고파지거나 체력이 소모되지 않는, 최고의 방법이었다.

　내가 회복되는 것과는 반대로 현태원은 차츰 허약해졌다. 밤에는 항상 기침을 하고 아침에 일어나는 것도 나른하고 힘들어 보였다.

　"노무감독한테 부탁해서 쉬면 어때요?"

　내가 권하자 현태원은 머리를 흔들었다.

　"빈둥거린다고 얻어맞기나 할 걸. 그러느니 차라리 갱에 내려가는 게 좋지. 선산 광부는 가끔 쉬게 해주거든."

　훈도시 한 장만 두른 현태원의 몸은 허리뼈가 옷걸이처럼 튀어 나와 있었다. 눈이 움푹 파였으며 갈비뼈가 그대로 드러난 가슴이 기침을 할 때마다 고통스럽게 경련했다.

　7월 하순 이른 아침 우리는 여느 때처럼 종극로가 죽검으로 방문 널빤지를 두드리는 소리에 잠이 깼다. 바깥은 희미하게 밝아오기 시작했다. 자리에서 일어난 내 눈은 현태원의 베개 밑에 못 박혔다. 부실하고 뻣뻣한 이불자락이 검붉게 변했고 빨간 액체가 다다미 위로 번져 나가고 있었다.

"현 씨 아저씨, 움직이지 마세요."

난 세면장에서 걸레와 양동이를 가져와 피를 닦았다.

"의사에게 보여야 해요. 노무감독한텐 제가 알리겠습니다."

현태원은 그래도 이불에서 빠져나와서 옷을 차려 입으려고 했다. 얼굴에는 핏기가 전혀 없었다. 나는 노무사무소까지 달려갔다.

"동료가 피를 토하고 움직이지 않습니다. 의사를 불러주십시오."

야마모토는 눈을 무섭게 치뜨고 느릿느릿 일어섰다. 나를 따라 안마당을 가로질렀다.

현태원은 비틀대면서 세면장에 가려고 했다.

"뭐야. 잘만 걷잖나?"

야마모토가 내게 말했다.

"아까 세면기를 반 정도 채울 만큼 피를 토했습니다."

나는 아직 끈적끈적한 피의 흔적이 남아 있는 이불을 가리켰다.

"피를 토한 정도로 엄살떨지 마라. 전선에서 싸우는 군대를 보라고. 팔 하나가 없어져도 돌격하지 않나."

야마모토는 현태원과 내게 위압적으로 내뱉더니 발길을 돌렸다.

겨우 더듬어 식당을 찾아온 현태원은 등을 굽힌 채 힘없이 앉아 무가 태반인 밥을 입에 넣고 있었다.

"현 씨 아저씨, 갱에 내려가면 반장에게 말하고 쉬는 게 좋겠어요."

내가 말하자 현태원은 창백한 얼굴을 쳐들었다. 퀭한 눈으로 나를 응시했다.

"나를 보살펴주던 조종호도 죽었어. 내가 쉰다고 하면 노무감독이 때려죽이려 드는 걸. 결국 하루라도 오래 살기 위해서는 갱에 내려가는 쪽이 나은 거야."

현태원의 말에 나는 반론할 길이 없었다.

그날 저녁 작업 1조가 끝났지만 현태원의 모습은 보이지 않았다. 나는 목욕탕에서 현태원과 같은 작업반인 동포를 찾아 그에 대해 물었다.

"막장에서 피를 토했어. 갱내 노무감독을 불러 지상으로 올려 보내 달라고 했지. 지금쯤은 병원에 있을 거야. 하긴 정말 제대로 된 병원에 들어가 있는지야 아무도 모르지, 마지못해 아무렇게나 물건 던지듯 근처 허름한 창고에 방치해 놨을지도."

앞니가 빠진 동포는 체념한 듯 대답했다.

식사 후 나는 다시 노무사무실을 향해 발길을 옮겼다.

통로 저편의 다다미방에서는 웃음소리가 넘쳤고 야마모토 등 여섯 명이 둥글게 앉아 있었다. 들고 있는 잔에 담긴 것은 술인 것 같았다.

"우리 방 현태원은 어떻게 됐지요?"

"그게 누구야? 번호는?"

히로타가 납작한 사자코를 부풀리면서 물었다.

"아마 산뱌쿠 로쿠주 고반."

나는 현태원이 항상 식당에서 내밀던 번호표를 떠올리며 말했다.

"아, 무라카미 태원 말인가?"

히로타는 현태원의 일본 이름을 입에 올렸다.

"그놈은 병원에 들어갔다."

"어느 병원입니까?"

"그건 알아서 뭐하게?"

"병문안을 한번 가고 싶습니다. 갈 수 없다면 편지를 쓰고요."

나는 필사적으로 말했다.

"염려 마라. 너희는 일이나 열심히 하면 돼. 무라카미는 건강해져 돌아올 거야."

야마모토가 타이르듯 말했다.

"병원 이름만이라도 가르쳐주십시오."

나는 끈질기게 물고 늘어졌다.

"귀찮게 구는군, 넌."

아랫자리에 대기하고 있던 강원범이 돌연 성난 목소리로 욕을 퍼부으며 다가왔다.

"환자의 일은 염려마라. 너희는 잠자코 일만 열심히 하면 돼."

야마모토의 말투를 흉내 내더니 나를 밖으로 떠밀어내고 판자문을 닫았다.

현태원은 그대로 돌아오지 않았다. 박정희나 종극로에게 소식을 물어봤지만 쌀쌀맞게 고개를 흔들 뿐이었다. 방 한구석에 접혀 있던 현태원의 허름한 이불은 어느 사이엔가 그들 손에 치워졌다.

처음에 다섯 사람이던 방에 결국 김시창과 나 두 사람만 남았다. 그러나 우리가 얼굴을 마주할 기회는 거의 없었다.

캄캄함 어둠 속에 혼자 누워 있으면 세 채의 이불을 다섯 사람이 서로 돌려 덮어가며 자던 시절이 추억처럼 떠올랐다. 1년도 지나지 않아 세 사람이 사라진 것이다.

도망에 실패한 후 통나무로 얻어맞고 미쳐서 죽은 이효석, 고문으로 살해당한 조종호, 피를 토하고 입원했다가 영영 돌아오지 않는 현태원. 만기까지 1년 넘게 남았지만, 나도 언제 어떻게 될지 몰랐다.

기쿠지 반장이 충고한 대로 이제 도망치지 말자고 마음을 정했다. 그러나 병마나 사고로 어차피 죽을 거라면 밑져야 본전인데 도망치는 쪽이 낫겠다는 생각도 들었다. 단지 어떻게 도망칠지, 구체적인 방법이 떠오르지 않았을 뿐이다.

8월 들어서 오봉19)에는 사흘간 휴가를 받을 수 있다는 소문이 돌았다. 오봉 1주일 전부터 공공연하게 하루 15시간 노동에 들어갔다. 우리는 그것을 휴가의 대가로 받아들이고 불평 한마디 없이 갱에 내려갔다. 사고가 일어난 것은 뜨거운 날이 계속된 후였다.

3미터 담장에 둘러싸인 기숙사는 바람이 통하지 않아 밤중에도 잠들기 힘들었다. 갱 안은 지열이 더해져 지상보다 훨씬 더웠다. 더구나 우리는 장시간 노동으로 녹초가 되어 있었다. 그때 지표에서 3백 미터 아래에 있는 경사진 갱도를 따라 50명 정도의 광부가 납작 엎드려 있었다. 하나의 갱도에는 머리빗의 빗살처럼 몇 개의 막장이 달려 있는데, 그 선두에서 갱도를 넓혀가기 위해 발파 담당이 다이너마이트용의 구멍을 파고 있었다. 그들이 다이너마이트에 점화를 하기 전에 각 반에 연락하면 그때마다 우리는 구석에 몸을 숨기고 기다렸다.

나는 선산인 기쿠지 반장의 바로 뒤에서 석탄 덩어리를 긁어모으고 있었다. 갱에 들어간 지 10시간이 지났을 때였다. 다리가 후들거려 겨우 서 있는 상태였다. 기쿠지 반장이 등을 펴고 뒤돌아보는 것을, 나는 휴식의 신호라고 생각했다. 그 순간 대폭발음과 함께 내 몸은 공중에 붕 떠서 몇 미터를 날아갔다. 갱목에 부딪쳐 넘어졌고 몇 번인가 무거운 풍압이 갱도를 지나가는 것을 희미하게 의식했다. 풍압이 잦아들자 곳곳에서 끊어졌다 이어졌다 하는 비명소리가 들렸다. 나는 몸과 팔 다리가 성한 것을 확인하고 일어섰다.

---

19) 우란분재의 준말로 8월 15일 백중에 조상을 참배하는 일본의 여름 최대 명절.

중앙 갱도에 피투성이가 된 사람들이 여기저기 널브러져 있었다. 다이너마이트 폭발로 부서진 크고 작은 암석들이 사람들을 옆으로 쓰러뜨리면서 맹렬한 속도로 갱도를 돌파했다. 나는 같은 반인 동포가 머리에서 피를 흘리는 것을 발견하고 안아 일으켰다. 한쪽 눈알이 몇 센티 앞으로 튀어나와 매달려 있는 것을 보고 나도 모르게 몸을 뺐다.

"가와모토."

등 뒤에서 기쿠지 반장이 내 이름을 불렀다. 그는 갱내 선로 위에 쏟아져 내린 돌 부스러기를 삽으로 긁어내고 있었다. 나는 그것이 무엇을 위한 행위인지 짐작도 못하고 그 자리에 그대로 서 있었다.

"빨리 도와줘. 이대로 탄차가 달려오면 탈선한다."

갱내 선로 4미터가량이 걸쳐 암석 부스러기에 묻혀 있었다. 나와 기쿠지 반장은 필사적으로 그것들을 긁어내려고 했지만 한 아름이 넘는 암석은 보통 사람의 힘으로는 꿈쩍도 하지 않았다. 언제 다시 천장이 무너질지 걱정스러웠고 빨리 그 장소에서 도망치고 싶었다. 작업을 명령한 기쿠지 반장이 원망스럽기만 했다. 커다란 암석을 두 사람이 끌어안아 겨우 옮겨놓았을 때 갱도 저편에서 탄차가 내려오는 소리가 들렸다. 선로는 아직 돌 부스러기에 묻혀 있었다. 나는 기쿠지 반장과 얼굴을 마주 봤다.

"가와모토, 서둘러!"

"무리예요, 반장님."

나는 항의했지만 기쿠지 반장은 들은 척도 않고 흔들림 없이 부스러기들을 치우고 있었다. 완만한 커브를 지닌 갱도 끝에 탄차가 모습을 나타냈다. 나는 반사적으로 도망칠 장소를 찾았다. 기쿠지 반장은 아직 단념하지 않았다. 최후의 한 삽을 긁어내는 데 목숨을 건 듯 우람한

팔을 움직였다.

탄차가 맹렬하게 접근해오는 것을 본 순간 나는 삽을 내던지고 좁은 갱도로 달려 들어갔다. 기쿠지 반장이 선로에서 몸을 피한 것은 탄차가 바로 옆까지 왔을 때였다. 선로 위에는 아직 돌 부스러기가 남아 있었다.

몇십 대가 연결된 탄차는 굉장한 속도로 돌무더기를 타넘었다. 나는 머리를 두 손으로 감싸 안고 몸을 웅크렸다. 암석부스러기와 철근의 마찰음이 2, 3초 계속되었고 둔탁한 소리와 함께 진동이 왔다. 눈을 뜨자 갱도에는 흙먼지가 자욱했다. 탈선한 탄차가 강철 패널을 넘어뜨리고 갱목을 날카롭게 후벼 팠다. 속살이 드러난 갱목은 찢긴 살처럼 보였다.

"기쿠지 반장님."

나는 조심조심 불렀다.

"난 괜찮다. 발이 끼어 움직일 수 없을 뿐이다."

목소리가 들렸다. 나는 소리가 난 방향으로 일어서서 가려고 했다.

"일어서지 마! 가스가 나오고 있어. 머리를 낮게 숙이고 기다려."

기쿠지 반장은 성난 목소리로 외쳤다. 나는 기어서 중앙 갱도 방향으로 나갔다. 탄차의 폭주로 새로 몇 군데서 낙반사고가 일어났다. 희미하게 가스 냄새가 났다. 기쿠지 반장은 허리 아래가 돌 더미에 묻혀 있었다. 암석부스러기를 치우려고 하자 그가 말렸다.

"괜한 짓 하지 마, 가스에 중독된다. 납작 엎드려라. 산소는 낮은 곳을 흐르니까. 그러고 있으면 구조대가 올 거야."

나는 기쿠지 반장 옆에 엎드렸다. 탄가루가 코를 간질였고 언젠가 시마 반장이 했던 말이 떠올랐다. 갱도의 시계를 가로막고 있던 석탄

먼지가 가라앉자 여기저기 갈라진 길에서 사람들이 나왔다. 하나같이 출구를 향해 걸어갔다. 구부리고 기어가는 사람, 머리에 피를 흘리는 사람이 눈앞을 지나갔다. 시마 반장이 이야기한 그대로의 광경이었다.

나는 기쿠지 반장의 안색을 살폈다. 기쿠지 반장은 고개를 흔들며 일어서려는 내 다리를 잡아당겼다.

"위에서 공기를 들여보내고 있을 거야. 가만히 있으면 된다."

나는 기쿠지 반장의 말을 우리말로 번역해서 동포들에게 전달했지만 아무도 듣지 않았다. 무리도 아니었다. 나조차도 한시라도 빨리 그 장소를 벗어나고 싶었으니까.

부상으로 움직일 수 없는 사람을 남기고 20명가량이 갱도를 타고 걸었다. 숨쉬기가 아주 힘들지는 않았다. 다만 한없이 목이 말랐다. 5, 6미터 앞에 눈알이 튀어나온 동포의 시신이 가로눕혀져 있었다. 즉사였을 것이다.

그가 언젠가 노무사무소 놈들에게 얻어맞는 것을 본 적이 있다. 배가 고파 움직일 수 없어 앉아 있을 때 마침 히로타와 강원범이 지나갔다. 강원범은 그를 일으켜 세우고 주먹세례를 퍼부었다.

"너처럼 빈둥거리는 놈이 있으니까 다른 성실한 동포가 피해를 입는 거다."

강원범은 일본말로 고함을 질렀지만 죽은 사람은 눈물을 흘리면서 우리말로 대꾸했다.

"차라리 죽여주시오, 배고픈 것보다 죽는 쪽이 편하겠소. 내가 죽으면 뼈는 고향에 돌려보내주시오. 그러면 어머니도 만날 수 있겠지. 제발 죽여주시오."

그 말을 듣고 강원범은 한순간 움찔했다. 기쿠지 반장이 중재를 서서 그것을 구실삼아 매질을 멈췄다.

"오늘은 이 정도로 해두겠다. 다음에 빈둥거리고 일을 게을리 하면 정말 때려죽이고 말 테다."

일방적으로 내뱉고 강원범과 히로타는 그 자리를 떠났다.

"시바야마도 끝내 죽고 말았군."

기쿠지 반장은 죽은 동포의 일본 이름을 입에 올렸다.

"죽는 게 더 낫겠다고 말은 했지만 이런 죽음은 억울할 거야. 회사가 정말 뼈를 양친의 집으로 갖다 줄는지 어쩔지 알 수 없어. 어쩌면 위로금과 편지 한 장만 달랑 보낼지도 모르지. 낙반사고로 죽으면 보상금을 많이 줘야 하니까 아마 병사했다고 할 거야. 회사가 하는 짓이 항상 그런 식이니까."

기쿠지 반장은 혼잣말처럼 중얼거렸다. 나는 누운 자세로 돌 부스러기를 계속 치웠다.

"미안하다…. 나는 부상을 당해도 일본 사람이니까 그렇다 치겠지만 너희들은 정말 안타깝다. 노예처럼 혹사당하고 불평도 못하고. 이런 처사는 정말 잘못된 거지. 언젠가 벌 받을 거야. 이 나라와, 우리 일본사람들은."

쓰게 웃으며 그는 마치 자신의 하반신이 절단난 것을 천벌이라 여기는 듯 묵묵히 고통을 참았다. 구조대가 도착해서 대량의 돌더미를 긁어내자 정신을 잃었다.

기쿠지 반장은 오른쪽 무릎이 부서졌다. 내가 그를 다시 본 것은 그해 가을이었다. 그는 작업대기소에서 인차나 탄차의 운행을 담당하고 있었다. 오른쪽 다리를 절면서 걸어가는 모습은 갱 안에 있을 때보다 아주 왜소하게 보였다. 이름을 부르자 돌아다보고 쓸쓸하게 손을 흔들었다.

안 된 것은 가스가 분출했을 때 갱도를 일어서서 걸어 나간 조선인 광부들이었다. 무사히 인차를 타 갱도까지는 도착했지만 거기서 쓰러져 숨을 거두었다. 갱 입구까지 올라온 사람도 호흡곤란으로 곧 숨이 끊어진 듯했다. 나는 기쿠지 반장의 경고에 감사했다. 연륜이 있는 일본인 광부들에게는 상식에 속하는 사실이었지만 졸지에 광부가 된 조선인들로서는 가스가 분출되면 앞다투어 도망가는 것이 당연했다.

사고 후 소문대로 오봉 휴일을 받았다. 그러나 모두 고달픈 얼굴이었다. 후두부가 깨져 안구가 튀어나온 채 죽은 동포의 모습이 시도 때도 없이 떠올라 나를 괴롭혔다. 폭발의 굉음이 계속해서 꿈에 들리는 바람에 밤중에 잠을 깨곤 했다. 휴일이 지나고 다시 갱에 내려갈 것을 생각하면 소름이 돋았다. 휴일 이틀째 식당에서 돌아오는 길에 김동인 씨가 내 어깨를 쳤다.

"할 얘기가 있으니까 이따 방으로 갈게."

그와 얼굴을 마주보는 것도 오랜만이었다. 그만큼 우리는 갱 안에 갇혀있는 시간이 길었던 것이다. 그는 양기표(梁基杓)와 함께 우리 방에 왔다. 나와 김시창을 앞에 앉히고 화투를 나눠주기 시작했다.

"이렇게 하지 않으면 노무 패거리들이 수상하게 생각해."

양기표가 낮은 음성으로 말했다. 화투를 어떻게 하는지 모르는 내 손을 바라보던 그는 한 장을 빼서 모범을 보였다.

"이대로 가면 우리는 목숨이 몇 개라도 모자라. 훈련 때 회사 측은 우리를 천황의 자식들이라고 치켜세웠지만 지금 대우는 짐승 이하다. 밥이며 노동시간이며 전부."

양기표는 혼자 중얼거렸다. 눈과 손은 화투하는 시늉을 하고 있지만 입은 전혀 다른 이야기를 하고 있었다. 김동인 씨가 태연하게 화투짝을 돌렸다. 김시창도 곧 분위기를 알아차린 것 같았다.

"게다가 첫째, 우리는 자신의 급료를 만져본 적도 없다. 회사가 급료를 적립해두고 일부를 고향에 보내고 있다는 이야기는 거짓말이야. 내 경우 송금은 단 한 번, 그것도 고작 30원이었어. 수수께끼 글로 고향 집과 연락해서 알아낸 거야."

양기표의 말에 나와 김시창은 고개를 끄덕였다. 그러나 그렇다고 해도 뭘 어쩔 것인가 싶었다. 항의를 했다가 또 다시 노무사무소에 끌려가 반죽음을 당하는 것이 고작 아닐까. 어두운 안마당을 미친 듯이 헤매던 이효석과 갈라진 대나무에 맞아죽은 조종호의 모습이 머리를 스치고 지나갔다.

"8월 16일 1조 작업조가 갱에 들어갈 시간이 되어도 우리는 기숙사에서 나오지 않는다. 70명 기숙사생 전원이 일을 나가지 않으면 석탄 생산량은 대폭 줄겠지. 같은 움직임은 다른 탄광의 조선인들에게도 전달된다. 동포가 일치단결하면 아예 일이 돌아가질 않을 거야. 탄광 측에는 커다란 타격이다."

"다시 말해, 파업을 하는 거다. 찬성해줄 텐가. 한 사람이라도 이탈하면 실패한다."

김동인 씨가 소리를 죽이고 말했다.

"그러나 이런 일이 사전에 새어나간다면 아저씨나 주동자들은 큰 변을 당할 겁니다. 조종호의 계획이 발각된 것은 목욕탕에서 주고받는 대화를 누군가 들었기 때문이잖습니까."

나는 불안을 털어놓았다.

"그것도 치밀하게 생각했지. 수상한 놈에게는 아직 이야기를 꺼내지 않았다. 너희들도 이 얘기는 일단 속에만 담아두기 바란다."

김동인 씨는 자신만만한 어조로 대답했다. 나는 망설이다가 김시창이 고개를 끄덕이는 것을 보고 결심을 굳혔다.

"그러면 알았지. 모레 아침이다."

양기표는 다짐을 받은 후 화투를 걷고 김동인 씨와 소리 내어 웃으며 방을 나갔다.

김동인 씨와 양기표는 분담해서 동포들을 설득하러 돌아다니는 것 같았다. 왠지 마음이 안정되지 않았다. 조종호와의 도망계획이 실패한 이후 노무감독들은 끊임없이 나를 주시했다. 아무리 용의주도한 김동인 씨라고 해도 기숙사생 전체를 끌어들이는 계획인데, 사전에 누설되지는 않을까. 그러면 나는 두 번 반항한 셈이고, 노무감독 패거리들이 용서하지 않을 것이다.

나는 아무 일도 없는 듯 노무사무소와 감독들의 동태를 살폈다. 저녁식사 때 드물게 야먀모토가 의자 위에 올라섰다. 최근의 사고는 부주의에서 비롯된 것으로 광부들의 의식이 태만해진 것이 원인이라며, 내일부터 갱에 들어가서는 마음을 다잡고 긴장해서 일하라고 훈계조로 연설했다. 모두 진지하게 듣고 있었다.

그날 밤에도 잠을 이루지 못하고 안마당이나 통로에 발소리가 들릴 때마다 정신이 오히려 맑아졌다.

새벽 무렵 강원범이 죽검으로 문 널빤지를 두드리기 시작했을 때, 나는 잠이 든 지 한 시간도 지나지 않은 것 같았다. 언제나처럼 세수를 끝낸 뒤 식당에서 콩깻묵과 강냉이가 든 밥을 먹고 도시락을 받았다. 그리고 일단 방에 돌아와 지령을 기다렸다.

노무사무소 바로 옆에 기숙사로 통하는 문이 있었다. 바라보니 벌써 열 명 정도가 농성 자세로 앉아 있었다. 김동인 씨와 양기표가 엄숙한 얼굴로 팔짱을 끼고 있었다. 안마당을 건너온 동포들도 거기에 합류했다. 나도 김시창의 재촉을 받고 방을 나섰다.

"너희는 뭐냐?"

50, 60명의 기숙사생을 앞에 두고 야마모토가 우리말로 고함을 쳤다. 누구도 대답하지 않았다. 그의 표정에 낭패감이 스쳤다.

"무슨 일인가, 이건?"

야마모토는 강원범에게 재차 물었다. 강원범은 같은 말을 박정희와 종극로에게 물었다. 이유를 모르는 두 사람은 눈에 핏발을 세우면서 허둥거렸을 뿐이다.

"바보 같은 놈들, 니들이 감시를 똑바로 안 하니까 이놈들이 기어오르는 거다."

강원범은 박정희와 종극로의 따귀를 갈겼다. 우리는 두 사람이 얻어맞는 것을 고소하게 바라봤다.

"그만둬. 이놈들을 추궁해서 뭐가 해결되나."

야마모토는 강원범을 제지하고 다시 우리들 쪽을 향했다.

"이봐! 너희들 잘 들어. 이대로 여기 버티고 앉아 있겠다면 우리도 생각이 있다. 나중에 질질 울지나 마라."

그는 앞줄에 앉은 동포들을 지도자로 간주하고 김동인 씨와 양기표 무리를 한 사람씩 노려보았다. 나는 내심 겁에 질려 있었다. 우리 측은 70명, 노무감독은 6명이지만 지원팀이 도착하면 형세는 역전될 것이다. 버티고 앉은 동포를 한 사람씩 끌어내서 마구 잡아 팰 수도 있는 것이다. 나는 가만히 머리를 숙이고 가능한 눈에 띄지 않도록 했다.

"일하지 않겠다니 맘대로 해라. 그러나 일을 안 하면 밥도 줄 수 없다. 굶어 죽고 싶거든 계속 버티고 앉아 있어라."

야마모토가 씹어뱉듯 말했다. 내 옆에 있던 동포가 조그만 소리로 '밥 같지도 않은 밥, 없어도 그만이지' 하고 중얼거렸다. 동조하는 듯한 웃음소리가 커졌다. 내가 불안으로 진정되지 않는 것과 달리 동포들은 어딘가 낙천적이었다. 확실히 김동인 씨의 느긋한 성격이 모두에게 영향을 미친 것이다.

"… 대표는 없나? 너희 말을 들어보겠다."

다키가와 노무감독이 야마모토에게 뭐라고 귀엣말을 하자 그는 조금 전과는 전혀 돌변한 태도로 말했다.

"대표가 없으면 지금 정해라. 경우에 따라서는 너희 주장을 최대한 들어줄 테니까."

야마모토는 다른 감독보조들에게 눈짓을 하고 다키가와만을 대동하고 사무실로 올라가 버렸다.

"우리 요구는 알고 있을 텐데. 김동인 씨와 나 두 사람이 교섭에 나간다. 돌아올 때까지 여기서 움직이지 말라. 움직이면 저놈들과 교섭하고 있는 우리는 발판을 잃는 것과 같으니까."

양기표가 일어서서 우리말로 말했다.

"요구는 노동시간을 12시간 넘지 말 것, 강제 적립금을 폐지할 것, 식사를 개선할 것, 다다미를 교체하고 새 이불을 줄 것, 편지 검열을 폐지할 것 이상 다섯 항목이다."

누구도 반대하지 않았다. 그러나 우리의 불만은 좀더 큰 것이 아니었을까. 예를 들면 노무감독들의 폭력, 사라진 동포들의 소식, 현태원의 문병, 휴일의 외출, 급료 인상과 월차 지급, 갱내의 작업 환경개선

등, 가짓수를 헤아리려면 끝이 없었다. 그럼에도 불구하고 참으로 하찮은 요구만을 내세운 것이, 왠지 미덥지가 않았다.

"너희 두 사람이 책임자인가? 좋아, 사무실로 와라."

강원범이 분하다는 듯이 내뱉더니 양기표와 김동인 씨를 데리고 노무사무실에 들어갔다.

김동인 씨도 양기표도 일본어가 능숙하지 않다. 야마모토를 상대로 우리말로 대화하든지, 강원범의 통역에 의지하는 수밖에 없다. 그래서야 보기 좋게 농락만 당하지 않을까. 나의 불안은 커져가기만 했다.

남겨진 우리는 훈도시와 지카다비 작업화 차림으로 땅바닥에 앉아 농성했다. 아무 하는 일도 없이 그저 불안한 마음으로 사무소 쪽을 바라보고 있을 뿐이었다.

기숙사생 전원이 그곳에 나와 있었지만 양기표와 김동인 씨가 없어지자 모가지 잘린 닭처럼 기세가 꺾여갔다.

"김동인 씨가 돌아올 때까지 노래라도 부르는 게 어떨까?"

나는 옆에 앉은 김시창에게 귓속말을 했다.

"무슨 노래?"

김시창은 어안이 벙벙한 표정으로 되물었다.

"나는 아리랑밖에 몰라."

"나도."

김시창과 나는 하나, 둘, 셋 하고 소리를 가다듬고 나지막하게 노래를 부르기 시작했다.

아리랑 아리랑 아라리요
아리랑 고개를 넘어간다

아리랑 열두 고개 이제
마지막 고개를 넘어간다

나와 김시창의 노래는 가라앉은 연못에 던진 조약돌의 파문처럼 주변 동포들의 귀를 두드렸다.

청천 하늘엔 수천 개의 별님
우리네 세상에는 수천가지 근심
아리랑 아리랑 아라리요
아리랑 고개를 넘어간다

노래를 부르면서 아버지와 둘이서 밭을 갈던 추억을 떠올렸다. 좁은 밭고랑을 전부 일구고 나서 잠시 쉴 때 아버지는 말씀하셨다.
"이렇게 땀을 흘리면서 일해도 우리 몫은 2할밖에 안 된다."
아버지는 심하게 기침을 한 후 아리랑을 읊조렸다. 나는 어린 시절 공부하러 다니면서 들었던 장일우 선생님의 아리랑을 떠올렸다. 전혀 다른 듯했지만 선율에 담긴 슬픔과 강한 의지는 같았다.

아리랑은 슬픔의 산
아리랑 길은 다시 돌아오지 못하는 산길
아리랑 아리랑 아라리요
아리랑 고개를 넘어간다

어느 사이엔가 노래는 주변에 이중 삼중으로 퍼져나갔다.

아아 이천만 백성은 지금 어디 가고
뒤에는 단지 삼천리 산과 들

아리랑 아리랑 아라리요
아리랑 고개를 넘어간다

노랫소리는 동포의 입을 하나로 묶고 높다란 물결로 굽이쳤다.

흘러온 우리는 이제 압록강을 건넌다
삼천리 산과 강을 버리고
아리랑 아리랑 아라리요
아리랑 고개를 넘어간다

뱃속 저 밑에서 나오도록 소리를 지른 것은 고향을 떠나고 처음이었다. 모두가 손뼉을 치고 어떤 사람은 눈을 감고 어떤 사람은 똑바로 앞을 응시하면서 아리랑을 불렀다.
우리를 감시하던 박정희와 종극로는 얼굴을 돌렸다.
"선생님들도 노래 좀 부르시지요."
동포 중 한 사람이 우리말로 두 사람을 부르자, 박정희와 종극로는 당황하여 식당 처마 밑으로 물러나 멀리서 우리를 살피고 있었다.
우리는 되풀이해서 아리랑을 부르고 또 불렀다. 숨죽이고 생활하던 이곳에서 지금처럼 마음껏 목청 높여 조국의 노래를 합창할 수 있다는 사실은, 어제까지는 생각지도 못한 일이었다.
평소 매사에 동요하지 않던 김시창도 눈이 빨갛게 젖었다.
그러나 노래는 반시간 정도밖에 계속되지 못했다. 문이 열리고 7, 8명 작업복 차림의 남자들이 우르르 몰려왔기 때문이다.
"불온한 노래는 멈춰라."
선두에 선 남자가 목검을 들어 올리면서 고함을 질렀다. 기세가 꺾인 우리는 한순간 움츠러들었다. 머릿수는 우리가 많지만 훈도시 한 장만 걸친 무방비한 상태라 목검을 든 남자들에게 둘러싸이자 기가 꺾인 것이다.

"그만두지 못해?"

남자는 또 한 번 외쳤다. 나는 주의 깊게 주변을 살피면서도 입만은 움직였다. 목소리는 작아졌지만 노래를 멈출 생각은 없었다.

"이놈!"

남자는 바로 앞에 앉은 동포의 머리에 목검을 내리쳤다. 동포는 머리를 틀어쥐면서 땅바닥에 쓰러졌다. 손가락 사이에서 선혈이 흘러 나왔다. 남자는 다시 목검을 내려치려고 했다. 그때였다. 나는 반사적으로 남자에게 몸을 날렸다. 동시에 동포 몇 사람이 가세해서 그의 목검을 빼앗았다. 불과 1, 2초 사이에 벌어진 일이었다. 나는 자신의 과격한 행동에 놀랐다. 아마 아리랑을 부르는 동안 이판사판이라는 마음이 커졌는지도 모르겠다. 숨을 몰아쉬고 김시창과 둘이 남자의 양팔을 잡아 비틀고 날개꺾기로 세게 죄어 꿇어 앉혔다. 몇몇 동포가 우리를 비호하듯 둘러쌌다.

"당신들이 우리에게 목검을 휘두르면 이 사람 팔을 꺾을 줄 알아라."

남자의 동료를 향해 내가 일본어로 말했다. 일본인들은 우리의 필사적인 모습을 아주 불쾌한 듯이 쳐다보며 버티고 서 있었다.

"우리는 일하지 않겠다는 것이 아니다. 조선에서 우리를 끌고 올 때 한 약속을 지키라는 거다."

나는 있는 힘을 다해 일본어로, 하고 싶은 말을 이어갔다.

"당신들에게 나라의 노래가 있는 것처럼 우리에게도 노래가 있다. 이런 상황에서 즐거운 노래가 나오겠나. 슬픈 노래밖에 우리는 부를 수 없다."

 팽팽한 긴장과 오랜 정적 속에서 나는 다시 아리랑을 읊조렸다. 모두가 뒤따르기 시작했다. 목검을 가진 남자들은 기가 죽었는지 우리를 멀리서 둘러싸고 노려볼 뿐이었다. 붙잡았던 팔을 풀어주자 남자는 혀를 차면서 일어서서 땅바닥에 침을 뱉었다. 동료들에게 눈짓을 하고 노무사무소 쪽으로 돌아갔다.

 기세를 되찾은 우리는 또 아리랑을 부르기 시작했다. 즉흥으로 가사를 지어 돌림노래처럼 복창했다.

   아리랑 아리랑 아라리요
   아리랑 고개를 넘어간다
   배 곯고 얻어맞고 우리는
   지옥에서 석탄을 캔다오

   아리랑 아리랑 아라리요
   아리랑 고개를 넘어간다
   석탄 캘 때 훈도시 하나
   하얀 피부도 나올 때는 까맣게 된다오

   아리랑 아리랑 아라리요
   아리랑 고개를 넘어간다
   검은 갱도는 잘도 새더군
   떨어진 암석에 맞아 친구가 죽었다오

   아리랑 아리랑 아라리요
   아리랑 고개를 넘어간다
   죽을 때 어머니 아파요 하던
   울음소리 귓가에 남아 있다오

아리랑 아리랑 아라리요
아리랑 고개를 넘어간다
나는 이대로 여기 남겨지고
물만 마셔 해골이 되었다오

아리랑 아리랑 아라리요
아리랑 고개를 넘어간다
해골이 되면 바다를 건너서
어머니를 만나 이야기할 테요

아리랑 아리랑 아라리요
아리랑 고개를 넘어간다
이야기는 백일 천일 만일
아무리 계속해도 끝이 없다오

아리랑 아리랑 아라리요
아리랑 고개를 넘어간다
나라가 명을 다해 나라를 도둑맞고
우리는 가축 같은 삶을 산다오

아리랑 아리랑 아라리요
아리랑 고개를 넘어간다
다시 한 번 살 수만 있다면
나는 고향에서 어머니와 살고 싶다오

김동인 씨와 양기표가 노무사무소에서 나온 것은 우리가 한창 아리랑을 부르고 있을 때였다. 양기표의 만족스러운 표정과 김동인 씨의 밝지 않은 표정은 대조적이었다. 두 사람 뒤에서 야마모토가 천천히 걸어 나왔다.

"우리의 요구는 대체로 관철되었다. 작업 1조는 지금부터 갱 입구까지 내려가서 대기하는 장소에 도착한다. 작업 2조는 보통 때처럼 저녁 때까지 대기해주기 바란다."

양기표가 큰 소리로 말했다.

"식사도 개선되는 건가? 이제 12시간 이상은 일하지 않는 거지?"

동포 한 사람이 양기표에게 물었다. 대답한 사람은 야마모토였다.

"그래. 내가 보증했으니 염려 안 해도 된다. 약속은 지킨다."

그가 우리를 달랬다.

"이런 비상시에 너희가 일을 안 하는 것은 곤란하니까. 회사도 할 수 있는 일은 한다."

우리를 구타하려던 작업복 차림의 남자들은 사무소 앞에 서서 언제라도 덮칠 수 있는 태세로 재정비했다. 야마모토와 양기표의 중재로 우리는 농성을 풀었다. 2조는 기숙사에 남고 1조만 기숙사를 나왔다.

내리막 비탈길에서 김동인 씨를 쫓아가 말을 걸었다.

"탄광 측과의 약속은 정확하게 문서로 만든 건가요?"

"야마모토가 쓴 각서는 양기표가 갖고 있어."

"일본어입니까?"

"그래."

김동인 씨의 대답에는 힘이 빠져 있었다.

"내용은 확인하셨나요?"

"야마모토가 우리말로 설명해주더군. 우리 요구를 거의 받아들인다는 내용이었어."

김동인 씨는 변명하듯 말했고 얼굴은 어두워졌다.

"그러나 야마모토가 약속했다 해도 그것이 어느 정도 효력을 갖는지 알 수 없다. 양기표에게 그렇게 말했지만… 우선 지금 단계에서는 야마모토로부터 구두로 약속을 받는 걸로 충분하다고 반론하더군. … 나로서는 물러설 수밖에 없었다."

"야마모토는 신용할 수 없습니다. 이효석을 미치게 만든 것도, 조종호를 더 고통스럽게, 일부러 천천히 죽음에 몰아넣은 것도, 그리고 중환자 현태원을 추방한 것도 모두 야마모토가 한 짓입니다."

"나도 그게 걱정이야."

김동인 씨는 시선을 아래로 한 채 불쑥 한마디 했다.

"약속이 지켜지지 않으면 2차 파업이다."

"다시 같은 일이 가능할까요?"

나는 나의 솔직한 의문을 털어놓았다.

"이번에는 불시에 했으니까 가능했지만, 다음부터는 노무사무소 패거리들도 경계할 겁니다. 우리가 농성할 때 7, 8명의 남자들이 우리를 때리려고 했는데, 다음부터는 더 많은 사람을 투입하지 않을까요?"

내 질문에 김동인 씨는 대답하지 않았고, 인차 타는 곳에서 우리는 헤어졌다.

그날 작업은 정확하게 5시에 끝났다. 인차를 타고 작업대기소로 올라오자 작업 2조와 만났다. 저녁밥 양이 다소 늘었으며 된장국 건더기가 많아졌다고 알려주었다. 우리는 목욕을 마치고 재빨리 식당에 달려갔다. 과연 콩깻묵과 강냉이 가루에 쌀이 섞인 밥이 평소보다 많이 담겨 있었다. 된장국에도 드물게 야채 잎이 떠 있어, 젓가락으로 건질만 했다. 그러나 형태가 뭉크러진 정어리 찜 한 마리를 뼈까지 씹어 먹어도 공복감이 느껴지는 것은 여전했다.

열흘 정도 지나서 각자 저축 금액이 적힌 종잇조각을 나눠받았다.

나에게는 160원이라는 숫자가 적혀 있었다. 대부분의 기숙사생들은 숫자를 보는 것만으로는 성이 차지 않는다며, 스스로 일해서 모은 돈인 만큼 자유롭게 쓰게 해달라고 소동을 일으켰다. 작업 2조에서 돌아온 김동인 씨와 양기표가 기숙사생들에게 떠밀려 야마모토를 만나러 갔다. 두 사람은 30분도 지나지 않아 돌아왔다.

"돈을 내주면 만기가 되기 전에 도망자가 늘어난다고, 거절하더군."

김동인 씨가 미안해하면서 머리를 숙였다.

"당신들은 회사 측과 교섭해서 약속을 얻어냈어야 하는데 그렇게 못 했다. 이불은 여전히 뻣뻣한 홑이불이고 다다미도 아직 교체되지 않았지. 12시간 노동만은 지켜지고 있지만 그 대신 갱내 감시가 심해져서 빈둥거리거나 꾀를 피울 수도 없다. 식사도 그래. 밥 양이 고작 콩알만큼 많아졌을 뿐이지 않느냐는 말이야."

거센 항의를 김동인 씨는 심각한 표정으로 들었다.

그러나 애초의 요구를 관철하기 위해서 어떻게 하면 좋을지, 누구도 알지 못했다. 두 번째 파업을 하기에는 감독들의 신경이 이전보다 훨씬 날카로웠다. 밤중에 한 방에 모여 이야기만 해도 해산을 명령했다. 목욕탕에는 반드시 강원범이 박정희나 종극로를 데리고 나타나서 우리 거동을 감시했다. 식당에서 잡담을 하는 것도 주의를 받았다. 우리는 파업 이후 더욱 옴짝달싹 못하게 되었다는 것을 깨닫기 시작했다.

요컨대 김동인 씨와 양기표는 회사를 상대로 교섭한 것이 아니라 일개 직원인 야마모토와 대화한 것에 불과했다. 야마모토는 급한 상황을 수습하기 위해 달콤한 말로 대표인 김동인 씨와 양기표를 달랬을 뿐인 것이다.

기숙사생들의 불만은 표면적으로는 수그러든 듯했으나 모두의 가슴

속에서 점점 커져갔다. 파업 이후 사람들은 자신감을 얻었으며 처우가 개선되리라 기대했다. 그러나 실제로 변한 것이 없자, 이 울분은 파업을 지휘한 김동인 씨와 양기표에게 향했다. 특히 연장자인 김동인 씨에게 비난과 험구가 집중되었다.

"김동인 씨는 그때 야마모토와 뒷거래를 해서 머지않아 고향에 돌아갈 약속을 받은 것 같더라."

김시창까지 내게 이런 귓속말을 했다.

나는 그런 소문을 도저히 믿을 수 없었다. 교섭에 있어서 야마모토가 한 수 위였을 뿐, 김동인 씨에게 다른 생각은 털끝만큼도 없었을 것이다. 조만간 그에게 직접 이야기를 들을 기회가 있으리라 생각하고 특별히 내 쪽에서 접촉을 시도하지 않았다.

나는 그 무렵 노무감독들의 악의적인 괴롭힘을 받고 있어서 그것을 견디는 것만으로도 죽을 지경이었다. 그놈들은 파업 때 내가 아리랑을 선동하고 매질하던 남자에게 충동적으로 몸을 날려 막았던 것을 기억했다. 그 앙갚음인지, 노상 나에게 트집을 잡았다.

아침에 식당에서 감시하던 박정희가 내 옆을 지나갈 때 일부러 넘어지면서 국그릇을 쏟았다. 무 한 쪽, 두 쪽밖에 들어있지 않은 맹물 같은 된장국이지만 나에게는 더없이 소중한 음식이었다. 박정희 정도라면 엎어치기해서 목뼈를 꺾어 놓을 자신이 있었다. 그러나 나는 눈을 마주치지 않은 채 밥만 계속 먹었다.

"야, 국이 쏟아졌잖아. 주워 담아."

박정희는 내 어깨를 쿡쿡 찔렀다. 나는 바닥에 쏟아진 국을 잠자코 그릇에 주워 담았다.

"예전 같았으면 거기 쏟아진 국물을 핥아먹으라고 했을 것이다. 개처럼 말이지. 너에게 꼭 어울릴 텐데."

박정희는 만족스러운 듯 씩 웃었다.

더 이상의 고문은 싫었다. 반항하면 그것을 구실로 또 노무사무소에 끌려갈 것이다. 그런 고통을 받기보다는 개나 고양이 같은 취급을 당할지라도 잠자코 참는 쪽이 낫다. 나는 박정희 쪽을 보지 않고 깻묵 밥을 열심히 씹었다. 박정희는 웃음소리를 남기고 그 자리를 떠났다.

9월이 지나고 10월이 되었다. 식사의 양은 어느새 예전과 같아졌고 갱 안에 머무는 시간은 15시간으로 연장되었다. 방의 뻣뻣한 홑이불도 낡은 다다미도 새것으로 갈아주지 않았다. 그날 아침 기상신호로 방문 널빤지를 두드리며 돌아다니던 종극로가 복도에서 비명을 질렀다. 뒤이어서 저벅저벅 복도 쪽으로 많은 사람들이 몰려가기 시작했다.

나도 일어나 방 밖으로 나가보니 세면장 위에 기다란 물체가 매달려 있었다. 열 사람 정도가 그 아래서 아우성치고 있었다. 김동인 씨의 팥죽색으로 변한 얼굴을 확인한 순간 나는 정신없이 가까이 다가갔고 얼이 빠져 우두커니 서 있는 종극로에게 가위를 가져오라고 고함쳤다.

종극로가 가져온 가위를 들고 동포 한 명이 세면대 위로 올라갔다. 줄이 잘려 아래로 내려온 시신을 꽉 부둥켜안아 복도에 눕혔다. 김동인 씨의 몸에 온기는 남아있지 않았다. 머리 뒤로 감긴 줄을 먼저 자르고 목에 감긴 밧줄을 벗겨냈지만 검붉게 부어오른 머리는 힘없이 매달려 있을 뿐이었다.

양기표가 큰 소리로 통곡하기 시작했다. 김시창도 입술을 부들부들 떨고 서 있는 것을 보고 나는 절대 울지 않겠다 마음먹었다. 시신을 방으로 운반하려고 하자 강원범이 달려와 노무사무소로 옮기라고 명령했다. 뻣뻣하고 더러운 이불에 싼 시신을 네 사람이 안아 올렸다.

"너희들이 약속을 지키지 않아서, 김동인 씨가 책임을 느끼고 죽은 거다!"

양기표가 울면서 강원범에게 퍼부었다.

"김동인 씨를 죽인 건 야마모토와 네놈들이야."

실려 가는 시신에 매달려 양기표는 헉헉대고 울었다. 파업 때의 위세당당하던 그와는 다른 사람처럼 보였다.

"너희는 방에 돌아가라. 평소대로 갱에 들어가는 거다. 죽은 사람 놓고 울고불고 한다고 뭐가 달라지냐."

강원범이 매몰차게 내뱉었다. 우리는 김동인 씨의 갑작스런 죽음에 어찌할 바를 몰랐고 개에게 쫓기는 양처럼 고분고분하게 지시를 따랐다. 통보를 받고 달려온 야마모토가 식당에 나타나 소리를 질러댔다.

"모두 잘 들어라. 김동인의 죽음은 갱내 사고사로 처리하겠다. 원칙대로 한다면 자기가 목매달아 죽었기 때문에 회사 측은 땡전 한 푼 위로금을 내지 않겠지만, 이번만은 특별히 내가 회사에 교섭하겠다."

그따위 말본새에 아무도 문제를 제기하지 못했을 정도로, 당시 우리 모두는 완전히 머릿속이 마비되어 있었다. 지도자를 잃은 집단은 뇌 없는 동물처럼 고분고분해지는 법이다. 김동인 씨는 동포에 대한 미안한 마음, 차마 듣기 거북한 뒷소리, 야마모토에 대한 울분 등 하고 싶은 말이 산더미 같았을 것이다. 그럼에도 불구하고 글을 모르는 그는 유서조차 남기지 못했다.

동포들 가운데는 뭐 죽을 필요까지 있느냐고 암암리에 김동인 씨의 자살을 힐난하는 사람도 있었다. 그러나 나만은 그가 죽음을 선택할 수밖에 없었던 이유를 알고 있었다. 그것은 모두 알지 못하는 '어떤 일'

때문이었다.

　며칠 후 기숙사 전원의 이불이 좀더 두껍고 덜 더러운 것으로 교체되었다. 겨울을 나기 한결 수월해진 것이다. 식사에 나오는 쌀의 비율이 늘었고 된장국 건더기도 조금 많아졌다. 김동인 씨가 무언의 죽음으로 우리에게 남긴 선물이었다.

　야마모토로서는 김동인 씨의 자살로 기숙사생들이 자포자기하는 상황이 두려웠으리라. 그도 그럴 것이, 사건 이후 우리는 반항할 여력도 없이 슬픔 속에 침체되어 있었다. 그러한 침묵이 사무소 패거리들에게는 오히려 불길하게 느껴졌을 것이다.

　10월 하순 갱 입구에 있는 감나무의 감이 붉은 색으로 물들어 갈 무렵이었다. 작업 2조로 갱내작업을 마치고 기숙사에 돌아왔을 때 다키가와 노무감독이 사무소까지 오라고 했다. 한동안 멈췄던 괴롭힘이 다시 시작된 것일까, 예사롭지 않은 느낌이 들었다.

　노무사무소에는 4명의 감독들이 대기하고 있었다. 야마모토 산지만이 안쪽 책상에 제대로 앉아 있고 다키가와와 히로타는 담배를 태우면서 의자에 상체를 뒤로 젖히고 거만하게 앉아 있었다. 창가에 선 강원범은 자신의 분신과도 같은 검정 고무 채찍을 손에 쥐고 왠지 야릇한 미소를 지었다. 방 안쪽 2층으로 올라가는 계단이 보였다. 일찍이 고문받던 일을 떠올리자 등골이 오싹해졌다.

　"가와모토, 이리 와라."

　어찌할 바를 모르고 쩔쩔매는 나를 야마모토가 손짓해 불렀다.

　나는 조심스럽게 상대를 노려봤다.

　"요전 파업 때 맹활약을 한 것 같던데."

사람을 재미삼아 골리는 그의 말투에 반은 죽을 각오를 했다. 김동인 씨도 저 세상에 간 지금, 차라리 2층에 끌려가 반죽음을 당하는 편이 바라던 바였다.

"가와모토, 너는 나이가 어린 데 비해 기개가 있다."

야마모토는 웃으면서 말을 이었다.

"어떠냐, 노무조수가 되는 게. 일본어도 1년 배운 것 치고 진도가 빠르다. 앞으로 1년만 더 배우면 자유자재로 쓰겠어. 노무조수에는 야마시타 박정희와 무네 종극로가 있지만 역부족이야. 우리의 손발이 되어 일할 사람이 필요하다."

속으로 매 맞을 태세를 가다듬던 나는 한순간 심신의 긴장이 풀렸고 이를 눈치 챈 그는 내게 의자를 권했다. 나는 거부했다. 아직 눈앞의 사내를 믿을 수 없었기 때문이다.

"조수가 되면 더 이상 기숙사에서 살지 않아도 된다. 밥도 배불리 먹을 수 있고 휴가도 자유롭게 갈 수 있어."

유혹적인 꼬드김에 내 귀를 의심했다. 휴일과 식사는 물론이지만 무엇보다도 지옥 같은 막장 작업에서 벗어날 수 있다. 낙반사고를 당할 일도 없고 만기가 되면 확실하게 고향에 돌아갈 수 있는 것이다.

나의 마음의 동요를 즐기기라도 하는 듯 강원범이 방 한쪽 구석에서 나와 야마모토를 바라봤다. 그의 박박 깍은 머리는 이마 양 끝이 쭉 뒤로 깎여 때로 쇠뿔처럼 보였다. 조종호 일행과 고문을 받을 때 나를 제일 심하게 내려 갈긴 인간이 강원범이었다. 도망의 길잡이였던 일본인 쓰무라 씨에게도 강원범은 가차 없이 대나무를 휘둘렀다.

강원범의 치켜 올라간 입매에는 나를 노무조수 동료로 삼기를 거부하는 의지가 배어나왔다. 조선인 노무조수가 한 사람 늘면 자신의 특권이 그만큼 줄어든다는 사실을 불쾌해하는지도 몰랐다.

"노무조수는 되지 않겠습니다. 이대로 만기까지 노동하겠습니다. 그 대신 만기에는 반드시 고향에 돌아가게 해주십시오. 집에 부모님 두 분만 계신데 아버지는 지병이 있으셔서 특히 겨울에는 자리에 누워 계십니다."

나는 우리말로 야마모토에게 말했다.

"효도하고 싶다면 더욱 조수 일을 해야지. 매달 송금도 할 수 있고 기회가 닿으면 단기간 고향 나들이도 할 수 있을지 모른다."

야마모토는 그때까지 하던 일본말을 그만 두고 유창한 우리말로 대답했다. 히로타와 다키가와는 대화를 알아들을 수 없고 야마모토와 강원범 그리고 나 세 사람만 이해할 수 있었다.

"노무조수가 되는 게 왜 싫다는 거냐. 이것도 훌륭하게 나라에 봉사하는 일이야."

야마모토가 덧붙였다. 나는 다시 한 번 강원범을 바라봤다. 그의 일본어는 일본인과 함께 학교에서 배운 것이었다. 일본인 학교에 다닐 수 있는 조선인은 양반계급의 유복한 사람뿐이다. 평소의 거만한 태도에서도 너희들과는 신분이 다르다는 우월감이 느껴졌다.

"아오키, 너도 가와모토에게 뭐라 한마디 해줘라."

야마모토의 말에 강원범은 자세를 바로 했다.

"본인이 내켜하지 않는 이상 강요할 일은 아니라고 생각합니다만."

나를 보지도 않은 채 강원범은 우리말로 대답했다.

"거절하는 이유가 있다면 들려주지 않겠나."

야마모토가 다시 나를 보며 말했다.

"1년 전 여기 올 때는 내 방에 다섯 명이 있었습니다. 그런데 지금은 두 사람 남았지요. 도망치려다 붙잡힌 이효석은 매질을 당하고 미쳐서 죽었습니다. 조종호는 여기 사무소 2층에서 맞아죽었습니다. 세 번째 피를 토하던 현태원은 행방불명입니다."

우리말을 아는 사람은 세 사람뿐이라는 사실에 마음이 편해진 나는 생각하던 바를 그대로 털어놓았다.

"현태원은 병원에서 죽었다. 결핵이었지."

역시 그랬구나 싶었다. 쇠약한 몸을 흙탕물에 담그고 막장일을 하면 누구라도 수명이 단축될 것이다. 극한의 상태에 있는 사람을 쉬지도 못하게 한 장본인이 바로 야마모토였다.

"노무조수가 되고 싶지 않은 것은 살해당한 세 사람과 김동인 씨에게 미안하기 때문입니다."

나는 이왕 시작한 말을 계속했다. 답답하게 막혔던 가슴이 단숨에 시원해졌다.

"같은 조선인을 때려죽이고 얻는 급료나 휴가를 원치 않습니다. 몽둥이로 동포를 때려죽일 바에는 차라리 흙탕물 속에서 석탄을 캐겠습니다. 동포의 식량을 빼앗아 모은 돈을 고향에 보내도 부모님은 기뻐하지 않으실 겁니다. 그보다는 차라리 흙을 파먹고 죽는 쪽을 택하겠습니다."

나는 복받쳐 오르는 감정에 격앙되어 거침없이 말을 쏟아놓으면서 김동인 씨의 죽음을 생각했다. 그가 기차 화물칸에서 오줌 범벅이 된 바닥을 닦아주고 나 대신 오줌 양동이를 두 발로 받쳐주던 그날의 일이 떠올랐다. 파업 때 내가 아리랑을 부른 것은, 조금이라도 그의 힘이 되고 싶었기 때문이다.

내 말에 강원범은 외면하듯 얼굴을 돌렸고 야마모토는 꼼짝 않고 나를 노려봤다.

"오늘 곧 대답하라고는 않겠다. 생각해 봐라."

불려올 때보다는 싸늘해진 태도로 그가 말했다.

사무소에서 나올 때 나는 '김동인 씨처럼 자살은 하지 않겠다, 어떤 일이 있어도 오래 살아서 고향에 돌아가겠다'라고, 속으로 맹세했다.

8

N시 역에 도착했다. 기억 저편에 희미하게 남아 있는 옛날의 빛바랜 역사(驛舍)와는 달리 건물이 밝았다. 홈에 정차한 은빛 차량은 창이 크고 안의 좌석도 회전이 가능했다. 효도관광 여행객들일까. 중년의 남녀들이 캔 맥주를 마시며 마이크에 대고 노래를 불렀다.

나는 제일 먼저 개찰구를 나와 역 직원에게 숙소 가는 길을 물었다.

"상점가를 똑바로 가서 야채가게 옆 골목을 오른쪽으로 돌아가면 료칸 문이 보일 겁니다."

젊은 역무원의 일본어는 알아듣기 쉬웠다.

아케이드로 된 작고 깨끗한 상점가는 얌전한 분위기가 있는 대신 열기가 없었다. 발 디딜 틈이 없을 정도로 땅바닥까지 상품을 진열해놓고 발밑에서 사라고 외치는 열기가 끓어오르는 부산의 소란한 상점가와는 달랐다.

'가메야마소'라는 간판을 확인하고 문안으로 들어섰다. 돌이 깔린 통로에는 물이 뿌려져 정원수도 물을 머금은 채 싱싱했다. 털머위 밑

둥치에 샛노란 꽃이 만발해 아름다웠다.
"실례합니다."
나는 머뭇머뭇 말했다. 이것도 몇십 년 만에 쓰는 일본말이었다. 칸막이 저편에서 기모노 차림의 여종업원이 나왔다.
"어서 오십시오."
30대 중반의 여종업원은 양 무릎을 꿇고 인사했다.
"부산에서 온 하시근입니다. 조금 빨리 도착했습니다만."
"네 괜찮습니다. 방은 사용하실 수 있도록 해놓았으니까요."
여종업원은 사투리가 섞인 내 일본어에 애교 있게 응답했다. 구두를 벗고 슬리퍼로 갈아 신고 까맣게 반질거리는 복도에 올라섰다.
"이쪽입니다."
안내할 때 여종업원은 내 짐을 들려고 했으나 나는 사양했다. 커다란 가방이 노인인 내게 과중하게 보였던 모양이다.
복도에서 료칸의 안뜰이 보였다. 정원석을 뒤덮을 듯 철쭉이 심어져 있고 5대 3 정도의 비율로 핀 흰색과 빨간색 꽃이 녹색 잎사귀 위로 한결 돋보였다.
방은 강이 보이는 2층으로 두 칸 크기에 툇마루가 붙어 있었다.
"이번 달 내내 계시는 거지요?"
"그렇습니다. 일이 안 끝나면 더 있을 겁니다."
"그렇게 하세요. 한 달 객실 요금은 미리 지불하셨으니까요."
숙박료는 서진철 씨에게 부탁해서 미리 지불해두었다.
"점심은 드셨는지요. 안 하셨으면 준비할까요?"
"아닙니다. 잠시 후 밖에 나가서 산책하는 김에 뭐든 먹고 오지요."
"저녁 식사는 7시경인데 괜찮으세요."

"괜찮습니다."

"알겠습니다. 숙박 장부를 쓰시고 귀중품이 있으시면 카운터에 맡겨주세요. 나중에 무슨 일이 있으시면 전화로 말씀해주세요."

여종업원은 머리를 숙였다가 말을 덧붙였다.

"일본어가 능숙하셔서 놀랐습니다."

미닫이문이 닫히는 것을 바라보며 나는 일본어 회화가 매끄럽게 나오는 데 스스로 놀랐다. 부산에서는 라디오 스위치를 켜면 일본 방송이 나온다. 사업상 거래처의 일본인과 이야기할 일도 있었다. 그러나 반드시 통역을 대동하여 나 자신은 일본어를 입에 올리지 않았다. 내가 일본과 일본어를 계속 거부한 이유를 이렇게 일본 땅을 밟은 지금에야 희미하게나마 알 것 같았다.

숙박 장부를 펼쳐 한자와 숫자로 빈칸을 채웠다. 주소, 이름, 나이, 생년월일. 모르는 글자는 없었다.

툇마루에 앉아 지난 반세기는 무엇이었을까 생각했다. 일본과 바로 이웃해 살면서 대한해협의 저편을 바라보지 않고 라디오만 틀면 나오는 전파도 무시하고 때때로 일본인과 만나도 일부러 일본어 사용을 피했다. 해협에 등을 돌린 채, 항상 반대쪽만 노려보며 일했던 것이다.

그러나 그것은 강하게 일본을 의식한 반작용이 아니었을까. 해협은 뱃길로 하룻밤, 비행기로는 불과 한 시간 거리밖에 되지 않았다. 한일 국교가 정상화된 이후에는, 내가 그리워하기만 하면, 그날 오후에라도 혹은 다음 날에라도 가고 싶은 곳에 가고 만나고 싶은 상대를 만날 수 있었다.

그러나 나는 그렇게 하지 않았다. 그렇게 해서는 안 되었다. 나에게는 새로운 가정이 생겼고 밑바닥 생활에서 벗어나기 위해 마음을 독하게 먹고 일할 필요가 있었다.

그러다 보면 언젠가 해협을 건너갈 날이 올 거라고 내심 꿈꾸고 있었던 걸까? 아니, 당시 나는 그런 몽상조차 해서는 안 된다고 생각했다. 그러나 가정이 안정되고 세 아들이 모두 훌륭하게 잘 자라 사업도 성공을 거두자, 그 결심은 흔들리기 시작했다. 일본을 생각하면 모든 사고가 정지하고 눈시울이 젖어오는 것을 깨달았다. 아니, 좀더 정확하게 말한다면 내가 생각하는 일본은 막연히 '일본'이라기보다는 특정한 '일본인'이었다.

그러던 중, 내 생활에 옛날의 일본이 서서히 파고들기 시작했다. 그것은 1980년 초 광주 민주화운동이 일어난 무렵이었으니까 벌써 꽤 오래전이다. 광복동에 있는 회장실로 '서진철'이라는 이름의 남자가 전화를 걸어왔다. 기억에 없는 이름이어서 받지 않으려 했지만 비서가 상대방의 열성이 갸륵하다고 하는 바람에 수화기를 들었다.

"하시근 회장이십니까?"

어딘가 사투리가 섞인 우리말이면서 묘하게 귀에 익은 말투를 듣고도 상대에게 사무적으로 '그렇다'고 대답했다.

"서진철입니다만, 기억나시는지요?"

"실례입니다만 어디서 뵈었던가요?"

"일본 아시야에서요."

순간 귀에 들어온 그리운 지명에 나는 전신에 힘이 빠져나가는 것을 느꼈다.

"… 요시다 상입니까?"

"그렇지요, 요시다입니다."

"별고 없으십니까."

나는 나이답지 않게 넘쳐흐르는 눈물을 주체할 수가 없었다.
"네, 별고 없습니다."
상대방도 몹시 감격한 것 같았다.
"지금 어디 계십니까?"
"부산 코모도 호텔에 머물고 있습니다."
"사업차 오신 건가요?"
"반은 일 때문이고, 반은 놀러왔지요."
서진철 씨는 울먹임 반, 웃음 반이 섞인 목소리로 대답했다.
"그러면 오늘 밤 호텔로 모시러 가겠습니다. 7시쯤 어떠십니까?"
"좋습니다."
"그런데 우리 서로 알아볼 수 있을까요? 나는 머리가 희끗희끗하고 회색 양복을 입었습니다."
"나도 거의 대머리입니다. 아마 걷는 모습을 보면 한눈에 아실 겁니다. 언젠가 하 회장이 나를 보고 논두렁길을 거름통을 지고 걷는 모습이라고 말한 기억이 나니까요."

서진철 씨는 웃었다. 목소리만은 기억에 있는 그대로 변함없었다. 키는 작고 가볍게 발을 끌면서 걸었지만 공사판에서 멜대 양쪽에 삼태기를 늘어뜨린 채 좁은 널빤지 위를 균형 잡으면서 걷는 모습은 천하일품이었다. 게다가 흔들리는 널빤지 위에서 두 개의 삼태기를 한 번에 뒤집어 쏟지 않으면 안 되었다. 타이밍이 안 맞으면 멜대와 함께 강물에 떨어졌다. 요시다 씨는 허리를 낮춘 채 게걸음으로 걷는 걸음걸이가 절묘하게 안정감이 있어, 인부들의 모범이었다.

코모도 호텔 라운지에서 기다리는 그는 젊은 시절보다 살집이 커져, 보름달 같은 대머리와 더불어 돈벌이가 좋은 상인 느낌이 났다.

"하시근 상은 변하지 않았군. 여전히 키 크고 미남이시고."

"이 나이가 되어서 미남이고 말고가 있습니까."

나는 택시로 서진철 씨를 부산대학교 앞에 있는 레스토랑으로 안내했다. 택시 안에서 들은 이야기에 따르면 그는 해방 후 일본에 남았고 오카가키 시에서 잡화상을 한다고 했다.

"조그만 슈퍼마켓을 합니다. 하 회장처럼 부산 시내에 체인점이 세 채나 있고 장래에는 통영이나 여수까지 진출하려고 하는 기업가와는 다르지요."

어디서 내 사업내용을 알았는지 이야기가 진행될수록 그의 말투는 정중해졌다.

"아시야에서 정말 신세 많이 졌습니다."

나는 감사의 인사를 했다.

"아니, 그 무렵부터 하 회장은 나이에 비해서 속이 꽉 찼지요. 나보다 다섯 살이나 어린데도 전혀 그렇게 여겨지지 않았어요."

"그나저나 어떻게 저 있는 곳을 아셨습니까?"

"그 얘기를 하자면 한참 길어요. 밤새 얘기해도 다 못할지 모릅니다. 정말 하 회장을 찾아낸 것은 너무 잘된 일입니다."

서진철 씨는 큰 짐을 벗은 듯이 안도의 한숨을 내쉬었다.

갈비라면 해운대 유명식당보다 맛있다고 알려진 레스토랑에서 우리는 재회를 축하했다. 그는 몇 년 전부터 해마다 두세 차례씩 부산에 왔다고 한다.

"설마 하 회장이 부산에 살 거라고는 생각 못했지요."

"6·25 전쟁 직전부터 쭉 여기서 살았습니다."

내가 부산으로 흘러들어온 것은 해방 후 5년, 그러니까 6·25전쟁이 시작되던 해였다.

"그러면 1950년이군요. 한 번 정도 바다를 건너와도 좋았을 텐데요. 아시야나 시모노세키, 야하타에서 내 이름을 대면 '오카가키의 서진철이구나', 하고 연결해 줬을 겁니다."

그는 한 잔의 맥주에 벌써 얼굴이 붉어졌고 기분이 좋아진 듯했다.

"저는 그날 이후 두 번 다시 해협을 건너지 않기로 결심했습니다."

"'그 일' 때문인가요?"

서진철 씨는 진지한 얼굴로 물었다. 아아! 하고 나는 마음속으로 신음했다. 그 일을 그도 잊지 않았던 것이다.

"그것도 있습니다."

나는 가슴 속에 오래 참던 숨을 내쉬는 것처럼 대답했다.

"그러나 그것은 이미 시효가 지났어요. 설령 그렇지 않다 해도 하 회장에게 혐의가 걸린 것은 아니잖습니까."

그의 배려가 담긴 말에 안심이 되면서도 더욱 입을 뗄 수 없었다.

"하 회장 같은 사람도 드물어요. 해방 후 고향에 돌아간 사람 중에는 곧 다시 일본에 돌아온 사람도 많고 일본에서 자리 잡고 살 만한 여유가 생겨서 나처럼 고향사람들과 교류를 시작한 사람들도 있습니다. 하 회장처럼 완전히 연락을 끊은 경우는 드물어요. 무엇보다 하시근이란 인물은 한 번 결심하면 지렛대로도 움직일 수 없는 고집 센 남자 아닙니까."

레스토랑에서 조명을 비춘 정원이 바라다보였다. 큰길에 접해 있으나 산장같이 편안하고 느긋한 분위기가 이 음식점의 자랑이었다. 그는 말을 계속했다.

"그러나 사실 나도 하 회장 일을 쭉 잊고 있었어요. 아니, 이름이나 사람 됨됨이, 그런 것은 가끔 생각나는 때가 있었지만 잘 지내고 있겠지 하는 정도였고, 일부러 소식을 알아내려고 까지는 하지 않았습니다. 나도 5, 6년 전까지는 장사가 잘 됐다 안 됐다 해서, 내 일 하는 게 고작이었지요. 안정된 것은 최근 3, 4년입니다. 헐값에 산 땅값이 올라 그것을 담보로 역 앞에 낸 잡화점이 겨우 궤도에 오른 거죠."

그는 갈비쌈을 입에 넣고 번쩍이는 금니로 바쁘게 씹었다.

"자제분들은?"

"딸만 둘. 둘 다 일본 고등학교를 나와 대학 나온 재일교포와 결혼했고 손주도 봤어요. 역 앞 슈퍼는 큰 사위의 도움을 받고 있지요."

"그거 잘 됐군요."

나는 취기가 오르기 시작했고 온가강 제방 공사장에서 도로코[20]를 운전하던 젊은 시절의 서진철 씨의 모습이 떠올랐다.

"딸들도 손주들도 일본말밖에 못하는 건 쓸쓸한 노릇입니다. 일본인 학교를 보낸 데다 집에서도 일본말만 사용했으니, 부모 책임이지요. 한국 전통예절 같은 것은 제대로 가르칠 작정이지만 제일 중요한 모국어를 못해서야 소용없어요. 그래도 요즘은 재일교포 2세, 3세의 모임이나 한글공부모임에 다니는 것 같지만요."

그는 차례로 화제를 바꾸어가며 이야기를 했지만 뭔가 본론을 뒤로 미루는 듯한 느낌이 들었다.

"그런데 어떻게 제가 있는 곳을 아신 겁니까? 아니 그보다 먼저, 어째서 내 일을 알아볼 마음이 드신 겁니까?"

내 쪽에서 캐묻기 시작했다.

---

20) 공사장이나 탄광에서 수동으로 운전하는 궤도소형화차.

"… 하 회장 아드님을 만났습니다."

허를 찔린 나는 아무 말 없이 오랫동안 상대방을 응시했다.

"잊지 않으셨겠지요. 하 회장과 치즈(千鶴) 씨와 사이에 낳은 아드님 말입니다. 이름은 사토 도키로(佐藤 時郎), 지금 중학교 교사입니다. 결혼도 했고, 아이들도 있지요."

도키로(時郎)라는 이름은 치즈가 지은 것으로 한국 이름은 하시영(河時榮)이었다. 두 번 다시 들을 수 없다고 체념했던 아들의 소식이었다.

"도키로 상은 어머니가 돌아가시고 나서야 드디어 아버지의 일을 알아볼 마음이 생겼던 것 같습니다. 기타큐슈에 있는 재일한국인 사무소를 찾아가 하시근이라는 남자의 행방을 물었던가 봐요. 그때 아드님은 하 회장의 고향 주소와 예전 경력도 알고 있었다고 합니다. 아마 어머니가 기회 될 때마다 말해주었던 것 아닐까요. 사무소에서는 경상북도의 주소지로 하시근 회장의 소식을 묻는 편지를 보냈답니다. 그러나 감감무소식이었죠."

고향의 친가는 6·25전쟁으로 대가 끊기고 조카 가족이 근근이 살고 있을 뿐이었다. 그 조카에게 연락이 갔다 해도 십중팔구 삼촌인 나를 배려해서, 일본에서 온 편지를 그냥 꾸겨버렸을 것이다.

"재일한국인 사무소에서는 곤란한 나머지 우리 집으로 문의를 했더군요. 아시야 하천공사 때 내가 일했던 것을 간부들이 알고 있어서 혹시 기억할지도 모른다고 생각했던 거지요. 곧 당신이 떠올랐습니다. 며칠 지나서 사무소에 나갔고, 거기서 아드님을 만났지요."

그는 술 때문에 빨개진 얼굴로 나를 똑바로 바라봤다. 진지한 눈빛이었다.

"아드님은 하 회장을 닮아 키가 크고, … 눈과 코는 어머니를 닮았더군요."

서진철 씨는 내 빈 잔에 맥주를 붓더니 자신의 잔에도 따르기 시작했다. 나는 퍼뜩 정신이 들어 맥주병을 받아 그의 잔을 채웠다.

그리고 다음 말을 기다렸다.

서진철 씨는 맥주를 마시고 석쇠 가장자리에 놓인 갈비를 맛있게 먹었다. 내가 말이 없는 것을 감지한 그가 시선을 떨어뜨린 채 말을 계속했다.

"그래서 작년 여름에 하 회장 친가를 찾아가 봤습니다. 조카 부부를 만났지요. 해방 전에 일본에서 신세를 진 사람이라고 소개했지만 경계하며 끝내 집안에 발도 들이지 못하게 하더군요. 아무것도 모른다 하니 더 말을 붙여 볼 수가 없었지요. 마을사람에게 물어서 겨우 당신이 부산에서 사업을 하고 있다는 것을 알았습니다. 그것만도 큰 수확이었지요. 그래서 이번에 부산에 와서 전화번호부를 죄다 조사한 겁니다. 야, 만나서 너무 다행이에요."

그는 혼자서 몇 번씩이나 고개를 끄덕였다.

내가 알고 있는 아기와, 눈과 코가 치즈를 닮았다는 성장한 아들의 모습을 머릿속에서 합쳐보려고 했다. 그러나 세월의 간극은 두 개의 상(像)을 쉽게 결합시켜주지 않았다.

"하 회장 쪽에서 일본에 가볼 마음은 없습니까?"

그는 똑바로 나를 보고 물었다.

"가서 뭘 어쩌겠습니까."

"아드님을 만나는 거지요. 적어도 아드님은 아버지를 만나고 싶어합니다. 둘이서 치즈 씨의 무덤에 성묘하러 갈 수도 있잖습니까?"

'치즈의 무덤'이라는 말을 듣고 나는 치즈가 죽었다는 사실을 새삼스럽게 깊이 실감했다. 무슨 병으로, 도대체 어떤 모습으로 죽었을까 묻고 싶었지만, 생각으로 그쳤다.

"일본에 갈 마음은 없습니다. 현재 내게는 처도 있고 아들이 셋이나 있어요. 옛날 일은 처에게는 잠깐 이야기한 적이 있지만 아들들은 모릅니다."

그렇게 대답한 것이 고작이었다.

그는 가만히 나의 눈을 응시하면서 아무 말도 하지 않았다. 나는 자신의 비정함을 덜어내려는 듯 이런 말을 덧붙였다.

"장래에는 또 모르지요, 죽기 전에는 일본에 가서 아들과 만나고 싶을지도 모르겠습니다."

"치즈 씨는 재혼하지 않고 여자 혼자 힘으로 자식을 키워 대학까지 보냈습니다. 얼마나 고생이 컸을지, 일본에서 살아온 내게는 아플 정도로 이해가 됩니다."

그의 어조에 나를 꾸짖는 기색은 없었으나 그럼에도 나는 가슴이 답답해 숨을 쉴 수 없었다.

동네에서는 치즈를 과부로 여겼다는 사실은 처음 들었다. 돌연 참담한 부끄러움이 몰려와 고개를 숙였다. 아버지로서 책임과 의무를 저버린 자신을 적나라하게 마주하는 기분이었다.

"아드님에게 오늘 하 회장 만난 사실을 말해도 괜찮겠지요. 물론 하 회장이 일본에 올 수 없는 이유는 제가 적당히 전하겠습니다."

그의 제안을 거절할 명분이 없었다. 끝까지 소극적인 자신에게 혐오감이 들었다. 서진철 씨와 재회한 후 아들에게서 연락은 오지 않았다. 그가 주소를 알려주지 않은 걸까, 아들이 한글을 쓸 줄 모르는 것일까,

아니면 그저 의도적으로 편지를 삼가는 것일까. 나는 스스로의 박정함은 생각지 못한 채 아들에 대한 오만가지 상념으로 번민했다.

"아드님 쪽에서 삼가는 거겠지요."

두 번째 서진철 씨를 만났을 때 내게 말했다.

"하 회장이 일본에 오고 싶어 하지 않는 기분을 나는 존중합니다. 그러나 아드님은 아버지 있는 곳 정도는 알 권리가 있다, 그렇게 판단해서 도키로 상에게 하 회장의 연락처를 알려주었습니다. 이것은 제 독단이었을 수 있으니 만약 잘못이라면 무릎 꿇고 사과드리겠습니다."

진지한 얼굴로 말하는 그를 있는 힘을 다해 말렸다.

"도키로 상은 대학시절부터 한글 공부를 했다고 합니다. 일상회화도 가능하고 편지도 쓰려고 마음만 먹으면 쓸 수 있을 겁니다. 그것을 삼가는 것은 하 회장에게 쓸데없는 염려를 끼쳐서는 안 된다고 생각하기 때문이겠지요."

서진철 씨는 그 후에도 한 해에 몇 차례씩 부산에 왔다. 그때마다 만나 아들 소식을 들었다. 며느리는 초등학교 교사이고 고등학생과 중학생 손자가 있다는 사실도 알았다. 어느 사이엔가 나는 그와 만나 도키로의 소식을 듣는 일을 은근히 기다리게 되었다.

"도키로 상은 탄광 일을 조사하고 있습니다. 그것도 조선인 광부들의 역사를 발굴해 내는 조사입니다."

다시 몇 차례 더 만남을 거듭했을 때 그가 말했다.

"당시 관계자들을 만나고 다니며 조사를 하고 있다더군요. 저야 탄광채굴 경험은 전혀 없으므로 직접 도움은 못 주고, 옛날 탄광에서 일하던 동포 가운데 일본에 남아 있는 몇몇 아는 사람을 소개해 주었습니다. 도키로 상에게는 역시 조선인의 피가 흐르는 것 같아요. 이야기하고 있으면 그렇게 느껴집니다. 언젠가 도키로 상에게 말해 주었지요. 탄광에 관해서라면 부산에 계신 아버지가 가장 잘 알고 있을 거라고요. 그랬더니 도키로 상이 뭐라 했는지 아십니까? 아버지에겐 아버지의 생활이 있으니, 절대 자기가 먼저 연락할 수 없다고요."

서진철 씨는 그렇게 말하면서 빨갛게 된 눈시울을 닦았다.

나는 그런 그의 얼굴을 외면하고 손님이 북적거리는 식당 안을 바라보고 있었지만 흐르는 눈물을 감출 수 없었다.

"도키로 상이 조선인 광부의 일을 조사하는 기분을 잘 알 것 같습니다. 아버지를 만나는 대신 여러 동포들을 만나는 거지요."

그때 마음먹었다. 언젠가 일본에 있는 아들을 만나리라고. 그것이 죽기 전에 내가 해야만 하는 일이라는 생각이 들었다. 만나서, 지금까지 누구에게도 털어놓은 적이 없는 일본에서의 나날에 대해, 아들에게 이야기해주고 싶었다.

노무조수가 되지 않겠느냐는 권유를 거부한 뒤로 나는 되도록 모범적인 광부가 되려고 했다. 노무감독에게 일체 거역하지 않았으며 하루도 쉬지 않고 갱에 내려갔다. 동포 몇 사람인가는 굴진부[21]의 격무에서 벗어나 시조부[22]나 운반부로 승격되었지만 나는 변함없이 노동 강도가 가장 높은 막장의 채탄 일을 했다. 나에게 거절당한 야마모토의 분풀이였을까. 아니면 괴로운 작업을 시키면 끝내 손들고 우는 소리를 하며 매달릴 것이라는 속셈이 있었는지도 모른다.

---

21) 굴진부(掘進夫): 갱내에서 모습을 드러낸 탄층의 벽면을 앞장서 부수는 광부.
22) 사조부(仕繰夫): 갱내의 목공 일을 하는 광부.

실제로 음식도 변변치 않은 탄광에서 고지식하게 꾀부리지 않고 일한다는 것은 제 살을 깎아먹는 것과 똑같았다. 체중은 줄기만 하고 몸은 바지랑대처럼 말라 갔다. 2년 만기까지 10개월이나 남았는데 과연 몸이 견뎌줄지, 자신이 없었다. 도망치려면 체력이 더 소모되기 전에 감행해야 했다. 그렇다면 언제 실행하느냐가 관건이었다. 일을 끝내고 방에 돌아오면 골똘히 도망칠 궁리만 했다.

12월 중순 신정연휴가 사흘이라고 발표했다. 휴가기간 중 각자 하루씩 외출이 허락된다는 말을 듣고 광부들은 떨 듯이 기뻐했다. 연말에 외출이 허락된 사람의 명단과 외출 날짜가 사무소 벽에 붙었다. 내 이름은 거기 없었다. 병으로 일을 빠진 적도, 감독에게 반항한 기억도 없는데. 야마모토의 분풀이임이 틀림없었다.

지금처럼 노무감독에게 찍힌 채로는 2년 만기 약속이 지켜질지도 의심스러웠다. 첫째, 회사 측과 맺은 확실한 계약서가 있을 리 만무했다. 김동인 씨와 양기표가 대표로 받은 각서가 휴지 조각이 되었듯이 2년 만기라는 것도 구두약속에 지나지 않았고 결정권은 어디까지나 노무감독들이 쥐고 있었다.

1944년 그해 마지막 일을 마치고 갱에서 올라올 때, 나는 도망을 결심했다. 결행날짜를 1월 4일 밤으로 정했다. 도망을 계획한다면 온 일본이 떠들썩한 사흘간의 연휴 중에 하는 것이 상식적이며, 설마 새해 첫 근무를 끝내고 도망칠 거라고는 누구도 상상하지 못할 것이다. 같은 방 김시창은 1월 2일 외출이라 특별히 받은 10원을 손에 들고 기숙사를 나갔다. 나는 아무 선물도 필요 없다고 못을 박아뒀다. 때 묻은 더러운 이불을 덮고 누워 있는데, 저녁 무렵일까, 야마모토가 한 홉들이 술병을 허리에 차고 나타났다.

"어떤가, 가와모토. 모두 설날에 몰려 나가는데 혼자 가만히 있으려니 처량하겠지, 자, 술이라도 마셔라."

나는 자리에서 일어나 꿇어앉았다.

"술은 마실 줄 모릅니다."

"마실 줄 모르니 가르쳐주겠다는 거다."

야마모토는 술 냄새를 풍기면서 밥공기에 술을 따라 불쑥 내밀었다.

"술은 안 마십니다."

나는 거부했다.

"이봐, 술도 영양제다. 먹을 것이 없을 때는 술이 힘이 되지. 키만 크고 삐쩍 마른 네 몸을 봐. 마음먹기에 따라 너는 매일 배불리 먹을 수 있다. 술도 마시고 싶을 때 마실 수 있지. 아오키나 야마시타, 무네는 저녁때부터 술집에 가서 실컷 맛있는 것 먹고 마음대로 마신다. 돈은 회사에서 내주고 말야."

야마모토는 책상다리를 하고 나를 노려봤다.

"괜찮으니까 마셔라."

"안 마십니다."

거절하면서 이 거부야말로 내 권리라고 생각했다. 하물며 짐 끄는 노새도, 샘물까지 끌고 갈 수 있지만 억지로 물을 먹일 수는 없었다.

"마셔!"

"안 마십니다."

"이 자식…!"

고함소리와 함께 밥공기에 담긴 술이 내 얼굴에 쏟아졌다.

"저자세로 나가니까 기어오르는군! 네 분수를 알아라."

야마모토는 토하듯이 내뱉고 성큼성큼 방을 나갔다.

1월 4일 아침 작업 1조는 여느 때와 같이 4시 반에 아침식사를 끝내고 어두운 갱 입구까지 내려갔다. 막장에서 석탄을 캐는 동안 도망만 생각했다. 점심시간에 강원범이 순찰하러 내려왔을 때였다.

"가와모토, 어떻게 된 거냐? 힘이 없어 보이는군. 연휴 기분에 아직까지 취해있는 건 아니겠지?"

강원범이 나의 도망계획을 꿰뚫어본 것은 아닌지 두려웠다. 그의 빈정거림에 나는 무난한 말로 응수했다.

오늘 하루만 잘 참으면 모든 것은 끝난다. 도망에 실패해도 성공해도 두 번 다시 이 갱 안에 되돌아오는 일은 없을 것이다. 그렇게 생각하자 등불에 비쳐 반짝반짝 빛나는 석탄의 벽면이나 굵직한 갱목, 한없이 길게 뻗어 있는 레일이 그립게 느껴졌다.

강원범이 가버린 뒤에도 나는 묵묵히 일했다. 오후 5시, 평소보다 일찍 일을 끝내라는 신호가 왔다. 정초인 만큼 단축근무인 모양이었다.

인차를 타고 작업대기소로 올라올 때 갱도 쪽을 뒤돌아봤다. 비스듬히 뚫린 사갱(斜坑)은 지옥의 밑바닥까지 이어질 것처럼 시커먼 입을 벌리고 있었다. 저 땅굴이 1년 2개월 동안 스무 명 가까운 동료의 피와 땀과 눈물과 생명을 집어삼켰다.

처음 이 사갱을 내려가던 날이 떠올랐다. 갱 아래 도착하고 나서도 열 시간 넘게 땅 위로 나올 수 없다는 사실을 생각하면 몸이 떨렸다. 실컷 고함을 지르며 무작정 갱도를 달리고 싶은 충동에 사로잡혔다. 숨쉬기도 괴롭고 호흡할 때마다 공기의 희박함이 느껴졌다. 그러한 공포에 어느새 익숙해졌던 것이다. 그러나 두 번 다시 갱에 돌아오지 않겠다고 결심한 지금, 똑같은 공포가 되살아났다.

바깥은 비가 내리고 있었다. 우산 없이 우리는 훈도시 위에 한텐[23]만 걸친 차림으로 기숙사까지 달렸다. 빗방울이 차가웠다. 머리에 엉겨 붙은 석탄가루가 이마에서 흘러내려 얼굴에 얼룩을 만들었다.

목욕을 마치고 식당에서 저녁식사를 했다. 감시하는 사람은 다키가와 한 사람밖에 없었다. 술 사건 이후 야마모토와는 아직 마주치지 않았다. 그가 없는 날은 노무감독들의 일하는 자세가 달랐다. 사무소에 틀어박힌 채 술판을 벌이고는 시뻘건 얼굴로 순찰을 돌았다. 발걸음도 휘청거렸다.

작업 2조인 김시창은 없었고 나는 시간이 되기만 기다렸다.

10시 순찰 전에 두꺼운 바지와 작업복을 세탁하고 꼭 짜지 않은 채 방 한쪽 구석에 갖다 놨다. 긴소매 셔츠에 바지를 입고 잠자리에 들었다. 이불을 머리까지 푹 뒤집어쓰고 몸을 웅크린 채 순찰자의 발소리를 들었다. 발소리는 한 사람이었다. 나는 10분, 15분쯤을 그대로 있었다. 빗소리만 귀에 따가웠다.

일어나 이불 속에다 김시창의 이불을 둥글게 말아 넣어 사람 모양으로 부풀어 보이게 만들었다. 입구에서 사람이 누워 있는 것처럼 보이는지 확인했다. 맨발로 젖은 작업복을 가슴에 안고 복도로 나갔다. 도중에 누군가 만나면 빨래 너는 것을 잊었다고 변명할 작정이었다.

목욕탕 옆 세탁장까지 누구와도 만나지 않고 빠져나와 천천히 어둠 속으로 몸을 숨겼다. 노무사무소 2층에 불이 켜져 있었다. 안마당은 그 불빛으로 어렴풋이 윤곽이 보였을 뿐이다. 빗줄기가 지면에 부서져 흩어지고 곳곳에 물웅덩이가 생겼다.

---

[23] 작업할 때 입는 짧은 겉옷. 방한복으로도 입음.

목욕탕 벽을 따라 뒤쪽으로 돌아갔다. 3미터 가까운 담장이 기숙사 주변을 에워싸고 있었지만 한 곳만 판자가 3센티 정도 돌출되어 있었다. 뭔가 걸쳐놓으려면 그곳밖에 없다는 것을 나는 알고 있었다.

손에 든 목면 바지를 20센티 폭의 판자 돌기에 걸치려고 했다. 몇 번 실패한 후 드디어 허벅지 부분이 걸렸다. 그러나 체중을 싣고 잡아당기자 어이없이 흘러내렸다.

이번에는 윗도리를 펼쳐 비에 흠뻑 적셨다. 밧줄을 던지듯 던졌더니 목 언저리에서 등판 쪽이 판자 돌기에 얹혔다. 세 번 만에 성공했다. 이번에는 강하게 잡아당겨도 버텨주었다.

젖은 바지를 담장에 던져 놓고 윗옷을 밧줄삼아 매달렸다. 작업복은 삐걱거리는 소리를 내면서도 내 체중을 받쳐줬다. 판자벽에 손이 닿자 판자 돌기를 끌어안듯 해서 몸을 끌어올렸고, 발을 담장 위에 걸쳤다. 이어서 바지와 윗옷을 담장 밖으로 떨어뜨리고 나도 담장 바깥쪽에 매달렸다. 땅바닥에 깔린 옷 위로 뛰어내렸다. 둔탁한 소리가 났다. 흙구덩이에 몸을 숨기고 주위의 어둠을 살폈다. 담장 안쪽에 사람이 움직이는 기색은 없었다.

안도의 숨을 내쉬고 일어섰을 때였다. 등 뒤에서 누가 이름을 불렀다. 어슴푸레한 어둠 속에서 히로타가 웃고 있었다.

"순찰을 도는데 무슨 소리가 나기에 엎드려 기다리고 있었다. 설마 너일 줄은…."

히로타가 접은 우산을 내게 향한 채 한 발 한 발 다가오는 것과 내가 몸을 날린 것은 동시였다. 내가 양손으로 목을 누르는 순간 히로타는 쨱, 하고 새 같은 소리를 내질렀다. 내 어깨 높이밖에 안 되는 그의 머리를 들어 올리면서 양손에 힘을 주었다. 히로타의 몸에 점차 힘이 빠지는 것을 느꼈다.

나는 말뚝을 잡고 있는 기분으로 그의 목을 계속 조였다. 10분, 아니 15분쯤 지났을까. 눈에 들어오는 빗방울을 몇 번이나 눈을 감아 떨어냈다. 입을 크게 벌리고 계속 숨을 헐떡이면서, 비로소 내가 사람을 죽였다는 사실을 실감했다.

사체를 바닥에 눕히고 묻을 곳을 찾았다. 기숙사 옆 둔덕에 자재를 쌓아두는 곳이 있었다. 교와료 건물을 급하게 지을 때 나온 나무뿌리나 남은 목재가 방치되어 있었다. 나는 푸슬푸슬한 땅을 찾아내 널빤지 쪼가리로 사람을 묻을 만한 깊이로 구덩이를 팠다.

발자국이 남지 않도록 조심하면서 히로타를 업어서 구덩이까지 옮겼다. 얼굴이 위로 향하게 구덩이에 눕히고 얼굴 위에 작업복을 씌웠다. 머리 쪽부터 조심스럽게 흙을 덮어갔다. 발쪽 깊이가 충분하지 않아 다시 10센티 정도 더 팠다. 그의 우산도 함께 묻었다. 매장을 완전히 끝내자 갑자기 한기가 느껴졌다. 얇은 셔츠와 바지가 비에 흠뻑 젖어 피부에 달라붙었다. 흙 고르기를 한 뒤 대여섯 장의 헌 자재를 덮자 땅을 파고 묻은 흔적은 찾아볼 수 없게 되었다.

어둠 속에서 저 멀리 아득하게 불빛이 비치는 시내를 기준삼아 산이 있는 방향을 가늠했다. 사람을 죽이고 나니 묘하게 배짱이 생겼다. 길을 따라 걷는 것은 피하고 논두렁이나 밭두렁 길을 종종걸음으로 내달았다. 10분 정도 달렸을 때 발꿈치에 날카로운 통증을 느꼈다. 유리조각인지 사기조각이 피부를 뚫고 들어와 살을 찌른 통증이었다. 고인 물에 오른발을 씻고 보니 2센티 길이로 쩍 벌어진 상처가 뜨거운 피를 뿜어내고 있었다. 작업복을 버리고 온 일을 후회했다. 옷을 찢어서 붕대로 쓸 수 있었을 텐데 말이다. 맨발 뒤꿈치를 땅에 디딜 때마다 아팠다. 깨금발을 한 채 한쪽 발을 질질 끌면서 달렸다.

　달리는 방향이 맞는지 틀린지, 자신이 없었다. 오로지 한시라도 빨리 탄광에서 멀어지고 싶은 일념뿐이었다. 숨이 턱에 닿고 다리가 말을 듣지 않았으나 쉬지 않고 달렸다.

　앞쪽에 대나무 덤불 같은 어두운 장소가 보였고 그쪽으로 다가가자 강이 가로 막았다. 전에 아리랑 마을을 찾아갈 때 아이들이 물고기를 잡던 그 강이 틀림없었다. 나는 강둑을 따라 하류 쪽으로 걸으면서 다리를 찾았다. 강둑은 대나무 덤불이 있는 중간에 끊겼고 도로와 합류했다. 조금 더 내려가면 아리랑 마을 아이들에게 말을 건넸던 다리가 나올 것이라고 생각했다.

　방향이 맞았다는 것을 알고 방심했던 탓일까. 다리 앞에 선 순간까지 몇 미터 앞에 우산 쓴 두 사람이 다가오는 인기척을 눈치 채지 못했다. 그 자리에 섰다. 앞으로 나아갈까, 뒤로 돌아 숨어야 할까 망설였다. 흠뻑 적은 맨발의 남자가 수상하지 않을 리 없었다. 나는 순간적으로 방향을 바꾸어 논두렁길 쪽으로 뒷걸음질 쳤다.

　"이봐, 기다리지 못해."

　어둠을 뚫고 목소리가 들렸다. 탄광에서 들은 노무감독들의 위압적인 말투와 썩 닮은 데가 있었다. 나는 반사적으로 달리기 시작했다. 달아나는 방향으로 발걸음 소리가 따라왔다. 속도를 냈다. 그러나 피로에 절고 추위에 언 다리는 부자유스러워서 마음껏 달릴 수 없었다. 몇 번이나 푹 꼬꾸라질 뻔했다.

　왼쪽은 강에 가로막혔고 달리는 방향은 제한되어 있었다. 나는 대나무 덤불을 따라 달렸다. 두 남자는 소리를 지르면서 쫓아왔다. 대나무 덤불 속으로 뛰어들었다. 강을 바라보니 어두운 아래쪽으로 깊은 물살이 흘렀다. 비로 물이 불어나 있었다. 소리를 죽인 채 물 속으로 잠수하고 그대로 물 흐름에 몸을 맡겼다. 차가운 냉기가 몸을 죄어왔다.

강폭은 5, 6미터, 양쪽 강둑에 대나무 덤불이 병풍처럼 가로막았다. 남자들의 당황한 목소리가 대나무 덤불 저편에서 교차하고 있었다. 숨을 죽이고 강물을 따라 흘러갔다. 이윽고 남자들의 소리가 더 이상 들리지 않았다. 순간 나는 고향의 강에 있다는 착각에 사로잡혔다. 산림 감시원과 마주칠 것 같은 밤에는, 역시 얼음같이 차가운 강물을 건너 땔감을 구하러 산에 가곤 했다.

50미터 정도 내려와 맞은 편 강둑에 올라갔다. 젖은 채 강과 수직으로 밭 가운데를 달렸다. 뒤돌아봐도 빗줄기 저편에는 어둠이 가로놓여 있을 뿐 사람의 그림자는 보이지 않았다. 산기슭에 불빛이 보일 때까지 달리고 또 달렸다.

와본 적이 있는 길에 나왔을 때는 더 이상 발이 움직이지 않았다. 20여 호가 모여 사는 마을에 불이 켜져 있는 집은 서너 채였다. 개울 같은 물이 흘러내리는 비탈길을 엉금엉금 기어서 올라갔다. 몇 집을 지나서 전에 신세졌던 할머니 식당까지 갔다. 판자문 사이로 희미한 불빛이 새어 나왔다. 문을 두드리고 할머니를 불렀다.

"안녕하세요."

목소리가 갈라졌다. 전신이 동태처럼 얼어 감각이 없고 이가 덜덜 떨렸다.

몇 번 소리치자 안에서 소리가 났다. 촛불을 든 할머니를 보고 나는 이제 살았다고 생각했다.

"어찌 된 게야? 몽땅 젖은 데다 맨발 아닌가."

할머니는 촛불을 내 얼굴부터 발끝까지 비추고 살펴봤다.

"탄광에서 도망쳐 왔습니다."

"도중에 누구 만나지 않았지?"

할머니는 놀라 안색이 변했고 재빨리 나를 안으로 들어오게 했다.

"다리 바로 앞에서 두 사람과 마주쳐 한참 쫓겼습니다. 강물에 뛰어들어 겨우 도망쳐 온 겁니다."

나는 덜덜 떨면서 말했다.

"그랬구먼. 아마 오리오 경찰서 특별고등계 아니면 형사들일 거야. 아리랑 마을을 특히 점찍고 이번 정월에는 내내 감시하고 있어. 일본에 흩어져 사는 동포 활동가들이 정월 무렵에는 이곳으로 되돌아올 거라고 눈을 번득이고 있지만, 뜻대로는 잘 안 될 걸. 이제 염려 없어, 그놈들에게 넘겨주거나 그러지 않아. 빨리 옷부터 벗으라구."

내가 망설이자 할머니는 누런 이를 드러내며 웃었다.

"자넨 날 여자로 생각하고 부끄러운가본데. 그래 옛날에는 여자였지. 우리 옛 민요에 이런 가락이 나와. 이 내 손은 문고리인가, 이놈도 잡고 저놈도 잡네, 이 내 입술은 술잔인가, 이놈도 빨고 저놈도 빠네, 하는데. 하하, 그러나 난 이미 여자는 졸업했어. 그 젖은 옷, 빨리 벗지 않으면 감기 들어."

셔츠와 바지를 벗고 있는 사이에 할머니는 입구의 문에 빗장을 지르고 안에서 수건과 갈아입을 옷을 가지고 왔다.

할머니는 알몸이 된 나를 수건으로 닦아주셨다. 머리 쪽에 손이 닿지 않자 나를 앉히고 물에 짠 수건을 머리와 목덜미에 문질렀다.

"지금 더운 물을 끓이니까 그때까지는 할아범의 양복을 입고 아궁이 앞에 앉아 있어. 뭐 따뜻한 국물이라도 만들어줄 테니."

불을 피우더니 할머니는 나를 아궁이 앞에 앉혔다. 함지에 떠온 물로 발에 묻은 진흙을 씻어주고 조리[24]를 내줬다.

"이건 찢어진 상처를 소독하는 데는 그만이지."

할머니는 병에서 점토 같은 것을 꺼내 발에 난 상처에 바르고 그 위를 헝겊으로 처매주셨다. 불 앞에 있으니 쇳덩이처럼 곱았던 몸이 풀리고 생기가 돌아왔다. 끓는 냄비에 할머니는 한 움큼 마른 생선을 넣었다. 무와 무청을 썰어 넣고 끓이다가 된장을 풀자 그리운 내음이 진하게 코를 자극했다. 할머니는 남은 보리밥을 선반에서 꺼내 찌개에 넣었다. 냄비를 불에서 내려 수저와 함께 내 앞에 내놓으셨다.

"먹어둬. 속이 풀릴 거야."

촛불 저편에서 할머니는 흐뭇한 표정으로 앉아 계셨다. 민물 생선과 야채가 담뿍 든 진짜 된장찌개였다.

"다 먹어야 된다."

첫 숟가락을 입에 넣었다. 틀림없는 조선의 맛이었다. 숨 쉴 새도 없이 숟가락을 계속 입으로 가져갔다.

"정말 배가 고팠구먼."

할머니의 이런 말씀을 듣자 눈물이 쏟아졌다. 정신없이 냄비 바닥에 남은 국물을 마지막 한 방울까지 마셨다.

"몸이 따스워지면 자는 것도 좋아. 이런 땐 모든 걸 잊어버리고 푹 자는 거야. 자네같이 젊은 사람은 이삼 일 지나면 완전히 원기가 회복될 게야."

할머니는 일어서서 이불을 꺼내기 시작했다.

"우리 영감은 한동안 집에 돌아오지 않을 테니까 이불도 옷도 염려

---

24) 조리(草履) : 일본 짚신 슬리퍼.

말고 쓰라고."

"할아버지가 안 계십니까?"

나는 겨우 제 정신이 돌아와 할머니에게 여쭈었다.

"두령[25] 눈에 들어서, 사방에 다니며 일해. 다치아라이(太刀洗) 공군비행장이나 구루메(久留米) 사단 건축 공사장에도 가고. 지금은 사세보(佐世保) 항만공사 현장에 가 있어. 지금 일본은 조선인 노동자가 없으면 아무것도 할 수 없어. 네가 있던 탄광도 그럴 거야. 그것을 일본인들은 몰라. 갱부들이 모두 굴속에 들어가지 않겠다고 선언해봐. 새파랗게 질릴 사람은 탄광주만이 아니야. 군대도 곤란하지. 석탄이 나오지 않으면 군함도 철도도 움직이지 못해. 그것도 모르고 말이야. 일본인들이란 정말, 철면피 같은 것도 정도껏이지…, 어럽쇼, 말하다 보니 험구가 되어 버렸네. 입만 열면 나도 일본 사람 욕을 하게 돼. 푸념하지 않으려고 하는데 이렇게 되는구먼. 미안해. 나는 마루에서 잘 테니까 염려하지 마. 밤에 덮칠 기운도 없는 할매니까."

할머니는 웃었다.

다다미방과 마루 사이에 칸막이가 없었다. 할머니가 베개 머리맡에 있는 촛불을 끈 자 주변은 칠흑같이 어두워졌고 지붕을 두드리는 빗소리만 들려왔다.

"이렇게 모르는 남자와 함께 한방에서 자는 것이 몇십 년 만일까. 내일이면 온 동네 소문이 나겠네."

할머니는 나를 놀리듯 농담을 하셨다. 대답할 말이 없는 나는 어둠 속에서 눈을 크게 떴으나 그래도 뭔가 만족스러운 기분이 들었다.

---

[25] 사설 노무조직의 우두머리로, 공사를 청부받아 노동자 합숙소인 함바를 짓고 숙식을 제공하며 공사현장을 감독한다.

"넌 아직 여자를 모르지?"

나는 어둠 속에서 얼굴을 붉혔다. 탄광에서 일하는 동안 여자 생각 같은 것은 몽상조차 해본 적이 없었다. 오로지 먹고 자는 일에 골몰했을 뿐이다.

"넌 여자들이 좋아할 거야. 네게 반한 여자는 오로지 너에게만 일편단심이겠지. 남자로 태어나 그 이상의 행복은 없지."

할머니가 그저 놀리는 건지, 종잡기 어려운 이야기를 들으면서 나는 사람을 죽이고 내가 탄광을 탈주했다는 사실을 실감했다. 이제 무슨 일이 있어도 그 지옥에는 돌아가지 않겠다. 고향에 돌아가는 날까지, 어떻게 해서라도 살아남겠다. 수마가 몰려오는 가운데 그렇게 스스로 다짐했다.

다음 날 아침 빗소리에 잠이 깼다. 마루에 할머니는 안 계셨다. 그 대신 찌개 냄새가 온 집안에 가득 찼다.

"잘 잤누?"

토방에서 할머니 목소리가 들렸다.

"잘 잤어요. 지금 몇 시예요?"

"9시야."

"죄송합니다. 늦잠을 자서."

나는 몸을 일으켰지만 온몸의 근육이 뻐걱거리듯 쑤셨다.

"오늘은 하루 종일 자거라. 바깥에는 비가 내린다. 맛있는 음식 만들고 있으니까 다 되면 알려줄게. 그 전에 상처를 치료하자꾸나."

할머니는 내게 오른발을 내밀게 하고 뜨거운 물수건으로 상처를 닦았다. 어젯밤과는 다른 걸쭉한 약초즙 같은 것을 상처에 문질렀다. 신기하게 통증이 사라졌다.

"지난밤에는 가위눌린 것 같던데. 깨울까 하다가 꿈에서 괴로우면 그만큼 생시의 고통이 줄어든다고 하니까, 그냥 뒀다."

꿈은 아직 생생했다.

꿈속에서 나는 죽어 있었다. 기숙사 담장을 타 넘으려고 했을 때 담장 밑동이 썩었던지 큰 소리를 내며 무너져 내렸다. 개의치 않고 달려가는데 뒤에서 대여섯 명의 남자들이 쫓아왔다. 나는 논 가운데로 도망갔다. 그러나 5분도 못 가 강이 앞을 가로막았다. 뛰어들 수밖에 없었다. 탁류에 몸을 담갔다.

강가에서 일본말이 들려왔다. 나는 숨을 가득 들이쉬고 깊이 잠수했다. 흐름을 타고 떠내려갔다. 물속은 암흑이었다.

갱도 같은 곳으로 나왔을 때 숨 막힘이 사라졌다. 또 탄광인가, 하며 낙담했다. 인차와 탄차가 움직이고 있었다. 레일이 검게 빛났다. 허우적거리며 출구를 찾았다.

폐광 동굴을 발견해 들어가자 위쪽이 희미하게 환했다. 그곳을 향해 헤엄쳤다. 겨우 수면에 얼굴을 내민 나를, 누군가가 끌어올려 주었다.

누워 있는 마루방은 어딘가 기억이 있었다. 그곳이 노무사무소 2층이라는 것을 안 것은 눈앞에 야마모토가 앉아 있었기 때문이다. 히죽히죽 웃으면서 한마디도 지껄이지 않았다. 방 한구석에 빨간 둥글고 기다란 물체가 몇 개 뒹굴고 있었다. 자세히 보니 그것은 사람의 몸뚱이였다.

강원범이 죽은 남자의 얼굴을 한 명씩 내가 있는 쪽으로 돌렸다. 처음은 조종호였다. 그리고 이효석, 다음은 김동인 씨의 부어오른 얼굴이었다. 차마 바로 볼 수 없어 눈을 감았다. 마지막으로 나 자신이 만세를 부르는 형상으로 천장에 매달렸을 때, 나는 죽음을 각오했다.

　대나무 몽둥이가 가슴이고 등이고 가차 없이 내리쳤다. 눈물이 흘렀다. 의식이 점점 가물거렸다. 혼이라도 고향에 가자고 생각한 나는 빨리 죽기를 바랐다. 통증이 전기충격처럼 엄습해올 때마다 나는 내 혼을 육신에서 떼어놓으려고 했다. 혼뿐이라면, 더 이상 통증을 느끼지 않고 가볍게 비상할 수 있으니, 조용히 고향에 돌아가 부모님 곁에 쉬고 싶었다. 그러나 내 혼은 언제까지고 육신 안에 머물러 있었다. 고통도 사라지지 않았고, 나는 매질을 당할 때마다 계속 비명을 질렀다.

"지난 해 네가 여기 왔을 때 친구랑 셋이 함께 왔었지. 그 친구들은 함께 도망오지 않았나?"

　부엌 쪽에서 할머니가 물으셨다.

"두 사람 다 죽었습니다."

"죽었다고?"

"둘 중 마른 사람⋯ 이효석은, 그날 여기서 돌아가는 도중 도망쳤습니다. 밤중에 기차역에서 붙잡혀 기숙사에 끌려와 노무감독들에게 쥐 잡듯 뭇매질을 당했지요. 새벽이 되자 정신이 이상해졌고 감독 놈들한테 끌려가 사라졌는데, 미쳐서 죽었다고 하더군요. 덩치가 큰 쪽인 조종호는 작년 여름 도망계획을 발각당해 고문을 받고 제 눈앞에서 숨을 거두었습니다. 저도 그 계획에 가담했지만⋯ 주모자였던 조종호와 다른 한 사람을 집중적으로 때려죽인 겁니다."

"그랬구먼."

　할머니는 한숨을 쉬었다.

"좋은 젊은이들이었는데. 모두 부모가 살아계시겠지. 얼마나 슬퍼하실까. 나는 상상이 되는구먼. … 자넨 운이 좋았어. 이제부터 두 사람 몫까지 살지 않으면 안 된다. 민족을 위해 진력을 다 해야 해."

낮은 밥상에 찌개냄비를 올려놓으면서 할머니가 말씀하신 '민족'이라는 말은, 가시처럼 깊숙하게 내 내면을 찔렀다. 나는 그 의미를 완전히 이해하지는 못했지만 혼에 버금가게 중요한 것이라는 사실만은 감지했다. 그것은 숨이 끊어질 듯 말 듯 가로누워 있는, 거대한 생물처럼 느껴지기도 했다.

"우리는 나라를 도둑맞았지만 언젠가 되찾을 날이 올 거야. 조선민족은 이대로 주저앉지는 않아. 누가 침을 뱉어도 구두로 짓밟아도, 흙탕물을 억지로 마시게 해도 사라지는 일은 없어."

내가 찌개를 맛있게 먹는 모습을 바라보며 할머니는 말씀하셨다.

보리밥을 세 그릇이나 먹고 몸이 노곤해져서 다시 누웠다.

정신을 차리자 나는 탄광의 수레에 타고 있었다. 내 옆에는 아무도 없었고 앞뒤로 갱부들이 내게 등을 돌리고 앉아 있었다. 그 사이에 수레는 덜컹거리며 움직이기 시작했고 곧 아래로 내달렸다. 사갱이 전방에 시커먼 입을 벌리고 있었다. 나는 소리를 질렀다. 이제 두 번 다시 들어가지 않겠다고 맹세한 갱 바닥이었다.

속도가 빨라지고 슉, 하는 기계음이 귀를 찔렀다. 평소보다 두세 배의 속도에 나는 일어서려고 했다. 그러나 몸은 쇠붙이처럼 굳어져 꼼짝도 하지 않았다.

연결기가 빠졌다고 누군가가 고함쳤다. 인차는 가속도를 받고 아래로 떨어졌다. 모퉁이를 돌 때 제대로 구부러지지 않아 갱 벽에 격돌하는 광경이 떠올랐다. 1초, 2초가 지나자 몸이 급하게 가라앉았다. 처음 굉음을 들은 순간 나는 공포에 휩싸여 있는 대로 소리를 질렀다.

잠이 깨보니 나는 거친 숨을 몰아쉬면서 가슴을 마구 쥐어뜯고 있었다. 그 후에는 좀처럼 잠이 오지 않았고 꾸벅꾸벅 졸면서 지붕을 때리는 빗소리를 셌다. 창에서 들어오는 빛이 어둑어둑해질 무렵 할머니가 돌아오셨다.

"오리오 경찰서 형사가 아랫집에 와 있는 것 같아. 아무도 네가 여기 온 걸 모르니 다행이지. 형사는 마을 안까지는 들어오지 않아. 여기 발을 들여놓기가 무서운가 봐. 자, 밤이 되면 여기를 나가는 거야. 아래 황 씨에게 안내를 받으면 된다. 아시야까지 30리 길이야. 거기 도착하면 더 이상 염려할 필요가 없어."

오후에 비가 이슬비로 변했다. 절대 바깥으로 나가지 말고 누가 와도 대답하지 말라고 당부한 후, 할머니는 다시 외출했다.

나는 따뜻한 이불 속에서 몸을 뻗었다. 저녁때부터 일하러 갈 걱정도 없이 그저 잠만 잘 수 있다는 사실이 기뻤다. 기숙사에서는 토막잠밖에 잘 수 없고, 일어나면 갱내 노동이 기다리고 있다고 생각하면 후반은 언제나 공포에 질려, 그나마도 제대로 자지 못했다. 밤중에 지뢰밭을 걸어가는 것처럼, 한시도 마음 놓고 잘 수 없었다.

하지만 지금은 달랐다. 내일 무슨 일이 생길지는 모른다. 그러나 새벽 어두울 때부터 땅 속 깊은 갱도에 들어가 강제 노역을 하는 것과 비교하면 땅 위에서 하는 일은 아무리 괴로워도 참을 수 있을 것 같았다.

불기가 없는 집안에서 이불을 덮고 누워 통나무로 엮은 천장을 바라봤다. 집 구조는 어딘가 조선의 농가를 연상시켰다. 다다미와 일본풍의 식기 선반이 있긴 하지만 부엌의 아궁이 배치나 여러 개 있는 김칫

독은 그리운 고향의 광경이었다.
 나는 얼마간은 꾸벅꾸벅 졸고, 또 얼마간은 그리운 정취를 느끼면서 온 집안을 둘러봤다. 뒷문으로 할머니가 돌아온 것을 알아차렸을 때, 바깥은 완전히 캄캄해진 뒤였다.
 "비는 그쳤어. 저녁밥을 먹고 나면 황 씨 집에 데려다 줄 테니, 그렇게 알고 있으라구."
 할머니는 아궁이 불을 때고 밥을 짓기 시작하셨다. 일이 어느 정도 끝나자 할머니는 안쪽 방에 들어가 스웨터와 외투를 꺼내 오셨다.
 "이 옷 입고 가거라. 밤에는 꽤 추우니까."
 "할아버님 옷이 아닙니까?"
 나는 사양했다.
 "괜찮아. 할아버지는 봄까지는 돌아오지 않을 테니까 네가 입는 것이 좋지. 봄에 따뜻해지고 나서 맘이 내키면, 돌려주러 와."
 할머니는 내가 스웨터에 팔을 끼는 것을 신이 나서 도와주셨다. 키가 큰 내게는 소매가 짧고 등 길이도 배꼽까지밖에 안 왔지만, 갈색 외투와 함께 겹쳐 입자 방한복으로는 훌륭했다.
 "할아범 구두는 네게 맞지 않을 테니까, 큰 것으로 사왔어."
 할머니는 신문지에 싼 지카다비 작업화를 꺼냈다.
 "새것이 아니어서 미안하구나."
 확실히 누군가 오래 신었던 구두로 접히는 부분이 찢어져 있었지만, 내 발에 꼭 맞았다.
 빌린 스웨터와 외투, 작업화를 나는 끝내 돌려드리지 못했다. 지카다비는 그 후 일할 때 없어서는 안 될 필수품이 되었고 바닥이 해져도 끈으로 묶어서 계속 신었다. 옷은 봄이 와서 필요가 없게 되자 팔아 버렸다.

　마지막 식사로 할머니는 쇠고기 곱창요리를 만들어 주셨다. 파와 무를 넣은 곱창국물은 어머니가 언젠가 어릴 때 만들어주신 것과 조금도 다르지 않은 맛이었다. 보리밥을 세 그릇이나 먹었다.

"이렇게 맛있는 밥은 난생 처음입니다."

　정말 솔직한 심정이었다.

"재료가 있으면 좀더 맛있는 음식을 만들어 주겠지만, 겨울이라서 아무것도 없기도 하지만 전쟁 중이니 음식불평을 할 때가 아니야. 그래도 네게 맛있는 건, 탄광에서 변변한 음식을 못 먹어서일 거야."

　할머니는 겸손하게 말씀하셨다.

"이렇게 신세졌어도 아무런 사례를 못합니다."

"사례라니 무슨 그런 말을 하나. 사례는 무슨, 어려울 때 서로 돕는 거지. 고향에 돌아가면 오늘 못한 답례 대신 어머니께 효도해 드리면 돼."

　할머니는 남은 보리밥으로 만든 주먹밥을 비비추 잎사귀에 싸서 내게 건네 주셨다.

　밝은 달빛이 마을의 윤곽을 부드럽고 뚜렷하게 떠오르게 했다. 할머니 뒤를 따라 좁은 길을 내려가 마을에서 조금 떨어진 조그만 집 앞에 섰다. 할머니가 문을 두드리며 주인을 부르자 판자문이 살짝 열렸다.

"아까 이야기한 동포 총각이야."

　할머니는 집안의 남자에게 말하고 나를 문간에 밀어 넣었다.

"그럼, 건강해라."

　할머니의 주름투성이 얼굴이 판자문 저편에서 웃었다. 나는 "감사합니다"라는 말밖에 못했다. 할머니 쪽에서 먼저 문을 닫았다.

옆에 있던 남자는 이미 안으로 들어간 뒤였다.

"거기 앉아 기다려라."

마루에 둘러앉은 네 명의 남자 가운데 한 사람이 내게 명령했다. 마루 끝에 앉아 그들의 이야기가 끝나기를 꼼짝 않고 기다렸다. 등을 돌리고 있어 얼굴은 보이지 않았다. 다만 낮은 우리말 소리가 들려왔다.

"일본의 패전은 시간문제다. 동남아 전투에서 연전연승한다는 것은 새빨간 거짓말이야."

확신에 차서 한 사람이 보고했다.

"문제는 패색이 짙어질 때 군부나 민간인이 이성을 잃고 만행을 저지르지 않을까 하는 점이다. 관동대지진이 좋은 예이다. 천재지변으로 집이 불탄 것을 조선인이 불을 질렀다고 소문을 퍼뜨리고 그 다음에는 우리 조선인이 공격해 온다고 말도 안 되는 거짓말을 퍼뜨렸다. 평소 자기들이 조선인을 괴롭힌 걸 아니까, 이 기회에 복수를 당할 거라고 굳게 믿은 결과였지. 각지에서 조선인이 습격당하고 불문곡직하고 학살당했다. 이 전철만은 밟아선 안 된다."

일본의 패전은 물론이고 그 후의 사태까지 예견해서 의논하는 대담함에 나는 침을 삼켰다.

"그렇기 때문에 지금보다 더욱 동포들을 단결시키지 않으면 안 된다. 각 지구별로 조직화해서 상황에 맞는 정확한 정보를 주고받도록."

지도자로 보이는 남자가 말했다.

"일본인의 앞잡이가 된 협화회[26] 일당에게도 넌지시 일본의 패망을 귀띔해 주는 게 좋겠다. 그러면 자기들이 위험하다는 정도는 알 테고

---

26) 협화회(協和會) : 1938년 일본내무성이 재일조선인을 통제하기 위해 결성한 관제단체로 신분증인 회원수첩을 발급 휴대를 의무화해 노동자를 통제함.

최소한 경거망동은 하지 않겠지. 표면적으로는 일본인에게 아첨하더라도 내부적으로는 조선독립을 위해 협력할 것이다."

나머지 세 사람도 그 의견에 동조하는 것 같았다. 같은 목소리가 다시 이어졌다.

"각지에서 하는 파괴공작은 너무 크게 하지 않도록 이미 전달이 됐을 거다. 다리나 제방의 폭파는 군국주의를 조금이라도 약화시키기 위해 결행한 실력행사였지만, 이제 그렇게까지 할 필요는 없는 상황이지. 오히려 관리들이 궁지에 몰리면 광기로 치달을지도 몰라. 실력행사는 민족독립조직이 건재하다는 인상을 동포들에게 심어 주는 정도로 충분하다. 그것보다도 각 노동현장에서 태업[27]을 일으키는 쪽이 유효할지도 모른다. 우리가 열심히 일하면 일할수록 일본의 군국주의를 지원하는 꼴이 되니까. 탄광에서 일하는 동포가 10의 생산량을 9로만 낮춰도 그 저하된 생산량만큼 대자본과 군대에 타격을 줄 수 있다."

낮은 음성이 막힘없이 내쏟는 변설을 다른 세 사람은 복종하는 듯이 듣고 있었다.

나는 써늘한 통로에서 언제까지 기다려야 하는지도 모른 채 불안한 심정으로 계속 앉아 있었다.

"저 사람도 안으로 들어오게 하는 게 어떨까? 설마 배신할 사람은 아닐 텐데."

지도자로 보이는 동포의 배려로 나는 방에 불려 들어갔다. 마루 가운데 화로가 하나 있고 네 사람이 그 주위에 책상다리를 하고 앉아 있었다.

---

[27] 태업(怠業, sabotage) : 일부러 태만하게 빈둥거리며 일해 생산성을 낮추는 노동쟁의의 한 방법.

"다카쓰지 탄광에서 일하던 하시근입니다."

자기소개를 하고 방 한구석에 앉았다.

"당신 언젠가 이 마을에 왔던 사람 아닌가?"

왼쪽에 있던 얼굴이 하얀 동포가 붙임성 있는 음성으로 말을 걸어왔다. 전번에 할머니 식당에서 보았던 얼굴이다. 그가 설명했다.

"저 사람, 강제징용당해 다카쓰지에 끌려왔다고 합니다."

지도자인 남자가 내게 물었다.

"도망쳐 왔나?"

"네. 모르는 지방으로 도망쳤다가는 붙잡힐 것 같아서 이 마을로 왔습니다."

"그건 잘했다. 여기까지 왔으면 이제 앞으로의 일은 우리가 알아서 하지. 이후의 일은 황 씨에게 맡기면 된다."

황 씨라고 불린 동포는 아까 문을 열어준 사람으로, 무뚝뚝한 얼굴로 나를 찬찬히 살펴봤다.

"다카쓰지라고 하면 작년에 파업을 일으켰던 탄광이지?"

지도자인 동포가 내게 질문을 던졌다. 우리말에는 사투리가 섞여 있지 않았다.

"네. 불과 반나절이었지만요."

"하지만 결국 흐지부지되었지. 주동자가 노무감독의 감언이설에 넘어갔기 때문이다."

"… 어떻게 알고 계십니까?"

"각지에 잠입한 동지로부터 우리 본부로 연락이 들어온다."

"그러면 우리 기숙사에도 동지가 있습니까?"

내 질문에 상대방은 엄숙하게 고개를 끄덕였다.

"그러면 왜 김동인 씨와 양기표를 도와주지 않았습니까?"

"서툴게 움직였다가 정체가 탄로 나면 그것으로 끝이니까."

"그때 탄광측이 우리와의 약속을 휴지조각 취급하고 저버린 탓에 김동인 씨가 책임을 느끼고 자살했습니다."

"그러니까 초심자는 곤란하다는 거다. 다른 탄광도 그 후 노무감독자들의 대처가 교묘해졌단 말이다."

나는 김동인 씨가 목숨을 걸고 이끌었던 파업행위가 가볍게 평가되자 울컥했다.

"그래도, 모두가 아리랑을 불렀습니다."

내 반론은 초점을 벗어난 것으로 받아들여진 것 같았다. 그러나 나는 작심하고 말을 이어갔다.

"아까 탄광 노무에 관해서 말할 때 날림으로 일해 저항하자고 말씀하셨습니다만, 실제로는 빈둥거리거나 꾀를 피우면 노동자들은 더욱 고통스러워집니다. 생산량이 목표에 미달하면 15시간 노동이 18시간이 되고 지상에서의 휴식시간이 더욱 줄어들지요. 때문에 갱에서 열심히 생산목표를 달성하는 쪽이 낫습니다."

"그것이 바로 저들이 노리는 것이며, 자네의 맹점이다."

황 씨의 옆에 앉은 동포가 나에게 훈계하듯 말했다.

"그게 나아가 일본의 군국주의를 지탱하는 힘으로 연결된다."

"하지만 그렇게 계획대로 되는 게 아닙니다. 조금이라도 농땡이 치는 것이 감독자에게 발각되면 반죽음을 당합니다. 들키지 않는다 하더라도, 느슨한 기분으로 일하면 낙반사고로 이어지기 쉽습니다. 갱에 있을 때는 일사불란하게 일하는 것이, 자기 몸을 위하는 겁니다."

내가 고집스럽게 대답하자 상대방은 말이 통하지 않아 답답하다는 표정을 지었다.

　탄광 일을 해보지 않은 사람은 모른다. 나는 동포의 가늘고 긴 손가락을 바라보면서 생각했다. 탄광에서 일하는 것은, 매일 지옥에 내려가는 것과 같다. 건물 안에서 일한다 해도 창문을 열면 하늘이 보인다. 땅 위에서 하는 어떤 일이라도 머리 위에는 태양이 빛나고 바람이 불어오지 않는가. 탄광에는 태양도 바람도 비도 없다. 공기조차도 고여 있다. 겨울에도 지열 때문에 땀이 솟고 지하수가 나오는 막장에서는 허리까지 물이 찬다. 탄차의 폭주, 분진폭발, 낙반의 공포가 늘 따라다닌다. 출구를 막으면 막장은 그대로 거대한 관(棺)이 된다.

　게다가 우리 광부들은 먹는 것도 변변치 않고 휴가도 없고 임금도 정해지지 않았다. 자유를 박탈당한 채 장시간 노동을 하는 것이다. 탄광 이상의 지옥이 있다면 가르쳐달라고 말하고 싶었다.

　"황 씨, 오늘 밤은 이 정도 하고 돌아가도 좋다. 너무 늦어지면 저쪽도 곤란할 테니까."

　나는 황 씨의 손짓에 따라 일어서서 꾸벅 인사를 했다.

　황 씨는 문을 나서기 전에 눈과 입만 뚫린 털실로 짠 두건을 푹 뒤집어썼다. 그리고는 달빛을 의지해 빠른 걸음으로 걸었다. 나는 황 씨에게 뒤처지지 않으려고 힘껏 걸었다. 길은 산자락을 따라 조금씩 낮은 데로 이어졌다.

　"거기 모인 사람들은 모두 아리랑 마을 사람들입니까?"

　이윽고 길이 평평해졌을 때 황 씨에게 물었다.

　"그런 건 알아서 뭐하게."

　황 씨는 퉁명스레 대답했다.

"자네는 아무것도 모르는 게 좋아. 우리와 만났던 것도 잊어버려. 자네를 위해서야."

한 시간 남짓 걸었을까. 전방에 제방 같은 것이 보이자 제방을 따라 황 씨의 발걸음은 더욱 빨라졌다. 우리는 뛰어오르듯 제방을 넘었다. 건너편에는 그때까지 본 적 없는 큰 강이 옆으로 흘렀다. 제방 아래 버드나무가 무성한 곳에서 멈춰 섰다. 황 씨는 위치를 살펴보더니 마른 갈대 속으로 구두를 신은 채 들어갔다. 나도 무엇인가에 쫓기듯 뒤를 따랐다.

갈대 그늘에 작은 배가 감춰져 있었다. 황 씨는 나를 앞에 태우고 자기는 무릎까지 물에 잠긴 채 배를 밀어냈다. 양쪽 노를 잡고 앉은 자세로 배를 젓는 모습은 한두 번 해본 것 같지 않은 솜씨였다. 배는 작은 물결소리를 내며 검게 빛나는 수면을 미끄러져 갔다.

"온가강이다."

황 씨는 불쑥 말을 꺼냈다.

나는 언젠가 아리랑 마을 남자가 신문지에 그려준 지도에 있던 강을 기억해 냈다. 수많은 탄광 사이를 누비면서 갱부들의 피와 눈물을 모아서 바다로 쏟아 붓는 강이었다.

"조선의 남해 바다로 통하는 강이네요."

"아마도 대충 그렇게 되지."

황 씨의 대답에는 아무런 감회도 깃들지 않았지만 나는 조선반도로 이어지는 바다에 나갈 수 있다고 생각하니 가슴이 뜨거워졌다.

"강 하구 아시야(芦屋)라는 도시에는 비행장도 있고 항구도 있다. 동포들이 모여 있어서 일자리를 얻는 것은 비교적 간단하지. 자네의 경우 협화회 회원수첩이 없기 때문에 말하자면 불법 노동자인 셈인데 그거야 뭐 어떻게 되겠지."

"어떤 일이라도 하겠습니다. 태양이 비치는 작업장이라면 탄광에 비하면 천국입니다."

나는 지푸라기라도 잡고 싶은 심정이었다. 하구의 도시에서 목숨을 부지할 수만 있다면 반드시 고향에 돌아갈 수 있다. 바다만 건너가면 될 테니까.

"자네는 아까 신 씨의 의견에 반대했지."

황 씨 입가에 미소가 떠올랐다.

"탄광이라는 데는 날림으로 일하면 오히려 재난이 자기에게 되돌아온다고 했던가. 나는 탄광 경험은 없지만 알 것 같다. 신 씨는 학벌도 좋고 말도 잘 하지만 땀투성이가 되어 노동을 해본 적이 없기 때문에 늘 그런 식이다. 충청도 양반 출신으로, 도쿄에서 대학을 나왔어. 일본어로 글을 써도 보통 일본인 저리 가라 수준이지."

"저는 배운 게 없어서요."

"배운 게 없으니 몸으로 생각하는 거다. 세상만사는 배운 사람들이 계산하는 대로는 되지 않지. 나도 뭐 배운 것이 없네. 신 씨 말을 듣자면 가끔 반발이 생긴다만, 자네가 말하는 것을 듣고 배운 거 없이도 일리 있는 얘길 한다 싶어 자신감이 생기더군."

"고향이 어디세요?"

"전라도. 아버지가 돈 벌러 일본에 왔다가 3년 후에 누나와 나를 어머니와 함께 부르셨지. 고향은 집도 논도 전부 정리했어. 내가 여덟 살 때였지. 아버지를 따라 이곳저곳 공사현장을 돌았는데, 학교 다닐 여유가 없었어. 아버지는 술을 좋아하셔서 10년 전 도로코 화차 레일 위에 드러누웠다가 도로코에 치여 돌아가셨어. 그 뒤로 열세 살 때부터 노가다 일을 했지."

"… 조선에는 안 돌아가세요?"

"안 가. 가봤자 먹고 살 수가 없으니까."

황 씨는 어두운 수면을 응시하면서 노를 저었다.

"지금은 어떤 일을 하세요?"

나 자신이 어떤 일을 하게 될지 가늠해보기 위해 물었다.

"원래는 넝마주이였어. 고철, 폐지, 헌옷, 누더기 천을 모아 팔지."

황 씨는 자조적인 말투로 말을 이어갔다.

"공사 청부업자 두령이 누나에게 첫눈에 반해 둘이 결혼한 뒤로 나도 내내 매형 밑에서 일했다. 하지만 못해먹겠더라고. 글을 알아서 계산이라도 할 수 있었으면 매형은 나를 장부담당으로 쓰려고 했나 본데, 그렇다고 매형을 등에 업고 현장감독을 하자니 오히려 영 불편해서 말이지. 매형 합숙소를 떠나 다른 함바[28]에서 근무하는 것도 매형 얼굴에 똥칠하는 기분이 들어 넝마주이를 할 수밖에 없더군. 그런데 전쟁이 막바지에 이르니 이제 주워다 팔 것도 없고, 지금은 이 배를 이용해 운수업을 하고 있어. 석탄이나 폐자재를 운반할 때도 있고 사람을 실어 나르기도 하지."

"한편으로는 아까 같은, 독립운동도 하고 계시네요."

"독립운동?"

황 씨는 나를 바라보고 입가에 미소를 띠었다.

"그런 대단한 일을 하는 건 아니야. 신 씨 일파의 심부름꾼이지. 전달사항이 있으면 그것을 동포들 거처로 전해주는 거야. 넝마주이니까

---

28) 공사현장의 노무자 합숙소.

어디를 가든 수상하게 보지 않거든. 게다가 육지보다는 강이 특별고등계나 형사들 눈길이 닿지 않으니까. 온가강 연안이라면 어디라도 갈 수 있다. 히코산(英彦山) 근처까지 올라간 적도 있고, 낮뿐만 아니라 이런 식으로 밤에 이동하는 일도 드물지 않거든."

넓은 강폭 중앙까지 노를 저어 간 뒤 황 씨는 배를 강의 흐름에 맡겼다. 잘게 썬 연초를 담뱃대에 채우고 불을 붙였다. 강 위는 한기도 덜해서 배 가장자리를 잡은 손도 얼지 않았다.

배는 소리 없이 움직였다. 담뱃대의 불빛이 어둠 속에서 반딧불처럼 흔들렸다. 어딘가 현실과 멀리 떨어진 별천지에 온 것 같았다. 며칠 전까지 땅 밑 지옥에서 강제노역을 했단 사실이 믿기지 않았다.

"자네를 매형에게 소개하려고 하네. 설령 형사나 탄광 노무담당자가 찾으러 온다 해도 부하를 팔아넘기는 짓은 하지 않는 분이다."

"고맙습니다."

"자네는 나와 달리 조선에 아직 부모님이 살아계실 테지. 돌아갈 때까지 조금이라도 돈을 모아두는 게 좋다."

황 씨의 따뜻한 충고가 내 귀에 쏙 들어왔다.

"일본이 정말 패망할까요?"

"신 씨의 예상으로는 틀림없대. 그러면 조국은 해방이지."

황 씨는 어두운 수면에 배가 남기는 물이랑에 눈길을 보내며 중얼거렸다. 나는 해방이라는 단어를 가슴 속에서 따라 외쳤다. 내가 태어날 때부터 우리나라는 일본의 손안에 있었다. 일본이 없어진 조국을 나로서는 상상하기가 쉽지 않았다.

강 하류 방향이 환해졌다. 주황색 빛의 고리가 왼쪽에서 오른쪽으로 옮겨와 그대로 강물 위의 허공에 떠올랐다. 철교를 지나는 야간열차였다. 차창의 빛이 작아지고 기관차 달리는 소리도 점점 약해졌다.

철교 아래를 빠져나가자 강폭은 다시 넓어졌다. 양쪽 강가에 민가가 있었고 곳곳에 흐린 불빛이 보였다. 황 씨는 일어서서 노를 젓기 시작했다. 눈 깜짝할 사이에 강가에 닿았고 덤불에서 약간 떨어진 잔교에 배를 댔다.

"이제부터는 일본어로만 말해야 한다. 우리말을 쓰는 것만으로 경계의 대상이 되지. 자네는 무엇을 물어도 손짓으로 귀머거리 시늉을 해라."

잔교에 오르며 황 씨가 내게 다짐을 받았다. 강에서는 몇 채의 집밖에 보이지 않았지만 골목 양쪽에 민가가 빼곡하게 늘어서 있었다. 모두 잠들었는지 조용하고 집안에서 불빛은 새어 나오지 않았다. 길가에는 사람 그림자도 없었다. 멀리서 개가 짖었다. 조금 걸어가자 한쪽에 도랑이 파인 길이 나타났다. 냄새가 코를 찔렀다.

도랑에 걸린 다리를 건너 꼬불꼬불한 골목길을 걸었다. 처마가 낮은 판잣집이 많았다. 황 씨는 그중에서도 비교적 커다란 집 앞에서 발을 멈췄다.

그는 사람을 부르지 않고 문을 열었다. 안에는 넓은 지붕 덮인 토방이 있고 중앙에 어마어마하게 큰 식탁과 의자가 놓여 있었다. 순간 기숙사의 식당을 연상했다.

"매형, 저 왔습니다."

황 씨는 안쪽에 있는 부엌까지 가서 정중하게 불렀다. 여자 목소리가 응답했고 날씬한 중년여성이 모습을 나타냈다.

"어머 정수로구나."

단정한 얼굴의 중년여성은 반가운 기색을 보였다.

"누님, 동포를 데리고 왔어요."
"하시근입니다."
나는 붙임성 있게 머리를 숙였다.
"다카쓰지 탄광에서 도망쳐 나왔다길래, 매형에게 이 친구를 특별히 부탁드리려고요."
"두령은 성가신 일이 생겨서, 지금 나가고 없어."
"그럼 누님이 대신 잘 전달해주세요."
황 씨는 내게 눈길을 한 번 주더니 작별인사를 했다.
"벌써 가려고? 자고 가지 그러니."
"아니요, 오늘 밤에 돌아가서 할 일이 있어서요. 어머니는?"
"어머니는 이 시간이면 주무시지."
"어머니께도 안부 전해주세요. 다시 짬 내서 올게요."
돌아가려는 황 씨를 불러 세우고 누나는 안에 들어가 10원짜리 지폐를 몇 장 쥐어주었다.
"어머니도 나도, 네가 작은 가게라도 차릴 수 있게 되길 간절히 바란단다."
황 씨는 쓸쓸하게 웃으며, 내게 손짓으로 인사하고 나갔다.

"배고프지 않나?"
주인아주머니는 두령의 안주인으로서 위엄을 갖추고 내게 물었다.
"아니요, 저녁은 먹고 왔습니다."
나는 거짓말을 했다. 도착하자마자 주인아주머니를 귀찮게 하고 싶지 않았다. 배가 고프면 옆구리에 끼고 있는 할머니 주먹밥을 꺼내 먹으면 된다.

"야식을 먹고 나서 자도록 해. 자네가 먹는 동안 잠자리를 준비시킬 테니까. 두령에게는 내일 아침에 인사해도 괜찮아요."

주인아주머니는 나를 식탁에 앉히고 안으로 사라졌다. 딸그락거리는 식기 소리를 들으면서, 탄광과는 다른 새로운 생활의 예감으로 가슴이 부풀어 올랐다.

9

   욕조의 뜨거운 물에 몸을 담갔다가 유카타29)로 갈아입고 방에 돌아오자 저녁식사 준비가 되어 있었다.
   "물 온도는 어떠셨습니까?"
   여종업원이 묻기에 '어지간하다'고 대답한 뒤, 표현이 적절치 않았음을 깨달았다.
   "오랜만에 하는 일본어라 신통치 않습니다."
   나는 도코노마30)를 등지고 앉으면서 변명했다.
   "아니요, 능숙하신데요."
   40이 못 돼 보이는 여종업원은 진지한 얼굴로 말했다.
   "도중에 딴짓으로 시간 보내는 것을 '길가의 풀을 뜯어 먹는다'고 하잖습니까. 내가 옛날에 '길가의 풀을 잡수신다'고 했다가 동료들의 놀림감이 되었던 기억이 나는군요."

---

29) 유카타(浴衣): 목욕 후 혹은 여름 평상복으로 입는 긴 무명 홑옷.
30) 도코노마(床の間): 객실 다다미 방 정면에 바닥보다 한 층 높여 놓은 곳.

나는 쓴웃음을 지으며 덧붙였다.

"겁을 잡수신다고 하지 않는 것처럼요."

"네, 그리고 보니 그러네요. 왜 그런지는 모르겠지만."

여종업원은 새삼스럽게 내 말에 깨달은 듯, 나를 보고 웃었다.

"손님께서는 한국에서 오셨지요. 전에 이 근방에서 사신 적이 있으세요?"

"있었습니다. 탄광에서 일했습니다."

"그러시군요. 근방에 탄광이 많지요. 저는 다른 고장 출신으로 옛날 일은 잘 모르지만요."

그녀는 밥을 공기에 담고 국을 끓이는 고형연료에 불을 붙였다.

"온가강은 옛날 그대롭니다. 제방은 훌륭하게 바뀌었지만."

"강이 좋지요. 나가사키(長崎)에서 이사 와서 여기 살기 시작했습니다만, 온가강이 마음에 들어요. 특히 초봄부터 지금 절기까지가 연중 제일 아름답지요."

그녀는 내 말에 맞장구를 친 후 천천히 드시고 식사가 끝나면 프론트로 연락을 달라는 말은 남기고 방을 나갔다.

밥상 위의 다채로운 요리를 나는 한 젓가락씩 음미했다. 덴푸라, 초무침, 달걀찜, 맑은 장국, 은어 소금구이 등 모두 담백하면서도 미묘한 맛이 느껴졌다.

부산에도 일식집은 수없이 많지만 나는 상담이나 접대장소로 일식집을 이용한 적이 없으며, 초대를 받아도 한식이나 중식을 선택했다. 그러는 동안 내가 일본 요리를 싫어한다는 사실이 동업자들 사이에서도 유명해져, 강한 반일정신의 표현이라는 평판을 얻었다.

내가 맛본 일본 음식이라곤 탄광 기숙사에서 나오는 허술한 음식 정도였고 좋은 추억은 하나도 없다. 아리랑 마을에서 할머니가 만들어준 된장찌개나 아시야의 두령 집에서 배불리 먹었던 여러 종류의 김치가 맛있었을 뿐이니, 일본 음식에 대해 구제불능의 혐오감을 가지게 된 것도 당연했다.

고형연료 위에 토기냄비가 끓고 있었다. 뚜껑 아래 쇠고기와 숙주나물이 먹기 좋게 익었다. 양념장 역시 연하고 담백해서, 불고기의 복잡한 양념 맛을 가르쳐주고 싶은 기분이었다.

식사하는 도중 전화가 왔다. 서진철 씨의 우리말이 수화기 저편에서 울려왔다. 흥분한 기색이 역력했다.

"무사히 도착하셨습니까?"

"그럭저럭 잘 왔습니다."

"걱정이 돼서 아까 전화드렸더니, 시내 산책 나가셨다고 해서 안심했습니다. 원래는 시모노세키까지 마중가고 싶었습니다. 하 회장이 그럴 필요 없다고 해서 그대로 있긴 했지만요."

"괜히 걱정시켜 드렸군요."

"료칸은 어떻습니까?"

"네 전망도 서비스도 아주 좋습니다. 지금 저녁을 먹던 참이지요."

"저녁이라도 함께 하고 싶었지만 하 회장이 그것도 거절하니, 도리가 없군요."

"미안합니다."

나는 너무 내 멋대로 한 점을 사과했다.

"사과 안 하셔도 됩니다. 하 회장은 하 회장 나름의 생각한 것이 있을 테니까요."

서진철 씨는 감개무량한 듯이 말했다.

"오늘 밤 천천히 홀로 일본에서의 밤을 보내시기 바랍니다. 오늘 밤이나 내일 아침 도키로 상이 뵈러 갈 겁니다. 나는 그 후에 찾아뵙겠습니다."

"여러 가지로 신세 많이 졌습니다."

서진철 씨에게 다시 한 번 감사의 인사를 했다.

"… 정말로 드디어 바다를 건너 오셨군요."

서진철 씨는 감격을 되새기듯 전화 저편에서 중얼거렸다.

"네. 저도 이렇게 와서 참 좋습니다. 덕분에 정말 고맙습니다."

나는 수긍했다.

"하 회장, 무슨 그런 말씀을 하십니까. 기쁜 것은 제 쪽이지요. 일본에서 하 회장과 재회할 수 있으리라고는 생각지도 못했으니까요."

그의 어조는 숙연하게 변했다.

"아시야 함바에서 일하던 무렵 하 회장도 나도 젊었었지요."

"50여 년 세월이 흘렀네요."

"하 회장, 아시야도 많이 변했습니다. 해안선을 따라 호텔과 산책로가 생겨, 외국 리조트 단지처럼 되었지요."

그런 말을 들어도 나로서는 상상이 잘 안 됐다. 지붕 위에 돌을 얹은 가난한 집들과 울창한 소나무 숲의 인상이 너무나 강렬했기 때문이다.

"나중에 안내해 드리겠습니다."

"네, 언제라도."

그러나 마음속으로는 옛날과 너무나 변해버린 아시야를 보는 일이 두려웠다. 서진철 씨와 전화를 끊고 나니 갑자기 외로움이 밀려왔다. 아무도 없는 소나무 숲 속에 홀로 내버려진 듯한 외로움이었다. 도코노마 옆 기둥을 등지고 차게 식은 국과 딱딱해진 고기를 입에 넣었다.

식사를 마치고 프론트에 연락하자 아까 그 여종업원이 후스마31)를 열었다.

"음식이 입에 맞으셨나요?"

명랑하게 물었다.

"맛있었습니다."

"이 방은 강을 바라보기에 가장 전망이 좋아요."

여종업원은 일어서서 창문의 커튼을 활짝 열고 마루의 전등을 껐다. 강가의 버드나무가 바로 눈앞에 닿을 듯 가까웠다. 버드나무를 따라 난 산책로를 가로등이 비추고 강물 위에 창백한 불빛이 흔들렸다. 수량이 풍부한 강에는 4, 5척의 작은 배들이 떠 있다. 빨간 전등을 밝힌 선미에서 남자가 그물을 던지고 있었다.

"집어등 아래 모여드는 피라미나 붕어 같은 작은 물고기를 잡는 거예요."

어딘지 꿈 속 같은 광경이 나를 몰아의 경지에 빠뜨렸고 여종업원이 나가고 나서도 계속 강변 풍경에 취해 있었다.

47, 8년 전 온가강은 지금처럼 고요하게 흐르지 않았다. 거칠고 빠른 물살은 사람의 범접을 거부했고 낚싯줄을 드리우거나 투망을 던질 틈을 주지 않았다.

두령의 집 함바에서 잠을 깼을 때 처음으로 귀에 들려온 것은 통통배의 엔진소리였다. 폭죽과도 같은 소리가 연달아 들려와 놀랐다. 햇볕이 새어 들어오는 창문을 열자 벽과 담장의 틈새로 온가강 일부와 소

---

31) 후스마(襖) : 안팎을 두꺼운 종이나 천으로 바른 일본 전통식 미닫이문.

형 배가 왕래하는 광경이 보였다. 방안까지 들려오는 뱃소리에서도 내륙의 마을이나 읍내와는 다른, 묘한 화려함이 느껴졌다.

나는 두 장으로 된 겹이불을 개고 토방으로 이어진 본채까지 나가봤다. 넓은 토방에 있는 큰 식탁에는 열 명이 넘는 사람이 식사하고 있었다. 나는 누구에게랄 것도 없이 일본어로 아침인사를 했다.

"자네가 새로 온 가와모토인가? 과연 미남자네."

정면에 있던 까까머리 사내가 웃으면서 말했다.

"난 야스가와다. 자, 함께 밥이라도 먹지."

두령은 테이블 빈자리를 가리키며 주위 사람에게 눈짓을 했다. 한 남자가 부엌에 가서 새로 사람이 왔다고 알렸다. 그 말이 채 끝나기도 전에 어젯밤에 만났던 주인아주머니가 사발과 접시, 젓가락을 가지고 나타나 식탁에 상차림을 준비했다.

"당신이 말한 대로 여자깨나 따르겠군. 여자들 있는 작업장에 나가면 애인 생기는 데 사흘도 안 걸리겠어."

두령은 주인아주머니에게 말했다.

"예쁜 애인을 붙여 주도록 해요."

주인아주머니는 남편의 말을 가볍게 흘리고 나를 향해 말했다.

"일본 여자 중에도 정 깊은 애들이 있으니 조심해요."

나는 부끄러워 얼굴을 붉혔고 쥐구멍이라도 있으면 들어가고 싶었다. 옆의 사내가 친절하게도 사발에 밥을 퍼서 내게 권했다. 보리가 조금밖에 들어 있지 않은 거의 흰 쌀밥에 가까웠다. 반찬은 테이블 위에 놓인 각종 김치 가운데 좋아하는 것을 접시에 골라 담으면 됐다.

"이봐, 요시다. 이따 작업복을 가와모토에게 건네줘. 당신과 같은 방을 쓰는 게 좋겠어."

"네, 알겠습니다."

요시다(吉田)라고 불린 남자는 나를 보고 목례를 했다.

그날 아침 나는 밥을 두 사발 먹고 된장국도 세 번이나 떠다 먹었다. 움츠러들었던 몸 구석구석까지 새로운 피가 돌기 시작했다.

야스가와 두령이 이끄는 작업조는 주로 온가강 하구의 강안 보강공사를 했다. 2킬로미터 떨어져 있는 산을 부수고 그 토사와 자갈을 도로코로 제방까지 날라다 쌓은 후, 나중에 인력으로 제방을 단단하게 다졌다. 파도가 닿는 주요 부분은 아이노섬[32]에서 채취한 돌을 거룻배로 운반해와 전문 기술자들이 제방을 쌓았다.

나보다 다섯 살 위인 요시다 씨는 우리 이름이 서진철로, 스물세 살의 제주도 출신이었다.

"제주도는 삼다도야, 바람, 돌, 여자가 많다는 거지. 어째서 여자가 많아졌는지 이유를 아나?"

나는 고개를 가로저었다. 그 무렵엔 제주도라고 해도 대강의 위치와 섬의 모양 정도밖에 몰랐다.

"밭이 없으니까 남자들은 고기 잡으러 나갈 수밖에 없지. 바다에서 대부분 조난당하고 섬에는 과부들만 남은 거야. 우리는 고향으로 돌아가 봤자 입에 풀칠도 어려워. 여기서 돈 벌어서 부모님께 보내드리고 있지. 당분간 돌아갈 생각은 없네."

요시다 씨는 채석장에서 부상을 당해 오른쪽 무릎이 굽혀지지 않는 뻗정다리가 되었고 비탈길이나 계단에서 힘들게 걸었다.

---

32) 아이노시마(相の島): 현해탄에 떠있는 섬으로 규슈에서 7.3km 떨어진 해상교통의 요지다.

"다리를 다쳐 부자유스런 몸이 되었다는 걸 어머니가 알면 슬퍼하실까봐 아무 말씀도 드리지 않았지."

요시다 씨는 술도 담배도 하지 않고 화투 노름판에도 끼지 않기 때문인지 두령뿐 아니라 주인아주머니의 신임도 두터웠다. 신참인 나를 요시다 씨에게 붙여준 것은 두령의 배려였다.

요시다 씨는 제주도에 자주 편지를 썼다. 탄광을 도망나온 처지라 고향에 편지 왕래를 단념하고 있던 내게 요시다 씨는 묘안을 가르쳐 주었다. 친척 집에 가명을 사용해서 편지를 보내고 답장은 두령 주소로, 역시 가명을 써서 받으면 된다고 했다. 나는 누나 앞으로 편지를 보내기로 마음먹었다. 아무 이름으로 보내도 필적을 보면 나인 것을 알아보고, 부모님께 전해줄 것이다.

하현숙 님

정말 오랜만에 소식 전해 드립니다. 그 후 건강하게 일 잘하고 있습니다. 하 씨 일가도 별고 없으시겠죠. 부모님도 몸 건강하게 지내시는지요. 만주에 갔던 형님은 이제 고향에 돌아왔는지요.

나는 직장을 바꾸고 동포인 두령님 밑에서 나날이 별 탈 없이 지내고 있습니다. 이전 직장에 비하면 위험하지도 않고 매일 식사도 충분하게 합니다. 마르고 창백했던 몸에 살이 붙고 피부도 부쩍 검어졌지요. 부디 안심하십시오.

언젠가 찾아뵈려고 항상 염두에 두고 있습니다만 아직 언제가 될지 예측할 수 없습니다. 그러나 반드시 가서 찾아뵙고, 그간의 은혜에 보답할 작정입니다. 부디 부모님께도 잘 전해주십시오.

根元時次 올림

근원시차(根元時次)라는 이름은 내 본명에서 따서 요시다 씨가 지어줬다. 필적과 가명에서 누나가 사정을 눈치채주기를 바란 우리의 의도는 멋지게 적중했다. 한 달 반쯤 지나 두령의 집으로 편지가 도착했다. 안주인에게는 미리 내 가명을 알려 놓았다.

근원시차 님

편지 잘 받았습니다. 건강한 몸으로 일 잘하고 있다니 정말 안심했습니다. 급히 부모님 댁에 달려가 알려드렸습니다. 아주 기뻐하셨습니다. 아버지는 이번 겨울 특히 추위가 심해서 기침이 심하고 항상 가슴에서 쌕쌕 소리가 들리고 말씀하실 때도 숨이 차오르십니다. 그래도 근원시차 님이 건강하다는 사실을 알려드리자 얼굴이 환해지셨습니다. 어머니는 삯바느질을 하시면서 그래, 그래 하며 몇 번이나 고개를 끄덕이셨습니다.
근식 오빠에게서는 아무 연락도 없습니다. 무사하기만을 아버지도 어머니도 기도하고 계십니다. 근원시차 님도 건강하고 이전과 같이 모두 얼굴을 맞대는 날이 오기를 마음속으로 고대하고 있습니다.

하현숙

편지는 질이 나쁜 종이에 몇 번이나 지운 흔적이 있었다. 집안에서 아버지가 기침하시는 모습과 어머니가 등을 구부리고 삯바느질하는 모습이 머리에 그려졌다. 두 분의 모습이 왠지 다 타서 스러지기 직전의 촛불처럼 느껴졌다. 하루빨리 돌아가고 싶었지만 내가 고향에 나타나면 면 순사가 찾아와 잡아갈 것이다. 그것은 이중으로 부모님을 괴롭히는 일이다. 연로하신 부모님이 걱정되지만 형이 만주에서 돌아올 때까지 참아야 했다.

그 무렵 나는 자주 악몽에 시달렸다. 비탈진 갱도에서 인차를 탄 채 다 같이 바닥으로 떨어지는 꿈이나, 폭주하는 탄차에 쫓기는 꿈을 번갈아 꾸었다. 스스로 비명소리에 놀라 잠이 깼다가, 함바 합숙소에 누워 있음을 확인하고 가슴을 쓸어내렸다. 악몽은 날이 갈수록 내용이 다양해졌다.

"가와모토, 지난 밤에도 가위눌린 거 같더라."

요시다 씨의 말에 내 속을 들킨 것은 아닐까 내심 당황했다.

"탄광 일이 엔간히 사무쳤나 봐."

나는 애매하게 얼버무려 대답할 수밖에 없었다.

꿈속에서 땅을 파고 있었다. 다른 갱부들은 곡괭이로 탄층의 벽을 파는데 나 혼자만 아래로 땅을 팠다. 곡괭이로 몇 번 땅을 파자 부드러운 물체에 부딪쳤다. 잡아당기자 곡괭이 끝에 작업복이 휘감겨 나왔다. 무릎을 꿇고 흙을 손으로 파헤쳤다. 처음에 나온 것은 손가락이었다. 팔과 가슴이 드러났고 낡은 작업복에 싸인 머리도 튀어나왔다. 무언가에 떠밀리듯 휘감긴 작업복을 풀었다. 그 안에 있는 것은 거의 백골이 된 히로타의 얼굴이었다.

그 후에도 지겹도록 되풀이해서 땅을 파는 꿈을 꿨다. 탄광의 기억이 희미해지는 것과는 반대로 히로타를 목 졸라 죽인 사실은 점점 무겁게 나를 짓눌렀다. 시체는 자재하치장에 파묻기는 했지만 어떤 일이 있어 파헤쳐졌다면 범행은 전부 드러났을 것이다. 시체에 작업복을 덮어놓은 자신의 얼빠진 처사를 후회했다. 작업복의 사이즈로 보아 범인이 나라는 사실을 한눈에 알아낼 것이다.

자신이 살인자라는 생각은 일상생활 중에도 불현듯 떠올랐다. 아침에 세수할 때나 동료들과 아침밥을 먹고 있을 때, 혹은 열심히 제방공사 일을 할 때, 내가 사람을 죽였다는 자각이 고개를 쳐들면 갑자기 침울해지곤 했다. 아무리 기분이 날아갈 듯 좋았다가도 그 생각만 하면, 나는 납처럼 무겁게 가라앉곤 했다.

함바에 신참이 들어오면 변장한 형사가 아닐까 두려웠다. 함바를 나와 공사현장으로 향하는 중에도 쫓기고 있는 것은 아닌지, 그 보이지 않는 그림자에 겁을 먹었다.

이를 제외하면 제방공사 일은 정말 편했다. 그만큼 나는 온가강 강변에서 하는 일이 좋았다. 탄광의 어두침침한 조명 아래서의 작업에 비하면 태양을 받으며 중노동을 한대도 하나도 괴롭지 않았다. 비가 오지 않으면 열흘이나 두 주일 넘게 쉬지 않고 일을 계속했다. 몸이 고되다는 둥 노예나 마찬가지라는 둥 불평하는 동료도 있었지만, 나는 아침에 나와서 저녁때는 돌아갈 수 있는 제방공사 일은 신선놀음이나 마찬가지라고 생각했다. 아무리 오래 일한다 해도 겨울작업은 해가 뜨는 8시부터 해지기 전 6시까지, 10시간을 넘지 않았다. 게다가 나머지 14시간은 자유시간이었던 것이다.

작업은 제방에서 2, 3킬로미터 떨어진 곳에 있는 작은 산을 허물어 토사를 도로코로 운반하는 것으로, 조선인 남자 10명에 일본인 여자인부 20명 정도가 함께 일했다. 우리는 곡괭이로 파낸 토사를 삽으로 퍼서 여자인부가 등에 짊어진 지게에 담아 주었다. 여자들은 그것을 도로코까지 나른 후 지게 밑에 있는 끈을 내리고 속에 있는 토사를 도로코에 쏟았다.

여자인부들은 모래 채취장과 도로코 사이를 쉴 새 없이 왕복했다.

점심 전에 10분 정도 쉬고 점심을 먹은 후 30분, 다시 오후에 15분 휴식시간이 있었다. 현장감독의 호루라기 신호로 휴식시간이 되면 여자인부들은 한곳에 모여 떠들썩하게 담소를 나눴다. 스무 살 정도의 아가씨부터 오십 살 가까운 중년여성까지 연령대는 가지각색이지만, 서로 사이좋게 항상 웃음소리가 그치지 않았다.

다만 신참인 내가 이해할 수 없었던 것은, 그녀들과 우리 조선인 남자인부들이 10에서 20미터 떨어져서 따로 식사한다는 사실이었다. 여자인부들과 함께 빙 둘러앉아 쉬고 도시락을 먹는다면 그것만으로도 일이 즐거울 텐데, 우리 동포들은 잠자코 식사를 마친 뒤 담배를 피우거나 벌렁 눕거나 할 뿐이었다. 내가 언젠가 일은 함께 하면서 밥은 따로 먹는 것이 이상하다고 했더니, 요시다 씨는 정색하고 이렇게 대꾸했다.

"저들은 왜놈 여자들이야. 방심하면 안 돼."

그렇게 물과 기름 같은 상태였기 때문에 나는 휴식보다도 작업시간이 더 기다려졌다. 여자인부들은 지게를 내 쪽으로 내민 채 말을 걸어오고 나도 멋진 일본말을 머릿속으로 생각했다가 대답하곤 했다. 그러는 중에 나는 한 여자인부가 내 앞에 오면 가슴이 조여드는 기분이 든다는 것을 깨달았다. 그녀가 지게를 지고 가까이 오는 모습이 보이면 내 가슴엔 아프면서 간지러운, 미묘한 통증이 일다가, 바로 옆에 다가와 등을 내 쪽으로 향하면 간지러운 통증은 달콤한 아픔으로 변했다. 다른 여자인부들에게는 시답잖은 익살도 잘 부리던 내 입이 그녀만 보면 두근거림으로 마비된 것처럼 굳어졌다.

처음에는 그런 내 기분을 상대가 알아차리는 것이 싫었고 그녀의 모습을 보면 긴장해서 방어태세를 갖추었으나, 날이 갈수록 그녀가 내가 작업하는 데로 오기만을 기다리게 되었다. 그녀는 여자인부들 가운데 두세 번째로 젊었고 나이는 스물두세 살쯤으로 보였다. 아니, 나이는 그날그날에 따라 다르게 보였다. 마치 10대 아가씨같이 애교가 넘치게 소리 높여 웃는 날이 있는가 하면 중년여성 같은 차분한 표정으로 침울하게 가라앉은 때도 있었다.

햇볕에 그은 얼굴에 눈썹과 쌍꺼풀이 또렷했고 웃으면 희고 건강한 이가 내보였다. 자그만 몸집이면서 구루메가스리[33] 목면에 감싸인 몸매는 굴곡이 뚜렷했다. 풍만한 가슴 언저리에 시선이 갈 때마다 나는 무어라 말할 수 없이 설렜다.

"치즈 상이 당신 쪽으로만 오는 것 알고 있어?"

내가 토사를 담아주자 중년 여자인부가 당돌하게 말했다.

"치즈 상이 누군데요?"

당황한 나는 고작 이렇게 응수했다.

"당신 정말 몰라?"

수건으로 얼굴을 감싼 주름진 얼굴이 내 반응을 지켜보면서 웃었다.

"이봐, 저 귀여운 사람이 치즈야."

중년 여자인부는 뒤돌아보고 내 쪽을 향해 오는 그녀를 턱으로 가리켰다. 그때 처음으로 그녀 이름이 치즈라는 것을 알았다.

말을 듣고 보니 그녀는 지게를 가득 채우고도 내 쪽으로 자주 왔다. 삽으로 모래흙을 퍼주는 남자는 네 명, 한 사람당 서너 명의 여자인부가 따라 붙는데 누구인지는 일정하지 않고 매일 달라졌다. 그러나 치즈만은 대체로 내가 있는 데로 왔다.

---

33) 구루메가스리(久留米絣) : 규슈에서 나는 감색 바탕에 비백 무늬의 무명베.

"당신은 일을 대충하지 않으니까 당신한테 붙으면 일이 힘들어. 그래서 여자인부들 모두 당신과 일하는 걸 피하려 하는데 치즈 상만은 그렇지 않거든."

토사를 비우고 다시 돌아온 중년 여자인부는 그렇게 덧붙였다.

그 후로 나는 치즈를 한층 더 의식하게 되었다. 아침에 일어나면 벌써 그녀를 생각했다. 아침밥을 먹을 때도, 동료들이 소란스럽게 떠드는 것을 건성으로 들으면서 나는 그녀가 일을 쉬지 않기를 바랐다. 그도 그럴 것이 그녀는 열흘에 한 번 정도 불시에 작업장에 나오지 않았다. 물론 내게만 '불시'로 비쳤을 뿐 책임자에게는 사전에 말을 해뒀겠지만 말이다. 아침에 여자인부들 사이에서 그녀의 모습을 발견하면 안도의 숨이 나왔다. 그녀의 모습이 보이지 않는 날은 몸이 천근만근 무거웠고 하루가 길었다.

비 오는 날도 마찬가지로 괴로웠다. 함바에서는 비가 올지 어떨지 날씨를 보고 아침식사 전에 그날의 작업 여부를 우리에게 알려줬다. 쉰다고 하면 동료들은 한껏 들떠서 시내로 나가거나 일찌감치 화투를 치기 시작했다. 그 어느 쪽에도 흥미가 없는 나는 방에서 뒹구는 도리밖에 없었다. 그녀가 살고 있는 곳을 안다면 빗속을 걸어가서, 하다못해 집만이라도 바라보고 싶었지만.

치즈에게 주소를 물어봐야겠다고 생각하면서 두 주일이나 지났다. 차가운 하늘이 풀리면서 투명한 햇빛이 하구에 쏟아지던 날이었다. 그날 치즈는 어느 때보다 자주 웃었고 아침 집합 때부터 소리 높여 깔깔거렸다.

"당신 이름 치즈 상 맞죠?"

나는 지게에 토사를 넣어주면서 입을 열었다.

"어떻게 알았어?"

그녀는 까만 눈을 깜빡거리면서 똑바로 나를 보고 물었다.

"아주머니가 말해 줬어요."

그렇게 대답하자 그랬군, 하는 미소를 띤 채 도로코 쪽으로 걸어갔다. 그리고 다시 되돌아 왔을 때 그녀가 내게 말을 걸었다.

"치즈라는 건, 천 마리 학이라는 뜻이야. 축복받은 이름이지."

"성은?"

"이와타(岩田). 결혼하기 전에는 사토(佐藤)였지만."

대화는 거기서 끊어졌다. 그러나 말을 튼 것이 기뻤다. 다른 인부의 지게에 모래흙을 퍼 담으면서도 나는 치즈가 다시 돌아왔을 때 무슨 말을 할까를 골똘히 생각했다.

"축복받은 이름이지만 전쟁미망인이 된 걸 보면, 꼭 그렇지도 않은가 봐."

가까이 다가온 그녀가 도전적인 표정으로 말했다.

"이제까지는 나빴지만 지금부터 좋아질지도 모르잖아요."

나는 그녀를 배려해서 그렇게 대답했다.

"그러네. 그러면 좋겠다."

치즈는 눈을 반짝이면서 웃었다. 휴식시간이 되자 여자인부들은 양지바른 곳에 구부리고 앉아 도시락을 먹으면서 때때로 우리 쪽을 바라보고 큰 소리로 웃었다. 아무래도 주변의 여자인부들이 그녀를 놀리는 것 같았다.

오후 작업이 개시되자마자 치즈는 내 앞에 와서 섰다.

"내 이름만 묻다니, 얌체네. 당신 이름도 가르쳐줘야지."

등 뒤에 말 많은 여자들이 서 있는데도 개의치 않고 치즈는 물었다.
"가와모토."
나는 반쯤 겁을 먹은 채 짧게 대답했다.
"이름은?"
"지네오(時根夫)."
"그럼 가와모토 지네오? 좋은 일본 이름이야."
감탄할 게 하나도 없는데 치즈는 납득이 되었다는 듯이 고개를 끄덕였다.
그 후에도 치즈는 곁에 올 때마다 한두 마디씩 이야기했다. 나는 차츰 동포들의 시선을 의식하기 시작했다. 치즈도 그것을 눈치 챘는지 입을 다물었다가, 작업 끝을 알리는 호루라기 소리가 나자 드디어 말을 걸었다.
"도시락은 자기가 만들어?"
"아니, 합숙소에서 밥과 반찬과 김치를 준비해주면 각자 도시락 통에 담기만 하면 됩니다."
나는 치즈가 왜 그런 걸 물었는지 알 수 없었다. 그러나 다음 날 우리가 둘러앉아 점심을 먹고 있을 때 치즈가 다가왔고 비로소 이유를 알게 되었다.
"괜찮으면 이거 먹어봐."
치즈가 내민 그릇에는 까무스름한 간장 조림이 들어 있었다. 나는 동료와 잠시 얼굴을 마주보고 나서, 고맙단 인사를 했다.
"이것은 가와모토가 받은 거니까 우리는 손대면 안 돼."
한 동료가 놀려댔지만 나는 필사적으로 그 말을 물리치고, 모두에게 먹으라고 권했다.

톳과 유부를 간장으로 조린 요리로 우리 입맛에는 생소했지만 희귀한 음식인 까닭에 동료들은 남기지 않고 깨끗이 해치웠다. 빈 그릇을 돌려주러 가야 하는 사람도 바로 나였다. 귀밑까지 빨개지면서 여자인부들이 있는 데로 가서 치즈에게 그릇을 건넸다.

"어때? 맛있었어?"

중년 여자인부가 묻기에 나는 맛있었다고 진지하게 대답했다.

"그랬을 거야, 치즈가 마음을 담아서 만든 요리니까 말야."

다른 여자인부가 말하자 모두가 웃었다. 여자인부들이 유쾌하다는 듯이 웃는 것을 보고 나는 약간 자존심이 상하는 기분이었다.

다음 날 아침 합숙소에서 식사할 때 동포 선배가 테이블 너머로 내게 말했다.

"가와모토, 어제 받은 음식의 답례로 김치를 가져가면 어떨까."

뜻밖의 제안에 난감해하는 내게 안주인이 눈치 채고 어떻게 된 건지 물었다. 대신 대답한 사람은 그 선배였다.

"그랬군. 그런 일이라면 듬뿍 답례해야지."

주인아주머니는 웃으면서 비비추 잎사귀에 남은 김치를 싸주셨다. 그녀가 담그는 김치는 아주 호사스러웠는데, 물자도 부족한 시절에 어떻게 구했는지 인삼, 무, 사과, 다시마 외에도 새우젓, 생굴, 생새우까지 넣었다. 어디에 내놔도 부끄럽지 않은 배추김치였다.

주인아주머니 말씀을 듣고 나도 주저하지 않고 도시락 통과 함께 김치를 가지고 작업장에 갔다.

점심시간이 되자마자 동료들의 요란한 놀림을 받으면서 나는 여자인부들 점심 먹는 자리에 갔다.

"조선 김치입니다."

내가 치즈 앞에 비비추로 싼 꾸러미를 내놓자 여자인부들은 일제히 손뼉을 쳤다. 나는 얼굴이 빨개져 간신히 도망치듯 돌아왔지만 조선인 동료들은 또 그들대로 나를 짓궂게 놀려댔다. 그 후에도 일주일에 한 번 꼴로 치즈가 반찬을 만들어다 줬다. 그때마다 나는 놀림을 받았지만, 그렇다고 해서 나와 치즈 사이에 별다른 일이 생긴 것은 아니었다. 실제로 이제까지와 무엇 하나 달라진 건 없었다. 우리 조선인 노동자들과 일본인 여자인부들은 여전히 따로 떨어져 점심을 먹었다.

나와 치즈가 어렴풋이 서로에게 갖고 있는 호감은 여자인부들 사이에서는 용인되는 것 같았다. 그녀는 언제나 내가 작업하는 쪽에 붙었고, 중년 여자인부뿐만 아니라 다른 여자들까지 무슨 일이 있을 때마다 '치즈 상이 말이에요 이리저리 했다니까요'하고 내게 일일이 알려줬다. 치즈가 안 나온 날은 '가와모토 상은 치즈 상이 없으니까 힘이 안 나는가 봐', 하는 식이었다.

그러나 조선인 동료들 중에는 그다지 좋은 얼굴을 하지 않는 사람도 있었다. 요시다 씨도 그중 한 사람으로서, 본래 입버릇이 '왜놈 여자는 조심해'였다. 그러던 것이 어느 새 '왜놈 여자는 조심하는 편이 좋지'로, 조금 부드러워졌다. 치즈의 이름을 꼭 집어서까지 비난하지는 않는 것이 요시다 씨다운 점이었다.

나는 지금까지와는 확실히 달라진 기분에 스스로 놀랐다. 정말 내 마음속에 또 다른 한 사람이 깃들어 사는 듯했다. 치즈가 일하는 모습이 언뜻 한 번 시야에 들어오는 것만으로 가슴 속에 밝은 등불이 켜졌고 기분이 날아갈 듯했다. 한순간이라도 치즈를 보고 나면 이미 그날 하루는 만족스럽고 힘이 솟았으며, 치즈의 목소리를 듣는 것만으로도 메마른 몸에 촉촉한 윤기가 스며들었다. 더욱이 눈과 눈이 마주치고 말이라도 건넨 날은, 무어라 말할 수 없는 기분이 되었다.

치즈가 진 지게에 토사를 담아줄 때 둥근 어깨와 잘록한 허리 쪽에 눈이 자주 갔다. 찬장에 넣어둔 사탕을 남몰래 핥아먹는 듯한 가슴 설렘이 내 몸속을 번개처럼 지나갔다.

"치즈 상은 어디 사세요?"

일을 마치고 돌아오는 길에 앞에서 걸어가는 치즈를 잰걸음으로 쫓아가 물었다.

"이 도로코 레일을 따라 쭉 하구까지 가서 거기서 해안선을 따라 40분 정도 걸어가면 돼. 가네무라(鐘村)라는 작은 마을이야."

치즈는 제방 아래로 이어진 길을 가리키며 대답했다.

"그곳은 시댁?"

"아니, 남편이 전사하고 나서 친정에 돌아와 있어. 시집갔다가 친정에 돌아와 지내기가 그다지 편한 건 아니어서, 이렇게 날품팔이 인부를 하는 거야."

나는 좀더 여러 가지를 묻고 싶었지만 뒤에서 동료들이 불러 그대로 헤어졌다. 여자인부들은 모두 가네무라 근처에 사는지, 우리처럼 다리를 건너지 않고 동쪽으로 갔다.

이삼 일 후 비가 내려, 일을 쉬었다. 점심때까지 뒹굴고 있던 나는 갑자기 가네무라 마을에 가고 싶어졌다. 일본 소설을 읽고 있던 요시다 씨가 어디 가느냐고 물었지만 나는 어물어물 말끝을 흐렸다. 점심이라도 먹고 가는 게 어떠냐는 그의 권유는 내 귀에 들어오지 않았다.

자노메 우산[34]을 쓰고 세차게 내리는 비를 뚫고 다리를 건넜다. 도로코 선로를 따라 하구로 향했다. 10분쯤 걷자 눈앞에 바다가 펼쳐졌다. 섬 그림자조차 보이지 않고 수평선과 하늘의 경계선도 없는, 하얀 젖빛의 바다였다. 그 끝에는 조선반도가 가로놓여 있을 것이다. 나는 넋을 놓고 빗속에 언제까지고 멈춰 서서 파도치는 바다를 바라봤다.

그렇게 사무치게 그리웠던 고향이 지금은 머나먼 존재가 되고 말았다. 탄광을 탈출한 후 조선 땅까지 바다 하나만 건너면 되는 고장에 와 살면서도 정작 그리움은 바다 건너편이 아닌 다른 데를 향하고 있다는 사실이 얄궂게 여겨졌다. 고향에 대한 그리움 대신 내 가슴을 차지하고 있는 다른 감정을 나는 확실하게 깨달았다. 파도가 바위에 부서지고 물보라가 날렸다.

불현듯 두려움이 머릿속을 스쳤다. 살인자이면서 연상의 왜놈 여자에게, 그것도 남편을 잃은 미망인에게 열을 올리는 자신의 모습이, 바다와 마주보고 서자 맨살 그대로 드러났다. 그러나 나는 그 감정을 돌이킬 생각이 없다는 사실도 너무 잘 알았다. 아니, 살인까지 저질러버린 나이기에 오히려, 생생하게 살아있는 지금의 한순간 한순간이 너무나 소중했던 것이다.

울부짖는 파도 소리가 끊임없이 귀를 먹먹하게 했다. 소나무 숲 속으로 1킬로미터 정도 구불구불한 길을 지나자 조용한 마을이 나왔다. 기우뚱한 전신주가 야트막한 집들을 내려다보기라도 하듯 나란히 서 있었다. 나는 마을사람에게 길을 물어보려고 일부러 천천히 걸었다. 아무도 만나지 못한 채 민가가 늘어선 길을 거의 다 빠져나올 무렵 할 수 없이 길가에 있는 집 처마 밑에 들어가 문을 두드렸다.

"여보세요, 가네무라 마을이 여기 맞습니까?"

---

34) 자노메우산(蛇の目傘) : 감색, 빨강, 검정 등의 바탕에 희고 굵은 고리 무늬가 그려진 일본식 종이우산.

허리가 굽은 할머니는 내 큰 키와 억양이 이상한 일본말에 처음부터 경계심을 품는 듯했다.

"여기가 가네무라가 맞긴 하네만⋯" 하고 입을 다물었다.

"사토 치즈 상네 집은 어떻게 가면 됩니까?"

나는 정중하게 물었다.

"댁은 치즈 상에게 무슨 일로?"

"함께 야스가와 작업조에서 일하는 사람입니다만 용건을 전달하러 왔습니다."

순간 입에서 임기응변이 흘러나왔다.

"⋯이 길로 열 집쯤 가서 오른쪽으로 돌면 막다른 집이 치즈 상네 집이지. 입구에 닭장이 있어."

나는 할머니에게 감사인사를 하고 다시 걷기 시작했다. 치즈의 집까지 간다고 한들 무엇을 어쩌자는 목적도 없었다. 그저 그녀의 목소리와 눈길, 몸놀림과 옷맵시, 혹은 소지품 등, 모든 것이 그리웠다. 치즈가 사는 마을에 오니 가슴이 두근거렸다. 지금 밟고 있는 진창길조차 매일 치즈가 다닌다고 생각하자 가슴이 벅차올랐다.

길을 돌자 집들은 양쪽에 드문드문 서 있을 뿐 나무로 된 울타리와 무너진 담장 안쪽으로 가난한 본채가 바라다보였다. 닭장이 있는 치즈의 집은 비교적 큰 초가집으로 지붕 여기저기 잡초가 자랐다. 현관문은 닫혀 있고 툇마루에도 사람의 기척은 없었다. 뜰 안에 시금치와 파가 심어져 있었다.

나는 어디선가 감시당하는 기분이 들어 멈춰 설 여유도 없이 그대로 좁은 길을 지나쳤다. 뒤늦게나마 수상한 내방자의 존재를 눈치 챘는지, 높고 날카롭게 개 짖는 소리가 등 뒤에서 들렸다. 부서진 대나무 담장 바깥은 모래밭이었다. 마을길에서 바닷가 모래밭에 닿으려면 5, 6미터 아래로 내려와야 하는데 그 비탈길을 내려오다 발이 미끄러져 엉덩방아를 찧었다. 오른팔과 허리에 진흙이 잔뜩 묻었다.

해변에서 육지 쪽을 뒤돌아봐도 치즈의 집은 비탈의 그림자에 가려 보이지 않았다. 나는 파도가 밀려오는 물가에 서서 손을 씻으려고 했지만 물마루가 발밑까지 따라와 바닷물이 두 손에 떠지지 않았다. 하는 수 없이 해변 끝 바위가 널린 곳까지 걸어가 바위 위에 올라가 물보라를 맞으면서 진흙을 닦아냈다. 후미진 해안선은 바위가 널린 해변에서 초승달 모양으로 1킬로미터 남짓 펼쳐져 있었다.

치즈의 집이 어디인지 안 것만으로 이미 목적은 이룬 셈이다. 마음만 먹으면 언제라도 이곳에 와서, 설령 만나지 못하더라도 그녀 가까이에 있을 수 있는 것이다. 나는 모래톱을 따라 걸었다. 해안선 끝은 적송이 우거진 숲과 맞닿아 있었다. 소나무 숲을 빠져나와 큰길을 따라 온가강 하구까지 되돌아왔다.

합숙소에는 아직 화투판이 계속되고 있었다. 요시다 씨 혼자만 방에 남아 책을 읽었다. 내가 온 것을 알아차리고는 얼굴을 들고 두령이 나를 찾았다고 전해줬다.

"급한 일일까요?"

"그런 것 같지는 않았지만 갑자기 오셔서는 말야. 비 오는데 외출했다고 하자 걱정하시더라. 협화회 수첩도 없는데 어슬렁어슬렁 다니다가, 특별고등계 형사나 탄광 노무감독에게 검문을 받으면 어떻게 될지 모르잖아. 조심하는 게 좋아."

"죄송합니다."

새삼스럽게 자신의 처지를 뼈저리게 느꼈다. 두령 밑에서 신세지는 동안, 사람을 죽이고 탄광을 도망쳐 나온 사실을 거의 잊어가고 있던 것일까. 그러나 아직도 추적의 손길은 분명 계속되고 있을 것이다. 게다가 탄광과 아시야 사이의 거리는 온가강을 따라 30킬로미터 정도밖에 되지 않았다.

"지금이라도 두령에게 가보는 게 어떻겠나. 비 오는 날은 대체로 방에서 막걸리를 마시거든."

요시다 씨의 말을 듣고 나는 본채로 갔다. 짐작대로 두령은 안방에서 아주 기분 좋은 듯 술을 마시고 있었다.

"가와모토입니다. 아까는 헛걸음 하시게 해서 죄송합니다. 무슨 용건이라도 있으신지요?"

나는 바깥에서 안에 대고 말했다.

"자, 방에 들어와서 한 잔 해라. 비 오는 날 외출이라니 어디 좋은 여자라도 생긴 건가?"

두령은 그렇게 말하고 스스로 호쾌하게 웃었다. 두령이 내민 막걸리는 맛이 진해서, 한 모금 마셨는데 가슴에 불이라도 지핀 것처럼 화끈거렸다.

"자네 같으면 여자가 생겼다고 해도 이상할 것 없지만 왜놈 여자만은 조심해라. 서로 불행하게 될 뿐이야. 어차피 물과 기름 같아서, 섞일 수도 없으니까."

주인아주머니가 내게도 젓가락과 앞접시를 가져다주었다. 삶은 돼지고기와 게장 등 보통 때 나오지 않는 진귀한 음식이었다.

"자네만 여기 계속 있어준다면 곧 괜찮은 여자를 데려다 주겠다. 일본 전국에 동포들이 흩어져 살기 때문에 너와 어울리는 여자는 하늘의 별처럼 많지. 뭐하면 조선에서 불러와도 되고."

내가 얼굴을 옆으로 돌리고 죽 비운 술잔에 다시 막걸리를 부으면서 두령은 혼자서 이야기를 계속했다.

"지난 두 달 동안 자네가 일하는 모습을 꼼꼼하게 지켜봤는데 대만족이었네. 자네 정도면 내 오른팔 노릇을 할 만한 그릇이야. 요시다도 성실해서 좋지만 그릇이 작지. 그에 비하면 자네는 단련하기에 따라 날이 갈수록 발전할 거야."

어느새 옆에 앉아 있던 주인아주머니도 동의한다는 듯 고개를 끄덕였다. 나는 어떻게 대답해야 좋을지 몰라서 술병을 두 손으로 들고 긴장하면서 술을 따랐다.

"단련하는 방법에는 두 가지가 있다. 하나는 같은 현장에서 단계적으로 중책을 맡아가는 거고, 또 하나는 두루 넓게 각종 현장을 경험하게 한 뒤 책임자로 발탁하는 방법인데…, 자네에게는 두 번째 방법을 밟게 하려고 생각 중이다. 게다가 지금의 현장에는 요시다가 있는데, 자네를 그 친구 위에 세울 수는 없으니까 말야. 요시다는 현재 일하는 현장 외에는 마땅히 쓸 데가 없는 사내라서."

나는 두령의 말에 마땅히 기분이 들떠야 했다. 그러나 그런 기분이 들지 않는 것은 요시다 씨가 부당하게 저평가받는다는 생각 탓인지, 혹은 나 자신이 두령에게 과대평가 받는다는 느낌 때문인지 판단이 서지 않았다.

"두령이 이렇게까지 칭찬하는데 자네는 조금도 기뻐하질 않네?"

주인아주머니가 조바심이 나는 듯 말했다.

"이것이 가와모토의 좋은 점이지. 남의 비위를 맞추거나 꾸며서 말을 하지 않는 사내거든."

두령은 아내에게 타이르듯 말하고 다시 내게 막걸리를 권했다. 취기

223

가 돌기 시작하자 지금과 비슷한 상황이 예전에 벌어졌다는 생각이 떠올랐다. 다카쓰지 탄광의 기숙사에서 야마모토에게 노무조수가 되지 않겠냐고 회유당하던 일이다. 그때는 일본인 수하가 되라는 것이었다면, 이번에는 어디까지나 동포들 사이에서의 승진. 따라서 사양할 이유는 없지만, 내키지 않기는 마찬가지였다.

"지금 이대로도 충분히 만족스럽습니다. 탄광을 도망쳐 나온 저를 거두어 주시고 배불리 먹고 이렇게 일할 수 있게 해주시는데, 더 이상 바라는 건 없습니다."

고개를 숙이면서 내 나름의 의견을 말했다.

"바보네, 가와모토는. 그런 거면 그리 슬픈 표정을 할 필요는 없잖아. 무슨 일이든 두령에게 맡겨두면 돼요."

주인아주머니 말에 나는 더욱 자세를 낮추었다.

"염려마라. 만사 표 나지 않게 자네를 발탁할 생각이니 자네도 주위 사람들 눈치 볼 필요도 없을 것이다. 알겠나?"

두령의 강력한 권고에 모든 것을 맡기겠다고 나는 머리를 숙였다.

"좋아. 그러면 다음 현장은 항만이다. 선박 하역작업을 하도록."

"언제부터 합니까?"

"다음 주부터."

나는 전신에 힘이 빠졌다. 작업장이 바뀐다는 것은 이제 치즈와 만날 수 없다는 의미였다. 두령의 말에 애초부터 들뜨지 않았던 것은 이 때문이었다는 걸 깨달았다.

"다음 주부터는 싫은가?"

내가 당황해서 크게 실망하는 것을 눈치 챘는지 두령이 물었다.

"아닙니다. 너무나 갑작스러운 말씀이어서 놀랐을 뿐입니다."

이제 돌이킬 수 없음을 알았다. 지금 할 수 있는 일은 뭔가 그녀와 인연이 끊어지지 않도록 대책을 세우는 것뿐이다. 적어도 나는 치즈의 집이 어디인지 안다. 그렇게 생각하자 비를 뚫고 가네무라 마을까지 다녀온 것이 천만 다행이라는 생각이 들었다.

본채에서 돌아온 나를 요시다 씨는 조심스럽게 맞이했다.

"무슨 얘기였나?"

"다음 주부터 항만으로 작업장을 바꾸라는 명령입니다."

"그래? 급작스럽군."

요시다 씨는 고개를 갸우뚱하더니 이유를 물어보았느냐고 물었다.

"아니요, 아무것도."

승진 운운하는 이야기는 도저히 전할 수 없었다.

"역시 자네와 왜놈 여자 일이 두령의 귀에 들어간 거야. 두령은 조선인 동포가 왜놈 여자와 깊은 관계가 되는 걸 아주 싫어하거든. 왜놈 여자와 사귀다가 쫓겨난 사람도 두세 명 있었지."

요시다 씨는 진지한 얼굴로 말했다.

"그녀와는 그저 말을 주고받은 것뿐이지 이상한 관계는 아닙니다."

나는 진지하게 반론했다.

"알고 있네. 그런 걸 누군가 과장되게 고자질한 거지. 어쨌든 일이 커지기 전에 다른 현장에 가는 것이 좋을지도 몰라. 항만에는 여자인부가 없으니까."

요시다 씨는 납득했다는 듯이 말했다.

내가 현장을 옮기게 된 이유가 두령이 말한 대로인지 아니면 요시다 씨가 지적한 것 같은 사정이 있었는지 혹은 두 가지가 혼재되었는지, 아무리 생각해도 결론은 나지 않았다.

다만 한 가지 분명한 점은 치즈와 인연이 끊기지 않으려면 내 쪽에서 적극적인 행동을 취해야 한다는 것이었다. 다음 주 월요일부터 새로운 현장에 나간다면 치즈와 만날 수 있는 날은 토요일과 일요일, 이틀밖에 없었다. 비라도 내리면 그 이틀마저도 사라져 버린다. 날이 개기만을 간절히 바랐다.

다음 날은 활짝 개었지만 다리 아래로 흐르는 강물은 아직 흐렸다. 시든 풀로 뒤덮였던 강둑에 파란 새싹이 돋아나기 시작했다. 나는 요시다 씨와 나란히 걸으면서 강둑 보강공사 현장을 떠나는 것은 돌이킬 수 없는, 인생 일대의 실책이 아닐까 하고 생각했다.

여자인부들 속에서 치즈의 모습을 확인하자 후회는 더욱 커지기만 했다. 치즈와 매일 같은 현장에 서서 그 모습을 바라보고 서로 이야기를 나누는 행복에 비하면, 두령의 오른팔이 되는 기쁨은 먼지만도 못한 것이었다.

"다음 주부터 다른 현장으로 배치가 바뀝니다."

치즈의 지게에 토사를 담아주면서 알렸다. 치즈는 뒤돌아보더니, 묘한 시선만 남긴 채 멀어져 갔다. 나와의 일 따위는 하찮은 티끌 정도로밖에 생각하지 않는가 보다 하는 충격에, 그 자리에 주저앉고 싶은 기분이었다.

"어느 현장으로 옮겨가는데?"

다시 돌아온 치즈가 물었다. 웃음기가 걷힌 무서운 눈길이 나를 똑바로 쏘아봤다.

"항구의 하역작업입니다."

내 대답에 치즈는 한순간 뭔가 깊이 고민하는 표정이 되었다. 그러나 그 이상 아무 말도 하지 않았다. 치즈의 그런 태도가 이전과는 달리 뭔가 서먹하게 느껴졌고 이제 이것으로 끝이구나, 하는 생각에 쓸쓸함이 밀려왔다. 치즈와 멀어지면 틀림없이, 바다 하나를 사이에 두고 마주본 나의 고향을 향한 그리움이 다시 불타오를 것이었다. 내게 가장 중요한 것은 '왜놈 여자'를 연모하는 것만은 아닐 터, 차라리 잘됐는지도 모른다.

점심시간에 평소처럼 여자인부들과 떨어져서 도시락을 먹고 있을 때 내 눈은 자연히 치즈 쪽을 향했다. 여자들이 둘러앉아 잡담하는 가운데 치즈 혼자만 웃지 않았다. 뭔가 깊은 생각에 사로잡힌 것처럼 보였다.

"어제 가네무라 마을까지 가봤습니다."

오후 작업이 시작되자마자 나는 큰맘 먹고 치즈에게 고백했다. 헤어지기 전에 이 말만은 전하고 싶었다.

"가네무라 어디까지 왔었어?"

"치즈 상 집까지 가봤죠. 닭장 앞을 지나 해변으로 나갔습니다."

내 대답에 치즈는 충격을 받은 것 같았다. 커다란 눈으로 나를 찬찬히 응시하더니 가득 찬 지게를 지고 떠나갔다. 그 뒷모습이 어쩐지 불안해 보였다. 그 후 치즈는 내 쪽으로 오지 않고 다른 동료 있는 데로 가서 줄을 섰다. 명백히 나를 피하고 있었다.

해가 저물고 일과를 끝내는 신호가 울림과 동시에 한꺼번에 피로가 몰려왔다. 여느 때 같은 해방감이 없었다. 요시다 씨와 현장 뒷정리를 하고 도구를 제자리에 넣고 있을 때 여자인부들은 귀가할 채비를 시작했다. 말을 걸 기회도 없이 우리는 현장을 떠났다.

"항만 일은 여기보다 어려울 걸."

강둑을 걸으면서 요시다 씨가 이야기하는 것을 건성으로 들었다. 밤에 이불 속에 들어가서도 좀처럼 잠이 오지 않았고 몇 번씩이나 뒤척였다. 가볍게 코를 골며 자고 있는 요시다 씨가 원망스러웠다. 새벽녘에 설핏 잠이 들었다가 창밖에서 들리는 발동선 소리에 잠이 깼다. 나는 결심했다. 깨끗하게 치즈를 단념하는 대신 이별의 인사만은 분명하게 해두자고 마음먹었다.

요시다 씨와 함께 일찌감치 현장에 도착하자 다른 여자인부들은 아직 오지 않았는데 치즈의 모습이 보였다. 도구를 넣어두는 창고 열쇠를 열고 지게를 꺼내 치즈에게 가져갔다.

"오늘로 이별이군요. 부디 몸 건강하십시오."

나는 기껏 그렇게 말했을 뿐이다.

"항만작업도 비오는 날은 쉬지 않아?"

치즈의 눈이 나를 올려다봤다.

"물론 비가 오면 인부들은 어디나 쉬지요."

나는 고개를 끄덕였다.

"비 오는 날, 오후 두 시에 우리 마을 뒤쪽 해변으로 와줘."

도발적인 시선이었다.

"알겠습니다. 가겠습니다."

나는 입 안에 침이 바싹 마르는 것을 느끼며 대답했다.

작업이 시작되고 나서 나는 몇 번이나 치즈의 모습을 눈으로 뒤쫓았다. 치즈는 잡담을 하지 않고 쉼 없이 바지런히 일했다. 어제는 부자유스럽고 굼떴던 치즈의 동작이 오늘은 어딘지 모르게 유연해졌다. 마치 내게 영혼을 맡기듯 지게를 내밀었다. 나는 가능한 살그머니 토사를 퍼 담고 나서 치즈의 어깨에 손을 얹어 다 찼다는 신호를 해줬다.

하루가 눈 깜짝할 새 지나갔다.

'비오는 날 마을 뒤 해변으로 와줘.'

그날 치즈와 나눈 대화는 아침의 한마디가 전부였다. 하지만 그 한마디는 하루 종일 내 가슴 속에 긴 여운을 남겼다. 나는 삽질을 할 때마다 치즈의 말을 되새겼다.

일이 끝났을 때 치즈와 눈이 마주쳤다. 비로소 치즈의 얼굴에 미소가 떠올랐고 살짝 고개를 까딱했다. 나도 손을 약간 들어 답례했다.

강둑에 오르자 풍부한 수량이 바다를 향해 흘러가고 작은 배가 천천히 내려가는 것이 바라다보였다.

"가와모토, 자네는 그 왜놈 여자를 좋아했지. 나도 알고 있었어."

뒤에서 쫓아오던 요시다 씨가 말했다.

"그러나 이렇게 된 게 나아. 나중에 후회하느니, 상처가 깊어지기 전에 헤어지는 편이 낫지."

내가 잠자코 있자 요시다 씨는 위로하는 듯 말을 덧붙였다. 그때 나는 현장 교체 얘기를 두령에게 흘린 사람이 요시다 씨였는지도 모른다고 생각했다. 나를 간부후보생으로 키우겠다는 두령의 말이 빠르게 진정성을 잃어갔다.

"일본은 패배한다. 신문에는 나지 않았지만 도쿄가 미군 폭격으로 불바다가 되었다는 거야. 제철소가 있는 야하타도 석탄 출하항인 와카마쓰도 폭격 대상이래. 아시야도 군비행장이 있으니까 위험해."

요시다 씨는 내가 당혹해하는 데 개의치 않고 말을 계속했다.

"일본이 패한다면 조선은 독립이야. 그러면 우리도 조선에 돌아가지 않으면 안 돼. 두령은 벌써 그때의 상황을 고려하는 것 같아. 자금과 자재를 가능한 확보해두고 해방과 동시에 조선에 건너가 여기서처럼 토목청부업을 시작할 계획이지. 마산에 친척이 있다든가? 그러니까 그곳이 거점이 될지도 몰라. 조선을 재건하려면 토목공사는 절대로 필요할 테니까. 두령다운 계산이지. 그러기 위해서는 인재도 빼놓을 수 없는 요소니까 우리들 중에서 유능한 사람을 데리고 가서 간부로 발탁한대. 내게도 말이 있었어. 그러나 내 고향은 제주도고 부모님과 형님과 의논하지 않고서 나 혼자 결정할 수 없지. 조건만 맞으면 두령에게 붙어있겠지만….”

부스스한 머리를 강바람에 휘날리면서 요시다 씨는 말했다.

“자네도 여자 일보다는 장래 문제를 걱정하는 게 좋아. 조국이 해방될 때까지 조금이라도 돈을 저축해두던가, 그 전에 일본을 탈출하던가. 나보다 젊으니까 무슨 일이든 할 수 있잖아.”

“탄광을 도망쳐 나왔기 때문에 지금은 고향에 돌아갈 수 없습니다. 면 순사들이 눈을 번득이고 있을 거예요.”

드물게 나는 반론을 폈다.

“그렇다면 가능한 돈을 모아야 해. 다른 동료들처럼 술, 담배, 도박에 탕진해서야, 아무것도 되는 일이 없을 거야.”

요시다 씨는 타이르듯 말했다. 화투를 즐기는 동료들과 달리 조용히 책을 읽는 그의 속마음을 알 것 같았다.

월요일에 나는 두령을 따라 항구까지 갔다. 현장감독은 키보다 어깨폭이 넓어 보이는 50 안팎의 조선인 동포였다. 나와 나란히 서자 머리가 내 가슴 높이밖에 안 되었다.

“키가 너무 큰 사내는 하역작업에는 맞지 않는데….”

감독은 두령에게 농담인지 진담인지 모를 말투로 이야기했다.

“보기에는 그래도 탄광에서 단련되었기 때문에 힘이 좋다.”

"석탄 채굴이 힘들다 해도 발밑이 흔들리지는 않지. 뱃짐을 육지에 부리는 작업을 양륙이라 하는데, 양륙을 하려면 발밑이 휘청거리지 않아야 해. 특히 키다리는 무게 중심이 높아서 한층 더 힘들 걸."

감독은 두령이 떠나는 것을 배웅하고 난 뒤 내게 이렇게 말하며 해안의 안벽(岸壁)35) 까지 데리고 갔다. 안벽과 연결된 커다란 배에서 인부들이 시멘트 포대를 실어 내리고 있었다. 양 어깨에 한 포씩 지고 바다와 안벽 사이에 걸쳐놓은 널빤지 위를 종종걸음으로 건넜다.

"자, 해봐!"

감독은 인부 한 사람을 불러 나를 소개했다. 널빤지 길이는 5, 6미터는 족히 되었다. 멀리서 볼 때는 알아차리지 못했으나 파도의 움직임에 따라 크게 좌우로 흔들렸다. 널빤지 폭은 40센티미터 정도밖에 안 되었고 널빤지 위에 오르는 순간 몸이 아래로 가라앉았다. 해면이 아득하게 눈 아래 보였다. 나는 가까스로 배 쪽으로 건너뛰었다.

"신참이니까 한 포대만 지게 해라."

시멘트 포대를 어깨에 얹어주는 담당에게 선임인부가 지시를 내렸다. 오른쪽 어깨에 올려놓은 시멘트 포대는 생각만큼 무겁지 않아서 얼마간 안심하며 하선 전용 널빤지에 발을 디뎠다. 한두 걸음 걷는 동안 널빤지가 흔들리기 시작했고 중간까지 갔을 때 갑자기 균형을 잃었다. 앞으로도 뒤로도 갈 수 없는 진퇴양난에 빠져 어깨에 얹은 시멘트 포대를 내던지는 동시에 안벽 쪽으로 뛰어올랐다. 시멘트 포대만 바다에 빠졌을 뿐 몸은 겨우 육지에 매달려 버틸 수 있었다.

처음부터 보고 있었던 것일까. 주위에서 웃음소리가 터졌다.

---

35) 큰 배를 대기 위해 항구나 강가에 콘크리트나 돌 따위로 쌓아 만든 축대.

"말한 대로지? 본래는 시멘트 한 포대 값을 일당에서 빼야 하는 건데."

감독은 내 손을 잡아당기면서 말했다. 나는 굴욕감으로 귀까지 빨개져 작업복에 묻은 흙을 털었다.

"처음엔 다 그래. 바다에 처박히지 않은 것만 해도 대단한 거야."

선임인부가 위로하면서 내 앞에서 시멘트 한 포대를 지고 시범을 보였다. 널빤지가 휠 때 어느 정도 흔들리기 전에 재빠른 걸음으로 빠져나가는 것이 요령이었다.

"발밑을 내려다보면 안 돼. 똑바로 육지 쪽을 바라보면서 두 발을 번갈아 움직여 끌어당기는 거지."

내가 널빤지 위를 왕복할 때마다 선임인부는 요령을 가르쳐 줬다. 10회 정도 오가는 동안 흔들리지 않고 건너게 되었다. 그러나 다른 인부들이 한 번에 두 포대씩 운반하는데 키가 장대같이 큰 내가 한 포대밖에 나르지 못한다는 사실은 창피했다.

시멘트 하역은 오전 중에 끝나고 감독이 조금 빨리 점심을 먹자고 말했다. 하역 작업조는 도시락을 싸오지 않고 도구 보관창고를 겸한 가건물에서 다 함께 점심을 먹었다. 함바와 같이 식탁 가운데 밥통이 놓여 있고 다섯 가지 정도의 반찬이 각각 큰 대접에 담겨 있어 좋아하는 반찬을 골라 먹으면 되었다. 밥은 거의 흰 쌀밥으로 보리가 어쩌다 눈에 띄는 정도로 섞여 있었다. 식사담당 아주머니가 일본인이라 반찬은 무나 순무 조림, 우엉볶음, 매콤한 잡어 조림 등 내 입에는 맞지 않았지만 배불리 먹었다.

"자네는 그렇게 덩치가 크니까 사양하지 말고 먹는 게 좋겠어. 부족하면 식사담당 아주머니가 더 갖다 줄 걸세."

반찬을 볼이 미어지게 넣고 꿀꺽 삼키던 옆자리의 동포가 말했다.

"내가 여기서 일 시작하던 첫날은 지독하게 추운 날이라 호된 변을 당했지. 쌀 포대와 함께 풍덩 바다에 빠졌는데, 몸이 뻣뻣해져서 헤엄을 치려 해도 칠 수가 없었지. 구조될 때는 추워서 이가 딱딱 맞부딪치고 거의 죽는 줄 알았지 뭔가."

붙임성 있게 웃으면서 격려해줘서 정말 기뻤다.

오후부터 하는 하역작업에서는 더 이상 휘청거리지 않았다. 수평선으로 떨어지는 석양이 해안의 안벽과 선체를 온통 검붉게 물들였다. 널빤지 아래로 흘긋 바라다본 해면은 온통 불꽃처럼 빨갛게 흔들리고 있었다.

하역하는 화물은 매일 달랐다. 콩, 설탕, 소금, 감자, 자갈, 쌀, 밀 등, 문자 그대로 일용잡화가 중국이나 조선 혹은 일본 혼슈의 서해안 지방에서 도착했다. 이곳에서 화물이 하역되는 한 전쟁에서는 패하고 있지만 물자는 넘쳐난다는 사실을 실감했다. 그러나 이런 풍부한 식량의 행선지는 대체로 군사시설이었다. 그곳에 비축되어 일반 시민의 손에는 건네지지 않는다고 선임인부가 알려줬다.

아침에 눈뜨면서부터 저녁에 잠들 때까지 내내 치즈만 생각했다. 드디어 비가 내린 것은 해안 안벽에서 일하기 시작한 지 열흘 정도 지나서였을까. 한밤중부터 억수같이 쏟아지기 시작한 비는 날이 밝아서까지 계속 내렸다. 나는 뛸 듯이 기뻤다.

아침밥을 먹은 후 방에 돌아와 누웠다. 점심시간이 지날 때까지는 한참 시간이 남았지만 치즈를 만나러 나갈 때까지는 아무 일도 하고 싶지 않았다.

"어디 몸이라도 안 좋나? 모처럼 휴일이니까 시내에 나가보는 것도 좋을 텐데."

요시다 씨는 걱정스럽다는 듯이 내게 말을 걸어왔다. 옆방에서는 동료들이 화투에 열을 올리고 있었다.

"그냥 빈둥거리며 쉬겠습니다. 내키면 오후에라도 나가보지요."

"같이 야하타 주변이라도 갔다 올까? 단팥죽 집을 알고 있거든. 머리꼭지가 돌 정도로 달콤하지."

요시다 씨의 권유에 나는 자는 척하는 것으로 응수했다. 누워서 눈을 감고 있는 동안 진짜로 잠이 들었고 눈을 뜬 것은 12시가 다 되어서였다. 방 안에 요시다 씨 모습은 보이지 않았다.

옷을 갈아입고 화투에 몰입한 동료들의 목소리를 방문 너머로 들으며 함바를 빠져나왔다. 자노메 우산 위로 빗방울이 튀는 소리가 들렸다. 두세 번 간 적 있는 시내 한복판의 식당에 들어가 우동을 주문했다. 작은 사발 하나로는 성에 안 찼지만 두 그릇을 먹기엔 돈이 아까웠다. 가능한 면을 천천히 씹고, 국물도 오래 음미했다. 하지만 식사를 마치고 쳐다본 벽시계는 아직 12시가 조금 지났을 뿐이었다.

다리까지 걸었다. 빈 고헤타부네36) 여러 척이 나란히 상류 쪽으로 오르고 있었다. 비구름 아래 에비쓰(海老津) 탄광의 폐석더미가 흐릿한 윤곽을 드러내 보였다.

빗소리만이 들리는 고요한 풍경이었다. 불과 3, 4개월 전까지 지옥 같은 갱 안에 있었던 사실이 믿어지지 않았다. 그 무렵은 순간순간 목숨을 부지하는 데만도 온 정신을 쏟아야 했다. 괴로운 시간을 달래기

---

36) 고헤타부네(五平太舟): 온가강에서 주로 석탄 운송을 하던 나룻배. 옛날 고헤타라는 인물이 석탄을 발견했다 하여 석탄을 고헤타, 석탄운반선을 고헤타부네라고 부름.

위해 마음속에 애타게 그렸던 것은 오로지 밥과 잠 두 가지뿐이었다. 그러나 그것은 탁류에 휩쓸려가는 자가 결코 도달할 수 없는 아득한 강변과 같아서, 밥과 잠을 아무리 상상해도 당시의 허기와 수면부족은 채워지지 않았다.

그러나 지금은 달랐다. 치즈와 만날 때까지 남은 몇 시간이 감미로움 그 자체로 마음속에 자리 잡았다. 만남의 시간으로 조금씩 다가간다는 생생한 실감이 즐거웠고, 치즈와 만날 때까지 시간이 더 많이 남아있다면 오히려 그만큼 즐거움이 늘어날 것 같았다.

가네무라 마을까지 가는 길은 처음 왔을 때보다 가깝게 느껴졌다. 될 수 있는 대로 천천히 걸을 생각이었지만 비를 피해 걷다보니 자연히 걸음이 빨라져 생각보다 일찍 마을에 닿았다. 약속 시간인 2시는커녕 아직 1시도 되지 않았다. 나는 어쩔까 하다가, 치즈의 집 앞을 지나쳐 해변으로 나가기로 했다.

마을은 질퍽거리는 어두운 골목길이 이어지고 기우뚱한 전신주와 초가지붕이 비를 맞고 서 있었다. 철망 속의 닭들이 추운지 고개를 파묻었다. 우산을 올리고 치즈네 안채를 흘낏 바라본 순간 개가 사납게 짖어댔다. 처마 밑에 묶여 있던 개는 네발을 쳐들고 나를 향해 시뻘건 입을 벌리며 으르렁거렸다.

도망치듯 그 자리를 재빨리 지나쳐 해안으로 통하는 길로 내려갔다. 파도의 하얀 물머리가 끊임없이 모래톱에 밀려왔다 밀려갔다. 비를 피할 마땅한 곳이 어디에도 없어 모래 위에 드러난 바위 위에 걸터앉았다. 치즈의 집으로 이어지는 비탈길과 해안이 동시에 시야에 들어오는 곳이었다. 자노메 우산을 어깨 뒤로 걸쳤다. 정확한 시간은 알 수 없지만 설령 한 시간 이상 기다리게 된다 해도 아무렇지 않았다.

나는 파도 소리를 들으면서 앉아 있었다. 빗속에서 물결치는 바다와 사람의 발자취 없이 활모양으로 구부러진 바닷가, 그리고 치즈가 곧 모습을 나타낼 비탈길을 번갈아 지켜봤다. 파도 소리에 실려 멀리서 개 짖는 소리가 들려왔다. 하얀 빗줄기가 바람에 휘날려, 커튼이 흔들리듯 모래 해변 위로 멀어져갔다.

　1초, 1초, 만날 시간이 점점 다가오자 기대가 더욱 부풀어 올랐다. 시간이 흐름에 따라 주변의 공기가 더욱 농밀해졌고 호흡하기도 힘이 들었다. 나는 문득 치즈가 찾아온다면 무슨 말을 하면 좋을까 염려되었다. 일본어가 술술 입에서 나올까. 조선어 억양이 섞인 일본어를 비웃지는 않을까. 두 사람만 있게 되면 내가 치즈를 지루하게 만들지는 않을까. 치즈가 혹시라도 나를 싫어하게 되느니 차라리 만나지 않는 편이 더 낫지 않을까. 무릎이 해진 바지와 진흙이 묻은 지카다비 작업화 차림인 채 여기까지 온 자신이 멋모르는 촌놈처럼 느껴졌다.

　한동안 마음이 약해졌다가, 이번에는 반대의 감정이 고개를 들었다. 치즈를 좋아하는 사람은 나다. 한 번 만나 두세 마디 말을 건네고 5분만이라도 함께 있을 수 있다면 그것으로 내 소원은 이루어진 것이 아닐까. 그녀가 어떻게 생각하건 내 기분을 있는 그대로 표현한다면 설령 나를 좋아하지 않더라도 상관없지 않을까…. 또 하나의 내가 나 자신을 북돋아주었다.

　모래 해변 끝에 있는 소나무 숲에 눈길을 주었을 때 까만 점이 숲속에서 뛰어나온 것을 보았다. 조그만 사람의 그림자는 똑바로 나를 향해 다가왔다. 그것이 여성이라는 것을 알아차리고 나는 무의식적으로 벌떡 일어섰다. 주황색 우산 아래 얼굴은 분명하지 않으나 몸뻬를 입은 몸의 윤곽은 틀림없이 치즈였다.

치즈는 얼굴 가득 웃음기를 머금고 있었다.
"조금 빠른가 싶었지만 나오기를 잘 했네. 얼마나 기다렸어?"
"한 시간 정도 …. 시계가 없기 때문에 잘은 모르겠지만요."
"그렇게나?"
치즈는 눈을 반짝이면서 놀란 표정을 지었다.
"함바에 있어봤자 할 일도 없으니까요."
일본어가 유창하게 입에서 흘러나와 내심 안도했다.
"그런데, 저 비탈로 내려올 줄로만 생각하고 있었는데요."
"집에는 아시야에 간다 하고 나왔기 때문에 직접 여기로 올 수 없었어. 동구 밖까지 나갔다가 소나무 숲으로 해서 해변으로 내려왔어. 당신이 여기 있는 거 멀리서부터 알았어. 머리는 나빠도 눈은 좋으니까."

치즈는 장난스럽게 웃었다. 뭐라 대답하면 좋을까 망설이다 애매한 웃음으로 대신했다. 짧은 침묵이 흘렀고 그것이 나를 긴장시켰다. 그러자 치즈는 화난 듯 걷기 시작했다. 나도 뒤를 따랐다.

지난번 처음 왔을 때 붉은 흙이 묻은 손을 씻었던 바위를 지나자 모래밭은 갑자기 좁아졌다. 치즈는 개의치 않고 바위 사이를 빠져나갔다. 끊어졌다고 생각한 모래밭은 거기서부터 일단 넓어졌고 붉은 기가 도는 갈색의 바위벽이 앞길을 가로막았다.

줄무늬 단층이 10미터가 훨씬 넘는 절벽을 이루었고 아래쪽에 몇 개의 움푹 팬 작은 동굴이 있었다. 치즈는 그중 한 곳에 마침 비를 피하려는 듯 들어갔다.

"여기라면 아무도 오지 않아."
치즈는 바위 사이로 내비치는 바다를 바라보며 말했다.
"치즈 상, 비에 젖지 않도록 하세요. 감기라도 들면 큰일이잖아요."

나는 동굴 안쪽으로 치즈를 들여보냈다. 동굴의 깊이는 2미터 남짓했고 천장은 허리를 구부려야 들어갈 정도의 높이였지만 바람의 방향에 따라 비가 들이쳤다.

"비오는 날 불러내서 미안해."

새삼스러운 어조로 치즈는 말했다.

"아뇨, 내내 비오는 날만 기다렸어요."

나는 비가 들이치는 쪽으로 앉으면서 대답했다.

"가와모토."

내 이름을 부르는 치즈의 얼굴이 바로 곁에 있었고 나는 얼떨결에 시선을 피했다. 치즈는 말을 이어갔다.

"가와모토는 일본 이름이잖아. 진짜 이름으로 부르고 싶은데."

치즈는 어찌할 바를 몰라 허둥거리는 내 눈을 뚫어지게 응시했다.

"당신이 어렸을 때 부모님이나 친구들이 부르던 이름말이야."

"하시근."

나는 작은 소리로 대답했다.

"하시근?"

치즈는 고개를 갸우뚱하며 따라 했다.

"강 하(河), 때 시(時), 뿌리 근(根)을 써서, 하시근."

나는 조금 전보다 큰 소리로 말했다.

"하시근."

치즈는 힘주어 내 이름을 입술에 올렸다.

"그래도 막 부를 수는 없잖아. 존칭을 붙일래."

"막 불러도 괜찮습니다. 치즈 상이 연상이니까요."

"자, 그럼 당신이 나를 그냥 '치즈'라고 부르면 나도 '하시근'이라고 부를게. 그럼 서로 비기는 거야."
　치즈는 까르르 소리를 내며 웃었다.
　동굴에 앉아 있으면 앞쪽에 겹겹이 놓인 바위만 눈에 보일 뿐 활모양으로 구부러진 모래밭도 그 끝에 있는 소나무 숲도 시야에 들어오지 않았다.
　"치즈 상은 어렸을 때 이 해변에서 자주 뛰어놀았겠지요?"
　"또 존칭을 붙이네."
　치즈는 팔꿈치로 내 몸을 쿡쿡 찔렀다.
　"놀러오기도 했고, 야단맞았을 때도 해변으로 나와 바다를 바라보곤 했지. 그렇게 하면 신기하게 기분이 진정되는 거야."
　치즈는 들이치는 비를 막기 위해 동굴 입구에 우산을 펼쳐 놓았다. 나도 치즈를 따라 그렇게 했다. 두 사람이 앉아 있는 절벽 아래 동굴이 주위로부터 외딴 공간이 되었다.
　"항만작업은 힘들지?"
　"힘들 것도 없습니다."
　"하시근이 현장에 나오지 않으니까 왠지 재미가 없어졌어. 그저 일이니까 할 뿐이야."
　치즈는 아직 젖지 않은 모래를 손으로 퍼 올려 사락사락 손가락 사이로 흘렸다.
　"재미없기는 저도 마찬가집니다."
　"정말?"
　"정말이요. 이런 걸로 거짓말 하겠어요?"
　나는 약간 긴장한 채 대답했다.
　"어떻게 재미없는데? 말해줘."

치즈가 졸랐다.

"어떻게 라고 물으셔도… 음, 제방 공사장에서 일할 때는 일이 끝나는 것이 아쉬웠습니다. … 지금은 일이 빨리 끝났으면 하고, 종업 호루라기 소리만 기다리지요."

대답이 궁했지만 솔직하게 내 느낌을 털어놓았다.

"그것뿐이야?"

"전에는 아침에 일을 나갈 때도 치즈 상을 볼 수 있다고 생각하면 왠지 즐겁고 기운이 막 솟았죠."

"정말?"

치즈는 내 눈을 빨아들일 듯 응시하면서 물었다.

"정말요."

나는 얼굴이 달아올랐다.

"자 내 눈을 똑바로 쳐다봐. 눈을 보면 정말인지 아닌지 알 수 있으니까."

속마음이 눈에 나타난다면 그 이상 쉬운 설명은 없었다. 나는 치즈의 커다란 눈망울을 찬찬이 바라봤다.

"정말 맞네."

치즈는 고개를 끄덕였다.

"아 기뻐."

치즈의 입에서는 탄식과도 같은 신음이 흘러나왔고 천천히 내 쪽으로 몸을 기댔다.

"천장을 바라보고 누워."

나는 치즈의 말대로 했다.

"하시근."

치즈는 정면으로 누워 있는 내 얼굴에 입을 가까이 대고 불렀다.

"치즈 상."

"앞으로 우리 내내 만나."

햇볕에 그은 피부와 반짝반짝 빛나는 눈이 다가왔고 부드러운 입술이 내 입술을 덮었다. 나는 치즈를 끌어안고 눈을 감았다. 치즈의 혀가 부드럽게 내 혀를 휘감았다. 환희가 온몸으로 퍼져나갔다. 입술과 입술이 포개지자 치즈는 내 작업복 가슴 단추를 풀었다. 내 가슴에 치즈는 뺨을 바싹 대고 나지막하게 중얼거렸다.

"당신이 너무 좋아."

나는 치즈의 윗옷 끈을 더듬어 찾았다. 상체를 일으키고 가슴을 풀어헤친 것은 치즈 쪽이었다. 희고 풍만한 젖가슴을 나는 두 눈에 가득 담고 입으로 젖꼭지를 물었다. 크고 부드러운 젖꼭지를 입속에서 이리저리 굴렸다. 치즈가 가느다란 신음을 흘리는 것을 듣고 다른 쪽 젖꼭지로 입술을 옮겼다. 공사현장에서 치즈를 바라볼 때마다 항상 시선을 끌어당기던 가슴이었다. 그 속살을 음미하고 있다는 환희가 몸 구석구석까지 퍼져 나갔다.

"아래도 벗어."

치즈는 냉정하게 말하고 내게서 상체를 뗐다. 내가 바지 끈을 푸는 것을 기다렸다가 치즈는 내 그곳에 손을 얹었다. 때때로 얼굴에 안개 같은 비가 들이쳤고 치즈의 등 뒤로 잿빛 하늘이 보였다.

"잠깐 기다려줘."

치즈의 목소리를 파도 소리와 함께 들었다.

"하시근."

치즈는 다시 한 번 내 이름을 불렀다. 커다란 눈을 동그랗게 뜬 치즈의 얼굴이 곧 가까이 다가왔고 하반신에 치즈의 피부가 와 닿는 촉감을 느꼈다. 이윽고 치즈의 오른손이 나의 내밀한 부분을 이끌어 우리의 몸이 한 점에서 만났다. 그리고 하나가 되었다.

"치즈."

"하시근. 당신을 좋아해."

뜨거운 숨이 닿아, 나는 다시 눈을 감을 수밖에 없었다. 치즈의 머리카락이 내 얼굴을 덮었다. 나는 두 손으로 치즈의 물결치는 엉덩이와 등을 든든하게 받쳤다. 태어나서 처음 맛본 감촉이었다. 이보다 더한 감미로움이 이 세상에 존재할까.

"좋아?"

치즈는 내 목에 꼭 매달리면서 물었고 나는 몇 번이라도 끄덕였다. 파도 소리가 멀어지고 치즈의 가쁜 숨결과 몸의 율동이 더욱 격렬해지고 나는 자신이 환희의 정점에 도달했음을 알았다. 열락(悅樂)이 온몸을 계속 뒤흔들었고 그 후 파도가 잦아들 듯 움직임도 느려졌다.

"이대로 움직이지 마."

치즈는 내 가슴에 얼굴을 파묻으면서 나지막하게 되뇌었다. 다시 파도 소리가 들리기 시작했다. 바람의 흔들림과 함께 안개비가 얼굴을 적셨다.

"춥지 않아요?"

내가 물었다.

"괜찮아. 부탁이니까 아직 이대로 있어."

치즈는 내 눈을 응시하며 미소를 지었다. 나는 치즈의 드러난 하반신을 애무했다. 내 물건에 닿아 있는 부분의 따뜻한 감촉과는 정반대로 오목하게 팬 등부터 불룩 솟은 엉덩이에 이르기까지 피부는 차가웠다. 고개를 들고 치즈의 입술을 찾았다. 두 사람의 몸이 다시 위 아래로 굳게 얽히기 시작하는 것을 느꼈다. 이번에는 내가 허리를 물결에 실을 차례였다. 치즈는 놀라서 내게 매달렸다. 나는 치즈의 몸을 껴안은 채 모래 위를 뒹굴었다.

"잠깐만,"

치즈는 손을 뻗어 벗어던진 몸빼를 몸 아래 깔았다. 상체를 일으킨 내게서 떨어지지 않으려고 치즈 또한 고개를 들고 내 가슴에 꼭 매달렸다. 포개진 두 몸을 이끌고 몰아의 경지로 나는 정신없이 나아갔다. 목젖이 울리고 거친 숨을 터뜨리면서 먼저 절정에 오른 것은 치즈였다. 몇 초 지나서 내게도 환희가 몰려왔다. 나는 움직이길 그친 내 몸을 그대로 치즈 위에 묻은 채 숨을 몰아쉬었다.

"치즈, 좋아해요."

내 목소리에 치즈는 눈을 감은 채 고개를 끄덕였다.

"앞으로도 계속 만나고 싶어."

"만나요. 계속이요."

"약속해줘."

치즈는 그녀의 오른손 새끼손가락을 내밀어 내 손가락에 강하게 깍지를 꼈다.

"약속을 어기면 이 새끼손가락, 썩어서 떨어져나가는 거야."

다시 진지한 표정이 된 그녀가 말했다.

"부탁이 있어. 여기에 입술을 대봐."

치즈는 앞가슴을 풀어헤치고 젖가슴을 내보였다. 나는 거기에 입술을 파묻었으나 어떻게 해야 좋을지 알 수 없었다.

"아프게 깨물지는 말고 키스해줘."

치즈가 말했다. 나는 치즈의 젖가슴에 진한 입맞춤을 퍼부었다. 유두 주변의 하얀 피부에 점점이 붉게 물든 반점이 새색시처럼 수줍게 떠올랐다.

"이 다음 만날 때까지 당신의 흔적을 남겨두려는 거야."

치즈는 가슴을 여미면서 말했다.

우리는 옷차림을 바로 하고 일어서서 옷에 묻은 모래를 털었다.

"나는 이대로 돌아갈 테니까 당신은 잠시 후에 소나무 숲 쪽으로 해서 돌아가도록 해. 우리 집 앞으로는 지나가지 않는 게 좋겠어. 비와서 쉬는 날, 만나는 장소는 바로 여기야."

치즈는 어린애처럼 발로 모래 위에 동그라미를 그리며 말했다.

"다음에 올 때 해변에 혹시 다른 사람이 있으면 난 소나무 숲 속에 숨어 있을게. 시간은 1시에서 2시 사이. 아버지가 낮잠을 주무시는 틈에 몰래 빠져 나와야 하니까 확실한 시간은 정할 수 없거든."

"어차피 내가 먼저 와 있을 겁니다."

"그럼 안녕!"

치즈는 자노메 우산을 들고 종종걸음으로 멀어져 갔다. 바위 그늘로 들어가기 전에 나를 돌아보고 살짝 손을 흔들었다. 나도 마주 손을 흔들었다. 동굴을 나오자 비가 세차게 옆으로 내리치며 쏟아졌다. 바다도 하늘도 젖빛으로 흐려 있었다.

10

"저, 프론트에 손님이 찾아오셨습니다만 안내해드릴까요? 사토 상이라는 분입니다."

여종업원이 후스마를 열고 허리를 반쯤 굽히며 물었다.

"이리 안내해 주시오."

나는 경직된 목소리로 대답했다. 후스마가 닫힌 후 점차 기분이 흥분되기 시작했다.

가마우지 은어낚시 관광선이 강 하류에 있는 보(洑)에서 돌아오고 있었다. 배 위에서는 아직 술잔치가 계속되고 있는지, 여자들의 간드러지는 웃음소리가 요란스레 들려왔다. 마음이 진정되지 않아 탁자 위를 정리하기도 하고 이래저래 애를 쓰다, 다시 툇마루에 나가 앉았다.

내 기억 속 하시영(河時榮)은, 그저 새빨간 피부에 주름투성이의 얼굴로 울어대는 갓난아기였다. 둥글고 귀여운 눈은 엄마를 닮았다고 서진철 씨가 말했지만 얼굴이 어땠는지는 이미 기억에 없었다.

"손님 오셨습니다."

여종업원의 목소리에 이어 다소 공손한 남자 음성이 들렸다.

"실례합니다."

방에 들어온 사람은 어깨가 널찍하고 동그란 안경을 쓴 남자였다. 나도 모르게 일어서서 가까이 다가갔다. 상대의 눈길이 쏘는 듯 내게 꽂혔다. 쌍꺼풀진 눈이 치즈를 그대로 그려놓은 것 같았다.

"처음 뵙겠습니다. 사토 도키로라고 합니다."

남자는 숙연한 얼굴로 다다미 위에 무릎을 꿇고 두 손을 바닥에 짚고 인사했다.

"내가 하시근이네. 잘 와주었네."

나도 무릎을 꿇고 될 수 있는 대로 평정을 유지한 채 응대했다. 가슴 속은 뜨거운 열기로 가득 찼다. 여자 혼자 힘으로 이렇게 훌륭하게 키웠구나, 하는 생각이 치즈와의 추억 위로 포개졌다.

낮은 탁자 맞은편 자리를 권하고 내 방석을 깔아주려고 했지만 도키로는 끝까지 사양했다.

"일본어가 통하지 않으면 어쩌나 걱정했습니다만, 일본어가 능숙하시니 안심했습니다."

도키로는 경직된 나를 풀어주듯 말했다. 동작에서나 표정에서나 어딘지 천진하고 밝은 데가 있었다. 부산에 있는 세 아들과는 반대다. 그들은 내가 엄격하게 키운 탓인지 어딘지 굴절되고 맺힌 데가 있다.

"잠깐 맥주라도 시킬까."

내가 한숨을 돌리고 도코노마 위의 전화를 집으려고 하자 도키로는 말렸다.

"저 때문이시라면 차를 갖고 왔기 때문에 마실 수 없습니다."

"조금은 괜찮지 않을까?"

"아닙니다. 아무래도 제가 학교 선생 신분이라서요."

"차를 여기 놓아두고 택시로 돌아가면 되지. 어차피 내일은 일요일 아닌가. 내일 다시 차를 가지러 오도록 해."

나는 한 번 더 고집을 부렸다. 오늘과 내일의 택시비 정도야 내가 대신 내주면 된다.

"알겠습니다. 그렇게 하겠습니다."

도키로는 깨끗이 승복했다. 탁자를 사이에 두고 마주 앉았다. 나는 마음을 다잡기라도 하듯 아들의 얼굴을 가만히 응시했다.

"너에게는 언젠가 용서를 구하러 오지 않으면 안 된다고 생각했다."

나는 앉음새를 똑바로 고치고 진지하게 말했으나 도키로는 고개를 가로저었다.

"오카가키의 서진철 상에게 아버지가 오신다는 말씀을 듣고 지난 한 달 동안 잠이 오지 않았습니다."

나는 도키로가 자신의 입으로 말한 '아버지'라는 단어를 놓치지 않았다. 우리말로 아버지라는 호칭은 수천수만 번 들었지만 일본어로는 처음이었다.

"정말 미안하다. … 자네와 모친이 고생했다는 얘길 서진철 씨로부터 대강 들었지."

나는 진심으로 머리 숙여 사죄했다.

"피차 마찬가지입니다. 오히려 우리보다 아버지가 더 괴로우셨을 테지요."

도키로는 어디까지나 나를 위로하는 어조로 일관했다. 나는 눈시울이 뜨거워지고 할 말을 잃었다.

"아버지가 일본에 강제로 끌려온 이후 얼마나 쓰라린 고통을 당하셨는지, 또 고향에 돌아가서도 얼마나 고생의 연속이었는지 어머니는 늘 말씀하셨습니다."

"어머니가 나를 많이 원망했겠지?"

나는 어렵사리 그렇게 물었다.

"아니요, 조금도 그렇지 않았습니다. 아버지가 다정하고 훌륭한 분이라고 늘 말씀하셨지요."

아들의 말에 나도 모르게 눈물을 쏟고 말았다.

어쩔 수 없는 사정이 있었다고 해도 내가 처자식을 버린 것은 엄연한 사실이었다. 버렸을 뿐 아니라 지난 40년 넘게 두 사람에 대한 추억을 벽 속에 밀폐시킨 채 그들이 존재하지 않는 것처럼 온통 세월을 허송하지 않았던가.

"연락도 전혀 못하고, 미안하다."

나는 다다미에 두 손을 짚고 고개 숙여 진심으로 용서를 빌었다.

"아버지. 연락하려 해도 한국과 일본이 너무 멀었던 것입니다. 어쩌면 두 나라는 지구상에서 가장 먼 나라일지도 모르지요."

확실히 두 나라는 해협 하나 거리에 있으면서도 서로에게 등을 돌리고 있었다. 이승만 정권, 그리고 그 후 이어진 군사정권 아래서 일반인들은 일본에 건너가는 것이 그렇게 쉽지 않았다. 도쿄를 방문 중이던 김대중 전 대통령이 한국정보부에 의해 납치를 당했던 일이나 한국 유학 중이던 일본인 학생이 간첩혐의로 체포되어 20년 형을 선고받은 사실은 아직도 생생하다.

특히 1974년 재일교포 청년이 박정희 현직 대통령을 저격해 영부인을 숨지게 한 이후 한국정부가 주도한 반일 캠페인에 박차가 가해졌다. '북한의 공작 중계기지 일본'이라는 슬로건 아래 일본에서 한국에 도착하는 편지는 암암리에 검열당한다는 소문도 전혀 근거가 없는 이야기는 아니었다.

"게다가 아버지는 특히 일본에 감정이 많으실 겁니다. 강제로 연행되어 지하 탄광에서 소나 말처럼 노동을 강요당했습니다. 반항하면 거의 반죽음의 고문이 기다리고 있었지요. 그런 악마 같은 나라에서 있었던 일, 누구라도 기억하고 싶지 않았을 겁니다."

나는 도키로가 말하는 것을 눈을 감은 채 들었다. 분명히 나는 일본을 증오했다. 그러나 국가가 증오스럽다 해서 처자식을 버려도 괜찮다는 논리는 결코 온당치 않다.

"지금은 이렇게 말하지만, 어린 시절 연락도 하지 않는 아버지가 많이 원망스러웠겠지."

나는 얼굴을 들고 아들에게 캐물었다. 도키로의 안경 너머로 눈가가 붉게 젖어들었다. 나의 예상이 맞았음을 확인하는 순간이었다. 적어도 한때는 그도 나를 미워했음이 틀림없다.

"어머니는 언젠가 아버지와 만날 수 있는 날이 온다고 늘 말씀하셨습니다. 지금은 만날 수 없는 사정이 있으나 그 이유는 네가 이 담에 어른이 되면 알게 될 거라고, 입버릇처럼 말씀하셨지요."

도키로는 내 질문에 직접적으로 대답하지 않았다. 그 대신 내게서 시선을 돌려 강가가 내다보이는 유리문 쪽을 바라봤다.

"미안하다. 서진철 씨에게 이야기를 들었을 때, 그때 당장이라도 연락했어야 했는데."

나는 또 사죄의 말을 했다.

"아버지께도 사정이 있으셨겠지요."

도키로의 눈길이 다시 나를 정면으로 응시했다. 온화한 언동보다 때때로 보이는 강렬한 시선 쪽이 아들의 속마음이라는 것을 알았다.

아까와는 다른 여종업원이 맥주와 민물고기를 달착지근하게 조린 쓰쿠다니를 안주로 가져왔다. 나는 아들과 맥주를 마시며 새삼스럽게 건배를 했다. 부산의 아들들은 지금도 나와 함께 술 마시는 것을 좋아하지 않는다. 손윗사람과 술을 마실 때는 두 손으로 맥주를 따르고 상대를 정면으로 보지 않고 몸을 옆으로 돌리고 마셔야만 하는 전통 예법을 내가 고수하기 때문인지 그 아이들은 나와의 대작을 거북하게 여겼다. 나 이외의 사람들과 갖는 술자리에서는 마음 내키는 대로 행동하고 담배도 삼가지 않고 피울 수 있기 때문일 것이다.

나는 도키로와 어딘지 모르게 기분이 통한다고 느꼈다. 처음 거래 상대를 만난 자리에서는 결코 생기지 않는 깊은 감정 같은 것이었다. 40년 이상 떨어져 있었음에도 나는 도키로에게 묘한 친밀감이 솟아올랐다. 이 느긋하고 편안한 감정은 그대로 도키로의 내면에서 숙성되어 나온 것이다. 그것은 내가 그들을 거의 잊고 지낸 것과 달리 치즈와 도키로는 나의 존재를 항상 생각하며 살았던 데서 오는 차이이리라.

치즈와 알게 되어 함께 지낸 기간은 2년도 채 되지 않았다. 그러나 그 후 40년 넘게 꿋꿋하게 버티어 왔다면 치즈는 나와의 약속을 훌륭하게 지킨 셈이다. 내 기억 속에 있는 치즈의 모습은 고작 스물 두세 살의 젊디젊은 여성이었지만 그녀의 정신은 왠지 나와 함께 세월을 더해, 지금이라도 대등하게 대화를 나눌 수 있을 것 같았다.

"어머니는 무슨 일을 해서 생활을 꾸려가셨나?"

부산의 아들들에게 하는 것과 달리 도키로에게는 부드러운 말투가 되었다. 빈 잔에 도키로가 기다렸다는 듯이 맥주를 가득 채웠다.

"구두약 행상을 하셨습니다."

"행상을 했다고? 구두약을 팔러 다녔다는 말인가?"

나는 내 귀를 의심했다. 구두닦이라면 부산에서는 지금도 괜찮은 장사지만 구두약 행상은 들어본 적도 없다.

"막연하게 여기저기 팔러 다니는 게 아니라 관청이나 학교 공장 같은 사무실을 돌면서 팔았습니다. 제가 초등학교에 다니기 전에는 자주 데리고 다니셨습니다. 하루 두 군데 정도 들르는데요, 학교의 경우 직원실에 가서 선생님들의 구두를 무료로 닦아드리고, 마음에 들어하는 분들에게 구두약을 팔았지요. 먼저 상품을 시연해 보인 후 판매하는 방식을 쓰신 건데, 어머니가 닦은 구두는 주인이 깜짝 놀랄 정도로 반짝였습니다. 사는 사람은 구두약이 좋아서 구두가 반짝거린다고 생각하지만 실은 어머니의 닦는 방법이 남달리 능숙하셨던 겁니다. 정말 혼신의 힘을 다해 닦으셨으니까요. 한 군데서 2, 30개를 팔았습니다. 제가 교사가 된 것도 학교에 들어가기 전부터 그렇게 학교에 드나들었기 때문이 아닌가, 지금도 그렇게 생각합니다."

도키로가 담담하게 술회하면 할수록 나는 두 사람이 얼마나 힘들게 살았는지 뼈저리게 느꼈다.

"그렇게 단골 사무실을 돌 땐, 등짐을 지고 걸어다녔겠구나."

"네. 등 뒤에 구두약을 담은 보따리를 지고 제 손을 잡고 버스를 타기도 하고, 몇 킬로미터씩 걷기도 했습니다. 제가 초등학교에 들어가자 어머니는 중고 자전거를 사서 연습하셨습니다. 위태위태한 솜씨로 시내까지 다녀오시는 게, 어린 마음에도 걱정되었죠. 그 후 자전거는 스쿠터로 바뀌었고 제가 중학교에 갔을 때는 운전면허를 취득하셔서 삼륜차를 운전해 이웃 현까지 진출했습니다. 여름방학 때는 저도 함께 차를 타고 행상을 다녔습니다. 여관에는 묵을 수가 없어서 차안에서 밤을 보냈고 밥은 등산용 버너로 지어먹었습니다. 해변이나 논둑에서 먹는 밥은 어떤 산해진미보다 맛있었지요. 북쪽으로는 돗토리(鳥取)현, 남쪽으로는 구마모토(熊本) 현까지 갔던 것 같습니다. 제가 결혼해서 학교 근무 관계로 분가한 이후에도 어머니는 홀로 행상을 다니셨습니다. 이제 대충 그만 두시는 게 어떠냐고 말씀드렸습니다만 단골 고객들이 믿고 기다리기 때문에 가야 한다고 하시면서, 어쩌다 하루 쉬실 뿐 다음날은 꼭 일을 나가셨습니다."

도키로의 이야기를 나는 참담하고 부끄러운 심정으로 들었다.

어린애 손을 잡고 보따리를 등에 지고 행상을 나가는 20대의 치즈. 자전거를 타고 학교를 돌아다닌 30대의 치즈. 삼륜차를 운전하며 먼 타지로 출장 행상을 다니는 40대의 치즈. 그 모습들이 차츰 내 머릿속에 떠올랐다. 그리고 기묘하게도 각각의 연배에 이른 치즈가 내가 알던 2년간의 치즈의 모습과 하나로 이어졌다.

"어머니는 젊은 시절부터 씩씩한 여성이었지. 의지가 강하고, 어려움이 겹쳐도 어두운 얼굴을 남에게 보이지 않았다."

말을 하면서 나도 모르게 울먹이고 말았다. 나는 마음껏 치즈를 칭찬해주고 싶었다. 여자의 몸으로 홀로 전쟁 후의 어려운 시절을 극복하고 아들을 교사로 키워낸 것에 비하면, 나의 성공 따위는 아무것도 아니었다. 게다가 재혼도 하지 않고 아들에게 늘 내 이야길 들려준 그녀와, 도마뱀 꼬리 자르듯 약한 여자에게 모든 책임을 떠넘기고 도망친 나의 삶의 간극이 너무도 뚜렷했다.

"정말 미안하다."

나는 고개를 떨어뜨렸다. 치즈가 눈앞에 있다면 무릎을 꿇고서라도 사죄하고 싶었다.

"아버지, 이렇게 뵐 수 있으니까 사과 같은 것 안 하셔도 됩니다. 저는 너무 기뻐 견딜 수 없습니다."

도키로가 안경을 벗고 눈물을 닦는 것을 나는 가슴이 벅차오르는 심정으로 바라봤다.

"사실 저는 아버지가 돈으로 모든 걸 청산할 생각으로 오신 거라면 곧 돌아가려는 결심을 하고 왔습니다."

나는 세 번째로 해협을 건너오길 잘했다고 생각했다. 이곳에 건너오지 않는 한 내 인생을 제대로 마무리하기란 불가능했을 것이다.

"어머니가 아버지에 관해서 자주 들려주셨습니다. 이번에는 아버지 입으로 어머니에 관해 듣고 싶습니다."

도키로는 안경을 고쳐 쓰고 눈물과 웃음이 섞인 얼굴로 말했다.

나는 치즈와의 생활을 누구에게도 이야기한 적이 없다는 사실을 이제야 깨달았다. 그토록 강렬한 추억을 나 혼자 가슴 속에 감춰두고 살아온 것이다.

나와 치즈는 한 달에 몇 차례 만날 수 있었다. 그 무렵처럼 비를 고대하던 나날도 없었다. 내가 지금까지도 비오는 날을 좋아하는 것은 당시의 습관이 몸에 배어든 탓일지도 모르겠다. 비가 내리는 날은 뭔가 좋은 일이 일어날 것만 같았다.

사업을 확대하는 결단을 내린 날도 신기하게 비가 왔다. 사장실에서 비에 젖은 부산 시가지를 내려다보거나 차창으로 아스팔트 위에 부서지는 빗줄기를 응시하고 있자면, 망설임이 사라졌다. 광복동 본점 건설이나 부산진역 근처의 지점 부지를 확보할 때도 용단을 내릴 수 있었고 그것이 오늘날 내 사업의 초석이었다.

아시야의 함바에서 지낼 무렵 나는 비가 내릴 조짐에 누구보다 예민했다. 장지문 밖이 어둡고 빗소리가 들릴라치면 총알처럼 일어나 창문을 열었다. 빗소리로 헛듣거나 그저 하늘만 흐려 있다는 걸 알면 얼마나 낙담했던지, 그런 적이 한두 번이 아니었다.

그러나 일단 비라는 게 확실해지면, 치즈와 만나기 전에는 아무 일도 하고 싶지 않았다. 자는 척하고 이불 속에서 시간이 될 때까지 기다렸다. 요시다 씨도 주인아주머니도 비오는 날은 나를 깨우지 않고 아침밥을 사발과 접시에 옮겨 담아 선반 위에 올려놓았다. 나는 10시경에 아침을 먹고 11시에 함바를 나왔다.

"자넨 비만 오면 나가는데 도대체 어딜 가는 건가?"

화투를 치던 동료가 말을 걸었다.

"요전에 우산 쓰고 해안을 걸어가는 것을 봤지."

다른 동료가 말했을 때 내심 찔끔했다.

"설마 바다에 빠져 죽으려고 적당한 장소를 물색하고 다니는 건 아니겠지."

동포가 냉소적으로 말했다.

"아니지, 스스로 목숨을 끊을 것 같이는 안 보이는 걸. 바다 건너편에 있는 고향을 바라보는 거겠지. 우리도 젊은 시절에는 그랬으니까."

연배인 동료가 의기양양한 얼굴로 말을 이었다.

"그러나 15년도 넘게 이곳에 있으니 이제는 바다 건너편 일은 생각도 안 나. 고향은 하루 세끼 밥 먹기도 어려울 만큼 참혹한 상황이라 하고 말이지."

"이봐, 그건 자네 어머니가 안 계시기 때문이야. 가와모토는 그리운 어머니가 바다 건너편에 살아 계시다니까, 바닷가에 나가 보는 건 무리도 아니지."

누군가 끼어들며 뱉은 소리에 웃음이 터졌고 곧 모두들 다시 화투에 집중했다.

두령은 글을 알고 계산도 할 줄 아는 나를 현장감독으로 발탁하겠다고 말했지만 인부들은 나를 여전히 키만 껑충한 풋내기로밖에 생각하지 않았다. 그러한 분위기를 감지했는지 아니면 애초부터 그럴 맘이 없었는지, 두령은 두 번 다시 현장감독이니 '나의 오른팔' 운운하는 이야기는 꺼내지 않았다.

장마철이 가까워오자 비오는 날이 많아졌고 치즈와 만나는 횟수도 늘어났다. 나는 24시간 그녀 생각만 했다. 이상한 것은 낮 동안 치즈의 얼굴이나 목소리가 머릿속에 가득 차 있게 되면서 밤에 꿈을 꾸는 일은 없어졌다. 자는 동안은 전혀 떠오르지 않다가 잠이 깨면 다시 치즈의 얼굴과, 나와 한 몸이 된 순간의 생생한 감촉이 되살아났다. 밀회가 거듭되면서 만나는 시간이 길어졌다. 해가 져서 주변이 어두워지자 내 쪽에서 시간에 신경을 쓰기 시작했다.

"아직 괜찮아. 아시야에 친구들이 있다고 말해놓았으니까. 그래서 늦었다고 핑계를 대면 돼."

치즈는 내 한쪽 팔을 가슴에 품으면서 말했다. 헤어질 시간이 다가옴에 따라 치즈는 내 몸에 더욱더 감겨들면서 종알종알 수다쟁이가 되었다.

"어두워져도 헤어지지 않을 수 있다면 얼마나 좋을까."

치즈는 햇볕에 그은 내 팔뚝을 애무하면서 탄식했다. 내게 대답할 말이 있을 리 없었다. 치즈의 희망은 바로 나의 소원이기도 했지만 실현될 수 없는 꿈이었다. 치즈가 집을 나오고 나 또한 지금의 두령과 손을 끊고 둘이 어딘가 다른 함바에 숨어 들어가는 일은 가능할 것이다. 그러나 끝내 치즈의 가족이 잠자코 도망을 용인해줄지, 성공할 가능성은 만분의 일도 안 되었다. 게다가 내가 저지른 범죄가 발각된다면 이도저도 다 물거품처럼 사라지고 말 것이다.

그날 우리는 소나무 숲속에 있었다. 멀리 활처럼 굽은 해안 모래사장에 해초를 줍는 사람의 그림자가 보였다. 그 사람 때문에 우리는 동굴에서 만나는 일을 접고 소나무 숲으로 숨어들었다.

"우리 일을 엄마가 알고 있어. 마을 사람이 보았나 봐. 남편은 전사했지만 아직 시집에서 호적을 파내오지 않았으니 뒤에서 손가락질 받을 일은 하지 말라고, 아버지에게 이르지 않겠지만 만일 아버지 귀에 들어가면 어떻게 될지 모른대. 아버지가 알면 난 반죽음을 당할 거고 남자도 그냥은 끝나지 않을 거라면서 우셨어."

우리의 밀회가 언제까지나 유지되리라고는 나도 생각하지 않았다. 그러나 이렇게 금방 끝날 것은 예상하지 못했다. 끝이 너무 빨리 찾아온 것에 나는 당황했다.

"내가 조선인이라는 것도 알고 계실까요?"

"그런 말은 없었어."

그녀의 대답에 나는 다소간 안도했고, 동시에 떳떳치 못한 기분이 들었다. 자신이 조선인이라는 사실을 숨기고 수많은 일본인 속으로 몸을 숨긴 배신자같이 느껴진 것이다.

"그러니까 동굴에서는 당분간 만나지 않는 게 좋을 것 같아. 비에 젖긴 하지만 여기 숲에서 만나는 쪽이 안전해."

확실히 몸을 눕힐 수 있는 절벽 동굴과는 달리 소나무 숲에서 마른 땅을 찾기가 쉽지 않았다. 이슬비 정도는 큰 소나무의 솔가지가 가려 주지만 그래도 때때로 굵은 빗방울이 떨어졌다. 우리는 나무 아래서 격렬하게 한 몸이 되었다. 포옹이 끝난 후 치즈의 젖은 옷에 묻은 풀이나 솔잎을 털어내고 긴 머리를 빗겨 주었다.

"좀더 먼 곳으로 가면 다른 동굴이 있긴 하지만 아시야에서도 한 시간 이상 걸려."

치즈가 말했다.

내게 거리 자체는 문제가 아니었다. 염려스러운 것은 도중에 경관이나 자경단37)과 맞닥뜨리는 일이었다. 협화회 수첩이라도 요구하면, 신분이 드러난다. 나로서는 소나무 숲에서 만나는 것으로 만족할 수밖에 없었다.

온가강 제방에 파랗게 돋아난 풀잎이나 빗속에서 한두 척 배가 유유히 흘러가는 광경에는, 전시라고는 전혀 느껴지지 않는 한가로운 기운이 감돌았다. 그러나 그 이면에서 전쟁은 나날이 험악한 형세로 치닫고 있었다. 라디오는 일본의 주요 도시들이 공습을 받았다는 뉴스를 전했고 신문도 전황이 심상치 않다는 사실을 행간에 은근히 내비쳤다.

5월이 끝나갈 무렵이었다. 나는 소나무 숲으로 잠입한 뒤 해안에 사람의 자취가 없는 적당한 때를 가늠하여 해안으로 내려갔다. 비옷을 머리부터 푹 뒤집어쓰고 종종걸음으로 걸었다. 동굴 가까이까지 왔을 때 등 뒤에서 목소리가 들려왔다. 돌아보니 검은 박쥐우산을 쓴 중년 사내가 서 있었다.

"이런 데서 뭘 하고 있는 거냐?"

---

37) 자경단(自警團) : 비상시 자위를 위해 조직된 민간경비단체로 불법, 폭력, 린치 등 과잉행위가 많음.

사내는 낮고 가라앉은 목소리로 물었다. 나는 대답이 궁했다. 도망치기에는 사내와의 거리가 너무 가까웠다. 그러나 협화회 수첩을 갖고 있지 않은 이상 수상한 자로 의심받는 것은 피할 수 없었다.

나는 즉시 두 손으로 쌍안경 모양을 만들어 바다를 바라보는 시늉을 했다. 그리고 그 자리에서 몸을 구부리고 모래 위에 손가락으로 배 모양을 그리고 손뼉을 쳤다. 남자는 가만히 내가 하는 양을 보고 있었으나, 오히려 더욱 의심이 깊어진 표정이었다.

"따라와!"

그렇게 말하고 거칠게 내 팔을 붙잡았다. 죽음을 알리는 종소리처럼 가슴이 무섭게 고동쳤다. 신원이 드러나면 다카쓰지 탄광 사무소에 조회할 테고 그러면 노무감독을 살해한 사실이 백일하에 드러날 것이었다. 나는 남자의 팔을 뿌리치고 실성한 흉내를 냈다. 깡충깡충 뛰면서 손 안경으로 바다를 바라봤다 모래를 가리켰다 했다.

"괜찮으니까 따라오라구."

사내는 한사코 연행해갈 작정인 것 같았다. 눈앞이 캄캄해졌다. 젖은 우비가 무겁게 느껴졌다. 그때였다.

"제 사촌에게 왜 그러시죠?"

바로 옆에 치즈가 다가와 서슴지 않고 말했다. 사내는 움찔했다.

"요시카즈는 태어날 때부터 말을 못합니다. 무슨 나쁜 짓이라도 한 건가요?"

"자네는 누군가?"

"가네무라 마을의 사토입니다. 요시카즈는 큰어머니의 막내아들로 지난주부터 우리 집에서 지냅니다."

"아니, 이 청년이 해안에서 서성대길래."

사내는 변명처럼 말하고 덧붙였다.

"이 근처에 조선에서 오는 밀항자가 많거든. 연락선의 특별고등계 형사 눈을 피해 여기 해안으로 상륙하지."

"이 애는 큰아버지가 바다에서 조난당했기 때문에 항상 앞바다 쪽에 신경 쓰는 거예요."

치즈는 사내에게 말하고 나를 향해 돌아섰다.

"집에 돌아가자. 어머니가 데리러 와 계셔."

치즈는 커다란 몸짓으로 비탈길 건너편을 손가락으로 가리켰다. 나는 고개를 끄덕이고 일부러 고개를 흔들면서 걷기 시작했다. 사내는 더 이상 뒤쫓지는 않았다.

"왼쪽으로 돌아서 창고 그늘에 숨으면 돼."

비탈길을 다 올라오자마자 치즈는 작은 목소리로 말했다. 나는 모르는 척하고 치즈네 집 창고로 들어갔다.

"오늘은 아버지도 오빠도 외출했기 때문에 아무도 오지 않아."

짚더미를 헤치고 오목하게 자리를 만든 후 치즈는 나를 그 속에 밀어 넣었다.

"아까 잡혀갔다면 다 끝날 뻔했어요."

나는 나지막하게 중얼거렸다. 치즈의 어깨를 안고 있는 동안에도 가슴의 고동은 멈추지 않았다.

그날 일로 외출은 말 그대로 목숨이 걸린 일임을 깨달았다. 길을 걸을 때도 소나무 숲에 들어갈 때도 신경을 곤두세우고 몹시 조심했지만 항상 누군가에게 감시당하는 듯한 느낌을 떨칠 수 없었다.

1주일 정도 지나서 야하타가 B29의 공습을 받았다. 두령은 우리 조선인 노동자를 모아놓고 전에 없이 진지한 얼굴로 연설했다.

"전쟁은 이제 길게 계속되지 않는다. 자네들은 지금부터 마음의 준비를 해둘 필요가 있다. 노름판을 벌이고 사창가나 다닐 게 아니라 좀 더 중요한 일에 눈을 돌리지 않으면 안 돼."

선견지명이 뛰어날 뿐 아니라 대의명분을 내세워 사람을 끌어당기는 특별한 재능이 있는 두령은, 이미 그때 마음속으로 일본이 가망이 없다고 판단했다. 훗날 그는 조국 해방과 동시에 모든 건설자재를 가지고 마산으로 돌아와 거기서 '국토재건'을 기치로 토목사업을 시작했다. 두령과 함께 30명 정도의 인부들도 마산으로 옮겨갔다. 6·25전쟁으로 일시 혼란에 빠지기도 했으나 건설회사는 순조롭게 실적을 올렸고 두령의 사후에는 사위가 회사를 이끌어 지금도 지방에서 손꼽히는 재벌로 성장했다.

6월 중순에는 후쿠오카도 공습을 받았다. 이미 조선인들은 누구나 일본의 패전을 믿어 의심치 않았다. 일본 신문이나 라디오와는 별도로 반일 민족조직을 통해 흘러나온 정보가 근거였다.

"일본은 패전할 거예요."

내 말에 치즈는 믿어지지 않는 표정이었다.

"일본에는 비밀리에 감춰둔 군함이 여러 척 있고 이제 곧 출격한다고 들었어, 새로운 폭탄도 거의 완성되어간대."

"누가 그런 말을 하고 다녀요?"

나는 기가 막혀 치즈에게 다시 물었다.

"시내 공무원들이나 재향군인들."

"그건 자기네들 희망사항이랑 현실을 착각하고 하는 소리죠. 설령 군함과 폭탄을 만들어도 이제 만회하기엔 너무 늦었지요."

내가 이렇게 주장하자 치즈는 불안한 기색으로 눈물을 글썽거렸다.

"일본이 패전하면 당신은 조선에 돌아가지?"

치즈의 질문을 받고 나는 당황했다. 전쟁이 끝난다면 우리 두 사람은 어떻게 될지 나로서는 예측할 수 없었다.

"치즈, 아직 일본이 진 것은 아니잖아요."

이번에는 내가 패전을 부정하는 쪽으로 돌아섰다.

"아니야. 일본은 패전할 거야. 당신은 나를 두고 고향에 돌아가 버리겠지."

비에 젖은 치즈의 얼굴은 다시 눈물로 뒤범벅이 되었다. 그토록 약한 그녀의 모습은 서로 깊이 알기 전의 당찬 치즈와는 다른 사람처럼 보였다. 나중에 생각해보면 치즈는 그때 자신의 몸속에 새로운 생명이 자라고 있다는 사실을 알았던 것이다.

비올 때마다 외출해서 흠뻑 젖어 돌아오는 나를 의아하게 생각한 사람은 요시다 씨였다.

"자네 설마 그 왜놈 여자와 만나고 있는 것은 아니겠지?"

나는 부정도 긍정도 하지 않았다. 부정하면 치즈라는 존재 자체가 사라져버릴 것 같았기 때문이었다.

"역시 그렇군. 알겠네. 남들한테 말은 안하겠지만, 큰일이군. 함께 하기로 한들, 조선에 데려갈 수 있을까? 아니면 자네가 일본에 남을 거야? 남아서 부부가 된다 해도 생활하기가 보통 힘든 일이 아니지. 조선인들은 흰 눈을 치뜰 테고 일본인들도 받아들이지 않을 거야."

요시다 씨의 충고는 핵심을 꿰뚫고 있었다. 고개를 숙인 채 듣고 있을 수밖에 없었다.

"어쨌든 좋다. 뭔가 어려운 일이 생기면 나한테 의논해라. 나는 동포들 중에서 자네를 제일 높이 평가하고 있으니까."

요시다 씨는 목소리를 낮추고 내 어깨를 두드려 주었다.

치즈와의 밀회는 그 후에도 소나무 숲이나 동굴에서 되풀이되었지만 사랑의 행위를 끝낸 후에는 멍하니 바다를 응시하는 일이 잦아졌다. 우리 둘 다 영원히 이렇게 함께할 수는 없으며, 언젠가 이 관계는 막이 내리리라고 예감했다. 마치 물이 조금씩 새는 배에 타고 있는 것 같았다. 아무리 퍼내고 또 퍼내도 스며드는 바닷물은 줄어들지 않고, 찾아가야 할 섬은 그림자도 안 비쳤다. 우리들은 남은 시간 동안 오로지 서로를 끌어안는 것으로, 침몰하는 순간에 대한 공포를 잊으려 애썼다.

장마가 물러가고 여름 더위가 한층 기승을 부리자 배의 화물이 눈에 띄게 줄었다. 현장감독에 의하면 배의 출입이 적어지는 것은 일본이 패전할 기색이 짙어진 증거라고 했다. 7월 말에는 오전 중에 일이 끝나고 오후에는 해산하는 날이 많아졌다. 8월이 되어 히로시마(廣島)에 신형 폭탄이 떨어졌지만 우리는 평소보다 규모가 큰 공습 정도로밖에 생각하지 않았다. 그리고 8월 8일 야하타가 B29의 폭격을 맞았다. 미군 전투기들은 편대 비행을 하며 바다 쪽에서 나타나 무수한 소이탄을 떨어뜨렸다. 아시야에서도 히로시마 상공에 피어오르는 검은 연기가 보였다. 신형폭탄이 또 사용되었을 거라고 누군가가 말했다. 진위는 알 수 없었지만 하늘을 뒤덮는 연기를 올려다보고는 모두 일본의 패전을 확신했다.

다음 날 우리는 나가사키(長崎)에 신형 폭탄이 떨어졌다는 소식을 전해 들었다. 그 후 나머지 1주일 동안은 자세하게 기억나지 않는다. 다만 치즈와는 한두 번 소나무 숲에서 만났던 것 같다. 비오는 날은 아니었던 것 같다. 야하타의 공습 후 하역작업은 개점휴업 상태였다. 치즈가 일하는 제방공사도 비슷한 상황이어서 요시다 씨로부터 휴무 정보를 얻으면 오후에는 기회를 놓치지 않고 즉시 소나무 숲에 가서 치즈를 기다렸다.

"아기가 생겼어."

치즈가 불쑥 말했다. 내게 의견을 구한다기보다 오히려 자신에게 확인하는 것 같은 어조였다.

"함께 조선으로 가자."

내가 대답했다.

"시골에 돌아가면 어떻게든 될 거야. 세 식구가 생활해갈 수 있어."

나는 이런 말들로 충격을 털어버리려고 했다. 부모님은 무사하게 귀국한 나를 보고 기쁨의 눈물을 흘리실 거다. 설령 왜놈 여자를 데리고 간다 해도 내치지는 않을 것이고, 어디 헛간에라도 살게 해달라고 하고 소작 일을 맡으면, 우리 세 식구를 먹여 살릴 정도의 돈벌이는 할 수 있다.

그러나 마을사람들은 왜놈 여자와 부부가 된 나를 틀림없이 변절자로 여길 것이다. 끈끈한 정과 결속으로 모두 한식구 같은 시골에서 동네사람들에게 따돌림을 당하는 것은 죽음이나 마찬가지다. 고향을 떠난다 해도 가까운 사람도 아는 사람도 없는 타향에서 젖먹이 아기를 안고 살아간다는 것은 결코 쉬운 일이 아니다.

유일하게 기댈 수 있는 사람은 아버지였다. 아버지가 잘 수습해주시면 마을사람들도 받아들여줄지 모른다.

동포들은 해방에 대한 기대를 가슴에 품고 의욕이 넘쳤지만, 나는 전혀 신이 나지 않았다. 무더위가 계속되었다. 하역작업은 거의 오전 중에 끝나고 오후에는 항만 청소나 선박의 녹슨 부분을 벗겨내며 시간을 때웠다.

그날 두령은 우리에게 천황의 중대 발표가 있을 예정이니 점심시간 전에 함바로 돌아오라고 당부했다. 제방공사에 나간 요시다 씨 일행도 돌아와, 라디오 앞에서 3, 40명의 동포들이 앉아 기다렸다. 천황의 목소리는 띄엄띄엄 끊어져 알아듣기 어려웠고 내용도 제대로 파악할 수 없었다. 도중에 만세를 외친 사람은 요시다 씨였다.

"일본이 패전했다."

요시다 씨가 말하자 두령이 신중하게 맞장구를 쳤다. 몇몇 사람이 감격에 겨워 울음을 터뜨렸다. 그러나 대부분의 동포들은 얼이 빠진 듯 멍하니 앉아 있었다. 나는 치즈 생각밖에 나지 않았다. 드디어 조선에 돌아갈 날이 현실이 되자 눈앞이 캄캄해졌다.

"이봐, 모레까지는 일을 쉰다. 우리 조선인들에 대해 어떤 소문이 돌고 있는지 확인할 때까지는 쓸데없이 외출하지 않는 게 좋다. 관동대지진 때도 죄 없는 조선인 동포들이 수천 명 넘게 살해당했지. 평소 조선인을 학대한 일본인일수록 보복당할 것이라고 지레 겁을 거야. 하루 이틀 지나면 추세를 확실하게 알 수 있다. 알겠나?"

두령은 날카로운 눈길로 우리를 둘러보았다. 천황의 말보다도 두령의 입에서 떨어지는 한마디가 강렬하게 가슴에 스며들었다.

"이것으로 조국은 해방되었다. 그렇게 되면 해외에 흩어져 있는 동포들이 일제히 귀국을 서두른다. 우리도 그중의 하나다. 알겠나? 그 점을 진지하게 생각하면 '해방' '해방'하고 흥분해서 소란 떨고 있을 수만은 없다. 일본에만 해도 2백만 명의 조선인 동포가 있다. 이 사람들이 모두 알거지로 고향에 돌아간다면 어떻게 될까? 그렇지 않아도 극도로 황폐해진 고국 땅이 그 모든 사람을 부양할 수 있겠나. 고국 사정은 결코 너그럽지 않으니, 제대로 목표를 세워서 귀국해야 한다. 다행히 토목이나 항만 일은 이제부터 더욱 중요해진다. 모두들 알고 있겠지만 나는 마산에도 사무소를 갖고 있다. 그러니 모두 고향에 돌아갔다가, 마산으로 달려와 주면 좋겠다. 일할 생각만 있다면 일자리는 어떻게 마련될 것이다. 요컨대 해방에 들떠서 소란 떨지 말라는 얘기다. 지금까지가 개막전이었다면, 이제 본격적인 진짜 전투다!"

햇볕에 그은 두령의 얼굴에 땀이 솟았다. 이야기하는 어조에는 고국의 장래를 마음속 깊이 염려하는 진정성이 담겨 있었다. 조선에서 생계가 막막해 작은아버지를 믿고 대한해협을 건넜고 맨주먹 빈손으로 시작해 오늘의 지위를 쌓아올린 사람답게 인망과 품격뿐만 아니라 시대를 내다보는 안목도 갖추었다. 나는 그 후 인생을 살면서 이상적인 지도자상으로 항상 두령의 모습을 머릿속에 떠올렸다.

그러나 당시에는, 두령에게 그렇게까지 귀에 못이 박히도록 들었음에도 나뿐만 아니라 거의 모든 동포들은 해방된 조국에 돌아오면 어떻게 되겠지 하는 안일한 기대에 들떠 있었다. 일본에서 강제노역을 하며 고생스럽게 살았으니 해방 조국을 천국으로 여기는 것도 무리는 아니다. 그토록 신중한 요시다 씨조차도 콧노래를 부르며 귀국 준비에 착수했다.

나는 둥지를 쫓겨난 새끼 새처럼 아무 일도 손에 잡히지 않았다. 금족령으로 발이 묶인 뒤 방안에서 무료하게 지내는 내게 요시다 씨가 말을 붙였다. '가와모토'가 아닌 내 본명 '하시근'이라고 부르는 점에서도 요시다 씨의 재빠른 변신을 알 수 있었다.

"자네는 광산에서 도망쳐 왔지? 그렇다면 아직 임금은 받지 못했을 거 아닌가?"

"그렇습니다."

내가 당황해하면서 대답했다.

"급료는 매월 지급받았나?"

"모르겠습니다. 사무소에서 강제로 예치시켰고 고향에 송금해준다 거나 우리의 식비를 공제한다거나 그렇게 했습니다."

"그럼 얼마나 저축했을 때 탈주했나?"

"그런 것은 잘 모릅니다…. 이제 와서 이러쿵저러쿵 말해봐야 이미 떠나간 버스지요."

"그게 바보라는 거야. 도망자라도 일한 만큼의 임금은 받을 수 있다. 수취인이 없으면 임금은 공중에 떠서 그대로 회사가 가로채 버린단 말이다. 귀국하기 전에 그 탄광에 가서 받을 돈을 분명하게 정산해 받을 권리가 있어. 혼자 갈 수 없다면 내가 따라가 주지."

"그러면 붙잡히지 않을까요?"

내가 꽁무니를 빼자 요시다 씨는 큰 소리로 웃었다.

"이제 쫓아올 놈은 없어. 우리는 자유로운 사람들이야. 탄광을 도망쳐 나왔다 뿐이지 자네가 뭐 사람을 죽였나 도둑질을 했나 말이야."

요시다 씨가 내 눈을 응시하자 나는 몸이 굳어졌다.

기숙사 옆 공터에 구덩이를 파던 비 내리던 날의 사건이 그 순간 선명하게 떠올랐다. 치즈와 밀회를 거듭하는 동안 기억의 맨 밑바닥에 가라앉혀두었던 그 꺼림칙한 사건이.

"… 알겠습니다. 언제 가보겠습니다."

요시다 씨의 사려 깊은 제안을 귀담아 듣는 시늉을 했지만 속으로는 호수 밑바닥에 잠겨 있던 시체가 홀연 수면 위로 떠오른 것 같은 공포를 느끼고 있었다.

　종전 후 2, 3일이 지나도 조선인에 대한 불온한 움직임이 없자 두령도 금족령을 더 이상 고집하지 않았다. 나는 함바를 빠져나와 가네무라 마을로 발길을 옮겼다. 맑게 갠 날 가네무라 마을까지 걸어간 것은 이날이 처음이었다.

　소나무 숲에서 바라다본 바다는 며칠 사이에 빛깔을 바꾸고 있었다. 그때까지 탁한 감색이었던 바다가 선명한 푸른색으로 떠올랐고 물결이 밀려오는 해변은 에메랄드빛을 띠었다. 살짝 머리를 내민 바위 주변으로 하얀 파도가 물결치며 밀려왔다 밀려갔다를 되풀이했다.

　수평선 저편까지 섬 그림자는커녕 배 한 척 보이지 않았다. 거울 같은 바다가 펼쳐져 있을 뿐이었다. 오늘처럼 바다가 잔잔한 날에는 소형 발동선으로도 반나절이면 조선까지 갈 수 있을 것이다. 그런 생각을 해도 나는 고향을 향한 그리움에 불타오르지 않았다.

　소나무 숲을 나와 모래 언덕을 미끄러져 내려갔다. 비오는 날과 달리 내 몸은 균형을 잃지 않고 4, 5미터를 내려가 착지했고, 발아래 가벼운 모래먼지가 일었다. 파도가 어루만지는 모래사장에는 사람 그림자 하나 없었다. 바위 사이를 가로질러 정다운 절벽 동굴에 가 앉았다. 나와 치즈의 땀을 머금은 모래가 지금은 뽀송뽀송하게 말랐고 손바닥 위에서 햇볕에 반짝반짝 빛났다.

　치즈가 꼭 나타날지 확신할 수 없었다. 그러나 설령 오지 않는다 해도 해가 질 때까지 그곳에 있을 생각이었다. 치즈의 집과 직선거리로 5백 미터밖에 떨어져 있지 않은 곳에 있다는 그 자체가 내게 안도감을 주었다. 나는 바위 그늘에 몸을 붙이고 큰 대자로 누웠다. 한 시간 정도 눈을 붙였을까. 오른팔에 누군가 모래를 뿌리는 것 같았다. 게슈츠

레하게 눈을 뜨자 치즈의 얼굴이 나를 들여다보고 있었다.

"역시 와보길 잘했어. 혹시나 해서 매일 소나무 숲과 해변에 나와 봤거든."

나는 천천히 윗몸을 일으켰다.

"일본이 패전했어요. 전쟁은 끝났고."

내가 말하자 치즈는 그 자리에 웅크리고 앉아 가만히 고개를 끄덕였다. 5분인지 10분인지, 치즈는 나를 거부하는 듯한 침묵을 지켰다. 치즈가 틀림없는 일본인이라는 사실을 실감하기에 충분한 시간이었다.

"죽은 그이가 불쌍해."

치즈는 불현듯 한마디 했다.

"뭘 위해 죽은 건지 알 수 없어. 분명히 나를 원망하고 있을 거야. 이런 나를."

치즈의 절박한 표정에 나는 세차게 머리를 흔들었다.

"치즈가 행복해하는 것을 죽은 남편이 원망할 리가 없잖아요."

"아니 원망할 거야. 내 몸속에 다른 사람의 아기가 있잖아. 원망하지 않을 리가 있어?"

치즈는 단호하게 말했다. 나는 대답할 말이 없었다. 다시 기나긴 침묵이 시작되었다.

"그러나 원망해도 괜찮아. 난 당신 아기를 낳고 싶어. 그러니까 이걸로 됐어."

눈물을 머금은 치즈의 눈이 나를 응시했다.

"응, 이걸로 된 거예요."

나는 기우뚱 기울어지는 배의 균형을 바로잡는 기분으로 응수했다.

"조선에 건너갈 비용이 생기면 바다를 건너기로 해요. … 그 전에 치즈의 부모님께 인사를 드리고 싶은데."

"그건 안 돼."

치즈는 고개를 흔들었다. 그리고 말을 이었다.

"당신이 아무리 애써도 우리가 부부가 되는 걸 허락받기는 어려워. 더구나 이런 시기에는, 오히려 당신이 지독한 변을 당할 거야."

"그럼 어떻게 하면 좋지?"

"내가 집을 나올게. 친구 집에 간다고 하고 집을 나오면 돼."

치즈의 결의에 내가 오히려 주춤했다.

"그렇게 말고는 다른 방법이 없어. 내가 어디까지라도 당신을 따라갈 거야. 그리고 아기를 낳을래."

눈물어린 얼굴 위로 평소 제멋대로인 치즈의 표정이 그대로 떠올랐다. 나는 약간 부풀어 보이는 치즈의 배를 바라봤다. 날이 지나면 임신 사실을 부모가 눈치 챌 것이다. 해협을 건너려고 해도 몸이 무거우면 위험하다. 일을 진행하려면 한두 달 안에 끝내야 했다. 문제는 돈이었다. 지금부터 일해도 저축할 수 있는 금액은 뻔했다.

요시다 씨가 말한 탄광의 체불임금 생각이 번개처럼 머리를 스치고 지나갔다.

"알았어. 가능한 빨리 준비할게 그때까지 몸조심해야 돼요."

나는 치즈를 힘껏 안아주었다.

해가 질 때까지 동굴에서 우리는 서로 떨어질 줄 몰랐다. 마른 모래 위에 누운 치즈의 피부와 머리카락에서 비오는 날과는 또 다른 향기가 배어 나왔다. 헤어지려 할 때 치즈는 동굴 안에 있는 사람 머리만 한 돌을 가리켰다.

"비오는 날 이외에 연락하려면, 저 돌 밑에 쪽지를 놓아두기로 해."

"나도 항만작업을 끝내고 돌아올 때 들러서 확인할게요."

"조개 줍는 척하고 있으면 이제 요전처럼 의심받지는 않을 거야."

사랑을 듬뿍 받고 난 치즈에게는 연상의 여인다운 침착함이 돌아와 있었다.

하역작업은 그 후에도 가끔밖에 없었다. 작업이 중지되면 우리는 창고에서 낮잠을 잤다. 두령은 우리들이 몇 명씩 패거리를 지어 외출하거나 조선말로 크게 떠드는 것을 싫어했다. 다시 세상이 확실하게 안정될 때까지 8월 15일 이전과 똑같이, 남의 눈에 띄지 않게 생활하도록 당부했다.

항만작업과 달리 요시다 씨가 속한 제방공사 쪽은 변함없이 계속 바빴다. 변화가 없는 점이 요시다 씨는 불만인 것 같았다.

"조국이 해방되었는데도 뭐 하나 달라진 게 없는 내 자신이 갑갑하다. 귀국비용이 모아지는 대로 나는 돌아갈 생각이야. 두령은 괜히 서두르지 말라고 하지만 어차피 노동을 할 거면 모국에서 제방을 쌓는 편이 낫지 않겠어."

통 맞장구를 칠 기색을 보이지 않는 내게 조바심을 치면서 요시다 씨는 계속 말을 이었다.

"자네는 어쩔 셈이야. 바다를 건너지 않을 건가?"

"건넙니다."

"그렇다면 함께 귀국하면 좋겠군. 정규 수속인 경우 연락선을 타는 데 몇 개월 걸린다고 하니까, 그것보다는 개인적으로 배를 구하는 편이 손쉽고 빨라. 물론 값은 비싸게 먹히지만…."

요시다 씨는 가진 돈을 어림하려는 듯 내 얼굴을 바라봤다. 어느 모로 보나 내가 그런 거금을 소지하고 있을 리가 없었다. 더구나 치즈까지 두 사람 여비를 조달하는 것은, 거의 불가능했다.

"연락선에는 일본인도 탈 수 있습니까?"

"일본인?"

요시다 씨는 의아스러운 표정을 지었다.

"관부 연락선은 일본인을 조선에서 일본으로 데려오고 그 대신 일본에 있는 조선인을 고국으로 송환하는 배거든. 때문에 반대방향으로 가는 일본인은 당연히 검열이 엄격하다. 특히 일본 여성이 조선행 선박에 타는 것은 엄금되었다고 하더군."

거기까지 대답하고 나서 요시다 씨는 무언가 감을 잡았다는 듯이 목소리를 낮췄다.

"자네, 아직도 그 왜놈 여자와 사귀고 있는 건가?"

부정하지 않는 나를 요시다 씨는 말없이 응시했다.

"그 여자를 데리고 조선까지 가고 싶은 거야?"

다그쳐 묻는 요시다 씨에게 나는 고개를 끄덕였다.

"… 그렇군."

요시다 씨는 납득했다는 듯 낮게 중얼거렸다.

"여자 쪽도 조선에 건너가는 것에 반대하지 않고 말이지?"

"가겠다고 했습니다."

"대단하군. 우리말도 잘 못하는 여자가 조선에 가겠다니, 일본이 패전해서 외지에서 돌아오는 것은 당연한 일이지만 반대로 조선으로 건너가겠다는 건 보통 결심으론 안 될 텐데. 그만큼 자네에게 깊이 빠져 있다는 거겠지."

요시다 씨의 음성에서 노기가 걷혀갔다.

"그러나 왜놈 여자를 고향에 데리고 가는 건 정말 큰일인데."

"각오는 되어 있습니다."

나는 딱 잘라 대답했다.

"자네는 그럴 수 있을지도 몰라. 큰일인 것은 여자 쪽이다. 모든 사람이 원수 대하듯 백안시할 테니까. 나 같으면 여자를 설득하겠네. 따라온다 해도 고생길만 훤하다고 말야."

마치 가족처럼 염려해주는 요시다 씨에게 치즈가 아기를 가졌다는 이야기까지는 할 수 없었다.

"어떻게 해서라도 여자와 바다를 건너고 싶다면 아까 말한 밀항선밖에 없다. 두 사람이면 50원에서 60원은 준비하지 않으면 안 되겠지."

요시다 씨의 이야기를 들으면서 나는 기가 꺾였다.

"돈 마련이 안 되면 내가 나서서 융통해 봐도 좋고."

"그건 안 됩니다."

나는 반사적으로 대답했다.

"괜찮습니다. 어떻게 해보겠습니다."

"그래, 언제라도 내게 상담해라."

그렇게 말해준 요시다 씨에게 마음속으로 두 손 모아 감사했다.

잠 못 이루는 밤이 계속되었다. 전쟁이 끝나고 만사가 좋은 쪽으로 흘러가야 함에도 불구하고 나는 시시각각 형 집행의 날이 다가오는 것 같은 절박감에 사로잡혔다. 겨우 잠이 들었다 싶으면 자신의 가위눌린 소리에 놀라 잠이 깼다.

나와 치즈는 어두운 배 밑에 몸을 숨기고 있었다. 시간이 아무리 지나도 배가 떠나지 않았으므로 상황을 살피러 갑판으로 나가려고 했을 때 이야기 소리가 들려왔다. 경찰이 취조하는 것 같았다. 우리는 숨을 죽이고 기다렸다. 소리가 가깝게 다가오고 짤막한 대화가 오간 후 해치가 열렸다. 배 밑이 환해졌다.

"여기 있다!" 하는 노기 띤 목소리와 함께 나는 갑판으로 끌려 올라갔다. "이놈입니다. 히로타 노무감독을 죽인 놈은." 조선인 노무감독 강원범이 증오의 눈초리로 나를 가리켰다. 배에서 연행될 때 치즈의 비명 같은 울음소리가 들렸다. 모습은 보이지 않았다. 경찰의 손에서 묶인 몸을 풀려고 애썼지만 꿈쩍도 하지 않았다. 다짜고짜 완력으로 끌려갈 뿐이었다.

"가위눌렸군."

옆에서 자던 요시다 씨가 나를 깨웠다. 아직 날은 밝지 않았다.

10분 아니 20분쯤 어슴푸레한 천장을 응시하다 나는 입을 열었다.

"제가 사람을 죽였습니다."

요시다 씨는 아무런 대꾸를 하지 않았지만 온몸의 촉각을 비늘처럼 세우고 내 말에 귀를 기울였다.

"탄광을 도망 나올 때 일본인 노무감독에게 발각되었고 할 수 없이 목을 졸라 죽였습니다. 사체는 현장 가까이 묻고 나왔습니다."

나는 어슴푸레한 어둠을 향해 말했다. 뒤이어 침묵이 따라왔다.

"엄청난 일을 저질렀군."

요시다 씨는 떨리는 음성으로 대답했다. 나는 발가벗겨진 기분이었다. 이제 도망칠 수도 숨을 수도 없었다.

"아니, 그건 정당방위였다."

요시다 씨는 말을 이어갔다.

"자네가 해치우지 않았다면 반대로 자네가 죽었겠지."

그건 거의 틀림없었다. 내게는 도주를 시도한 전력도 있으니, 숨이 끊어질 때까지 고문을 가했을 것이다.

"그렇군. 그래서 미불 임금을 받으러 갈 수 없다는 얘기였군."

요시다 씨는 알겠다는 듯이 혼자 고개를 끄덕였다.

"그러나 이미 반년 이상이 지났다. 범행이 발각되었다면 뭔가 소문이 여기까지 퍼졌을 거다. 한 달 전쯤 황정수를 만났을 때 그런 얘기는 없었어. 알지? 주인아주머니 동생, 자네를 여기 데려다준."

"그 사람 가끔 여기 옵니까?"

"아, 해방 이후에는 아직 나타나지 않았지만. 좋아, 이번에 내가 연락해 보겠다. 황 씨에게 물어보면 자네가 의심받고 있는지 어쩐지 확실히 알 수 있다. 만일 범행이 발각되지 않았다면 겁낼 것 없어. 당당하게 임금을 요구하러 가면 된다."

나는 요시다 씨에게 두 손 모아 감사를 드리고 싶었다. 가슴속에 짓눌려 있던 비밀을 털어놓은 덕분인지, 들킨 좀도둑이 오히려 위협을 하듯, 나는 갑자기 대담해지는 것을 느꼈다.

며칠 지나서 요시다 씨가 내게 가만히 알려줬다.

"범행은 발각되지 않은 것 같다. 탄광에서 도망친 노동자가 형사사건으로 경찰에 쫓기고 있다는 얘기는 전혀 없다더군."

"그러면 일본인 노무감독 한 사람이 없어진 사실은 어떻게 생각하고 있을까요?"

"멋대로 행방을 감췄다고 여기겠지."

요시다 씨는 아무렇지도 않게 말했다.

"요컨대 자네는 안전하다 이거지. 사람을 해친 사실 자체를 없었던 일이라 생각하고, 그만 잊어버리는 게 좋겠어."

"아뇨, 그럴 수는 없습니다."

"뭐 그건 자네 맘이지만. 나는 벌써 잊었다. 그러니까 체불임금을 받으러 갈 때는, 함께 가주겠네. 자네가 결심이 서면 말해 주게나."

9월 초 나는 요시다 씨에게 등을 떠밀리다시피 해서 다카쓰지 탄광으로 출발했다. 온가강변을 낡은 버스를 타고 오리오까지 올라갔다가 거기서 기차로 N시까지 가서 가쓰키 선38)으로 갈아탔다. 요시다 씨는 나무랄 데 없는 완벽한 일본어를 구사했다. 요시다 씨가 이야기하고 내가 맞장구를 치는 모습을 누가 보았던들, 우리를 조선인이라고 생각하지 못했을 것이다.

기차역은 어디나 사람들로 몹시 붐볐다. 승객들의 밝은 표정과 활기찬 대화에서 이 나라가 패전국이라는 분위기는 엿보이지 않았다. 다만 병사 출신으로 보이는 낡은 군복의 남자들이 어깨를 떨어뜨리고 고개를 숙인 채 걷고 있는 모습에서만은 패전의 기색이 읽혔다.

가쓰키 역 구내에 내렸을 때 포승줄에 염주처럼 엮여 웅크리고 앉아 있었던 연행 당시의 광경이 떠올랐다. 중앙의 굵은 기둥에 새겨진 낙서 모양도 눈에 익었다. 2년이 지난 지금은 그것을 읽을 수 있다. '진격하여 섬멸하자'.

요시다 씨가 역원에게 다카쓰지 탄광의 갱 입구로 가는 길을 묻는 동안 나는 멍하니 역 앞의 상점가를 바라봤다. 우동집 옆에 새로운 단팥죽집 간판이 서 있고 잡화점 가게 앞은 콩, 참깨, 박고지 등이 산처럼 쌓여 있었다. 전쟁이 끝나자 어디서 솟아나기라도 한 듯, 물자가

---

38) 가쓰키센(香月線) : 1908년 개통한 후 1965년 선로 주변 탄광이 폐광할 때까지 중요한 역할을 한 석탄운반 노선.

풍부해졌다.

"탄광에 있었으면서 기차역까지도 나와 본 적이 없다니. 완전히 감옥살이나 마찬가지였군."

내가 역 주변 지리에 어두운 것을 알고 요시다 씨가 기가 막힌다는 얼굴을 했다. 기숙사에 수용된 1년 반 동안 외출허가를 받은 것은 결국 단 한 번뿐이었다. 그때 나와 조종호, 이효석 세 사람은 역 앞의 번화가가 아니라 멀리 아리랑 마을에 찾아갔다. 그날 이효석은 도망쳤다 잡혀서 고문 끝에 머리가 돌아서 죽었다. 그 후 조종호도 노무감독 패거리들 손에 죽었다. 살아남은 것은 나뿐이다.

나는 요시다 씨를 따라 흙먼지 이는 길을 걸어갔다. 길 양쪽에 집들이 띄엄띄엄 있고 푸르게 갠 하늘 아래 두 개의 폐석더미가 거대한 부부바위처럼 다정하게 붙어 있었다.

이런 식으로 냉정하게 폐석더미를 바라볼 수 있는 자신이 이상하기만 했다. 황혼녘, 추위에 얼어붙은 몸으로 길을 더듬어갈 때 폐석더미는 일본이라는 타국을 상징하는 불길한 성채로 우리 눈에 비쳤다. 기숙사에 수용되고 거기서 갱 입구까지 다닐 적에도 폐석더미는 고압적인 풍모로 우리를 노려보는 것 같았다.

아리랑 마을로 외출할 때나 기숙사를 탈주했을 때도 나는 검은 산그림자를 뒤돌아보곤 했다. 폐석더미가 나의 일거수일투족을 감시하는 듯한 느낌이 들었기 때문이다.

내가 지금 바라본 폐석더미는 풍경 속에 차분히 녹아 있었다. 전쟁의 승패와는 무관하게 가을바람이 살며시 불어오는 대지 위에 설핏 잠이 든 온화한 동물처럼 느껴졌다.

"폐석더미는 자본가들의 배설물이야."

내가 폐석더미에서 못 박힌 눈길을 거두지 못하는 것을 알아챈 요시다 씨가 내뱉은 말이었다.

"갱부들의 시체는 땅 밑에 묻혀 사람들 눈에 띄지 않지만 그들의 피와 땀으로 배를 불린 자본가들의 배설물이 쌓여 저런 모습으로 솟아오른 거지."

"그래도 폐석더미 자체에는 죄가 없잖습니까?"

나는 생각지도 않게 반론을 폈다.

"폐석더미는 갱부들의 고된 노동이 구체적인 형태로 나타난 것입니다. 저 정도의 산을 쌓으려면 몇 만 아니 몇 십만의 갱부들이 쉬지 않고 일했을지, 저는 대충 상상이 됩니다."

저 폐석산은 속임수 그림39) 같은 것이라고 나는 생각했다. 사람마다 보고 싶은 것을 제각기 다르게 투영한다. 어떤 사람은 부와 권력을, 어떤 사람은 자신의 고된 노동을, 또 어떤 사람은 자연과 싸우는 인간의 힘을 폐석더미에서 보았다.

내가 내 감정에 빠져 말하고 있는 것을 느꼈는지, 요시다 씨는 폐석더미를 더 이상 화제로 삼지 않았다.

다카쓰지 탄광의 권양기 망대가 보이기 시작하자 내게도 낯익은 길이 나왔다. 갱도 보수반 안에 인기척이 있는 것으로 보아 조업은 계속되고 있는 것 같았다. 긴장하면서 기숙사로 향하는 비탈을 올라갔다.

문이 열려 있어서 안마당 안쪽에 있는 기숙사 건물이 그대로 보였다. 텅 비어 있었고, 아무도 나오지 않았다. 오른쪽에 있는 노무사무소 문을 두드렸다. 그랬더니 안에서 가느다란 목소리가 들려왔다. 마

---

39) 다마시에(騙し繪) : 눈의 착각이나 뇌의 인식으로 같은 그림을 전혀 다른 이미지로 보이게 하는 회화 장르.

음을 굳게 먹고 문을 열었다. 안쪽 통로 구석에 낯선 책상이 놓여 있고 와이셔츠를 입은 안경 쓴 노인이 서류정리를 하고 있었다.

"잠시 여쭤볼 말씀이 있는데요."

내가 머뭇거리며 말을 건네자 노인은 느긋하게 얼굴을 들었다. 정년을 지난 사무원 같은 풍채였다. 내 뒤에서 여차하면 대응할 준비를 단단히 하고 서 있던 요시다 씨도 맥이 빠지고 말았다.

"무슨 일입니까?"

노인은 내 일본어에 조선어 억양이 있는 것을 알아차리고 천천히 대답했다.

"지난 1월까지 이 탄광에서 일한 사람입니다. 임금정산을 하러 왔습니다."

"이름은?"

"본명은 하시근. 일본 이름은 가와모토 지네오입니다."

사무원은 선반에서 두툼한 장부를 꺼내 페이지를 넘기는 동안 나는 목이 조여 오는 기분이었다. 장부에 혹시 살인혐의가 있다고 적혀 있기라도 하면 모든 것은 끝이다. 노인 사무원은 마지막 페이지에서 내 이름을 발견했다.

"당신이 가와모토 지네오라는 증명서를 보여주시겠소?"

예기치 않았던 질문에 나는 당황했다.

"협화회 수첩이나 편지 종류 등 아무 거나 됩니다."

노인은 연거푸 말했다.

"그런 건 없습니다. 조선에서 갖고 온 짐은 여기서 탈주할 때 두고 나갔습니다."

경위를 설명하다보니 갑자기 화가 솟구쳤다. 조선에서 불시에 인간

사냥을 해서 일본까지 납치해 와 가축처럼 부려놓고 신원 보증할 서류를 보여달라니, 이게 대체 말이나 되는가.

"내 번호는 5376번이었습니다."

나는 신경질적으로 대꾸했다. 범행이 발각되지 않았음을 알고 나니 대담해졌다.

"그 번호가 적힌 이름표라도 좋습니다만."

노인은 흘러내린 안경 너머로 나를 바라봤다.

"나무 이름표는 도망칠 때 어딘가에 내버렸습니다. 그런 물건을 누가 계속 갖고 있겠습니까?"

"곤란한데요."

노인은 한숨을 내쉬었다.

"그 당시 노무감독이나 감독보조는 어디 있습니까? 그 사람들이라면 저를 기억할 텐데요."

나도 한 발자국도 물러나지 않겠다는 각오로 호소했다.

"노무 담당에 관해서는 나는 모르오."

노 사무원은 정말 곤란한 듯한 얼굴이 되었다.

"그러면 기숙사에 누군가 조선인이 남아 있지 않겠습니까? 예전 동료라면 내가 가와모토라는 것을 증명해줄 겁니다."

나는 책상을 주먹으로 두들기기라도 할 것처럼 언성을 높였다.

"알겠습니다. 정리표에 기입해 줄 테니 이것을 가지고 가쓰키 탄광 사무소에 가보세요. 조사 후에 임금을 정산해서 지불해 드릴 거요."

노 사무원은 서류 한 장에 펜으로 써넣기 시작했다.

"이 기숙사에서 죽은 사람도 있는데 그 사람들 미불 임금은 어떻게 됩니까?"

이왕 내친 김에 물었다.

"그것은 사망한 시점에서 회사 측이 정산해서 위로금과 함께 가족에게 송금해 드렸소이다."

노인은 사무적으로 대답했다.

"생사를 모르는 사람도 있는데요."

"무슨 말씀인지?"

"낙반사고로 병원에 실려 가서 그 후 우리에게는 아무런 소식을 전해주지 않았거든요."

"병원에서 사망했다면 순직수당을 가산해서 가족에게 송금했을 거요. 불구가 되어 귀국할 수밖에 없었던 경우에도, 그 나름의 보상을 했겠지요."

노 사무원은 빈틈없는 답변을 했다. 아무리 추궁해 봤자 뭔가 알아낼 만한 상대가 아니었다.

"70명 가깝던 기숙사 사람들은 다 어디로 갔습니까?"

나는 질문의 화살을 다른 쪽으로 돌렸다.

"임금을 받고 대부분이 기숙사를 나갔소. 일반 탄광주택으로 옮겨 간 사람도 있고 그대로 탄광을 그만둔 사람도 있지요. 지금 남아 있는 사람은 10명 정돕니다. 앞으로의 생활대책이 정해질 때까지 있을 생각인 것 같습디다."

"기숙사에 들어가 봐도 되겠습니까?"

"그러시죠."

노 사무원은 서류와 함께 임시사무소의 소재가 표시된 등사판으로 인쇄된 지도를 건네줬다. 나는 요시다 씨를 안내해 안마당을 가로질러 마루가 깔린 복도로 올라갔다. 요시다 씨는 신기한 듯이 주변을 둘러보고는 나를 따라 방으로 들어왔다. 방안에는 아무도 없었다.

"여기서 더러운 홑껍데기 이불 한 장을 덮고 잤습니다. 겨울에는 틈새 바람이 사정없이 들어와 얼어 죽을 지경이었지요. 배는 고프고 좀처럼 잠이 오지 않았죠. 그나마 어느새 잠이 든 것은 일에 지쳐 걸레조각처럼 피로했던 덕분일 겁니다."

"천장도 없고 다다미는 거적때기와 진배 없군."

요시다 씨는 미간을 찌푸리면서 내뱉듯 말했다. 실내를 돌아보다가 벽 널빤지의 일부를 가리키며 나를 불렀다. 녹슨 못으로 새긴 한글 문자를 판독할 수 있었다.

어머니
배가 고파요
집에 가고 싶어요.

내가 이 방에 있을 무렵에는 없던 낙서였다. 내가 탈출한 후 이 방으로 옮겨온 동포가 쓴 것이리라.

"정말 지독한 곳이군. 밥도 변변하게 먹이지 않고 15시간씩 노동을 시키고 게다가 한 술 더 떠, 임금도 주지 않다니."

낙서와 시커먼 때로 반질거리는 다다미를 번갈아 보면서 요시다 씨는 혀를 찼다. 나는 식당에 가볼 요량으로 방을 나왔다.

"하시근 아닌가?"

옆에서 우리말로 나를 부르는 소리에 돌아다 봤다. 외눈박이 최석송이 술에 취해 새빨개진 얼굴로 숨 쉴 때마다 술 냄새를 풍겼다.

"살아 있었군."

"죽지는 않았습니다. 보시는 대로요."

나는 한껏 웃어 보였다.

"이 분은 제가 아시야에서 신세를 지고 있는 요시다 씨, 아니 서진철 씨."

"최석송입니다."

최석송과 요시다 씨는 서로 우리말로 인사를 나누었지만 대낮부터 술을 마시는 동포에게 요시다 씨는 마뜩찮은 표정을 감추지 않았다.

"자네는 어째서 돌아온 건가. 또 여기서 일하려고?"

"천만에요. 돈 받으러 왔습니다. 이런 곳에서 두 번 다시 일하고 싶지 않습니다."

"그럴 거야. 그렇게 말하고 모두들 나갔지. 나도 밀린 임금을 받자마자 모두를 따라 시모노세키까지 가봤다. 배를 기다리면서 노숙하는 패거리들이 한가득인 게, 난리도 아니더라고. 나는 어차피 셋째 아들에다 혼자 몸인데 서둘러 시골에 돌아가 봤자 일자리가 있을 리 없지. 시모노세키에서는 비를 피할 데조차 찾기 어려워서 다시 여기로 돌아왔다. 요즘 식사나 처우가 개선되었고 갱에는 하루건너 한 번씩 들어가도 된다. 이전과 비교하면 하늘과 땅 차이지."

최석송은 시뻘건 얼굴을 묘하게 일그러뜨리면서 웃었다.

"그건 그렇다 치고, 자네가 탈주한 후 더 한층 감시가 엄중해졌어. 노무감독 조수가 교대로 감시에 나섰지. 때문에 여기서 도망친 사람은 자네가 마지막이었다. 어쨌든 잘됐구먼. 여기 있을 땐 바싹 마른 나무짝 같았는데, 지금은 다부진 대목이 되었군. 빨리 고향에 돌아가 건강한 모습을 부모님께 보여드리면 좋겠어."

최석송은 내가 무사한 것을 자기 일처럼 기뻐했다.

"일본인 노무감독이나 조선인 노무조수는 어떻게 되었습니까?"

나는 조심스럽게 물었다.

"아아, 그거."

최석송의 빨간 얼굴이 한순간 고통으로 일그러졌다.

" … 천황의 라디오 방송이 있던 날 혈기에 찬 동포들이 노무사무소를 둘러쌌지. 노무감독들은 2층의 창에서 밧줄을 타고 담장 바깥으로 도망쳤어. 노무조수 중 박정희와 종극로가 도망치지 못하고 붙잡혀서 그야말로 몰매를 흠씬 맞았다. 경찰이 중재에 나서서 피투성이가 된 두 사람을 구출해서 데려왔어. 종극로는 머리가 깨져 귀에서 피가 흐르고 있었는데 살았는지 죽었는지 몰라. 조선인인 주제에 동포를 구더기처럼 취급했으니, 천벌이지. 박정희는 다리와 팔이 부러진 정도니까 생명에는 지장 없었을 거야. 그러나 조선에 돌아간 후에라도 찾아내서 원수를 갚겠다고 모두들 이를 갈았지."

"강원범은 어떻게 되었습니까?"

"모두들 정말 그놈을 끌어내서 아주 천천히 고통스럽게 죽이고 싶어 했다. 그런데 야마모토가 다른 일본인 노무감독들과 함께 어디다 숨겨줘서 그 후에는 그림자도 못 봤지. 동포들이 전부 없어질 때까지는 여기 나타나지 않을 거야."

최석송의 취한 외눈이 먼 곳을 응시하는 눈길로 변했다.

"내가 시모노세키에서 배를 기다리고 있을 때도 다른 탄광의 조선인 노무감독 놈이 동포들에게 둘러싸여 린치를 당하더군. 셔츠가 벗겨지고 두 손을 뒤로 묶인 채 끝이 갈라진 대나무로 얻어맞았지. 그의 손에 맞아죽은 동포들의 이름을 한 사람씩 호명하면서, 몽둥이에 사무친 원한을 담아 내리친 게지. 감독놈은 용서해 달라고 외치다가 기절해 버렸어. 그대로 바다에 던져 넣으려는 것을 누군가가 막아 목숨은 겨우 건진 것 같았어. 그러니 지도원이나 노무감독 조수로 거들먹거리던 놈들은 당분간은 밝은 데 나다니지 못할 거야. 조선에 돌아가도 제대로 땅에 발 딛고 살 수나 있을지 모르겠다. 뭐 자업자득이지."

"노무감독 중에 히로타라고 있었잖습니까? 키가 작고 땅딸막한 놈."
나는 지나가는 말처럼 물었다.

"그놈은 정월 명절이 지나고 사라졌다. 다른 탄광의 갱부 처와 정을 통해 그 남편한테 보복을 당할까 무서워 모습을 감췄다는 소문이야."
최석송은 입가에 거품을 물고 계속 지껄였다.

"그리고 보니 자네도 한 번 그놈에게 호되게 당한 적이 있었구먼. 온몸이 탱탱 부어 돌아왔을 때 우리는 이제 틀렸다고 생각했지."
최석송은 내 팔을 잡고 새삼스레 안부를 확인하듯 쓰다듬기 시작했다.

"나와 윤재학은 겨우 목숨을 건졌지만 조종호나 임수원, 오진 세 사람은 맞아 죽었습니다."
나는 최석송에게 항의라도 하듯이 말했다.

"알고 있네. 내가 그 일을 어떻게 잊겠나? 가엾은 꼴을 당했지."
최석송은 돌연 얼굴을 심하게 찡그리더니 훌쩍거리며 울기 시작했다. 막혀있던 감정이 자연스럽게, 한꺼번에 분출된 것 같았다. 나는 최석송의 팔을 잡고 그의 방으로 데려갔다. 옆에서 방관하던 요시다 씨도 최석송의 옆구리를 부축해 주었다.

"정말로 괴로웠네. 인간의 생활이 아니었지. 야채가 한 잎 떠있을 뿐인 맹물 같은 국과 무밥으로는, 힘을 쓸 수 없었어. 뱃가죽이 등에 붙은 몸으로 새벽 어두울 때부터 갱에 들어갔다가 캄캄해지고 나서 나왔지. 피로해서 쉬고 있으면 노무조수가 득달같이 달려와 고무 채찍으로 등을 내려치고, 목이 말라도 물이 있나, 갈증을 참다못해 냄새나는 갱내 물을 마셨다가 설사를 하고, 일도 못하게 되고…. 나는 외눈이라 탄차가 움직이는 것도 잘 못 봐서, 하마터면 부딪칠 뻔도 했어. 옆에서 김동인 씨가 팔을 잡아끌어주지 않았으면 틀림없이 저 세상 갔을 텐데, 그는 목을 매고 죽었지. 이런 빌어먹을, 흐흣흣흣….”

흐느껴 우는 최석송을 요시다 씨가 성의를 다해 위로했다. 처음의 마땅찮아하던 표정이 요시다 씨의 얼굴에서 사라졌다.

“내가 어째서 이곳에 남아 있는지 너희들은 몰라. 나야말로 이런 곳, 하루라도 빨리 벗어나고 싶지. 그러나 여기에 아무도 남지 않게 되면, 놈들은 여기를 흔적도 없이 부숴버릴 거야. 그리고 우리를 가축처럼 취급했던 사실도 깨끗하게 잊어버리겠지. 그놈들이 잊어버리면 세상에서 우리가 이런 일을 당했다는 사실을 아는 인간이 없어져 버리는 거다. 결단코, 그렇게 놔둘 수는 없어. 임금을 정산한다고 모든 것을 없던 걸로 할 수는 없는 거야. 나는 죽을 때까지 여기 있어도 좋아, 그때처럼 험한 밥을 먹어도 그때처럼 하루 15시간, 한 달 25일 갱내 일을 계속해도 상관없어. 일본 놈들이 자기들이 저질렀던 짓을 잊어버리지 않도록, 내가 산 증인이 되어 줄 거야, 흐흐흑….”

요시다 씨와 나는, 막걸리 병을 곁에 두고 다다미 위에 털썩 주저앉아 우는 최석송을 위로했다. 최석송의 입에서 억양의 높낮이가 심한 조선말이, 눈물과 함께 용솟음치듯 쏟아져 나왔다.

“자네도 잊어버리면 안 돼. 우리가 기억하지 않으면, 갱내 사고로 죽거나 맞아 죽은 동포는 죽어서도 고이 잠들 수 없을 거야…. 자네는 아직 젊고, 부모님도 자네 오기만 학수고대하고 계시겠지. 빨리 고국에 돌아가 안심시켜 드리는 것이 우선일 거야. 하지만, 여기에서 있었던 일을 잊어서는 안 돼."

최석송은 그렇게 말하고 피로한 듯이 입을 다물었다.

"최 씨 아저씨는 이제부터 뭘 하실 겁니까?"

나는 새삼스레 물었다.

"이제부터 자야겠다 나는. 3시 지나서 일어나 작업 2조로 나갈 준비해야 되니까."

"아니 오늘이 아니라, 앞으로 어떻게 하실 거냐는 말씀입니다."

"아까도 말했지만, 쫓아내기 전까지 난 여기 있겠네. 조선에서 억지로 우리를 끌고 온 것은 그놈들이잖나. 그러니 원래 있던 곳으로 돌려보내 주는 것도 그놈들이 책임지고 해야 할 일이야. 전쟁에 졌기 때문에 이제 마음대로 하라는 건 도리에 어긋난다. 조선 해협을 건너 고향에 돌아가는 데 모두 자기가 번 돈을 뱃삯으로 내고 있지만, 그건 뭔가 잘못된 거야. 건너갈 여비는 당연히 탄광주가 부담해야 하는 거 아냐. 나는 그때까지 기다리겠다 이거야."

다다미 위에 몸을 뉘었던 최석송은 뭔가 생각이 났는지 다시 몸을 일으키고 요시다 씨와 나를 옷장 앞으로 오라고 손짓했다. 어두운 옷장에서 나온 것은 신문지에 싼 사람 머리 크기만 한 돌이었다.

"이거 읽을 수 있겠지?"

최석송이 손가락으로 가리킨 돌의 표면에 엉성하지만 '조(趙)'라는 글자가 새겨져 있었다.

"이거 아저씨가 새긴 겁니까?"

최석송은 고개를 끄덕이고 다른 신문지에 싼 꾸러미를 열어 끌과 쇠망치를 보여줬다.

"조선에 돌아가려던 돈으로 산 것들이야. 시모노세키를 걷고 있는데 옛날 도구를 파는 가게가 있더군. 무심코 쇼윈도를 보니 끌을 넣은 상자가 눈에 띄었지. 목수용이 아니라 석공들이 쓰는 끌이었는데, 나는 조선에서 석공 밑에서 일한 적이 있거든. 섬세한 글자 같은 건 조각할 수 없지만 보면 본 대로 대충 비슷하게는 새길 수 있거든. 끌과 쇠망치를 사면 뱃삯이 모자라게 되지만 그냥 사버렸지. 그 길로 기숙사에 되돌아와 온가강 제방을 걸어 다니며 돌을 찾았다. 시모노세키에서 끌이 내 눈에 띈 것은 우연이 아니란 생각이 들었어…. 제일 먼저 조종호의 묘를 만들기로 했지. 그러나 조라는 성은 알아도 종호라는 한자는 쓸 줄 몰라. 일본 이름은 써야 아무 의미가 없는 노릇이고."

최석송이 조금 부끄러운 듯이 말하자 요시다 씨가 신문지 위에 있던 뜬숯으로 돌 표면에 '종호(宗鎬)'라는 한자를 첨가했다. 확인이라도 하듯 내 쪽을 보았는데, 틀린 곳은 없었다.

"고맙네. 한자는 숫자 정도밖에 쓸 줄 몰라서. 이름은 여차하면 한글로 새길 생각이네."

요시다 씨가 물었다.

"이것을 어디로 가지고 갑니까?"

"묘지."

"묘지라니? 그럼 무덤이 있단 말씀입니까?"

나도 모르게 연거푸 물었다. 최석송은 천천히 고개를 끄덕였다.

"노무감독 놈들이 입을 다물라고 했지만 그놈들이 없어졌으니까 이제 그럴 필요도 없지. 기숙사생이 죽을 때마다 나와 김성율은 묘지 파는 일꾼으로 불려갔어."

"그럼 김동인 씨나 이효석의 시신도 묻었습니까?"

"그래, 묻었다. 이효석은 머리가 깨진 무참한 모습이었어."

최석송은 비틀거리며 일어섰다. 안마당을 가로질러가는 그의 뒤를 나와 요시다 씨가 따라갔다. 기숙사를 나와서 작업대기소로 이어지는 비탈길과는 반대쪽으로 최석송은 발길을 옮겼다. 한 사람이 겨우 다닐 수 있는 좁은 길이 폐석더미 중턱까지 나 있었다. 폐석더미 뒤편은 잡목림과 맞닿아 있어서 거먕옻나무와 비슷한 나무들이 구불구불한 뿌리를 폐석더미 안으로 뻗쳐오고 있었다. 허리까지 잡초가 무성하게 자랐고 등을 펴면 눈 아래 온가강 유역이 바라다보였다.

폐석들 사이의 얼마 안 되는 평지에 둥글게 쌓은 흙의 형상이 보였다. 전부 21개의 무덤이었고, 판자조각이 각 봉분 위에 꽂혀 있었다.

"이것이 김동인 씨 묘다."

최석송은 몸을 구부려 내게 나뭇조각을 보여줬다. '김동인'이라고 한자로 적혀 있었고 그 아래 사망날짜도 쓰여 있었다.

"그건 매장한 날짜다. 우리들로서는 죽은 날짜를 알 수 없는 시신도 있었지만…. 시신을 들것에 싣고 거적을 덮어서 여기까지 운반해오고 김성율과 나는 구덩이를 팠다. 야마모토가 감시할 때도 있고 노무조수들이 할 때도 있었다. 그놈들의 눈을 피해 죽은 이의 얼굴을 확인하고 이름과 날짜를 작은 판자조각에 새겨 흙속에 파묻었다. 그렇게라도 하지 않으면 그런 묘비 같은 것은 발견되는 즉시, 틀림없이 그놈들이 뽑아내 버렸겠지."

최석송은 판자조각 표면을 손으로 쓰다듬었다.

"이것은 전쟁이 끝나고 봉분에서 파내 꽂아둔 거야. 나뭇조각이 다 썩기 전에 돌로 교체하려고 마음먹었다."

"… 몰랐습니다."

나는 여기저기 흩어져 있는 봉분을 바라보며 신음했다.

"시신이 생기면 갱에 들어가기 전에 노무감독들이 우리를 호출했지. 트럭에 실어서 병원까지 시신을 받으러 간 적도 여러 번 있었다."

"병사한 동포는 제대로 된 묘지에 묻어주지 않습니까?"

요시다 씨가 물었다.

"묘지는 전부 일본인만 묻힐 수 있어요. 조선인은 죽으면 묘지조차 없기 때문에 노무감독이 이곳에 묻으라 한 거지요."

최석송은 신음하듯이 대답했다.

"다 묻고 나면 철저히 입단속을 당했지. 때문에 누구도 이 일은 몰랐고. 잠자코 있기가 얼마나 괴로웠는지. 나와 짝꿍이었던 김성율은 해방되자마자 기숙사를 곧장 떠나더군. 그 기분은 이해가 돼. 동포의 시신을 묻은 근방에 한시라도 더 있고 싶겠는가? 나도 빨리 떠나고 싶었다. 그러나 김성율에게 선수를 빼앗기자 망설여졌지. 마음을 정하지 못한 채 시모노세키까지 갔고, 거기서 이리저리 헤매던 중에 석공용 끌을 파는 가게를 본 거지. 정신이 번쩍 났고, 되돌아오고 말았어."

최석송은 무덤 위에 돋아난 작은 잡초를 뽑기 시작했다. 나와 요시다 씨도 어느새 최석송을 따라 벌초를 했다.

"적어도 봉분 전부에 묘석을 만들어 세울 때까지는 여길 뜨지 않을 거다. 조선에는 언제라도 돌아갈 수 있지만, 한 번 돌아가면 여긴 두 번 다시 올 수 없을 테니까."

나는 김동인 씨의 무덤에 돋아난 풀을 다 뽑고 나자 다른 무덤에 꽂힌 나무 이름표를 둘러보았다.

"현태원의 무덤이군요."

"맞아."

현태원은 나와 같은 방에서 폐가 안 좋아 피를 토하다가, 우리가 노무감독에게 사정사정한 끝에 병원으로 옮겼다. 매장 날짜는 내가 기억하는 입원날짜보다 한 달쯤 뒤로 되어 있었다.

"시신은 태우고 뼈는 수습해서 조선의 가족들에게 보내주지 않았습니까?"

"태운 것은 아마 둘째손가락 하나 정도일 거야. 손가락이 하나 잘려 있었으니까. 탄광 측에서 시체를 다 태우자니 땔감이 아까웠겠지."

최석송은 대답하고 다른 무덤을 벌초하고 있는 요시다 씨에게 말을 건넸다.

"뒤는 내가 짬을 내서 정리할 테니 이제 됐소. 오늘은 임금계산 때문에 왔잖소. 하시근을 잘 부탁하오. 이 녀석은 우리들 중 제일 나이가 어렸는데도 우는소리 한번 않고 아주 씩씩하게 견뎠지요. 이 녀석이 견디는 걸 보고 나이 먹은 축들도 주저앉지 않고 살아남았던 것 같소. 탈주해 나갔을 때는 무사히 도망치게 해달라고 기도했다오. 도망쳐서 조선에 돌아가 훌륭한 조선인이 되어달라는 것이 우리 남은 사람들의 바람이었지, 정말 잘됐어."

최석송은 내 손을 놓고 그 자리에서 빨리 가라고 떠밀었다. 요시다 씨와 나는 얼굴을 마주보고 일어섰다.

좁은 산길에서 뒤돌아보자 폐석산 중턱에 서서 최석송이 손을 흔들었다.

"잘들 가요. 건강들 하고… ."

떨리는 목소리로 외치는 조선말 인사가 귓가에 닿았다. 요시다 씨와 나도 손을 흔들며 조선말로 이별을 고했다.

우리는 묵묵히 걸었다. 미지근한 바람이 산록 쪽에서 폐석산 꼭대기를 향해 흐느적거리며 밀려 올라갔다. 다시 기숙사 앞 비탈길로 접어들었을 때 나는 히로타를 묻은 장소를 한 번 점검해보고 싶은 충동에 사로잡혀 요시다 씨의 얼굴을 살폈다. 요시다 씨는 내 범행 같은 것은 잊어버렸는지 다른 생각에 깊이 잠겨 있었다.

"억지로 끌려왔다가 고향에도 돌아가지 못하고 자기가 파낸 폐석더미 아래 잠들다니, 이보다 비참한 노릇이 또 있을까."

요시다 씨는 침울하게 말했다.

"흙무덤은 스무 개쯤 되던데."

"내가 아는 것만 해도 고문으로 다섯 명, 사고로 여덟 명이 죽고, 병원에 실려가 죽은 사람이 네다섯 명 되니까요."

"정말 끔찍하군."

요시다 씨는 폐석더미를 되돌아보고 두 손을 모아 합장을 올렸다. 그 순간 나는 히로타의 사체를 묻은 자재하치장에 가보려던 마음을 접었다.

탄광 사무소는 역에서 몇 분 거리에 있었다. 정면만 석조로 되었고 내부는 목조 건물이었다. 가까이 있던 사무원에게 기숙사에서 받은 서류를 보여주자 2층으로 올라가라는 몸짓을 했다. 조선인에게는 말하는 것조차 귀찮다는 분위기를 풍기는 거만한 태도였다. 나와 요시다 씨는 발소리를 울리며 계단을 올라갔다.

휑뎅그렁한 사무실 안쪽 책상에 대여섯 명이 앉아 있었다. 계산대 앞에 우리가 서자 가장 젊고 얼굴이 하얀 남자가 다가왔다. 나는 잠자코 종이를 내밀었다.

"뭔가 신분을 증명할 것이 있습니까?"

남자는 기숙사의 나이든 사무원과 똑같은 말을 물었다.

"아무것도 없습니다. 그러나 나는 분명히 하시근이란 사람으로 2년 전 가을에 다카쓰지 탄광에 강제로 끌려와 올해 1월 탈주했습니다. 당시의 노무사무소 사람이 있다면 내 얼굴을 기억할 것입니다."

나는 큰 소리로 힘주어 대답했다. 사무원이 한마디라도 딴소릴 한다면 호통을 칠 작정이었다. 요시다 씨도 내 옆에서 남자를 노려봤다. 사무원은 도움을 청하려는 듯이 사무실 안쪽으로 바쁘게 눈길을 보냈다. 그때 안쪽의 긴 의자에 앉아 있던 자가 벌떡 상체를 일으켰다. 야마모토였다.

"사이타, 이 녀석은 틀림없이 가와모토다."

야마모토는 나를 찬찬히 응시하며 가까이 다가왔다.

"가와모토, 오랜만이다. 그날 도망친 네 실력에는 탄복하지 않을 수 없더군. 그동안 어디 숨어 있었나?"

그는 전과 다름없이 거만한 말투로 물으며 곁에 선 요시다 씨를 험악하게 노려봤다. 요시다 씨는 그 서슬에 압도당한 듯 몸이 굳어졌다.

"뭐 좋아. 이제 도망칠 필요도 없어졌으니까. 오늘은 임금을 받으러 온 건가?"

"그렇습니다."

나는 무심결에 경어로 대답했다.

"내가 말한 것처럼 그때 노무조수가 되었다면 일당도 올랐을 거고 귀국자금도 나오고 귀국할 때까지 편의를 봐줄 수 있는데 말이지."

그가 도발적으로 말했다.

"당신들 앞잡이가 되었더라면 지금쯤은 오히려 도망다니는 처지였겠지."

나는 빠르게 대응했다. 그는 내 반격과 유창한 일본어에 놀란 것 같았다.

"… 자자, 그렇게 화내지 마라. 네게는 특별히 퇴직금을 더 주라고 부탁해 주겠다. 도망친 갱부에게는 본래 지급하지 않게 되어 있지만."

그는 내 낯빛을 살피면서 말했다. 내가 아무 대답을 않자 그는 한층 더 부드럽게 목소리를 낮추었다.

"이제부터 귀국할 건가? 지금쯤은 시모노세키도 고쿠라도 하카다도 조선인들로 넘쳐날 테지. 연락선 기다리는 동안 가진 돈 다 쓰고 탄광으로 돌아오는 놈도 있다. 내가 한마디만 찔러도 며칠 만에 배편은 해결될 텐데, 생각 있으면 언제라도 연락해라."

그는 내게 그런 말을 남기고 임금산정을 하는 사무원에게 뭔가 재차 지시하고 안쪽으로 들어갔다.

사무원은 서류를 상사에게 가지고 갔다. 결재도장을 받은 후 금고에서 돈을 꺼내 세기 시작했다. 10원짜리가 몇 장인가 그 속에 포함되어 있는 것을 보고, 이제 바다를 건널 수는 있겠다고 생각했다. 퇴직금 20원, 임금 잔액이 156원, 합계 176원이 내 손에 쥐어졌다. 그리고 고향에 세 번 송금한 것이 150원. 그러니까 이 돈이, 약 1년 2개월간 목숨을 걸고 일한 데 대한 보상이었다.

"자네는 2인분 뱃삯과 귀국 후 먹고 살 양식도 생각해둬야 한다. 1원이라도 헛되이 써서는 안 되지."

따라와 준 답례로 10원짜리 지폐를 한 장 내놓았더니 요시다 씨는 굳이 사양했다.

나는 아시야의 함바에서 번 돈의 3분의 1을 누나네 집을 거쳐 부모님께 보내드렸다. 그것도 60원 정도는 될 것이다. 집에 돌아가면 그

돈의 일부를 빌려 쓸 수도 있을 것이다. 치즈가 조선에 가서 아기를 출산해도 그럭저럭 꾸려갈 수 있을 것 같았다.

아시야에 돌아온 그날 저녁부터 요시다 씨는 부산으로 건너가는 배를 찾느라 분주했다. 나는 일을 마치고 저녁밥을 먹고 나면 반드시 가네무라 마을 해변까지 다녀왔다. 치즈와 만나지는 않았지만 돌 아래 편지가 숨겨져 있었다.

9월 중순이 되면서 여름 더위는 빠르게 물러갔다. 해가 진 후 바닷바람은 목덜미에 상쾌하게 와 닿았다. 파도가 옆에서 세차게 물보라를 일으키며 피어올랐다. 멀리서 해조음이 들려왔다. 가을이 깊어질수록 거칠어진다는 현해탄에 나는 뭔가 불길한 느낌을 받았다. 연락선조차 나뭇잎처럼 흔들린다고 하는 터에, 작은 밀항선은 그야말로 파도에 이리저리 멋대로 휘둘릴 것이다. 몸이 무거운 치즈가 견디어낼 수 있을지 염려스러웠다.

내일 2시에 이리 와줘. 이제 집을 나올 수밖에 없어. 꼭 와줘야 해.

반 달가량 지난 어느 날 돌 아래 놓인 편지에는 돌연 그렇게 적혀 있었다. 나는 해변에 앉아 멍하니 달빛이 비치는 잔잔한 바다를 바라봤다. 별다른 변화 없이 단조로운 파도가 밀려왔다 밀려갔다. 바다가 어두워지고 살그머니 모래밭에서 비탈길로 올라가 치즈의 집을 바라봤지만 불빛도 꺼진 초가지붕의 집안은 고즈넉한 정적 속에 잠들어 있었다. 도중에 마을사람을 만날까 두려워 재빠른 걸음걸이로 함바에 돌아왔다.

다음 날 아침 요시다 씨에게 배를 발견했는지 물어봤다.

"교섭은 끝났다. 일주일에서 열흘 후에는 그럭저럭 배편이 마련될 것 같아."

"좀더 빠른 배는 없을까요? 치즈가 집을 나오지 않으면 안 되게 되었나봅니다."

"난처하군. 너무 서두르면 이쪽 사정을 눈치 채고 운임을 비싸게 부를 공산이 크지. 배편을 구하는 건 서두르지 않는 게 좋아. 치즈 상에게 1주일만 집에서 참고 있으라고 하면 어떨까."

"이미 연락하려 해도 시간이 없습니다. 오늘 낮에 집을 나와 저랑 만나기로 되어 있습니다."

"바보들이네."

요시다 씨는 어이가 없다는 듯이 혼잣말처럼 중얼거렸다.

"둘이 만난다고 한들 치즈 상을 함바에 데려올 수 없는 노릇. 어딘가 숨어있을 곳을 찾아야겠군. 배가 준비되면 내가 데리러 가겠네. 자네는, 여기 오기 전에 신세졌던 아리랑 마을이라고 있었지? 거기 숨겨달라고 하게. 걱정하지 않아도 될 거야. 여기 두령에게는 편지라도 남기라고. 얼굴 맞대고 이야기하면 이것저것 캐물을 테고 자네 성격상 거짓말은 못할 테고, 그러면 일만 꼬이지. 오사카 친척집에라도 의탁하겠다는 식으로 편지를 쓰면 뒷일은 내가 적당히 둘러대겠네."

나는 요시다 씨의 제안에 따르기로 했다. 뱃삯의 선수금으로 두 사람 몫 50원을 요시다 씨에게 건네고 아리랑 마을 지도를 그려놓은 뒤 두령에게 편지를 썼다.

짐이라고 해야 낡아빠진 스웨터와 소매가 닳고 다 해진 외투, 바지와 작업복이 전부였다. 보따리를 꾸려 옆구리에 끼고 뒷문으로 함바를 빠져나왔다. 장지문을 닫으면서 요시다 씨는 뒷일은 다 맡겨두라는 듯이 고개를 끄덕였다.

아시야에서 아리랑 마을까지는 배나 버스를 이용할 수 있었다. 배는 세를 내야 하는데 내게는 감당할 수 없는 액수였다. 버스는 편수가 적고 남의 눈에 띌 가능성이 있다. 아시야 정거장까지 걸어가서 버스 시간을 확인했다. 낮 동안엔 한 시간에 한 대씩 다녔는데, 3시 10분 오리오행, 그리고 혹시 늦을 경우 4시 5분발 버스를 타면 된다.

정거장에서 승객들에 섞여서 시간표를 올려다보고 있으려니 불현듯 불안이 고개를 쳐들었다. 가네무라에서 마을사람들이 버스를 이용한다고 하면 아시야가 가장 가깝다. 그러면 치즈와 내가 따로 버스에 탄다 하더라도 치즈의 모습이 아는 사람 눈에 띌 가능성이 있었다.

나는 아시야 다음 정거장에서 버스를 타기로 하고 버스 노선을 따라 길을 더듬어 가기로 했다.

왼쪽으로 온가강의 둑이 보이고 오른쪽으로 에비쓰(海老津)의 폐석 더미가 낮게 모습을 보였다. 지프 두 대가 맹렬한 속도로 가까워지더니 엔진소리와 흙먼지를 남기고 아시야 쪽으로 사라졌다. 지프에는 제복 입은 미국인이 선글라스를 끼고 타고 있었다.

전쟁이 끝난 뒤 아시야에 진주군 트럭이나 지프가 많아졌다. 일본 해군 아시야비행장이 그대로 주둔군 거점이 된다는 소문도 떠돌았다. 요컨대 모두가 어디론가 도망치는 분위기였다. 치즈가 갑자기 집에 있을 수 없게 된 것도 그런 주변 정황과 무관하지 않다는 생각이 들었다.

나는 버스가 지나다니는 길을 따라 정거장을 3개 통과했다. 정거장마다 버스 시간표를 머릿속에 기억해뒀다. 네 번째 정거장은 아시야에서 4킬로 정도 떨어져 있었다. 잡화점 앞이 대합실로 쓰이고 주변에 집들도 밀집되어 있었다. 내가 대합실 벤치에 앉아 있자 잡화점 주인이 나와 내 보따리를 바라보고 어디에 가느냐고 물었다. 나는 다가와(田川)에 간다고 거짓말을 했다. 다시 무슨 말인가 더 물으려고 하던 주인은 버스가 온 것을 보고 손을 들었다. 나는 정차한 버스에 탈 수밖에 없었다.

15명 정도 승객이 타고 있었고 마주보는 좌석에 앉았다. 어차피 다음 정거장에서 내려 되돌아가면 된다고 생각을 돌렸지만 차장이 행선지를 물어서 오리오까지 간다고 대답했다. 50전을 지갑에서 꺼내 버스 요금을 냈다. 오리오까지 가버리면 아시야까지 되돌아올 때 다시 버스를 타지 않으면 안 된다. 불필요한 지출이었다. 나는 버스 차창으로 온가강 강둑이 보이자 내릴 결심을 했다. 차장이 뭐라고 말을 했지만 용무가 생각났다고 얼버무리며 두 번째 정거장에서 내렸다.

정거장에서 온가강 둑으로 올라가 강둑으로 해서 곧장 아시야 방향으로 걸었다. 한 시간 정도 걷자 하구의 다리가 나타났다. 아는 사람을 만날까 걱정하며 보따리를 가슴에 품다시피 하고 다리를 건넜다. 이전에 일하던 제방공사 현장에 인부들의 모습이 조그맣게 보였다.

가네무라 마을로 가는 낯익은 길을 걸어 소나무 숲을 향해 발걸음을 재촉했다. 상의만 군복을 입은 남자가 자전거를 타고 나를 앞질러 갔다. 나는 소나무 숲 속에 발을 들여놓고 해변을 살폈다. 파도가 밀려오는 물가에서 두 어린이가 해초를 줍고 있었다. 바위 사이로 앞바다에 들어간 어른의 모습이 보였다. 나는 해변으로 내려가기를 단념하고 시간이 흐르기를 기다렸다.

점심때가 되자 어른이 모래밭에서 놀던 아이들을 데리고 사라졌다. 태양이 중천에서 기우는 것을 확인하고 모래밭으로 내려가 절벽을 향해 걸었다. 수없이 오가던 모래밭이었다. 앞바다 바위에 부딪쳐 부서지는 파도의 물이랑도 파도치는 소리도 갯내음도, 모두 정다운 벗들이었다. 바위 밭에 도착하자마자 돌 아래를 살펴봤다. 편지는 없었다.

나는 절벽 밑 동굴에 몸을 눕히고 다시 기다리기 시작했다.

11

"그러면 내일 아침 다시 모시러 오겠습니다."

도키로는 택시에 올라타면서 말했다. 료칸 앞 상점가도 대부분 문을 닫고 가로등만 쓸쓸한 빛을 뿌리고 있었다. 내가 택시요금으로 건네주는 1만 엔 지폐를 도키로는 완강하게 사양했다.

"바로 옆동네이니 염려 마십시오."

도키로는 뒷좌석에 몸을 기대면서 인사했다.

택시를 보내고 방에 돌아오면서 묘하게 기분이 가벼워졌다. 부산에서 사업이 순풍에 돛단 듯할 때도 맛볼 수 없었던 느긋하고 자유로운 느낌이 어딘가에서 싹트고 있었다. 어떤 치료로도 어루만져지지 않던 깊숙한 곳의 아픈 응어리가 부드럽게 풀려가는 것 같은 쾌감이었.

툇마루에서 바라보는 온가강은 주변 바위들만이 가로등에 비치고 강의 중간 저편은 어둠 속에 용해되어 깊숙이 잠겨 있었다. 스스로 지난 40년 넘는 세월 동안 일본을 잊고 고집스럽게 부산에서만 살아온 것이 얼마나 부자연스러운 일이었던가를 비로소 느끼기 시작했다. 그것은 건강한 두 눈을 가진 사람이 손으로 한 눈을 가린 채 사는 것과 마찬가지였다. 내 안 저 깊은 곳에 오랜 세월 쌓인 응어리는 그 비정상적인 시야가 만들어낸 상처임에 틀림없었다.

부산에 있는 세 아들, 그리고 방금 막 헤어진 도키로 모두 나의 자식들이다. 그 어머니들은 이미 이 세상 사람들이 아니지만 나는 두 여자를 각각 다른 방식으로 진심으로 사랑했다. 그 둘은 결코 서로 대립적인 존재가 아닌 것이다. 세월이 흐르고 두 여자가 세상을 떠난 지금 드디어 두 눈을 뜨고 사물을 바라볼 수 있게 되었다.

"아버지 얼굴을 모르는 대신 저는, 한반도를 아버지로 생각하고 공부했습니다."

도키로에게 어째서 한글을 배울 마음이 생겼는지 묻자 그런 대답이 돌아왔다. 나는 가슴이 찡하게 막혀와 마음속으로 고개를 숙였다.

"아버지를 원망하지 않았다고 하면 거짓말이겠지요. 어머니가 커다란 보따리를 등에 지고 내 손을 이끌고 먼 길을 걸을 때, 살아있다는 아버지가 왜 찾아오지 않을까 생각했습니다. 중학생 무렵에는 아버지가 한국인인 사실을 친구들에게 숨겼습니다. 고교시절 경제적 문제로 사립대학에는 절대로 진학할 수 없는 것이 분해서 아버지가 안 계신 사실을 저주했습니다. 다행히 국립대학에 입학해서 장학금도 받게 되었지요. … 그리고 대학생이 되면서 무언가 변한 겁니다. 내가 절반은 한국인이라고 생각하자 어떻게든 한글을 배워보고 싶어졌지요. 그것을 어머께 말씀드렸더니 어머니는 눈물을 뚝뚝 흘리셨습니다. 어머니가 우시는 것을 본 것은 그것이 처음이자 마지막이었습니다."

온가강의 어두운 수면이 흔들리고 거기에 도키로를 낳아 홀로 키운 치즈의 모습이 겹쳐졌다. 치즈가 살아서 지금 여기 탁자 맞은편 의자에 앉아 있다면 어떤 말을 해줄까. 나는 치즈에게 할 말이 이미 정해져 있다.

"고생했어요, 고마워요."

그 말을 나는 천 번이든 만 번이든 해주고 싶다. 그녀의 대답을 들을 수 없고, 그 사랑스러운 얼굴을 볼 수 없고, 그 정든 몸을 어루만질 수 없다는 사실이 슬프다.

절벽 밑 바위 밭에 치즈가 나타난 것은 두세 시간이 지나서였다. 치즈는 아무 짐도 없이 빈손이었다.

"빨리 어디로든 가지 않으면 아버지가 찾으러 올 거야."

치즈는 한시도 지체할 수 없다는 듯 당황하는 모습이었다.

"당신을 만나고 있다는 소문이 아버지 귀에 들어갔어."

"우리가 만나는 장소는 아시야의 버스정거장이에요. 거기까지는 따로 걷는 겁니다. 내가 마을 가운데 길로 갈 테니까 치즈는 해변을 따라 와요."

"아시야 버스정거장은 사람들 눈이 너무 많은데."

치즈는 두려운 듯 몸을 떨면서 말했다.

"그러면 아시야에서 네 번째 정거장에서 내가 버스를 타겠어요. 거기까지는 온가강 제방을 따라 걷도록. 치즈는 소나무 숲에서 내가 오기를 기다리고 있다가 내가 통과하면 내 모습을 놓치지 않는 거리에서 따라오면 돼요. 자, 서둘러요."

내가 등을 떠밀다시피 해서 치즈는 모래밭을 향해 발을 뗐다. 조그만 몸집의 치즈가 빠른 발걸음으로 멀어져 가는 것을 바라보면서 드디어 우리 두 사람만의 인생이 시작된다는 사실을 마음 깊이 새겼다.

점토질의 비탈길을 올라가 치즈의 집 앞을 가로질러 갔다. 개는 보이지 않고 창고에서 나온 닭 대여섯 마리가 밭의 흙을 파헤치고 있었다. 이 집을 버리고 치즈가 나를 따라오는구나 하는 생각이 내 마음을 내리눌렀다. 나는 강제로 고향을 떠나왔지만 치즈는 자신의 의지로 고향을 등지는 험난한 길을 선택한 것이다. 내 고통보다 치즈의 결의가 몇 배나 숭고하게 느껴졌다.

마을 안은 주민 전체가 낮잠이라도 자고 있는 것처럼 조용했다. 활짝 열어둔 출입문의 발 너머로 라디오 소리가 들려왔다. 잡음이 많은 데다 일본말이 빨라 단 한마디도 알아들을 수 없었다.

소나무 숲을 지나 온가강 제방에 접어들 즈음 뒤를 돌아봤다. 치즈의 모습이 보였다. 나하고의 거리는 내가 온가강 다리를 다 건넜을 때 그녀가 겨우 제방에 오르는 정도였다. 두 사람이 미리 약속하고 걷고 있다고는 누구도 생각할 수 없으리라.

강 건너편 요시다 씨 작업반 공사현장이 멀리 바라다보였다. 설령 작심하고 이편을 바라본다 해도 제방 위의 통행인 얼굴까지 분간할 수는 없을 것이다. 그만큼 강폭이 넓었다. 약 한 시간 정도 걸었을 즈음 제방 아래로 내려와서 치즈를 기다렸다가 만났다. 치즈는 얼굴이 빨갛게 달아올라 내 곁에 와 앉았다.

"저 길을 똑바로 내려가서 삼거리에서 오른쪽으로 돌면 잡화점이니까 치즈는 거기서 버스를 타요. 아마 3시 20분일 거예요. 나는 왼쪽으로 돌아서 한 정거장 앞에서 탈게요. 버스표는 오리오까집니다. 돈은 있어요?"

치즈는 목면으로 된 상의 안쪽에서 지갑을 꺼내 내게 보여줬다.

"전부 30원 정도 돼. 일해서 조금씩 모은 거야. 그러나 이것만으로는 조선에 건너갈 수 없을 텐데."

"괜찮아요. 돈은 그럭저럭 돼요. 조선까지 가는 배는 얼마간 기다리지 않으면 안 된대요. 그때까지 아리랑 마을이라는 곳에 신세를 질까 합니다. 내가 전에 있던 탄광에서 10킬로쯤 떨어진 곳이에요."

내 설명에 치즈는 다소 안심했는지 고개를 끄덕였다.

이번에는 내가 먼저 제방으로 올라가 빠른 걸음으로 삼거리까지 갔고 버스 노선을 따라 다시 걸었다. 20분 정도 기다리자 버스가 왔다. 좌석은 거의 찼고 두세 사람이 손잡이에 매달려 서 있었다. 치즈는 뒤편 좌석에 앉았고 눈을 크게 뜨고 내 쪽을 바라봤다. 나는 치즈가 앉은 자리에서 비스듬히 앞으로 서서 창밖에 눈길을 두었다. 첫 번째 관문은 통과했다. 하지만 아리랑 마을에 갑자기 찾아갔을 때 할머니가 받아주실지, 두 번째 관문에 대한 불안이 다시금 고개를 쳐들었다. 혼자라면 몰라도 두 사람인데다가 치즈는 우리말도 모르는 일본인이었다. 그러나 이제 여기까지 왔으니 운에 맡기는 수밖에 없었다.

오리오 역에 도착하기 전에 버스는 만원이 되었다. 종점에서 내릴 때 치즈에게 말을 걸려고 했지만 치즈는 모르는 체하며 그냥 먼저 내렸다. 뒤를 따르는 내게 치즈가 말을 건넨 것은 사람으로 복작거리는 역 대합실에서였다.

"버스 안에 아는 사람이 탔었어."

치즈는 주위를 빠르게 둘러보며 말했다.

"어디 가느냐고 묻기에 고쿠라까지 간다고 대답했어. 아까 개찰구로 들어갔으니까 이제 괜찮아."

치즈는 말하고 내게 행선지를 확인한 후 차표를 사러 갔다. 이번에

303

는 내가 치즈를 멀리서 따라갈 차례였다. 객차 안에서도, N역에서 갈아탈 때도 서로 모르는 사람인 체하며 따로 걸었다.

"가쓰키까지 온 것은 처음이야."

2주 전 요시다 씨와 함께 왔던 역 구내에서 치즈는 말했다.

"여기서부터 걸어서 두 시간 걸려요."

"버스가 없어?"

"잘 모르겠어요. 있다고 해도 아마 도중까지만 있을 겁니다. 걷는 편이 빨라요."

우리는 어깨를 나란히 하고 상점가를 빠져나왔다. 부근에 아는 사람이 없다는 사실이 치즈를 대담하게 만들었다.

"사람들 눈에는 우리가 어떤 사이로 보일까?"

치즈가 웃으며 말했다.

"내가 연상인 것은 누가 봐도 알 텐데 누나와 동생이라고 하기엔 얼굴이 다르잖아."

"부부로밖에 볼 수 없지 않겠어요?"

"그러네. 정말 그래."

치즈는 묘하게 감동을 받은 듯 고개를 끄덕였다. 인가가 끊어지고 논 건너편에 탄광 주택과 탄광 망루 그리고 그 뒤로 두 개의 폐석더미가 보이기 시작했다.

"저기가 당신이 일했던 탄광?"

"그래요."

"에비쓰의 폐석더미보다 큰 걸."

"요전에 저 폐석산 기슭 안쪽에 갔더니 함께 일하다 죽은 동포들의 무덤이 있었어요. 전쟁이 끝나고 모두 해방되어 고국으로 돌아가는 것을 원망스러운 기분으로 바라보고 있는 것 같았지요, 정말로요."

"당신도 죽을 뻔했어?"

"여러 번 나를 죽이려고도 했고 거의 죽을 뻔했죠. 그래서 도망쳐 나온 거고."

이 정도로 대답하고 더 이상 자세한 이야기는 하고 싶지 않았다. 불과 9개월 전까지, 내가 일본 여성과 사랑의 도피행각을 벌일 줄 누군들 상상이나 했겠는가.

"기숙사에서 도망쳤을 때 이 강은 아주 수심이 깊었어요."

아리랑 마을로 통하는 다리 위에서 치즈에게 말했다.

"캄캄한 어둠 속에서 두 사람의 형사와 마주쳤고 강을 따라 강 언덕으로 달아났어요. 발을 다쳤기 때문에 거의 도망칠 수 없다고 생각하고 저 대나무 덤불 있는 데서 강물로 뛰어들었죠. 다리 아래를 지나 강 하류에서 둔치로 올라와 논 사이로 뛰어서 아리랑 마을을 찾아갔어요."

"그때 붙잡혔더라면 어떻게 되었을까?"

치즈는 어깨를 떨면서 물었다.

"탄광에 끌려가 맞아죽었겠지요. 그렇잖아도 나는 감독들에게 눈엣가시 같은 존재였거든요. 항상 반항적이었던 탓이죠."

나는 살인을 저질렀다는 이야기는 하지 않았다. 죽을 때까지 그 일을 치즈에게 털어놓지 못할 것 같은 기분이 들었다.

이전에 정신없이 달렸던 논에는 벼가 큰 키로 푸르게 자라나 있었다. 같은 초록빛 수목에 둘러싸인 낮은 산기슭 한구석에 아리랑 마을의 가옥들이 피부에 돋은 반점처럼 모여 있는 것이 보였다. 산기슭에 가까이 가자 치즈는 이상한 판잣집들을 흥미 깊게 바라봤다.

"무사히 도망친 후 이 마을에서 식당을 하는 할머니 댁에서 이삼 일

신세를 졌어요. 이번에도 거기로 갈 작정입니다."

바깥에 있는 수돗가에서 채소를 다듬고 있던 아낙이 우리에게 날카로운 시선을 보냈다. 내가 웃는 얼굴로 인사하자 입속으로 우물우물 중얼거렸다.

잡목 숲 구석을 칸막이하여 새끼 돼지를 세 마리 키우고 있었다. 돼지가 뭉툭한 코끝으로 파헤친 지면이 거뭇거뭇했다.

할머니 식당 입구는 열려 있었으나 여느 때처럼 손님은 그림자도 없었다. 인기척이 나자 안에서 나온 할머니는 내 모습을 보고 잠시 넋이 나간 듯했다.

"아이고, 자넨가. 잘 왔네. 그때는 원숭이처럼 말랐더니 이젠 훌륭한 체격이 되었구먼."

내 어깨와 손을 쓰다듬은 후 치즈에게 얼굴을 돌리고 내게 물었다.

"일본 아가씨 맞지?"

"부모님 집에서 도망 나왔습니다. 부산 갈 배를 구할 때까지 여기서 좀 맡아주십시오."

나는 지푸라기에라도 매달리는 심정으로 부탁했다.

"잘 왔네. 누추한 집이지만 천천히 쉬어가."

할머니는 우리말 억양이 짙은 일본어로 치즈에게 말했다.

"정말 고맙습니다. 잘 부탁드립니다."

치즈는 얼굴 가득 기쁜 표정을 지으며 진심으로 감사의 인사를 했다.

"이봐, 언젠가 말했지? 자네에겐 좋은 여자가 생길 거라고."

할머니는 나만 알아들을 수 있도록 우리말로 말하고 누런 이를 드러내며 웃었다.

"미안합니다. 일주일에서 열흘 정도 배편을 구할 때까지 있겠습니다. 숙박료는 정확하게 지불하겠습니다."

"좋다마다. 아가씨는 부엌일을 좀 도와주우. 할아버지는 한 달 안에는 돌아오지 않아."

할머니는 대답하고 치즈에게는 일본어로 농담을 던졌다.

"한꺼번에 사위와 며느리가 온 것 같아."

나와 치즈의 신혼생활은 할머니 집에서 시작되었다. 할머니는 우리를 안쪽 다다미방에서 자게 해주고 자신은 봉당 옆 마루에서 홑이불을 덮고 주무셨다.

"치즈는 기특하고 훌륭한 여자야. 좋아하는 남자를 따라 조선까지 가겠다고 하는 걸 보면. 여기 있는 동안 조금이라도 조선어를 익혀두면 좋지."

할머니는 치즈와 함께 식사를 준비할 때도 가능한 우리말을 사용했다. 내가 도와드릴 수 있는 일은 집 주변에 있는 채마밭을 갈고 뒷산에 가서 땔감을 잔뜩 해오는 일이었다.

"이 마을에 넓은 밭은 없지만 그래도 살아갈 수 있는 것은 산이 있기 때문이야. 산에 들어가면 나무순도 있고 죽순, 버섯도 돋아나지. 계곡에 흐르는 물을 끌어와 식수로 쓰고. 덫을 놓으면 멧돼지나 너구리도 걸려들어."

할머니의 이야기는 내게 고향의 산천을 떠올리게 했다. 논밭을 일본인에게 수탈당한 농촌이 점점 더 빈곤에 허덕이게 된 것은 산림 출입을 금지당했기 때문이다.

"이 산은 대부분 마을사람 소유지만 우리 조선 사람을 꺼려해서 일본인은 가까이 오지 않지. 그 대신 우리도 산을 소중하게 다루고 있지."

할머니 말씀대로 산속에는 종횡으로 좁은 산길이 나 있고 삼나무나 소나무 밑가지도 말끔하게 가지치기가 되어 있었다. 계곡물은 죽통을 연결해서 상류에서 끌어와 집집마다 식수로 썼다. 계곡 하류에는 잉어가 헤엄치는 깊은 못이 있고 설거지는 되도록 그 못에서 했다.

나는 매일 산에 올라 땔감을 해왔다. 고향의 산과 달리 감시인의 위협이 없어 솔잎이나 시든 삼나무 가지를 마음껏 긁어왔다.

"땔감은 얼마든지 해와도 좋지. 어차피 모두 나눠 쓰니까 서로 불만 가질 일도 없어. 전쟁이 끝나니 젊은이들은 모조리 모여앉아 정치 얘기만 하는구면. 그야 몸을 움직이기보다 입을 움직이는 쪽이 몇 배 편하겠지. 자네는 입보다 몸을 먼저 움직이니까 아주 맘에 드는구면."

할머니는 항상 부지런히 일하는 나를 칭찬하셨다.

무엇보다 기뻤던 것은 할머니가 치즈를 마음에 들어하신다는 사실이었다. 어디서 꺼낸 것인지 할머니는 연노랑 치마와 저고리를 치즈에게 입혀주셨다. 치즈도 그것을 자랑스럽게 몸에 걸쳤고 할머니 뒤를 따라 못까지 그릇을 씻으러 가곤 했다. 우리말도 조금씩 익히고 아침 식사를 준비할 때 할머니가 말하는 우리말에 웃기도 했다. 이대로라면 고향에 돌아가서도 조선의 여성으로서 잘 해나갈 수 있겠다 싶어, 나는 졸이던 가슴을 쓸어내렸다.

나는 밭을 매고 땔감을 줍는 사이사이 비석 감으로 알맞은 돌을 발견하면 계곡물에 씻어 처마 밑에 모아뒀다. 탄광 기숙사에 남아서 비석을 새기던 최석송이 폐석더미에서는 돌을 구하기 어렵다고 하던 말을 잊을 수 없었기 때문이다.

기숙사에 다시 발을 들이는 것이 망설여지지 않는 것은 아니었다. 혹시 히로타의 시신이 파헤쳐지지 않았을까 하는 의구심이 스쳤다. 그러나 결국 현장을 찾아보는 편이 마음이 편하리라는 생각이 들었다.

며칠 지나 열 개 정도의 돌을 두 번에 나누어 등바구니에 짊어지고 탄광까지 운반했다. 돌은 아기 몸체만큼 컸다. 처음 갔을 때 최석송은 방에 없었다. 나는 편지를 남겨놓고 돌을 안마당 구석에 쌓아놓았다. 돌아오는 길에 기숙사 자재하치장에 가봤다. 시체를 묻은 부근에는 자재가 방치되어 있어 발견을 하려야 할 수 없을 것 같았다.

두 번째 갔을 때는 저녁때였다. 작업 2조로 근무를 마친 최석송이 소주를 마시면서 끌로 비석을 새기고 있었다.

"고맙네. 이제 나무 묘비를 전부 돌로 바꿀 수 있겠네."

최석송은 술이 올라 붉어진 얼굴로 나를 바라봤다.

"비석을 전부 끝내고도 여기 남아 있으실 건가요?"

나는 계속 기숙사에 남아 있는 최석송이 이해되지 않아 물었다.

"작업을 끝내봐야 알지, 지금으로선 몰라."

최석송은 어딘가 쓸쓸한 모습으로 고개를 흔들었다.

"저는 며칠 뒤에 조선에 돌아갑니다."

"그런가. 좋겠네. 돌아가면 부모님께 열심히 효도하게. 2년간 속 많이 썩혀드렸으니까 말야."

부러운 듯이 말하는 최석송을 보고 문득 그가 다시는 고향에 돌아가지 않을지도 모른다는 생각이 들었다.

"이봐, 김동인 씨 비석이 완성됐어."

당혹해하는 내게 화제를 돌리기라도 하듯 최석송은 갸름하고 커다란 돌을 옷장에서 꺼냈다. 한 면이 평편한 푸른빛을 띤 돌은 산길 길가에 반쯤 묻혀있던 것을 파내온 것이다. 내가 모은 열 개의 돌 가운데 가장 크고 형태와 색깔도 제일 마음에 들었다.

"김동인 씨는 자네를 아주 귀여워했지. 자기가 나이가 제일 많고 자네가 제일 어려서였는지, 자네를 자식처럼 생각했네. 대전에서 화물차를 타고 올 때 소변통이 뒤집어졌지. 그때 반 울상이 된 자네를 김동인 씨가 거들어 줬잖아."

그 화물차에 최석송이 타고 있었던 것은 전혀 생각나지 않았다. 내 걱정으로 머릿속이 꽉 차 있었기 때문이다.

"그래서 가장 잘 생긴 돌을 김동인 씨 비석으로 했네."

"정말 감사합니다."

저절로 인사말이 나왔다.

"김동인 씨도 자네가 멀리 떨어진 산에서 캐내 등에 지고 온 비석을 받았으니 틀림없이 기뻐할 걸세."

외눈인 최석송은 한쪽 눈을 마저 감았다.

"목매달아 죽은 것은 그 사람다웠어. 파업으로 얻어낸 약속들이 휴지조각이 되어버렸으니 책임을 통감한 거야. 그 점이 적당히 사는 우리와는 다른 점이었지."

약간 서툴면서도 강인한 힘이 느껴지는 글자체로 '김동인'이라고 새겨진 세 글자를 나는 손으로 쓰다듬었다. 눈시울이 뜨거워지면서 눈물이 흘러나와 주먹으로 훔쳤다.

"자네가 앞장서 부른 아리랑은 정말 좋았어. 내가 이제까지 들었던 어떤 아리랑보다 훌륭했다."

최석송은 내 어깨를 두드려 주었다. 다시 터져 나오려는 오열을 이를 깨물고 참았다.

기숙사를 떠나 아리랑 마을로 돌아오니 요시다 씨가 기다리고 있었다. 치즈는 새로 빨아 다린 한복으로 갈아입고 짐을 다 꾸려놓았다.

"배가 준비됐네. 와카마쓰에서 내일 아침 떠난대. 오늘 중으로 와카마쓰에 도착하는 게 좋겠어."

요시다 씨는 한시도 지체할 수 없다는 듯 말했다.

"저녁과 내일 아침 먹을 주먹밥을 준비했네. 치즈에게는 내가 젊었을 때 입었던 한복도 가져가라고 했다. 수수하긴 해도 조선에는 당장 입을 옷도 변변히 없을 거 아닌가. 여차 할 때는 돈으로 바꾸어도 돼."

할머니는 밝은 표정으로 말했다. 이전에 할머니가 내게 빌려준 스웨터와 외투는 돌려드리지 않고 팔아치웠다. 나는 일주일간 숙박비로 20원을 건네 드렸지만 할머니는 끝내 받지 않았다.

"나는 자네 두 사람을 돌봐주게 되어서 기뻤네. 치즈가 내 일을 잘 도와줘서 마을사람 모두에게 어깨가 으쓱했지. 이대로 자네 둘이 여기 살아주면 얼마나 좋을까 생각한 적도 있었고 말이네."

할머니는 헤어질 때 치즈와 나를 번갈아 힘차게 안아주셨다. 요시다 씨는 치즈의 짐을 받아들고 묵묵히 걸었다. 같은 공사현장에서 일했던 만큼 새삼스럽게 예를 갖춰 대화를 나누기가 쑥스러웠던 모양이다.

"한복이 잘 어울리네요."

한참 뒤에 요시다 씨가 정색을 하고 말하자 치즈는 부끄러운 듯 얼굴을 붉혔다.

"내가 말도 않고 함바를 빠져나와 두령과 주인아주머니가 화내지 않으셨습니까?"

나는 신경이 쓰이던 그 일을 물었다.

"떠난 이유가 뭐냐고 내가 불려가 추궁당했지. 아무래도 거짓말을 할 수 없어서 대강 자백했네. 그랬더니 자네에게 전달해달라고 미불 일당과 전별금을 주시더군. 전부 20원이다."

요시다 씨는 내게 봉투를 건네며 말을 이었다.

"이삼 일 후 다시 두령에게 불려갔지. 가네무라 마을 촌장이 두령을 찾아왔다는 거야. 제방공사에 나오던 마을 여성이 행방불명이 되었는데 근래 사귀던 조선인 인부가 데려간 것이 아니냐고 따지러 온 거였어, '그런 인부는 없다, 무고한 누명이다' 하며 두령이 되쫓아 보냈다고 하더군. 그런 상황이니 이제 아시야 근처에는 돌아갈 수 없네. 오리오 역 근처에도 마을 남자들의 눈이 있을지 몰라. 아리랑 마을에서 입고 있던 한복 차림으로 가야 한다고 치즈에게 권한 건 바로 나야. 할머니 식당에서 치즈를 만났을 때 누군지 금방 알아볼 수 없었거든. 한복을 입는 편이 안전할 것 같네."

우리는 해가 지기 전에 가쓰키 역에 도착해서 기차에 올랐다. 치즈의 한복 차림은 승객의 눈길을 끌었고 요시다 씨의 의도와는 반대로 나는 내심 조마조마 했다. 그러나 사람들이 치즈를 쳐다보기는 했지만 N시나 오리오 역에서 갈아탈 때도 캐묻거나 하지는 않았다.

오히려 고생한 것은 와카마쓰에서 숙소를 찾을 때였다. 요시다 씨의 일본어가 아무리 유창하다고 해도 치즈의 복장으로 보면 우리는 분명한 조선인이었다. 가는 곳마다 여관에서 퇴짜를 맞았다. 열 집 이상 돈 끝에 겨우 뒷골목에 있는 허름한 여인숙에 짐을 풀었다. 모양새로 보아 뜨내기 남녀가 정사를 치르는 간이 여인숙임이 틀림없었다. 그러나 이것저것 가릴 계제가 못되었다. 치즈는 싫은 내색 한 번 하지 않고 말없이 우리 옆에 바싹 붙어 있었다. 우리 셋은 할머니가 만들어 준 주먹밥을 저녁으로 대신했다.

밤이 되자 요시다 씨는 배편을 확인하러 항구에 나갔다. 나와 치즈는 4평 남짓한 다다미방에서 요시다 씨가 돌아오기를 기다렸다. 후스마 하나를 사이에 둔 옆방에서 남녀의 정다운 말소리가 들려왔다. 그러나 우리는 내일 아침 일본을 떠나야 하는 불안에 짓눌렸다.

두 시간 정도 지나 돌아온 요시다 씨는 건너편 여관에 방을 잡아놓았다며 옮겨갔다. 다음 날 아침 6시에 아래 길가에서 만나기로 약속했다. 우리 두 사람만 오붓하게 있도록 해준 요시다 씨다운 배려였다. 나와 치즈는 얇은 이불을 덮고 누웠다. 옆방에서는 여전히 남녀가 주고받는 말소리가 들려왔다.

치즈는 그녀의 가슴에 내 팔을 꼭 끌어안고 눈을 감았다. 고향에 돌아가는 내 불안에 비하면 고향을 버리고 다른 나라로 떠나는 치즈의 두렵고 떨리는 기분은 몇십 배는 더할 것이다. 나는 뭐라 위로의 말을 찾지 못하고 치즈를 꼭 안아줄 수밖에 없었다. 그러는 동안 치즈가 울고 있는 것을 알았다. 내가 우냐고 묻자 치즈는 눈물이 글썽이는 두 눈을 반짝이며 웃었다.

"걱정 마. 슬프기도 하고 기쁘기도 하고 반반이니까. 내일이 되면 반드시 기쁜 쪽이 커질 거야."

우리는 두 팔로 서로 껴안고 잤다. 다음 날 아침 장지문 밖이 밝아오자마자 일어나 나갈 채비를 했다. 1원 50전 숙박비를 내고 바깥에 나오자 요시다 씨는 이미 길가에 나와 기다리고 있었다.

"하나에서 열까지 죄송할 따름입니다."

나는 이렇게밖에 감사의 인사를 할 수 없었다.

"자네들 일이 남의 일 같지 않았네. 나도 언젠가는 제주도로 돌아갈 작정이지만, 자리가 잡히면 자네들 집을 찾아가겠네. 그때까지 건강한 아기 낳고 세 식구가 행복하게 지내도록 해."

요시다 씨는 작별인사를 했다. 마지막 말은 치즈에게 들으라고 한 말 같았다.

"저 배가 자네들이 탈 배다."

안벽에 다다르자 요시다 씨가 작은 발동선을 가리키며 말했다.

"운임은 반만 선불했네. 나머지 반은 무사히 건너편에 도착하고 나서 지불하기로 하고. 이건 남은 돈."

요시다 씨가 돌려주려는 돈을 나는 받을 수가 없었다. 적으나마 답례하고 싶다고 내가 필사적으로 우겨 겨우 요시다 씨를 납득시켰다.

"그럼 잠시 맡아두는 것으로 하지. 시골에서 돈이 떨어지면 편지로 보내달라고 하게. 보내줄 테니까."

출항을 배웅하는 사람은 요시다 씨밖에 없었다. 언제까지고 손을 흔드는 모습을 바라보며 나는 언젠가 꼭 그를 다시 만나야겠다고 마음먹었다.

밀항선은 아무 특색 없는 평범한 중형 어선이었다. 선장과 한 명의 조수가 일본인이고 승객은 치즈 이외에는 모두 조선 사람인 듯했다. 승객은 모두 19명으로 여자는 치즈 외에 세 사람밖에 없었다. 한 사람은 40대 남자의 아내고 또 한 사람은 얼굴빛이 검은 30살 정도의 여자, 나머지 한 사람은 60세 가까운 할머니로 30대 중반의 아들과 동행하고 있었다.

본래는 네다섯 사람이 생활하도록 만들어진 선실에 스무 명 가까이를 밀어 넣은 상황이었기 때문에 두 줄로 누우면 거의 움직이기도 어려웠다. 누구도 서로의 신분을 알고 싶지 않은지 서로 입도 벙끗하지 않았다.

"이 부근에는 미군이 투하한 기뢰가 해파리처럼 떠다니기 때문에 무턱대고 속도를 낼 수 없다."

일본인 선장은 느릿한 속도를 변명이라도 하듯이 말했다.

"사흘 전에도 밤중에 고기잡이를 나갔던 어선이 기뢰에 맞아 침몰했어. 타고 있던 사람 중 구조된 건 단 한 명뿐이었지."

그런 말을 듣고 나니 배 옆구리를 치는 파도의 충격에조차 등골이 써늘해졌다. 치즈는 몸을 기역자로 구부리고 누워 내 쪽으로 얼굴을 향했다.

"기뢰에 맞아 죽을 때도 우린 함께야."

치즈는 미소를 지으면서 소곤거렸다. 무서워하기보다는 내게 모든 것을 맡긴 안도감이 얼굴에 떠올랐다. 배는 짧은 간격으로 흔들렸고 두세 시간 지나도 뱃멀미의 징조는 나타나지 않았다. 배는 3, 4개의 섬을 따라 북상했고 4시간 정도 지나 이키 섬의 가쓰모토 항에 도착했다. 우리는 항구의 식당에서 배불리 식사를 하고 보리가 섞인 주먹밥을 샀다. 쓰시마(對馬)가 보이기 시작한 것은 해가 거의 기울고 나서였다. 그 무렵에는 피로보다도 고국이 가까워졌다는 기쁨이 앞서 있었다. 배는 쓰시마에 기항하지 않고 한반도를 향해 똑바로 북상하기 시작했다.

"부산항에는 어두워지고 나서 들어갑니다. 해안 안벽에는 2, 3분밖에 정박하지 않기 때문에 곧장 내리도록."

선장이 말했고 부산항의 거리 불빛이 보이기 시작하자 나머지 반의 운임을 걷었다. 모두 무사히 해협을 건너온 것에 만족했던지 뱃삯을 깎으려 드는 사람은 없었고 오히려 덤을 얹어주기도 했다. 배는 우리를 잔교에 내려준 후 도망치듯 뱃머리를 돌려 어두운 바다로 사라졌다.

나는 부산항 변두리에 도착한 사실은 알았지만 부산역이 어느 방향인지 짐작이 안 갔다. 동행했던 나이든 동포에게 묻자 자기들도 역까지 가니까 따라오라고 했다. 큰 여객선이 정박 중인 부두를 지나 수많은 창고가 있는 곳을 빠져나왔다.

창고 앞에 5, 60명이 웅크리고 앉아 멍하니 바다 쪽을 바라보고 있었다. 네 살쯤 되는 아이를 안은 채 헐렁한 자루에 매달려 있는 노파, 구깃구깃한 긴 외투를 입고 두 눈을 번들거리는 중년 남자, 보따리 꾸러미를 부둥켜안은 소년. 창고 안에는 비슷한 누더기를 입은 일본인들이 북적거리며 대기하고 있었다.

한복을 입은 치즈는 귀환하는 일본인 무리에게 눈길을 주지 않고 내 옆에 바싹 붙어 걸었다. 나는 치즈의 불안을 뼈저리게 이해했다. 한반도나 만주에 흩어져 살던 일본인들이 모조리 일본으로 돌아가는 터에 치즈 혼자만 반대방향으로 가고 있는 것이다. 지금부터 앞으로 어떤 일이 있어도 그녀를 외롭게 하지 않으리라고 나는 마음먹었다.

길거리는 먼지투성이였다. 땅바닥에 신문지를 깔고 그 위에 음식물을 늘어놓고 파는 노점이 여러 개 있었다. 나는 전후의 혼란 속에서도 청결을 유지하던 N시의 상점가를 떠올렸다. 그곳에서는 더러운 땅바닥에 그대로 생선을 놓고 파는 일은 없었고 파리가 달라붙은 반 썩은 고기를 가게 앞에 진열해놓지도 않았다. 어두워서 물건이 좋은지 나쁜지 잘 모를 거라고 애초에 대수롭지 않게 생각하는 듯하여 불쾌하게 느껴졌다.

부산역은 밤인데도 사람으로 붐볐다.

"일본군이 패전해서 달아날 때 형무소 죄수를 전원 석방했다고 하더라. 거리의 치안이 안 좋기 때문에 젊은 처자를 데리고 다닐 땐 조심하는 게 좋을 걸."

　동행해준 중년 남성은 그렇게 충고하고 사라졌다.
　나는 치즈의 손을 잡고 열차시각을 알아보러 다녔다. 북쪽으로 가는 기차라면 서울행이든 대구행이든 좋았다. 한시라도 빨리 부산을 벗어나 고향에 달려가고 싶었다. 10시 반 출발 대전행이 있음을 알아내 매표소에 갔더니 일본 돈은 받을 수 없다고 거절했다. 물어보니 이 시간대라면 암거래상인에게 바꾸는 수밖에 없다고 했다. 불법환전상이 역앞 노점상과 나란히 간판을 내걸고 영업중이었다. 일본돈 100원은 조선돈 40원밖에 되지 않는다고 안경 쓴 할아버지는 차갑게 말했다.
"그런 법이 어디 있어?"
　내 설명을 듣고 난 치즈는 모처럼 화를 냈다.
"여기는 일본으로 돌아가려는 사람이 우글우글한데 그 사람들은 조선돈을 여기서 일본돈으로 환전하고 싶을 테니까 귀중한 것은 일본돈이야. 내가 직접 일본 사람에게 바꿔볼게."
　그렇게 말하더니 그녀는 개찰구로 나가는 승객 중에서 일본인 같은 사람을 찾기 시작했다. 치즈의 예상은 멋지게 맞아떨어졌다. 큰 배낭을 등에 지고 가슴에 등나무 바구니를 멘 각반을 찬 남자에게 접근해서 말을 걸었다. 남자는 고개를 끄덕이며 치즈의 이야기를 듣고 있더니 거래가 곧 이루어졌다. 1대 1로 교환해 받았다며 치즈는 60원을 보여줬다. 나중에 남은 돈을 은행에서 환전할 때도 일본돈의 가치는 낮았다. 이때 치즈에게 부탁해서 전액 바꿔두지 않은 것을 후회했다.
　발 디딜 틈도 없는 열차는 지붕이 없는 객차로, 별이 보였다. 틈새 바람은 거적때기로 겨우 막아 놓았다. 차내는 우리와 같이 외지에서 오는 귀국자들이나 장사치 아줌마들로 만원이었다. 급행인데도 기차는 갑자기 작은 역에서 정차하곤 했다. 운전기사가 멋대로 자기 고향 마을에 정차해서 친척들을 태우거나 차장이 밥 먹으러 가느라 서는 거라고, 장사꾼인 듯한 여자가 사정을 다 안다는 얼굴로 말했다. 일본에 있을 때 해방된 조국은 틀림없이 환희와 역동성이 넘쳐흐를 것이라고 예상했지만 열차를 타고 가면서 기대는 점차 부서져갔다.

한 역에 30분이나 1시간씩도 멋대로 정차하기 일쑤인 기차는 새벽녘에야 겨우 김천역에 도착했고 나와 치즈는 거기서 점촌행 기차로 갈아탔다.

역 구내에서 허기를 채우는 동안 여러 가지 소문을 들었다. 일본인이 도망갈 때 수원지(水源池)에 독약을 투입했다거나 방직공장에 방화를 했다는 식의 유언비어가 떠돌아 다녔다. 그러나 일본 패잔병들이 레일 전철기(轉轍機)를 바꿔 열차를 전복시키는 바람에 1백 명이 넘는 사상자가 나왔다는 것은 어쩐지 사실처럼 들렸다. 나는 일본인에 대한 반감이 널리 퍼져 있다는 사실을 치즈에게 전하고 싶지 않았다. 내가 사온 찹쌀떡과 센베 과자를 치즈는 맛있게 먹었다. 우리는 다른 사람이 있는 데서는 일본어로 말하지 않기로 했기 때문에 치즈가 일본인이라는 사실을 눈치 채는 사람은 없었다.

점촌행 열차도 모두 지붕이 없었다. 철로에 덧씌워지듯 산들이 가깝게 다가왔고 개암나무나 상수리나무, 오리나무, 동백, 참빗살나무를 바라보니 고향에 가까이 왔음을 실감했다. 상주역에서 그릇에 담아놓고 파는 차를 샀더니 숭늉이 들어 있었다. 그 소박한 맛이, 내게는 그리운 고향의 맛이었다.

그러나 고향이 계속 가까워지자 기쁨보다는 불안이 피어오르기 시작했다. 마을사람들이 일본인인 치즈를 받아들여 줄까. 게다가 만약 형이 돌아와 있다면 보나마나 우리 두 사람을 집에 들이지조차 않으려 할 것이다. 오직 한 군데 의지할 곳은 아버지였다. 아버지가 계시는 한 치즈의 편이 되어 형이나 마을사람들을 무마해주실 것이다. 뒷일은 천천히 시간을 들여 마을 생활에 녹아들면 되니, 큰 문제는 없다.

점촌에서 내린 뒤 식당에서 늦은 점심을 먹었지만 일본보다 물가가 비쌌다. 맛있어야 할 시래기 된장국을 울적한 기분으로 떠마셨다. 이런 상태라면 가진 돈은 한 달 안에 다 써버리고 말 것이다. 새해가 되면 아기를 위한 생활비도 더 필요할 텐데, 곧바로 일을 할 수 있을지 어떨지 걱정이 머릿속을 스쳐지나갔다.

"맛있어."

설렁탕을 먹고 있던 치즈는 내 복잡한 심경에 아랑곳없이 만족스럽게 말했다. 치즈는 우리 집, 즉 시댁에 돌아가기만 하면 생활은 곤란하지 않다고 믿는 눈치였다. 우리 집에는 병약한 아버지가 계시고 전답은 모두 소작이며, 그나마의 상속권조차도 장남인 형에게 우선권이 있다는 사실을 치즈에게 구체적으로 하나도 알려주지 않았다. 해안을 따라 비옥한 토지의 혜택을 누리는 치즈의 고향과는 달리 우리 마을은 좁은 분지에서 근근이 연명해온 것이다.

한 시간 정도 기다려서 버스를 타고 한 걸음 한 걸음 고향에 발을 들여놓게 되자 나는 복잡한 기분에 사로잡혔다. 약 한 시간 정도 흔들리는 버스 안에서 고생한 끝에 정류장에 도착했다. 정류장에서 마을까지는 장정 걸음으로도 두 시간 가깝게 걸렸다. 입 밖으로 말하지는 않았지만 치즈의 눈 밑에 생긴 거뭇한 그늘이 그녀의 짙은 피로를 말해주고 있었다.

강 건너편에서 산비둘기가 울었다. 치즈는 당차게 걸으면서 주변의 산을 신기한 듯이 바라봤다. 길가의 관목에 아직 꽃이 달려 있고 꽃봉오리를 매단 들국화가 고개를 내밀고 있었다. 내가 아는 길가의 풀꽃과 나무 이름을 우리말로 치즈에게 가르쳐 줬다. 일본어보다 몇 배나 발음이 복잡한 우리말을 치즈는 몇 번씩 되풀이하며 외우려 애썼다.

강안에 버드나무가 푸르고 무성했다. 강의 물줄기가 휘돌아 흐르면서 만든 깊은 여울에서 밀짚모자를 쓴 남자가 배까지 물에 담근 채 통발을 놓고 있었다. 그러더니 곧 우리가 지나가는 기척을 알아차린 것 같았다. 마을 변두리에서 혼자 사는 이 씨 할아버지였다. 허리는 얼마간 굽었지만 다리는 튼튼하여, 산에 오르거나 강을 건널 때 젊은이에게 뒤지지 않았다.

"이거 하 씨 작은아들 아닌가?"

이 씨 할아버지는 밀짚모자를 뒤로 젖히면서 쉰 음성으로 외쳤다. 내가 손을 들어 응답하자 할아버지는 뭍으로 올라와 모래밭에 섰다.

"잘 돌아왔다. 어머니가 기다리고 계실 거야. 아버지도 무덤 아래서 기뻐하실 거고."

나는 아버지 운운하는 말을 듣지 못하고 되물었다.

"몰랐던가? 자네 부친은 올해 2월에 병으로 저 세상에 갔지. 이제라도 명복을 빌어드려라."

자세한 이야기를 차마 할 수 없다는 듯 이 씨 할아버지는 입을 다물었고 어서 가라는 몸짓을 했다. 우리가 상당한 거리를 걸어와 뒤돌아보았을 때도 할아버지는 아직 우리를 꼼짝 않고 바라보고 계셨다.

"아버지가 돌아가셨나 봐요."

포플러 가로수 길에 접어들면서 치즈에게 말했다.

"원래 병약하시긴 했지만요…."

"언제 돌아가셨대?"

"2월."

"조그만 빨리 돌아왔으면 좋았을 걸."

치즈는 안타까워하며 나를 위로했다.

2월이면 내가 기숙사를 도망쳐 아시야의 함바에 익숙해질 무렵이었다. 도망친 후 그길로 해협을 건너왔다면 생전의 아버지와 재회할 수 있었을지도 모른다. 또한 2월은 치즈와 처음 만난 무렵이기도 했다. 아버지의 죽음과 엇갈려 나를 치즈와 맺어준 것은 보이지 않는 운명의 끈이라고 느꼈다.

"아버님이 돌아가신 후 어머님은 내내 혼자 지내신 거야?"

치즈는 물었다.

"아마 그럴 거예요. 만주에 징용당해 간 형이 돌아왔다면 몰라도."

아버지가 돌아가셨다는 말을 듣자 갑자기 우리의 귀향에 어두운 그림자가 드리운 기분이었다. 아버지가 살아계셨다면 마을사람들이 아무리 백안시해도 든든한 바람막이가 되어주셨을 것이다. 아버지의 죽음은 희망이 사라졌음을 의미했다.

어두워지기 시작한 길을 더듬어 가는 발길은 무겁기만 했다. 우리 집에 돌아가면서도 마을 가운데 길을 피해 오래된 묘지 옆을 지나는 변두리 길을 골라 걸었다. 아카시아나무와 포플러 아래로 눈에 익은 토담과 낮은 지붕이 나타났을 때 나도 모르게 치즈를 돌아봤다.

"저기가 우리 집이에요."

일본 농가에 익숙한 치즈의 눈에는 어딘지 자그맣고 버섯같이 보였을 것이다. 등을 펴고 우뚝 서지 않고 눈에 띄지 않게 땅 위에 엎드린 듯한 우리 집을 치즈는 뚫어지게 바라봤다. 초가지붕의 그늘에서 엷은 연기가 피어올랐다.

우리는 키보다 낮은 토담 옆을 지나 사립문으로 해서 안으로 들어갔다. 맨드라미 서너 그루가 담장 안쪽에 가냘프게 서 있었다. 바깥마당 왼쪽에 부엌과 안방 건넌방이 나란히 붙어 있는 안채가 보이고 안마당을 끼고 오른쪽에 안채보다 작은 방 두 개로 된 사랑채가 서 있는 것은 2년 전과 마찬가지였지만, 지금은 마치 다른 집처럼, 숨소리조차 들리지 않는 정적이 감돌았다. 사랑채의 덧문은 닫힌 채 안뜰에는 빈 장독이 쓰러져 있었다.

부엌문으로 안을 들여다보았다. 아궁이 앞에 어머니가 구부리고 앉아 뭔가를 끓이고 있었다.

"어머니, 시근이가 돌아왔습니다."

나는 얼굴에 웃음기를 가득 띠고 등 뒤에서 불렀다. 어머니는 순간 움찔 놀라더니 주저주저하며 뒤돌아보았다. 나를 보고 정신이 나간 듯이 일어섰다.

"시… 시근이?"

"네 시근입니다. 돌아왔습니다."

나는 다시 한 번 말했다. 눈물이 넘쳐흘렀다. '하늘이 무너져도 솟아날 구멍이 있고 범에게 물려가도 살아날 길이 있다'는 아버지 말씀대로다. 내가 고향 집에 돌아온 것이다. 아이고 아이고 하며 나를 붙잡고 우는 어머니를 끌어안았다.

"정말 우리 시근이구나. 반드시 돌아올 거라 믿었다. 아버지 묘에 매일 가서 빌고 또 빌었지."

어머니는 내 가슴과 어깨를 쓰다듬으며 말씀하셨다.

"다행이다. 참말 다행이다. 네 몸도 완전히 튼튼해졌구나."

어머니의 팔을 풀고, 문밖에 서 있는 치즈를 손짓해 불렀다.

"어머니, 일본에서 만난 치즈예요."

치즈는 수줍어하면서 일본식으로 인사를 올렸다. 한복은 입고 있었지만 금방 일본인이라는 것을 알아차린 어머니는 말을 잊은 채 나와 치즈를 번갈아 응시했다.

"일본에서 함께 왔습니다."

내 말에 비로소 정신이 돌아온 듯 어머니가 치즈의 손을 잡고 안방으로 안내하려고 할 때였다. 그때 묵직한 음성이 들려왔다.

"시근이 돌아왔나?"

건넌방으로 통하는 마루위에 서서 형 근식이 우리를 내려다보고 있었다.

"다녀왔습니다. 형님도 무사히 돌아오셨군요."

나는 햇볕에 그은 광대뼈가 튀어나온 형의 얼굴을 살피면서 붙임성 있게 대답했다.

"아버지가 돌아가시고 나서 귀국했다. 장남이라는 이유로 귀향을 허락받았지. 해방 때까지 만주에 남아 있었다면 중국과의 관계 때문에 지금쯤 어떻게 되었을지 모르겠다."

"그것 참 다행입니다."

말하고 치즈를 옆으로 세우고 소개했다.

"일본에서 함께 온 치즈입니다."

깊숙이 머리를 숙이는 치즈를 힐끗 노려보고는 형은 한마디도 하지 않고 건넌방으로 들어갔다.

"피곤하겠다. 우선 좀 쉬거라. 저녁밥은 금방 될 테니까."

어머니는 치즈를 안방으로 안내하고 내게 말씀하셨다.

"형을 위해 사랑방 청소를 해 둬라. 근식이가 사랑으로 옮기면 되지 않겠니."

나는 아버지가 거하셨던 사랑방의 창과 방문을 열고 바닥을 닦았다. 사랑방 걸레질은 항상 어머니 몫으로, 아버지는 여간해서는 우리를 사랑방으로 부르지 않았기 때문에 방바닥에 엎드려 닦기는 지금이 처음이었다.

술도 마시지 않고 담배도 피우지 않고 책도 읽지 않는 아버지는 그 방에서 달랑 몸 하나만으로 지내셨다. 소지품을 모으지도 않고 소유하지도 않는 분이었다. 언젠가 아버지가 날품팔이 일을 하러 나가고 안 계신 방을 들여다 본 적이 있었다. 한쪽에 개놓은 이불이 있을 뿐 방은 텅 비었고 벽에 한시를 적은 족자 하나가 걸려 있을 뿐이었다.

아버지도 읽을 수 없었던 그 한시 족자가 지금도 여전히 같은 자리에 걸려 있었다. 아버지가 외출했을 때와 방 안은 조금도 다르지 않았다. 기침을 하면서 지금이라도 곧 돌아오실 것 같은 착각조차 들었다.

"넌 어째서 왜놈 여자 따위를 집에 데려온 거냐?"

언제부터 있었는지 형이 마루에 서서 나를 날카로운 눈으로 내려다 보고 있었다.

"장래를 약속한 사이입니다."

나는 걸레를 쥔 손을 뒤로 감추며 공손하게 대답했다.

"그런 일을 돌아가신 아버지가 허락하실 것 같으냐? 이 마을사람이라면 누구도 인정하지 않을 거다."

형은 싸늘하게 내뱉었다.

"순사 앞잡이가 되어 개처럼 마을사람들 뒤를 캐던 박영순이란 놈이 있었다. 해방과 동시에 누군가가 그 집에 불을 질렀고 마을에 살 수가 없어 결국 야반도주를 했지. 네가 왜놈 여자를 데려온 것을 마을에서 알면 우리 집도 같은 변을 당할지 모른다. 어쩔 작정이냐?"

나는 한마디 반론도 못하고 고개를 숙인 채 형의 말을 들었다.

"나는 저 여자와 한 지붕에서 살 수 없다."

형은 그렇게 말하고 방 한가운데 앉았다.

나는 청소를 하는 둥 마는 둥 하고 도망치듯 안채로 돌아왔다. 어머니가 염려스러운 눈빛으로 나를 바라보셨다. 치즈는 안방 한구석에 무릎을 꿇고 앉아 있었다.

"어머니를 도와드리려고 해도 무엇부터 해야 좋을지 모르겠어."

치즈가 말했다.

"아무 일 안 해도 돼요."

나는 화난 듯이 대답했다. 치즈는 형이 언짢아하는 기색을 알아차렸는지 아무 말이 없었다.

어머니는 형 저녁상을 사랑에 차려주고, 우리 셋은 한 밥상에 둘러앉았다.

"일본에서는 필시 우리 아들이 신세를 졌겠지요. 변변찮은 음식이지만 어서 드세요."

어머니는 양반 부인에게 하는 말투로 치즈에게 말했다.

"일본에서 신세를 진 것은 제 쪽입니다. 갑자기 폐를 끼치게 되어 죄송스럽습니다. 앞으로 잘 부탁드립니다."

치즈의 말을 그대로 통역해드리자 어머니는 가볍게 고개를 끄덕이셨다. 그 표정에는 아직 한집안 식구로 받아들인 것이 아니라 어디까지나 손님으로서 대접하고 있다는 의미가 들어 있었다.

"형님은 함께 식사하시지 않나요?"

치즈는 진지한 얼굴로 어머니에게 물었다. 어머니에게 통역해드리지 않고 내가 대신 대답했다.

"아버지가 돌아가셨으니 형이 우리 집 호주가 되었고, 호주는 별채인 사랑방에서 주로 지내는 거예요."

치즈는 이해할 수 없다는 반응을 보였지만 그 이상 묻지 않았다.

밥상에는 보리밥과 여러 가지 채소, 콩나물국, 두부부침, 배추김치가 올랐다. 2년 전의 식사에 비하면 반찬 가짓수도 많아지고 양도 듬뿍 늘었다. 형이 만주에서 벌어온 돈 덕분에 부엌 살림살이가 윤택해진 모양이었다.

"아버지가 살아계셨다면 얼마나 기뻐하셨을까."

어머니는 눈시울을 붉히며 말씀하셨다.

"돌아가시는 순간까지 네 일을 염려하며 헛소리를 하셨어. 네가 몇 차례 보내준 편지를 틈만 나면 꺼내보셨다. 당신 대신 일본에 끌려간 네가 근식이보다 걱정이 되셨던 거지. 설날이 지나고 나서부터는 사랑에 계시지 않고 내내 건넌방에 누워 계셨다. 점점 식사를 못하시고 가슴에서는 쌕쌕 하는 고통스러운 소리가 나고…. 말씀하는 것도 괴로워하셨단다. 그렇다고 의사를 부를 돈이 있나 약이 있나, 밤에는 고열로 신음하며 입은 옷이 땀에 흠뻑 젖을 정도였지. 그러다 2월 추운 어느 날 아침에 돌아가셨다. 부르는 소리가 나서 일어나 가봤더니 이미 숨이 넘어가셔서…, 내 손을 겨우 잡고, 말할 힘도 없이 그대로 돌아가셨다."

어머니는 더듬더듬 이야기하면서 눈물을 흘리셨다.

"네가 돌아왔는데 이렇게 슬픈 이야기만 해서 미안하구나."

"죄송합니다. 제가 곁에 있었다면 조금 더 오래 사셨을 텐데요."

나는 고개를 수그릴 수밖에 없었다.

"아니다. 누구도 네 아버질 살릴 수 없었을 거야. 젊은 시절부터 무리한 게 쌓인 거니까. 네가 대신 일본에 징용가지 않았으면 당장 그 겨울에 돌아가셨을 거야. 집에서 마누라가 지켜보는 가운데 돌아가신 것만도 복이 많은 분이지."

어머니는 고개를 끄덕이시면서 혼잣말처럼 하셨다. 어머니와 우리말로 이야기하는 동안 치즈는 대화의 몇 마디라도 이해하려고 귀를 종긋 세웠다. 나는 그런 치즈의 태도가 안쓰러웠다.

"탄광 낙반사고로 죽은 안선호 소식은 마을에 알려졌습니까?"

"으응, 면 순사가 통지서와 위로금을 가지고 찾아왔다고 하더라. 갓 결혼했던 그 처가 매일 무덤 앞에서 울었지만 위로금 일부를 받아가지고 친정으로 돌아갔지. 최근 다른 혼처가 생겼다고 하더라. 인물이 좋으니까 처녀는 아니지만 시집오라는 데가 있는 것 같아."

안선호의 집안에서도 시신이 지금 어디 묻혀있는지는 모를 것이다. 나는 폐석더미 중턱에 있는 자그만 봉분과 판자조각에 쓴 묘비를 마음 속에 그리며 암울한 기분에 젖었다.

"1주일 전에 너랑 함께 끌려갔던 김경석이 느닷없이 집에 돌아와 마을이 온통 난리였는데. 나도 네 소식을 물으러 갔었지, 그랬더니 정월에 네가 탈주한 채 행방을 모른다며, 그러나 붙잡혔다면 탄광으로 되돌아왔을 텐데 그 후 아무 소식 없는 걸 보면 도망에 성공한 것 아닐까, 그런 이야기였다. 네가 가명으로 현숙이 누나에게 보낸 편지를 생각하니까 그렇구나 싶더라. 편지는 탈주한 다음에 보낸 것이구나 하고."

"부모님 이름으로 직접 편지를 보내면 아무리 가명을 써도 검열을 받을 염려가 있잖습니까."

나는 변명을 했다.

"누나 집으로 가끔 돈을 부쳤습니다만 받으셨나요?"

이렇게 묻자 어머니는 의아한 표정을 지으셨다.

"설마 돈만 빼낼 수는 없을 텐데요."

"현숙이가 편지를 보여준 적은 한 번뿐이었고 그때도 돈 이야기는 한마디도 없었는데."

"그렇군요."

나는 될 수 있는 대로 아무렇지도 않은 척했다. 사정을 캐려 할수록 그만큼 어머니를 걱정시켜드릴 것 같았다. 내 기억에는 다섯 번 정도 편지를 썼고 송금은 세 번 했다. 나머지 편지와 현금은 도대체 어디로 사라졌다는 말일까. 한번 누나네 집에 가서 확인해봐야겠다고 생각했다.

식사가 끝나자 치즈는 설거지를 하기 위해 부엌으로 내려갔다. 어머니는 한 번은 사양했으나 치즈가 하겠다고 우기는 바람에 말리지 못하고 사랑으로 밥상을 내오러 가셨다. 나는 통에 물을 길어다 붓고 목욕 준비를 했다.

밤에는 안방에 어머니가 잠자리를 펴고 나와 치즈는 건넌방에서 잤다. 이야기를 하면 어머니가 들으시기 때문에 최소한 필요한 말밖에 하지 않았다. 고향에서 맞이하는 첫날밤의 감격은 없고 내일부터 생활은 어떻게 해나갈까 하는 걱정만이 가슴을 무겁게 짓눌렀다. 개암나무 숲에 둥지를 튼 올빼미가 밤새 울었다.

다음 날 형의 아침상은 내가 사랑으로 들고 갔다. 형은 어머니가 길어온 물로 이미 세면을 끝내고 내가 들어오기를 기다렸던 모양이다.

"아침밥을 끝내면 아버지 산소에 성묘하러 가자. 네 귀향을 알려드리는 자리다."

명령조로 내게 이야기했다.

어머니도 내가 고향에 돌아온 첫날 꼭 성묘를 해야 한다고 생각하신 듯, 형의 말을 전하자 재빨리 머리를 빗기 시작하셨다. 나는 치즈에게 보자기 꾸러미에서 치마저고리를 꺼내 입혔다. 아리랑 마을 할머니가 입던 옛날 한복이지만 목면의 수수한 갈색으로 성묘에 적합해 보였다.

준비를 마치고 어머니와 셋이 가지런히 사랑 앞에 서서 형을 기다렸다. 형은 바지에 저고리를 입고 다리에 예식용 행전까지 찼다. 치즈는 형에게 간단한 우리말로 인사를 드렸다. 그러나 형은 대답은커녕 눈길조차 주지 않았다. 대신 형은 나를 노려보면서 화난 목소리로 고함을 쳤다.

"근본도 모르는 왜놈 여자를 아버지 산소에 데려갈 순 없다."

나는 반사적으로 어머니 얼굴을 살펴보았다. 어머니는 얼어붙은 듯이 고개를 천천히 흔들었다.

"치즈, 오늘은 성묘하러 갈 수 없다고 하네요. 우리만 우선 다녀올 테니 집에 남아 있어요."

내가 말을 다 마치기도 전에 치즈는 눈에 눈물이 글썽였다. 눈물을 흘리는 치즈를 건넌방에 데리고 가서 달랬다.

"형에게는 편견이 있어요. 언젠가 이해해줄 거예요. 그때까지는 참고 기다려줘요."

방바닥에 정좌한 채 치즈는 고개를 끄덕였지만 한복을 입은 모습이 너무나 애처로웠다.

아버지 산소는 약 한 시간 정도 떨어진 산자락에 있었다. 살아계실 때 나와 함께 경작했던 밭보다 한 단 높이 자리한 묘지 터는 아버지가 마음에 들어하던 장소로, 멀리 강줄기와 마을의 모습이 한눈에 바라다 보였다. 산소는 직경 2미터 높이 1미터 정도의 비교적 자그마한 봉분으로 표면은 이미 여름풀로 덮여 있었다.

어머니는 준비해온 쌀밥과 아버지가 좋아하시던 대구포를 산소 앞에 차렸다. 돗자리를 풀 위에 깔고 먼저 형이 3배를 올렸다.

"시근이가 무사히 돌아왔습니다. 앞으로 조상님께 부끄럽지 않게 훌륭한 생활을 해나가게 하겠습니다. 부디 굽어 살펴주시옵소서."

형은 그렇게 읊조리고 일어섰다가 땅에 이마가 닿게 절을 했다. 어머니는 절을 올리기 전부터 벌써 울기 시작하셨다. 뱃속 깊은 곳에서 쥐어짜는 듯한 목소리로 내가 고향에 돌아온 것을 아버지께 고하고, 두 아들이 무사히 돌아왔는데 당신은 벌써 저 세상으로 가셨으니 너무 슬프다고 말씀하셨다. 어머니의 흐느끼는 소리가 산의 잡목 숲에서 들려오는 날카롭고 드높은 호랑지빠귀의 울음소리와 합쳐졌다.

3배를 하기 위해 몸을 낮게 구부렸을 때 후끈한 풀냄새와 흙 내음이 코끝에 닿았고 비로소 아버지가 땅 밑에 잠들어 계시다는 사실을 실감했다.

아버님 제가 돌아왔습니다. 조금 더 일찍 돌아오지 못해 너무 후회스럽습니다. 지난 정월에 탄광을 탈출한 것은 그때 그대로 해협을 건너라는 하늘의 뜻이었는지도 모릅니다. 그때 무리해서라도 고향에 돌아왔더라면 살아계신 아버지를 뵈었을 겁니다. 제 우유부단함을 용서하시옵소서. 그 대신 저는 세상에 나서 처음 사랑한 여성을 데리고 돌아왔습니다. 일본 여자입니다. 아버님은 저를 거부하셨을까요? 저는 일본을 미워합니다. 그러나 그렇다고 해서 일본 사람 전부를 미워하는 것은 아닙니다.

나는 세 번 절을 하는 동안 이런 말들을 속으로 읊조렸다. 이상하게도 눈물은 나오지 않았다. 내가 절을 마치기를 기다렸다는 듯이 형은 나를 산소 앞에 앉혔다. 내가 형과 어머니를 대면하는 자세로 세 사람은 책상 다리를 하고 앉았다.

"아버지 산소 앞에서 네게 일러둘 말이 있다."

형은 위엄을 부리며 말했다.

"그 왜놈 여자를 집안에 들여서는 안 된다. 네가 앞으로 그 여자와 함께 있을 작정이라면 집에서 나가서 어디로든지 가거라. 네가 한 짓이 개가 흘레붙은 것과 뭐가 다르냐."

"근식이 형에게는 집안끼리 혼담이 오가고 있어서…."

어머니는 곁에서 형을 거들었다.

"이웃마을 아가씨인데 내년 1월 1년 상을 마친 다음 납채를 주고받기로 되어 있다. 우리 같은 집에는 분에 넘치는 규수지. 그쪽에서 근식이를 마음에 들어 한다. 그렇기 때문에 너희 두 사람이 그런 식으로 더부살이를 한다면 이 혼담은 없던 이야기가 되어버릴지 몰라. 네가 그 여자와 헤어지고 혼자 우리 집에서 산다면 별 문제가 되지 않겠지만…."

나는 어머니의 눈물 젖은 얼굴을 더 이상 볼 수 없어 눈을 내리뜨고 목소리만 들었다.

"치즈를 이 땅에 혼자 내버려둘 수는 없습니다. 오늘 중으로 집을 나가겠습니다. 허락해주십시오."

이렇게 말하면서 나는 산소 가장자리에 피어있는 보랏빛 꿀풀을 응시했다. 어머니는 다시 울기 시작하셨다.

"집을 나간다면 어디로 갈 작정이냐?"

형이 물었다.

"이 마을에서 일할 곳을 찾아보겠습니다. 머슴으로 저를 써줄 집이 있겠지요. 그런 집을 못 찾으면 산에 오두막을 짓고 살면 됩니다. 탄광의 지옥 같은 생활에 비하면 별로 고생도 아닙니다."

단호하게 말하는 나를 형은 순간 두려운 눈으로 바라봤다.

"마을사람들은 그렇게 간단하게 왜놈 여자를 받아들여주지 않을걸."

"치즈가 무슨 나쁜 짓을 했습니까? 단지 일본인이라는 이유만으로 괴롭히는 놈이 있다면 죽여 버릴 겁니다."

"바보 같은 말은 하지 마라."

"그냥 하는 소리가 아닙니다. 치즈는 이제부터 조선인으로 살려 하고 있습니다. 그것을 이해하긴커녕 방해하는 놈은 제가 가만두지 않겠습니다."

진심이었다. 탄광에서 몇 번이나 죽을 고비를 겪었고 사람을 하나 죽인 몸이다. 치즈를 지키기 위해서는 기꺼이 방패가 될 각오를 했다.

"명심해라, 아버지 이름만은 더럽히지 않도록 말이다."

형은 재차 강조했고, 나는 순순히 들었다.

"어머니, 지금 바로 마을에 돌아가서 일자리를 찾아보겠습니다. 정해지면 치즈를 데리러 가겠습니다. 걱정을 끼쳐드려 죄송합니다."

나는 어머니가 우는 모습을 한번 쳐다보고 일어나서 달리기 시작했다. 똑같은 논둑길을 똑같이 어머니 울음소리를 들으면서 달리던 일이 생각났다. 꼭 2년 전이었다. 면사무소에 아버지가 끌려갔다는 사실을 알고 나는 정신없이 달렸다. 앞으로 무슨 일이 벌어질지, 열일곱 살이었던 나는 아무것도 몰랐다. 지금은 다르다. 어떤 일이 일어나도 그것에 전력을 다해 일어서서 앞을 향해나갈 자신이 있었다.

달리는데 숨도 차지 않았다. 이대로 강 언저리까지 단숨에 달려갈 수 있을 것 같은 기분이었다.

달리면서 불현듯 이 씨 할아버지 오두막에 가보자는 생각이 들었다. 그는 자식이 없고 할머니가 돌아가신 지 10년 가깝도록 홀로 살고 계셨다. 집은 남의 집이 아니지만 흙벽과 나무로 짓고 볏짚으로 지붕을 엮은 초라한 집이었다. 논도 밭도 소작지도 없이 날품팔이 일을 하고, 산과 강에서 채취한 나물이나 물고기만으로 살았다.

형에게 집을 나가라는 말을 들었을 때 갑자기 머리에 그분의 생활이 떠올랐다. 그도 근근이 살아가는데 나라고 못할 까닭이 없다. 집이 없어도 밭이 없어도, 산과 강만 있다면 어떻게든 살아갈 수 있다. 양지바른 비탈에 오두막을 짓고 나무순이나 칡뿌리를 캐고 참취를 따고 뱀이나 산개구리를 잡아 식용으로 먹어도 된다. 강에는 게나 자라도 있다. 아리랑 마을 주민들이 산자락에서 씩씩하게 살아가는 것처럼 나도 치즈와 태어날 아기를 굶주리게 하지 않겠다. 그런 생각을 하면서 달렸다.

이 씨 할아버지는 마을 변두리에 있는 오두막에서 통발을 엮고 계셨다. 토방에는 산에서 갓 따온 칡넝쿨이 소복하게 쌓여 있었다.

"숨차게 달려오다니 무슨 일이냐? 어머니가 기뻐하셨을 테지. 이제나 저제나 돌아오지 않을까 하고 한탄하고 계셨으니까."

할아버지는 앞니가 빠진 입을 벌리고 웃었다.

"어디 저를 일 시켜줄 집이 없을까요? 우리 집에서는 함께 살 수가 없어졌어요."

내 말을 듣고 할아버지는 알겠다는 듯이 고개를 끄덕거리셨다.

"그 여자를 데리고서는 한집에서 살 수 없을 거다. 더구나 네 형이 새 살림 차릴 준비를 하고 있으니 더욱 안 되지."

할아버지는 칡넝쿨로 통발을 짜던 손을 멈추고 말했다.

"어제 네가 데려온 여자는 일본 사람이지?"

"어떻게 아셨어요?"

나는 놀라서 물었다.

"한복을 입고 있어도 구별이 된다. 걸을 때 다리를 벌리는 모양부터 고개를 갸웃거리는 모양까지 조선 여자와는 다르지. 우선 조선 여자라면 보따리를 그런 식으로 손에 들지 않고 머리에 이지."

이 씨 할아버지는 여유만만하게 대답했다.

"왜녀가 이 마을에서 살아가기는 보통 일이 아니다. 게다가 그 여자는 아기를 가졌더구나."

단도직입적으로 말씀하시기에 나는 고개를 끄덕일 수밖에 없었다.

"모진 소릴 하려는 건 아니지만, 일본에 되돌려 보내는 것이 좋겠다. 그것이 너희 두 사람을 위한 길이야."

할아버지는 타이르듯 말씀하셨다.

"그럴 수 없습니다. 장래를 약속한 사이니까요."

이렇게 대답했지만 할아버지는 그대로 다시 통발을 짜기 시작하셨다. 몇 분간 침묵이 흐른 뒤 할아버지는 천천히 얼굴을 드셨다.

"우리 집에 데려오너라. 열흘 정도면 온돌방 하나는 더 지을 수 있어. 가을이 깊어지기 전에 어차피 끝내둬야 한다. 날품팔이 일은 내가 찾아봐 줄게. 일이 없어도 산이나 강에 들어가면 살아가는 데 크게 부족하지 않다."

이 씨 할아버지는 그렇게 말씀하시고 웃었다.

나는 그 길로 집에 돌아가 치즈에게 설명했다. 기름을 먹인 장판을 걸레로 닦고 있던 치즈는 나와 함께라면 어디라도 따라가겠다고 대답했다. 성묘를 마치고 돌아온 형과 어머니에게 치즈와 나는 공손하게 인사드렸다. 치즈가 우리 집에서 지낸 것은 그 하룻밤뿐이었고 그 뒤로 우리 집에 다시 발을 들이는 일은 없었다.

(12)

    5시에 맞춰놓은 손목시계 알람 소리에 눈을 떴다. 나는 한국에서 가져온 주황색 바지와 흰 티셔츠로 갈아입고 조깅슈즈를 들고 계단을 내려갔다.

    "일찍 일어나셨군요. 한국에서도 매일 아침 운동을 하십니까?"

    현관 앞에 서 있던 나이 지긋한 여성이 놀란 듯 눈을 크게 뜨며 출입문을 열어주었다.

    밖은 이미 훤히 밝았으나 상점가는 잠든 채다. 도중에 우유 배달하는 자전거와 신문배달을 하는 청년을 만났다. 도시의 소음 하나 하나가 약간 쌀쌀한 가운데 신선하게 느껴졌다. 전날 눈대중을 해놓았던 대로 술가게가 있는 모퉁이를 돌아서 온가강 제방으로 나왔다. 때때로 오가는 통근 차량을 만났다.

    하천부지 일부가 주차장이 되었다. 둑을 달려 내려가서 강변 산책로를 달렸다. 건너편 강 언덕에서 바람이 불어오고 콘크리트 제방 둑에 부딪치는 물결소리가 상쾌하게 들렸다. 부산 용두산 공원 주변을 달리는 것보다 몇 배나 기분이 좋고 공기가 싱그러웠다.

　아침 조깅습관을 들인 지 벌써 10년이 넘었다. 세 아들이 모두 대학을 졸업하고 슈퍼마켓 사업도 궤도에 오른 무렵이었다. 처음에는 집이 있는 신창동에서 용두산 공원까지 걷기만 했다. 그러다가 언젠가부터 완만한 비탈길을 골라 달리게 되었다. 당시는 아직 조깅 인구가 드물어 사람들의 눈길을 끌었다. 지난해 1월 큰 수술을 받은 후부터는 한참 동안 운동을 할 수 없었다. 의사가 그렇게까지 할 것 있냐며 은근히 말리는 기색을 비쳤으나, 혼자 운동을 다시 시작했다. 체력은 수술 전보다 3분의 1 정도로 떨어졌다. 조금씩 거리를 늘려가 지금은 건강하던 때의 절반 정도는 달릴 수 있었다.

　세 번째로 대한해협을 건널 결심을 했을 때 조깅슈즈를 가방에 넣을까 말까 망설였다. 그러나 이것이 마지막 달리기일지도 모른다고 생각하여, 세 켤레 조깅슈즈 가운데 가장 오래 된 것을 챙겼다. 가져오기를 역시 잘했다는 생각이 들었다.

　주차장에서 1킬로쯤 하류에 떨어져 있는 취수탑까지 달리고 되돌아왔다. 강 가운데 4인승 보트 두 척이 서로 경쟁이라도 하듯 하류를 따라 내려가고 있었다. 평온한 수면을 소리도 없이 미끄러져 가는 모습은 마치 소금쟁이처럼 보였다.

　길이 없는 둑을 달려 올라가 료칸이 있는 방향을 바라보고 올 때와 다른 길로 시내에 들어왔다. 우체국 옆에 5층 빌딩을 짓고 있었는데 거기 걸린 흥미로운 간판에 눈길이 멎어 그 자리에 섰다. 건설회사가 공사중 차량출입과 소음을 사과하고 일주간의 공사일정을 적어놓았다. 분명 부산의 공사현장에선 찾아볼 수 없는 세심한 배려였다.

　감탄을 뒤로 하고 다시 달리기 시작해 손바닥만 한 공원에 닿았다.

거기 있는 또 하나의 광고판이 눈길을 끌었다. 선거용 포스터 게시판에 두 사람의 얼굴이 나란히 붙어 있었다. 나는 오른쪽 후보자를 찬찬히 들여다봤다. 히라가나로 쓰인 '야마모토'라는 이름이 없었어도 누군지 알 것 같았다. 머리털이 거의 없는 둥근 얼굴과 큰 눈 뭉툭한 코 양옆으로 열린 귀는 틀림없는 야마모토 산지였다. 몇 차례나 시장을 역임한 자신감과 관록이 온 얼굴에 풍기는 모습은 어딘가 미숙해 보이는 상대편 후보와 극명한 대조를 이루었다.

료칸에 돌아와 객실에 달린 목욕탕에서 땀을 뺀 후 거울 앞에 서서 면도를 하면서 나는 야마모토의 얼굴을 눈앞에 떠올렸다. 40년 넘는 세월은 그와 마찬가지로 내게도 여러 가지 변화를 깊게 새겨놓았다. 머리는 반백이 되었고 눈썹도 희끗희끗해지고 귀밑머리 아래에는 노인 반점이 생겼다. 그리고 무엇보다 면도날을 댈 때는 늘어진 피부를 조심스럽게 잡아당기지 않으면 안 되었다.

세월이 인간의 몸과 마음에 가차 없이 새기는 상처자국은 죽음과 동시에 사라진다. 사람이 죽고 없어지면, 그의 육신에 얽힌 기억들은 분명히 잊히는 것이다. 남는 것은 피가 통하지 않는 역사일 뿐이다. 욕조 속에서 나는 세 번째로 해협을 건너오기로 결심한 자신의 선택이 틀리지 않았다는 확신을 얻었다. 내 목숨이 스러지기 전에 하지 않으면 안 될 일이 있다. 그것이야말로 비정한 세월의 힘에 맞서는 유일한 길이고, 상흔을 영원히 남긴 채 죽은 동포들의 피와 눈물과 노고를 되살리는 일이다. 그렇게 하지 않으면 사람은 망각 속에서 다시 똑같은 전철을 밟게 된다.

땀을 흘리고 한 치의 수염도 남기지 않고 깨끗이 면도한 얼굴에 로션을 바르는 것으로, 나만의 아침 의례를 마쳤다. 양복에 넥타이를 매고 아래층 식당에 내려갔다.

"오늘은 무슨 모임이라도 있으십니까?"

밥공기를 날라온 종업원이 내 모습을 보고 물었다.

"모임은 아니고 추억의 땅을 찾아보려고 합니다."

"어디지요?"

"뭐 대단한 장소는 아닙니다."

나는 뭔가 더 묻고 싶어하는 종업원의 표정을 덤덤하게 바라보며 밥공기를 받았다. 그 땅을 두 발로 밟기 전까지는 누구에게도 그 이야기를 하고 싶지 않았다. 반세기 동안 가슴속에 봉인해둔 추억을 그대로 간직한 채 나는 인연의 땅을 다시 찾을 생각이었다.

9시 10분 전에 로비에 나가 기다렸다. 유리문 너머로 자그만 안뜰이 있었다. 누런 바탕에 녹색 선이 들어간 대나무와 두툼한 융단과 같은 이끼, 험준한 산 모양을 한 청회색 수석이 추상화와 같은 팽팽한 긴장을 자아냈다.

넋을 잃고 바라보는 내게 아침에 현관에서 만났던 여성이 청하지도 않은 커피를 가져다주었다. 내가 미안한 듯한 기색을 비치자, 별거 아니라는 듯 미소를 지었다. 아무래도 여주인인 것 같았다. 내가 커피를 다 마셨을 때 마치 기다리고 있었던 것처럼 현관에 자그만 체구의 요시다 씨, 아니 서진철 씨가 모습을 나타냈다. 서진철 씨는 부산에서 만날 때와는 또 다른, 반은 울 듯한 미소를 지으며 내 손을 꽉 잡았다.

"오랜만입니다. 이번 여행은 하나에서 열까지 귀찮게 해드리고 말았군요."

나는 일본어로 인사했다.

"하 회장이 일본어로 말하는 걸 듣다니 기쁘기 한량없군요. 오히려 내 녹슨 우리말 실력보다 훨씬 유창하십니다."

우리는 테이블에 마주 앉았다. 그와 이야기를 나누는 것은 1년 만이었다.

"하 회장, 하나같이 다 변해서 놀라셨지요?"

"네. 새벽에 온가강 둑을 산책해 봤는데, 완전히 근대적인 강으로 변했더군요. 옛날에는 강줄기가 아주 구불구불하고 갈대가 무성하고 버드나무가 푸르렀던 기억이 나는데요."

"양쪽 강변에 근사한 포장도로가 뚫렸기 때문일 겁니다. 하 회장과 내가 살던 아시야 근방도 완전히 변했지요."

"그 무렵 제방공사를 한 장소는 아직 남아 있습니까?"

"천만에요. 옛날 제방은 벌써 무너졌고 지금은 관광도로가 생겼지요. 옛 자취라고 해야 강하구의 약간 높은 언덕에 있던 신사 정도가 남아 있습니다. 함바 자리는 지금 고급주택지가 되었지요."

그러면 내가 치즈와 만나던 소나무 숲과 해변은 어떻게 되었는지, 물어보려 했으나 목이 메었다. 대답은 소나무 숲과 해변에 발을 딛는 마지막 순간까지 미루어 두고 싶었다.

"좌우지간 오늘은 추억어린 장소를 돌아보기로 하지요. 얼마 전 아드님과 미리 다 의논해 놓았습니다."

"고맙습니다. 옛날에도 저를 여러 가지로 보살펴 주셨는데 이번에도 번거롭게 해 드리는군요."

나는 고개 숙여 인사하면서 가슴이 꽉 막혀왔다.

"별 말씀을 다 하십니다. 내가 오히려 기뻐해야지요. 그 시절 이야기는 아무와도 할 수 없었는데, 이렇게 마음 가볍게 옛날이야기를 나눌 수 있게 되었으니까요. 살아계셔서서 정말 다행입니다."

진심어린 얼굴로 말하는 서진철 씨에게서 옛날 모습이 그대로 떠올랐다. 결코 싹싹한 성격은 아니지만 남이 곤란한 처지에 빠져 있는 것을 못 본 체하지 않았다. 부탁하면 거절하지 않고 육친처럼 도와줬다. 그때 서진철 씨가 없었다면 오늘의 나는 있을 수 없다.

9시 조금 지났을 때 현관 앞에 택시가 멈췄다. 도키로가 내리면서 늦어서 죄송하다고 했다. 우리는 밖으로 나왔다. 료칸 주차장에 세워둔 도키로의 차 뒷좌석에 앉으려고 하자 서진철 씨는 나를 억지로 조수석에 밀어 넣었다.

"한국에서는 회장님이 조수석에 앉는 경우는 없겠지요. 그러나 오늘은 특별한 날입니다. 아드님 옆자리에서 차분하게 바깥 경치를 구경하십시오. 설명은 아드님과 내가 번갈아 할 테니까요."

이런 농담으로 서진철 씨는 우리에게 웃음을 주었다.

"어젯밤에는 좀처럼 잠이 오지 않았습니다. 가슴이 벅차올라서 주체가 안 되더군요. 늦게 잠들었는데도 아침에는 아침대로 일찍 눈이 떠지질 않나, 소풍가는 어린애처럼 말이죠, 하하."

핸들을 돌리면서 도키로는 말했다. 자신의 기분을 꾸밈없이 입에 담는 모습은 틀림없이 치즈에게 물려받은 성격이었다. 나는 기쁨도 슬픔도 가슴 속에 담아두는 성격으로 자신의 미묘한 기분이나 심리적인 동요를 헤아려보려고도 하지 않았다. 우리 부자의 대화를 뒷좌석에서 서진철 씨는 덤덤히 듣고 있었다.

"먼저 아리랑 마을이 있던 곳을 가보겠습니다."

도키로가 말했다. 나는 순간 가슴 한쪽이 얼어붙는 듯한 느낌에 사로잡혔다. 옛날 모습대로 마을이 아름답게 남아있기라도 하면 모를까, 만약 잔해만 남아 있다면 그 자리에 주저앉아 버릴지도 몰랐다.

도키로의 차는 천천히 달렸다. 파친코 가게, 책방, 자전거 가게 외에도 제화점, 양복점 같은 상점들이 길을 따라 처마를 맞대고 이어졌다. 간선도로에서 벗어나자 당연히 민가만 줄을 이었고 벼를 심지 않고 내버려둔 논이나 토란 밭이 띄엄띄엄 눈에 들어왔다. 그러나 내 기억 속의 풍경은 어디에도 보이지 않았다.

"저 산은 본 적이 있으실 겁니다."

도키로가 앞쪽을 턱으로 가리켰다. 야트막한 병풍을 둘러친 듯한 연이은 야산들이 진로를 가로막았고 산등성이 한 줄기가 갈라져 나와 완만하게 평지에 다다른 모습이었다. 그러나 그 산등성이를 바라본 기억은 없었다.

다시 10분쯤 더 가자 도로 앞으로 조그만 강이 가로질러 흘렀다. 앞쪽에 있는 산의 지형과 다리를 서로 맞춰보고야 비로소 기억이 떠오르기 시작했다. 나는 다리 곁에 차를 세우게 했다. 예전의 대나무 덤불은 사라지고 강 언덕도 바닥도 콘크리트로 빈틈없이 발라 놓았고 뿌옇게 흐린 물이 야트막하게 흐를 뿐이지만, 틀림없이 예전에 도망치다 형사를 만난 그 다리였다. 온힘을 다해 달리던 논은 전부 잡초로 뒤덮였고 일부는 택지로 분양되어 이미 대 여섯 채 주택을 짓고 있었다.

"3년 전 인근 마을에 자동차 회사가 들어서면서 이 주변도 주택조성 지구로 인가를 받았습니다. 어차피 저 산에도 불도저가 들어오지 않겠습니까?"

도키로가 다시 시동을 걸며 말을 이어갔다.

"그렇게 되면 아리랑 마을은 흔적도 없어집니다. 이번이 마지막 보시는 것인지도 모르겠습니다."

다리를 건너 조금 더 가자 도로는 비포장으로 바뀌었고 그나마 산

아래서 끊어졌다. 들판에 주차를 하고 내리니 빈터 한구석에 지도가 그려진 간판이 서 있었다.

"여기부터 앞쪽은 전부 산책로여서 걸어서 산 너머까지 갈 수 있습니다."

도키로는 칠이 벗겨져 잘 보이지도 않는 간판을 가리켰다. 나는 지도에 '아리랑 마을'이라고 쓰여 있는지 찾아봤다. 폭포나 바위, 나무에 대한 설명이 있을 뿐 정작 아리랑 마을은 없었다.

다시 한 번 주변을 둘러보았다. 잡목이나 억새가 무성하고 산책로 외에는 길다운 길은 보이지 않았다. 산책로를 20미터쯤 올라간 곳에서 억새 덤불을 헤치고 무심코 곁길로 빠져 나왔다. 동물들이 다니는 길과 비슷한 통로가 관목 사이로 열렸다.

"이렇게 외딴 곳이었던가요. 여기서는 역사가 거꾸로 흘러간 느낌이네요."

뒤에서 서진철 씨가 질린 목소리로 말했다.

"예전 번성했던 곳은 흔적도 없어졌어요. 이전에 탄광 갱구 주변과 석탄 운반 열차가 들어오는 역 근처에는 사람들이 모여들었는데 탄광이 문을 닫고 석탄 운반 노선이 폐선되면서 사람의 발길이 끊겼습니다."

도키로는 발아래 휘감겨드는 칡넝쿨과 억새 잎을 힘들이지 않고 헤쳐 나갔다. 이윽고 머리 위를 뒤덮던 울창한 나무들이 드문드문 성글어지고 평평한 땅이 나왔다.

"여깁니다."

그 말을 듣고 주변을 돌아봤다. 이런 협소한 곳에 열 채가 넘는 집이 있었다니, 믿을 수 없었다. 그러나 무성하게 자란 잡초 사이에서 1미터 높이의 돌무더기를 본 순간 기억이 되살아났다. 밭을 개간할 때 나온 돌을 집 주변에 모아놓은 돌무더기로, 아리랑 마을의 비탈길을 올라갔을 때 분명히 보았던 ….

"기억나십니까?"

옆에 서 있던 서진철 씨에게 물어봤다.

"나는 여기 한 번밖에 오지 않았잖습니까. 그래도 여기서 바라보았던 기억이 납니다. 강과 길이 마치 십자가를 눕혀놓은 그런 모습으로 교차하고 있었지요."

"옛날 길은 여기서 똑바로 아래로 이어졌지요. 지금은 잡초가 뒤덮여 지나갈 수 없지만요."

도키로가 손가락으로 가리키는 방향을 따라 판잣집을 예닐곱 채 머릿속에 그려보자 아리랑 마을의 동서남북이 반쯤 떠올랐다.

"그렇다면 여길 올라가면 할머니 집이군."

나도 모르게 이렇게 외쳤다.

"무슨 말씀입니까? 그게."

도키로가 의아한 듯 나를 바라봤다.

"아리랑 마을에서 단 하나 있던 식당이지."

나는 어림짐작으로 억새를 헤치고 다시 20미터 가깝게 올라갔다.

모밀잣밤나무가 가지를 벌리고 땅위를 기는 잡초 사이에 납작한 돌이 여기저기 흩어져 있었다.

"여기다!"

나는 자신 있게 말했다.

"저기 출입문이 있었고 여기 토방에 식탁이 놓여 있고 저 안쪽에 부엌과 마루가 있었어요."

서진철 씨도 올라와 흔적을 돌아본 후 수긍했다.

"아 여기로군, 저 주변이 선반으로 둘러싸였고 새끼 돼지를 두 마리 키우고 계셨지. 그때 놀랐었거든요, 전쟁이 끝나 모두가 우왕좌왕 붕 떠있던 시기에 벌써 돼지 키울 생각을 하다니, 생활력이 대단하구나 하고요."

나도 더는 견딜 수 없어 주변을 여기저기 돌아다니며 도키로에게 설명했다.

"이 앞에 맑은 물이 솟아나고 있어서 죽통으로 물을 끌어들여 작은 연못을 만들었고 거기에는 잉어도 헤엄쳐 다녔어."

그러나 내 추억어린 설명과 눈앞에 펼쳐진 정경은 너무나 달랐다. 바위틈으로 흐르던 맑은 계곡의 물은 흔적도 없이 사라져 버렸다. 키가 자란 모밀잣밤나무만 변함없이 서 있었다.

"이곳이 하 회장에게는 치즈 상과 신혼생활을 처음 시작한 장소라 할 수 있겠지요."

서진철 씨는 나나 도키로를 향해서가 아니라 온전히 자기 자신에게 들려주는 듯한 어조로 술회했다.

"두 사람이 사랑의 도피를 해서 겨우겨우 찾아온 곳이 아리랑 마을이니까요."

"마땅히 갈 만한 곳도 없던 터라 일단 아시야에서 여기까지 도망쳐 와 할머니께 부탁드렸지요. 서 선배가 조선행 밀항선을 주선해줄 때까지 1주일에서 열흘쯤 있었던가요."

"배를 마련해놓고 두 사람을 데리러 아리랑 마을에 돌아와 보니 치즈 상이 한복을 입고 있어 얼마나 놀랐던지."

이번에는 서진철 씨가 분명하게 도키로를 향해 말했다.

"자네 어머니 태도에는 앞으로 조선에서 살아가겠다는 굳은 결의가 엿보였지."

나도 도키로에게 덧붙여 설명했다.

"할머니가 예전에 입던 한복을 주셨다. 부산에 건너올 때도 치마저고리 차림 그대로 왔지."

도키로는 뭐라 대답해야 좋을지 몰라 입속으로 웅얼거리며 주변으로 시선을 돌렸다. 쏟아지는 어머니의 기억에 주체하기 힘든 격한 감정을 어렵사리 억제하고 있는 모습이 역력했다.

치즈가 얼마나 조선에 적응하려고 애썼는지, 그럼에도 어째서 끝내 일본으로 돌아갈 수밖에 없었는지. 그에 관해서는 서진철 씨도 모를 것이다. 치즈 역시 도키로에게 결코 털어놓지 않았을 것이다. 나 자신조차 그 일을 생각하면 온몸 마다마디가 끊어지는 것처럼 쓰라리고 아파 손댈 수 없는 상처로 남아 있었다.

이 씨 할아버지 집으로 옮겨간 그날부터 우리 세 사람은 낡고 허물어진 작은 방을 손보기 시작했다. 할머니가 살아계실 무렵에는 작은 온돌방이 두 개인 반듯한 집이었으나 홀로 되신 후부터는 한쪽 방이 지붕이 내려앉고 구들이 빠진 채로 내버려 두었다.

"이 방에 너희들이 살아줘서 죽은 할멈도 저승에서 기뻐할 거야."

이 씨 할아버지는 즐거운 듯이 혼잣말을 하면서 구들장을 뜯고 온돌을 다시 놓았다. 나는 치즈와 함께 강변에 가서 구들장을 놓을 맞춤한 돌들을 모아 날랐다. 벽은 진흙에 조약돌을 이겨 바르고 지붕은 짚으로 초가를 올리자 초보자 솜씨로서는 퍽 훌륭한 집 모양이 되었다. 방

바닥에는 일본에서 가져온 돈으로 장판을 사다 깔았다.

방을 완성한 후 앉을 새도 없이 곧장 현숙이 누나네 집을 찾아갔다. 일본에서 보낸 돈이 도착했는지 어쩐지 확인해보기 위해서였다.

"귀국인사가 늦어 죄송합니다. 살 집을 찾느라 분주해서 이제야 짬이 났습니다."

나는 안마당에서 멍석을 짜는 매형에게 미안하다고 인사했다.

"왜놈 여자를 데리고 돌아왔다면서?"

매형은 나를 바라보지도 않고 말했다. 치즈의 소문이 마을에 퍼진 모양이었다.

"형을 제치고 아우가 먼저 장가드는 것도 세간에서는 이러쿵저러쿵 말이 많은 터에 하필이면 왜놈의 여자를 여편네로 데려오다니, 개돼지만도 못한 짓이라고 소문이 자자하다."

차갑게 내뱉은 다음 매형은 나를 험악한 눈초리로 노려봤다. 현숙이 누나가 곳간에서 나왔을 때는 매형과 나 사이에 한층 험악한 공기가 흐르고 있었다.

"돌아왔구나."

누나는 내게 다정하게 말을 건넸다. 내가 집을 나와 치즈와 이 씨 할아버지 밑에서 신세를 지고 있다는 소문은 이미 들었겠지만 거기에 대해서는 아무 말도 하지 않았다.

"일본에서 누나 앞으로 편지를 여러 차례 보냈는데 받았어요?"

나는 에둘러 말을 꺼냈다.

"편지는 딱 한 번 받은 것 같은데. 가명을 썼지만 금방 너란 걸 알고 바로 어머니께 알려드렸다. 답장을 쓸 때 아버지 병세가 안 좋다는 이야기는 일부러 안 썼다. 너에게 괜한 걱정을 끼치겠다 싶어서 말야."

누나는 거리낌 없이 대답했다.

"… 돈이 든 편지는 도착하지 않았습니까?"

"네가 돈을 보냈단 말이냐?"

"부모님 앞으로 직접 송금하면 의심받을까 봐 누나네 집으로 보냈지요. 전부 세 차례 송금했습니다."

"이상하네. 난 못 받았어."

누나는 그렇게 말하면서 옆에 있는 남편을 돌아봤다.

"당신 지난 몇 개월 동안 일본에서 온 편지 못 봤어요?"

"그런 거 난 몰라."

매형은 무뚝뚝하게 대답했다.

"편지를 중간에 누가 열어 돈이 든 걸 알고 훔쳐간 것은 아닐까?"

누나의 질문에 나는 고개를 가로저었다. 송금할 때 그런 경우를 염려한 요시다 상의 충고에 따라 현금 등기로 부쳤기 때문이다. 보라색 대형 봉투이기 때문에 잘못 전달되진 않았을 것이다.

"이봐. 그럼 지금 우리가 슬쩍하고 시치미라도 뗀다는 건가?"

매형은 얼굴을 시뻘겋게 붉히며 말했다.

"아니 그런 뜻은 아니었습니다. 어머니께 송금한 돈을 받으셨냐고 물었더니 못 받았다고 하시기에 확인한 것뿐입니다."

나는 죄송하다고 말했다. 이 이상 파고들 기력도 없었다. 누나는 어깨가 축 처진 나와 심기가 불편한 듯한 남편을 번갈아 바라보며 내내 한마디도 하지 않았다.

"할 일이 있어서 그만 가보겠습니다."

작별인사를 하는 나를 누나는 문밖까지 따라 나와 배웅했다.

"시근아, 송금 건은 내가 더 알아볼게. 그리고 연락해 줄게."

누나는 나이보다 늙어 보이는 얼굴을 슬프게 일그러뜨리며 말했다.

나는 먼지가 뽀얗게 이는 시골길을 휘적휘적 걸어오면서 고향으로 송금한 일을 후회했다. 아시야 시절 힘들게 번 돈을 대부분 송금한 이유는 병환 중인 아버지에게 약이라도 사드려 좀더 오래 사시게 하고 싶어서였다. 등기우편을 철석같이 믿은 자신의 어리석음이 한심했다. 전액 저축을 해 그대로 조선에 가지고 왔더라면 지금 같은 고생은 하지 않았을 것이다.

그러나 속을 썩여 본들 이미 잃어버린 것을 되찾을 수는 없다. 집에 돌아왔을 무렵에는 거의 체념한 상태였다.

이 씨 할아버지 집에는 인근 마을에서 여러 가지 일거리가 들어왔다. 소를 부려 논밭 갈기, 씨뿌리기, 초가지붕 올리기, 아궁이 만들기, 뒷거름 퍼 나르기, 심지어는 송아지 받는 일까지, 할아버지는 무슨 일이나 다 능숙하게 하셨다.

그중에서 특히 죽은 소와 말을 잡는 솜씨가 일품이었다. 농가에서는 기르던 소나 말이 죽으면 아직 체온이 따뜻하게 남아 있을 때 할아버지를 부르러 왔다. 현장에 달려간 할아버지는 쓰러진 가축이 어떤 병으로 죽었는지 고기를 먹어도 탈이 없겠는지 우선 살펴보았다. 고기를 먹어도 된다고 판단되면 준비해간 커다란 육류용 식칼로 부위별로 고기를 잘라냈다. 거적 위에 쓰러진 말은 눈 깜짝할 사이에 가죽이 벗겨지고 하얀 고깃덩어리가 되었다. 그것은 마치 거대한 선물 포장지를 벗겨낸 것과도 같았다. 가죽이 잘려 벗겨지고 지방으로 뒤덮인 신선한 고깃덩어리가 드러나기까지 30분도 채 걸리지 않았다. 할아버지는 먼저 내장을 들어내고 그 후에 천천히 근육을 해체했다. 넓적한 육류용 식칼을 고기 사이에 찌르고 베어내는 솜씨는 도저히 노인이라고는 생각할 수 없게 민첩하고 능숙했다.

말 주인은 잘라놓은 고깃덩어리를 차례로 커다란 함지박에 담고 마을사람들에게 나눠주었다. 할아버지의 몫은 가죽과 내장이었다. 내장은 삼나무 잎사귀와 함께 바구니 속에 담아 강까지 운반해서 흐르는 물에 씻었다. 밥통과 오줌통, 쓸개, 염통, 간, 창자 같은 내장의 싱싱한 색깔과 형태를 이때 처음 보았다. 내장을 썰어 된장과 고추로 간을 해 가마솥에 넣고 며칠씩 고았다.

불을 꺼트리지 않도록 아궁이에 장작을 넣는 일은 치즈의 몫이었다. 이미 누가 봐도 알 만큼 부른 배를 한 치즈는 아궁이 앞에 앉아 흘러내린 이마의 땀을 닦으면서 만족한 얼굴로 나를 바라봤다.

실제로 이 씨 할아버지와 우리 부부가 함께 살면서 먹을 것이 궁할 일은 없었다. 육류는 내장을 손질해 저장하기도 하고 새나 토끼를 덫을 놓아 잡기도 했다. 강에서 물고기나 자라, 민물 게도 잡았다. 야채는 집 주변이나 논둑 산 밑자락에 심었고 일손을 도와준 농가에서 얻기도 했다.

벗긴 소가죽과 말가죽은 강물에 담가 거친 털을 썩혀 제거한 상태로 시내 가죽상점에 팔았다. 마을사람들로부터 멸시받으며 하루 벌어 하루 먹는 신세였지만, 세상살이에 뛰어난 할아버지 덕분에 풍찬노숙을 하거나 굶주리는 일은 없었다.

11월이 되었을 무렵이다. 벌써 아침저녁으로 제법 쌀쌀해지자, 할아버지와 나는 날품팔이 일이 없는 날은 산에 들어가 한겨울을 날 땔감을 모아오는 일에 전념했다. 어느 날 죽은 말이 생겼다는 연락을 받고 할아버지는 나를 데리고 10킬로미터쯤 떨어진 마을을 향해 떠났다. 헛간에 쓰러져 있는 말은 뼈와 가죽만 앙상하게 남은 여윈 늙은 말로, 식용이 될 고기는 거의 없어 보였다. 그러나 할아버지의 노련한 솜씨 덕분에 상당한 분량의 고기가 나왔고 말 주인은 그것을 모여든 마을사람들에게 나눠주기 시작했다.

나는 고깃덩어리를 양푼에 담아 헛간 바깥으로 나르고 있었다. 그때였다. 안마당에 모여든 마을사람 중 한 사람과 눈이 마주쳤다. 탄광 기숙사에서 노무감독 조수를 했던 박정희가 창백한 낯빛으로 서 있는 것이 아닌가. 상대방도 놀란 모양이었지만 그 이상으로 놀란 사람은 나 자신이었다. 해방 후에 요시다 씨와 탄광을 다시 방문했을 때 거기 남아 있던 최석송에게 들은 것에 의하면 동포들이 합심하여 박정희에게 몰매를 때렸다고 했다. 죽지는 않았는지 몰라도 뭇매질을 당했다는 사실을 확인한 것은 박정희가 내 눈앞에서 돌아서 도망치는 모습을 보았을 때였다. 왼발을 절름거리면서 걷는 그에게 기숙사에서 위세를 부리던 무렵의 모습은 찾아볼 수 없었다.

발을 절게 된 것은 일본에서 매 타작을 당한 후유증일 터였다. 나를 알아본 그의 눈은 겁에 질려 있었고 뒤돌아서 달아난 것도 반사적인 행동이었을 것이다. 이후 다시 그 마을에 갈 기회는 없었고 박정희에 대해서는 잊고 지냈다.

치즈의 배는 날마다 더욱 불러왔다. 집에서 움직이기도 다소 힘들어 보였지만 이 씨 할아버지나 내 충고도 듣지 않고 열심히 일했다. 온돌방에 불 때고 밥 짓고 빨래하고 청소하는 등 모든 집안 살림을 도맡아 했다. 물 긷기만은 내가 도와줬다. 굶주리지 않고 추위에 떨지 않고 겨울을 날 수 있다고 생각하니 할아버지께 두 손 모아 감사의 인사를 드리고 싶었다.

"고맙다는 말은 오히려 내가 해야지. 얼어붙은 기나긴 밤을 혼자 지내는 것은 괴로운 일이야. 항상 혼잣말을 하고 죽은 할멈과 이야기하며 지냈어. 남들이 보면 머리가 돌았다고 생각하겠지만 그렇게라도 하지 않으면 적적하고 우울해지거든."

할아버지는 말의 연골을 고던 손을 잠시 쉬고 말했다. 처음에 치즈는 물렁하고 걸쭉하게 연골이 씹히는 감촉을 싫어했다. 그러나 몇 차례 먹다보니 그 맛을 좋아하게 되었고 이를 알게 된 할아버지는 치즈를 위해 자주 연골탕을 만들어 주셨다.

설날이 되자 나는 혼자 어머니와 형에게 세배를 드리러 갔다. 형의 태도가 수그러들었다면 치즈를 데리고 다시 세배 올 생각이었다. 사랑채에는 손님이 계셨고 웃음소리가 마당까지 들려왔다. 부엌에 들어가니 어머니가 바쁘게 음식을 만들고 계셨다. 어머니는 내 모습을 보자 기쁨을 감추지 못하셨다.

"오랫동안 들르지 못해 죄송합니다."

"건강하면 됐다. 그 아가씨도 잘 있니? 뱃속의 아기는 잘 자라고?"

뭔가 북받치듯 어머니는 말씀하셨다.

"나야말로 이 씨 영감집에 가보려고 했는데, 네 형이 있으니 쉽게 갈 수가 없더구나."

"알고 있습니다. 아무 염려 마십시오. 둘이서 그럭저럭 생활해가고 있으니까요."

어머니께 걱정을 끼치고 싶지 않았다.

"근데 사랑에는 누구 손님이 오셨습니까?"

"그래. 네 형수가 될 강 씨 집안 어른들이 오셨다."

"결혼식은 언젭니까?"

"다음 달 말이다. 우리 집 같이 홀시어머니에 토지도 없는 소작농 집안에 며느리가 들어오겠다니, 그저 과분할 따름이지 ···."

어머니는 눈시울을 적시며 형을 만나러가는 나를 불안한 기색으로 바라보셨다. 사랑방 입구에서 형님을 부르자 순간 웃음소리가 끊겼다. 형은 막걸리를 마셨는지 얼굴이 빨갰다.

"형님에게 세배드리러 왔습니다."

나는 오래 머물 생각은 없었고 구두로 새해인사를 끝내면 곧 밖으로 나올 작정이었다.

"네가 찾아와도 하나도 반갑지 않다."

무서운 얼굴로 형이 말했다.

"백정 노릇을 하며 끼니를 잇는 늙어빠진 이 씨네 헛간에 처박혀 사는 주제에 감히 우리 집 문턱을 넘어왔느냐?"

거친 말투에 나는 허리를 구부리고 시선을 바닥에 떨어뜨린 채 서 있었다.

"너 이 근처에 얼쩡거리면 곤란하다. 두 번 다시 오지 마라."

나는 형의 말이 채 끝나기도 전에 뛰쳐나왔다. 넘쳐흐르는 눈물을 주체할 수가 없었고 다시는 이 집에 오지 않겠다고 결심했다. 그대로 대문을 나서려다가 어머니께 한마디 인사라도 드리려고 다시 부엌으로 다가갔다. 어머니는 형과 나 사이에 일어난 일을 이미 예측하고 계셨던 모양이었다. 슬픈 얼굴로 나를 뚫어지게 바라보셨다.

"어머님. 그러면 이제 돌아가겠습니다. 부디 건강하십시오."

만감이 교차하는 가운데 인사를 드렸다.

"시근아."

문밖을 나오려는 나를 어머니가 부르셨다.

"며칠 전 누나가 왔었다. 네가 일본에서 부친 돈은 매형이 몰래 받았다는 것 같더라. 우체국에 영수증 절반이 남아 있어서 확인했대. 그 돈은 이미 매형이 다 써버려 한 푼도 남아있지 않다더라."

"그랬군요. 이미 마음 접고 있었습니다."

나는 냉정하게 대답했다. 매형이라면 그렇게 하고도 남을 사람이었다. 도착한 현금 봉투를 마음대로 열어 돈을 꺼내고, 편지는 어딘가에 버렸을 것이다. 돈은 노름이나 투계용 닭을 사는 데 써버렸을 것이다. 결혼 당시부터 농사는 짓지 않고 투계 뒤치다꺼리에 열을 올렸던 매형이니까.

"현숙이는 언제 매형이 너한테 꼭 직접 사과해야 한다고 말하더라만. 분란이 생기면 부부 사이만 나빠지지."

"됐습니다. 이미 끝난 일인 걸요."

"미안하다. 널 이래저래 고생만 시키는구나."

어머니는 소매 끝으로 눈물을 닦으셨다.

나는 어머니 모습을 머릿속에 새겨두고 문밖을 나섰다. 뒤도 돌아보지 않고 걸었다. 왠지 이것으로 차라리 잘됐다는 생각이 가슴에 밀려왔다. 내가 집을 떠날, 명실상부하게 좋은 기회였다.

2월이 되었지만 예상대로 형의 결혼에 나는 초대받지 못했다. 하순에 결혼식을 마쳤다고 이 씨 할아버지가 알려주셨다.

"죽은 네 아버지도 무덤 속에서 이제 안심할 거다. 장남이 집안을 이어가면 더 이상 염려할 필요가 없거든."

할아버지 말투는 덤덤했다.

"차남은 아무리 세월이 바뀌어도 열외의 존재지. 때문에 마음먹은 대로 살아도 괜찮아. 집안에 매여 있는 장남이 할 수 없는 일을 차남은 마음껏 할 수 있으니 좋은 거 아니겠나."

형에 대한 나의 응어리진 감정을 아셨는지 할아버지는 그런 말씀을 하셨다.

실제로 형의 결혼 같은 건 아무래도 상관없었다. 해산일이 가까운 치즈의 일거수일투족이 내게는 더 중요했다. 이 씨 할아버지가 준 무명으로 봉긋한 배를 감싸는 한복을 만들어 입은 치즈는 어깨를 들썩이며 가쁜 숨을 쉬면서도 부지런히 집안 살림을 했다. 집밖에 나가는 일이 거의 없기 때문에 치즈의 모습을 직접 본 마을사람은 드물었지만 임신했다는 소문을 들은 마을 아주머니가 나를 불러 임산부에게 좋다면서 송홧가루로 만든 솔잎전병을 주기도 했다. '왜놈의 여자는 잘 있느냐'고 비아냥거리지 않고 염려의 말을 건네는 아주머니도 있었다.

출산에 맞춰 이웃마을에 사는 산파를 부르려 했으나 할아버지가 반대하셨다. 할머니가 생전에 산파 일을 했기 때문에 할아버지도 아기 받는 일을 소상하게 안다면서 맡겨달라고 자신만만하게 말했다.

진통은 2월 17일 저녁 무렵부터 시작되었다. 할아버지가 시키는 대로 나는 가마솥에 물을 길어다 붓고 끓였다. 치즈는 우리 방 한쪽에 누워 신음소리를 냈다. 때때로 할아버지의 나지막한 말소리가 들렸다. 더운 물을 담은 대야를 방에 가져갔을 때 이마에 구슬 같은 땀방울이 맺힌 치즈가 나를 바라봤다. 나의 격려에 치즈는 잠깐 미소를 짓더니 다시 고통스럽게 얼굴을 찡그렸다. 흰옷 차림의 할아버지가 눈짓으로 나를 밖으로 내보냈다.

내 이름을 부르는 그녀의 신음소리는 두 겹이나 벽이 막힌 부엌까지 들렸다. 그러다 신음이 잦아들면서 찾아온 기나긴 침묵은 마침내 터져 나온 아기 울음소리에 깨졌다. 나는 아궁이 앞에 맥없이 주저앉아 넘쳐흐르는 눈물을 주체하지 못한 채 계속 군불을 지폈다.

"고추가 달렸구먼."

이 씨 할아버지가 부엌으로 나와 하얀 무명에 싸인 아기를 코앞에 내밀었다.

"건강하고 나무랄 데 없는 아길세. 산모도 건강해."

나는 우렁차게 우는 아기를 받아 안고 혹시 바닥에 떨어뜨리지는 않을까 염려하면서 처마 밑을 우왕좌왕했다. 할아버지가 부르는 소리에 겨우 정신을 차리고 치즈가 있는 방으로 들어갔다. 치즈는 상기된 얼굴로 얇은 이불을 덮고 누워 있었다. 베개 위에 아기를 내려놓자 치즈는 옆으로 돌아누우며 아기를 꼭 껴안았다. 아기는 울음을 그치고 엄마 가슴을 더듬어 찾기 시작했다.

"건강한 아기야. 젖은 그렇게 입에 물려주고 있으면 차츰 나오지."

치즈와 의논해서 아기 이름을 시영(時榮)이라고 지었다. 내 나름으로 아기가 훌륭한 사람이 되기를 바라는 소망을 담은 이름이었다. 무명 끈에 고추를 엮은 금줄을 집 문 앞에 매달아 놓으라고 할아버지가 가르쳐주셨다.

"금줄이 쳐진 걸 보면 상중인 사람이나 전혀 모르는 사람은 집안에 들어오지 않거든."

할아버지는 그렇게 말씀하셨지만 애당초 우리 오두막을 찾아오는 사람이 있을 턱이 없었다.

아기가 태어난 지 초사흘이 지나 할아버지와 함께 쑥을 캐서 치즈와 아기를 위해 쑥탕을 했다. 치즈는 강렬한 쑥내음이 풍기는 탁한 물을 보고 들어가기를 망설였으나 산후 조리에 쑥탕이 그만이라는 할아버지 말씀에 순순히 따랐다. 할아버지는 몸을 말끔히 닦은 아기를 내게서 받아 안고 생애 첫 목욕을 했구먼, 무병하게 자라라, 하고 아기에게 말을 건네셨다.

　우리 부부는 할아버지가 가르쳐주시는 대로 초이레 만에 배냇저고리를 벗기고 깃 없는 옷으로 갈아입히고, 두이레가 지나서는 깃이 달린 옷을 새로 입혔다. 아기가 태어난 이래 할아버지는 내게 집을 떠나지 말라고 엄명하셨다. 막일거리가 들어와도 할아버지 혼자만 나가고 일이 없는 날은 혼자 산에 가서 토끼 덫을 놓거나 얼어붙은 강에 나가 얼음을 깨고 낚시를 하셨다. 나는 집에서 할아버지에게 배운 대로 열심히 등나무 바구니를 짰다.

　치즈는 쑥탕을 한 다음 날부터 자리에서 일어나 밥을 지었다. 나는 처마 밑에서 바구니를 짜고 치즈는 아궁이 앞에 걸터앉아 아기에게 젖을 물리는 평온한 나날이 흘러갔다. 식량을 넉넉하게 쌓아 두지는 못했으나 추위를 막기에 충분한 집과 땔감이 있었다. 지금 이대로 세 식구 모두 병치레 없이 겨울을 나고 봄이 오기만을, 간절히 바랐다.

　"오늘 이웃마을에 일하러갔다 돌아오는데 면사무소 앞에 사람들이 많이 모였기에, 3월 1일이니까 3·1운동 기념식인가 싶어 가봤더니 그게 아니더라고."

　해가 질 무렵 집에 돌아온 할아버지가 내게 말했다.

　"논에서 살해당한 마을사람을 면사무소에 옮겨놓았던데, 일본에 징용갔다가 무사히 돌아온 박정희라는 사내라 하더라만. 너도 아는 사람일 거야."

　박정희라는 이름을 듣고 나도 모르게 몸이 떨려왔다. 그의 죽음으로 인하여 그 지긋지긋한 탄광의 기억이 되살아날까봐 두려웠다.

　"잘 압니다. 살해당한 것이 확실한가요? 다리가 아픈지 질질 끌며 걷는 걸 한번 봤습니다만."

할아버지에게 조심스럽게 물었다.

"배를 단칼에 찔려 근처에 칼이 나뒹굴어 있었다니까. 원한을 품은 자의 소행일 거라고 순사가 그러더구나."

할아버지는 치즈가 자리를 비운 틈에 목소리를 낮춰 알려줬다. 나는 불길한 예감에 휩싸였다. 해방 직후 박정희가 일본에서 동포들에게 호된 몰매를 맞아 거의 죽을 뻔했다는 소문을 전해준 사람은 최석송이었다. 실제로 탄광 기숙사에서 팔팔하고 멀쩡했던 박정희가 다리를 절게 된 것은 그때 동포들에게 당한 몰매 때문일 것이다. 그렇다면 그에게 아직 원한이 남은 자가 있다고 해도 이상하지 않다.

과연 나 자신은 어떤가. 자문해보았다. 증오가 울컥 솟았다. 노무 조수로 있으면서 조종호와 임수원을 죽이고 쓰무라 상을 거의 반죽음에 몰아넣은 장본인이 박정희 일당이다. 그놈들에게 얻어맞은 상처는 내 등에도 배에도 선명하게 남아 있었다. 그러나 지금은 하루하루 닥쳐오는 생활의 파고를 헤쳐 나가기도 힘에 겨워 과거에 연연할 여유가 없었다. 그 점은 나보다 한발 앞서 귀국한 김경석도 마찬가지였을 것이다. 마을에서 우연히 그와 마주쳤을 때 서로 눈짓만 주고받았을 뿐 한마디 말도 나누지 않았다. 탄광의 악몽을 다시 떠올리고 싶지 않은 기분을 서로가 알았던 것이리라.

그날은 음력으로 3월 3일이었다. 할아버지가 전날 산에서 꺾어온 진달래 꽃잎을 치즈는 가르쳐준 대로 쌀가루에 묻혀 참기름에 지졌다. 화전을 다 먹고 할아버지와 날품을 팔러 나가려는 참이었다. 갓 부임한 면 순사와 처음 보는 사복형사가 집안에 들어와 다짜고짜 내 손에 수갑을 채웠다. 무슨 일인지 몰라 항의하는 내게 사복형사가 말했다.

"별 일 아니야. 혐의가 풀릴 때까지만 참어."

"남편이 무슨 짓을 했다는 거예요?"

우리말로 두 사람에게 마구 대드는 치즈를 내가 토닥거렸다.

"나쁜 짓을 한 적이 없으니까 곧 돌아올게. 염려 말고 기다려줘요."

할아버지도 이런 경우에는 저항하지 않는 편이 오히려 낫다고 판단한 듯했다. 필요하다면 내내 함께 지냈던 자신이 증인으로 서겠다고 순사에게 차분하게 제안했다. 치즈는 아기를 달래면서 끌려가는 나를 하염없이 바라봤다. 곁에 선 할아버지가 약간 굽은 허리를 펴듯, 치즈와 나란히 서서 내가 끌려가는 모습을 전송했다.

주재소에 있는 한 시간가량 동안 순사는 정식취조도 하지 않고, 일본어를 나보다 능숙하게 하는 다른 형사와 잡담을 주고받았다. 예상했던 대로 나는 박정희 살해혐의를 받고 있었다. 데리러 온 차에 형사와 함께 타고 군 경찰서에 이송될 때까지도 나는 아직 사태의 심각성을 깨닫지 못했다. 짚이는 데가 전혀 없는 만큼, 하룻밤만 지나면 집에 돌아갈 수 있을 것이라고 철석같이 믿었다.

그러나 군 경찰서에 도착하자 나는 아예 범인으로 취급받았다. 군 경찰서 구치소는 총독부시절의 잔재가 남아 있는 위압적이고 음산한 곳이었다. 두꺼운 시멘트벽으로 둘러싸인 방에서 취조를 받고 조서를 꾸몄다. 박정희를 살해한 범인으로 나를 지목한 사람은 같은 마을 김경석인 듯했다. 내가 탄광에서 박정희로부터 반죽음의 변을 당한 사실을 누구보다 소상하게 아는 사람이 김경석이었다. 그가 참고인으로 순사에게 불려왔을 때 내 이름을 입에 올린 것도 무리는 아니었다.

담당형사가 내게 탄광 기숙사에서 있었던 사건이나 귀국한 이후의 생활에 대해 심문했다. 기묘하게도 탄광에서의 강제노역에 대해 이야기를 하면 할수록 결론은 박정희에 대한 내 증오심을 부각시키는 방향으로 흘렀다. 치즈의 출산 후 거의 집안에서만 지내고 박정희와 접촉할 기회가 없었으나 형사는 그런 사실을 아예 문제조차 삼지 않았다.

"네가 내내 집안에만 있었다는 사실을 증명해줄 사람은 왜놈 여편네나 늙어빠진 이가 영감 정도일 테지. 그걸 누가 믿겠나. 어차피 네게 유리하도록 지껄일 거 아닌가."

형사는 이 할아버지나 치즈로부터 증언을 듣기도 전부터 그렇게 단정해버렸다. 내게 잠도 재우지 않고 형사들이 교대로 드나들며 심문했다. 차가운 콘크리트 바닥에 꿇어앉아 목검을 손에 든 형사의 고함소리가 계속되자 일본 탄광 노무사무소에서 고문당하던 시절의 고통이 갑자기 머리에 떠올랐다. 노무사무소의 널빤지와 구치소의 콘크리트 벽이 하나로 겹쳐지고 노무감독과 형사의 모습이 포개져 어른거렸다. 수마에 몰려 책상 위에 엎드리면 형사가 목검으로 책상을 내리쳤다. 비명을 지르며 눈을 뜬 내 앞에 피투성이가 된 조종호나 목을 떨어뜨린 김동인 씨 모습이 홀연 나타났다.

"시모노세키 항에서도 네놈은 동료들과 패거리가 되어 박정희에게 몰매를 퍼부었지. 그 정도로 넌 그를 증오한 거야. 얼마 전 이가 영감 집 곳간에서 말을 잡을 때 현장에서 박정희를 목격한 이후 다시 복수심을 불태웠겠지. 그날 이후 박정희는 네게 보복을 당할지도 모른다고 벌벌 떨었다고 하더라. 넌 마을사람들 모르게 박의 뒤를 밟아 살해할 기회를 노려왔겠지. 그리고 박이 혼자 들일을 하러 나가는 짬을 노려 식칼을 감춰가지고 뒤를 밟아 살해했고. 물론 지문 등은 닦아버려 증거는 남아있지 않았지만."

형사가 그런 식으로 계속 되풀이해서 단정 짓자 박정희 뒤를 밟아 산기슭을 따라 걷는 자신의 모습이 실제로 있었던 사실처럼 여겨졌다.

"네가 박정희를 죽이고 싶은 기분은 누구라도 이해하지. 재판관이라면 동정해줄 테고. 그러니까 시치미를 떼서 심증을 악화시키는 것보다는 솔직하게 털어놓는 편이 더 낫잖겠어?"

형사는 귓속말로 부드럽게 속삭였다.

잠도 자지 못한 채 고문에 가까운 심문에 시달리다 보면 대부분은 현실과 비현실의 경계가 모호해지는 법이다. 1주일간 구치소에 있자 내가 박정희를 죽였을지도 모른다는 생각이 들기 시작했다. 윤재학이 자수하지 않았다면 나를 틀림없이 범인으로 몰아갔을 것이다.

체포된 윤재학과는 구치소에서 잠시 맞대면을 했을 뿐 대화는 허락되지 않았다. 윤재학은 내 얼굴을 보자 웃음을 지었다. 탄광 기숙사에 있을 때와 마찬가지로 바싹 여윈 모습이었으나 한쪽 눈이 멀어 얼굴이 흉하게 변해 있었다. 그러나 주눅 든 모습이 아니라 오히려 힘든 과업을 마친 장인(匠人)처럼 밝은 표정을 짓고 있었다.

조종호의 제안으로 나와 함께 탄광 탈출계획이 발각되어 일본인 노무감독과 조선인 노무조수로부터 고문을 당해 죽음 직전까지 갔던 그다. 윤재학이 나 이상으로 노무조수 박정희에게 원한을 품게 된 경위는 뒷날 형사에게 들었다. 내가 탄광을 도망친 뒤에도 윤재학은 노무들에게 감시당하고 사사건건 노무사무실에 불려갔다고 한다. 물론 외출도 허락되지 않았다. 견디기 힘들었던 윤재학은 어느 날 작업장에서 맨 먼저 기숙사에 돌아와 어둠을 틈타 탈출을 기도했다. 그러나 석탄 먼지로 새까만 꾀죄죄한 몸뚱이에 도시락 통에 감췄던 얇은 셔츠만 달랑 걸친 모습을 수상하게 여긴 사람들 손에, 불과 서너 시간 만에 잡혀왔다. 탄광에 끌려온 윤재학은 다시 노무들에게 호된 괴롭힘을 당했다. 박정희가 휘두른 고무 채찍에 오른쪽 눈이 먼 것은 그때였다.

해방 후 윤재학은 시모노세키 항에서 귀국을 기다렸지만 반년이 지난 1946년 정초에 겨우 조선에 돌아왔다. 몇 개월에 걸쳐 박정희의 고향마을 주소를 알아낸 다음 복수를 감행한 것이다.

1주일 만에 석방되어 비틀거리는 몸으로 집에 돌아왔다. 도착은 날이 저문 후였지만 오두막집에는 왠지 등잔도 켜있지 않고 아기 울음소리도 들려오지 않았다. 불길한 예감에 쫓겨 방문을 열어젖히자 안방에 이 씨 할아버지 혼자 누워 계셨다. 나를 보자마자 할아버지는 목이 멘 음성으로 알려줬다.

"아기 엄마와 아기를 데려갔어."

놀란 내 앞에서 할아버지는 격정에 복받쳐 굵은 눈물을 흘렸다.

"사흘 전에 치즈 아버지와 삼촌이 우리말이 능숙한 일본인 한 사람을 데리고 이 집에 찾아왔지 뭔가. 아기 엄마는 돌아가지 않겠다고 통곡했지. 아기도 따라 울고, 그런 지옥이 어디 있겠나. 그러나 부친이 고개까지 숙이고 나오자 치즈도 마지막에는 고집을 꺾고 말았어. 자네가 돌아오면 전해달라고 편지를 남겼어, 내가 어쩨볼 도리가 없더구먼. … 그러나 말이네, 아기를 품에 안고 세 사람을 따라 집을 나서는 뒷모습을 보니 어쩌면 이것이 더 잘된 일인지도 모른다 싶더구먼. 치즈는 그렇다 치고, 사내 아기는 말이야, 이 오두막에서 살면 평생 기한번 펴지 못하고 출세도 못하고 끝나버릴 걸세. 그보다는 일본인으로서 제대로 학교도 다니고, 한 사람 몫을 하도록 자라는 편이 행복할 거야. 부디 나를 책망하지 말게나."

나는 일본제 갱지에 연필로 쓴 편지를 받아 쥐고 가까스로 방으로 건너갔다. 방은 깔끔하게 치워져 있었다. 등잔을 켜고 치즈의 편지를 읽었다.

사랑하는 하시근 님.

당신이 집을 비운 이후, 매일같이 돌아오기만을 기다렸습니다. 무고하다는 사실은 제가 제일 잘 알지요. 한 달이든 한 해든 기다릴 작정이었습니다.
 그러나 오늘 당신의 귀가를 기다리지 못하고 이별하지 않을 수 없게 되었습니다. 아버지와 삼촌이 일본에서 나를 데리러 왔습니다. 어머니가 보낸 편지도 읽어봤습니다. 나는 하시근의 아내이므로 이제 조선에서 떠날 수 없노라고 아버지께 말씀드렸지만, 소용없었습니다.
 나는 마음속으로 망설였습니다. 아리랑 마을에서 당신과의 생활이 시작되었을 때 나는 조선여자가 되리라고 결심했습니다. 조선말을 배우고 조선의 관습과 예절을 배우리라고 각오를 다졌습니다. 당신 고향마을에 도착해 어머님과 시숙님에게 받아들여지지 못했지만, 이 씨 할아버지의 도움으로 시영을 출산할 수 있었습니다. 시영이를 몸속에 품은 것은 아시야의 해변이었죠. 그리고 조선에 돌아와 당신 고향마을에서 몸을 풀었습니다. 우리의 사랑은 바다를 뛰어넘을 정도로 강렬했습니다. 그 사실을 자랑스럽게 생각합니다.
 아버지가 아기의 장래를 생각해보라고 말씀하셨을 때 내 마음은 흔들렸습니다. 이대로 커서 학교에도 가지 못하고 농가에서 날품팔이하게 될 것이 자명한 노릇이라는 아버지 말씀에 답변드릴 말이 없었습니다. 게다가 내가 여기 남아 있는 한 형님이나 어머님은 당신을 멀리 하실 것이고 당신은 태어난 자기 집에도 마음대로 드나들지 못합니다. 마을사람들과 대등하게 교유하는 일도 불가능하겠지요.
 지금까지 생각지도 않았던 일이지만, 내가 사라지면 모든 것이 본래대로 잘 되어가지 않을까 합니다. 당신의 귀향을 어머님이나 형님이 기뻐하시고 마을사람들이 마음 깊이 당신을 환영할 것입니다. 내가 끝까지 고집을 부리기보다 한걸음 물러선다면, 모든 것이 원만해질 것입니다. 당신은 아직 스무 살도 안 되었으니, 어떻게 해서라도 다시 새롭게 시작해야 합니다.

한때는 시영이만 아버지께 딸려 보내고 나는 당신 곁에 남을까도 생각했습니다. 그러나 그래서는 시영이가 너무 가엾지요. 양친을 모르는 아이로 자랄 테니까요. 그보다는 내가 아이를 키우면서 당신 이야기를 늘 들려주자고 마음을 정했습니다.

오늘 일본으로 돌아가지만, 언제까지나 당신 아내입니다. 죽을 때까지 그럴 작정입니다. 그리고 내 목숨을 바쳐서라도 당신 아들 시영이를 끝까지 훌륭하게 키우렵니다.

당신과 알게 된 지 1년이 채 안됩니다만 내게는 10년이나 20년이 넘은 것처럼 하루하루가 멋진 나날이었습니다. 태어나서 지금껏 이토록 즐거운 시간은 없었습니다. 당신에게 진심으로 감사의 인사를 올립니다.

이 씨 할아버지께 고마운 제 마음을 대충 서툰 조선어로 전달했습니다. 제발 할아버지를 책망하지 말아주세요. 그럼 안녕히.

치즈 올림

편지를 다 읽은 나는 곧 짐을 꾸리기 시작했다. 이 밤을 집에서 보내면 그만큼 아내를 뒤따라 잡을 가능성이 적어진다. 머릿속에는 밤새 걸어서라도 역에서 떠나는 첫 기차를 타겠다는 생각밖에는 없었다.

모아둔 돈을 몽땅 털고 할아버지에게 현금을 빌려서 오두막을 나왔다. 치즈를 데리고 걸어온 길을 이번에는 반대방향으로 홀로 더듬어 갔다. 기차역에 도착했을 때는 한밤중이었고 출발시간까지 몇 시간을 대합실에서 죽은 듯이 잤다. 구치소에서 1주일 동안 거의 잠도 못자고 심문을 당했기 때문에 피로는 극한에 이르렀다.

다음 날 기차를 갈아타고 부산에 도착했다.

해질녘 항구를 샅샅이 뒤지고 부관연락선 잔교 근처를 찾아 헤맸다. 일본인 귀환자들이 모여 있는 창고까지도 찾아다녔다. 이제 그곳은 화물 하치장이 되어 있었다. 아기 울음소리가 들리면 나도 모르게 다가갔지만 속절없이 발길을 돌려야 했다. 대합실을 포기한 뒤에는 근처 여관을 한 집 한 집 들러 젖먹이를 안은 일본인 일행이 묵지 않았는지 물어봤다. 그날은 여인숙에서 밤을 새우고 다음 날도 대합실과 여관을 찾아다녔다.

치즈 일행은 이미 일본으로 출발했고 부산에서 그들을 찾긴 이제 틀렸다. 지치고 기진맥진해서 겨우 여인숙에 돌아왔을 때야 비로소 그런 생각이 들었다. 성냥을 빌려 재떨이에 치즈의 편지를 불태웠다. 누런 종이가 불꽃 아래 오므라들고 재로 변하는 모습을 바라보며 모든 것이 끝났다는 사실을 곰곰이 되새겼다.

그 후 고향에는 돌아가지 않았다. 부산항에서 하역인부를 하기도 하고 행상 노릇도 했다. 주로 시장에서 사들인 생선을 시골에 팔고, 돌아올 때는 과일이나 야채를 사서 부산에 팔았다. 한눈팔지 않고 열심히 살아 돈을 조금 모았을 때 6·25전쟁이 일어났다.

1950년 6월 25일 이른 아침 북한의 침공으로 전쟁이 시작되어, 내 고향 상주도 세 차례나 전쟁터가 되었다. 전쟁이 끝나고 마을을 찾아가보니 어머니, 형님 그리고 이 씨 할아버지 모두 전쟁의 희생자가 되었다는 사실을 알았다. 그때 처음 얼굴을 본 형수는 어린 두 조카를 품에 안고 어쩔 줄 몰라 했지만 1년 후에는 이웃마을 남자와 재혼했다. 누나네는 집이 불탔을 뿐 가족이 모두 무사했다. 일찍이 내가 송금한 돈을 가로챈 매형은 여전히 퉁명스러웠다.

아버님 묘지 옆에 어머님과 형님을 안장했다. 그리고 강가에 작은 땅을 사서 이 씨 할아버지를 묻어드렸다. 그 후 나는 내 의무를 다하듯 몇 년에 한 번씩 고향에 찾아가 성묘를 했다. 그러나 재혼한 형수나 누나 부부와 왕래하는 일은 없었다. 내가 치즈를 데리고 고향에 돌아와 이 씨 할아버지와 함께 살던 시점부터 나는 마을사람들에게 따돌림 당했던 것이다. 일단 마을 공동체에서 제명된 자는 이미 실체가 없는 유령에 지나지 않았고, 보통인간으로는 다시 돌아갈 수 없다.

부산 신창동 골목에 반 평 남짓한 점포를 갖게 된 것은 스물여섯 살 때였다. 인근 주민이나 일하는 사람들이 필요로 하는 일용품과 식료품을 가게 앞에 찾기 쉽게 진열하고 아침 7시부터 밤 9시까지 팔았다. 부산 시내 어떤 가게보다 싼값으로 판다는 원칙을 신조로 삼았다. 약간 원가보다 밑져도 다른 품목으로 벌충하면 그만이었다. 내 식비와 점원 한 사람 몫의 이익만 낼 수 있다면 만족했다.

어느 날 가게 앞에 진열한 팥이 하루에 다 팔려버려 자전거로 두 시간 거리의 시골마을까지 가서 보충해놓았던 적이 있다. 팥은 다음 날도 같은 남자가 와서 전부 사갔다. 그렇게 4, 5일 계속해서 팥을 사가던 남자가 직접 자기네 점포까지 팥을 배달해달라고 했다. 배달할 곳은 부산에서도 첫째 둘째를 다투는 대청동 중국 식당으로, 팥 이외에 야채까지 납품하게 되었다. 이른바 거물고객을 잡았던 것이다. 우리 점포 규모로서는 취급하기에 과분할 만큼 주문금액이 커진 것은 그 무렵부터였다.

어느 날 커다란 짐칸이 달린 자전거에 야채를 싣고 납품하러 가는 길에 광복동 건물공사 현장을 지나갔다. 가파른 비탈 위에 3층인가 4층 건물을 짓는데 철근용 시멘트와 모래 같은 재료는 전부 여자인부들이 운반하고 있었다. 여자인부들은 머리 위에 모래가 담긴 커다란 소쿠리를 이고 돌계단을 한 발 한 발 밟아 올라갔다. 7, 8명 가까운 인부들은 거의 중년 아주머니였지만 그중에 젊은 아가씨가 한 사람 끼어 있었다. 그 아가씨를 어디선가 본 적이 있는 느낌이었다.

물품을 배달하고 돌아오는 길에 다시 현장에 서서 아가씨를 기다렸다가 찬찬히 살폈다. 작업과 수다에 열중한 여자인부들은 주변 일은 안중에도 없는 듯했다. 보조원이 모래 소쿠리를 머리에 얹어주는 순간 앞을 바라보던 아가씨와 눈길이 마주쳤다. 아가씨는 계단에 발을 올리기 전에 다시 한 번 나를 뒤돌아봤다. 순간 나는 속으로 소리를 질렀다. 아가씨의 얼굴에서 15년 전 마을에서 야반도주한 강을순(姜乙順)을 알아보았기 때문이다. 모래를 쏟고 계단을 내려오는 그녀에게 다가가 말을 건네자 강을순은 얼굴을 빨갛게 물들인 채 고개를 숙였다.

강을순은 가족이 제주도로 건너간 이후의 이야기는 좀처럼 하지 않다가 반 년쯤 지나 내가 함께 살자는 말을 꺼냈을 때 처음으로 무거운 입을 열었다. 일본군대 식당 취사부 일자리가 있다는 말을 듣고 준비금 80원을 내고 바다를 건너 사세보(佐世保)로 갔다고 한다. 사세보의 여관에 1백 명 가깝게 모인 동년배 아가씨들을 몇 개 반으로 나누어 배에 태웠다. 강을순 반이 내린 곳은 중국 광저우(廣東)였다. 우리가 규슈 탄광에서 강제노동을 당한 것처럼 아가씨들은 거기서 일본군 위안부로 강제행위를 강요당했다.

패전과 동시에 해진 걸레처럼 버려졌고 우여곡절 끝에 다다른 곳이 전라남도 여수였다. 동남아 전선에 그대로 버려진 동포 아가씨들에 비하면 모국에 돌아온 것만 해도 불행 중 다행인지 몰랐다. 그러나 제주도에 돌아갈 수 없는 몸이었다. 여수 여관에서 부엌일을 해주며 생계를 이어갔다.

그동안 제주도에서 이른바 4·3사건이 일어났다. 미국이 주도한 남한 단독선거가 실시되자 그로 인한 국토분단을 우려한 반대운동이 전국에서 일어났다. 그중 가장 조직적이고 격렬했던 제주도는 4월 3일에 무장봉기를 일으켰고, 정부는 공산세력이 배후라 판단해 무자비하게 진압했다. 전쟁을 방불케 한 이 사태로 첫 한 해 동안 약 7만 명, 제주도민의 4분의 1이 군·경 합동군에 의해 학살당했다. 가족의 안부를 알아볼 방법도 몰랐던 그녀는 부산으로 옮겨왔다. 대도시에 살면 생계를 잇기가 보다 수월하리라고 생각했기 때문이다. 조그만 여관에 식당 일을 하러 들어갔지만 접객을 해야 하는 경우도 생겼다. 그런 일이 싫어서 견딜 수 없었다. 두 번 다시 그런 참담하고 혐오스러운 일을 하고 싶지 않았다. 자기를 알아보는 인간과 얼굴을 마주치게 되지는 않을까 하는 말로 표현하기 힘든 공포에 사로잡히곤 했다. 견디다 못해 여관을 나온 그녀가 마지막으로 택한 일이 공사장 여자인부였다. 끔찍한 정신적 고통에서 자유로울 수 있었으며, 수건으로 얼굴을 가리면 다른 사람에게 보이지 않았다. 몸을 움직일 수 있는 한 본인 하나 먹고 사는 것은 어렵지 않았다.

강을순의 이야기를 들으면서 나와 비슷하게 지독하고 쓰라린 고통을 감내하고 살아온 그녀에게 공감과 동정을 갖게 되었다. 같은 마을에서 자란 영락한 농민의 자식들로 살던 우리는 똑같이 일본 국가권력에 의해 강제로 끌려갔다. 구사일생으로 조국에 돌아온 점도 흡사했다. 본래대로라면 나는 탄광에서 죽었거나 살해당했을 것이다. 강을순도 동남아 격전지에 끌려갔다면 틀림없이 죽었을 것이다. 설령 살아서 일본의 패전을 보았다 한들, 그 땅에서 돌아오지 못했으리라.

나는 강을순과의 만남이 결코 우연이 아니라, 운명이 인도해주었다고 느꼈다. 한 달 뒤에 다시 청혼했지만 강을순은 눈물을 흘리면서 고개를 가로저었다. 더럽혀진 몸이고 아이를 낳을 수 있을지 없을지도 알 수 없다는 이유였다.

  강을순은 우리 가게에서 두 사람 몫 이상의 일을 했다. 가게 살림은 강을순에게 맡기고 나는 다른 고용인 한 명을 데리고 상품구매를 담당했다. 강을순이 우리 가게에서 일한 지 1년 만에 점포를 확장했다. 동시에 을순이 내 아이를 가졌다는 사실을 고백했다. 나는 재차 결혼 이야기를 꺼냈고 그녀로서도 더 이상 거절할 구실이 없었다. 그리하여 치즈를 잃어버린 지 8년 만에 나는 새로운 가정을 꾸리게 되었다.

13

폐석더미는 마치 생명을 잃은 거대한 코끼리의 등가죽처럼 주름투성이였다. 예전에 내 눈에 비친 두 개의 폐석더미는 날카로운 윤곽과 매끄러운 표면을 지닌 인공적인 조형물이었다. 그것이 지금은 정상에서 산기슭까지 깊게 패인 물줄기가 여러 개 흐르고 검게 빛나던 표면에는 이끼가 끼었는지 녹색의 장막을 드리운 것처럼 보였다. 더 이상 그곳에는 거친 생명의 숨결이 느껴지지 않았다. 남은 것은 바싹 마르고 쭈그러들 대로 쭈그러든 시체뿐이었다.

"실은 이 지역 사회교사들끼리 모임을 결성한 상태입니다. 회원은 30명 가까이로, 10년 전부터 탄광자료를 모으기 시작했습니다."

도키로는 운전하면서 내게 말을 건넸다.

"탄광이 폐쇄된 지 20년이 지났고 예전 탄광지구는 탄광 공해와 생활보호대상 세대가 많아서 아이들이 왠지 열등감을 갖고 있습니다. 그것은 근거 없는 열등감이고 탄광의 역사를 잘 알지 못하는 데 원인이 있다고 우리 회원들은 생각합니다. 메이지, 다이쇼, 쇼와 시대에 일본산업발전을 지탱해준 것은 탄광입니다. 그 시대의 첨단기술과 자본이 물밀듯이 대량으로 투입되었습니다. 검은 다이아몬드라고 떠들썩하게 소개된 에너지원(源)인 석탄은 처음에는 온가강을 따라 그물망처럼 놓인 철도를 통해 운반되기 시작했습니다. 말 그대로 자본과 기술과 인력이 응축되었던 곳이 온가강 유역의 탄광지구이지요."

도키로는 차의 속도를 줄이고 주변 경관을 음미하듯 바라다봤다.

"문화와 에너지 공급지가 탄광이었던 증거로는 현내에 지금까지 이어져오는 오랜 전통의 과자가게 대부분이 이 지역에서 나온 것을 들 수 있지요. 그러나 석유의 등장과 함께 석탄에 대한 중상모략이 시작되었습니다. 빈발하는 노동쟁의와 폭발사고도 탄광지구의 쇠퇴를 가져오는 데 박차를 가했습니다. 광산이 하나 둘씩 폐쇄되면서 실업자가 넘쳐나게 되었고 석탄의 검은 색이 암울함과 빈곤과 결부되어 그 상징처럼 되었지요. 그리고 끝내는 탄광이라는 역사 자체가 말살되다시피 하여, 이제 막연하게 음습한 이미지만 남았어요. 아이들은 그러한 현재밖에 모르니까 점점 더 위축되어 버린 거죠."

"그래도 탄광박물관 같은 것은 몇 군데 있겠지."

뒷좌석에 앉은 서진철 씨가 대화에 끼어들었다.

"석탄자료관이 있는 곳도 있습니다. 그러나 거긴 제대로 된 역사를 배우는 곳은 아닙니다. 권양기나 굴진기 같은 채굴기계만 전시해놓았지 석탄과 관련된 인간의 생활을 느끼게 하는 부분은 소홀합니다."

도키로는 일언지하에 부정했다.

"우리 회원들이 밝혀내고자 하는 것은 탄광에서 살았던 사람들의 생활사입니다. 갱내 노동자의 임금이나 직제, 갱도 내부의 모양이나 채굴 실태, 탄광 주택의 배치, 어린이들의 놀이 종류, 학교 교육, 사고

와 노동쟁의의 역사 등입니다. 학생들과 함께 탄광지도를 작성하고 나이든 사람들에게 들은 이야기를 기록해서 자료로 모아두지요. 아이들이 부모나 조부모의 삶과 직결된 역사를 피부로 느끼는 동안 눈빛이 달라지는 경우를 자주 봅니다."

도키로의 어조가 차츰 교사다운 열정을 띠어갔다. 나는 고개를 끄덕이면서 도키로의 옆모습과 전면 유리창으로 펼쳐지는 풍경을 번갈아 바라봤다.

"일본의 근대화를 고찰하는 데 탄광만큼 좋은 자료도 없습니다. 거기에 전부가 집약되어 있습니다. 근대기술, 자본, 노동자의 권리와 전통과 인습까지, 모든 것이 압축되어 있으니까요. 탄광 1백년의 역사를 무시하는 것은 근대사를 공동화(空洞化)하는 것이고 바꿔 말하자면 미래에 대한 전망을 왜곡해버리는 겁니다."

나는 논리가 명확한 도키로의 말을 거의 감탄하면서 들었다. 이런 조리가 분명한 사고력은 내게는 없는 부분이다. 나는 항상 직감에 따라 비즈니스를 해왔다. 철저하게 시장조사를 한 후 지점을 늘리는 방식이 아니라 문득 떠오른 아이디어나 직감으로 즉시 결정했다. 상품의 취급도 그렇고 의리나 인정에 얽혀 수 천만 원을 날린 적도 있었다. 부산의 자식들은 그런 나를 충동적이라고 비난한다. 도키로의 열정적이면서도 논리적인 사고방식은 분명히 치즈에게 물려받은 부분이다.

"폐석더미는 매몰된 역사의 상징입니다."

도키로는 지금까지의 열변을 결론짓듯 툭 던졌다.

"현 시장의 공약이 그 폐석더미를 무너뜨려 공업단지와 유통센터를 짓는다는 건가."

도키로에게 내가 물었다.

"네. 우리는 그것을 반대합니다만 폐석더미가 밥 먹여주느냐는 목소리에 밀리고 있지요."

"확실히 폐석더미가 밥 먹여주지는 않지. 일요화가회 그림 소재는 되겠지만."

뒷자리에서 서진철 씨가 악의 없는 맞장구를 쳤다.

"저 폐석더미는 당연히 소유주가 있지 않나."

나는 별 뜻 없이 물었다.

"있습니다. 탄광주의 외아들입니다."

"누군가? 그 사람은."

나는 탄광에서 강제노동을 당했으면서도 탄광주의 이름은 알지 못했다.

"가와우치 타이시라고, 나이는 60 중반쯤 될 겁니다. 정년퇴직하고 은둔생활을 하고 있습니다."

"폐석더미를 처분하지 않은 이유가 있는가?"

"쉽사리 사려는 사람이 없어서이기도 하겠지만, 그분 자신이 생각하는 바도 있을 겁니다. 선대나 그 앞선 조상이 영화를 누리던 흔적으로 남겨두려 한다거나."

"그러면 현 시장에게는 그를 설득할 계획이 있겠군."

나는 일부러 야마모토라는 이름을 꺼내지 않았다.

"시장의 권한으로 모든 방법을 동원해 설득할 겁니다. 시의 발전을 위해, 또는 시민을 위해서라고 명분을 내세우면서 실제로는 보상이 되는 특전을 제시하면 그렇게 간단히 딱 잘라 거절할 수는 없겠지요."

도키로의 얼굴이 어두워졌다.

"시장 별명이 불도저일 정도로, 지금까지도 여기저기 수많은 토지를 멋대로 주물러 왔습니다. 하천 부지를 골프장이나 주차장으로 만들고, 연꽃이 자라는 습지를 메워 시민회관을 짓고, 언뜻 보기에 시민 중심의 프로젝트라는 겉치레로 꾸밉니다만 실제로는 토건업자만 배를 불리는 거죠. 광산공해 복구사업이나 하수도 설치공사를 둘러싼 공무원의 뇌물수수 문제가 떠도는 것도 이런 사정 때문입니다. 시장과 긴밀하게 유착한 토건업자 중에 아오키라는 지역 실력자가 있지요.”

“아오키?”

나는 반사적으로 되물었다.

“그가 바로 강원범입니다.”

뒷자리에서 서진철 씨가 몸을 앞으로 내밀었다.

“일본 이름이 아오키 원범으로 하 회장이 소식을 알고 싶어한 두 사람 중 하나지요.”

“지금은 아오키건설 사장으로 일본에 귀화했습니다. 야마모토 시장과 인척관계도 맺었을 겁니다.”

도키로가 덧붙였다. 분명히 강원범은 기숙사에 있을 무렵에도 아오키라는 일본 이름을 사용했다. 그리고 8·15 해방 후에도 일본에 그대로 남아서 야마모토의 오른팔 노릇을 하며 명성과 재산을 손에 넣은 것이다.

“아오키는 입지전적인 인물입니다.”

내가 동요하는 것을 눈치 챘는지 서진철 씨는 말을 덧붙였다.

“그러나 우리들 재일교포 모임과는 전혀 관계를 끊고 지냅니다. 귀화했다는 자체가 벌써 조국과 손을 끊었다는 뜻이니까요.”

“아오키도 전에 기숙사에 있었습니까?”

도키로가 물었다.

"있었지. 우리와는 신분이 달랐지만."

나는 말끝을 흐렸다. 조선 동포를 가장 괴롭히고 우리를 귀신 이상으로 벌벌 떨게 만든 장본인은 일본인이 아니라 동족인 조선사람이었다고 설명해도 쉽게 이해가 안 될 것이다.

폐석더미 바로 앞에 반쯤 허물어진 콘크리트 건물이 참혹한 모습을 드러냈다. 그 안에 작업대기소, 권양기, 변전소, 보일러 등 시설물이 들어있던 건물이다. 길고 가냘픈 삼나무가 주변을 둘러싸고 거무튀튀한 벽에 담쟁이덩굴이 무성했다. 창틀은 전부 빠져 달아났고 맨 위층 천장부분은 폭탄이라도 맞았는지 거의 파괴된 상태였다.

주춧돌만 남아 있는 선탄장 가까운 데서 차는 멈췄다. 전선이 없는 기울어진 전신주를 억센 담쟁이덩굴이 중간까지 뒤덮었다. 차에서 내려 머뭇거리며 풀밭에 섰다. 석탄갱 특유의 매캐한 탄내는 없고 푸른 풀내음만 풍겼다.

"용케 기억이 나는군요. 기숙사가 있던 곳이 이 근처지요?"

서진철 씨의 말소리에 문득 정신을 차렸다. 가리키는 방향에 잡초로 뒤덮인 둔덕이 보였다. 사갱의 입구에 서 있던 감나무를 찾아봤다. 풍화되고 이끼 낀 콘크리트 덩어리, 돌계단 끝에 신경 줄처럼 늘어져 있는 철사, 살아있는 것이라고는 키 작은 풀밖에 눈에 띄지 않았다.

"그렇습니다. 여기가 갱 입구에 있던 망루라고 치면, 기숙사는 비탈길을 백 미터쯤 올라간 데 있었습니다."

나는 가까스로 대답했다.

예전 갱 입구에서 바라봤을 때는 둔덕 위에 세워진 교와료의 높은 담장은 실로 허물 수 없는 성채처럼 느껴졌다. 그것이 지금은 흔적도 없이 사라졌다. 도키로는 차 트렁크를 열고 폴리용기 물통과 종이봉투에 든 짐을 꺼냈다. 영문을 몰라 서진철 씨와 나는 얼굴을 마주 보다 도키로에게 다가갔다.

"이 이상 차로 올라갈 수 없기 때문에 손으로 날라야 합니다."

도키로는 묵직해 보이는 물통을 두 손에 들었다.

"한국에서는 어떻게 하는지 몰라서 전부 일본식으로 했습니다."

"무슨 뜻인지 통 모르겠구먼."

서진철 씨가 머리를 긁으면서 빗자루와 땔감 다발을 손에 들었다. 내가 손에 든 커다란 종이봉투에는 국자와 죽통이 들어 있었다. 도키로는 물통을 양손에 들고 비탈을 올라갔다. 기숙사 터가 있는 곳까지 한 번도 쉬지 않고 묵묵히 잡초를 헤치며 걸었다. 기숙사가 있던 둔덕에 도착하자 도키로는 물통을 내려놓고 숨을 몰아쉬었다. 붉게 상기된 얼굴에 바람을 쐬었다.

군데군데 검은 땅 위에 노출된 풀밭에는 기숙사 흔적을 찾을 만한 어떤 흔적도 남아있지 않았다. 비탈길 방향에서 어림잡아 문기둥, 오른쪽에 있던 노무사무소, 왼쪽의 식당, 안마당을 끼고 맞은편에 있던 목욕탕, 그것과 같은 동에 이어진 물마시던 곳, 숙소 등의 위치를 확인했다. 주춧돌 파편이나 나무판자 한 조각이라도 찾았으면 했으나 아무것도 남아있지 않았다.

"잠깐만요."

나는 서진철 씨를 손짓해 부르고 기숙사 터에서 2, 30미터 떨어진 잡초지로 발을 옮겼다. 잡초 뿌리 아래 시멘트 덩어리와 깨진 기왓장이 아무렇게나 널려 있었다.

"언젠가 말씀드린 적이 있지요? 여기가 바로 그 근처입니다."

나는 에둘러가며 말했다.

"원래 자재하치장이었는데 기숙사를 부수면서 그 위에 다시 폐자재를 쌓아둔 모양입니다. 그러니 발각될 리가 없었을밖에요."

서진철 씨는 나를 지그시 응시했다.

"이미 공소시효가 지났습니다. 게다가 그건 정당방위였잖습니까."

위로하는 듯한 서진철 씨의 말이 오히려 내 아픈 곳을 예리하게 찔렀다. 서진철 씨의 재촉으로 나는 뒷머리를 잡아당기는 듯 께름칙한 그곳을 빠져나왔다.

"기숙사에 관해서는 탄광 측이 특히 신경을 곤두세우고 전후 얼마 지나지 않아 흔적조차 없애버리려 했는지도 모릅니다. 다행히 낙성할 무렵 사진이 남아 있어 당시의 모습은 그려볼 수 있습니다."

나는 눈앞에 펼쳐지는 기숙사 옛터를 망연히 바라봤다.

"조금만 더 올라가면 됩니다."

도키로는 말하고 두 개의 물통을 힘차게 들어올렸다. 나와 서진철 씨는 그 뒤를 따랐다. 발밑은 온통 흙도 돌도 아닌 허연 석탄 폐석찌꺼기로 초토화되어 있었다. 쑥과 억새가 발에 휘감겼다. 사람의 발길 때문에 생긴 오솔길이 잡초에 뒤덮이면서도 폐석산 뒤쪽으로 이어졌다. 아래서 불어오는 바람이 우리 세 사람의 등을 밀었다. 푸르고 맑게 갠 하늘에 구름이 떠갔다. 태양이 산 저편으로 숨어버리자 목덜미에 와닿는 냉기가 싸늘했다.

세 사람 모두 입을 열지 않았다. 도키로는 몇 차례나 학생들을 데리고 오르던 길을 이렇게 아버지를 모시고 오르는 감격을 음미하는지 굵은 두 팔뚝에 물통을 들고 쉬지 않고 걸었다. 서진철 씨는 발밑으로 시선을 떨어뜨리고 필사적으로 과거의 기억을 되새기는 모양이었다. 40년이 훨씬 지난 1945년 일본을 떠나던 해에 단 한 번 와본 무덤들이 얼마나 변했는지 어떤 모습으로 남아있는지 상상하니, 나도 모르게 긴장이 되었다.

폐석더미가 가까워질수록 발밑의 잡초들이 관목으로 변했다. 두릅나무와 산 목련, 도토리나무가 석탄폐석더미에서 울퉁불퉁한 뿌리를 내리고 있었다. 예전에 저절로 산불이 나서 연기가 자욱하던 무렵, 어떤 식물도 뿌리내리지 못할 듯싶던 폐석산이 지금은 불도 다 꺼지고 수목이 자라는 것을 막을 힘조차 없는 모양이었다.

도키로는 나와 서진철 씨에게 보조를 맞춰 천천히 걸었다. 조깅으로 단련된 몸인데도 가슴이 조여 오는 느낌이 영 사라지지 않았다. 예전 최석송의 안내로 서진철 씨와 오를 때는 기숙사에서 한달음에 올랐던 것 같은데 지금은 10분도 넘게 걸렸다.

선두에 선 도키로가 불현듯 발을 멈췄다. 무슨 일인가 싶어 살펴보았다. 도키로는 빈약한 가지를 뻗치고 선 나무뿌리 밑을 뚫어지게 주시했다.

처음에 나는 그곳을 쓰레기터로 알았다. 어린애 몸통만 한 검은 나무가 서너 그루 서 있고 가지에 통통한 담쟁이덩굴이 몇 갈래 늘어져 있었다. 지면에는 그루터기와 드러난 뿌리가 뒤엉켜 있고 여기저기 썩은 죽통40)과 깨진 그릇, 오래된 우유병이 흩어져 있었다.

헝클어진 나무뿌리에 목이 감긴 채 묻혀있는 잿빛 돌을 발견한 순간 나는 '앗' 하고 비명을 질렀다. 똑같은 돌은 여기저기 흩어져 있었다. 지면에서 파헤쳐져 가로누워 있거나 흙에 묻힌 채 윗부분만 드러나 있거나 혹은 서너 개의 파편으로 조각난 비석들이 나무뿌리 밑에 흩어져

---

40) 죽통(竹桶) : 꽃을 꽂거나 향을 피우기 위해 무덤 앞에 꽂아두는 대나무통.

있었다.

"이렇게 되어버리다니."

서진철 씨는 신음소리를 내며 비석 사이를 허둥지둥 걸어 다녔다.

"근처에 살고 있으면서 한 번도 성묘하러 오지 않았으니 정말 면목이 없습니다."

서진철 씨는 무릎을 꿇고 돌투성이가 된 비석 주변을 손으로 말끔하게 치웠다. 쓰레기터같이 황폐하기 그지없었지만 분명히 제대로 된 묘지였다. 기숙사를 주춧돌까지 흔적도 없이 파묻어버린 놈들도 이 성스러운 묘지에는 손대지 못했다. 그 대신 지난 반세기 동안 황폐할 대로 황폐해져 있었다. 가까스로 지금까지 버틴 것은 땅에 묻힌 동포들의 한 서린 염원 때문이 아니었을까.

흙과 낙엽을 닦아내면서 가까이 있는 비석부터, 한 기(基)씩 표면에 새겨진 글자를 확인했다. 안선호, 이효석, 임수원, 오진…. 땅을 기다시피 걸으면서 비석에 새겨진 글자를 소리 내어 읽었다.

기억에도 뚜렷한 커다란 돌은 부엽토 아래 파묻혀 있었고 쓰러진 죽통도 반은 썩었다. 두 손으로 축축한 낙엽을 털어내고 비석을 꺼냈다. "김동인", "사십사년 시월 이십사일"이라는 글자가 간신히 분간되었다. 날짜만 한글로 쓴 이유는 최석송이 바치는 최소한의 조의가 아닐까. 더 이상 억누르지 못한 눈물이 앞을 가리더니 눈꺼풀로부터 방울방울 땅으로 떨어졌다.

기숙사 복도에서 목을 매고 죽은 김동인 씨의 하얀 모습이 떠올랐다. 죽을 때 김동인 씨는 조선에서 가지고 온 바지저고리로 갈아입었다. 그의 원통함을 나타내기라도 하는 듯, 하얀 한복의 일부가 피로 검붉게 물들었다.

나는 물통에서 물을 따라 묘비에 붓고 수건으로 표면을 닦았다. 서진철 씨가 빗자루로 쓰레기와 낙엽을 쓸어내고 도키로가 끝이 뾰족한 새 죽통을 무덤 앞에 꽂았다.

조종호의 비석은 작아, 사람의 머리통 크기밖에 되지 않았다. 둥글기 때문에 묘비명이 아래쪽을 향한 채 굴러가 있었다. 무덤 위치조차 분명하지 않아서 석탄 폐석의 땅바닥을 죽통 끝으로 파고 묘비의 3분의 1 정도를 땅에 묻었다. 향을 피우며 명복을 빌고 있으니 노무사무소 2층에서 심한 구타를 당해 곶감처럼 검붉은 고깃덩어리로 변한 조종호의 커다란 체구가 눈앞에 떠올랐다. 그런 식으로 20기 가까운 묘비를 하나하나 닦기 시작했다.

다른 묘비에서 훌쩍 떨어진 곳에 하나만 형태가 다른 묘비가 묻혀 있었다. 자연석이 아닌 보도블록처럼 장방형으로 자른 화강암이었다. 새것이 아니라 다른 비석과 똑같이 이끼가 끼고 표면이 풍화되어 있었다. 손끝으로 돌을 문지르고 물을 끼얹었다. 차츰 묘비명이 드러났다. 서진철 씨를 불렀다. 죽통을 무덤 앞에 꽂던 서진철 씨는 허리를 펴고 다가왔다.

"8·15 해방 후 나랑 함께 기숙사를 찾아갔을 때 묘비명을 새기던 외눈의 남자가 있었지요? 이름이 최석송인데 이것이 그 사람 무덤입니다."

"그 사람이 어째서 이런 곳에?"

서진철 씨는 무릎을 구부리고 묘비를 들여다봤다.

"아마도 귀국하기 전에 죽어서 여기 묻힌 것이겠지요."

체구가 작은 최석송을 떠올리면서 서진철 씨가 손에 들고 있던 죽통을 석탄 폐석 속에 꽂았다. 폐석이 굳어져서 꽂기가 여간 어렵지 않았다. 무덤 앞에 놓인 모든 죽통에 물을 붓고 성묘를 마친 후 우리 세 사람은 잠시 휴식을 취했다.

"이 폐석산도 조금씩 무너져갑니다. 무덤이 어렵사리 보존된 것은 주변에 자생한 잡목 덕분입니다. 나무가 없었더라면 여기도 벌써 옛날에 지반 붕괴가 일어났을 테지요."

도키로가 이마의 땀을 닦으면서 말했다. 나무 사이로 폐석산 자락과 그 끝에 펼쳐진 평야가 멀리 건너다 보였다. 하얀 건물이 밀집해 있는 주변은 시내 중심가이리라. 오른쪽에 낮은 산들이 연달아 띠 모양으로 평야를 기어가다 끊어지는가 싶었는데 다시 한 번 작은 봉우리로 부풀어 올랐다. 가파른 비탈에 찰싹 달라붙어 있던 아리랑 마을이 바로 저기였다.

"정면에 정상이 평평한 산이 보이시죠?"

도키로는 산의 솟아오른 부분을 가리켰다.

"저 산허리에 길상사라는 절이 있습니다. 그곳 묘소에 어머니를 모셨지요. 아직은 등나무꽃이 별로 피지 않았지만 곧 만개할 겁니다. 꼭 모시고 가고 싶습니다."

"허어, 치즈 상 묘가 길상사에 있다고?"

서진철 씨는 감동한 듯이 고개를 끄덕였다.

"길상사 등꽃은 유명해서 이 근방에 사는 사람은 누구나 일 년에 한 번은 보러갑니다."

서진철 씨가 내게 설명했다.

"묘지는 다랑논처럼 높은 곳부터 계단식으로 되어 있어서 그곳에 서면 멀리 시가지, 논과 밭, 그리고 폐석산도 한눈에 내려다보입니다."

그건 그럴 것이다. 여기 묘지 쪽에서 그 산을 바라봐도 시야가 막히지 않고 탁 트였다. 지형적으로는 어느 정도 거리가 있긴 하지만. 길 상사 방향을 응시하고 있자니, 바야흐로 그곳만 보랏빛으로 물들어 있는 듯한 착각에 사로잡혔다.

"치즈를 만나고 싶었어. 그녀의 일본어를 다시 한 번 듣고 싶었는데."

나도 모르게 튀어나온 말이었다. 순간 허를 찔린 듯 도키로는 침묵했다.

"치즈 상이 조금만 더 오래 살았더라면."

서진철 씨는 내가 측은했던 모양이다.

"치즈 상 소식을 알았더라면 뭔가 도움이 되었을지도 모르지. 하긴 다시 일본에 돌아와 있는 줄은 꿈에도 몰랐으니까요."

"그래서 어머니는 더욱 서 사장님과 마주치고 싶지 않으셨을 겁니다."

도키로는 담담하게 대꾸했다.

"그래도 좀더 오래 사시기를 바랐습니다. 담낭암이 진행되는 줄은 생각지도 못했으니까요. 보건소 검진은 매년 빠짐없이 받고 계셨는데…."

사람의 목숨은 불공평하다고 새삼스레 생각했다. 타인에게 사랑받고 오래 살 가치가 있는 사람이 오히려 단명하는 이유는 무엇일까. 조종호가 그렇고, 김동인 씨가 그렇고, 종군위안부로 청춘을 유린당한 아내 강을순, 그리고 사랑하는 치즈가 그랬다.

"잠시, 오신 김에 이쪽도 봐주시겠습니까?"

도키로가 자리에서 일어나 우리를 이끌고 갔다. 관목 숲을 지나 다시 30미터 정도 산허리 뒤쪽으로 비탈을 내려갔다. 자칫 발 딛기가 위태롭지만 산록에서 불어오는 바람으로 전신이 날아오를 것 같았다.

"이 산에서 가장 붕괴가 심한 곳입니다. 큰비가 내리거나 바람이 불 때마다 폐석더미가 무너지고 있습니다."

도키로는 발밑을 찬찬히 살폈다. 서진철 씨와 나는 조심조심 다가갔다. 눈 아래 폐석더미가 예리한 U 자형으로 파여 제대로 절벽이 되어 있었다. 난간도 없었다. 아득히 2, 30미터 아래 지면이 있었다. 내려다보고 있자니 침이 마르고 다리가 얼어붙었다.

"이런 곳을 찾는 사람도 없을 테지만 발을 잘못 디뎌 미끄러지면 살아나기 어렵겠습니다."

회오리바람에 목을 움츠리면서 서진철 씨가 말했다. 지형 때문일까, 바람은 두 개가 나란히 서 있는 폐석산 배후에서 복잡하게 회오리치고 있었다. 숨을 들이마셨다 내쉬었다 하는 것처럼 바람에는 강약이 뚜렷하고 때때로 멀리 개가 짖는 듯한 날카로운 소리가 귓전을 때렸다. 폐석더미에 묻힌 죽은 이들이 흐느끼는 소리일까, 아니면 폐석더미 자신의 비명일까.

"가까운 시일 안에 폐석산에 응고제를 주입한다든가 혹은 새로운 폐석들을 가져다 보강하지 않는다면 저 무덤도 무사하지 못할 겁니다."

도키로는 나를 돌아보고 말했다. 머리가 바람에 휘날려 온화한 얼굴이 한순간 야차처럼 보였다.

"이런 상황을 '풍전등화'라 할 수 있겠지요."

서진철 씨가 내게 말했다. 우리말에서도 '바람 앞에 등불'이라고 똑같은 표현을 쓴다. 붕괴가 묘지의 폐석더미까지 진행되면 여기 묻힌 동포들의 유골도 밖으로 노출돼 30미터 절벽 아래로 낙하하고 말 것이다. 그야말로 고인을 능욕하는 후안무치한 행위가 아닌가. 절벽 아래로 추락하는 김동인 씨나 조종호의 유해를 상상하는 것만으로도 나는 송구함과 분노로 몸이 떨려왔다.
"어떻게든 막아야겠습니다."
도키로나 서진철 씨를 향해서가 아니라 내 자신에게 스스로 다짐하는 말이었다. 절벽 끝까지 갔다 돌아오는 길에 묘소 옆을 지날 때 우리 세 사람은 다시 한 번 합장을 올렸다. 빈 물통 하나를 손에 들고 비탈길을 내려오면서 나는 폐석산이 무너져 묘지가 침식당하는 광경을 몇 번이나 떠올렸는지 모른다.
"이번 시장 선거에서 현 시장인 야마모토에 대항해서 후보로 나선 분이 시키죠(式場) 선생입니다. 작년에 중학교 교장에서 정년퇴직하셨는데 내내 우리 사회교사 모임의 멘토였습니다. 온가강에 관한 것이나 탄광 노동쟁의 역사관련 책도 여러 권 쓰셨습니다."
"그러나 그런 것이 표로 연결되지 못할 겁니다."
귀 기울여 듣던 서진철 씨가 솔직하게 입을 열었다.
"상대는 폐석산을 철거해서 쇼핑센터라든가 공업단지를 짓겠다는 건데, 아무래도 이쪽이 주민들에게 솔깃한 공약입니다."
"쇼핑센터를 짓는다 해도 타격을 받는 대상은 이 고장 상점가입니다. 공업단지도 외부기업을 유치하려면 상하수도 등 인프라가 사전에 정비되지 않으면 안 됩니다. 막대한 돈을 들였는데 정작 기업이 와주지 않으면 수챗구멍에 돈을 흘려버리는 거나 매한가지죠. 어차피 현 시장과 유착되어 있는 토건업자의 배만 불릴 뿐입니다."
도키로는 조금 화난 듯 대답했다. 도키로의 반론도 이해 못할 바는 아니지만 나는 서진철 씨의 의견에 공감했다. 단순히 보존하는 것만으로는 마르고 주름투성이가 된 폐석산의 노화는 막을 수 없으리라. 그리고 무엇보다 젊은 세대를 향한 호소력이 부족했다.

"다카쓰지 탄광 경영자의 자손이 살아 있다고 아까 말했는데 그 사람을 만나본 적이 있느냐?"

나는 도키로에게 물었다.

"네. 가와우치 집안에 보존된 자료를 보기 위해 두 차례 만난 적이 있습니다."

"나도 그 사람을 만나 이야기를 하고 싶구나. 수고스럽지만 다리를 놓아 주겠니?"

이런 부탁을 하자 도키로는 의아한 얼굴로 나를 바라봤다.

"옛날 기숙사에 살며 탄광에서 일하던 한국인 사업가가 만나고 싶어 한다고 전해주면 좋겠다."

탄광의 현 소유주인 가와우치 후손이 일찍이 선대에 강제노동을 강요당했던 조선인을 굳이 피할 이유는 없지 않을까 하는 생각이 들었다. 그것은 폐광된 후 사반세기가 넘도록 지금까지 저 폐석더미를 처분하려 하지 않은 깊은 속내를 짚어보면 능히 헤아릴 수 있는 일이었다.

"빠른 시일 안에 연락드려보겠습니다."

도키로가 대답했다. 차는 10분 정도 달려서 강변으로 나왔다. 얕은 물살에 무릎까지 담그고 강바닥에서 뭔가를 잡고 있는 여자 모습이 눈에 들어왔다.

"온가강이지?"

나도 모르게 목소리가 들떴다. 도키로가 대답했다.

"정확하게 말하자면 온가강 지류인 히토산강입니다. 저 여자는 조개를 줍는 걸 테지요. 1킬로 정도 내려가면 온가강 본류와 만납니다."

강둑을 뒤덮은 유채꽃은 이미 한창때를 지났지만 푸른 신록 속에 여전히 노란색으로 빛났다. 차도 바로 옆 갓길에는 무꽃 같은 흰 꽃도 섞여 있었다.

"하 회장, 점심은 아시야(芦屋)에서 합시다. 해변에 있는 갓뽀요리점41)을 예약해 두었습니다. 꽤 좋은 곳입니다."

서진철 씨가 뒤에서 말을 보탰다. 평온하기만 한 강변을 바라보면서 아들과 서진철 씨에게 고마운 생각이 들었다. 도키로와 서진철 씨는 미리 의견을 나누고 나를 어디로 데리고 갈까 고심했음에 틀림없다. 아리랑 마을을 방문하고 폐석산 묘소에 오르고 이렇게 추억이 서린 강을 따라 내려와 치즈의 고향마을을 향했다. 내 생애 마지막에 이러한 여행을 가능하게 해준 모두에게 두 손 모아 감사할 따름이었다.

제방 길목 가운데 거목의 은행나무가 가로막고 서 있었다. 그 나무 앞뒤 양쪽으로 확장된 제방 길은 좌우 차선으로 나뉘어졌다. 속도를 낮춰 지나가자 강은 이윽고 본류로 흘러들어가 섞이고 우리는 다리를 건넜다. 40년 전보다 다리 개수가 늘었다. 예전에는 아시야까지 가는 길에 다리는 두 개밖에 없었던 것 같다. 당시 온가강은 사람과 화물이 왕래하는 주요 간선 통로였지만 지금은 해자42)와 같이, 시대에 뒤진 유물이 되어 있었다. 다리 숫자가 늘어난 것과 반비례해 온가강은 교통로의 기능을 상실한 것 같았다.

강물을 대신해서 제방도로가 유통로로 쓰이고 있다. 승용차만이 아니라 버스나 트럭, 소형 밴이 오가고 있었다. 나도 모르는 사이에 옛 추억이 어린 장소를 찾았다.

---

41) 갓뽀요리(割烹料理) : 준비가 되는 대로 한 가지씩 내놓는 일본 요리.
42) 해자(垓字) : 성 밖으로 둘러서 판 방어용 연못.

"많이 달라졌습니다."

"그렇죠. 달라졌지요."

"벌써 반세기가 지났으니까요."

"우리가 나이를 먹긴 먹었군요. 하 회장이 조선에 돌아간 후 미군이 아시야 비행장에 진주해 왔습니다. 그 이후 아시야는 미군기지 마을로 완전히 탈바꿈했지요."

서진철 씨는 술회했다.

"홍등가가 생기고 유흥업소에서 일하는 여자들이 모여들고, 갑자기 다들 흥청거리게 되었습니다. 오리오(折尾)에서 아시야까지 오는 기차노선이 생긴 것도 군 기지 근무자를 위해서였습니다. 나는 미군부대에서 나오는 음식찌꺼기를 헐값에 사서 임차한 땅에다 돼지를 키우기 시작했습니다. 제주도에 돌아갈까 말까 망설이던 참에 4·3 사태가 일어나, 귀국이고 뭐고 그만 정나미가 떨어졌지요. 양돈은 10년쯤 했을까요, 그 무렵 사육장 가까이에 주택이 들어서고 냄새난다고 주민들이 싫어해서 사업을 접었지요. 저축한 돈으로 지금 사는 오카가키 시에 가게를 차렸습니다. 10년 정도는 겨우 밥술을 먹는 정도였습니다만 일본이 고도성장기를 맞으면서 경기가 좋아져, 벌이에 여유가 생겼습니다. 한국을 이따금 방문할 수 있게 된 것도 그 덕분이었지요. 그리고 하 회장과 재회하게 된 겁니다."

서진철 씨가 말하는 변모를 증명이라도 하듯 제방 왼쪽에 커다란 웅덩이가 있고 수십 척의 요트가 계류 중이었다.

"여기는 옛날 온가강의 지류였습니다. 바닷물이 드나들던 웅덩이를 요트 정박장으로 만든 거지요."

도키로가 설명했다. 목탄 버스가 먼지를 날리면서 달릴 무렵 이 일대엔 연꽃 밭이 널려 있고 가난한 농가가 띄엄띄엄 박혀 있었다. 이제 초가집은 어디에도 눈에 띄지 않고 언뜻 보기에 농가로는 보이지 않는 주택이 요트 정박장 건너편에 줄지어 서 있었다. 하구에 걸린 다리도 완전히 보수되어 새것처럼 보였다.

"변하지 않은 것은 저 사당 정도가 아닐까요."

서진철 씨가 말한 대로 하구 동쪽 돌출된 끝머리에 사당 입구를 나타내는 기둥이 보였다.

붉은 갈색을 띤 지면과 구불구불 휘어진 소나무 사이로 보이는 자그만 사당은 옛날과 조금도 달라지지 않았다. 제방공사를 마치고 함바로 돌아갈 때 자주 바라보던 장소였다.

"그렇다면 저 부근이 공사현장이었습니까?"

나는 강 상류를 가리키면서 서진철 씨에게 확인했다.

"당시 쌓은 제방은 이제 남아있지 않습니다. 하구 부근이 크게 확장되었으니까요. 다리도 예전보다는 두 배 가깝게 길어졌고요. 다만 그 무렵 모래를 파오던 산은 남아 있을 겁니다."

서진철 씨가 가리키는 방향에 주택들이 만국기처럼 어지럽게 널린 구릉지가 가로놓여 있었다. 삼나무가 울창했던 옛 모습은 그림자도 없었다.

"도로코 선로가 제방을 따라 하구까지 연장되어 있었고 하 회장과 자네 어머니와 나는 지금 고층 맨션이 서 있는 부근 사방공사장에서 일 했지."

서진철 씨는 옛 시절을 회고라도 하듯 도키로에게 말했다. 도키로는 차를 갓길에 붙이고 속도를 늦췄다.

"이 근처가 어머니 고향 가네무라(鐘村) 마을이지. 외가에는 자주 놀러 다녔겠구나."

도키로에게 물었다.

"소학교 무렵까지는 자주 갔지요. 조부모님이 돌아가시고 삼촌이 대물림한 후부터는 어머니도 가깝게 지내지 않으셨습니다."

"그럼 한번 가보십시다. 음식점에서 별로 멀지 않으니까요."

서진철 씨가 말했다.

"아니, 됐습니다."

나는 사양했다. 치즈가 드나들기 거북해하던 집을 새삼스레 찾아갈 마음은 내키지 않았다.

"그보다는 해안의 소나무 숲을 보고 싶군요."

도키로가 차에 시동을 걸고 해안도로를 달리기 시작하자 점차 긴장이 몸을 타고 흘렀다.

치즈와 내가 포옹하던 그 숲이 그대로 남아 있다면 거기서 한 시간 아니 두 시간이라도 서성거리며 바다를 바라보고 싶었다. 그러나 한낮에도 어두웠던 도로는 2차선 포장도로로 바뀌고, 한쪽 편 소나무 숲은 통째로 사라져 버린 채 5층 공영주택이 들어섰다. 차에서 내려 그나마 남은 소나무 숲으로 들어가 해안에 눈길을 던졌을 때, 나의 낙담은 더욱 참담하게 변했다. 푸른 소나무 숲은 파도에 의한 침식을 방지하기 위해 콘크리트 방파제로 보호받고 있었다. 그 옛날 치즈와 거닐던 모래 해변은 사라지고 울퉁불퉁한 회색 방파제가 1킬로쯤 앞쪽 바위 해변까지 완만한 곡선을 그리며 이어졌다.

"여기 아름다운 모래 해변이 있었는데…."

나는 탄식했다.

"하구를 매립했기 때문에 조류가 변한 겁니다."

도키로는 안타까운 듯 말했다. 나는 등을 펴고 방파제 끝에 있는 절벽을 바라봤다. 붉은 색과 회색이 노출된 지층만은 옛날 그대로였다. 바라보고 있자니 절벽 아래 동굴에서 치즈와 거듭하던 밀회의 추억이 되살아났다. 치즈의 부드러운 등의 감촉이 손끝에 느껴져 내심 당황스러웠다.

"어머니 손에 이끌려 외가에 올 때마다 해변에 나와 자주 수영을 했습니다. 방파제 같은 건 없었고 아담하고 아름다운 해안이었지요."

도키로가 그립게 되새겼다.

어린애가 파도와 장난치는 모습을 치즈는 어떤 기분으로 지켜보았을까. 바닷가 양 끝에 있는 바위 해변과 소나무 숲에서 나와 만나던 추억을 그때마다 되새겼을까.

"어머니는 바다를 바라보며 아버지가 바다 건너편에 있다고 말씀하셨습니다."

눈이 부신 듯한 시선을 한순간 던지며 도키로는 덧붙였다. 나는 가슴을 찌르는 아픔에 말문이 막혔다. 치즈는 바로 바다 건너편 부산에 내가 살고 있다는 사실을 알았을 리 없다. 나는 어땠는가. 치즈와 도키로가 해협 저편에 살고 있다는 사실을 알면서도 그것을 일부러 떠올리지 않으려 했다. 어쩌면 치즈가 친정에 들르지 않으려고 한 것은 추억의 해변에 서서 바다를 바라보는 그 자체가 괴로웠기 때문이 아니었을까. 우리는 발밑의 풀을 밟으며 차로 돌아왔다.

"리조트 개발로 아시야 일부는 말끔해졌습니다만 옛날 같은 하얀 해변과 녹음이 짙은 소나무 숲은 엉망이 되어 버렸군요."

서진철 씨는 나를 위로했다. 해안선의 변화 탓에 내가 낙담했다고 생각하는 것 같았다. 그 무렵 비가 내려 일을 쉬는 날이면 늘 내가 함바를 빠져나와 외출했다는 사실을 서진철 씨도 기억하고 있을 것이다. 밀회의 장소가 여기였다고 뒤늦게나마 알아차렸는지도 모른다.

"점심은 내가 대접하는 겁니다. 이 근처에서 으뜸이라는 집으로 안내하겠습니다."

서진철 씨는 밝게 말했다. 나도 유쾌하게 응했다.

도키로와 서진철 씨는 역시 사전에 의논한 것일까. 차는 서슴지 않고 소나무 숲을 빠져나가 다시 2킬로쯤 달렸다. 해변 특유의 강렬한 햇볕이 이글거렸다.

갓뽀요리점은 해안 곶에 있었다. 생나무 울타리에 둘러싸인 뜰에 들어가 주차했는데 거기는 아직 입구에 불과했고 본격적인 일본 정원이 중문 앞까지 이어졌다. 일부러 마중 나온 여종업원이 우리를 안내하기 위해 앞장서서 문 옆에 놓인 큰 북을 두 번 울렸다. 물을 뿌려 촉촉한 징검돌 위를 조심해서 걸었다.

"밤에 취해서 헛딛지 않으려면 이 징검돌을 꼭 밟아야 합니다."

서진철 씨가 기분이 좋은지 한마디 했다. 넓은 정원에 가옥이 6, 7칸 흩어져 있고 우리가 안내되어 간 방에서는 빛나는 바다가 한눈에 들어왔다.

"도미를 이케즈쿠리[43] 회로 먹을 수 있는 집이 몇 군데 없지요. 도미 오차즈케[44]를 내놓는 곳도 이 집 정돕니다."

서진철 씨는 자신만만하게 말했다.

유리문 저편은 완만한 잔디밭으로 되어 있고 그 끝은 바다와 하늘만

---

43) 이케즈쿠리(生け作り): 산 물고기를 통째로 둔 채 살만 회로 쳐서 뼈 위에 올려놓아 본디 모습으로 꾸며 내놓는 요리.
44) 도미 회를 밥 위에 올리고 뜨거운 차를 부어 먹는 요리.

시야에 들어왔다. 사계절 바다를 조망할 수 있는 절묘한 위치였다.

"이 바다 건너편이 한반도니까요."

도키로가 먼 바다에 눈길을 주면서 감개무량한 어조로 말했다. 도키로는 다른 생각으로 한 말이었겠으나, 나는 다시 한 번 가슴이 찔리는 통증을 느꼈다. 바다 건너편이 조국, 그것은 아시야 항에서 하역인부를 할 무렵 수없이 되새겼던 말이다. 그 말이 지금은 종류가 다른 쓸쓸함을 몰고 와 귓가에 울렸다.

이렇게 가깝게 있으면서 나는 치즈와 도키로에게 연락을 취하려고도 하지 않았다. 처음 25년간은 암중모색의 세월로 여유가 없었지만 나중 20년은 사업도 안정되어, 마음만 먹었다면 바다를 건널 수 있었다. 필사적으로 살아가던 치즈와 도키로에게 금전적인 도움도 줄 수 있었다. 도키로의 어조에 나를 비난하려는 의도는 조금도 느껴지지 않았다. 그 마음이 그대로 치즈의 마음일 것이다. 그것이 오히려 나를 괴롭혔다.

간단한 술안주와 찜이 나온 후 도미 이케즈쿠리 회가 배 모양의 용기에 담겨 나왔다. 얇게 저민 회를 앞접시에 옮겨 담을 때 도미 아가리가 소리를 내면서 열렸다. 나도 모르게 젓가락을 뒤로 물리고 한두 점 집어먹었을 뿐 내내 맑은 된장국과 튀김만 먹었다. 도미 아가리는 거의 30초마다 열리고 차츰 그 간격이 길어졌다.

"이렇게 물 좋은 회도 흔치 않습니다."

맥주를 따르면서 식사 도우미가 말했고 서진철 씨는 흐뭇한 눈길로 고개를 끄덕였다. 도미 눈이 허옇게 흐려지고 아가리도 움직이지 않게 되더니 최후에는 조그만 이빨을 내보였다 이내 닫혔다. 서진철 씨 호의에 마음 깊이 감사했지만 실제로 맛보고 싶었던 것은 고급 일본 요리가 아니라 그저 우동 같은 것이었음을 깨달았다. 비오는 날 해변에서 치즈와 만나기 전, 아시야 식당에서 훌훌 마시던 우동을 다시 한 번 먹을 수 있다면. 내게 그 이상 귀한 음식은 없을 것이다.

뚜껑이 덮인 밥공기에는 얇게 저민 도미회를 위에 얹은 밥이 들어 있어 와사비와 김 조각과 함께 뜨거운 차를 부어 먹었다. 도미 오차즈케는 풍미가 뛰어났다.

"오후에는 하 회장이 찾아보라 하셨던 종극로를 만나러 가십시다."
얇은 도미 회를 튼튼한 이로 씹으면서 서진철 씨가 말했다.
"종극로를 찾았단 말씀입니까?"
나는 생각지도 못했던 소식에 놀라 반문했다. 해협을 건너기 전 두 사람의 소식을 서진철 씨에게 알아달라고 부탁했다. 한 사람은 강원범, 또 한 사람은 종극로였다.
"보통은 종극기라는 일본 이름으로 통합니다. 간이 나빠서 2년 전부터 노인병원에 입원 중입니다."
"해방 후 내내 규슈에 살았습니까?"
"네, 1965년까지 탄광에서 일한 것 같고요. 그 후 토건 현장에서 일하다가 병이 든 후에는 생활보호 수당으로 생계를 잇는 모양입니다."
서진철 씨는 사무적으로 대답했다.
"종극로에게 제 이야기는 안 하셨겠지요."
"하 회장이 원하시는 대로 감췄습니다. 나는 조선동포 상조회 심부름으로 몇 번 만났습니다. 생활이 어려운 동포들에게 오봉과 설날 두 차례 작은 선물을 보내거든요. 나와 함께 병문안 가면 종극로도 이상하게 생각하지 않을 겁니다."

내가 단순히 옛정 때문에 종극로를 찾아가는 것은 아님을 서진철 씨도 눈치 챈 것 같았다.

식사는 내가 계산하려고 했으나 서진철 씨가 양보하지 않았다. 맥주에 취한 정도는 아니어서 우리는 징검돌 위를 무사히 지나 차를 탔다.

술을 한 모금도 하지 않은 도키로가 다시 핸들을 잡았다. 와카마쓰(若松) 근처에 있다고 하는 노인병원 가는 길을 도키로는 잘 몰라서 중간중간 서진철 씨가 가르쳐 주었다. 병원은 저수지가 내려다보이는 약간 높은 곳에 있었다. 주차장 옆에 삼각형 모양의 지붕을 한 동화풍의 건물이 있고 뜰에서는 20여 명의 아이들이 놀고 있었다.

"이 병원은 노인병동 외에 보육소도 경영하고 있습니까?"

아이들을 보고 놀랐는지 도키로가 물었다.

"나도 처음에는 그렇게 생각했는데, 직원들 아이를 맡겨놓는 탁아시설이래."

서진철 씨가 대답했다.

병동 베란다에 휠체어가 5, 6대 세워져 있고 노인 환자들이 우리를 바라봤다. 아이들이 노는 소리와 모습은 나이 든 환자들의 눈과 귀에 무엇보다 좋은 약일 것이다.

병동은 남향의 완만한 경사에 계단식으로 겹쳐 서 있었다. 계단 중간에 있는 정원 한 모서리는 네모진 운동장으로 가꾸어졌고 얼핏 보기에는 환자처럼 보이지 않는 건강한 노인들이 자루가 긴 배트로 공을 서로 치고 있었다.

나와 서진철 씨는 도키로를 정원의 벤치에서 기다리도록 한 뒤 제일 위쪽에 있는 병동으로 들어갔다. 3층 경비실에서 방문 목적을 말하고 면회명부에 사인했다. 병실은 밝고 이상한 냄새도 나지 않았지만 복도 양 옆에 있는 각 병실은 죽은 듯이 고요했다. 움직이는 사람은 간호사와 청소부뿐이고 환자는 누구 한 사람 일어나 있지 않았다. 머리맡에 보는 이도 없는 텔레비전이 혼자 켜져 있었다.

서진철 씨와 나는 중간쯤 위치한 큰 병실에 멈춰 서서 벽면의 이름표를 확인했다. 여섯 명의 이름이 쓰여 있는데 그중 하나가 종극기였다. 간호사가 링거주사 장치를 빼고 우리에게 가볍게 인사하고 통로를 지나갔다. 서진철 씨와 나는 간호사가 나가자 엇갈려 병실에 들어갔다. 서진철 씨는 창가의 침대로 다가가 아래쪽에서 조용히 말을 걸었다. 종극로였다. 나는 부어오른 얼굴을 먼눈으로 보고 그를 겨우 알아봤다. 세월과 병은 젊은 시절의 육체와 용모를 가차 없이 변화시켰다. 종극로는 서진철 씨에게 희미한 미소를 보내고 이어서 내 쪽으로 눈길을 돌렸다. 눈의 흰자위가 노랗게 혼탁했다.

"이분은 우리 동포 하 선생이요."

서진철 씨의 말을 듣고 종극로는 약간 머리를 들었다.

"오전에 폐석산 무연고 묘소에 성묘하고 왔습니다. 종 상도 아실 겁니다. 옛날 기숙사 근처에 있는 묘소입니다."

종극로는 겨우 눈짓으로 끄덕였다.

"병세는 어떻습니까?"

서진철 씨가 물었다.

"나른하기만 합니다. 식욕도 없고."

그가 중얼대듯 대답했다.

나는 서진철 씨 등 뒤에 서서 종극로의 싯누렇게 부어오른 피부를 바라봤다. 회복될 기미는 전혀 없고 곧 죽을 몸뚱이라는 사실이 의학을 모르는 눈에도 뚜렷이 보였다.

"간의 부기가 빠지지 않아서요. 복수도 차오르고…."

종극로는 우리의 동정을 자아내려는 듯 잠옷 앞자락을 풀어 헤치고 복부를 노출시켰다. 늑골이 나온 가슴에 비해 배는 개구리처럼 부풀어 올랐고 흙빛으로 물들어 있었다.

"괜찮아요. 안색은 요전에 왔을 때보다 좋아 보입니다."

서진철 씨가 건넨 위로의 말이 종극로에게 힘을 북돋아 준 것 같았다. 천천히 잠옷 끈을 다시 매고 얼마간 안심이 된 표정으로 우리에게 고개를 돌렸다.

"폐석산 무덤에 대해서 알고 싶은 것이 있다고 해서 하 선생을 모시고 왔습니다."

서진철 씨는 그렇게 설명하고 나를 종극로 베갯머리 옆에 세웠다. 나는 역광이 되도록 창가에 기대 종극로를 찬찬히 내려다봤다.

"느닷없이 찾아와 미안합니다."

매끄럽지 않은 내 일본말에 종극로는 괴이쩍은 얼굴로 나를 올려다봤다. 나는 단숨에 내뱉었다.

"오늘 서진철 씨와 성묘하고 절을 올렸습니다. 흙투성이가 되어 낙엽에 묻힌 비석을 하나하나 깨끗하게 닦아 드렸지요. 그때 안 사실입니다만, 묘소 한구석에 다른 것과는 생김새가 다른 비석이 있었습니다. 분명히 '최석송'이라고 새겨져 있었습니다만 거기에 대해서 뭔가 알고 계시지 않습니까?"

종극로는 피곤한 듯 시선을 돌리고 나서 입을 뗐다.

"그건 내가 갖다 놓은 거요. 최석송의 시신은 본인의 유언으로 내가 거기다 묻었지요. 1955년 무렵일 겁니다."

"이유가 뭡니까? 그 묘소는 모두 8·15 해방 전에 죽은 동포들이 묻힌 곳이라던데. 최석송이라는 인물은 어째서 10년도 더 지난 후에 그곳에 묻히고 싶어했습니까?"

"최석송의 친구신가? 누구신지."

종극로는 곁눈질로 나를 보며 물었다.

"네, 기숙사에서 함께 지냈으니까요."

내가 대답했다. 종극로의 얼굴이 순식간에 경직되며 내 모습을 응시했다.

"당신, 하시근인가?"

나는 고개를 끄덕였다. 종극로의 눈꺼풀이 떨렸다.

"언젠가는 찾아오리라고 생각했지."

종극로는 황달로 노랗게 물든 눈을 뜨고 말했다.

"그러나 이렇게 늦을 줄이야."

"최석송이 어째서 그 묘소에 들어가고 싶어했는지 이유나 말해!"

나는 어느 새 명령조로 말하고 있었다.

"속죄겠지."

종극로는 눈을 감고 대답했다.

"속죄?"

내 질문에 종극로는 눈을 감은 채 고개를 끄덕였고 긴 침묵 후 눈을 떴다.

"당신도 잊지 않았을 거야. 당신들 탈출계획이 사전에 발각되었던 것을…."

종극로는 한마디 한마디 씨줄 날줄을 엮어가듯 말했다.

"최석송이 노무사무소에 밀고했던 거지. 목욕탕에서 엿들었다고 먼저 내게 알려줬어. 내가 야마모토에게 보고했지. 최석송도 당신들이 그렇게까지 지독하게 당하리라고는 생각 못했겠지. 고문당해 동료가 죽어나가자 그는 큰 충격을 받았어."

"너희 노무감독들의 앞잡이였다는 말인가?"

나는 신음했다.

"아, 또 한 사람, 김성율도 협력자였어. 그 대가로 갱내의 중노동을 때때로 면제해줬지."

아, 자신의 밀고 때문에 맞아죽은 동포의 시신을 자기 손으로 운반하고 무덤을 파다니, 이 무슨 비극적 운명인가. 최석송은 8·15 해방 후에도 계속 비석을 새기면서 그 나름의 속죄를 했던 것일까.

"폐석산에 있는 무덤의 비석은 전부 최석송이 새겼다는 사실은 알고 있을 테지. 그것도 속죄인가?"

나는 종극로에게 똑바로 물었다.

"죽기 며칠 전에 최석송에게 들었네. 비석의 돌은 당신이 산에서 캐내 운반해왔다는 사실도."

종극로는 괴로운 듯이 말하고 내게 반문했다.

"그러면 당신은 무엇 때문에 최석송이 고인의 이름을 새기고 있다고 생각했나?"

"죽은 동포들에게 조의를 표하기 위해서라고…."

"아무리 최석송이라 해도 그렇게 단순한 사내는 아니야. 8·15 해방 후 술통에 빠질 정도로 마셔댄 것도 자기가 한 짓을 잊기 위해서였지. 그러나 술로 잊을 수 있는 것은 짧은 한때뿐이고, 저지른 죄는 결코 사라지지 않았어. 10년간 탄광에서 일했지만 번 돈은 술에 몽땅 털어버렸지…."

종극로의 누런 입언저리에 쓰디쓴 미소가 번졌다.

"최석송은 죽기 전에 자기 비석도 준비해 두었나?"

내 질문에 종극로는 고개를 끄덕였다.

"묘비명도 스스로 새겼지. 지금 나처럼 몸이 허약해졌을 때 이미 죽을 각오를 한 것 같았어. 제 발로 묘비석 파는 가게에 가서 자투리 돌을 가져다, 자기가 다 새겼지."

"거기에다 최석송을 묻어준 것은 자네였단 말이지?"

나는 집요하게 물었다.

"아아. 최석송이 조종호와 김동인 씨 무덤 옆에 묻어달라고 했지."

종극로는 초라하고 쓸쓸하게 대답했다.

"그저 최석송은 사람들 눈에 띄지 않는 묘소 한구석이면 된다고 했지만 내가 그렇게 하지 않았어."

종극로는 아직 무언가 더 하고 싶은 말이 있는 것 같았지만 눈길을 천장 쪽으로 돌렸다. 그리고 기나긴 침묵이 계속되었으나 나는 모르는 척했다. 서진철 씨는 어느 새 모습을 감추었다.

"당신들에게 정말 못할 짓을 했지."

종극로는 불쑥 내뱉었다. 천장을 향했던 싯누런 눈꼬리에서 눈물이 한 줄기 흘러내렸다.

"최석송이 죽고 해마다 한 번씩 폐석산에 올라가 성묘하고 있지. 당신이 그리워하는 김동인과 조종호의 무덤을 볼 때마다 몸이 마디마디 끊어지는 것처럼 괴로웠어."

회한에 복받쳐 굵은 눈물을 쏟아내는 종극로의 얼굴을 나는 싸늘하게 바라봤다.

"이제 목숨이 얼마 안 남았다는 거 알고 있네. 어차피 이런 몸이 되어 죽을 거라면 그때 노무감독들에게 맞서서라도 동포들을 감싸줬으면 좋았을 텐데."

'네가 한 짓은 그와 정반대였잖아', 목까지 치밀어 오르는 말을 참고 종극로를 노려봤다. 당시 새파랗게 젊었던 종극로는 끝이 갈라진 대나무 몽둥이를 번쩍 쳐들어 조종호에게 매질을 퍼붓고, 찢기는 비명이 들려올 때마다 입가를 비틀며 미소 짓지 않았던가.

"죽어서 폐석산에 묻히고 싶지만 그럴 자격이 없겠지."

"네놈은 거기 묻혀서는 안 돼."

나는 우리말로 부르짖었다.

"김동인 씨가 네놈들에게 받은 굴욕은 절대 잊을 수 없다."

나는 칼을 목 밑에 들이대듯 한마디 덧붙였다.

"… 그건 강원범이 짜낸 생각이야."

종극로는 변명조로 말했다.

"김동인 씨는 그짓만은 하지 말아 달라고, 무릎 꿇고 부탁하지 않았을까? 그런데 너희 세 놈은, 김동인 씨를 꽁꽁 묶어 움직이지 못하게 하고, 치명적인 욕을 보였다. 남자로써 그 이상의 모욕은 없어. 죽음 이상의 고통이었을 거다."

나는 냉혹하게 쏘아붙였다.

"당신이 여기 온 건 복수하기 위해서인가?"

종극로가 겁에 질린 눈을 뜨고 물었다.

"복수 따위 하지 않아도 넌 곧 죽어."

차갑게 대꾸하고 한마디 덧붙였다.

"내가 일본에 돌아온 이유는 이 폐석더미 아래 묻히기 위해서다."

내 말에 종극로는 비수에 찔린 것처럼 꼼짝 못하고 목이 굳어졌다.

그리고 나서 느릿느릿 시선을 내게 돌렸다. 그의 누렇게 탁해진 눈동자를 흘낏 쳐다보고, 아무 말 없이 등을 돌려 복도를 걸어나왔다.

14

"미안합니다. 기다리시게 해서요."

복도에 나와 있던 서진철 씨에게 말했다.

"옆에 있자니 거북한 생각이 들어 자리를 피했습니다."

서진철 씨는 속을 드러내지 않고 대답했다.

"탄광 기숙사 시절을 생각하면 부아가 치밀어 오르겠지요."

"네, 그야 뭐."

나는 적당히 대답했다. 오해를 불러일으키지 않도록 내 기분을 전달하는 것은 어려우리라고 생각했다. 엘리베이터 안에서도 입을 다물고 그 화제를 피했다.

"병이 저 정도 되면 올해를 넘길 수 있을지…."

서진철 씨 말에 가볍게 맞장구를 쳤다.

정원에 도키로 모습이 보이지 않아 우리는 주차장으로 걸음을 재촉했다. 도키로는 보육원 원아들이 모래 장난하는 모습을 울타리에 기대어 바라보고 있었다.

"조금 전에 가와우치 상에게 전화해 봤습니다. 지금이라도 좋다고 합니다만 어쩌시겠습니까?"

폐석산 소유주와의 교섭은 빠르면 빠를수록 좋으며, 게다가 내 일로 도키로에게 또 학교를 쉬게 할 수는 없다, 이렇게 두 가지 이유를 들어 오늘 만나보기로 했다.

온가강 강변도로를 상류 쪽으로 달렸다. 료칸에 도착하자 이틀 후 다시 만나기로 약속하고 서진철 씨와 헤어졌다. 가와우치 댁은 구 야하타(八幡) 지구에 있었다.

"원래 저택은 N시 시내 한복판에 있었습니다만 지금은 다른 사람이 사서 요정으로 사용합니다. 가와우치 상 부부는 옛날 별장에 살고 있습니다. 별장이라고 해도 지금 주택업자들이 짓는 규모에 비하면 열배는 넓습니다."

도키로가 설명했다.

차는 소철 가로수가 있는 역전 대로를 지나 산 쪽으로 올라갔다. 제철소를 중심으로 한 만 연변에 늘어선 굴뚝에서는 반투명의 연기가 가늘게 솟아오르는 정도이고 예전처럼 하늘을 뒤덮을 기세는 아니었다.

"이곳이 사라쿠라(皿倉) 산이에요. 케이블카는 제철소 전성기에 설치된 겁니다."

도키로가 말했다. 과연 산중턱에는 기다란 상처자국처럼 구부러지고 움푹 팬 곳이 보이고 레일이 깔려 있었다. 도키로는 케이블카 역 아래 차를 세우고 공중전화박스로 걸어갔다.

차 안에서 시가지가 한눈에 들어왔다. 낮은 철책을 두른 듯한 모습으로 도카이 만이 가로놓이고 그 바로 앞 넓은 부지에 원형이나 사각형 건축물이 흩어져 있었다. 공장으로서는 어딘가 엉성한 외관이었다.

"다각 경영의 일환으로 제철소가 처음 시작한 오락시설입니다. 가상우주체험을 시키는 데 주안점을 둔 시설로 로켓 모형, 우주선, 천체 모형 등이 있습니다."

전화를 마치고 돌아온 도키로가 설명했다.

후미진 해안을 사이에 둔 건너편 언덕이 와카마쓰(若松) 항구이리라. 도카이 만 출구에 빨간 현수교가 목걸이를 두른 듯한 모습으로 걸려 있었다.

도키로는 손목시계를 보고 차에 시동을 걸었다. 사라쿠라 산 중턱을 시계방향으로 몇 분 달리자 도로 양편에 집들이 드문드문해졌다. 말쑥한 담장과 손질이 잘된 나무들이 눈에 들어왔다.

"여기가 가와우치 가의 저택입니다."

도키로가 왼쪽 돌담을 가리켰다. 돌담 머리에는 회반죽을 바른 지붕이 군데군데 회칠이 벗겨져 붉은 흙이 그대로 드러났다. 견고하게 보이는 별채도 공기순환용 철문 한쪽이 떨어져나갔다.

도키로가 미리 전화했기 때문일까, 현관 철문이 열려 있어 차는 그대로 앞마당으로 들어갔다. 차에서 내렸을 때 1백여 미터 떨어진 산 위로 케이블카가 천천히 올라가는 모습이 보였다. 돌계단을 올라가 단층구조로 된 입구에서 벨을 눌렀다. 50대의 뚱뚱한 여성이 나왔다. 도키로를 알아보고 안쪽에 대고 말했다. 구두를 벗고 있는데 몸집이 자그만 내 또래로 보이는 남성이 나타났다. 우리를 잔디밭이 내다보이는 객실로 안내했다.

"누추한 곳을 찾아주셔서 감사합니다."

이를 데 없이 성실한 공무원이라는 인상을 풍기는 가와우치 씨는 허리를 굽히고 방석을 권했다.

"갑자기 찾아와 송구스럽습니다."

나는 성의껏 인사를 건넸다. 도키로는 모든 것을 내게 맡길 작정인지 가만히 곁에 앉은 채 입을 열지 않았다.

"예전 기숙사에 계시던 분이라고 들었습니다만, 일본어가 아주 능통하십니다."

가와우치 씨는 웃음기 하나 없는 표정으로 내 일본어를 칭찬했다.

"일본에 오신 것은 오랜만이십니까?"

"반세기 만입니다. 한국에서는 일본어를 들을 기회는 있었지만 말해본 적은 없어서요. 녹슨 구식 일본어지요. 양해해 주십시오."

"천만의 말씀입니다."

가와우치 씨는 진심으로 그렇지 않다고 했다.

"도키로 상이 전화했을 때 처음에는 놀랐습니다만 거절할 이유도 없는지라 오시라고 했습니다. 부친이 경영하던 시절 다카쓰지 탄광에서 일했던 조선인을 뵙기는 이번이 처음입니다. 교와료나 그 밖의 일에 관해서는 도키로 상에게 들어서 대강은 알고 있습니다."

가와우치 씨는 내게 머리를 약간 수그린 채 말했다.

"오전 중에 폐석더미 산자락에 묻힌 조선인 광부들 묘소에 성묘 다녀오는 길입니다."

"그러시군요."

"무덤이 있다는 사실은 알고 계십니까?"

"네. 2년 전 집사람과 함께 다녀온 적이 있습니다. 그 전까지는 막연하게 남들이 하는 이야기를 들었을 뿐입니다만, 도키로 상에게 자세한 내용을 듣고서 참배해야겠다는 생각이 들었지요."

가와우치 씨는 차분한 어조로 말을 이어갔다.

"사고나 병으로 죽은 광부를 그런 식으로밖에 묻어주지 못한 것은 정말 몰인정한 처사였지요."

"사고나 병으로만 죽은 게 아닙니다. 그 사람들 중에는 고문으로 죽었거나 자살한 조선인도 있습니다."

"정말입니까?"

가와우치 씨는 고개를 들고 나를 똑바로 바라봤다.

"그렇습니다. 나 자신도 고문으로 거의 죽을 뻔한 몸이고, 나를 가장 귀여워해주시던 분도 고문 후 자살해서 거기 묻혔습니다."

담담하게 말하려 했지만 가와우치 씨는 충격을 받았는지 입을 다물고 정원으로 시선을 옮겼다.

나도 침묵 속으로 빠져든 채 잔디가 깔린 소박한 정원을 바라봤다. 오른쪽 가장자리에는 낮은 석등이 놓여 있고 바로 앞에 커다란 조즈바치[45]가 있었다. 잔디밭 가운데로 난 징검돌이 정면 안쪽에 심은 진달래 무더기로 이어져 있었다.

"그렇게나마 무덤이 남아있는 것만도 다행인지 모릅니다. 다른 탄광에서 일하던 조선인은 죽었어도 대부분 이름조차 남아있지 않았으니까요."

나는 손을 뻗어 찻잔을 들며 말했다.

"정말 그 무렵 일본은 … 광기에 사로잡힌 시대였습니다."

가와우치 씨는 창백한 얼굴을 내 쪽으로 돌렸다.

"나는 신슈(信州)에 있는 중학교를 마치고 전후에는 도쿄로 나가 대학에 진학했고, 규슈에는 가끔 내려오는 정도였습니다. 아버지가 땅

---

[45] 조즈바치(手水鉢): 우리나라 돌확처럼 생긴 석제용기로 물을 담아 놓고 손을 씻어 마음을 씻는다 함. 석등과 함께 정원이나 신사, 절에 비치함.

밑을 판다면 나는 하늘을 바라보겠다는 생각으로 이공계를 졸업한 후 기상청에 들어갔던 겁니다. 아버지에 대한 반발이었죠. 전후 경기가 좋았던 시기에 억지로 끌려 내려올 뻔했습니다만 그것도 끝내 거부했습니다. 1950년대에 들어서면서 탄광에 불황이 닥치고 노동쟁의가 잦을 때도 부친의 애쓰시는 모습을 멀리서 남의 일처럼 건너다 봤을 뿐입니다. 다른 탄광 경영자들은 시대의 변화를 받아들여 시멘트 사업이나 부동산 혹은 학교운영 등으로 사업전환을 시도했는데 다카쓰지 탄광은 겨우 현상유지밖에 할 수 없었던 것도, 어쩌면 제 탓이었을 겁니다. 제가 가업을 이어받을 생각이 없다는 사실을 아시고 아버지는 사업에 대한 의욕을 상실하셨으니까요."

가와우치 씨의 논리 정연한 설명은 과학자로서의 소양에서 비롯되었으리라고 납득하며 계속되는 이야기를 들었다.

"그러나 탄광에 묘한 애착을 느끼게 된 것은 다카쓰지 광산이 망하고 완고하기 짝이 없는 아버지가 돌아가시고 나서입니다. 3년 전 정년으로 공무원 생활을 마무리하고 야하타에 돌아온 이후 특히 탄광에 대한 생각이 깊어졌습니다. 인과응보라고나 할까요…."

가와우치 씨는 침통한 표정으로 말을 마쳤다.

"폐석더미를 남겨두신 것은 그 때문입니까?"

나는 단도직입적으로 물었다.

"아니요, 아버지 유언도 한몫 했습니다. 할아버지 대부터 채굴해온 증거물이 저 폐석더미이니, 어지간한 일이 없는 한 처분하지 말라고 임종 때 단단히 다짐을 받으셨습니다."

정확한 표준어를 구사하는 가와우치 씨의 어조가 거부감 없이 내 귀에 들어왔다.

"그러나 최근 시당국으로부터 요청도 있고 해서 폐석더미를 저대로 방치하는 것도 죄가 아닐까 하는 느낌도 없지 않습니다."

"그렇다면 … ."

"야마모토 시장은 폐석더미가 도심 한가운데 자리하고 있어 N시의 이미지를 해치고 발전을 저해한다고 합니다. 아시다시피 일찍이 탄광 주변에 있던 수많은 시읍면들은 속속 탄광촌의 면모를 지워버리고 공업단지나 학원도시로 탈피하고자 애써왔습니다. 기타큐슈나 후쿠오카의 베드타운으로 변모해서 그 나름으로 성공한 도시도 있습니다. 폐석산을 그대로 남겨둔 시읍면은 이제 별로 없습니다. 폐석더미는 거대한 쓰레기 더미가 아니냐는 식으로 저쪽에서 설득을 하면, 저 또한 정말 그럴지도 모른다는 생각이 듭니다. 어떻게든 이 문제는 우리 세대가 매듭짓지 않으면 안 되겠다고 생각합니다. 자식들에게는 떠넘기고 싶지 않은 사안입니다. 자식이라고 해봤자 시집간 외동딸과 은행원 아들 하나가 전부입니다만 …."

가와우치 씨는 말을 이으며 가볍게 탄식했다.

"시장이나 행정담당자의 사고방식이란 어디나 매한가지입니다. 곧장 표로 연결되는 인기 있고 화려한 사업밖에 안중에 없는 거지요."

나는 어휘 선택에 신중을 기하며 말했다. 비즈니스 상대와 마주앉은 듯한 긴장감이 내심 느껴졌다.

"위정자들은 역사를 되돌아보고 장차 50년, 1백년 후의 미래도 꿰뚫어보지 않으면 안 됨에도 불구하고 당장 눈앞의 이해에만 급급합니다. 행정당국자의 질을 가려낼 때는 그러한 장기적 안목이 있느냐 없느냐가 판단기준이 되어야 하지 않겠습니까?"

어느새 자신의 발언이 설교조로 흘러간다고 느껴지자 말을 멈췄다.

나의 이런 버릇을 부산의 자식들은 질색했다. 그러나 가와우치 씨는 싫은 내색을 하지 않고 오히려 경청하는 자세로 들었다.

"그 두 개의 폐석더미는 역사의 살아있는 증거입니다. 백 년, 2백 년 후의 세대에게 증언할 수 있도록 남겨두는 쪽이 N시가 취해야 할 정책이 아닐까요. 다른 폐석더미들이 사라져버린 지금으로서는 더욱 그렇지 않습니까?"

나는 단호하게 말했다.

"현 시장의 반대편 후보인 시키조(式場) 선생도 하 회장님과 비슷한 의견입니다."

가와우치 씨는 동의를 구하려는 듯 도키로를 바라봤다.

"시키조 선생의 공약은 폐석더미를 보존해서 기념관을 세우자는 겁니다."

도키로는 가와우치 씨와 내 얼굴을 찬찬히 바라보며 그렇다고 대답했다.

방 한쪽에 부인이 앉아 있는 것을 알아차리고 인사를 건넸다. 부인은 미소를 짓고 내가 손대지 않고 있는 차와 과자를 다시 한 번 권했다. 갑자기 갈증을 느낀 나는 차로 목을 축이고 노랗고 납작한 과자를 입에 넣었다. 상쾌한 단맛이 입속에 번졌다.

"솔직하게 말씀드리자면 폐석더미를 단순히 남겨두는 것만으로는 아무런 힘도 되지 않습니다."

나는 말문을 열고 씁싸래한 맛이 나는 차를 입속에 머금고 과자의 단맛을 목뒤로 넘겼다.

"기념관을 만든다고 해도 평범한 전시관으로는 사람들의 관심을 끌 수가 없습니다. 승강기나 수선기, 착암기를 전시해 놓으면 충분하다고 여기는 것은 오히려 역사를 기만하는 일입니다. 중요한 것은 탄광에서 생사를 넘나들었던 인간의 생활을 재현해서 보여주는 것이지요. 창고나 동별로 나눠진 연립 기숙사, 공동목욕탕, 쇠스랑이나 삽 겸용 괭이, 쐐기 등 지금이라도 채굴 도구를 수집해서 전시하거나 연대별 설계도에 따라 광부들이 살던 주택도 복원할 수 있습니다. 물론 탄광 기숙사도 당시와 똑같이 짓고 어떤 작업복을 입었는지, 어떤 이불을 덮었는지 어떤 음식을 먹었는지 알려주는 겁니다. 견학하는 사람들이 실제로 숙박하고 체험할 수 있다면 더욱 의미가 있을 것입니다. 말하자면 폐석더미를 중심으로 광대한 탄광촌을 재현하는 것이죠."

나는 가와우치 씨를 응시하며 이야기를 계속했다.

"물론 조선인 강제연행이나 강제노동에 관해서도 국내외에서 자료를 수집해야 합니다. 폐석산에 남아 있는 조선인 무덤은 지금 그대로 남겨 둬야 하겠지요. 어쩔 수 없이 그곳에 묻혔던 동포들은 이제야말로 역사의 산증인이 되는 길을 기꺼이 택할 겁니다."

말하면서 나는 가슴이 뜨겁게 끓어오르는 것을 느꼈다. 김동인 씨도 조종호도 새삼스럽게 화려한 분묘로 이장되기를 바라지 않을 것이다. 땀과 눈물과 피로 얼룩져 세상을 떠난 사람들답게 언제까지나 폐석더미에 묻혀 원망과 슬픔을 사람들에게 하소연하고 싶을 것이다.

나는 말을 끊고 정면에 있는 뜰을 바라봤다. 새로 돋은 푸른 솔잎 아래 발그스름한 꽃을 피운 진달래가 아름다웠다. 그렇다, 가능하다면 폐석더미 무덤에 진달래와 개나리를 심고 싶었다. 둘 다 한반도의 봄을 수놓는 꽃이다. 지하에 잠든 동포들은 진달래 향기를 맡고 고향의 색깔을 바라보며 돌아갈 수 없었던 고향을 추억할 것이다.

"지금 하신 말씀, 저는 찬성해요."

조용히 앉아 있던 부인이 말했다. 나의 상기된 얼굴과는 달리 부인의 눈은 온화한 미소를 머금고 있었다.

"2년 전 남편과 폐석산에 올라갔어요. 돌무더기가 되어버린 무덤을 보고 가슴이 무너져 내리더군요. 정말 동물의 무덤보다도 못했어요. 어떻게 하지 않으면 안 되겠다고 생각하면서도 구체적인 방도를 모른 채 지금까지 어물어물 세월을 보냈는데…, 방금 하신 말씀을 들으니 눈앞이 환하게 밝아지는 기분이네요."

"집사람은 절에서 태어나 자란 까닭에 더욱 그럴 겁니다."

가와우치 씨는 말을 계속했다.

"친정이 가나자와(金澤)에 있는 니시혼간지(西本願寺)46) 계통의 절입니다. 원래 나는 신심이 없어서 아내로부터 뼈대 없는 사람이라고 놀림을 받아왔습니다만 폐석더미에 성묘 다녀온 이후로는 나를 아예 비인간적인 사람이라 생각하는 모양입니다."

가와우치 씨는 부인의 말을 수긍하는 듯이 머리를 긁적였다.

"폐석산을 보존하고 훌륭하게 조성하는 일이 돌아가신 시아버님의 유지를 받들고 가와우치 집안이 대대로 저지른 죄를 조금이라도 속죄하는 길이에요."

부인은 다짐하듯 가와우치 씨를 향해 말했다. 아랫볼이 볼록한 부인의 하얀 얼굴이 그 순간 엷게 붉어졌다. 나는 지긋이 가와우치 씨의 얼굴을 살폈다. 가와우치 씨는 도움이라도 청하는 표정으로 도키로를 바라봤다.

"폐석산을 무너뜨리는 그런 지역 활성화라면 그건 이미 다른 시읍면

---

46) 교토 시내에 위치한 정토진종 혼간지파의 본산으로 세계문화유산으로 지정된 유서깊은 절.

에서 저질렀던 일입니다. N시는 그네들과는 다른 길을 걸어야 하지 않을까요?"

도키로는 타이르듯 말했다.

"그러나 문제는 자금입니다. 우리 교사모임은 그런 거금이 없습니다. 현 시장에겐 보존의 의지가 없으니 …, 대립 후보인 시키조 선생님이 승리하지 않는 한 폐석더미의 앞날은 순탄치 않을 것 같습니다."

"시장 선거는 어떻게 될 것 같더냐?"

나는 도키로에게 물었다.

"현재는 50 대 50 정도입니다. 야마모토 시장의 아킬레스건은 고령과 뇌물수수 의혹이 따라다닌다는 점입니다. 시키조 선생님은 교육계 경험밖에 없어서 시 살림을 맡겨도 괜찮을지 모르겠다는 의구심이 유권자들에게 있는 것 같습니다."

"가령 현 시장이 재선되고 시의 협력을 얻을 수 없는 경우 우리 힘만으로는 폐석더미 조성사업을 할 수 없을까요?"

가와우치 씨 부부를 향해 말했다. 말을 꺼낸 김에 내 주장을 밀어붙였다.

"자금은 제가 대겠습니다. 만일 시키조 선생이 당선되어 협력을 얻을 수 있을 경우에는 탄광의 갱을 부활시켜도 좋습니다. 메워진 갱 입구를 다시 열고 물을 빼내고 갱도를 보강해서, 견학자들에게 실제로 석탄을 캐는 막장까지 들어가 보게 하지요. 탄광촌의 에너지는 전부 여기서 생산되는 석탄으로 공급하고 탄광촌 안에서 이동은 석탄을 태워서 달리는 증기기관차나 석탄자동차를 이용하고요. 다른 한 편으로는 홋카이도에서 도후쿠(東北), 간토(關東)까지 흩어져 있는 탄광에 관한 자료를 이제부터 수집하는 겁니다. 지금이라면 아직 늦지는 않았습니다. 이제까지 점점 줄어들기만 하던 폐석더미도 새로운 석탄 폐석이 공급되면 되살아날 겁니다. 치쿠호(筑豊) 일대가 탄광의 메카였다면 석탄을 둘러싸고 벌어진 모든 인간의 모습을 기록해 재현하는 시설을 이 고장에 만드는 것은 당연합니다."

"탄광 풍경을 그린 그림이나 문학작품을 감상할 수 있는 장소도 있다면 좋을 것 같아요."

가와우치 부인이 감격에 겨운 듯 외쳤다.

"훌륭한 아이디어입니다. 탄광미술관이나 탄광도서관이 생겨도 조금도 이상할 게 없지 않습니까? 일본의 근대화를 1백년간 떠받쳐온 것이 바로 탄광이고, 거기서 노동한 일본 민중이 있었고, 수많은 재해와 노동쟁의가 있었고, 전쟁 전후에 징용으로 끌려와 강제노동을 해야 했던 조선인이 있었다는 사실을 후대에 솔직하게 전해야 합니다. 이른바 탄광의 빛과 그림자라는 양면성을 탄광촌에서 체험학습을 할 수 있도록 만드는 겁니다. 그것이야말로 N시가 전국에 당당하고, 후손들에게도 떳떳할 수 있는 사업이 아니겠습니까?"

가와우치 씨는 등을 꼿꼿이 편 채 내 이야기를 경청하고 있다가 내가 말을 마치자 고개를 깊이 숙였다.

"정말 고맙습니다. 35년 동안 기상청에서 하늘을 바라보는 일만 하면서도 방금 말씀하신 내용의 십분의 일조차도 꿈꿔보지 못했습니다. 부끄럽기 짝이 없습니다."

가와우치 씨의 눈에는 설핏 물기가 반짝였다. 나는 어깨의 짐을 내려놓은 기분으로 노란 화과자를 집어서 입에 물었다. 달콤한 맛이 혀끝에 번졌다.

"계란국수라는 일본과자예요. 너무 달지 않으실지 모르겠군요."

부인이 말했다.

"국수라고 하면 가느다란 우동을 말씀하시는 겁니까? 국수로는 보이지 않는데요."

"아니, 이름은 국수지만 전혀 다른 음식이죠. 저도 갓 결혼했을 무렵 규슈 시댁에서 계란국수를 보내오셨기에 과자인 줄 모르고 뜨거운 물에 삶은 적이 있어요. 전부 풀어져서 남편에게 크게 야단맞았답니다."

가와우치 부인은 남편과 얼굴을 마주보며 웃었다. 달콤한 과자와 녹차의 씁싸름한 맛이 잘 어울렸다. 부인이 빈 찻잔에 다시 차를 부어주었다.

"실은 그저께 현 시장의 오른팔로 알려진 아오키 원범 씨가 찾아오셨습니다. 이전에 말한 대로 폐석더미를 허물어서 정지작업을 한 후 일부는 공업단지, 나머지는 상업단지로 조성하자는 이야기였습니다. 쇼핑센터가 생기면 경영권을 절반은 양도할 용의가 있다고 했지만 결심이 서지 않아 거절했던 차입니다. 오늘 중이라도 속히 정식 답변을 해야겠습니다. 그때 하 회장님 이야기를 해도 되겠습니까?"

가와우치 씨가 내게 물었다.

"상관없습니다. 그러나 당분간 제가 누군지는 전하지 마시고 그냥 오사카에 사는 재일교포 기업가라고 말씀해주시지 않겠습니까? 상대편이 그럴 생각이 있다면, 직접 제가 만나서 이야기할 용의가 얼마든지 있습니다."

나는 묵고 있는 료칸 이름과 전화번호를 명함 뒤에 적어서 가와우치 씨에게 건넸다. 가와우치 부부의 전송을 받고 나와 앞뜰에 섰을 때 다시 케이블카가 산허리를 휘돌아 내려가는 모습이 보였다.

도키로가 운전하는 차에 타서야 겨우 긴장이 풀렸다. 이제까지 사업상 수많은 상대와 상담하고 성사시켰지만 이번처럼 긴장한 적이 없었다. 오롯한 정성과 신념을 가지고 상대와 부딪쳤다는 느낌이 들었다.

"오늘 일은 시키조 선생님께도 전해드리겠습니다. 선거운동에도 한층 탄력이 붙을 거라 믿습니다."

도키로가 기쁨을 감추지 않고 말했다.

"이번 일은 모두 네게 맡기겠다. 괜찮겠지?"

나는 도키로의 기색을 살피면서 물었다. 수십억이 필요한 대형 프로젝트는 반쯤은 죽겠다는 각오도 필요한 법이다.

"교직을 사직할 각오도 되어 있습니다. 사회과 교사로서 이 이상 보람 있는 일은 없을 겁니다. 학생들에게 생생한 역사를 체험시킬 수 있으니까요."

도키로의 대답은 만족스러웠다. 사업에는 타고난 상재(商才)가 필요하다고 남에게 자주 말하지만 그 핵심은 가히 명운을 걸었다 할 만한 열의와 성의인 것이다. 차는 도심을 빠져나와 온가강을 건너, 고속도로와 나란히 달렸다.

"이제 곧 국도와 고속도로와 신칸센 고속철도, 세 길이 교차하는 지점이 나옵니다."

도키로가 말한 것처럼 국도와 고속도로가 X자로 만나고, 바로 그 위를 고속철도가 가로지르는 지점으로 접어들었다. 주변 일대는 아직 잡목 숲과 논밭이었다.

"이곳에 신칸센의 새 역사를 짓기로 결정되었습니다. 2년 후에는 개통이 되겠지요. 탄광촌은 여기서 차로 20분 정도 걸릴 겁니다."

도키로의 말에 나는 머릿속으로 장래 기차역이 들어선 모습을 그려봤다. 서울 근교에 있는 민속촌처럼, 견학 온 학생들과 관광객을 태운 버스가 쉼 없이 드나들지도 모른다. 저녁은 집에 가서 드시자고 도키로가 초대했다. 아무 선물도 준비하지 못한 나는 처음에는 사양했으나 며느리와 두 손자가 내가 오기를 고대한다는 말을 듣고 마음을 바꿨다.

가와우치 씨와 만난 일은 잘 마무리되었지만 아직 만난 적이 없는 도키로의 처자식에게 내가 어떤 모습으로 비칠까 생각하니, 이제껏 느껴본 적 없는 불안이 밀려와 한없이 움츠러들었다. 왼쪽 앞에 주택공단 고층아파트가 20여 동 나란히 서 있었다. 단지 안에 유치원이 다섯, 초등학교가 둘, 중학교가 하나 있다는 설명을 듣고 내심 놀랐다. 도키로는 손목시계를 보면서 나를 엘리베이터로 안내했다.

"침실 4개에 거실, 식당이 있는 꽤 큰 평수인데도 우리 식구에게는 답답하게 느껴집니다. 아이들이 어릴 때는 괜찮았는데 둘 다 키가 어른만큼 커서 네 식구가 나란히 앉으면 집이 꽉 찬 느낌이지요. 올해 큰 아이가 대학에 들어갔다면 한숨 돌렸을 텐데, 세상 일이 마음먹은 대로 되지 않는군요."

큰 아이가 오사카 외국어대학을 지원했으나 낙방했다고 도키로는 설명했다. 20여 년 전 내가 부산의 아들들에게 품었던 염려를 지금 도키로가 똑같이 하고 있었다. 8층 통로에 죽 늘어선 입구 중 하나를 열고 우리는 안으로 들어갔다. 도키로의 목소리에 처와 아이들이 나왔다. 나는 구두를 벗고 거실로 안내를 받았다. 오디오와 TV, 식기장이 있고 테이블 위에는 꽃이 장식되어 있었다. 확실히 한국의 아파트에 비해 어딘가 답답했.

도키로가 내게 소개하자 큰 손자는 수줍은 듯 머리를 숙였다. 고등학교 1학년이라는 둘째는 '어서 오십시오' 하고 분명한 목소리로 인사했다. 도키로를 닮아, 아니 나를 닮아 둘 모두 문설주에 머리가 닿을 만큼 키가 컸다. 테이블에 다섯이 둘러앉자 겨우 머리 위에 공간이 생겼다. 눈이 크고 동그란 도키로의 처는 어딘가 치즈와 닮은 분위기였다. 웃음기가 그치지 않는 얼굴로 식사 시중을 드는 모습은 기억 속에 있는 치즈와 신기하게 닮아 있다.

"애는 대학에 들어가면 1년간 휴학하고 외국에 유학가고 싶답니다."

며느리는 장남을 가리키면서 내게 질문했다.

"어디로 갈 작정인지 아세요?"

나는 고개를 흔들었다.

"한국이랍니다. 한국의 서울로요. 연세대학교에 외국인을 위한 어학코스가 있다면서요."

있을지도 모른다. 나는 학교를 변변히 다니지 않았기 때문에 대학 일은 잘 모른다고 대답했다.

"그럼 한글을 배우겠구나."

큰손자에게 물었다.

"네."

큰손자는 얼굴을 붉히면서도 분명하게 대답했다. 마음속에서 기쁨이 솟구쳤다. 짧은 한마디지만, 그 어떤 말보다 나를 환영하는 인사가 아닌가.

"아버지."

자리를 잠시 비웠던 도키로가 돌아와 말을 건넸다.

"지금 막 시키조 선생님 선거사무소에 전화를 걸었습니다. 내일 시민회관에서 공개토론회가 있습니다만 아버님께서 와주실 수 있으신지요. 양측이 질문자를 내세워 상대후보와 토론을 벌이는 겁니다. 주어진 시간은 짧지만 케이블TV로 중계되기 때문에, 선거전에 미칠 영향은 적지 않습니다."

나는 도키로의 말에 그러겠다고 응낙했지만, 당시는 아직 내가 시장 선거전에서 어떤 역할을 하게 될지 예상조차 못했다.

15

다음 날 아침 나는 평소보다 늦잠을 잤다. 도키로네 집에서 아들, 며느리, 손주들과 11시 무렵까지 이야기꽃을 피웠다. 큰손자는 현의 영어웅변대회에 나가 입상한 적이 있을 만큼 어학을 좋아하고 작은 손자는 럭비 선수, 며느리는 점토로 꽃 만들기가 취미라는 사실도 알게 되었다. 늦었으니 자고 가라고 도키로가 붙잡았으나 내가 그 집에 묵었다면 필경 가족 모두가 한방에서 끼어 자는 사태가 생겼을 터였다. 밤중에 택시를 불러 숙소로 돌아왔다.

숙소에 돌아오자 아오키라는 사람에게 전화가 왔다는 전갈이 와있었다. 가와우치 씨가 아오키에게 연락을 취한 듯했다. 신속한 반응에서 아오키의 당황한 속마음이 읽혔다. 아침을 마치고 유카타를 입은 채 툇마루에 앉아 유리문 너머로 흐르는 온가강을 바라봤다. 누군가 조각배에 실려 홀로 낚싯줄을 늘어뜨리고 있는 광경이 어딘지 모르게 수묵화를 연상시켰다.

9시 정각에 전화벨이 울렸다. 도키로 전화려니 생각하고 수화기를 들자 낯선 목쉰 목소리가 들려왔다.

"하 선생이십니까? 저는 아오키산업이라는 회사를 운영하는 아오키올시다. 어제 야하타의 가와우치 씨가 전화로 선생을 소개해주셨습니다. 직접 만나 뵙고 의논드릴 일이 있습니다만 사정이 어떠신지요."

40년 전과 똑같이, 일본인 이상으로 능숙한 일본어였다.

"좋습니다."

나는 말을 되도록 아꼈다.

"제 편에서 선생 계신 데로 찾아뵙고 싶습니다만 오늘이라도 괜찮으신지요."

"네."

"몇 시경이 좋으신지요."

오전에는 시장선거 공개토론회에 참석해야 될지도 몰랐다.

"되도록이면 오후가 좋겠는데요."

"그러시다면 1시 반은 어떠십니까?"

"괜찮습니다."

"그러면 1시 반에 료칸 로비에서 뵙겠습니다."

겉으로는 공손하게 들리지만 어딘지 무례한 여운을 남기고 전화는 끊어졌다. 자기만 아는 독단적인 성격은 옛날과 다름없다는 생각을 하면서 옷을 갈아입고 있으려니 다시 전화가 왔다. 도키로였다. 나는 우선 지난밤의 대접에 감사를 표했다. 도키로는 얼른 어조를 바꿔 본론으로 들어갔다.

"10시 반부터 토론회에 나가주시면 좋겠습니다. 10시 조금 전에 모시러 가겠습니다."

"무슨 말을 하면 좋을까."

나는 확인하듯 물었다.

"폐석더미 보존에 찬성한다는 말씀을 하시고 역습을 해서 현 시장의 개발계획에 대한 의구심을 품지 않을 수 없다는 식으로 하시면 좋겠는데요."

"나 같은 국외자가 질문해도 괜찮을까. 오히려 주민들이 반발하지 않을까 걱정인데."

"그 부분은 시키조 선생님의 허락을 받았습니다. 현재 사정을 설명하면서, 꼭 부탁드린다는 말씀까지 하셨어요."

"알았다. 해보자꾸나."

수화기를 놓긴 했지만 나는 여전히 자신이 없었다. 사적인 자리라면 모르되 공개토론회라는 공적인 자리에서 무슨 말을 하면 좋을까. 내가 야마모토와 부딪히려는 것은 사사로운 감정에 불과한 것은 아닐까. 그것이 일반 주민들과 어떤 필연적인 연계를 갖는 것일까. 도키로가 료칸에 도착해서 함께 차로 시민회관에 가는 내내 나는 마음의 갈피를 잡지 못했다.

시민회관은 시립병원과 체육관과 나란히 있었다. 넓디넓은 주차장은 늪지를 석탄폐석으로 메우고 조성한 것이라고 도키로가 설명했다. 석탄폐석이 이런 용도로 쓰인다면 현 시장의 정책에 지지를 보내는 사람이 많은 것도 당연했다.

"사람들이 많이 모인 것 같습니다."

주차할 데를 찾으면서 도키로가 말했다.

"공개토론회는 지난번 선거 때부터 시작되었습니다. 현 시장이 제안해서 득표에 성공했기 때문에 올해도 같은 방식으로 해나갈 겁니다. 밀어붙이는 재간이 좋은 데다 목소리 크고 말도 막힘없이 술술 잘하기 때문에 야마모토 산지 시장 입장에서는 점수를 얻는 절호의 기회인 셈입니다."

체육관 가까운 주차장에 겨우 차를 세우고 회관까지 꽤 먼 거리를 걸었다. 도키로 뒤를 따라 뒤쪽 출입구로 대회장에 들어갔다. 완장을 두른 몇 사람이 인사를 건넸지만 응대할 겨를도 없이 안으로 쓸려 들어갔다. 사람을 헤치고 무대 아래 준비된 좌석에 도키로와 어깨를 맞대고 나란히 앉았다.

대회장은 일찍부터 숨이 막힐 듯한 열기로 가득 찼다. 뒤쪽 통로에는 서 있는 청중도 있고 손에 든 팸플릿으로 부채질하는 사람도 있었다. 단상에는 사회자를 중심으로 좌우 세 사람씩 탁자에 가까이 앉아 있었다. 나는 좌측 중앙에 앉은 인물에게 눈길이 멎었다. 40여 년 만에 보는 야마모토였다. 부리부리한 큰 눈과 두툼한 입술은 여전했지만 머리가 벗겨지고 붉은 귀가 둥근 대머리에 손잡이를 붙인 것처럼 튀어나와 있었다.

질문 공세가 어떻게 전개되는지 지긋이 관찰했다. 시키조 진영에서 광산 피해복구사업과 관련된 뇌물사건을 꺼내자 야마모토 시장 옆에 있던 50대 중반으로 보이는 남자가 변명을 시작했다. 야마모토는 팔짱을 낀 채 두 눈을 감고 있었지만 직접 답변을 요청받고는 굵은 팔을 천천히 풀고 대회장 쪽을 획 하고 노려봤다.

"시 직원의 불상사는 시정 최고책임자로서 깊이 반성합니다. 이 사안에 관해서는 현재 경찰이 조사중이고 결과가 나온 다음에 대처할 생각입니다."

야마모토는 오른손을 들어 아래쪽을 칼로 내려치는 듯 단호한 동작을 섞어가며 당당하게 답변했다. 입에서 나오는 말과는 달리 자기는 전혀 책임이 없다는 태도였다. 그러나 질문자는 납득하지 않고 '위탁받은 업자 측은 시장 당신이 중개했다고 넌지시 비치고 있지 않은가' 하고 공격했다.

"그것은 근거 없는 소리입니다. 나는 그런 업자가 있다는 사실조차 모릅니다. 무엇보다 선거가 가까워진 시점에서 이런 소문을 만들어내는 것 자체가 왠지 냄새가 나지 않습니까? 저의 결백에 관해서는 이번 선거에서 시민들이 심판을 내릴 것이라고 믿습니다."

자기 진영의 박수에 힘입어 야마모토는 만족스러운 듯 자신만만한 태도였다.

시키조 후보는 60세를 조금 넘긴 듯했지만 체구가 작고 한눈에 봐도 볼품없는 풍채였다. 그러나 시종 냉정한 어조는 교사가 학생을 타이르는 양, 지나치게 꼬치꼬치 따지는 말투였다. 내가 도키로에게 그 점을 지적하자 '교사 출신이니 어쩔 수 없다'며 쓴웃음을 지었다.

장내의 청중과 질의응답을 할 때도 시키조 후보는 자신의 페이스를 허물어뜨리지 않았다. '개혁파라면 지자체나 중앙정부와 교섭할 때 불이익을 받을 뿐이지 무슨 이점이 있겠느냐'는 심술궂은 질문에도 시장이 되기만 하면 초당파적인 태도를 견지하고 어디까지나 시민당의 위상을 철저하게 지키겠다고 되풀이해 강조했다. 그러나 '교사로서의 능력은 어떻든 간에 행정수완은 미지수인 만큼 노련한 정치수완을 지닌 현 시장과는 하늘과 땅 차이가 있지 않을까' 하는 질문을 받고는 시키조 후보의 목소리가 드물게 떨렸다.

"저는 어디까지나 일관되게 시 살림을 하는 데 있어 초보자의 자세로 임하겠습니다. 시정을 주무르는 현란한 수완은 부정부패와 종이 한 장 차이이기 때문입니다. 제게 조금이나마 자랑거리가 있다면 40년 가깜게 성실한 교사였다는 점입니다. 앞으로도 그런 한결같은 우직함을 보여드리도록 하겠습니다."

시키조 진영의 청중들이 박수를 쳤다. 시키조 후보는 박수에 정중한 경례로 답한 뒤 말을 계속했다.

"저는 한 사람의 사회교사로서 이 지역의 이주와 변화의 모습을 소상하게 지켜봐왔습니다. 패전 직후의 빈곤, 탄광의 부활, 사양길에 들어선 탄광과 연이은 폐광…. 많은 아이들이 부모의 일자리를 따라 홋카이도 탄광으로 옮겨갔습니다. 불황과 실업이 도시에 찾아오고 어린 학생들의 눈동자에도 어딘가 그늘이 생기기 시작했지요. 그 후 도시는 조금씩 변했습니다. 근교의 야채나 과수재배 혹은 온실화훼 사업, 이웃 큰 도시의 베드타운으로 겨우 숨을 돌렸습니다. 줄어들기만 하던 학생 수도 착실하게 늘어났습니다. 여력이 생긴 지금이야말로 저 폐석산을 되돌아보고 싶습니다. 폐석더미에는 우리 세대나 우리 부모님, 조부모님의 추억이 깃들어 있습니다. 또한 폐석더미는 우리 일본의 근원이었습니다. 다행히 우리 도시에 손상이 가지 않고 남아 있는 폐석더미가 있습니다. 이것을 보수해서, 부근 탄광 일대를 '콜마인 테마 파크'로 새롭게 정비하려고 합니다. 이렇게 탄광의 기억을 소생시켜 아이들에게 지역의 역사를 전해주는 일이 사회교사로 평생을 바쳐온 저의 목표입니다."

다시 장내에 뜨거운 박수의 물결이 넘쳤다. 비스듬히 앞쪽 줄에 앉은 80 가까운 노인도 마디가 구부러진 손으로 박수를 쳤다. 시키조 후보는 나와 도키로 쪽을 힐끗 보고 입에서 마이크를 뗐다.

"'콜마인 테마 파크'라는 캐치프레이즈 멋지지 않습니까."

도키로가 귓가에 대고 속삭였다.

다음 연단에 선 질문자는 야마모토에게 공약이었던 노인복지를 충실하게 이행했는지 추궁했다. 야마모토는 마이크를 끌어당겨 특유의 유들유들한 목소리로 시가 운영하는 노인 요양시설 건설계획, 노인 가구에 대한 급식배달 계획을 자신만만한 어조로 자세하게 설명했다. 자기를 차기 시장에 뽑아만 준다면 당장이라도 실현하겠다는 말투였다.
　"진정으로 그럴 생각이었다면 이제껏 세 차례나 시장을 연임하는 동안 실행에 진즉 옮겼겠지요."
　도키로가 내게 작은 목소리로 말했다.
　"별로 장사가 안 된다 싶으니까 미루고 미루다가, 이제 와서 시민들에게 떠밀려 할 수 없이 무거운 엉덩이를 들어 올리는 모양새가 우습잖습니까."
　야마모토가 말을 마치자 장내 한구석에서 박수부대의 마지못한 어색한 박수소리가 희미하게 들렸다. 입을 꽉 다문 야마모토는 가라앉은 분위기를 만회할 새로운 먹잇감을 노리는 날카로운 눈초리로 다음 질문을 기다렸다.
　"아버지, 지금입니다."
　도키로의 재촉을 받고서 나는 머뭇머뭇 손을 들었다. 재빠르게 나를 발견한 사회자가 발언자로 지명했다. 일어서자 마이크를 건네받았다.
　"가와모토입니다. 일본 태생이 아닌 만큼 유창한 일본어가 아닌 점 양해해주시기 바랍니다."
　장내가 술렁거릴 것을 각오했으나 청중들은 허를 찔린 듯 오히려 조용해졌다. 야마모토는 의아한 표정으로 나를 먼발치에서 바라봤다. 케이블TV 카메라가 나를 비췄다.
　"질문은 간단하니까 뭉뚱그려 말하지 말고 일문일답 형식으로 대답해 주시면 되겠습니다."

나의 이런 발언에 야마모토는 아무래도 좋다는 태도로 고개를 끄덕였다.

"아까 하신 말씀에 의하면, 시장께서는 폐석더미를 허물어버릴 계획이라고 하셨는데 맞습니까?"

"틀림없습니다. 아무 쓸모도 없어진 그것이 지금껏 남아있다는 사실이 불가사의할 지경입니다. 폐석더미를 구획정리해서 택지로 만들면 여러 공장을 유치할 수 있고 유통센터도 지을 수 있습니다."

야마모토 산지는 기다렸다는 듯이 답변을 쏟아냈다.

"시장께서는 폐석더미 택지화 방침과 앞서 언급한 노인복지 추진계획은 어느 쪽을 우선으로 생각하십니까?"

이상한 질문을 하는 사람도 다 있다는 표정으로 야마모토는 두 가지 다 우열을 가리기 곤란하다고 말끝을 얼버무렸다.

"그러면 야마모토 시장께선 저 폐석더미를 지금까지 땅주인이 처분하지 않은 이유에 대해서 생각해본 적이 있습니까?"

"직접 물어본 적은 없지만 아마도 석탄폐석 처리가 여간 큰 문제가 아닌 데다 마땅한 용도가 없어서 그랬을 겁니다. 사기업의 능력으로는 어떻게 손대볼 엄두가 나지 않는 문제여서 지자체가 적극적으로 나서지 않으면 방법이 없습니다."

"그러나 꼭 그렇지는 않습니다. 다카쓰지 탄광 선대의 소유주는 저 폐석더미를 남기라고 현재 소유주인 아드님에게 유언했다고 합니다. 현재 소유주도 그 유지를 받들 각오가 되어 있습니다. 어째서인지 이유를 아십니까?"

나는 야마모토 산지뿐만 아니라 장내 모든 청중들을 향해 질문을 던질 생각이었다. 예사롭지 않은 질문에 야마모토는 다소 낭패한 얼굴로 좌우 간부들과 얼굴을 마주봤다. 앞쪽 좌석에 앉아 있던 몇몇 청중들이 나를 돌아봤다.

"저 폐석산은 다카쓰지 탄광, 아니 가와우치 집안의 역사를 보여주는 증인이기 때문입니다. 다카쓰지 탄광에는 자랑스러운 역사가 있는가 하면, 겉으로 드러내고 싶지 않은 추악한 과거도 있습니다. 야마모토 산지 시장, 추악한 과거란 말을 들으니 마음속에 뭐가 떠오르지 않습니까?"

내 질문의 화살이 시장에게 쏟아지자 몸을 돌려 나를 바라보던 청중들은 다시 앞을 향해 고쳐 앉았다. 야마모토는 대답하지 않은 채 겁먹은 눈으로 나를 다시 바라봤다.

"야마모토 시장, 당신은 젊은 시절 다카쓰지 탄광에서 일하지 않았습니까?"

야마모토는 대답하지 않았다. 그러나 나와 청중들은 침묵 속에서 그의 대답을 기다렸다.

"일한 적이 있습니다. 나뿐만이 아니라 시민들 중에 일정 연배가 되신 분들은 대부분이 어떤 형태로라도 다카쓰지 탄광과 연관되어 있었습니다."

"그렇겠지요. 그러나 전쟁 중에는 당신의 역할은 다른 일반 광부들과는 달랐을 텐데요. 어떤 일을 했습니까?"

나의 새로운 추궁에 야마모토는 양미간을 찌푸리고 재차 입을 다물었다.

"당신 스스로 말하지 않는다면 내가 설명하겠습니다. 당신은 1942년인지 1943년경부터 조선에서 인간사냥을 지휘해서 수백 명의 젊은

이들을 강제로 끌어와 다카쓰지 탄광에 집어넣었습니다. 그 후 조선인 기숙사 '교와료'의 노무주임을 지냈지요. 말하자면 기숙사의 무시무시한 독재자로 군림했습니다."

청중들의 시선이 일제히 쏟아지는 가운데 야마모토는 내 정체를 알아내려는 듯 나를 노려보았다.

"기숙사 안에서 당신은 조선인들을 진짜 개돼지처럼 취급했습니다. 식비를 중간에서 빼돌리는가 하면 병에 걸려도 의사에게 보이지 않고, 반항하는 사람은 외출도 금지시키고, 편지는 일일이 검열했습니다. 도망치려던 사람은 본보기로 초주검이 될 정도로 구타하는 등 인간 이하의 만행을 저질렀지요. 아니, 실제로 죽은 사람도 있고 자살하는 사람도 끊이지 않았습니다. 내가 알고 있는 희생자만도 열 명이 넘으니까요. 처음 다섯 명이던 우리 방은 1년도 못돼 두 사람만이 살아남았지요."

거기까지 말했을 때 야마모토 산지는 비로소 내 정체를 알아차린 것 같았다. 얼굴이 붉어졌다가 다음 순간 핏기가 가신 창백한 낯빛으로 변했다.

"당신 지휘 하에 죽은 조선인 광부들이 저 폐석산에 묻혀 있습니다. 당신이 그런 사실을 알 턱이 없지요. 당시 일본 절에서는 조선인 시신을 선선히 받아주지 않았고 당신들도 시체 처리가 곤란하니까 조선인 동료를 시켜서 석탄폐석 속에 그들을 묻어버렸습니다. 인간의 시신을 못 쓰게 된 석탄찌꺼기와 똑같이 취급한 것입니다. 묘지를 파야 했던 조선인 동료는 너무 애달파서 차마 그냥 파묻어 버릴 수 없었지요. 그래서 돌을 주워다 초라하게나마, 묘비 대신 각자 묻은 장소에 올려놓았습니다. 전쟁이 끝나고 조선인 광부 대부분이 귀국한 후에도 당신은 그 묘지에 찾아가본 적조차 없습니다. 자기 손으로 묘지를 없애자니 죽은 이들의 원귀가 두려웠던 건지 아니면 본인이 저지른 일을 잊었던 건지는, 나로서는 알 수 없군요⋯.

어쨌든 지금 당신은, 지역개발이라는 미명 하에 폐석더미와 함께 그 무덤들을 뿌리째 지상에서 없애려 합니다. 당신은 자신이 과거에 저지른 짓이 마음에 걸리겠지요. 그래서 저 폐석더미를 매일 쳐다보는 것이 비위에 거슬리는 겁니다. 저렇게 꺼림칙한 존재, 기억조차 하기 싫은 역겨운 과거를 상기시키는 실체를 한시라도 빨리 없애버리고 싶었겠지요. 그러기에 지역개발이라는 기치보다 더한 안성맞춤이 어디 있겠습니까. 그렇게 하면 폐석더미의 묘지를 직접 철거할 필요도 없으니까요. 서류에 도장만 찍으면 중장비가 작동하기 시작하고 수개월 후에는 시장실에서 폐석더미가 사라진 풍경을 바라볼 수 있겠지요."

말을 마치자 그때까지 내내 내게 고정되어 있던 TV 카메라가 재빨리 단상의 야마모토 쪽으로 방향을 바꿨다. 야마모토는 양복 상의에서 꺼낸 손수건으로 쉴 새 없이 얼굴을 닦았다. 답변하려는 의지도 없이 흘금흘금 주변을 돌아볼 뿐이었다. 나는 천천히 마이크를 다시 잡고 말을 계속했다.

"육친과 찢기듯 헤어져 부득이 바다를 건너온 조선인 광부들을 노예처럼 다루고, 죽이고, 시신을 석탄 폐석처럼 버리고, 이제 그 무연고 묘지마저도 파헤치려는 인간에게 노인복지를 입에 올릴 자격이 과연 있을까요. 시민 여러분께서 이 문제를 진지하게 생각해봐 주셨으면 합니다. 고맙습니다."

나는 마이크를 돌려주고 자리에 앉았다. 사회자의 재촉에도 야마모토는 돌처럼 굳은 채 미동도 하지 않았다.

우측에 있던 보좌관이 대신 답변했다.

"반세기 전과 지금과는 전혀 상황이 다릅니다. 과거의 망령에만 사로잡혀 있다가는 지역개발에서 뒤처지고 맙니다."

보좌관이 답변하는 동안에도 야마모토 시장 자신이 발언하라는 야유가 여러 차례 쏟아졌다. 보좌관은 더는 견딜 수 없다는 듯이 시장에게 마이크를 건넸다.

"옛날은 옛날, 지금은 지금입니다. 내 자신은 당시 했던 어떤 행동도 후회하지 않습니다."

태도를 바꿔 오히려 세게 나오는 야마모토 산지의 발언에 한구석에서는 '그건 그렇다'고 호응하는 무리가 있기는 했지만 전체적으로 장내는 물을 끼얹은 듯 조용했다.

나는 도키로를 재촉해 그 자리를 떴다. 문을 열고 나오려는데 등 뒤에서 박수가 터져 나왔다. 무슨 일인가 싶어 뒤돌아보니 내게 보내는 박수였다. 목례를 하고 회견장을 빠져나왔다. 시키조 진영 앞에 모여 있던 몇몇이 내게 악수를 청했다.

"정말 감사합니다. 이것으로 우리 측이 상당히 유리해졌습니다."

푸른 완장을 두른 청년 선거운동원이 상기된 얼굴로 말했다.

대기실에서 쉬어가라고 권했으나 사양했다. 새삼스럽게 시키조 진영에 가세할 생각은 없었다. 그저 야마모토와 40여 년 만에 대화를 했고, 그것이 공적인 자리에서 이루어진 것뿐이다.

출입구에서 신문기자 두 명과 마주쳤다.

"시간이 있으시면 잠깐만 말씀을 나눌 수 없겠습니까?"

기자는 바싹 뒤따라오며 물었다.

"저녁에 시간을 낼 수 있습니다. 숙소까지 와주시면 고맙겠습니다만."

 기자들은 료칸 이름을 메모했다. 주차한 장소까지 빠른 걸음으로 돌아와 조수석에 올라탔다. 일반도로로 나가자, 긴장이 일시에 풀렸다. 겨드랑이에 끈끈하게 땀이 배었다.

 "듣고 있자니 속이 시원해졌습니다. 아까 아버지와 시장의 대화가 케이블 TV로 방송된다고 생각하니 통쾌합니다. 야마모토 진영으로서는 치명상일 겁니다."

 도키로가 흥분을 감추지 못하고 말했다.

 "오늘 밤 시키조 선생님이 인사차 뵙자고 하실 텐데요."

 "그럴 필요는 없다."

 나는 애써 냉정하게 말했다.

 "이것은 어디까지나 나와 야마모토와의 문제지, 선거와는 관계없다. 만에 하나 시키조 선생이 선거에 진다고 해도 내가 가와우치 씨와 한 약속은 지킬 생각이다."

 "틀림없이 이깁니다. 시키조 선생이 승리하고, 저 폐석더미는 살아남을 겁니다."

 도키로는 단언했다. 한번 마음먹으면 어딘가 외골수로 치닫는 완고한 성격이 나를 닮았다. 숙소까지 나를 데려다주고 도키로는 시민회관으로 되돌아갔다.

 로비 옆에 달린 식당에 들어가 우동을 주문했다. 일본에 도착한 후 처음으로 맛보는 우동이었다. 그러나 맛은 싱겁고 면은 풀어지고, 예전 아시야에서 먹던 우동과는 비교가 안됐다. 커피까지 마시고 방에 들어가 약속시간을 기다렸다.

 부산을 떠난 지 아직 나흘밖에 지나지 않았다. 그럼에도 불구하고 오랜 시간이 흐른 것 같은 착각에 사로잡힌 것은 요 며칠 동안 64년 내 인생에 어떤 결말을 지으려고 마음먹었기 때문인지도 몰랐다. 이제 곧 내 삶의 정산(精算)은 끝날 것이다.

프론트 데스크에서 전화로 아오키, 아니 강원범이 왔다는 전갈을 받고 방을 나섰다. 강원범이 케이블 TV 중계방송을 지켜보았다면 내 정체를 간파했을 테지만 그렇지 않았다면 나를 오사카에 사는 재일교포로 알 것이다. 프론트 데스크 앞에 양복을 깔끔하게 차려입고 연한 색 안경을 낀 호리호리한 남자가 서있었다. 머리카락은 거의 없고 하얀 귀밑머리가 조금 남아 있는 정도였다. 얼른 보아서는 점잖고 빈틈없는 금융업자 인상을 풍겼다.

"하, 라고 합니다."

나는 형식적으로 인사를 건넸다.

"아오키입니다. 오늘 아침 전화로 실례했습니다. 가와우치 씨에게 말씀을 듣고 만나 뵙고 싶어서 이렇게 찾아왔습니다."

강원범은 양복 안주머니에서 두툼한 지갑을 꺼내 명함을 내게 건넸다. '아오키산업 대표이사 아오키 원범'이라고 쓰여 있었다.

"공교롭게 명함이 떨어졌소이다."

나는 미안하다고 말했다. 강원범이 별반 개의치 않는 것으로 보아 내 정체를 아직 눈치 채지 못한 듯했다.

"우선 어떤 용건이신지 대충이라도 알고 싶소만."

내 매끄럽지 못한 일본어에 대해서도 강원범은 이상하게 생각하는 것 같지 않았다. 내가 권하자 강은 료칸 안뜰 앞에 놓인 등나무 의자에 앉았다.

"다카쓰지 탄광의 폐석더미를 보존하고 복원하는 계획에 당신이 가와우치 씨에게 기술과 자금을 대겠다고 하셨다고요. 정말입니까?"

강원범은 커피를 내오기 전에 상체를 앞으로 내밀며 물었다.

"그렇소."

나는 진중한 태도로 고개를 끄덕였다.

"도대체 왜 그런 무모한 일을 하시려는 건지."

강원범은 일부러 기가 차다는 표정을 지었다.

"당신은 오사카에 사니까 여기 토지 실정에 어두운 것 아닌가 하는 생각이 드는 군요. 이곳 주민들은 모두 폐석더미에 진저리를 칩니다. 거대한 쓰레기 더미가 수십 년씩 방치되어 있는 것과 같다고 보면 됩니다. 그런 사실을 다카쓰지 탄광의 현재 소유주인 가와우치 씨 혼자만, 향수인지 시대착오인지는 모르겠으나, 외골수로 보존하겠다는 신념을 계속 갖고 있는 겁니다."

강원범은 이렇게 말한 뒤 곤란한 노릇이라고 짐짓 거드름을 피우며 덧붙였다.

"하 사장께서 진심으로 저 폐석더미에 투자를 할 생각이 있으신 거라면…."

강원범은 멋대로 내 이름에 '사장'이란 호칭을 붙였다.

"쓰레기에 지나지 않는 폐석더미를 철거해서 생기는 광활한 공지를 유효하게 이용하자는 얘깁니다. 석탄 폐석을 폐기처분할 장소는 얼마든지 있습니다. 버려진 저수지를 메우거나 리조트 단지개발이 시작된 아시야 해변을 매립하는 데 사용하면 그야말로 일석이조 아니겠습니까."

나는 료칸에서 내온 커피를 천천히 마셨다. 정원의 대나무가 그리는 뚜렷한 직선들을 바라보다 시선을 다시 강원범의 얼굴로 옮겼다. 내가 아무런 동요를 보이지 않자 조바심이 났는지 그는 혼자 계속 떠들었다.

"어제 들은 이야기로 봐서는 폐석더미 소유주인 가와우치 씨가 현실과 동떨어진 청사진을 그리고 있다는 느낌입니다. 산책로를 만들거나 자료관을 만든다고 해서 누가 오겠습니까, 파리나 날리겠지요."

강원범은 여유 있는 미소를 떠올리고 커피 잔을 비웠다.

"강 선생은 폐석산에 올라가 보셨소?"

내가 물었다.

"한 번도 그런 적 없습니다."

강원범은 대수롭지 않다는 듯 대답했다.

"그럼 지금부터 함께 올라가 보실까요?"

나는 자리에서 일어섰다. 프론트에 방 키를 맡기고 택시를 불러달라고 했다.

"차편이라면 우리 운전수가 주차장에 대기하고 있습니다."

당황한 강원범이 말했다.

"아니, 그러실 것 없소. 사업 상담하면서 상대의 차에 타면 상담이 제대로 안 되지요."

나는 냉랭하게 덧붙였다.

"정 그러면 자가용을 타고 따라 오던지요."

"아닙니다. 택시로 함께 가겠습니다."

강은 고집을 꺾고 주차장에 세워둔 새까만 자가용차로 갔다. 안에 있는 운전수에게 뭐라 두세 마디 일렀다. 잠시 후 도착한 택시에 우리 두 사람은 올라탔다.

"하 사장께선 자주 여기 와보셨습니까, 저는 오사카에 거의 가본 적이 없습니다만."

내가 입을 열지 않자 강원범은 어색한 침묵을 메우려는 듯 계속 말을 했다.

"저 폐석더미도, 이렇게 멀리서 바라보면 낭만적으로 보입니다만 늙은이의 얼굴처럼 가까이 다가가보면 흉측합니다. 제가 가까이 가지 않는 이유도 그 때문이지요."

"다카쓰지 탄광에서 일한 적이 없소?"

내가 아무렇지 않게 물었다.

"전쟁 전후 몇 년, 일한 적은 있습니다."

강원범의 목소리는 기분 탓인지 음습하게 젖어 있었다.

"그렇다면 폐석더미가 정겹다거나, 그런 건 없으신지요."

"전혀 없습니다."

강원범은 일언지하에 부정했다.

"그 무렵은 때가 때인 만큼 다른 직장이 없었기 때문에 먹고 살기 위한 방편이었을 뿐입니다. 탄광에서 재빨리 털고 나와 전업을 했기에 오늘날의 내가 있는 겁니다. 그대로 내내 탄광에 있었다면 사회에서 낙오자가 되었거나 겨우 입에 풀칠하는 처지가 되었겠지요. 아니, 어쩌면 낙반사고나 다른 사고로 탄광에 생매장되었을지도 모릅니다."

탄광 입구가 가까워져도 강원범은 그쪽에 눈길조차 주지 않고 계속 지껄였다.

"하 사장께서도 간사이(關西) 지방에서 고생해보지 않으셨습니까. 말씀 않으셔도 척 보면 압니다. 우리는 과거에 연연해서는 살아갈 수 없습니다. 세상의 흐름을 읽고 생각을 바꿔서, 앞을 보고 전향적으로 대응해 나가지 않으면 안 되지요."

나의 침묵을 메워버리려는 듯, 강원범의 말투는 설교조로 변해갔다. 사갱 탄광 자리에 택시를 대기시켜 놓고 우리는 폐석산 쪽으로 발걸음을 뗐다. 강원범은 비로소 신기하다는 듯이 주변을 둘러보았다.

"정말 어마어마한 공지군요. 이런 토지를 활용하지 않고 방치해둔다는 그 자체가 범죄행위 아니겠습니까."

강원범의 안경은 태양 광선을 받아 색이 어두워져 거의 선글라스처럼 변했다. 나는 양복 상의를 벗어들고 와이셔츠 차림이 되었다.

"아오키 상은 다카쓰지 탄광 어떤 부서에서 일했소?"

기숙사 터로 이어지는 비탈길을 오르면서 내가 물었다.

"중요한 부서는 아니었습니다. 지금 생각해보면 갱내에서 일하는 사람들은 고생했습니다. 허리까지 물에 잠겨 석탄을 캐고, 그런가 하면 열화 지옥 같은 발파작업을 하거나… 이루 말로 다 설명할 수도 없군요."

강원범이 술술 지껄이는 말을 나는 묵묵히 듣기만 했다.

"그러나 그때의 고생이 나의 버팀목이 되어 줬다고 생각합니다."

"탄광에서 도망치려 한 적은 없었소?"

"그야 왜 없었겠습니까. 그러나 오로지 나라를 위해서라고 생각하고 마음을 추슬렀지요."

기숙사 터에 와서도 강원범은 아무 감개도 없는 듯했다. 비탈길에서 차오르는 숨을 가다듬은 후 재빨리 내 뒤를 따라왔다.

"아까 나라를 위해서라고 하셨지요. 그 나라가 일본이요? 아니면 조선이요?"

나는 발아래 석탄 폐석을 응시하면서 큰 소리로 물었다. 폐석더미 뒤편으로 접어들자 바람결이 사나워졌다.

"그 당시는 일본도 조선도 한나라였습니다. 언제까지나 자신을 조선인이라고 생각해서는 편견에 시달리고 사업에도 마이너스가 되기 때문에 전쟁이 끝나고 바로 귀화했지요. 그렇게 하길 잘 했다고 생각합니다."

"아오키 상에게 보여주고 싶은 게 있소."

내가 앞장서고 강원범이 뒤따라왔다. 이런 인간에게 우리 생명이 좌우되었던 것이다. 민족의 자긍심 따위는 가져본 적 없이 그저 시류에 목을 매는 이와 같은 인간이, 기숙사를 도망쳐 나와 조국에 돌아가고 싶어한 조종호나 동료들의 처우개선을 위해 목숨을 걸었던 김동인 씨를 이해할 수 있을 리가 없었던 것이다.

나는 치밀어 오르는 분노를 참으며 묘지까지 수십 미터의 길을 더듬어 갔다.

"다 왔소. 내가 폐석더미에 집착하는 이유는 바로 여기 때문이오."

어제 서진철 사장과 도키로가 함께 벌초한 묘지는 낙엽이 몇 닢 흩어져 있을 뿐, 정갈했다. 순간 김동인 씨와 조종호의 영혼이 엄숙하게 우리를 맞아주는 듯한 착각에 빠졌다. 강원범은 어안이 벙벙한 얼굴로 발아래 묘비를 내려다봤다.

"그건 이효석이라는 사람의 무덤이요. 묘비에 그렇게 새겨져 있소."

강원범은 몸을 구부리고 묘비명을 읽고 다시 다른 묘비로 눈길을 옮겼다.

"그것은 임수원의 무덤이오."

강원범은 다시 얼굴을 땅위에 기울이고 흘러내린 색안경을 추켜올리며 묘비명을 확인했다.

"이건 도대체?"

구부린 몸을 펴면서 강원범은 내게 되물었다.

"다카쓰지 탄광 조선인 기숙사에 있었던 광부들의 묘지요. 모르시겠소?"

강원범이 겁먹은 듯 고개를 흔드는 모습을 지켜보면서 나는 말을 이어갔다.

"임수원 옆이 오진, 그 건너편이 현태원, 이쪽이 안선호….''

나는 이렇게 묘비명을 일일이 낭송하듯, 비석의 모양과 새겨진 이름을 반 가깝게 강원범에게 가리켜 보여주었다.

"이 이름들이 기억나지 않소?"

"아니 모르겠는데요. 들어본 적도 없는 이름들입니다. 어딘가 다른 탄광의 광부들이거나 훨씬 오래전에 있던 광부들 아닐까요."

강원범은 선글라스 안쪽에서 눈을 쉴 새 없이 깜빡거렸다.

"어쨌든 이런 불길한 무덤을 방치하는 것은 범죄행위입니다. 마땅히 납골당에 수습한 다음, 폐석더미는 철거해야 한다고 생각합니다."

나는 강원범의 말을 들은 척도 하지 않고 묘지 한구석으로 발길을 옮겼다.

"여기 네모진 무덤은 최석송이 묻힌 데요. 모르시겠소?"

강원범은 숨을 삼키면서 고개를 세차게 흔들었다.

"거짓말 마라."

나는 낮게 부르짖었다.

"모를 리가 없다. 너희들이 스파이로 이용한 최석송 아닌가."

강원범은 감전이라도 된 것처럼 몸을 부르르 떨었다.

"불쌍하게도 최석송은 네놈들의 요구를 물리치지 못하고 순진하게 정보를 제공했다. 그리고는 … 8·15 해방 후, 그 사실을 뉘우치고 묘비를 세우고 자기도 여기 함께 묻히고 싶어 했지."

나는 강원범에게 다가가 오른쪽 동그란 묘비를 가리켰다.

"이것은 조종호의 무덤이다. 너희 노무감독 패거리들이 죽였다."

내가 계속해서 말했다.

"그리고 저쪽 푸른 돌은 김동인 씨 비석이다. 김동인 씨는 스스로 목을 매고 돌아가셨지만 이유는 네놈이 그 분을 욕보였기 때문이다. 네놈들이 그분의, 남자로서의 존엄을 짓밟았기 때문에 …."

나는 강원범을 압박했다.

"아까 너는 무덤을 여기 방치하는 것이 범죄행위라고 말했다. 가당치도 않은 헛소리지, 동포를 때려죽이고 쓰레기처럼 석탄폐석 속에 내다 버린 것은 명백하게 네놈들 짓 아닌가."

"너는 하 …."

강원범은 그제야 정신을 차린 듯 입술을 움찔거렸다.

"그래, 하시근이다."

나는 와이셔츠의 단추를 풀고 가슴팍을 내보였다.

"이것은 검정 고무줄 채찍으로 네놈에게 얻어맞은 상처. 등에는 네놈이 달군 불쏘시개로 찌른 상처도 남아 있지."

나는 와이셔츠 단추를 잠그고 손에 벗어들었던 양복 상의를 입었다. 강원범은 얼이 빠진 듯 무덤 한가운데 서 있었다.

"폐석더미 소유주인 가와우치 씨도 이 무연고 묘지를 지켜야겠다고 했다. 기숙사에서 고통스럽게 죽어간 조선인 광부가 있다는 사실도 다카쓰지 탄광의 거짓 없는 역사이기 때문이다. 여기 묻힌 조선인들은 도대체 무엇을 위해 죽었다고 생각하나? 조국을 위해서인가? 아니다. 타국을 위해서 가축처럼 강제노동을 하고, 같은 조선인에게 학대받고, 조국 땅을 두 번 다시 밟아보지 못한 채 석탄폐석더미에 버려진 것이다. 그런데도 불구하고 너는 동포가 잠들어 있는 땅을, 네가 괴롭혀 죽인 동포의 시신을 중장비로 짓밟으려 하느냐?"

내 말이 끝나기도 전에 강원범은 등을 돌려 산길을 내려가기 시작했다. 나는 대여섯 발자국 떨어져서 뒤를 쫓아갔다. 택시 앞까지 와서 강원범은 뒤돌아봤다.

"하시근, 설마 네가 이런 식으로 이곳에 되돌아올 줄은 생각지 못했다. 한국 어디에선가 비명횡사했을 거라고 생각했지 …."

굳어진 얼굴로 입가를 잡아당기며 강원범은 웃었다.

"그러나 넌 과거의 망령에 중독되어 있는 거야. 이 폐석더미에 아무리 돈을 쏟아 붓는다 해도, 그건 죽은 자에게 밥을 먹이는 거나 같은 짓이야. 널 생각해서 하는 소리다. 가와우치 집안 일에 손 떼고 하루 빨리 한국에 돌아가는 게 좋을 거다."

강원범은 혼자 택시에 오르더니, 창밖으로 내게 말했다.

"이 택시는 잠깐 빌리자. 료칸에 돌아가서 다시 이곳으로 보내주지. 그때까지 네가 좋아하는 묘지기 노릇 많이 해라."

염려스럽게 우리를 쳐다보는 운전수에게 나는 괜찮으니까 가라는 손짓을 했다. 멀어져 가는 택시를 바라보면서 나는 최후의 할 일이 아직 남아 있음을 속으로 되새겼다.

16

도키로에게

일본에 와서 오늘이 꼭 열흘째구나. 그저께 치른 시장선거에서 시키조 선생이 당선되었구나. 어제는 야마모토에게 광산피해복구사업과 하수처리시설을 둘러싼 비리혐의로 체포영장이 발급되었다는 사실을 알았다. 이것으로 그의 정치 생명은 끝이겠지. 인생의 마지막에 나락으로 굴러 떨어진 셈이구나. 그에게 딱 어울리는 최후라고 생각한다.

이 한글 편지는 네 앞으로 보내는 나의 유서다. 결코 다른 사람에게 보이지 말고 끝까지 비밀로 간직했으면 한다.

실은 이 편지와 별도로 역시 한글로 된 수기를 부산의 큰아들에게 보냈다. '해협'이라는 제목으로, 이번 부산을 떠나 일본에 올 때까지의 체험을 회상과 함께 엮은 것이다. 부산의 큰애에게 다 읽고 난 다음 이 수기를 복사해서 다른 두 동생에게, 그리고 일본에 있는 네게 보내라고 말해 뒀다. 성실하고 의리 있는 성품이라 내가 전달한 사항은 한 치오차 없이 실행에 옮길 것이다. 그 애에게 보낸 수기는 공개되어도 상관없는 내용이다. 그러나 이 편지는 네게 개인적으로 보내는 것으로, 그 수기를 보완해줄 것이다.

지금까지 부산의 아이들에게는 일본과 나의 관계에 대해 단 한 번도 이야기한 적이 없었다. 내가 강제징용을 당해 일본 탄광에서 일하고, 네 엄마와 알게 되어 둘이 함께 대한해협을 건너 고국에 돌아왔다는 것을, 부산의 가족들은 모른단다. 이번 일본행도 옛 친구를 방문하는 여행 정도로 알고 있지. 그러나 이 수기를 읽고 내가 일본에서 겪은 일과, 내가 고향을 버리고 떠나게 된 경위를 이해하리라고 믿는다.

그러나 그 수기에 기록할 수 없었던 사실, 일부러 빠뜨린 사실이 있다. 이 편지에 쓰려는 그 말 못한 사실들을 네게만은 알리고 싶다.

나는 작년 1월 췌장암 수술을 받았다. 매년 빠지지 않고 받았던 종합 건강검진에서 이상을 발견하고 초음파 등 정밀검사로 췌장 끝부분에서 암이 발생했다는 판정을 받았지. 다행히 다른 기관에 전이는 없었다. 췌장을 거의 들어냈고, 수술 후 인슐린 주사를 하루도 빠짐없이 맞아야 했다. 내가 암이라는 것과 인슐린 주사를 매일 2회씩 맞고 있다는 사실을, 세 아들은 모른다.

따라서 이번 여행 중에도 인슐린과 주사기를 지참하고 아침저녁 식사 전에 근육주사를 계속 맞았다. 지금 상황에서는 인슐린 주사야말로 내 생명줄이라 해도 과언이 아니다. 그리고 검사에서 나타나지 않은 암세포가 체내 어딘가에 숨어서 반격의 기회를 노리고 있겠지. 그러나 나는 스스로 충분히 살았다고 생각하고, 세 번째 대한해협을 건너온 지금, 오늘 하루만 내 몸이 버티어준다면 정말 좋겠다고 생각한다.

생각해보면 내 목숨은 40여 년 전에 소멸되었다 해도 이상하지 않다. 적어도 두 번, 나는 죽음의 위기를 맞았었다. 첫 번째는 탈출계획을 세웠다가 동료의 밀고로 붙잡혔을 때였다. 노무감독들이 번차례로 우리에게 지독한 폭행을 가했다. 몸집이 크고 튼튼한 동료들도 숨이 끊어졌던 그때에 내가 살아남은 것은 가장 젊었기 때문일까.

두 번째는 수기에 쓴 대로 일본인 감독인 히로타를 살해했을 때였다. 그때 그를 죽이지 않았다면 붙잡힌 나는 틀림없이 죽었을 것이다. 히로타의 시신을 기숙사 자재하치장에 파묻은 후 그것이 발각되지 않았던 것도 드센 악연 때문이 아니겠느냐.

그때 도망치지 않고 해방 때까지 기숙사에 남아 있었다면 어떻게 되었을까, 그 후에도 여러 번 생각해 봤다. 그랬다면 나는 지금과 전혀 다른 상황에 놓여 있었을 것이다.

나는 역시 그때 도망칠 수밖에 없었다. 지금의 인생을 살아갈 수밖에 없었다고 마음 속 깊이 납득하고 있다. 이것이 내 운명이었다고.

그 이유에 관해서는 지금부터 써내려갈 작정이다.

도망계획이 사전에 발각되어 반죽음에 이르는 지독한 꼴을 당했음에도 재차 도망할 결심을 하는 계기가 된 것은 김동인 씨의 자살이었다. 김동인 씨의 죽음은 두 가지 의미에서 나에게 절박한 용기를 불러 일으켰다. 하나는 이대로 있다가는 언제 죽게 될지 모른다는 공포였고, 또 하나는 반드시 김동인 씨의 원수를 갚아야 한다는 집념이었다.

파업 당시 김동인 씨가 지도자로 나서서 노무주임인 야마모토에게 우리의 요구조건을 받아들이게 했고, 그 길로 파업은 종결되었다. 그러나 요구사항이 지켜진 것은 처음 며칠뿐으로, 곧 원래와 다를 것이 없어져 모든 것은 물거품이 되었지.

　책임을 통감한 김동인 씨는 담판을 짓겠다고 어느 날 저녁 노무사무소에 단신으로 뛰어들어 갔다. 그 며칠 전에 김동인 씨가 마음속 계획을 털어놓은 적이 있었다. 혼자서 괜찮겠냐고 물었더니 혼자 가야 효과가 있다, 여럿이 몰려가 압박하면 오히려 야마모토의 심기만 건드리고 끝날 수 있으며, 게다가 혼자 가면 무슨 일이 생겨도 다른 동포에게 해가 미치지 않는다고 대답했다. 참으로 김동인 씨다운 행동이었지.

　그날 김동인 씨는 저녁 다섯 시부터 들어가는 작업 2조였으나 갱에 들어가지 않고 노무사무실로 간 것 같았다. 나는 작업 1조였으므로 저녁에 기숙사에 돌아와 있는 동안 김동인 씨가 노무사무소에 갔다는 사실을 알았지. 방에서 기다리고만 있을 수 없어서 복도 구석에 숨어 노무사무소 쪽을 꼼짝 않고 살펴봤다. 사무소 2층은 어둡고 아래층만 희미한 등이 켜져 있었다. 아무리 귀를 기울여도 어떤 소리도 들려오지 않는 것이 묘하게 섬뜩했지.

　기다린 지 두 시간, 11시경이었다. 사무소 문이 열리고 비틀거리며 나오는 그림자가 보였다. 김동인 씨였다. 몸을 앞으로 푹 고꾸라질 듯 구부리고, 마치 넋이 나간 줄타기 인형처럼 걸어서 내 쪽으로 왔다. 나는 재빨리 달려가 김동인 씨의 옆구리를 받쳐주었어. 달빛 아래 비친 김동인 씨 얼굴은 백지장처럼 하얗게 질려있었다.

　"강원범이 야마모토와 만나지 못하게 막았어. 박정희와 종극로 셋이서 나를 희롱하고⋯."

　김동인 씨는 신음하듯 말했다.

　"그놈들은 조선인이면서 동포인 우리를 배반했다. 이 원한은 죽어도 잊지 못한다⋯."

나는 김동인 씨의 얼굴, 목, 손발에 외상이 없어 내심 안도의 숨을 내쉬며 방까지 부축해 갔다. 헤어질 때 김동인 씨는 나를 쳐다보며 '분하다'는 한마디와 함께 굵은 눈물을 내비쳤다. 우리 중 최연장자였던 김동인 씨가 보인 최초의 눈물이었다. 나는 입술을 깨물고 사나이의 피눈물을 흘리는 김동인 씨에게 작업복을 입힌 채로 뻣뻣한 홑이불을 덮어주고 방으로 돌아왔다.

그리고 날이 샐 무렵 종극로의 비명으로 김동인 씨가 자살했다는 사실을 알았다. 김동인 씨는 흰 바지저고리로 갈아입고 죽음의 여로에 오른 것이다. 시신을 내리고 의복을 가다듬어 주려고 했을 때 비로소 나는 김동인 씨가 무슨 짓을 당했는지 알았다. 찢어진 음낭 안에는 고환이 사라지고 페니스는 뿌리부터 3분의 1가량이 잘려 있었다. 나는 숨을 삼켰다. 가슴이 미칠 듯 방망이질 쳤지만 김동인 씨의 존엄성을 지켜주고 동시에 이 무시무시한 린치가 미칠 영향이 두려워서, 이 사실을 나 혼자의 가슴 속에 묻어두기로 했다.

그러나 역시 리더의 자살은 큰 파장을 일으켰고, 이후 기숙사 원생들의 공공연한 반항은 소리 없이 수그러들었다. 강원범 패거리의 예상은 적중한 셈이다.

새해가 밝아 정월 초나흘, 나는 사람을 죽이는 엄청난 대가를 치르고 탈주에 성공했다. 그 후에도 나는 김동인 씨의 자살을 잊어본 적이 없다. 살인이 언제 발각될지 모르는 공포 속에서도 곧장 조선으로 돌아오지 않은 것은 김동인 씨의 한(恨)을 풀어주지 않으면 안 된다는 생각이 마음속에서 소용돌이쳤기 때문이다. 내 속에 응어리진 원한은 해방 후 네 어머니 치즈와 함께 아리랑 마을에 숨어 지낼 때 다시 타오르기 시작했다.

조선으로 갈 날이 다가오면서, 강원범 일당과 맞대면할 시간은 지금밖에 없다고 생각했다. 기숙사에 남아 있던 최석송에게 묘비석을 날라다 주면서 넌지시 세 사람의 소식을 탐문했다.

그 무렵 야마모토 산지는 물론이고 일본인 노무감독 다키가와 강원범, 박정희, 종극로 4인은 동포들의 복수가 두려워 자취를 감췄다. 최석송으로부터 정보를 얻은 것은 며칠 지나고 나서였다. 종극로는 야마모토 덕분에 탄광주택단지 한구석으로 몸을 감추었고 박정희는 시모노세키에서 조선행 배편을 기다리는 동안 동포들에게 뭇매질을 당한 후 N시에 사는 퇴직 광부의 집에 신세를 지고 있다는 사실을 알아냈다.

종극로가 은신하고 있는 탄광주택을 찾은 나는 점심 지날 무렵부터 감시했다. 저녁 때 일본인 같은 여자가 안으로 들어갔다가 30분 후에 나왔다. 그때 힐끗 얼굴을 내밀고 여자를 배웅하는 얼굴은 분명 종극로였다. 여자가 사라지기를 기다렸다가 나는 문을 두드리고 회람판입니다, 하고 소리쳤다. 아시야의 함바에서 회람판 돌리러 오는 사람을 봤기에 억양도 발음도 일본인과 조금도 다름없이 외칠 자신이 있었다. 예상한 대로 종극로는 아무런 의심도 없이 문을 열고 바깥을 내다봤다.

나는 종극로를 거칠게 밀어붙여 집안으로 처넣었다. 통로에 털썩 주저앉은 종극로는 기숙사 시절의 위세는 어디로 가고 손을 뻗쳐 살려달라고 빌었다. 집안에 뛰어들어 갈 때는 확실한 살의는 없었지만 목숨을 구걸하는 모습을 본 순간 죽여 버릴 마음이 생겼다. 나는 겁에 질린 종극로를 움켜잡고 양손으로 목을 졸랐다. 일단 손으로 목을 휘감자 조르는 것은 아주 간단했다. 눈을 희번덕거리는 종극로의 얼굴이 붉게 물들기 시작했다. 1분만 더 지속했다면 그대로 절명했을 것이다.

그러나 날카로운 금속성 소리와 함께, 되돌아온 여자가 나를 향해 온몸을 던졌다. 불시에 허를 찔린 내게 여자는 뭐라고 아우성을 치며 개수대에서 식칼을 꺼내 무턱대고 휘두르기 시작했다. 그러는 동안 집 바깥에 사람 소리가 나기 시작했다. 도망치지 않으면 안 되겠다고 판단하고 그곳을 빠져나왔다. 며칠 후 그 탄광주택을 살피러 갔더니 놈은 이미 달아나고 주택은 매미 허물처럼 비어 있었지.

또 한 사람의 노무조수 박정희는 사는 곳을 찾아내기도 전에 아리랑 마을을 떠나게 되어 대면조차 못했다. 그런데 이 씨 할아버지를 도와 죽은 말의 포를 뜨고 있을 때 마을사람들 사이로 박정희의 모습을 발견하고 내 눈을 의심했다. 설마 고향에 돌아와 있으리라고는 생각지도 못했기 때문이다. 박정희가 멀쩡하게 마을로 되돌아온 사실을 알게 되자 나는 갈피를 잡지 못했다. 이대로 그를 용서하고 못 본 척 해야만 할지, 죽은 동포들의 원수를 갚아야 할지. 괴로웠다. 고문의 고통이나 김동인 씨의 애처로운 시신이 하나하나 머리에 떠올랐다. 등나무 바구니를 짜던 손을 어느새 멈추고 멍하니 생각에 빠져 있다가 할아버지에게 야단을 맞기도 했다.

마음을 정리한 것은 꿈을 꾸고 나서였다.

나는 할아버지와 김치 항아리를 수레로 운반하고 있었다. 그때 밭 한가운데 박정희가 있는 것을 알아 차렸다. 부자유스러운 다리를 질질 끌며 무와 다른 씨를 뿌리고 있었다. 나는 할아버지에게 먼저 가라 이르고 길가 포플러나무 그늘에 몸을 숨겼다. 할아버지의 수레가 보이지 않자 나는 박정희에게 다가갔다.

내가 큰 소리로 말을 걸자 뒤돌아본 박정희는 곧 방어태세를 취했다. '네게 묻고 싶은 게 있다'고 내가 더 다가가자 그는 저고리 품 안에서 식칼을 꺼내 들었다. 식칼을 오른손에 들고 지금 막 씨를 뿌린 흙 위로 한 발 한 발 내게 다가왔다. 그때 나의 뇌리에 그가 이효석의 정수리를 겨냥해 통나무를 내리치던 광경이 떠올랐다. 나는 이번에도 죽거나 죽이거나, 둘 중 하나라는 것을 직감했다.

박정희가 한쪽 어깨 위로 들어 올렸다 내리치는 식칼을 피한 순간 나는 논둑에 발이 걸려 나뒹굴었다. 그는 넘어진 나를 공격하기 시작했다. 나는 발로 박정희의 허벅지를 냅다 질러 쓰러뜨렸고 넘어진 그의 오른 손목을 힘껏 움켜쥐었다. 그리고 동시에 목을 졸랐다. 박정희가 어깨를 물어뜯는데도 불구하고 힘껏 손목을 비틀었다. 손목뼈가 부스러지는 소리가 나고 식칼이 땅위에 굴렀다. 나는 그것을 천천히 집어 들고 지극히 냉정하게 박정희의 가슴 아래를 찔렀다. 핏줄기가 솟구치고 내 얼굴에도 저고리도 시뻘겋게 물들었다. 나는 냉정하게 행동했다. 옷에 묻은 끈끈한 선혈 위로 일부러 진흙을 바르고 현장을 떠났다. 도중에 강에서 피와 진흙을 씻었다.

큰일을 저질렀다고 느낀 것은 오두막에 돌아오고 나서였다. 치즈의 얼굴을 보고 아기의 울음소리를 듣자 자신이 경찰에 체포되면 이 두 사람은 어떻게 될까, 하는 두려움에 몸을 떨었고 못 견디게 후회했다. 두려워했던 대로 면 순사가 체포하러 왔을 때 나는 울부짖으며 치즈와 아기를 1초라도 더 안으려고 애썼다.

치즈가 옆에서 깨워 꿈이었음을 알았을 때는 안도한 나머지 아무 말도 나오지 않았다. 식은땀에 흠뻑 젖은 온몸을 닦으면서 나는 박정희에 대한 복수를 조용히 단념했다.

그 후 박정희가 실제로 살해당하여 내가 참고인으로 호출되었지만 범인은 기숙사에서 살아남아 고향에 돌아온 다른 누군가이리라고 어슴푸레 짐작했다. 결국 윤재학이 자수해서 나는 혐의를 벗었다. 그러나 가령 그때 내가 혼자 몸이었다면 역시 윤재학과 똑같이 행동하지 않았을까 생각한다.

석방된 나를 기다리던 것은 치즈와 너를 치즈의 부친이 데려갔다는 이 씨 할아버지의 전언이었다. 나는 미친 듯이 그들 뒤를 쫓아갔다. 그러나 부산이라는 도시는 넓었고 어디에서도 두 사람의 모습을 발견할 수 없었지. 나는 이것이 일본에서 저지른 살인의 대가라고 생각했다. 이후 부산에 그대로 남아, 마음을 악귀처럼 냉혹하게 다잡고 살기 시작했지 ….

40여 년간 너와 엄마 두 사람을 한 번도 찾지 않았던 것을 이 자리에서 진심으로 사죄한다. 본래대로라면 나는 기숙사에서 조종호 등과 함께 죽었거나, 해방 후 일본에서 살인범으로 단죄되었어야 마땅하다고 생각한다. 그럼에도 불구하고 지금까지 살아온 것은, 부끄러운 노릇이지.

그러나 지금은 살아온 시간이 헛된 것이 아니었다고 생각한다. 어제와 그제 시키조 신임 시장과 가와우치 씨를 만나서 탄광촌 건설에 관한 내 의견을 설명했다. 자금이나 세금 대책에 관해서는 시 측에서 대폭 지원이 이루어질 게다. 가와우치 씨를 통해 부산의 내 회사가 자금 후원을 하는 것은 묘지 정비와 교와료 기숙사 복원이고, 시 담당자는 탄광박물관과 미술관, 도서관 건설, 탄광주택과 목욕탕을 재현하면 좋겠다. 조사가 종료되면 소규모의 석탄채굴도 개시하고 방문객들은 갱내 체험으로 채탄도 경험해볼 수 있게 되겠지. 그리고 탄광 마을에는 석탄으로 움직이는 말 그대로의 기차가 달리고, 온가강에는 예전 석탄 운반용 거룻배가 석탄 대신 사람을 태워 아시야 리조트 단지까지 왕래하게 만든다.

이렇게 쓰다 보니 앞날이 장밋빛처럼 생각되지만 진심을 말한다면 나는 관청이나 공무원이라는 존재를 그다지 신용하지 않는다. 시의 방침도 현장의 사람도, 시류에 따라 변덕이 심한 법이지. 그런 예를 나는 한국에서 질리도록 봐왔다. 시의 원조를 기대하는 것은 좋지만 그렇다고 결코 전폭적인 신뢰를 가져선 안 된다. 예를 들어 시가 마뜩찮은 눈길을 던져도 해야 할 일은 한다는 신념을 우리 민간인들은 갖고 있지 않으면 안 된다. 나는 그 점을 가와우치 씨에게 강조했고 폐석더미 속 조선인 묘지와 교와료 터에 관해서는 무슨 일이 있어도 우리 쪽 의지대로 자료관을 짓는다는 확약을 받아냈다. 설령 신임 시장이 주창하는 '콜마인 테마 파크'가 공염불이 되더라도, 묘지와 교와료만은 강제연행의 산 증거물로 역사에 남아야 한다. 그 점에 관해서 한국에 있는 세 이복형제들도, 네게 조력을 아끼지 않을 것이다. 내 보험금도 전액 탄광촌을 위해 쓸 수 있을 것이다.

탄광촌은 일본인만을 위한 것이 아니다. 수학여행이나 관광차 일본을 방문하는 한국의 젊은이들도 거기서 이전 세대가 겪은 고난의 역사를 배우고 체험할 수 있는 장소가 되었으면 한다. 히로시마나 나가사키가 세계의 사람들에게 특별한 땅이 된 것처럼, 탄광촌이 한반도와 일본 사람들에게 꼭 가봐야 할 장소가 되면 좋겠다. 두 나라 사람들이 거기서 슬픈 과거를 되새기고 배워간다면 두 번 다시 같은 일이 일어나지 않을 것이다. 그렇게 된다면 내가 덤으로 살아온 40여 년의 인생이 무가치하지는 않다. 내 여생은 기숙사에서 원통한 죽음을 맞았던 동포들의 유지를 되살리는 일에 썼다고, 그렇게 말할 수 있으니까.

　이 편지에 교와료 터 부근의 지도를 첨부한다. 거기 한군데 표시를 해둔 곳이 있다. 예전 자재하치장이 있던 자리다. 네가 수집한 자료에 따라 기숙사를 복원할 때 그 근처의 땅은 파헤쳐지겠지. 그때 표시된 지점 근처에서 사람의 뼈가 나오리라 생각한다. 내가 시신의 얼굴에 덮어둔 작업복도, 함께 묻은 검정 우산도 이미 흙으로 돌아가 신원을 밝힐 만한 근거는 하나도 남아 있지 않을지 모른다. 그러나 그것은 내가 1945년 1월 4일 살해한 일본인 노무감독 히로타의 뼈다.

　내가 그를 죽이지 않았다면 그가 나를 죽였을 것이다, 라고, 내가 살인한 사실을 고백했을 때 서진철 씨는 나를 위로해주었다. 그 후 세월이 흘러 사람을 부리는 위치에 서 보니 내가 죽인 그 남자도 그 시대의 피해자 가운데 하나가 아닐까 싶었다. 평화로운 시절이라면 지극히 평범하게, 소시민으로서 일생을 보내지 않았을까. 일본인이면서 폐석더미에 잠든 우리 동포들처럼 공양도 받지 못하고 풍우에 시달리기는 마찬가지인 그의 처지에, 종종 슬픔을 느끼지 않을 수 없었다. 부산에서 생활하는 동안 일본의 일은 전부 잊어버리려 했지만 치즈와 도키로, 그리고 내가 저지른 살인만은 마음 한구석에 가시처럼 돋아나 나를 아프게 찔렀다.

　지난 달 초, 요시다 서진철 씨로부터 폐석더미를 철거한다는 내용의 편지를 받았을 때 나는 그동안 덮어둔 채 질질 끌고 온 과거를 청산할 때가 왔다는 것을 알았다. 기숙사 옆에서 그의 유골이 나오면 아무쪼록 후하게 장례를 치르고 가능한 한 절에서 공양을 받을 수 있도록 예우해주기 바란다.

어제 너와 함께 방문했던 길상사의 등나무는 정말 근사하더구나. 돌계단을 올라간 꼭대기에 이 세상의 것이라고는 생각할 수 없는 색과 향기로 둘러싸인 공간이 있었다. 경내는 등나무 넝쿨을 받치는 시렁으로 뒤덮여 있었고 기다란 꽃송이가 머리 위에 매달려 있었다. 묘소에 가까이 갈수록 꽃은 보랏빛, 분홍, 흰색으로 색깔이 바뀌더구나. 우리는 엷은 꽃향기를 맡으며 피부에 꽃물이 들 만큼 만개한 등나무 꽃 숲을 지나 네 엄마 묘소를 찾았지. 치즈가 잠든 곳에서 정면으로 바라보이는 곳에 폐석산 두 봉우리가 있었다. 직선거리로 6~7킬로미터나 떨어져 있음에도 불구하고 그 사이에는 야트막한 마을과 논이 펼쳐져 있을 뿐이어서, 소리치면 들릴 만큼 가깝게 느껴졌다.

도키로.
'저기에 탄광촌이 생긴다면 …' 하던 네 말이 또렷하게 생각난다.
"오봉 명절 사흘간 폐석산을 수천 수백 개의 제등으로 장식하려고 합니다. 길상사는 성묘하는 사람으로 가득 차니까 폐석산에도 길상사에 지지 않을 만큼 오쿠리비47)를 밝혀야지요. 제등 하나하나가 탄광에서 돌아가신 분들 한 사람 한 사람을 위로하고 안녕히 가시라는 인사가 될 테니까요…."
네 얘기를 들으면서 나는 마치 현실인 것처럼, 무수한 오쿠리비 불빛이 밤하늘을 수놓는 저 폐석산의 광경을 머릿속에 그렸다.

---

47) 오쿠리비(送り火) : 오봉명절 마지막 날(양력 8. 16) 저승에서 온 조상을 되돌려 보내려고 켜는 제등.

도키로.

내 유골의 반은 부산에 보내고, 나머지 반은 저 폐석산에 묻어다오. 기숙사 건물을 복원하면 갱 입구에서 올라가는 비탈길 양옆에 무궁화를 심고, 우리가 잠든 폐석더미 무덤에는 아무쪼록 진달래와 개나리를 심어다오. 한반도 각지에서 자란 것을 옮겨 심는다면 더 좋겠다. 봄이 올 때마다 그 아름다운 꽃을 바라보고 지하에 잠든 김동인 씨나 조종호 이효석 현태원 등 모두가 틀림없이 고향을 추억할 거다.

곧 11시, 강원범이 나를 찾아올 시간이다. 어젯밤 전화를 걸어 함께 손잡고 일해보자고 제안하자 즉시 예상대로 말려들었다. 조건에 따라서는 폐석더미의 묘지를 마땅한 장소로 옮긴 다음 폐석더미를 철거할 생각도 있다고 강원범에게 미끼를 던졌다. 11시에 료칸에서 만나 폐석더미를 둘러보며 함께 새로운 사업구상을 잡은 뒤 어딘가에서 점심 식사를 하자고 제안해두었다.

강원범이 오면 나는 지난번처럼 택시로 폐석산으로 출발하고 택시 기사에게는 연락할 때까지 데리러 오지 않아도 된다고 돌려보낼 참이다. 그리고 나와 강원범은 폐석을 어디로 옮길 것인가를 의논하면서 기숙사 옆을 빠져나와, 동포들의 묘소까지 걸어 올라간다. 강원범을 산 뒤편 절벽까지 안내하고 주변의 경치를 내려다보면서 강원범이 폐석더미 철거 후의 구상을 지껄이게 유도한다. 거기서 나는 몰래 가져간 인슐린 주사기의 캡을 벗기고 기회를 노린다. 강원범이 등을 돌렸을 때 내 몸을 던져 타격을 입힘과 동시에 그의 셔츠 위로 주사기를 찌르고 카트리지에 가득 찬 즉효성 인슐린을 전량 체내에 주사한다. 나와 강원범은 당연히 뒤엉켜 몸싸움을 벌이게 되겠지만, 곧 내가 그를 제압할 것이다. 나는 그의 어깨에 또 하나 펜슬형 주사기를 꽂고, 그대로 10분, 혹은 20분을 기다린다. 점심 전 공복 시에 인슐린 효과는 절대적이다. 강원범의 의식은 흐려지고, 내가 다시 지속성 인슐린을 두 대, 세 대 신체 부위를 바꿔 주사해도 저항을 못할 거다. 충분한 인슐린을 그의 체내에 주입한 다음 저혈당 혼수상태에 빠지기 시작한 강원범의 몸을 다시 한 번 절벽 가장자리까지 끌고 가, 30미터 아래 지면을 향해 떨어뜨린다. 강원범의 몸은 서너 차례 뒹굴며 굴러떨어지다가 지면에 심하게 부딪친다. 아마 그 타박상이 목숨을 앗아가겠지만 만에 하나 치명상을 입지 않았다 해도 저혈당 혼수상태로 장시간 의식을 잃은 동안 인슐린은 지속적으로 효력을 발휘한다. 그리고 끝내는 저혈당 때문에 절명한다.

그리고 나도 똑같이 인슐린을 주사한다. 평소 주입하던 양의 수십 배를 어깨, 팔뚝, 배, 대퇴부에 찌른다. 그 후 주사기를 폐석더미 속에 파묻고 의식이 희미해질 무렵 강원범이 떨어져 쓰러져 있는 절벽 아래를 눈짐작으로 겨냥해, 나도 그리로 뛰어내린다. 아마 그 낙하에 의해 강원범보다 내가 치명상을 입을 확률이 높다. 설령 숨이 끊어지지 않는다고 해도 치사량의 인슐린은 나를 이 세상으로 되돌려 보내주지 않을 것이다.

두 사람이 말다툼을 하다가 절벽 아래로 떨어졌다는 경찰의 견해에 하등 의혹을 제기할 사람은 없을 것이다. 누구도 나를 살인자라고 생각하지 않을 것이고, 너도 등 뒤에서 손가락질 받지 않고 모든 일이 끝난다.

나는 염원을 이루고 폐석더미 아래 김동인 씨와 조 형을 만날 수 있어 기쁘다. 40여 년 늦었지만, 이 시간 동안 내가 해낸 일들을 김동인 씨나 조 형도 기쁘게 생각해 주리란 생각이 든다. 내 뼈는 부디 김동인 씨 옆에 묻어주고 묘비는 조그맣고 눈에 띄지 않는 돌로 만들어다오.

도키로.
"불에 그을린 은과 같이, 역사를 조용하게 조명하는 그런 탄광 역사관을 만들고 싶다."
언젠가 네가 한 이 말이 생각나는구나. 아무쪼록 생명이 길고 지역에 깊게 뿌리내리는 역사관을 짓기를 ….
내 핏줄이 부산의 세 아들뿐만이 아니라 너를 통해 일본에서도 이어져간다고 생각하니 기쁘다. 그리고 몸은 교와료에서 헤어졌던 동포들과 함께 폐석더미 아래 잠들지만 혼백은 마을과 논밭을 건너 내가 가장 사랑한 네 엄마를 언제라도 만나러갈 수 있다고 생각하면, 이보다 더 기쁠 수가 없구나.

산 자가 죽은 자의 유지를 잊지 않는 한 역사는 왜곡되지 않는다.

너는 불행한 역사를 되풀이하지 않기 위해서라도 대한해협을 사이에 둔 두 민족의 아름다운 가교가 되어주기 바란다. 네 자식이자 내 손자인 다이이치와 게이지, 그리고 네 아내 게이코에게도 잘 전해다오.
잘 있거라.

아버지 하시근